Hermann Kant
Der Aufenthalt

atb aufbau taschenbuch

Hermann Kant, 1926 in Hamburg geb., war nach einer Elektrikerlehre Soldat, von 1945 bis 1949 in polnischer Kriegsgefangenschaft, Mitbegründer des Antifa-Komitees im Arbeitslager Warschau und Lehrer an der Antifa-Zentralschule. Ab 1949 studierte er an der ABF in Greifswald, danach Germanistik in Berlin, war wissenschaftlicher Assistent und Redakteur, dann als freiberuflicher Autor von 1978 bis 1990 Präsident des DDR-Schriftstellerverbandes. Er starb am 14. August 2016 in Neustrelitz.

Mit Romanen wie »Die Aula« (1965) oder »Der Aufenthalt« (1977) gehört er zu den wichtigsten Autoren der deutschen Gegenwartsliteratur. Neben weiteren Romanen – zuletzt »Okarina«, »Kino« und »Kennung« – schrieb er 1991 »Abspann. Erinnerung an meine Gegenwart«. Die besten Erzählungen versammelt »Lebenslauf, zweiter Absatz« (2011).

Im Dezember 44 wird aus dem Drucker Mark Niebuhr ein Soldat, der Richtung Osten in den Krieg fährt. Zwei Monate später schon wird der Achtzehnjährige unter nicht sehr heldenhaften Umständen gefangengenommen. Statt die Feinde zurückzuwerfen, hatte er sich davongemacht, weil die Feinde auf ihn schossen. Und doch will etliche Monate später in Warschau eine Polin in ihm jenen SS-Mann erkannt haben, der ihre Tochter bei einer Razzia erschossen hat. So wird aus dem Kriegsgefangenen Niebuhr, der gedacht hatte, der Krieg ist aus, ein Gefangener, für den er erst losgeht: in der Einzelhaft, bei der Gefängnisarbeit, in der Gemeinschaftszelle mit deutschen Kriegsverbrechern und bei den Verhören. Nur langsam kann er den Vernehmern klarmachen, daß er nicht der Mörder ist, noch langsamer gesteht er sich ein, daß er es hätte gewesen sein können, als deutscher Soldat in Polen.

Jahrzehnte nach Kriegsende ist dieser Roman von ungebrochener Brisanz. Obwohl nichts beschönigt, nichts kleingeredet wird, steckt er – wie immer bei Hermann Kant – voll Selbstironie und grimmigem Humor.

Hermann Kant

Der Aufenthalt

Roman

atb aufbau taschenbuch

ISBN 978-3-7466-1196-9

Aufbau Taschenbuch ist eine Marke der Aufbau Verlag GmbH & Co. KG

3. Auflage 2016

Die Erstausgabe erschien 1977 bei Rütten & Loening,
einer Marke der Aufbau Verlag GmbH & Co. KG
Umschlaggestaltung Gold, Fesel/Dieterich, Berlin
unter Verwendung eines Fotos von Bilderberg/Berthold Steinhilber
Druck und Binden CPI books GmbH, Leck, Germany
Printed in Germany

www.aufbau-verlag.de

So bildet sich der Mensch

Indem er ja sagt, indem er nein sagt
Indem er schlägt, indem er geschlagen wird
Indem er sich hier gesellt, indem er sich dort gesellt
So bildet sich der Mensch, indem er sich ändert
Und so entsteht sein Bild in uns
Indem er uns gleicht und indem er uns nicht gleicht

Bertolt Brecht

Dem Andenken
von Edda Tennenbaum und Justyna Sierp

Und für Vera

I

Meine Mutter ist nicht mit zum Bahnhof gegangen. Sie hat nicht gesagt, warum, und ich habe sie nicht gefragt. Es war kurz nach sechs, vierzehn Tage vor Weihnachten, und auch im Zug war es dunkel.

Ich fuhr nach Kolberg, und so lief alles falsch. Keine meiner Vorstellungen ging auf, außer der einen: daß ich gehen mußte.

Ich hatte geglaubt, meine Mutter würde mit zum Bahnhof kommen, denn sie ist auch hingegangen, als mein Vater abfuhr. Ich habe immer reifen Mais zu meinem Abschied gesehen, wohl weil der Mais gerade reifte, als mein Bruder eingezogen wurde, und ich bin auf Sennelager in Westfalen gefaßt gewesen.

Jetzt Kolberg und im Winter. Kalter Osten, wohin sie mich holten, und der Eisenbahner zog ein Gesicht, als er mein Einberufungspapier las. Seine Lampe war blau verdunkelt; das kannte ich lange, aber jetzt sah ich, wie häßlich dies Licht machte. Alles war häßlich. Alles ist häßlich gewesen, als ich fortgegangen bin, und ich habe nichts Gutes geahnt.

Dazu gehörte nichts, denn ich wußte, wohin ich fuhr. Ich fuhr in den Krieg, und ich wußte schon, wie der war. Meine Mutter wußte es auch; sie hatte einen Mann und einen Sohn an die Bahn gebracht.

Ich glaube, sie hat deshalb nicht mehr an den Zug gewollt; auch wäre sie diesmal auf dem Heimweg allein gewesen. So blieb sie wohl lieber allein in unserer Küche.

Auf der Fahrt hatte ich schon Heimweh nach ihr. Ich war kein Muttersohn; ich war, wie man mit achtzehn ist, wenn man schon selber Geld verdient und sich unter Familie nicht mehr vorstellt als genug zu essen und saubere Wäsche. Aber im Zug hatte ich Heimweh. Und auf der Hochbrücke über den Kanal nahm ich bedrückt Abschied von meiner Heimat. Mir schien es der Augenblick dafür zu sein, und der Ort war auch richtig. Die Brücke ist lang genug für eine Menge Gedanken.

Für mich war sie immer ein Tor in die Fremde, oder, wenn ich sie von Ost nach West überquerte, das Tor in die Heimat. Seewärts vom Kanal beginnt Dithmarschen, und hier ist auch gleich die Grenze zwischen Geest und Marsch, und hinter den Marschen beginnen die Kooge, und hinter den Koogen beginnt das Meer. Die Bahn, die von Itzehoe und Wilster über die Brücke kommt, geht von St. Michaelisdonn über Marne nach Friedrichskoog. Ich bin selten mit dem Zug dorthin gefahren, denn es sah nicht viel anders aus als in Marne, aber wenn, dann fuhr ich mit dem Rad. Der Wind ist meistens steif, und die Entfernungen sind nicht groß, zehn Kilometer von Marne zur Schleuse, acht Kilometer an die Elbmündung und kaum zwanzig bis Hochdonn, wo an den steilen Geesthängen die Welt, die Erde, das Land beginnt. Wer über die Kanalbrücke ostwärts fährt, kommt in eine Fremde, in der es Wälder und Seen und trockene Heide und Straßen mit scharfen Kurven und große Städte gibt.

In Dithmarschen gibt es keine; Heide hat zehntausend Einwohner, und Meldorf bei uns im Süden nur knappe fünf, Marne noch weniger, etwas über dreieinhalbtausend, und ich glaube, damals, als ich fortfuhr von Marne, habe ich sie alle gekannt.

Ein paar von ihnen saßen sogar mit mir im Zug, und natürlich wußten sie, wohin meine Reise ging. Sie hatten es am selben Tag erfahren, an dem die Einberufung gekommen war; der Briefträger hatte es jedem erzählt. Es war längst nichts Besonderes mehr, daß einer Soldat wurde, aber in einem so kleinen Ort wie Marne ist jeder Fall ein besonderer.

Ich war der dritte von den Niebuhrs, und zwei waren schon gefallen, das war besonders; ich kam nach Kolberg in den Osten, das war auch besonders; und ich war Mark Niebuhr, der einzige Drucker in Marne, der noch nicht über achtzig war, und da war mein Fortgang besonders schmerzlich.

Das alles war seit acht Tagen herum gewesen in Marne, und so hatten wir uns im Zug nicht viel zu erzählen, ganz zu schweigen davon, daß man sich in Dithmarschen sowieso nicht viel erzählt und schon gar nicht kurz nach sechs an einem Wintermorgen im Krieg.

Aber die ausstiegen in Wilster und Elmshorn, die sagten: Mookt man good, Jung!

Das ist das einzige gewesen, was an diesem Tage nicht häßlich oder traurig war.

Ich bin dreimal umgestiegen, in Hamburg, Berlin und Stettin, und jeder, den ich nach dem richtigen Zug fragte, gab mir Auskunft, aber in einem Ton, als helfe er mir bei etwas Verbotenem.

Es war spät, als ich in Kolberg in die Kaserne kam.

Der Hauptmann sagte: Kolberg ist berühmt durch Gneisenau, Nettelbeck und Leimhut. Leimhut bin ich. Gneisenau und Nettelbeck haben Kolberg für das Vaterland verteidigt. Ich verteidige Kolberg für Leimhut. Hier schießt mir keiner durch den Dickdarm, hier will ich bleiben. Ich sage euch das, damit ihr gerecht bleibt in eurem Zorn, wenn ich euch schleife. Leimhut, müßt ihr euch sagen, hat seine Gründe, daß er ein Unmensch ist. Weiterer Hinweis auf die Eigentümlichkeiten von Kolberg: Es ist eine schöne Stadt. Ich teile euch das mit, weil ihr nicht die Kraft haben werdet, es zu sehen. Für Schönheit muß man ausgeruht sein; dahin wird es mit euch nicht kommen. Das Kleinod von Kolberg ist Kolbergermünde, die Badestadt. Da es eben weihnachtet, haben wir den Strand für uns. Dort dürft ihr Burgen bauen, im Wasser tollen und euch von den Dünen stürzen wie Otto Lilienthal von den Rhinower Bergen. Kinder, das machen wir ja alles. Und wenn sich der Sand, der euch in die Nase gekommen ist, mit dem Sand trifft, der euch in die Ohren geriet, und wenn ihr meint, ihr schwitztet Salmiakgeist, und wenn ihr auf euren Hackenblasen den Choral von Leuthen tuten könnt, und wenn euch die Ostsee schmeckt wie das Tote Meer und der Persanteschlick wie Himbeermarmelade, dann laßt euch nicht vom Zweifel beikommen, sondern glaubet fest: Kolberg ist schön, und Leimhut ist gut. Und Leimhut ist, das verrate ich euch jetzt, damit ihr es berücksichtigt und nicht das Barbarische in mir schürt, der Hauptmann Leimhut ist auf ein wenig Ordnung bedacht: Die Seitenrichtung immer eine Freude für einen alten Geometer, die Stube rein wie eine Gynäkologenhand, die Haare in der Nase sauber linksgescheitelt – da freut sich der alte Leimhut, Leimhuts Sohn. Soweit das Körperliche, und nun zum Seelischen eine weltanschauliche Maxime, die alles abdeckt, sie lautet: Leimhut soll sich immer freuen! Und über dies alles hinaus, Jungs, noch eine vertrauliche Mitteilung: Ich bin nicht das Übel, ich bin das Übliche.

Ich bin nicht lange in Kolberg geblieben, zehn Tage nur, aber ich mag Kolberg seither nicht mehr. Später gab es noch einen weiteren Grund für mich, Kolberg nicht zu mögen, aber als ich nach Gnesen verlegt wurde, reichte mir Kolberg schon, weil es Leimhuts Kolberg gewesen war.

Die Ostsee kann ich seit damals auch nicht mehr leiden. Ich kann mir den in Krieg und Winter verkommenen Badestrand nicht mehr fortdenken von ihren Rändern.

Andere haben ihren Stechschritt im Nordseesand geübt, und die wollen nichts mehr von Nordsee wissen; ich weiß, aber ich war an der Ostsee, in einem schmutzigen Dezember, und ich habe in die Ostsee geheult. Gnesen fand ich nicht besser, aber ich war schon zehn Tage gedient, als ich dort ankam, und der Gnesener Hauptmann kann, wenn ich es überlege, schwul gewesen sein. Vielleicht war er nur gutherzig, oder beides. Ein Mittelschullehrer aus Pommern; für Wärme sind die wenig bekannt, aber dieser war ein besorgter Trauerkloß, der wissen wollte, ob unsere Unterhosen richtig säßen.

Gnesen war für mich ein entlegener Punkt in der europäischen Landmasse; von Kolberg zurück nach Marne ließ sich in Fußmärschen denken, von Gnesen nicht mehr. Der Führungsoffizier sagte uns, Gnesen sei eine deutsche Stadt, und wenn es mir auch egal war, geglaubt habe ich es nicht. Außer den Kasernen, die mir vertraut waren, wurde mir dort nichts vertraut. Als der Führungsoffizier sagte, Gnesen habe einmal Gniezno geheißen und sei der Krönungsort der polnischen Könige gewesen, dachte ich: Was erzählst du uns dann?

Es ist einem gleich, ob der Dom, an dem man vorbeimarschiert, wenn es zum Geländedienst geht, Sitz eines Erzbischofs ist und zu Zeiten von Thronvakanzen Sitz des polnischen Reichsverwesers war; Geschichte ist einem gleich, wenn es zum Geländedienst geht. Dann ist ein neunhundert Jahre alter Dom nur eine Entfernungsmarke, und ein Wald ist weder slawisch noch preußisch noch großdeutsch; der ist einfach eine Gemeinheit.

Und Weihnachtsabend, Heiligabend, ist dem deutschen Grenadier des Ausbildungsjahrgangs vierundvierzig eine Atempause, in der es einen Blechbecher voll Kümmel gibt. Wer auf sich hält, trinkt den Kümmel und kotzt ihn erst auf der Latrine aus und nicht schon im Lehrsaal, wo die Unteroffiziere »O Tannebaum« singen.

Als ich im Bett lag, wollte ich an Marne denken und an das Weihnachtsgedicht von Storm, der mein Landsmann ist, aber ich kam nicht dazu. Ersten Feiertag früh gab der traurige Hauptmann bekannt, der weitere Teil unserer Ausbildung werde mit einer Härteübung verbunden und wir würden weiter nach Osten verlegt. Er rückte seinen Kinnriemen zurecht und schrie beklommen: Marschalarm!

Als Weihnachten vorbei war, lagen wir in einer Bunkerstellung am Rande eines Ortes, der jetzt Tonningen hieß und früher Kłodawa geheißen hatte.

Der Mensch, das lernte ich bei dieser Härteübung, kann auch so leben: Zwei Stunden Posten stehen, zwei Stunden die Grabenpumpe hebeln, zwei Stunden schlafen. Kein Mensch, sage ich mir, sollte so leben. Ich weiß nicht, bis zu welchem

Härtegrad wir hätten üben sollen und bei welchem Härtegrad die Übung abgebrochen wurde, aber sie wurde abgebrochen, und an der Tonart merkte ich Änderung. Ein Feldwebel kam und sagte: Kommt mit, ihr Ärsche!

Wir gingen hinter ihm her durch die Stadt; marschieren war gar nicht, weil die Straße voll von schweren Fahrzeugen war; sie kamen uns entgegen, von Osten.

Der Feldwebel sagte: Ihr zieht hier jetzt einen der bekannten Gräben, und wenn er fertig ist, stellt ihr euch rein. Hinter euch ist dann die Heimat, und vor euch breitet sich die große kalte Scheiße aus. Ihr sollt verhindern, daß sie unsere schöne Heimat bedeckt. Um zu wissen, wann ihr mit verhindern anfangen sollt, müßt ihr die Straße beobachten. Sobald das fahrende Volk auf den Wagen nach richtigen Soldaten auszusehen beginnt, könnt ihr euch für den Besuch feinmachen. Zuletzt werden noch ein paar von unseren Panzern kommen, dann folgt eine Pause, und dann kommt Iwan der Schreckliche. Der Ortskommandant meint, Kłodawa kann gehalten werden; er muß an euch gedacht haben, als er das sagte. Spätestens morgen abend könnt ihr Geschichte machen und das Kłodawa-Wunder vollbringen. Fragt mich nicht, wie, denn Wunder sind unerklärlich. Nach allem, was ich höre, ist der ganze Laden in Bewegung gekommen; ich habe das schon einige Male mitgemacht, und ich lebe noch. Also heult nicht; man kann es überstehen. Napoleon rückwärts, wie ich das gern habe! Und Schnee kriegen wir auch.

Wir kriegten den Schnee, und wir hoben die Gräben aus, aber ich habe nicht in ihnen kämpfen müssen. Ich wurde abkommandiert in die Post. Dort wußte keiner, was ich sollte. Ich las Briefe, die mich nichts angingen, und ich las in einem Buch, das ich bald überhatte, »Die Narren des Kaganowitsch« hieß es. Ein Telefonist am Klappenschrank registrierte jede abgerissene Verbindung mit dem Spruch: Klappe tot, Affe kommt näher.

Der Affe war schon lange zu hören, aber erst als sich Infanteriewaffen zwischen den Geschützen ausmachen ließen, bekannte ich mich zu dem Gedanken, daß ich an eine Front geraten war.

Ich habe die Angst in meiner Erinnerung längst abgetragen; wenn ich sie zurückrufen will, bringe ich es nur bis zur Verwunderung. Ich war verwundert, das weiß ich. Ich hatte hundertmal den Krieg gedacht und mich in ihm, aber ich hatte mich auch hundertmal als Indianer gedacht oder als Entdecker des Anilins. In Kłodawa besah ich betroffen meine rote Haut und meine blaugefärbten Finger. Der Telefonist sagte, es sei vertretbar, daß wir uns nunmehr von dannen machten, aber er sagte es etwas spät, denn als wir vom Posthof auf die Straße wollten, fuhr auf der anderen Seite ein Panzer vor und hielt an der Friedhofsmauer. Er stank wie eine blakende Petroleumlampe.

Hau ihn um! sagte der Telefonist, und ich tat das. Der Panzer schüttelte sich in weißem Feuer, und aus seinem Turm sprangen welche über die Friedhofsmauer. Einer muß noch im Fallen seine Handgranate geworfen haben, denn es fuhr mir etwas durchs Beinfleisch, das war heiß wie die Hülse der Panzerfaust, die ich eben losließ. Es hat mich nicht am Laufen gehindert. Ich lief durch die Stadt, und ungefähr dort, wo wir Wasser gepumpt hatten, nahm mich ein Sturmgeschütz an Deck.

Wenig später fuhr es in einen Graben, in dem sich andere hatten fangen sollen.

Wir haben uns dann erst einmal in dem Graben seitwärts verzogen; der Schnee auf seiner Sohle war fest, denn vor uns hatten schon viele diesen Haken von der Chaussee geschlagen. Dann drehten wir parallel zur Straße, und einer gab als Marschziel die Festung Posen an.

Nach zwei Nächten hatten wir die Nächte satt. Die Front hatte sich schon so weit davongemacht, daß sie uns nicht einmal mehr den Horizont beleuchtete.

Wir schliefen durch einen Vormittag, und ich träumte von

der Festung Posen, die wie ein Hauffsches Schloß aussah. Dann gingen wir bei Licht weiter, und als wir über eine verschneite Weide schnürten, flog ein grünes Flugzeug über uns hinweg. Ich sah nicht hinauf, weil ich wieder einmal dachte, das mache mich unsichtbar, aber die im Flugzeug hielten sich nicht an die Kinderregel; sie holten uns einen Wagen voll Soldaten auf den Hals, und als wir an das Ende der Weide und an den Anfang eines Waldes kamen, mußten wir uns mit denen schießen.

Vier von uns kamen noch in den Wald, ich auch, aber drei haben eine andere Richtung gewählt, da war ich allein.

Ich war immer gern allein. Immer, das ist: früher. Das war: vorher. Zu Hause war ich gern allein. Spätabends allein in der Druckerei, wenn Geschwister Bruhns schon lang im Bette lagen, zweimal achtzig Jahre alt, dann hatte ich den Setztisch für mich, und ich trug den grünen Augenschirm und war der Eigner des »Texas Herald«, der teilnahm mit leidenschaftlichem Appell am Kampf der Farmer gegen die Rancher. Ich fuhr gern allein mit dem Rad durch die Marsch, im Herbst, wenn Nebel über den blauen Kohlfeldern lag. Ich saß gern allein auf der Seeseite am Dieksanderdeich; ich saß da am Weltenrand in Wind und Vogelschrei und folgte den ablaufenden Wassern hinüber zu den schottischen Fjorden. Ich war gern allein, wo ich zu Hause war.

Im Wald, hinter dem die Festung Posen lag, im Wald hinter der verschneiten Weide, auf der wohl meine Kameraden lagen, dort war ich nicht gern allein.

Ich wollte in die Festung Marne, zurück an den sicheren Ort, der bewehrt war mit Samen- und Getreidehandlungen, Sauerkohlfabriken und Krabbenküchen, einer Brauerei und einem Pferdemarkt. Ich wollte die Brücke über den Kanal gewinnen und das Tor zuschlagen zwischen mir und Kolberg und Gnesen und Kłodawa und dem kalten Wald, der vor der Festung Posen lag. Ich wollte zurück in den Schutz von meiner Mutter Küche.

Ich lief auf Marne zu.

Ich lag unter dem Bett, und da lag ich nun. Ich glaube, es war staubig unter dem Bett. In meinem Mundwinkel mengte sich Staub mit Fett. Ich hatte gerade Speck gegessen, gebratenen Speck. Ich hatte auch Tee getrunken, aber der Geschmack des Specks hielt sich länger, und nun kam der Geschmack des Staubs hinzu. Nun lag ich unter dem Bett.

Ich hatte das Koppel nicht geschlossen; das Schloß drückte in der rechten Leiste. Der linke Teil meiner Kragenbinde war lose; er polsterte das Stück der Diele, auf dem mein Backenknochen ruhte. Ich lag still, aber ich ruhte nicht. Ich ruhte wie der Hase, der eben den Jäger gesehen hat. Ich hatte eben die Jäger gehört, und nun lag ich unter dem Bett.

Ein Jahrhundert vorher hatte ich noch am Tisch gesessen. Gesättigt, getränkt, erwärmt, geborgen, schläfrig schon. Wir hatten vom Schlafen gesprochen. Ich hätte nur noch aufstehen müssen, nur noch einmal aufstehen und mich nach vorne fallen lassen. Dann hätten sie mich auf dem Bett gefunden. Nun würden sie mich unter dem Bett finden. Sie hatten mich gefunden.

Ich lag unter einem Bett etwas südlich der Straße zwischen Kutno und Konin, in Höhe von Koło etwa. Etwas und etwa; ich hatte keinen Kompaß und keine Karte. Es war am zwanzigsten Januar, sage ich seither; ich hatte keinen Kalender, und ich hatte keine Uhr. Die letzte Uhr hatte ich am dreizehnten Januar gesehen, und die letzte Uhrzeit sagte mir einer, als wir den sechzehnten Januar hatten, schätzungsweise.

Es ist schwer, so etwas zu schätzen, wenn keine Regel mehr gilt, außer daß es Tag wird und wieder Nacht. Wenn nicht mehr gilt, daß man morgens aufsteht und sich abends schlafen legt, daß man morgens zu essen kriegt und mittags auch und abends noch einmal, daß man auf Posten zieht von zwei bis vier oder von vierzehn Uhr bis sechzehn Uhr, daß Appell ist um sieben und Lale Andersen singt um Mitternacht – wenn das nicht mehr gilt, ist schwer zu schätzen, wie spät es ist. Und wenn es sein kann, daß es Sonntagvormittag war, als man den Küchensoldaten erschoß, anstatt in der Kirche zu sitzen und vom Gott zu singen, der Eisen wachsen ließ, und wenn man nur noch weiß, es war ein heller Wintermorgen, an dem man doch gegen allen Vorsatz vom Schnee gefressen hat, und wenn man glaubt, es könnten auch Monate gewesen sein ohne Ofenwärme, dann ist nicht mehr wichtig, wann man unter einem polnischen Bauernbett liegt, weil es eben geklopft hat.

Wichtig ist nur, daß es geklopft hat. Es war wichtig genug, dich vom Schemel zu wirbeln in die Deckung. Es hat an die Muschel geklopft – zurück in ihre letzte Windung, zurück in den engsten Spalt der tiefsten Höhle, zurück in die Krumen der Furche, in den Staub, ah, in den deckenden Staub.

Es war gegen die Regeln, alles. Gegen die Regeln aus dem Handbuch und gegen die aus den Heldenepen. Man setzt sich nicht in Feindesland an Feindestisch und frißt und denkt nur ans Fressen. Man denkt nicht an Schlaf, wenn man nicht vorher an Sicherung gedacht hat. Man läßt den Bauern und seine Frau an der Mündung riechen, wenn man allein ist, und man sperrt sie in die Kammer; besser, man dreht ihnen vorher noch einen Strick durch die Zähne; dann kann man essen, Gesicht zur Tür, Mündung zur Tür, eine Hand am Gewehr und nur die andere im Speck.

So lebt man aus den Büchern, und anders lebt man nicht lange. Man springt nicht unters Bett, wenn es klopft. Sicht geht vor Deckung. Wo ist da Sicht unter diesem Bett? Da sind nur noch Empfindungen; da geht kein Krieg.

Wenn es geklopft hat, da, in solcher Lage, setzt man den Helm auf, zieht das Sturmgewehr in die Schulter und ruft wie ein Kleistscher Reiter: Herein, wenn's kein Schneiderlein ist! und wenn es kein Schneiderlein ist, wenn es einer unter Waffen ist, läßt man es fliegen, den Stahl und das Blei, und wenn es mehrere sind unter Waffen, läßt man entsprechend mehr fliegen vom Blei und vom Stahl, und man ruft dazu wie ein Schillscher Husar: Mich kriegt ihr nicht, ihr Hunde! und man zählt die Schüsse und denkt dabei: Der letzte ist für michachdumeinschwarzbraunesmägdelein.

Aber man springt nicht unter ein Bett. Aber ich bin unter das Bett gesprungen.

Auch hätte ich sie schon weit früher auffangen sollen, die Feinde, nicht erst hier neben dem Bett etwas südlich von Koło, und zurückwerfen hätte ich sie schon früher sollen, von Kłodawa fort und über den Ural zurück vorerst. Ich hatte die Bücher schon länger nicht mehr befolgt, als ich mich da unter das Bette warf.

Anstatt die Feinde zu werfen, hatte ich mich davongemacht, nur weil die Feinde auf mich schossen. Anstatt das Großeganze zu sehen, hatte ich alles persönlich genommen. Ich hatte an mein Fell gedacht, ich hatte meinem Magen gelauscht, hatte meine Füße angesehen, nur weil sie erfroren waren. Und als ich den Küchensoldaten erschoß, hatte ich es getan, weil sonst er mich erschossen hätte. Ich, mein, meine, mich. Ich hatte mich zu sehr meiner angenommen und darüber vergessen, daß die Feinde hinter den Ural gehörten und ich nicht unter ein polnisches Bauernbett.

Doch da lag ich, die Arme nach vorn gestreckt, die Hände flach auf den Dielen, die Beine leicht gegrätscht, Innenkanten der Stiefel auf den Dielen. Ich hatte die Augen offen; ich weiß noch von einer herabhängenden Matratzenfeder im geviertelten Licht der Petroleumlampe; von der Feder weiß ich noch und von Schmalz und Staub im Mundwinkel und vom Koppelschloß in der Leiste. Ich weiß auch noch, wie gut ich hörte. Mein besseres Ohr, das linke, lag auf dem Polster der Kragenbinde, aber ich hörte auch mit dem anderen nun sehr gut. Die Frau schrie, immerfort, immerfort sehr polnisch; ich hatte sie vorher für stumm gehalten. Der Mann schrie gegen die Tür, dann schrie er polnisch, und er schrie mir etwas zu unters Bett, das schrie er deutsch. Ich sollte hervorkommen, schrie er mir zu, und er schien in Eile, und zur Tür schrie er, denke ich mir, ich käme schon hervor, sie sollten noch etwas verweilen mit dem Schießen, er sähe genau, ich käme soeben hervor unter seinem Bett, und er schrie auch dies in Eile.

Ich kann nicht behaupten, frohen Ton aus ihm gehört zu haben, dabei hatte er Grund: Ich war im Begriff, zu gehen. Kein Mann sieht gern einen Mann unter seinem Bett. Kein Mann sieht gern einen Mann mit Flinte auf seiner Schwelle. Aber er hatte mich eingelassen, unfroh, doch überzeugt.

Ich muß überzeugend ausgesehen haben mit der Nacht über den Schultern, mit Dreck im Kinderbart und mit einem deutschen Sturmgewehr. Ein Sturmgewehr ist für den Sturm gedacht. Es ist leicht, leicht handhabbar, zuverlässig, und ein zuverlässiger Mann schießt recht schnell damit. Ein unzuverlässiger Mann, einer, dem die Regeln abhanden gekommen sind, weil er nicht rechtzeitig zu essen bekommen hat und schon lange nicht, ein solcher Mann schießt noch schneller mit dem deutschen Sturmgewehr, und wer ihn auf seiner Schwelle trifft, Glock Mitternacht bei Krieg, der weiß die Regel: Einen solchen lasse man geschwind herein!

Der Mann, der mich so geschwind zu sich eingelassen hatte, schrie nun zur Tür, vermutlich, er werde mich geschwinde wieder herauslassen, und mir schrie er den Grund unters Bett: Draußen stünden viele und hätten viele Gewehre dabei, und nicht ihn wollten sie und seinen Speck, sondern mich wollten sie, mich da jetzt noch unter seinem Bett.

Er sprach, meine ich, von Schießen; die andern, meinte er, hätten von Schießen gesprochen.

Das wollte ich glauben. Wir alle sprachen damals recht häufig von Schießen. Wir alle ließen es damals beim Sprechen selten bewenden. Und auch die Regel galt nicht mehr, daß man zu sagen habe: Halt, oder ich schieße!, ehe man schösse. Man schoß; das verkürzte den Vorgang; das machte den andern schon halten.

Nur zielen mußte man gut. Der Küchensoldat, den ich erschossen habe, hat nicht gut gezielt gehabt. Er ist aus seinem Bunker gekommen, hat mich gesehen, hat hinter sich gegriffen, hat sein Feuerzeug auf mich gerichtet, linke Hand vor der Trommel am Lauf, rechte Hand am Kolbenhals, und hat auf mich gefeuert.

Auf mich, der ich im Rauch von seinem anderen Feuer gestanden und in mich hineingerochen hatte, was über den sonnenglatten Schnee zu mir herübergekräuselt kam: Bohnen, ach, Zwiebeln, Speck und Lauch, mitten im tiefen Winterhunger, mitten im nächtelangen, tagelangen, kilometerlangen, fluchtweglangen Hunger. Mitten im schneewürzenden Hunger war ich auf einen Sturm aus Lauch- und Bohnenrauch getroffen, war schon in einem Traum von einem Bohnenberg, der trug einen Zwiebelturm, dem glänzten von Speck die Seiten. Da kam der böse Koch herfür, da kam der Koch aus seiner Tür, da kam aus der Tür ein Soldat in weißem Kittel und schoß mir durch den Traum.

Da schoß ich ihm durch den weißen Kittel. Da war ich achtzehn Jahre alt.

Dann rannte eins durch den Winterwald, das wußte: Viele Köche bewachen der Soldaten Brei, viele Köche rächen eines Koches Tod, viele Köche lassen vom Löffel und nehmen das Gewehr, wenn es vor ihrem Herd geschossen hat.

So rannte eins durch den Wald und sah das Rehlein nicht im Tann und sah das Einhorn nicht und hörte nicht den Schuhu flüstern und lauschte nicht dem Singen der Elfen.

Ich bin gerannt. Wie lange, weiß ich nicht. Wohin, weiß ich nicht. Wie, weiß ich nicht. Wie rennt einer am siebten von sieben Tagen Rennen? Wie rennt einer am siebten Hungertag? Wie rennt einer, dem die Zehen vom Frost schwarz sind unterm schwarzen Dreck?

Wenn er Gründe hat, rennt er. Ein toter Koch im Rücken ist viele Gründe. Ein toter Koch beschleunigt sehr. Ich rannte.

Machte ich halt? Ja, ich machte halt auf angemessene Weise; in den Büchern heißt es: Die Knie brachen ihm. Die Knie brachen mir, und ich machte halt in einem Graben, da war etwas unter dem Schnee neben mir: ein aufgerissener Sack Zement, ein Klotz unvermengt erstarrten Zements. Wie kamen wir hierher? Ich machte halt in einem Hühnerstall auf Rädern; in seinen Ecken türmte sich ein Gebirg aus

Stroh, zwei Handvoll verschissenen Strohs; in deren Tiefen verkroch ich mich, mochten sich die Köche an die Hühner halten, ich war geborgen. Ich machte auch halt auf einem Draht, der war der oberste von einem Zaun aus Drähten, hat aber keine Stacheln gehabt. Ich hätte auch auf den Stacheln haltgemacht; es wäre nicht anders gegangen. Ich bin in den Wald gerannt bis tief in die Nacht. Die Knie sind mir gebrochen im tiefen Schnee. Ich machte halt, wo es mich hielt. Es hielt mich nirgend lange. Ich hielt mich nicht mehr lange.

Ich kam an eine Hütte, ein Haus, ein Schloß, eine Burg? An eine Burg, in diese Burg, an einen Tisch, über einen Teller. Unter ein Bett. Da lag ich nun unten und hatte eben noch oben gesessen. Auf einem Schemelthron. Hatte die Gabel gehalten als Zepter. Hatte gerülpst wie ein König. Hatte mein Heer vergessen gehabt, das mich längst vergessen hatte. Hatte das Heer des Feindes vergessen gehabt, das mich nicht vergessen hatte. Hatte Auskunft gegeben gegen alle Königs- und Soldatenregel:

Deutscher? – Ja.

Allein? – Ja.

Schon lange? – Ich glaube, ja.

Warum? – Die andern sind gekommen, und wir sind gelaufen; erst viele, dann weniger, dann wieder mehr, dann immer weniger, dann nur noch ich allein.

Wo sind die andern hin? – In den Schnee sind sie hin, sie sind hin im Schnee; ein Schuß unter den Nabel, ein Schuß durch die Milz, ein Schuß ins Ohr, viele Schüsse.

Und auf den Feind, wie er da auf euch geschossen hat, habt ihr da nicht auch auf ihn geschossen? – Doch, haben wir, war die Regel so. Zuerst haben wir sehr viel geschossen, dann nicht mehr so viel. Einmal, sehr spät schon, haben wir uns noch einmal freigeschossen, nicht alle, aber einige.

Frei? – Ja, freigeschossen haben wir uns, als sie am Wald vom Wagen gesprungen sind, da sind wir durch, und danach war ich allein.

Und hast dich noch oft freigeschossen?

Es ging, sagte ich und stellte den Teller schräg auf den Schaft von meinem Sturmgewehr; es war noch Fett in dem Teller, und Brot war noch da, und ich sagte dem Bauern nichts von dem Küchensoldaten.

Da kam wer, es dem Bauern zu sagen.

Es pochte an die Tür. Es pochte wie ein Pferdehuf. Es klopfte wie von einem Rammbock. Dreihundert Köche machten poch mit dreihundert Nudelhölzern. Dreihundert Mongolenrosse donnerten gegen die Bohlen. Dreihundert Pferdekräfte gingen los gegen des Bauern und meine Pforte. Die 1. Belorussische Front tat einen kollektiven Faustschlag an unsere Tür.

Da griff ich, von später weiß ich das, den leeren Teller und mein gefülltes Sturmgewehr und warf den Teller und das Gewehr und mich unter des Bauern Bett.

Das verstieß gegen viele Regeln: gegen die Regeln über den Umgang mit Tellern, über den Umgang mit dem deutschen Sturmgewehr, über den Umgang mit dem Feind und gegen die Regeln über den Umgang mit mir.

Was Wunder, daß ich reglos lag, Speck und Staub im Mund, ein eisernes Schloß in der Leiste, den Backenknochen auf der Kragenbinde, satt und überhörig unter bäuerlichem Bett etwas südlich der Straße von Konin nach Kutno in einer Winternacht bei Krieg.

Was Wunder, daß ich aufstand, als der Bauer aufstehn schrie.

II

Es ist etwas mit meinem Gedächtnis nicht in Ordnung, mit meiner Art, mich zu erinnern, denn mir fällt leichter ein, was ich gedacht habe, als das, was geschehen ist.

Natürlich weiß ich, was geschehen ist: Man hat mich gefangengenommen, und ich habe eine Menge Angst gehabt, und ich habe die Angst mit hochgereckten Armen angezeigt. Aber ich weiß auch, wie sehr ich mich gewundert habe, weil so viele gekommen waren, mich zu holen. Ich erinnere mich an eine ungehörige Art von Erleichterung, die ich empfand, als ich an viele schreiende Menschen geriet und nicht nur an ein oder zwei kühle und stumme Schützen oder an einen einzigen, der voll Furcht gewesen wäre wie ich.

Niemals zuvor bin ich so sehr Mittelpunkt eines Auflaufs gewesen; einmal wäre ich beinahe ertrunken, und danach haben sich viele um mich gekümmert, und einmal habe ich im Krämerladen eine goldene Brosche gefunden und es gleich gesagt, und es hat mir Beachtung eingebracht, und einmal habe ich ein durchgehendes Pferd aufgehalten; dafür wurde ich von mehreren Leuten gelobt, auch wenn es eine Dummheit war, denn das Pferd hätte sich in der Marsch müde gelaufen, und der Wagen, den es zog, war leer.

Ich glaube, den Leuten, die mich gefangennahmen, war der Vorgang so ungewohnt wie mir. Sie standen in Halbringen um mich und die Hütte und redeten aufeinander ein und auf mich. Keiner kam mir sehr nahe, und sie riefen mich an wie über eine große und doch nur fragwürdig schützende Entfernung.

Ich verstand sie nicht, und ich sagte nichts, weil ich nicht wußte, was man in so einer Lage sagt

Hinter mir, durch die angelehnte Tür, rief der Bauer, sie wollten von mir wissen, ob noch andere in der Hütte seien.

Nein, schrie ich, es ist keiner mehr da; fragt doch den Bauern da drinnen!

Sie hörten mir zu, und dann hörten sie dem Bauern zu, der hinter seiner Türe übersetzte. Danach schrien wieder alle durcheinander, und nur mit Mühe konnte ich den Bauern rufen hören, er solle mich fragen, wo meine Waffen seien.

Unter seinem Bett, rief ich, und ich hoffte, sie meinten nicht, daß ich mich über sie lustig machte.

Hinter meinem Rücken, hinter der Tür hervor, hörte ich die Übersetzung.

Endlich verständigten sie sich ohne den Umweg über mich, und es kam einer an der Hauswand entlang, dem der Bauer mein Sturmgewehr aus der Hütte reichte. Das Gewehr wurde mir über die rechte Schulter geschoben; seine Mündung landete in der Bucht zwischen Ohr und Kiefer.

Ich dachte an das Loch im Trommelfell, das ich schon hatte, und ich hörte mich atmen.

Der das Gewehr hielt, verstand seine Sache; er ließ nur einen an mich heran, und der klopfte mich gründlich ab. Er fand sogar die Goldfeder, die ich aus dem Füller geschraubt und in die Uhrtasche gesteckt hatte. Der Federhalter war ein Konfirmationsgeschenk meines Onkels gewesen; die anderen hatten mir nur Geld gegeben, und meine Mutter hatte über ihren Bruder gesagt: Ja, Jonnie strengt sich immer an!

Der Bauer war schließlich hinter seiner Tür vorgekommen. Er sagte: Du sollst gehen!

Da ging ich, und vor und hinter mir und links und rechts von mir gingen viele mit. Es waren keine russischen Soldaten; es waren polnische Bauern und deren Frauen und die Kinder dazu.

Es wird die Bürgermeisterei gewesen sein, in die sie mich brachten. Mein Wirt dolmetschte beim Verhör, und er sagte, ich solle mich bei der Mutter Maria bedanken, er habe seinen Leuten gesagt, ich hätte ihn nicht bedroht.

Ich brauchte nicht viel, um auf einen Grund für Dankbarkeit zu kommen. Ich wurde hier auch so wie ein Mörder angesehen.

Sie machten wohl ein Protokoll, schrieben auf, was ich sagte und was der Bauer sagte, und schrieben auch auf, was sie mir abgenommen hatten. Die Schreibfeder lag auf dem Soldbuch und der Brieftasche mit den Bildern.

Der Bauer, der mein Wirt gewesen war, mußte unterschreiben, und zwei andere Männer unterschrieben auch. Mein Bauer zeigte auf eine Zimmerecke, auf den Fußboden, und sagte, ich sollte mich dort niederlassen und still verhalten. Dann ging er. Die anderen erwiderten seinen Gruß nicht freundlich, und ich war nicht gemeint.

Ich war müde wie nach zu langer schwerer Arbeit, die auch den Kopf angestrengt hatte; ich brauchte Schlaf, aber ich hätte noch nicht schlafen können. Und ich fand es unangebracht, jetzt zu schlafen.

Als ich darüber nachdachte, merkte ich, daß ich für meinen Fall nicht ausgestattet war. Man hatte mich, trotz der Eile recht gründlich, im Gebrauch von Waffen unterwiesen, und man hatte mir mehrfach erklärt, was der Soldat nach dem Besuch eines Bordells zu tun habe. Über den Sinn des Fahneneids wußte ich Bescheid, und mit der Grabenpumpe kannte ich mich aus. Aber niemand hatte mir gesagt, was zu geschehen habe, wenn ich in Gefangenschaft geriete.

Es sagt einem, glaube ich, auch keiner, was man tun soll, wenn man in den Himmel oder in die Hölle kommt. Guter Rat reicht nicht so weit, und Gefangenschaft ist wohl zu entlegen.

In den Büchern hatte einiges gestanden, aber das war immer mit verzweifeltem Kampf und anschließender Ohnmacht, aus der man dann gefangen erwachte, verbunden gewesen. Es war entweder ritterlich oder rauh zugegangen, und man hatte dort englisch oder französisch gesprochen.

Aber ich war nicht Graf Luckner, und hier war nicht Neuseeland; mich hatten sie unter einem polnischen Bett vorgeholt, und ich war ein Buchdrucker aus Süderdithmarschen, wo man mit Plattdeutsch gut zurechtkommt.

Ich hatte jetzt nur den Glauben, daß man mich nicht umbringen würde. Das war seltsam, denn soviel hatte ich immerfort gehört: daß man mich umbringen würde. Und ich hatte es immer geglaubt.

Wie man so glaubt an Sachen, von denen man weiß, daß es sie gibt, allgemein, an die man aber nicht denken kann, faßbar, als an Dinge, die einem selber geschehen könnten.

In diesem Sinne hatte ich geglaubt und nicht geglaubt, daß ich mit einer Panzerfaust durch einen Panzer schießen würde und mit einem Gewehr durch einen Menschen. An Sterben hatte ich auch so gedacht, aber an Gefangenschaft nicht.

Ich hätte zufrieden sein sollen mit der Art, in der sie mich traf, aber ich war es nicht. Das weiß ich und kann es nicht fassen. Es muß jedem, auch mir, unfaßlich sein, daß ich, kaum hatte ich den kalten Druck in der Ohrgrube vergessen, etwas auszusetzen fand an meiner Lage. Zu hadern, weil ich festgesetzt war unter Fremden, die bestimmt meine Feinde waren, das wäre in Ordnung gewesen, und soweit hielt ich mich auch an die Ordnung, aber ich mäkelte, anders kann man es nicht nennen, an der Sachlage herum, weil sie mir unordentlich vorkam.

Unwürdig? Nein, das Wort werde ich nicht benutzt haben, weil es mir nicht zustand in meinen Jahren, aber unordentlich, das kann sein, oder: nicht in Ordnung. Auf den Dielen einer Dorfschreibstube zu hocken und von der Gemeinde betrachtet zu werden wie ein endlich gefangener Hühnerräuber, das war mir peinlich – auch wenn ich wußte, daß solches Gefühl sich nicht gehörte.

Es hätte etwas geschehen sollen, dem ich aufrecht hätte begegnen können, mannhaft und soldatisch, aber so blieb mir nur die Sorge, wie ich denn jemals würde erzählen können von dieser läppischen Verdrießlichkeit.

Das ganze Dorf muß auf den Beinen gewesen sein in dieser Nacht; dem Verhör durch die Männer folgte immer wieder

Besichtigung durch die Frauen, und mir schien, sie waren sowenig zufrieden mit dem Fang wie ich mit meinen Fängern.

Wozu der Mensch doch seinen Kopf benutzt, kaum hat er ihn behalten dürfen. Ich benutzte den meinen, die Haltung der Frauen zu erraten, ihre Meinung über mich und über den Vorgang, dessentwegen sie aus den Federn gestiegen waren um diese Stunde, und ich sah mehr Kopfschütteln als geballte Fäuste, Belustigung gar und kaum Zorn, und wenn ich mir davon auch Erleichterung versprechen durfte, richtig eingeordnet fühlte ich mich nicht.

Bestimmt hätte ich um mein Leben geschrien, wenn es an das gegangen wäre, aber nun, kaum daß es schien, als sollte ich es behalten, bangte ich um mein Ansehen.

Ist man so? Ist man so als Mann? Ist man als junger Mann so? War ich so als junger Mann? Bin ich so?

Ich hoffe, ich war nur zu jung für die richtige Furcht.

Die Frauen hatten sich, trotz des Einspruchs eines Mannes, der sich wie der Bürgermeister benahm, über meine Brieftasche hergemacht und die Autogrammpostkarten gefunden. Es waren drei, von Marika Rökk, Ilse Werner und Zarah Leander. Natürlich waren die Unterschriften gestempelt, aber ich hing an den Damen, und ich hatte ihre Bilder zu den Familienfotos gelegt, als ich in Marne mein Bündel schnürte. Ich fand es unerlaubt, nicht zulässig, daß sich die Frauen über meine Sachen hermachten. Sie waren doch fremde Zivilpersonen, feindliche, polnische, und ich war immerhin Soldat, auch wenn man es mir jetzt nicht mehr so ansah. Ich kam mir sehr gedemütigt vor, und der Bürgermeister gefiel mir plötzlich, der mit den Frauen schimpfte. Aber die ließen sich von ihm nicht stören, redeten auf ihn ein, zeigten auf mich und auf die Bilder, und dann kamen sie zu mir in die Ecke, hielten mir Marika Rökk und Zarah Leander unter die Nase, und ich verstand nur ein Wort von dem, was sie sagten. Sie sagten immer wieder Artista, Artista, schwenkten die Bilder und stießen mich an und sagten im Frageton: Artista, Artista?

Ich ließ, in Gottes Namen, Zarah Leander eine Artistin sein und nickte in meiner Bedrängnis, und gleich darauf meinte ich, die Frauen schnappten über. Als wären nicht eben alle Augenzeugen meiner bestätigenden Geste gewesen, teilten sie einander aufgeregt das Ergebnis ihrer Anfrage mit und riefen es auch dem Bürgermeister zu, der sich von seinem Schreibstuhl erhob, um mich mit befremdlichem Interesse zu betrachten. Es gab Zank, wie es aussah, und ich und das Wort Artista schienen eine wichtige Rolle dabei zu spielen. Schließlich winkte der Bürgermeister ab, wie die Männer auch bei uns zu Hause abwinken, wenn die Weiber ihr Teil gesagt haben, und nun geschah Seltsamstes: Mir wurde Tee gebracht, der noch lau war, und ein Stück Brot bekam ich mit Schmalz darauf; zwei Frauen brachten Stroh und Decken, und dann fingen sie an, mir die Stiefel auszuziehen.

Das war nicht einfach, denn ich hatte sie nur einmal ausgehabt seit Kłodawa, aber sie schafften es, und ich hatte noch die Stärke, mich zu genieren, als der Gestank meiner Fußlappen, Socken und Füße in die Stube fuhr.

Ich sah gar nicht hin; ich sah erst hin, als ich merkte, daß sie mir die Füße wuschen. Sie wuschen mir die Füße! Sie folgten der verklebten Spur das Bein hinauf und fanden das eitrige Loch in der Wade. Sie säuberten und verbanden es. Sie salbten mir die beuligen Füße, schmierten sie dick ein mit ihrem Schweineschmalz. Sie berührten mich behutsam, und sie seufzten behutsam, und sie legten mich behutsam auf das Stroh.

Verwirrt schlief ich ein, doch ich schlief wunderbar.

Sie haben mich auf einem Karren, den eine dürre Kuh gezogen hat, in ein Städtchen gefahren, das Koło hieß.

Ich wurde zwei Männern übergeben, die weiß-rote Bänder an ihren Ärmeln trugen. Der Bürgermeister erstattete lange und aufgeregt Bericht, aber die neuen Leute schienen nicht sehr beeindruckt.

Der eine fragte mich: Stimmt das?

Ich habe doch nichts verstanden, sagte ich.

Nun gut, Sie sind also Schauspieler? sagte er.

Nein, ich bin Buchdrucker.

Nun gut, sagte er, ich werde das nicht übersetzen.

Die Männer, die mich gefangen hatten, stiegen auf ihren Kuhkarren und fuhren ab. Ich glaube, sie haben nach einer Form gesucht, in der sie sich von mir verabschieden könnten, aber sie haben keine gefunden.

Nun gut, sagte mein neuer Wächter, wir haben schon mehrere Exemplare Ihrer Gattung am Ort; man wird Sie gleich nach Konin bringen. Können Sie laufen?

Es ginge schon, sagte ich, und es ging wirklich. Ich hatte riesige Holzschuhe an die dick umwickelten Füße bekommen und einen abgescheuerten Schrubberbesen als Krücke. Aber ich brauchte die Krücke eigentlich nicht.

Die anderen Exemplare meiner Gattung standen vor der Tür; die beiden Männer mit den polnischen Bändern hängten sich Maschinenpistolen um, eine englische und eine deutsche, und der Sprecher sagte: Nun gut, gehen wir etwas!

Es sind nur achtundzwanzig Kilometer von Koło nach Konin, wie ich jetzt weiß, aber wir haben einen langen Tag gebraucht. Einmal ist mir eingefallen, daß die Festung Posen in derselben Richtung lag. Als wir in Konin waren, sind wir an die fünfzig gewesen, und das waren für das Gefängnis, in das man uns brachte, entschieden zuviel. Nach einer Nacht, in der mir niemand die Füße salbte, nicht mal im Traum, holten uns russische Soldaten ab, die in Eile waren. Ihr Chef war ein sehr kleiner Offizier, der einen sehr großen Knüppel bei sich führte.

Es war erstaunlich, was er alles mit diesem Knüppel konnte. Er schwang sich an ihm über die Schmutzlachen auf der Straße, korrigierte damit die Seitenrichtung unserer Kolonne, deutete mit ihm an, was er zu tun gedächte, falls sich jemand davonmachen wollte, und hieb ihn einem seiner Landsleute über den Hintern, der einem meiner Landsleute an der Nase drehte.

Die Straße war mir beinahe vertraut; es war die von Konin zurück nach Koło. In Koło haben wir Pellkartoffeln bekommen, und ich habe keinen gesehen, der sie nicht mit der Schale aß. Ich habe darüber nachgedacht und gefunden, daß Gewohnheiten nicht so haltbar sind, wie man sagt. Sie zerfallen fast so rasch wie die Bedingungen, unter denen sie entstanden sind. Aber sie stellen sich auch mit denen wieder her, und vielleicht ist das gemeint, wenn von ihrer Langlebigkeit die Rede ist. Mir ist erst aufgefallen, daß ich die Kartoffeln in der Schale gegessen hatte, als ich schon halbwegs satt war, und an die Kartoffeln zu Hause habe ich erst gedacht, als ich schon wieder hungrig war.

Bei uns gab es meistens Salzkartoffeln, weil mein Vater das Pulen an der Pelle nicht mochte, aber zum Matjeshering gehörten Pellkartoffeln, und Matjes mochten wir alle leiden, Matjes mit Speck-und-Zwiebel-Stipp.

Das ist eine gute Erinnerung, aber hinter Koło ließ ich bald von ihr, halb gezwungen, weil die zerrissene Straße und der gepanzerte Gegenverkehr meine Aufmerksamkeit forderten, und halb mit Vorsatz, weil ich merkte, daß ich jetzt nicht gut an Marne denken konnte, ohne dem Jammer nahe zu sein.

Wie lange wir bis Łódź gebraucht haben, weiß ich nicht; es muß aber sehr lange gewesen sein, obwohl es nur hundertzwanzig Kilometer waren, denn ich kann mich an vier Übernachtungen erinnern, in einer Kirche, in einem Pferdestall, in einem Gutshaus und in einem Landratsgebäude. Dort war es noch am wirtlichsten, weil wir zentnerweise Lebensmittelkarten fanden, auf denen wir uns schlafen legen konnten. In der Kirche war es mir unheimlich, denn einige von uns entdeckten hier, daß sie sehr fromm waren, und sie beteten laut, was ich genierlich fand, und andere machten Feuer aus dem Gestühl; das fand ich aber auch nicht richtig, und unheimlich war es mir, weil ich sah, daß keiner mehr fähig schien, eine richtige Haltung zu finden. Im Gutshaus ging es; da hatte ich mich in eine Kornkiste verkrochen, und immerhin ist es jemandem eingefallen, mich zu wecken, als wir das Gebäude wegen eines Brandes verlassen mußten. In dem Pferdestall schließlich bin ich zur komischen Nummer geworden, und am anderen Tag war ich auf eine Weise berühmt, die mir nicht gefallen konnte. Der Stall war groß genug für unsere ganze Kolonne, fast fünfhundert Mann inzwischen, aber der Boden war mit verjauchtem Stroh bedeckt, und ich kam zu spät, um eine trockene Stelle zu finden. Anstatt aus der Sache mit der Kornkiste gelernt zu haben, suchte ich mir wieder einen Sonderplatz. Ich stieg in eine der Futterkrippen, klemmte meine Mütze zwischen mein Gesicht und die eisige Wand und fühlte mich halbwegs gut aufgehoben. Zwar merkte ich bald, daß es mich immer tiefer in den Winkel aus Wand und Krippensprossen drückte, aber ehe ich etwas daraus machen konnte, war ich eingeschlafen. Das Erwachen war fürchterlich. Es begann mit einem Traum, in dem ich in einem schräggestellten Sarg lag, der in einem Kiesberg steckte. Meistens ist man erleichtert, wenn man aus so einem Traum auffährt, aber ich konnte nicht erleichtert sein, denn ich konnte nicht auffahren, und atmen konnte ich auch kaum noch. Wenn man Glück hat in einem schweren Traum, dann sagt einem ein Quentchen Bewußtsein immer noch oder schließlich, man träume ja nur, und mit einiger Energie kann man sich da heraushelfen, aber hier kam ich aus einem eingebildeten Übel in ein wirkliches, und das sonst rettende Erwachen lag schon hinter mir. Es ist nicht so, daß ich mich zusammengenommen hätte, um meine Lage in angestrengter Ruhe zu erfassen; sie erfaßte sich ohne jeden Aufwand von Scharfsinn, denn sie konnte nicht eindeutiger und unverrückbarer sein. Ich bekam kaum noch Luft, und ich konnte mich nicht rühren. Im ersten Schlaf, der die Muskeln lockert, hatte sich mein Körper dem Winkelraum zwischen kaltem Stein und hartem Holz angepaßt, ich hatte meine Arme vor den Leib gezogen, und da waren sie nun eingeklemmt und taten ebensowenig wie meine Beine, was zu tun ich ihnen aufgeben wollte. Und die Mütze, mit der ich mich hatte schützen wollen, die klebte mir kalt über Mund und Nase, und als ich schrie, merkte ich, daß ich durch vereistes Tuch gegen eine vereiste Wand anschrie und daß ich die Luft nicht hatte, die man für lautes und langes Schreien braucht. Ich weiß von der Versuchung, solche Zwangslagen mit einiger Übertreibung zu schildern, aber es ist die bare Wahrheit, daß in mir ein Gedanke war, der fragte, ob der Mensch in solcher Not nicht etwas Luft durch seine Ohren in sich ziehen könne.

Es hat mich dann doch einer gehört, einer der schlaflos lag auf einer Mistinsel in der Jauche, einer, der mein besonderes Stöhnen herausgehört hat aus dem allgemeinen Stöhnen, einer, der noch aufzustehen bereit war eines anderen wegen und sich zu kümmern. Er hat es natürlich nicht allein geschafft, mich aus der Krippe zu zerren, und er hat sich allerhand anhören müssen, und ich durfte mir anhören, wie sie mich Jesuskind nannten.

Aber der Spott hat sich nicht lange gehalten, denn auch zum Spott gehört eine Gemeinsamkeit oder Gemeinschaft, doch wir hatten kaum mehr miteinander gemein als die Postenkette, die uns alle einschloß.

Ich bin viel allein gewesen, vorher und seither, aber so allein wie auf diesen Straßen im späten Januar war ich selten. Ich hatte immer die Fähigkeit, mir eine Welt zu machen, wo es mir an Welt fehlte oder wo sie nicht so war, wie ich sie mir wünschte, aber in dieser Wirklichkeit der krummen Rücken, der schlurfenden Schritte, der Bettelblicke und Elendsseufzer war kein Bewegungsraum, in den ich hätte fliehen können.

Die Einsicht hatte ich noch, und viel war das nicht, und sie war nicht angenehm.

Zu einigem Seelenleben bin ich wohl erst wieder gekommen, als ich die Straßenbahnschienen in der Vorstadt sah. Sie kamen mir vor wie Anschlußstücke zu einer Welt, die schon verlorengegangen schien. Nun glaubte ich sie nicht mehr verloren und mich auch nicht. Es gab keinen anderen Punkt, sich dran zu halten, als diesen, und so gab es keinen, aber ich klammerte mich an ihn wie an meinen Zopf, und da hielt ich mich. Aber nicht lange.

Wenn man in Marne aufgewachsen ist, kann man nur für Heidebauern ein Städter sein; man ist es nicht, und man hält sich auch nicht selber dafür, doch auf den Straßen von Łódź kamen mir dessen Bewohner fast wie meinesgleichen vor, und ich fühlte mich unter ihrem Schutz nach dem langen Marsch durch das verwinterte nasse und leere Land.

Das ging gegen allen Augenschein, denn niemand sah so aus, als wollte er uns schützen; sie riefen uns bei unfreundlichen Namen, und als wir an der Gefängnismauer standen, warf man mit vereister Schlacke nach uns.

Das war nicht schlimm, man konnte den Brocken ausweichen, und daß wir unter einer Gefängnismauer standen, berührte mich auch nicht sehr, das war Zufall, und ich nannte es ein Gerede, als es hieß, dies sei unsere Endstation.

Ich gehörte in kein Gefängnis; zwischen dem und mir gab es keine Verbindung, ich war kein Verbrecher, und die Nacht in der Zelle in Konin, das war eine Notlösung gewesen; wo hätten sie mit uns hingesollt?

Unser Transportoffizier stand vor einem eisernen Tor und hatte mit einigen Zivilpersonen etwas zu bereden. Er schwang seinen Knüppel, und so sah es nicht nach viel Übereinstimmung aus. Dann machten sie das Tor auf, und wir mußten in Schüben hindurch. Es hat eine Weile gedauert, bis ich wußte, was los war. Unsere Kolonne wurde zu einer Reihe aufgeräufelt, und wir liefen in Abständen von einigen Metern über den Gefängnishof. Die meisten Zellenfenster in den wenigen Mauern, die noch standen, waren von schwarzen Brandflecken eingefaßt und von frischen Narben, die von Geschossen herrührten. Zuerst dachte ich, hier sei gekämpft worden, aber dann sah ich die Haufen der Toten, und obwohl sie unter einer Decke aus zerregnetem und dann wieder gefrorenem Schnee lagen, sah ich, daß sie nicht im Kampf gefallen waren; die meisten waren barfüßig, einige trugen Häftlingsdrillich, und ich sah zwei Paar Handfesseln. Ich sah es genau, denn ich mußte über die Hügel steigen. Jemand hatte versucht, die Leichen zu verbrennen. Jemand? Wer war das? Und was waren das für Tote? Und wie kam jetzt ich zu ihnen? Und was sollte ich hier?

Es ist nicht leicht, so etwas zuzugeben, aber die Fragen schlugen in eine Antwort um, und die klang bedrohlich für mich. Ich hatte keine Zeit für die Opfer und keine Zeit für die Mörder; hier lief meine Zeit, ich lief hier unter verblakten Gefängnismauern an Leichen vorbei; es jagte mich etwas, und es erwartete mich etwas, und nur, daß es nicht gut sein konnte, wußte ich von ihm.

Mein Vordermann war hinter einer Baracke verschwunden; ich rannte, um zu ihm aufzuschließen, und dann bekam ich meine Prügel. Wenn ich sie woanders bezogen hätte und wegen etwas anderem, dann wären sie mir wohl grob vorgekommen, und ich will auch nicht sagen, sie hätten nicht weh getan, aber die Furcht hatte andere Maße gesetzt; vor denen waren die Schläge nicht viel, denn sie gingen mir nicht an mein Leben.

Ein Mann, ich glaube, ich hätte ihn mit einer Schulter umwerfen können, ein Alter, der scharf nach Tabak roch, zog mich an meinem Jackenkragen zu sich heran und schrie mich an: Hast du dich umgesehen?

Ich weiß nicht, ob ich ihm geantwortet habe; ich sah, daß er weinte, und er nahm mir die Luft. Er ließ mich los, und es waren nur noch wenige Sätze bis zum Tor, und ich hörte ihn noch einmal rufen: Hast du dich umgesehen?

In der Stadt schwang der Leutnant wieder seinen Knüppel und ließ niemanden mehr heran an uns. Dann lieferte er uns in einem Lager ab.

Von dem ist nicht viel zu erzählen. Es war überfüllt und schmutzig, an das Essen mag ich nicht denken. Eine Woche lang gab es statt Brot Hundekuchen von der Firma Spratt. Hunde leben ja ganz gut davon, aber die haben auch andere

Zähne. Mein Nachbar auf der Pritsche hatte ein künstliches Gebiß; er behauptete, er sei kein Soldat, auch nicht Volkssturm, er sei Zivilangestellter bei Siemens gewesen, Dr. Gansekehl, und er habe als Akustiker am ersten Tonfilm der UFA mitgemacht. Er ließ sich mit Sie anreden und sagte auch Sie zu mir. Ich habe ihm den Hundekuchen mit einem Stein geraspelt, dann hat er sich eine körnige Pampe daraus gemacht. Er wurde mir etwas lästig, weil er sich gehenließ, und ich konnte mich kümmern, aber dann hatte er wieder seine Sprüche, die nicht so öde waren wie die allgemeine Öde:

Passen Sie auf, Niebuhr, daß man mir nicht wieder von der Suppe gibt, wo sie am dünnsten ist. Sie verhalten sich gleichgültig zu diesem Problem, weil Sie meinen, die Suppe sei gleichmäßig dünn. Gleichmäßiges kommt aber höchst selten vor und verläßlich nur im Mathematischen. Wenn Sie mir berichten, man habe jetzt neben den Austeiler auch noch einen Umrührer an den Kübel gestellt, der die Suppe zur Umverteilung in Gang halten soll, so bitte ich Sie zu bedenken, daß ein geschickter Rührer die unterschiedlich gehaltreiche Materie nach seinem Willen lenken kann. Da sagen Sie mir, seit gestern seien Schöpfer und Rührer mit ihren Rücken gegen die Essenfasser aufgestellt, so daß sie nicht wüßten, für wen sie jetzt rührten und schöpften. Ich sage Ihnen, Niebuhr, mit einigem System können sie es dennoch. Dem kann nur ein anderes System entgegenwirken. Man muß zum Beispiel Schöpfer und Rührer ständig auswechseln, aber in überraschendem Rhythmus, und eine Aufsicht muß ihnen beigegeben werden, die natürlich auch ständig ausgewechselt werden muß. Relativ sichern ließe sich eine relativ gerechte Verteilung, wenn man die Aufstellung der Wartenden änderte; die traditionelle Schlangenform ist zu übersichtlich. Man müßte die Leute rotieren lassen und, wieder überraschend, abrufen zum Essenfassen. Das brächte einige Unwägbarkeiten in den Vorgang. Denken Sie mal mit, Niebuhr. Am Kessel das schon beschriebene System aus Rührer, Schöpfer und Aufsicht, den Wartenden abgekehrt und immer wieder ausgewechselt, dazu ein Kreis aus marschierenden Essenholern, diese könnten ein Lied singen, und bei einem bestimmten Wort des Textes, das natürlich immer wieder ein anderes sein müßte, ist derjenige, der gerade einen vorher fixierten Punkt erreicht hat, wenn das festgelegte Textwort gesungen wird, an der Reihe, sein Essen entgegenzunehmen.

Meinen Einwand, es gäbe Lieder, in denen sehr lange Wörter vorkämen, zum Beispiel: Widewittjuchheirassa, und sie reichten aus, mehrere Leute den fixierten Abrufpunkt passieren zu lassen, nahm er als gelernter Wissenschaftler ohne Zorn entgegen; das Problem sei lösbar, sagte er, und dann dichtete er sehr einsilbige Lieder.

Dr. Gansekehl erfand auch einen Brotschneideapparat mit geringem Krümelanfall, und er entwickelte ein, wie er das bezeichnete, Brotverteilungsregime, das auf dem Prinzip der Pfänderspiele beruhte. Es kann aussehen, als wollte ich mich herausstreichen, aber es war nun einmal so: Ich sah uns manchmal doch etwas fassungslos zu. Da saßen dreißig Leute, so viele gehörten zu einer Pritschengruppe, um den Tisch, auf dem das aufgeschnittene Brot lag; der Zeiger vom Dienst zeigte mit einem Stöckchen auf einen Kanten; der Frager vom Dienst klopfte dem Sager vom Dienst, dem die Augen verbunden waren, auf die Schulter und sprach: Tipp, tipp, tipp, wem soll das sein?, und der Sager vom Dienst sagte einen Namen, und es schien sich so zu gehören, daß der Betroffene fluchte, wenn er seine Ration entgegennahm, womit er ausdrücken wollte, daß natürlich er wieder bei diesem Glücksspiel den kleinsten Bissen erwischt habe. Mit den Namen hatte es auch ein Problem gegeben, weil wir uns kaum bei Namen kannten. Das änderte sich, als es uns etwas besser ging, aber in der Anfangszeit hatte jeder nur an sich selbst Interesse, und seinen eigenen Namen kannte man ja. Erst als einer gestorben war und keiner sagen konnte, wie der hieß, haben wir unsere Namen auf eine Liste gesetzt.

Beim Brotverteilen benutzten wir Beschreibungen, und man konnte, wie Dr. Gansekehl mich belehrte, eine Menge

Abneigung dabei loswerden. Man konnte sich mit einer klaren Personenzeichnung begnügen, wie: Das Humpelbein mit dem Ast, oder man konnte einen aufs Korn nehmen und sagen: Der Kölner, der immer so stinkt, oder man konnte auch Fallen stellen: Der, der mir mein Stück Kamm geklaut hat.

Mich hatte gleich einer als: Dem Doktor sein Butler bezeichnet, weil Dr. Gansekehl sich kaum von der Pritsche rührte und ich ihm alles anschleppte, und so blieb ich eine Weile der Butler, gesprochen, wie's geschrieben steht.

Wenn erst mittags gezählt wurde, war Sonntag, und für den Doktor und für mich war das kein guter Tag. Er mußte dann auch mit antreten, während er bei den Morgenappellen liegenbleiben konnte, und ich hatte meine Not mit ihm. Manchmal mußte man stundenlang warten, und ich konnte sehen, wie ich ihn auf den Beinen hielt. So wackelig, wie er war, redete er doch die ganze Zeit und jeden Sonntag dasselbe: Von den Sonntagen in seinem Haus am Wannsee. Er muß da abwechselnd auf die Insel Schwanenwerder und auf ein Bild von dem englischen Maler Gainsborough gesehen haben, denn von beiden kam er überhaupt nicht wieder weg, wenn er diese Nachmittage beschrieb.

Da konnte es nicht ausbleiben, daß ich ihm zu erzählen versuchte, was sonntags in Marne los war, und die Erinnerung machte mich krank. Ich hatte für mich eine Regel abgewandelt, die fürs Klettern gilt: Nicht nach unten sehen!, und ich hatte versucht, die schönen Bilder vom Zuhause mit den Ansichten der Wirklichkeit, die mich jetzt umgab, zu verdecken, weil ich mit der fertig werden mußte, und das wurde man nicht, wenn man wehleidig war und heimwehkrank, aber wenn Dr. Gansekehl mit seinem Wannsee anfing und seinem Bild im Salon, dann mußte ich das Kino von Marne dagegensetzen und die Eisdiele am Markt und die Tatsache, daß bei uns sonntags das beste Gulasch gekocht wurde, was es je auf der Welt gegeben hat.

Mit Makkaroni, achhörauf, durch die man die Soße schlürfen konnte, achhörauf, und die Tomatenhaut hatte sich zu kleinen Tütchen gerollt, achhörauf, und der Speck war etwas mehr als glasig, achhörauf, und die Gurkenwürfel, achhöraufhöraufhörauf.

Reden Sie mir nicht von Gulasch, Niebuhr, wenn ich Ihnen von Gainsborough rede, und hören Sie mal, mir ist es doch sehr kalt jetzt!

Dafür hätte ich den Doktor glatt fallen lassen können, denn ich schwitzte nicht, oder ich hätte gehässig werden können und ihm sagen, er sei doch so ein großer Problemauflöser, aber ich brachte unsere Nebenleute dazu, ihn einen Augenblick zu halten, und ich rieb ihm die dünnen Beine.

Der Appelloffizier war diesmal ein Kapitän, und er wollte wissen, was mit alter Mann sei.

Ich mußte alter Mann zum Lazarett schleppen, und dort schwatzte mir alter Mann auch noch meine Strickjacke ab, grün und mit aufgesticktem Edelweiß, aber es war mein letztes Stück von zu Hause, und mir war auch kalt.

In der Aufnahme saßen schon ein paar andere herum, und einige hatten ihre Füße ausgepackt. Die sahen so ähnlich wie meine aus, und so wickelte auch ich meine Lappen von den Zehen. Eine Ärztin kam mit einem Sanitäter von uns, und der machte sich wichtig. Er schrieb unsere Namen auf und fuhr mir über den Mund, weil ich sagte, ich sei nur Begleitung. Dann besah er uns und empfahl mir, mich mit det bißken Pfote wieder ins Lager zu scheren. Dr. Gansekehl belegte er mit einem Namen, den ich gar nicht richtig zu verstehen wagte: Dystrophiker, sagte er zu ihm, und ich fand das ein starkes Stück, zumal in Gegenwart einer Frau.

Ich sagte ihm, er solle hier nicht solche Ausdrücke gebrauchen, aber nun sagte Dr. Gansekehl zu mir: Schwatzen Sie keinen Unsinn, Niebuhr! Der läßt sich alles gefallen, dachte ich, und fing an, meine Füße wieder einzuwickeln, da fragte mich die Ärztin: Sind Sie mit Barthold Niebuhr verwandt?

Ich bin nicht mit Barthold Niebuhr verwandt, aber ich bin sein Landsmann, und ich bin natürlich sehr gut vertraut mit ihm, weil es in unserer Heimatchronik nicht von Leuten wimmelt, die Finanzberater vom Freiherrn vom Stein gewesen sind und preußischer Gesandter und auch noch Professor für römische Geschichte. Die Niebuhrs aus der Kreisstadt Meldorf, das waren die beschriensten Spezialköpfe in unserer Ecke, und in der Schule waren sie eine richtige Belästigung. Aber verwandt war ich nicht mit ihnen, und in meiner Klasse gab es noch drei Niebuhrs.

Der Ärztin sagte ich nicht, was für ein Wunder sie für mich war, Barthold Niebuhr nun auch noch auf russisch; sie besah meine Zehen und schickte mich ins Lazarett.

Ich kam in die Abteilung für Erfrierungen, und der Doktor kam in die mit dem unanständigen Namen, der aber, wie ich dann herausbekam, nichts weiter bedeutete als allgemeine Schwäche. Ich kümmerte mich noch um Dr. Gansekehl, und er nahm sich auch zusammen. Aber er konnte sein Problem doch nicht lösen.

Meine grüne Jacke sah ich dann später bei dem groben Sanitäter. Die aufgestickten Edelweißblüten hatte er abgetrennt.

III

Von all den Leuten, die in diesem Frühjahr gestorben sind, habe ich nur drei mit Namen gekannt, und der eine ist Präsident von Amerika gewesen.

Als es bei uns hieß, er sei nicht mehr, hieß es auch gleich, nun komme etwas ganz anderes, und auf einmal schien es, als habe dieser Roosevelt alles eingerührt gehabt.

Wenn mein Nachbar nicht ein Friseur aus Britz gewesen wäre, dem es eine Wonne war, daß er hier niemandem mehr nach dem Munde reden mußte, hätte auch ich mich auf länger bei den Gerüchten eingehängt, aber der Friseur malte mir mit Worten die Weltkarte, und er konnte auf eine gemeine Art mitleidig sein.

Der Präsident ist an einer langgeschleppten Krankheit gestorben, mitten im Frühling, als es schon beinah Frieden war, und der Friseur ist um die gleiche Zeit durch eine Fensterscheibe umgekommen, aber die Ursache seines Todes war von solcher Unvernunft, daß es ihm überhaupt nicht gepaßt hätte.

Als ich neu in der Stube war und nach einem Verbandwechsel verwundert mitgeteilt hatte, mein Zehenknochen sähe viereckig aus, sagte der Friseur zu mir:

Schließ mal Bekanntschaft mit einige Bräuche: Wenn dir Veilchen aus dem großen Onkel sprießen, kannst du es melden; det wäre neu. Aber wie Knochen aussehen, ist bekannt, wie gefrorenes Fleisch duftet, auch, daß es weh tut, dito. Die Pritsche ist hart, das Essen zuwenig; du fragst dich, wann wir nach Hause kommen; nie hättest du gedacht, dies könnte einmal deine Lage sein – verlier kein Wort drüber, es handelt sich um weitverbreitete Ansichten. Und noch eins, sehr wichtig: Die Nachricht, jetzt glaubt er, jetzt stirbt er, hat jeder einmal frei; danach muß er entweder tot sein, oder er darf nie wieder solche Versprechungen machen. Was glaubst du, ob du das alles behalten kannst?

Ich versprach es.

Gewiß, es konnte mich niemand hindern, von morgens bis abends zu maulen oder Bericht von der Beschaffenheit meiner Glieder zu geben oder davon, wie mir ums Herze war, aber ich war mit Ungemach genug versehen und brauchte den Zorn meiner Nachbarn nicht. Und wenn ich auch nicht geradezu auf ihre Freundschaft aus war, so wollte ich doch wohlgelitten sein.

Für Freundschaft war dies kein Ort; man wohnte zu eng, und man stank zu sehr.

Ich will nicht erst versuchen, den Gestank zu beschreiben; erfrorenes Fleisch entfernt sich durch Fäulnis von den Knochen, das ist alles.

Und es stimmt nicht, daß des Menschen Fähigkeit, sich einzugewöhnen, beinahe unendlich sei. Ich jedenfalls habe bei jedem Atemzug gemerkt, daß die Luft, von der ich leben sollte, nach brandiger Haut und fauligen Gliedern schmeckte.

Das Frühjahr ist mir eingebeizt für alle Lenze, die mir noch bleiben.

Und eine Liebe fürs Kino und für richtiges Erzählen habe ich mir auch von daher mitgenommen.

Ein sächsischer Mensch, der Erich hieß, hat mich mit solcher Neigung versehen. Er war von Hause her ein Spediteur, und später gab er mir Gelegenheit, ihm in sein Räuberherz zu blicken, aber im Gestank dieses vergehenden Winters hat er mich ahnen lassen, warum es gut sein könnte, sich auf die Künste zu verstehn.

Er hat uns an jedem Abend zwischen dem Stück Brot und dem Stück Schlaf einen Film erzählt, und ihm muß ich es danken, daß ich in diesen gefährlichen Stunden nicht in meinem Jammer ertrank. Sächsisch ist sicher ein Tonfall, durch den auch schwächliche Witze zu einigen Kräften kommen, und der Spediteur war aus Pirna, einem Ort, dessen Name mit deutschen Lautzeichen nur sehr unzulänglich wiedergegeben werden kann, aber dieser Erich besiegte das Idiom, wenn er uns Filme erzählte. Ich glaube nicht, daß er seine Sprechweise verändert hat; die verlor sich nur hinter den Bildern, auf die uns der Spediteur mit seinem Erzählen brachte.

Ich weiß nicht, warum, aber ich habe nie einen Film mit Greta Garbo gesehen, doch ich bin sicher, ich kenne »Anna Karenina« und »Die Kameliendame« und »Die Königin Christine« sehr genau, und die Garbo ist mir göttlich und kommt mir nicht vor, als käme sie aus Dresdens Nähe; Erich hat sie so gezeigt, daß mir noch heute ist, als wäre sie einst eine ferne Geliebte gewesen.

Aber »Dr. Crippen an Bord« hatte ich gesehen und »Die Meuterei auf der Bounty« auch und ebenso »Elefantenboy«, und ich sage: Erich war besser.

Ich lag im Bettentrakt eins, so dicht unterm Stuck, daß ich ihn greifen konnte, und es atmete sich dort wie durch einen vergessenen Verband; ich lag auf meiner Jacke, und die lag auf Brettern, und ich war der Prinz auf der Erbse; ich konnte im Licht, das von den Zaunlampen blieb, den SS-Mann im Nebenbett sehen, und im Schlaf sah er noch afrikanischer aus; ich hörte den Ritterkreuzträger aus dem Vogtland im Traum von den Suppen seiner Heimat stöhnen, und ich hörte, wie ihm der Porzellanmacher Edwin dafür einen schlimmen Tod verhieß; vier Schritte weiter wußte ich einen ungarischen Musikanten, der seinem Tode schon sehr nahe war; ich wußte mich sehr fern von einem Leben, von dem ich jetzt erst ahnte, daß es schön gewesen war; ich hatte den Tag mit der Enttäuschung begonnen, die den versöhnenden Träumen folgt, und ich sehnte mich schon nach der Täuschung anderer Träume.

Ich weiß nicht, ob der Fuhrunternehmer aus Pirna in Sachsen von dieser Sehnsucht gewußt hat, die nicht nur die meine war; er hat uns aber jeden Abend einen Traum gemacht. Er dachte sich die Filme nicht aus, er änderte sie nicht; er hat etwas gekonnt, das ich, als ich es erst einmal begriff, sehr bewundert habe: Er ließ dem, der die Geschichte kannte, die Möglichkeit, sie sich mit seinen eigenen Erinnerungen näher heranzuholen, doch wer zum ersten Mal von ihr erfuhr, trug sie fortan als Erichs Geschichte mit sich herum.

In dem Lazarett da war es so ganz schön.

Der Ungar ist noch dort gestorben, dann sind wir auf Transport gegangen. Das wird im März gewesen sein, aber es war noch heftig kalt. Wir sind nach Puławy an der oberen Weichsel gekommen. Der Porzellanmacher hat gesagt, dies sei eine reine Judenecke gewesen, und der Friseur hat geantwortet, dann hätten sie dort ja nun Platz für uns.

Der Porzellanmacher hatte es mit den Juden. Er nannte sie nur die krummbeinigen Söhne Zions, und der Friseur sagte zu ihm: Versuch dir mal an den Gedanken, daß krumm besser ist als abgefroren, du alter Eierbecher, du.

Ich weiß nicht, woher die beiden die Kraft dazu nahmen, aber sie haßten sich ausgiebig, und das hatte deutlich mit ihren Ansichten über Leben und Leute zu tun. Solche wie du, sagten sie zueinander, und das klang, als sprächen sie von einer abgrundtief verruchten Gattung, und immer schien mir, als machte der eine den anderen für sein Los verantwortlich.

Mir ging es seltsam mit den beiden: Der Porzellanmacher war eigentlich viel eher die Sorte Mann, zu der ich passen wollte; er war bestimmt geschickt und furchtlos, und sicher war man gut mit ihm dran gewesen, wo es nach Pulver roch, aber für den Pferch, in dem man nur aushält, wenn man sich zurücknimmt, war er ein denkbar schlechter Nachbar. Möglich, daß er ein guter Porzellanmacher war, aber darüber hinaus wußte er nicht viel, und er fand das in Ordnung, denn Bildung schien ihm etwas Verächtliches zu sein. Er war der Typ, der einem Astronomen die Sterne erklärt, und zwar laut und immer unter Berufung auf seinen gesunden Menschenverstand.

Daß es mich, wenn er sich mit dem Friseur stritt, immer mehr auf die Seite des Britzers zog, wunderte mich doch, denn ich bin nicht allzu scharf auf Friseure. Natürlich hat das mit Vorurteilen zu tun; ich bin überhaupt weitgehend nur aus meinen Vorurteilen erklärbar.

Mein Bild von Friseuren hatte mit dem Blasenkopf in Marne zu tun, der beim Haareschneiden sang, und es hatte damit zu tun, daß ich beinahe zu dem in die Lehre gekommen wäre, weil mein Großvater es für günstig hielt, einen Friseur in der Familie zu haben.

Der Britzer hatte also keinen Kredit bei mir, und seine Ansichten waren auch mir nicht ganz geheuer, weil mir war, als müßte es Folgen haben, wenn man sie teilte, und dennoch merkte ich, daß es mich immer mehr zu dem Berliner Barbier hinzog und sogar zu seinen unbequemen Meinungen.

Wenn es den anderen auch so ging, so habe ich zumindest nichts davon gemerkt; ich glaube, sie mochten seine Logik nicht, denn die störte beträchtlich.

Es ging uns ja nicht gut, und Selbstmitleid ist dann wohl eine Art Schutz, in den man sich verkriechen kann, aber der Friseur jagte uns auf und machte uns in häßlichen Augenblicken mit niederträchtig einleuchtenden Behauptungen zu schaffen, und das ist nicht die beste Weise, Freunde zu gewinnen.

Einmal hat er den Porzellanmacher so in Rage gebracht, daß der schrie, solche wie er gehörten eingesperrt, und ich war zu meinem Glück in der Lage, dies als eine völlig idiotische Bemerkung zu erkennen.

Angefangen hat der Streit mit der Erklärung des Porzellanmachers, er erwarte nun stündlich jemanden mit seiner Rückfahrkarte, und der Friseur hat nur gesagt, er glaube, wir müßten noch was für die Herfahrt berappen.

Daß der Gedanke schlüssig war, konnte man kaum übersehen, aber ob er erlaubt sein sollte, wußte ich nicht, und wenn er den Porzellanmacher nicht so zum Wüten gebracht hätte, wäre ich heftiger gegen ihn gewesen.

Und für den Friseur war ich bestimmt nicht, weil mich seine Sprüche begeisterten; vielleicht hielt ich nur zu ihm, weil ich sah, daß gerade die Dümmsten und Gröbsten gegen ihn waren. Und die Landsbrüder auch. Die Landsbrüder waren eigentlich nur Cliquen, die sich in den verschiedensten

Bereichen, wo es was zu holen gab, festgesetzt hatten. Von den Berlinern wurde man in der Entlausung beklaut, von den Leipzigern in der Bäckerei, von den Hamburgern in der Küche und von den Wienern überall. Einer, von dem ich wußte, daß er aus Lingen in Ostfriesland war, ist bei den Wienern als Wiener untergekommen, der war ein Genie, und für mein Schweigen paßte er beim Baden auf meine Sachen auf.

Aber den Friseur machten sie beinahe fertig, und sie haben nicht getrauert, als es ihm andere ganz besorgten.

Es gibt diese Geschichten von der sizilianischen Mafia, aber ich sage dazu: Das zu sehen, muß ich nicht nach Italien.

Die Wiener hatten eine Nase für den Tod; wer an der Reihe war, der wurde von ihnen in einen Eckverschlag gebracht und mit einer Sterbewache versehen; keiner ist anders als steif und nackt dort herausgekommen, aber die Sterbewache hatte, solange der Patient noch auf der Liste der Lebenden stand, doppeltes Fressen, davon einmal Pflegediät.

Mit Sterbewache wurde belohnt, wer den Landsbrüdern etwas gepfiffen hatte, und ich brauche Sizilien nicht, seit ich weiß, wie viele Leute sich für diesen Posten fanden.

Man wird hernach sehr leicht gefragt, ob man nichts dagegen habe tun können, und ich sage: Ich habe zu der Zeit nicht darüber nachgedacht. Ich achtete, daß es mich nicht traf, und das war schon alles, aber es war gar nicht einmal so wenig, denn ich achtete ja auch, daß ich kein Teilhaber wurde.

Schon, ich habe einmal Lärm gemacht, als die Wiener den Ungarn in die Ecke bringen wollten, doch der ist dann auch so gestorben, und mich hat die Sache nicht viel Anstrengung gekostet. Wenn ich denke, welchen Aufwand ich bei anderen Gelegenheiten trieb, dann ist das bißchen Alarmgeschrei überhaupt nichts. Ich bin zum Beispiel zwei Tage durch das Lazarett gehinkt, um die passenden Anschlußstücke zu meinem Eßnapf zu finden. Diese Näpfe waren aus dem Blech amerikanischer Konservenbüchsen gefertigt und trugen noch Teile der Aufdrucke mit Inhaltsangaben und Herstellungsdaten. Aber nur Teile, und ich war auf das Ganze erpicht; das geht mir mit Geschriebenem so.

Ich hatte zwei Tage mit den Dosen zu tun; das war unterhaltsam, weil die Leute sehr verschieden reagieren, wenn sich ihnen jemand mit der Bitte nähert, die Schrift in ihren Suppenschüsseln betrachten zu dürfen.

Es fanden sich übrigens nur wenige, die mir glaubten, daß ich lediglich an der Wortfolge interessiert war; der Argwohn folgte mir durchs Haus, aber schließlich wurde entschieden, daß es sich bei meinem Topflesen um eine weitere Form des Drahtklapses handle. Daß sie mich für einen Idioten hielten, merkte ich, als mich der Saalälteste zweimal hintereinander zum Scheißetragen einteilen wollte.

Ich konnte ihn davon abbringen und von meiner Vernunft überzeugen, als ich ihm drohte, zur Bayernbier-Partei überzutreten. Ich nehme an, er war vorher ein Henlein-Kerl, aber jetzt war er ein überzeugter Tscheche, und wenn er bei guter Laune war, setzte er die Diskussion über das beste Bier der Welt in Gang, wobei er natürlich dem Pilsner Urquell die Fanfare blies und in Wallung geriet, wenn einer die Säfte aus Dortmund und Kopenhagen oder gar München zu loben wagte.

So was wollte mir einen Klaps anhängen, weil ich anderen einmal in die leeren Suppenschüsseln sehen wollte, und einer hielt mich für so gestört, daß er meinen Löffel Zucker verlangte, ehe er mich sein bedrucktes Blech studieren ließe.

Ich weiß zwar nicht, wozu ich es je brauchen könnte, aber mir ist seit jenem Lazarettsaal bekannt, daß sich in den amerikanischen Kriegskonserven fast immer auch etwas Sojamehl befand, und mir ist geläufig, was sich für und wider die Biere der deutschen Gaue sagen ließe, und ich kann die lackierten russischen Holzlöffel nicht sehen, ohne auf dem Umweg über beschriftetes Dosenblech an erfrorene Füße zu denken.

Weil man uns diese Andenkenlöffel gegeben hatte als Ersatz für Messer und Gabel, denn mit Messer und Gabel hätten wir uns ja umbringen können. Das war schon gut bedacht, aber perfekt wäre es erst gewesen, wenn man auch hölzerne Tröge verteilt hätte, denn es hat sich natürlich einer mit dem Blech seines Napfes den Unterarm weit genug aufgerissen, daß er anderntags leer vom Blute hinausgetragen wurde, vorbei am Sterbeeck der Wiener, das wir schon längst das Café Sacher nannten.

Zum Glück war der Friseur da, mit dem ich dann über so etwas reden konnte. Mit ihm ging das; er war ohne diese fleckige Leidenschaft, mit der sich manche Leute in jeden Streit stürzten, und er war nicht apathisch wie die meisten, die allem Geschehen den blaugelegenen Arsch zukehrten, und vor allem mußte ich ihm gegenüber nicht auf der Hut sein, nicht in Ängsten, er werde sich wehleidig an mich hängen, und nicht in der Furcht, er wollte eigentlich nur meine dickere Jacke.

Warum, fragte ich ihn, macht der das? Würdest du dich wegen einem halben Bein umbringen?

Im Moment, sagte der Friseur, kann ich dir das nicht beantworten, denn mir fehlt kein halbes Bein.

Aber vorstellen könntest du dir das doch.

Schon, meine eigene Gliedmaßen als abhanden, das könnte ich mir schon vorstellen, aber hier dreht es sich um dem armen Kerl sein Bein, und ich weiß nicht, wozu er geglaubt hat, daß er es nötig hat.

Ich könnte mir keinen so wichtigen Grund denken.

Nein, könntest du nicht? Dann versenk dir mal in das Problem. Ick gebe zwei vor, weil du jugendlich und von der Nordsee bist: Erste Möglichkeit, er liebt seine Frau, seine Frau liebt ihn nicht sonderlich, aber sie hat ihn genommen, weil sie eine scharfe Turniertänzerin ist, und er ist eine europäische Rumbagröße. Oder, zweitens, er litt an beknallte Ehrbegriffe: Durch Feind abgeschossener Kopf ist tragbar, abgefrorenes Bein jedoch unmöglich. Und sag nicht, solches gibt es nicht, oder hat sich bei euch keiner umgepustet, weil er nicht in Gefangenschaft wollte?

Schon, aber aus Angst doch.

Ja, aus Angst. Angst hatten sie alle, und jetzt weiß keiner mehr, was wir eigentlich ausgefressen haben könnten.

Ein Feldwebel, sagte ich, hat es direkt vor meinen Augen getan. Ich hab das zuerst gar nicht begriffen; er hielt die Eierhandgranate an sein Ohr, da sah er aus wie mein Großvater, wenn der seine Uhr aufgezogen hatte. Aber es war nicht Ehre oder Angst; er wollte uns keine Last sein; sein Knie war durch.

Nu verkoof mir den nicht als Helden, sagte der Friseur, ich glaube an Gott, den Allmächtigen, aber an diese Helden nicht. Und einen Verein finde ich zum Kotzen, der es zuläßt, daß sich einer mit solchen Sprüchen abmurkst. Keine Last sein! Wie weit hättet ihr ihn denn tragen müssen, bis zum Mond?

Wir hatten ihn auf einem Schlitten, sagte ich, und als wir nicht mehr konnten, wollten wir ihn bei einem Bauern lassen, aber er hatte wohl Angst vor den Polen.

Also doch Angst. Und auf die Idee, einer oder auch zweie von euch könnten mit ihm bei dem Bauern bleiben, wenn ihr dem schon nicht trautet, seid ihr wohl nicht gekommen? Hast du dir schon mal überlegt, wieso euch das als unmöglich galt?

Was ich an dir nicht leiden kann, sagte ich, das ist, daß du immer ihr und euch sagst, und früher hast du sogar Trinkgeld genommen.

Er hat mich böse angesehen, und bis auf ein paar Sätze hat er in seinem Leben nichts mehr zu mir gesagt. Aber das habe ich da ja nicht gewußt, und ich wollte auch lesen.

Es muß spät im März gewesen sein; das Wetter vorm Fenster war ein fleckiger Übergang, die Posten trugen noch ihre Winterjacken, es war morgens, und ich war glücklich.

Ich war glücklich, weil ich ein Buch hatte. Wenn ich sagen müßte, was mir Glück ist, käme ich in Schwierigkeiten wie jeder. Aber ich wüßte einen Anfang: Ich könnte von Büchern reden. Es käme zwar die alte Sache dabei heraus von der Zuflucht in der Dachkammer und dem gestohlenen Licht nach dem Schlafengehen und dem Geschimpfe wegen der Augen, aber es wäre die Rede von Glück.

Und wenn ich nun auch noch sagen müßte, was mir besonders hart angekommen ist, als ich warten mußte, daß mir das Zehenfleisch wieder wüchse, dann spräche ich bald von den Büchern, die mir fehlten. Dabei gab es immer einige, auch im Lazarettsaal von Puławy, aber wer nicht zu einer der Räuberbanden gehörte oder die unmäßige Leihgebühr bezahlen wollte, eine Zuckerration pro Lesetag oder die Hälfte des Brotes, der mußte sich, wie ich, damit behelfen, die Bücher von früher noch einmal im Kopf zu lesen.

Doch an dem Tag, von dem ich denke, daß es ein Märztag war, und von dem ich weiß, daß ich an seinem frühen Morgen noch glücklich war, hatte ich ein Buch. Erich, der sich zu den Leipziger Suppenräubern geschlagen hatte, hat eine Anwandlung von Weichmut gehabt und hat den Storm hergegeben auf nichts weiter als die Erinnerung an die schöne Zeit im Lazarett zu Łódź.

Natürlich war Storm auch nicht so gefragt wie John Knittel – bei uns zu Hause kam er weit hinter Gustav Frenssen, und nicht nur, weil er im entlegenen Husum und Frenssen im nahen Meldorf gelebt hatte. Storm war uns eine Art Bruder Grimm, und Frenssen war unsere Art John Knittel. In der Schule lernten wir »Oktoberlied« und »Abseits« und »über die Heide«, und vorher hatten wir schon vom »Kleinen Häwelmann« und von der »Regentrude« gehört, aber in »Jörn Uhl« war doch viel mehr los, und dann wußten wir auch, daß es Frenssens Bücher in vierzig Sprachen gab und über dreimillionenmal.

Mich ärgerte das richtig, wenn mir ein Hochdeutscher auf meine Herkunft aus Schleswig gekommen war und dann Nebel in die Augen kriegte und murmelte: Du graue Stadt am Meer ...

Damit ist Husum gemeint, sagte ich, und er sagte: Klar! aber er war bestimmt nicht von der Vorstellung abzubringen, daß Marne ein Vorort von Husum sei und Theodor Storm mein Hausnachbar.

Doch dieser leise Gram war vergessen, als Erich mir den

Band Erzählungen gab; jetzt war das erst mal ein Buch, und nun war Storm doch ein enger Landsmann von mir.

Wie die Schleswiger das angestellt haben, weiß ich nicht, aber sie müssen die Gefangenschaft geschickt vermieden haben; in allen Lagern waren sie so rar, daß an eine Heimatgruppe nicht zu denken war, zu schweigen von einer friesischen Deichmannschaft, wie ich sie mir manchmal für den Kampf gegen die räuberischen Kölner und Leipziger und die Wiener vor allem erträumte.

Ich habe mich freiwillig zum Scheißesammeln gemeldet und bin mit dem Eimerkarren durch die Abteilungen gefahren, bis die Ärztin mich dabei erwischt und meiner Zehen wegen wieder auf die Pritsche gejagt hat, und ich habe es nur getan, weil ich in das Gerede lauschen und am nördlichen Schleppton einen Landsmann erkennen wollte.

Ich hatte kein Glück; ich fand nur einen Maklergehilfen aus Tondern, aber der hatte sich einen Danebrog an die Mütze gemalt und hielt sich für verkannt und verschleppt.

Dafür hatten andere manchmal ganz erstaunliche Begegnungen; bei den Dystrophikern lag ein Dessauer Zigarrenhändler mit seinem ehemaligen Verkäufer, sie quasselten beide schwächlich von Fehlfarben; im Lager später gab es Vater und Sohn, die sich immer in der Wolle hatten, und dort sah man auch einen westfälischen Landgerichtsrat Arm in Arm mit einem Kerl, den er einmal wegen Landstreicherei verdonnert hatte.

Aber ich hatte mein Glück, weil ich auf Storm getroffen war; ich sagte mir, als ich ihm zuhörte: Das ist doch besser als womöglich ein Rendsburger Schlachter oder gar der Marner Schulrektor. Es hat sicher mit meiner vergeblichen Suche nach einem Gesprächspartner und der dummen Stimmung im Lazarettsaal zu tun, daß ich die Geschichten weniger las als daß ich ihnen zuhörte; das war neu, sonst hatte ich eine Erzählung hingenommen wie eine fertige Sache; jetzt war ich dabei, als sie entstand. Es lag bestimmt auch daran, daß ich das alles schon einmal gelesen hatte und die Ausgänge kannte. Ich wußte, daß es nichts werden würde mit Reinhard und Elisabeth, und ich war bei der Geschichte von Hans und Heinz Kirch eigentlich schon traurig, als sie noch freundlich klang.

Ich war gerade tief in die entlegenen Abenteuer des Malers Johannes verwickelt, da sagte der Friseur zu mir: Komm mal raus aus deine Scharteke, da is irgendein Hannibal ante portas.

Die Schießerei muß schon eine Weile in Gang gewesen sein; ich hatte mich nur nicht mit ihr befaßt, denn daß es hin und wieder knallt, wo Soldaten sind, ist nicht ungewöhnlich, und ich hatte mein Buch. Aber nun war Unruhe im Schlafsaal, und draußen war es doch sehr laut geworden. Unsere Experten stritten miteinander, ob die entfernteren Schüsse aus deutschen oder englischen MPis kämen; sicher ausgemacht hatten sie jedoch mehrere MG 42 und zwei Granatwerfer. Was laufen konnte, drängte sich an den Fenstern und erstattete den Schwerverletzten Kriegsbericht.

Der Friseur und ich konnten ohne Mühe hinaussehen; da wir Neue waren, hatten wir die zugigen Plätze am Pritschenende bekommen. Vom Turm, der uns am nächsten war, feuerte ein Posten auf ein Haus über der Straße, und unter ihm gingen andere am Zaun in Stellung.

Dem Österreicher, der uns die Vermutung anbot, nun beginne ein neues Ardennen-Wunder, sagte der Friseur: Jewiß, und an die Spitze von dem Wunder sollen sich Kaiser Franz Joseph und Prinz Eugen, der edle Ritter, gestellt haben!

Aber ratlos war auch er. Er fuhr mich an, ich sollte endlich die Schwarte aus der Hand legen und näher an die Wand rücken, er hätte keine Lust, sich zu seinen Erfrierungen noch etwas Heißes einzufangen. Seine Sorge war nicht unangebracht, denn am Saalende hatten Querschläger schon den Putz von der Decke gekratzt.

Die Ärztin erschien mit einem bewaffneten Soldaten und kommandierte alles in die Betten. Sie weigerte sich, etwas zu erklären, sie sagte nur: Noch ein paar Banditen, und sie hatte eine Pistole in der Hand. Der Ritterkreuzträger hatte sich um seine Achse gedreht, aber das und sein Gebrülle war ihm wohl zuviel geworden; jetzt hing er hilflos mit Kopf und Arm über das Fußende seines Bettes.

Kommen Sie herunter und legen Sie ihn wieder hin, sagte die Ärztin, und der Friseur und ich erhoben uns.

Gehört habe ich nichts; ich saß nur sehr plötzlich erschrocken am Boden. Ich saß zwischen dem Glas der Fensterscheibe, und über mir sah ich die Beine des Friseurs, und ich sah die Stiefel der Ärztin, die oben auf meinem Pritschenplatz kniete.

Geh weg, Deutscher, sagte sie zu mir, als ich auf das Bett klettern wollte, aber ich sah doch, daß dem Friseur aus dem Stadtteil Britz in Berlin der Hals halb abgeschnitten war.

Das Fenster, sagte die Ärztin.

Er hieß Alfred Urban, und alle haben ihn nur den Friseur genannt, und begraben wurde er nicht weit draußen vorm Lagerzaun. Der Saalälteste hatte seine Adresse, und ich nahm mir vor, seiner Frau zu schreiben, später, wenn wieder Post ginge. Er mußte nicht über den Seziertisch, das hat mir die Ärztin versprochen. Er ist ja auch nicht an einer Seuche gestorben oder aus unbekanntem Grunde. Ein handgroßes Stück Fensterscheibe hat den Tod herbeigeführt, sehr schnell und sehr sauber. Was aber den schneidenden Splitter aus Fensterglas herbeigeführt hatte, und wo also die wirklichen Gründe für das Sterben des Friseurs gelegen haben, das ist mir lange verborgen geblieben. Die Ärztin war verschlossen; sie sprach auch nicht mehr mit mir über den Römerprofessor Niebuhr aus Meldorf, und ich wagte nicht zu fragen. Da verkroch ich mich in meinen Theodor Storm. Aber das Glücksgefühl kehrte nicht wieder.

IV

Warum sollte ich widersprechen, wenn einer vom Sommer schwärmt? Ich könnte nur sagen: Aber es gibt auch andere!, doch das würde seine Sommergefühle nicht stören.

Mein Sommergefühl ist mein Problem; meine Erfahrungen sind mein Problem. Sie sind ein schmutziger Film, der sich über Weidengrün und Korngelb und Himmelsbläue legt, wenn ich ins Nachdenken über Jahreszeiten gerate. Zum Glück habe ich meistens über anderes nachzudenken, und es hält auch nie lange an. Aber »Geh aus mein Herz und suche Freud ...« ist nicht mein Lied.

Mein Sommerlied hebt mit den Worten »Drei Matrosen in weißen Hosen« an, und es ist ein absolut widerlicher Singsang, weil ich ihn, ich weiß nicht, hundert Grasmonate lang gehört habe, Klavier und sechs Nachschlag-Künstler, die behaupteten, ein Ballett zu sein. Das waren aber Obergefreite mit entsprechenden Beinen.

Angefangen hat das Lager mit dem Gebrüll eines Feldwebels, der meinte, wir hätten ihn grüßen sollen. Allen Ernstes. Ich habe zu deutlich den Kopf geschüttelt, da schubste er mich. Da habe ich ihm eine gelangt. Auch allen Ernstes.

Es kann nicht viel an Gewalt gewesen sein, nach der Frühlingssuppe und der Bewegung zwischen Pritsche und Banja. Aber der Schubser tat, als müßte er sterben, und mir sagte er, nun müßte ich sterben. Die Lageraufsicht hat ihm seine Pläne ausgeredet, und mich hat sie in die Krawallbaracke gesteckt.

Wenn die meine Mutter gefragt hätten, wären sie unterrichtet worden, daß ich da nicht hingehörte. Meiner Mutter war ich immer zu still, und ich ließ mir viel zuviel gefallen. Ihr Vater ist ein schwindsüchtiger Schuster gewesen, aber einer, der mit Stiefeln warf, wenn er etwas loswerden mußte. Meine

Großmutter hat einmal mit der Petroleumlampe zurückgeworfen und die Schusterkugel getroffen; da haben sie sich gedroschen, und gestorben sind sie beide sehr früh. Mein Vater ist streng verwarnt worden, weil er Bleicke Thamms in einen Kornsack gesteckt und an der Winde unter den Speicherfirst gehievt hat – es ging in dem Streit um die Frage, ob Heringe Gleichgewichtsstörungen haben können oder nicht.

Meinem Bruder durfte auch keiner dumm kommen; er klatschte einem dann mit beiden Handflächen gleichzeitig gegen die Ohren; das sollte ungesund sein, hatte er gelesen, und es hat ihn dann auch tatsächlich mal einer für längere Zeit krankgeschlagen.

Bei so einer Familie hätte meine Mutter froh sein sollen, weil ich manierlich war, aber ich war ihr zu still. Mich in der Krawallbaracke zu wissen hätte sie so überrascht, wie es mich überraschte. Ich bestaunte mich und den Hergang, der mich dort hingebracht hatte, und ich bestaunte meine neuen Kameraden. Die waren brav wie niemand sonst. Sie hatten Kleiderbürsten und machten Gebrauch davon. Sie hatten eine Wanzenbrigade, die erfolgreich und wortlos ihrer Arbeit nachging. Sie hatten eine Wasserbrigade und Waschschüsseln, an denen es kein Gedrängel gab. Sie spielten Schach, und wer vergaß, daß Streit verboten war, der wurde in einer Ecke nachhaltig daran erinnert. Sie akzeptierten meinen Einweisungsgrund als ehrenhaft; das ersparte mir, wie ich erfuhr, eine Einführungsabreibung in der Beruhigungsecke.

Die meisten hatten einige Semester Strafkompanie und Wehrmachtsgefängnis hinter sich. Was sie gar nicht mochten, waren Feldgendarmen. Was sie fürchteten, war Sibirien.

Wer artig ist, sagten sie, kommt hier schnell wieder raus. Wer hier raus ist, kommt in eine beliebige Baracke. Wer in einer beliebigen Baracke ist, steht nicht an der Spitze der Transportliste. Hier stehen wir an der Spitze der Transportliste. Hier müssen wir raus. Wer also hier Krawall macht, hat ausgehustet.

Ohne die Aussicht auf das kalte Land wäre ich ganz gern in

der Abteilung geblieben. Es gab keinen Streit um das Essen, und die Köche versuchten lieber nicht, an uns fett zu werden.

Wir bekamen auch Arbeit. Vielleicht war das als Strafe gedacht, aber wer das so sah, konnte nicht wissen, wie Gefangenschaft ist. Und von Arbeit hatte er auch keine Ahnung.

Ich habe erst dort das Gerede der Alten in Marne begriffen und ihre lautlose Wut, wenn sie von der schlechten Zeit erzählten. Als ich ihnen zuhörte, verstand ich sie nicht, denn ich wäre ganz gern einmal ohne Arbeit gewesen, doch als ich keine hatte, wußte ich, was ihre Wut meinte.

Ich habe einen Film gesehen; in dem trieben sich die Männer auf einem Rummelplatz herum, weil sie nicht wußten, wohin mit sich. Die Schiffsschaukeln und die Holzpferde und vor allem die Musik der Orchestrions ist ihnen aber auf die Nerven gegangen, und sie sind Einbrecher geworden. Das leuchtete mir nicht ein, bis ich in der Krawallbaracke saß und die Obergefreiten immerfort »Drei Matrosen mit weißen Hosen« plärren hörte. Die probten für eine Lagerrevue; es war der schlimmste Unfug, den ich je gesehen habe. Da war diese Matrosennummer, und einer machte Hans Albers nach, das hätte aber auch Adele Sandrock sein können, und einer sagte »Frau Wirtin von der Lahn« auf, und er war der einzige, den er damit hochbrachte. Einen Flakhelfer hatten sie zum Fräulein Nummer gemacht; das dumme Tier hielt sich wirklich bald für ein Fräulein, und schon wegen dieser Leistung hätte die Revuebühne angesteckt gehört.

Und wegen des Liedes, das von einem Klavierzwischenspiel in seine unerträglichen Teile zerlegt wurde. Das Lager war nicht so groß, daß man dem stumpfsinnigen Gesang hätte ausweichen können; sogar den unbeholfenen Revuestep hörte man bis in die letzte Zaunecke, und vor dem Klavier schützten nicht Fenster noch Türen.

Einbrecher konnte man hier nicht werden, aber ich dachte an Ausbruch, und ich stellte mir vor, sie fingen mich wieder, und ich erzählte ihnen, wovor ich fortgelaufen war.

Als sie uns zum erstenmal zur Arbeit holten, hätte uns

niemand anmerken können, daß wir die Krawallbrüder waren. Die Stunde vor dem allgemeinen Wecken war schon verdächtig, und die Richtung Bahnhof auch. Wir fuhren dann aber nach Westen, ungefähr dreißig Kilometer. Wir waren auf die Trittbretter und auf den Tender und die Lokomotive verteilt worden. Ich saß auf dem Druckkörper der Lok und sah über die eiserne Verkleidung in den Sommermorgen. So hatte ich immer fahren wollen, und meine Mutter hatte gesagt: Das wird schon noch! Meiner Mutter Sprüche waren weit genug gefaßt für des Lebens ganze Vielfalt.

Zur Bahn hatte ich auch mal gewollt, aber ich war nicht völlig farbensicher, und der Reichsbahnarzt schilderte mir die Zugkatastrophen, die er verhinderte, indem er meine Einstellung ablehnte.

Auf der Lokomotive war ich mir aller Farben sicher. Der Himmel war juniblau, die Felder waren anders grün als die Kiefernstreifen und wieder anders als das Böschungsgras; braun von Beize, Wetter und Schlackenspuren waren die Schwellen voraus und grau der Schotter dazwischen. Polens Weiß und Rot an den Wärterhäuschen glänzten immer noch frisch, und der Russen Rot und Blau und Grün auf den Transparentresten war schon von verregneter Blässe.

Ich spürte einen starken Reiz, das Maul aufzutun und in den Wind zu singen, und ich fragte mich, woher mir diese Kühnheit kam; da merkte ich meinen Irrtum. Es war die Fahrtrichtung, in der Marne lag, und es war das Gleis unter mir, das nur ein Stück war von den anderen Gleisen, um die es jetzt marschgrün wuchs und geestgelb leuchtete. Ich merkte den Irrtum, aber es machte mich nicht traurig, denn so groß war die Täuschung nicht. Zwar fuhr ich nicht in die Heimat, doch zum erstenmal seit langem wußte ich wieder, daß sie war, daß es sie gab mit Himmelsblau und Schienensilber.

Die Arbeit riß mich nicht um, auch wenn mir der gewaltige Kuhfuß, mit dem ich Schwellennägel ziehen mußte, die Arme aus den Gelenken zerrte. Die Aufpasser, zwei Eisenbahner und ein paar Soldaten, ließen uns Zeit; vielleicht gefiel es auch ihnen hier draußen.

Das Gleis war beim Vormarsch hastig und dürftig vernagelt worden, auf breite Spur; jetzt sollte es wieder Normalspur werden und haltbar.

Wir haben eine lange Strecke ausgebaut, und überall sind Lerchen über uns gewesen.

Zurück fuhren wir immer mit dem Personenzug Radom–Lublin. Ich weiß nicht, ob er jemals pünktlich gewesen ist; manchmal warteten wir bis in die Dämmerung auf ihn, aber es machte uns nichts aus, denn wir hatten nur das Lager vor uns und die Wanzen und den schlimmen Matrosenzirkus. Die Eisenbahner hielten auf ihren Feierabend, und die Raucher bekamen vom Tabak, und wir saßen an unserem Strang und redeten, wie man das tut, wenn man neben getaner Arbeit sitzt. Der Nachkrieg rollte langsam über unsere Baustelle, zerschundene Soldaten her und frische Soldaten hin, Wagen mit dem Roten Kreuz in beiden Richtungen, Züge mit zerschossenen Panzern und mit heilen Drehbänken von West nach Ost, Waggons mit Gefangenen auch von West nach Ost und auch von West nach Ost Waggons mit befreiten Gefangenen.

Da war es gut, neben dem frisch geschotterten Gleiskörper zu sitzen und auf den Abendzug von Radom nach Lublin zu warten. Für mich war es gut. Ich fuhr lieber auf dem Trittbrett nach Puławy als auf einer Lazarettpritsche der Oder zu. Ich hatte zu lange den Alltag der Krüppel gesehen. Zuerst hatten Fahnen und leere Jackenärmel im selben Heldenwind geflattert, aber dann wurden die Ärmel mit Sicherheitsnadeln aufgesteckt, und die Helden taugten selbst zum Schulhausmeister kaum; die großen, schweren Fahnen dort werden mit zwei Händen aufgezogen. Ich hatte auch Onno Menck gekannt; der war der beste Schlittschuhläufer von Marne gewesen, und dann saß er auf einem Wägelchen am Eis, und immer konnten wir nicht daran denken, wie gut Onno Menck gewesen war.

Ich war auch lieber bewacht neben dem Gleis als bewaffnet auf ihm. Soldat sein, das hatte eine schrecklich totale Verbindlichkeit. Ich weiß, es gibt Streit, wenn ich das sage, aber ich sage: Ich wollte der Soldaten Unfreiheit nicht gegen meine Freiheit.

Der Radius meiner Freiheit war von der Reichweite einer Postenflinte bemessen; das scheint ein enger Zirkel, aber was alles konnte ich innerhalb seiner tun, und was alles durfte ich in ihm lassen! Ich mußte nicht beim Wecken aus der Koje, als habe es eben Mann über Bord geheißen. Ich mußte nicht zum Frühsport durch einen nassen Wald rennen. Ich mußte niemanden grüßen und also schon gar nicht auf eine bestimmte Weise. Ich mußte nicht fürchten, daß ein wildfremder Mensch den Sitz meiner Mütze bemängelte. Ich mußte nicht zu jeglicher Äußerung dieses wildfremden Menschen: Jawohl! schreien. Ich mußte mich nicht lauthals an Gesängen beteiligen, die meiner wahren Meinung spotteten, etwa: »Es ist so schön, Soldat zu sein!« Ich mußte nicht Tuchfühlung halten, Stiefelbrücken putzen, Kragenbinden tragen, Feldwebelscherze belachen, Giftgassorten unterscheiden, zu Gottesdiensten raustreten und Leute totschießen.

Ich war frei von hundert sinnlosen oder sinnwidrigen Zwängen. Ich war nicht frei bei der Wahl meines Aufenthalts, meiner Nachbarn, meiner Tätigkeiten oder meiner Genüsse, aber schon bei der Auswahl meiner Genüsse war ich freier jetzt. Ich konnte meine Jacke so weit offenlassen, wie ich Jackenknöpfe hatte. Ich konnte, sooft ich wollte, sagen, ich wollte lieber zu Hause als in Polen sein, und es war dann kein Vaterlandsverrat. Ich konnte jeglichem Landsmanne mitteilen, seine Witze gehörten zum Abdecker. Ich konnte meinen fremdsprachigen Bewachern, die meine etwas trägen Bewegungsabläufe erstaunlich fanden, ausführlich darlegen, daß ich seit längerem an balinesischer Gicht litte. Ich konnte mich Heidebrecht Finkenzöller nennen oder Sigismund Rüstig; ich konnte mich zum Narren machen oder zum König ausrufen; da es jeder konnte, störte es kaum jemanden, und da konnte ich es auch lassen. Ich konnte vom Gros aller Regeln lassen, und das schien mir viel Freiheit zu sein.

Und so konnte ich auch dies: Ich konnte nach getaner Arbeit auf das Trittbrett des Abendzuges von Radom nach Lublin steigen, mich festhäkeln am Griff neben dem Einstieg für zahlende Passagiere, mit meinem Ärmel den Ruß vom Fenster wischen, meine Nase gegen die Scheibe drücken und den Inhalt des Abteils betrachten. Da es schon dämmert, dauert es länger, bis ich unterscheiden kann, wer mit wem von Radom nach Lublin reist, aber weil ich draußen an der Scheibe klebe und so eine Abwechslung bin zwischen Feldern, Waldstücken und Telegrafenmasten, wenden alle Reisenden mir ihre Gesichter zu und tauschen sich wohl auch aus über mich. Zwei ältere Frauen scheinen erschrocken über meine Erscheinung, da tut einer der mitreisenden Soldaten seine Pflichten, die der Uniform und die der Männlichkeit, er kommt heran und zieht die Scheibe in der Tür neben mir herunter, betrachtet mich, beugt sich aus dem Fenster und sieht des Zuges Länge behängt mit meinesgleichen, erfaßt die Lage und ruft etwas zurück ins Abteil. Dann faßt er schon wieder den Fenstergurt und fragt mich noch: Du wohin?, und ich sage, denn so frei bin ich hier: Nach Amerika!, und er sagt: Gutes Fahrt! und zieht das Fenster hoch. Er setzt sich auf seinen Platz und berichtet. Ich kann seiner Darstellung folgen: Kein Grund zur Aufregung, meine Damen, nur ein Gefangener, die Trittbretter sind voll davon, arbeiten wahrscheinlich hier in der Gegend, das wird ihnen guttun, noch ganz schön frech, der Kleine da draußen, sagt, nach Amerika will er, na, ich hab gesagt: Gute Fahrt!, soviel Deutsch kann man, soll ich ihm vielleicht in die Fresse hauen, weil er frech ist, das ist nicht meine Art, obwohl ich Gründe hätte, aber wer hat die nicht. Der Krieg ist aus, meine Damen, und der da ist noch ein junger Bengel.

Jetzt besehen sie mich und erzählen einander, was sie mit solchen wie mir alles schon erlebt haben, und darüber gewöhnen sie sich an meine Gegenwart hinter dem Glas.

Und ich habe mich jetzt an das Halbdunkel auf der anderen Seite des Glases gewöhnt; ich erkenne zu den älteren Frauen und den beiden Soldaten noch einen schlafenden Mann und zwei schlafende Kinder, und greifbar nahe vor mir, nahe ja, aber doch nicht greifbar, erkenne ich etwas, das keinem Soldaten zugehört und überhaupt keinem Manne, und ich erkenne es erst jetzt, weil es mir zu nahe ist; nur durch ein paar Glasmillimeter von meinem Gesicht getrennt ist da eines Mädchens Brust, und darüber, eines Hauptes Höhe über meinem Haupte ist eines Mädchens Gesicht, zweimal weibliches Profil ist da, und ich muß sehr fest nach meinem Griffe fassen, denn so nahe war ich solchen Dingen lange nicht. Wo war denn die, denke ich, wo hat denn die gesteckt bis eben, hat sie in der Ecke geschlafen und ist nun aufgewacht vom Fahrtwind durchs offene Fenster? Das Trittbrett ist zu tief unten; so habe ich eine schöne Aussicht auf ihre schöne Brust, aber ich habe keine gute Sicht auf ihr Gesicht, und ich mag keine Brust, zu der ich das Gesicht nicht mag.

Ich bin noch nie, das kann man mir glauben, ich bin noch nie außen an einem fahrenden Zug gehangen, hab polnischen Wind dabei durch meine Ohren pfeifen lassen und meine Augen gerichtet gehabt auf einen nahegelegenen Mädchenbusen. So bin ich nur mit Annahmen versehen und nicht mit einer Gewißheit, doch nicht ohne Festigkeit nehme ich an: Anders als mit meiner neuen Freiheit versehen, jener, die zustande kam durch den Fortfall von hundert Verbindlichkeiten, hätte ich nicht getan, was ich tat auf dem schwingenden Brett am Abendzug von Radom nach Lublin.

Ich löste meine rechte Hand vom Einstiegsgriff und klopfte an die Scheibe. Was hätte das Mädchen anderes tun sollen, als hinauszusehen nach dem Klopfer, heraus und herabzusehen zu mir? Sie konnte nichts anderes tun, und so sah ich, auch wenn der Winkel immer noch etwas ungünstig von unten nach oben war, daß ihr Gesicht zu ihrem Busen stimmte. Ich sah es, obwohl sich das Mädchen nicht lange von mir in seinen Teilen vergleichen ließ, denn da sie nicht frei war wie ich, ließ sie sich von einer der hundert Verbindlichkeiten, die für zugfahrende Mädchen gelten, in die Wagenecke und fast aus meinen Augen ziehen.

Sie muß noch sehr jung gewesen sein, und so hielt sie es nicht lange aus, gedeckt zwar, aber ohne Sicht auf den außerordentlichen Vorgang, der ich war, denn außerordentlich, des bin ich sicher, war ich, so wie ich da war dort, draußen an der Scheibe.

Sie beugte sich ein wenig vor, und ich winkte ihr zu. Sie versteckte sich noch einmal, aber dann schien ihr das wohl zu sehr ein Zeichen von Anteilnahme, und sie setzte sich gerade hin, verschränkte die Arme unter der schönen Brust und sah den schlafenden Kindern zu. Da sprach ich gegen das Fensterglas und achtete nicht des Fahrtwinds, der meine Worte über das Zugdach riß und über die polnischen Wiesen verteilte; da sprach ich:

Ich weiß, den Landweg nach Amerika benutzt kaum jemand, aber ich mache ganz gern, was andere nicht tun. Zum Beispiel esse ich meinen Hundekuchen ungeraspelt. Oder ich sage mir: Wenn schon über Land nach Amerika, dann wird die Sache auf dem Trittbrett durchgestanden. Ich will Ihnen keine Vorschriften machen, aber ungewöhnlich sollten Sie es nicht nennen. Ja, wenn wir den Seeweg genommen hätten, Sie und ich, oder gar den Luftweg, und Sie reisten mit dem Schoner über das Meer und hätten mich dann außenbords an Ihrem Kajütfenster gefunden, das wäre schon etwas ungewöhnlich gewesen. Oder ich hätte Ihnen in beträchtlicher Höhe über den Azoren durch das Bullauge eines Zeppelins zugewinkt – der Anlaß wäre stark genug gewesen für ein starkes Wort; den Vorfall hätten Sie wohl doch schon außergewöhnlich heißen dürfen.

Ach, wir Matrosen, immer die gleiche Hose, immer das gleiche Lied! Meine Mutter sagt, Matrosen sind frech. Ich nehme an, Sie kennen diese Meinung, und nun brauchen Sie einen Beleg, damit Sie die Meinung teilen können. Gut, wir wollen das hinter uns bringen. Ich richte meinen Blick auf

Ihre Brust und sage: Schön haben Sie es da! Das war stark, was? Nun, es ist so meine friesische Art. Wittekinds Stamm, das ist ein furchtlos Geschlecht; lieber Kopf ab als getauft. Und Spinat essen wir auch nicht.

Wie ich immer zu Jörn Uhl gesagt habe: Keiner hat die harte, sinnige Eigenart unseres Stammes besser beschrieben als der Pastor Gustav Frenssen.

Mensch, ich rede dir was hier! Fräulein, wo fährst du hin?

Wir könnten zum Hünengrab raus in die Heide; wir gehen bei Tante Wrede vorbei, die kocht ihre Krabben selber. Und pult sie uns ab. So schnell kann keiner essen, wie Tante Wrede pult, sagt meine Mutter. Und Tante Wrede sagt: So schnell kann keiner pulen, wie Mark Niebuhr frißt.

Tante Wredes Tochter hat teils Ähnlichkeit mit Ihnen, Fräulein, aber teils hat sie krumme Beine. Gott ja, sag ich, für Schwung bin ich auch, bloß immer wo er hingehört, nicht?

Sind Sie auf Ausflug? Ich war mal auf Ausflug nach Laboe. Das Ehrenmal für die Marine sieht aus wie das eine Bein von meiner Cousine, und im Keller hängen alte Fahnen.

Ich habe dem Lokführer Anweisung gegeben, alle Orte mit Ehrenmalen, Fahnenkellern und Gedenkhainen zu meiden. Ich will davon nichts sehen und nichts riechen. Weißt du, wie die Welt riechen müßte? Die müßte wie eine frisch geschälte Gurke riechen. Wie ein Lupinenfeld ginge auch. Ich verlange ja keine Rosengärten. Das sind persische Prinzenallüren, meine ich. Wie die Luft im Birkenwäldchen, wenn der Regen gerade aufhört, oder wie der Wind um eine Räucherkate im Februar, so müßte das Leben schmecken. Das Leben, wenn es richtig ist, muß sich anfühlen wie ein Füllenmaul oder wie der Sand am Abend nach der Julisonne oder wie der Winkel in deinem Auge, Fräulein, dort, wo es zur Schläfe geht.

Das kommt schon noch, sagt meine Mutter, und wer es hindern will, das sage ich, dem werfen wir unsere Stiefel an die Schusterkugel, der muß den Strand von Kolberg waschen, der muß vom Schnee bei Koło naschen, den ziehen wir auf Tintenflaschen, dem pinkeln wir in alle Taschen, der kriegt Tante

Wredes gebogene Tochter zur Frau, und jeden Weibel muß er grüßen, dem singt jede Nacht eine obergefreite Sau, ahî, wie wird der büßen!

Soviel, mein Fräulein mit der fernen Brust, zu den Ansichten Mark Niebuhrs, des Spielmanns, der gleich seine Fiedel schultern wird. Muß itzt eine andre Straße fahn; ein Aufenthalt macht sich noch nötig zwischen hier und Amerika. Doch du vergiß mich nicht, Fräulein unter Glas, es ist Juni jetzt, und Juni wird es immer wieder!

Ich habe einige Heiserkeit von dieser Reise zurückbehalten, aber um eine Liebesgeschichte, nur für mich, war ich fortan nicht mehr verlegen.

Nur für mich, denn sie war, wie ich ahnte, die Geschichte eines Ausbruchs und stellte mich unter Verdacht, nicht recht bei Trost zu sein. Über Weiber redete man in fleischfarbenen Worten, und man wies sich als der große Entkleidungskünstler aus, dem zwischen Narvik und El Alamein kein Schleifchen ungelöst geblieben war. Man war der nimmermüde Nimmersatt, der vom Scheuern Hornhaut auf den Rippen hatte, und wie das Ding hinter dem anderen Feigenblatt hieß, das wußte man in allen Sprachen. Der Krieg, so zeigte sich jetzt, hatte gar nicht gewonnen werden können, denn anstatt auf dem Schlachtroß an den Feind zu reiten und drahtige Sergeanten aufs Kreuz zu legen, hatten Gefreiter Donjohann und Unteroffizier Kasanowski – dies erfuhr man nun vom Unteroffizier Donjohann und vom Gefreiten Kasanowski – des Gegners weichere Stellen gesucht und immer, ach, immer, Mensch, gefunden.

Zuerst hatte ich ergriffen zugehört, und schwindlig war mir vor meinen Aussichten geworden, aber dann war es mit den Geschichten von diesem Fleische so gegangen, wie es in jener Zeit, da der Hunger Meister über unsere Sinne war, mit den Geschichten vom anderen Fleisch gegangen war, zum Beispiel mit der vom Sohn des Hamburger Schlachtermeisters.

Zuerst war das nur einer der vielen Berichte vom verlorenen Wohlleben, aus leerem Bauch erzählt und Beleg, daß Ideen einspringen, wo die Materie ausgeblieben ist. Des Schlachtermeisters Sohn ließ uns von seiner und seines Vaters Sitte wissen, von jedem ausgeschlagenen Schwein ein daumengroßes Stück frischen Specks als Probe und Beihapps zu verzehren und hernach der Schlachtergattin und -mutter einen höllischen Krach zu machen, wenn sie nicht pro Fleischermaul wenigstens drei Riesenkoteletts auf die Familientafel brachte. Das ließ sich zu knurrendem Magen angenehm hören, und auch als die beiden Wurstmacher mit jeder Wiederholung der Geschichte entschieden mehr Schweine zur Strecke brachten und also auch entschieden mehr rohen Speck naschten, zumal die beiläufig verdrückten Proben inzwischen schon Handtellergröße gewonnen hatten – auch da war es immer noch lustig, und der Erzähler war unseres Beifalls sicher, wenn er uns seine und seines Vaters Empörung schilderte, die ausbrach, weil die Hausfrau den beiden ausgehungerten Knochenteilern weniger als zweimal fünf gigantische Karbonaden anzubieten wagte.

Aber am Ende hatte unser Erzähler sich und seinen Vater zu Inhabern eines Viehhofs hinauferinnert, und die Schweine starben einen Fließbandtod, und vom Fließband rissen Vater und Sohn die Fetzen noch warmen Seitenfetts, immerzu, immerzu, immerzu, und da war es zum Kotzen, und ein Fall für die hilflosen Ärzte war es auch.

Wie es eben ging, habe ich meine Mädchenmärchen, die einmal wahr gewesen waren, abgeteilt gegen den priapischen Pritschenprotz; die aufgereckten Sondermeldungen, dieses Milchmannsgarn von der Kundin im prallen Morgenrock, dies Pufflatein von der Madam, die auch noch mit rangemußt, weil der Klient in jeder Hinsicht zur Überlänge neigte – das alles hatte nichts zu tun mit dem sanften Aufenthalt an warmer Haut, bei dem ich in erfreulichstes Befinden geraten war. Und mein Aufenthalt unterm Zaun war im Grunde kein Platz, an dem es sich auskommen ließ mit wehmütigem Rückblick, und man kam auch vom Seil, wenn die Augen zu weit in die fernen bunten Wolken gingen. So hielt ich mich an das Gleis zwischen Radom und Lublin, übte mich an ihm, als müßte ich all mein Lebtag Schwellennägel reißen und Schienen hebeln, ließ meine Muskeln zerren, was sie halten konnten, gab meinem Kopf zu tun mit günstigem Zangenansatz und genauem Stopfhammerschwung, ritt auf Tender und Lok und Wagendach und Einstiegsbrett durch den wechselnden Sommer, trat ein und aus durchs Lagertor, hinter dem noch immer die Matrosen kreischten, und nur in meinen Träumen auf dem Mantel war ich noch nicht ganz erwachsen.

V

Es ist auch in diesem Sommer gewesen, daß wir in Lublin einen Zug mit Nähmaschinen umgeladen haben, von Normalspur auf Breitspur.

Ich hatte zuerst, weil ich mit dem Eisenbahnwesen doch nicht so vertraut war, von Breit- und Schmalspur gesprochen, und man hatte mich mit einer Schärfe, die mir übertrieben schien, belehrt, Schmalspur sei das, worauf unsere Kohlbauern ihren Kappes verlüden, aber die Gleisweite zwischen Kohlbahn und Russenbahn heiße Normalspur.

Glaube ich ja, sagte ich, aber wenn man so redet, machen eben breit und schmal ein Paar, aber breit und normal hört sich umständlich an.

Wenn du durch ein paar Zahnlücken reden mußt, wird sich das noch viel umständlicher anhören, sagte der Schirrmeister, den die Posten zum Kolonnenschieber gemacht hatten, und wenn ich ihn auch nicht gänzlich verstand, so hielt ich doch meinen Mund, weil ich die Zähne darin behalten wollte.

Es gab Empfindlichkeitsbereiche, deren Grenzverlauf ich noch nicht kannte; man merkte erst an der Wut der anderen, daß man in eine solche Zone geraten war, und seit ich gesehen hatte, wie die Aufregung nur größer wurde, wenn man nach Gründen fragte, ließ ich das meistens.

Zwischen den Zügen, dem leeren auf der breiten Spur und dem beladenen auf der normalen, lagen vier weitere Gleise; das war ein weiter Weg. Die Nähmaschinen wurden einem aus der Waggontür auf die Schultern gekantet, und dann war es, als wüchsen die Schienen; die achte, die letzte vor dem Zug auf den breiteren Achsen, war eine stählerne Hürde, kaum überwindbar, und gegen die Ladeluke taumelte man nur noch und zog erlöst die Schultern aus dem Joch.

Brünjesus, Sektenmensch aus Halle, gab bei dieser Gelegenheit bekannt, er handle zu Haus mit Knöpfen und Zwirn, und er habe auch eine Nebenvertretung der Firma Pfaff. Das Interesse an solchen Auskünften war meist gering, weil sich zu oft an die Beschreibung gehabten Wohllebens belästigende Wehklage und ansteckender Jammer knüpften. Immerhin hörten einige dem Kaufmann zu, als er sich mit den Vorzügen der Pfaff-Maschinen gegenüber den Singer-Fabrikaten wichtig tat, vielleicht weil es sie an die häusliche Wohnung und die Frau erinnerte oder weil ihnen, wie mir, eben aufgegangen war, daß man, wenn man ein Mann war, kaum etwas wußte von diesen Weiberapparaten.

Mein Großvater setzte seinen Fuß nicht einmal auf die Steppmaschine in seinem Schusterkeller; wenn Großmutter krank war, und das war sie oft, blieb diese Arbeit eben liegen.

Ich brauchte eine Weile, bis mir einfiel, wo zu Hause die Nähmaschine stand; sie wurde nie benutzt, aber sie gehörte wohl zu einer Familie, wie Trauringe zu einer Ehe gehörten.

Wenn es bei uns etwas zu nähen gab, besorgte das die Tante Anna oder die Tante Ritter. Tante Anna war eine Großtante, vom Schuster-Opa die Schwester, und die Tante Ritter war nur eine Freundin meiner Mutter. Beide stöhnten, wenn man ihnen Arbeit brachte, und keine hielt etwas vom Können der anderen.

Die Tante Ritter hat soviel geraucht, wie sonst niemand, den ich kannte, und sie war, wie ich mich entsann, die einzige Person, die einem fürs Zigarettenholen, Juno die Runde, stets einen Groschen gab. Wenn man eine Viertelstunde bei ihr gewesen war und ihr zugesehen hatte beim Rauchen und Nähen, stank man für den Rest des Tages nach der runden Juno, und man wußte wieder etwas Wichtiges über die Welt mehr: Der Neger handelt inschtinktiver! oder: Petersilie paßt letzten Endes überall ran! oder: Hindenburg, das war noch einer!

Beide Tanten hatten Singer-Nähmaschinen gehabt, und auch die meisten der Geräte, unter denen ich mir auf dem Güterbahnhof von Lublin die Schultern zerrieb, waren Fabrikate dieser Firma. Weil ich den Brünjesus nicht sehr leiden konnte – er wettete immer und stritt, wenn er verlor –, sagte ich ihm, mit Pfaff sei wohl nicht viel los; ich hätte mindestens schon soviel Singers geschleppt wie Pfaff und Miele und Fichtel & Sachs und Triumph zusammengezählt; die deutsche Hausfrau schiene sich klar für Singer entschieden zu haben.

Für Eisääck Singer! sagte Kaufmann Brünjes, als ob das eine Antwort wäre, und als er sah, daß ich damit nichts anfangen konnte, fügte er hinzu: Eisääck, geschrieben I-s-a-a-c, merkste was? Das Thema lag mir nicht besonders, weil Hohn und Entrüstung da so etwas wie Schulpflicht waren, und ich forderte Brünjes auf, wie ein Vertreter mit mir zu reden und nicht wie ein Führungsoffizier.

Aber ich mußte mir sagen lassen, daß auch ein Vertreter nationale Pflichten habe und eine Hausfrau auch, und daß es mit den Nähmaschinen wie mit den Propheten sei: Die deutsche Nähmaschine genieße Weltgeltung, immerhin habe in Friedenszeiten die Exportquote das Fünfzehnfache der Importzahlen ausgemacht – aber, in der Tat, im Lande selbst sei der Singer-Marktanteil unerträglich hoch gewesen.

Hier machte Brünjesus den Fehler, zu sehr in Detailvergleiche zwischen einheimischen und ausländischen Produkten zu gehen; er brachte es sogar fertig, einem etwas von vernickelten Stoffschieberschaukelwellen und rasanterer Verknüpfung beim Doppelsteppstich zu erzählen, während man sich über Schotter und Gleise quälte, ein Gerät auf dem Buckel, das, ob heimischer oder fremder Herkunft, so schwer wie ein Dreschkasten wog.

Einmal bei solcher Begegnung, er befreit und ich beladen, fiel mir auf sein Marktgeschrei zu sagen oder vielmehr zu ächzen ein: Was du nicht sagst! Da bin ich ja ganz Pfaff!, und damit war ich erst mal Sieger.

Wir waren nach all den Feldwebelwitzen nicht verwöhnt, und da hielt sich der Spruch: Da bin ich ja ganz Pfaff!, der dann etwas verfeinert wurde zu: Da bin ich aber Pfaff!, doch recht lange und war auch immer erheiternd.

Für Brünjes nicht; der ließ sich den Vormittag kaum noch vernehmen, aber in der Pause zeigte sich, daß er über die Wiederherstellung seines Ansehens nachgesonnen hatte.

Was meint ihr denn, wo die Maschinen herkommen? fragte er, und er gab auch gleich die Antwort: Die kommen nicht aus der Fabrik und nicht aus dem Laden, die kommen direkt aus unseren Wohnungen. Die sind geklaut worden, die sind unseren Frauen geklaut worden. – Da biste wohl Pfaff, du grüner Klugscheißer; vielleicht hast du vorhin deiner Mutti ihr Maschinchen Richtung Donkosaken verladen. Die werden das zwar für eine Orgel halten und sich wundern, daß keine Musik kommt, Maschin kaputt, aber deine Mutti ist erst mal Neese, und wer weiß, was ihr noch alles fehlt.

Es war nicht sehr schlau von mir zu sagen, bei mir zu Hause seien die Engländer, denn nun meldeten sich einige, bei denen die Russen waren, und es dauerte nicht lange, bis einer meinte, tatsächlich sei ihm heute morgen eine mahagoniverkleidete Miele sehr bekannt vorgekommen, und er wohne in Fürstenberg an der Havel. Es war nicht schwer zu raten, daß in der Stille, die sich jetzt ausbreitete, ein jeder mit der Frage beschäftigt war, ob auch ihm eine Bekannte begegnet sei oder ob auch eine seiner Bekannten oder Verwandten nun ohne Nähgerät war.

Der Knopfhändler hatte ein Gespür für den richtigen Augenblick; an der Grenze zwischen grimmigem Schweigen und grimmigem Schimpfen sagte er: Einigermaßen schändlich finde ich es ja, daß wir unsere eigenen Maschinen verladen müssen, aber das ist eben Zwangsarbeit. Nur, soviel kann ich euch sagen: Wenn mir eine Pfaff unter die Hände käme, von der ich wüßte, auf der hat meine Frau das Taufkleid für die Kleine genäht und den Konfirmationsanzug vom Jungen, oder, sagen wir, ich fände ein Stück, das ich selber verkauft habe, vielleicht an die Witwe Schneiderhahn, Teilzahlung, die ihre acht Kinder damit durchgebracht hat, oder an unseren Nachbarssohn Karlchen Schlöf, der seiner Mutter eine Versenkbare geschenkt hat, als er durchs Assessorexamen war, also, in diesem Falle hielte ich mich für berechtigt, das Schiffchen als Andenken einzubehalten.

Er mußte nicht lange warten, bis ihn einer von unseren beiden schlesischen Häuern fragte, wo denn dieses Schiffchen zu finden sei.

Brünjes zeigte es uns, und er zeigte uns auch, wie man das Schiffchen aus seiner Halterung löste, und er zeigte uns, daß eine Schlackenhalde der richtige Ort war, die kleinen Maschinenteile für lange zu verwahren.

Ja, sagte er, ich glaube nicht, daß sich im weiten Rußland die passenden Ersatzschiffchen so rasch finden werden – da wird denn wohl durch das weite Russenland das schöne Lied erklingen: Tante Hedwig, Tante Hedwig, die Nähmaschine geht nicht! oder, weil die Russendamen nicht Hedwig heißen, Tante Anna, Tante Anna, der Nähmaschin hat Panna!

Er hatte enormen Erfolg, wenngleich unser Gelächter die Posten auf den Gedanken brachte, unsere Pause sei nun lang genug gewesen.

Natürlich gefällt es mir nicht zu wissen, daß ich fast so viele Schiffchen in die Schlacke geworfen habe, wie ich Maschinen schleppte, aber wenn es ums Gefallen ginge, dürfte ich gar nicht erst über mich nachdenken. Ich weiß, daß mich einmal der Gedanke streifte, die Nähgeräte seien wohl kaum dem Marschall Stalin persönlich zugedacht, aber ich ließ rasch von dieser Überlegung und stellte mir mit einiger Anstrengung vor, wie das war, wenn fremde Soldaten in eine Stube traten, um einer Frau die Nähmaschine fortzunehmen.

Die Tante Anna, dachte ich, oder die Tante Ritter könnten sie dann auch gleich mitschleppen, denn mir war fast, als hätte ich die beiden nie anders als an den Apparaten von Eisääck Singer gesehen.

In meinem Zorn geriet ich aus dem Schleichtempo, in dem wir uns bei der Arbeit bewegten, und ich holte Gessner ein, der über den Schotter taumelte, obwohl ihm die Auslader immer nur die leichtesten Modelle aufgepackt hatten. Er war Bankdirektor, und wenn die anderen in seiner Firma so gebaut waren wie er, dann brauchten sie sechs Mann, um eine Tresortür zuzuschieben.

Ich glaubte zwar nicht ganz an den Direktor, weil sich hier beinahe jeder Buchhalter, wer weiß warum, zum Prokuristen beförderte und weil mir die Vorstellung von einem Bankdirektor als Infanterist einigermaßen schwerfiel, aber Gessner war putzig; ich mochte ihn.

Er war höflich und zurückhaltend, wie sich das bei seinem Körperbau empfahl, aber er war doch in der Krawallbaracke gelandet und auch zu Recht, denn er hatte seinem Nachbarn im Bad mit der schweren Waschschüssel eine Rippe eingeschlagen, weil der, nackt wie er, ihm beim Waschen nicht genug Ellenbogenfreiheit ließ. Er gab sich ersichtlich Mühe, die grobe Sprache des Lagers aufzunehmen; das klang komisch, weil er schon ein Alltagswort wie Scheiße nur mit Anlauf meisterte.

Ich blieb neben ihm, weil ich fürchten mußte, er werde gleich unter seinem Maschinchen zusammenbrechen, und als es fast soweit war, half ich ihm, es abzusetzen.

Die Scheiße hat ja ein enormes Gewicht, stöhnte er, aber anstatt seinen Atem zu sparen, fuhr er gleich fort: Die Scheiße mit den Schiffchen ist Scheiße, und sie ist eminent gefährlich. Wenn man dich bei dieser Sabotage betrifft, ist der Arsch ab, Junge.

Man wird mich schon nicht betreffen, sagte ich, aber da hat Brünjesus recht: Die sind geklaut.

Während wir jedem Mütterchen in der Ukraine eine Nähmaschine mitgebracht haben, sagte er.

Das behaupte ich nicht; ich war nicht dabei, aber ich weiß, daß vor uns kein Huhn und kein Filzstiefel sicher gewesen ist. Ich weiß auch, daß mein Vater sein Urlaubsgepäck aus Frankreich auf dem Bootswagen vom Bahnhof gekarrt hat.

Dann multipliziere deinen Vater mit der deutschen Wehrmacht, und dann hast du die Scheiße.

Das war Krieg, sagte ich.

Ach, und nun ist wohl Frieden? Nun stehen die Toten wieder auf, die Krüppel setzen ihre Beine wieder ein, die Häuser vergessen, daß sie gebrannt haben, die Gräben und Bunker ebnen sich ein und begrünen sich, und gleich ist der alte Acker da und Försterwald, denn nun ist ja Frieden. – Glaubst du die Scheiße?

Von unseren Nähmaschinen wird der Acker auch nicht wieder, sagte ich, und einer muß mal aufhören.

Junge, wir waren es aber nicht, die aufgehört haben, mach dir das klar. Sie mußten uns erst so in den Arsch treten, daß wir unsere eigene Scheiße zu schlucken kriegten, dann haben wir den Wunsch geäußert, man möge doch nun aufhören. – Und hörst du auf, wenn du die Schiffchen in die Schlacke wirfst? Was willst du denn nun? Daß aufgehört wird? Dann höre du doch auf! Scheiße!

Ich werde dir jetzt diese Maschine auf den Buckel hieven, sagte ich, und das Schiffchen lasse ich dir drin, damit dir nichts zu einem guten Gewissen fehlt. – Ich wollte, die Russen wären in Hessen; du bist doch aus Hessen, oder?

Ach, sagte er, das wäre in diesem Falle nicht so von Bedeutung; mein Haus ist verbrannt und die Nähmaschine auch. Mit einem präzisen Wort: Scheiße!

An einem hellen Junimorgen hat mich einmal das Heimweh so plötzlich gepackt, daß ich Mühe hatte, nicht einfach loszuschreien. Ich weiß nicht, wie solche Gefühle zustande kommen, was sie auslöst und was sie schwinden läßt; ich weiß nur, daß sie ähnlich sind wie das Herzweh von ganz junger Liebe.

Später hat man damit – ich rede von der Liebe – auch seine Schmerzen, aber die sind schon anders: Man weiß inzwischen, daß sie vergehen oder einen doch nicht umbringen; man hält sie für um so unzulässiger, je älter man geworden ist, und man nimmt ihnen die Kraft, indem man sie mit Spott durchschießt; man läßt böse Gedanken auf sie los, die sie zerbeißen, und weil man nun schon glauben muß, daß es den Tod gibt, weiß man auch von der zuverlässigen Endlichkeit solcher Gefühle.

Am Anfang ist das anders. Am Anfang beherrscht der Augenblick das Leben. Alles wird ewig so sein, wie es jetzt ist. Man ist noch ungeteilt in frühen Jahren. Man ist ganz; ganz unglücklich, ganz glücklich. Die zwei Seelen, die bilden sich erst später aus; später erst hat man Gegenmittel gleich bei sich, gleich in sich; später erst ist man zweimal, also Manns genug, sich zu wehren gegen übermäßiges Leid und übermäßiges Glück.

Am Anfang können wir uns nicht so wehren, sollen es wohl auch nicht. Wir müssen daran glauben lernen, daß wir fliegen können und stürzen können in den fast unheilbaren Bruch.

Wenn ich denke, wie erste Liebe war: Fassungsloses Erwachen mit der Erinnerung an einen gestrigen Blick. Freßgier als ein Teil von allgemeinem Unmaß. Entfernungen gibt es nicht. Zeit gibt es, empörend zuviel Zeit zwischen jetzt und dem Wiedersehen. Zu Entschlüssen kommt man, die hätten Ajax und Alexander und Siegfried nicht geträumt. Man singt; wieso singt man, obwohl man Verwandte hat? Entdeckungen, Entdeckungen: Sommersprossen können kleidsam sein; Lispeln klingt so vertraulich; ich bin witzig, sie hat gesagt, ich bin witzig; ich bin also, denn ich bin witzig; die kennt Berti Koch, der gehört erschlagen, ich bin ziemlich mörderisch; Mädchen haben andere Hüften; langsam gehen und mit kurzem Schritt ist gar nicht einfach, gaar nicht einfach, aber ein Genuß; Mädchen sind Menschen mit einer anderen Bluttemperatur; ich bin ihr sympathisch, hat sie gesagt, und ich habe gesagt, sie ist mir auch sympathisch, das ist ja nicht zu fassen; alle mal rauskommen, alle mal herhören: Ich bin ihr sympathisch, ich ihr!

Und dann diese anderen Entdeckungen: Daß ihr auch andere sympathisch sind, daß sie plötzlich nicht mehr versteht, wovon die Rede ist, daß sie den Film aber gar nicht so gut fand, daß sie nun gar keine Zeit hat, daß sie überhaupt nicht mehr greifbar wird, daß sie dir verlorengeht. – Alle im Haus bleiben, alle nicht herhören, alle nicht aufsehen. Mark Niebuhr macht sich nun ans Sterben.

Herzweh und Herzeleid, das spricht sich nur mit gekräuselter Lippe, aber es gibt das, und so muß es sein, wenn die Seele – anderes Kräuselwort –, wenn die Seele verblutet.

Heimweh ist ganz ähnlich, was ja nicht wundern kann, denn Liebe und Verlust sind wiederum im Spiel. Und auch Heimweh ist, wie Liebesleid, von Doppelart: Genuß ist eingemischt in den Schmerz; was einem schrecklich widerfährt, macht einen doch besonders; unmöglich, daß ein anderer so im Unglück wär, und ebenso unmöglich daher, daß ein anderer wär wie wir.

Ich weiß genau, wie sehr ich mich bedeutend fand, als ich das erste große Heimweh hatte und auch den Namen schon dazu. Das war bei Eckernförde, an der Bucht bei Kiel. Es gibt kein dreckigeres Wasser auf der Welt als das in dieser Ostseeecke. Es gibt kein kälteres und keins mit noch mehr Salz. In diese Mordjauche jagten sie uns jeden Morgen um sechs gleich nach dem anderen Mord, den sie Waldlauf nannten. In die Tümpelbrühe mußte man tauchen, und wer deutsch und männlich werden wollte, putzte die Zähne damit, ohne Zahnputzmittel, denn mit wäre es nicht so deutsch und nicht so männlich gewesen. Der Kaffee zum Frühstück kann nicht anders als aus demselben Bilgenwasser gewesen sein, und der Tag verging uns mit Vierfruchtmarmelade, Weltanschauung und körperlicher Ertüchtigung.

Ich habe mir dort nicht viel Männlichkeit und Deutschtum zugezogen; ich habe sogar an Flucht und Desertion gedacht, aber ein anderer hat nicht nur daran gedacht, der ist wirklich davongelaufen. Der wollte zu Fuß von Eckernförde nach Husum, wo er zu Hause war. Der wollte nach Haus zu seiner Mutter, weil er noch nicht ganz elf Jahre alt war und nicht verstand, daß man bei Vierfruchtmarmelade und körperlicher Ertüchtigung immer deutscher würde. Vielleicht wollte er es auch gar nicht werden, denn er ist fortgerannt, und unsere Führer sind auf ihre Motorräder gestiegen und haben ihn gesucht.

Und haben ihn gefunden. Und haben ihn gebracht. Ins Lager sind sie eingefahren, eine Kette von fünf Jungmännern auf

Zündapp-Maschinen, und vor der Kette ist der Junge ins Lager gestolpert; er wußte, was ich bis heute weiß: Sie hätten ihn überfahren, wenn er gefallen wäre, sie hätten ihn vor unseren Augen überfahren. Sie haben ja auch das andere vor unseren Augen gemacht, für unsere Augen: Sie haben dem Jungen, der zehn Jahre alt war, so alt wie wir anderen auch, einen Tornister übergehängt, den hatten sie mit nassem Strandsand gefüllt, und die Trageriemen hatten sie gegen zwei Enden Telefondraht ausgetauscht, und dann haben sie den Jungen, der nicht älter war als ich, an der Innenseite vom Zaun ums Lager marschieren lassen, und singen lassen haben sie ihn: Unsre Fahne flattert uns voran / in die Zukunft ziehn wir Mann für Mann / unsre Fahne führt uns in die Ewigkeit / unsre Fahne ist mehr als der Tod.

Ich habe das dann nie mehr so richtig geglaubt, und es ist mir gleichgültig, ob man mir das abnimmt oder nicht. Ich weiß es ja. Und ich spüre bis zum heutigen Tag die Telefondrähte in der Haut über meinen Schlüsselbeinen, und ich weiß, wie der Sand in den Zähnen des Jungen geknirscht und geschmeckt hat, wenn der Sand im Tornister ihn wieder und wieder in den Lagersand gezogen hatte.

Sie haben es übertrieben. Sie haben uns ihre Macht zeigen wollen und das, was uns drohte, wenn wir uns ihrer Macht entziehen wollten. Das haben sie uns gezeigt. Der kleine Junge mit dem Tornister voll Sand ist verständlich für jedermann gewesen. Es ist keiner mehr fortgelaufen. Und doch müssen sie mehr als nur mich verloren haben. Sie haben übertrieben, denn sie haben uns nicht nur die Furcht vor Strafe beigebracht, sondern die Furcht vor ihnen. Sie haben mir, und gewiß einigen anderen noch, gezeigt, daß wir nicht Brüder waren. Sie haben in mir die Furcht geweckt vor der Zukunft mit ihnen.

Nein, die Lektion reichte nicht aus, mich zu ihrem Feind zu machen, wir waren nur Fremde fortan.

Und am Abend dieses Tages – den Jungen hatten sie schon fortgeschafft, ich erfuhr nie, wohin, und mich hatten sie an das Lagertor gestellt, weil die Reihe an mir war, es zu bewachen –, am Abend dieses Tages bin ich im Heimweh fast ertrunken.

Da half die Einsicht nicht, daß Marne nicht hinter den Anden lag, sondern zwei Tagesmärsche nach Südwesten, zwei Zugstunden weit am anderen Ende vom Nord-Ostsee-Kanal; das machte die Sache nur schlimmer. Da war mir, als läge Marne hinter dem nächsten Heckenzaun, über die Pferdekoppel gleich hinterm Knick aus Haselbüschen, zwei Daumensprünge links der Wolke in Tagesabschiedsrot, und wäre doch für immer unerreichbar.

Da half das Kalenderwissen nicht: nur noch zwei Wochen. Zwei Wochen waren die Ewigkeit, und die Ewigkeit war der Tod, und der Tod war mehr als die Fahne, und ich wollte nur nach Hause.

Aber ich glaube, es war da auch anderes im Spiel: Daß ich so litt und doch mein Amt versah, daß mir das Herz bebte und daß ich doch mit den Hacken schlug, daß ich mich mit Tränen in den Augenwinkeln fort vom Lager sehnte und doch sein Tor bewachte – das gab dem Leid auf seltsame Weise etwas bei, das ich nur darum nicht Lust zu nennen wagte, weil es mir ungeheuerlich vorgekommen wäre, bei so quälendem Unglück von Lust zu reden.

Ich habe seit langem nicht in der Nibelungengeschichte gelesen und weiß deshalb nicht, ob Volker der Spielmann wirklich das ist, was er mir in meiner Jugend und schon in meiner Kindheit gewesen ist: ein Recke mit Gefühlen, ein Dichter, der einen harten Kanten schlagen konnte, ein Getreuer, der es war, obwohl er wußte, daß er daran sterben würde, und einer, der aus solcher Lebensverfassung noch Lieder zu machen verstand.

Hätten wir jemals Nibelungen gespielt – seltsam, wir haben es nicht getan, obwohl wir doch ständig in Rollen lebten, Indianer, Gendarmen, Trapper, Räuber, Schmuggler, Richthofen und Mölders, Zirkusclowns und Hitlerjunge Quex –, hätten wir je die Nibelungen gespielt und den Untergang an Etzels

Hof, ich hätte nie etwas anderes sein wollen als Volker von Alzei, der videlaere.

Es hat ja diesen Streit gegeben, ob das Nibelungenlied zulässig sei als eine Lektüre in friedlichen Zeiten und für friedliche Zeiten; ich bin da kein Fachmann, aber wenn ich eine Figur unter Verdacht bringen sollte, dann müßte ich mich für Volker entscheiden, der mir so nahe gewesen ist.

Treue, das war nicht: blöde den Kopf hinhalten, weil es einmal so verabredet war; Treue ging nach Volkers Weise: Man wußte den Untergang und litt an diesem Wissen und machte eine Musik darauf. Es war keine gute Wahl, entweder den Hildebrand erschlagen zu müssen oder vom Hildebrand erschlagen zu werden; solcher Zwang drückte ans Herz, aber was war zu machen, der Tod des einen oder des anderen war unausweichlich, und so sang man vorher noch ein Lied, das war so süß und war so bitter, und wenn auch vorher und künftig alles Scheiße war, mit dem Abend vor dem Schlachtetod, mit dem Lied auf der Bank in Etzels Burg, mit der Stunde, wo Freund und Feind gleich angerührt Volker dem Spielmann lauschten, mit diesem Abgang aus einer Lebensgeschichte hatte sich das Leben doch verlohnt.

Vorm Tor zum Lager an der Eckernförder Bucht, am Abend nach dem Schindertag, im Seelenelend nach der Entdeckung von Roheit, wo ich Härte, und von Gemeinheit, wo ich andere Härte vermutet und gebilligt hätte, bei schneidender Sehnsucht nach meinem milden Zuhause lieh ich mir des Spielmanns Haltung, schauderte vor meinem Los, hatte die Furcht im Hals und war doch der getreue Wächter über den Schlaf der getreuen und etwas stumpferen Gefährten in Etzels Burg an der jauchigen Ostsee.

Als ich acht Jahre älter war und an einem polnischen Junimorgen von der Gleisböschung her zusah, wie vorbeirollende Achslast Schiene und Schwelle für Augenblicke tiefer in den Schotter drückte, und als ich hörte, wie der Räderschlag über Schienenstahl und Schwellenholz in die steinerne Bettung dröhnte, und als ich in Ton und Bewegung eine alte Melodie erkannte, die mir lieb war aus Heide- und Rauchwurstzeiten, von Abenden mit Krabben und gebratener Scholle, von Morgenstunden, durch die Möwen schrien und Nebel ging, da ließ ich mich, ich glaube, zum erstenmal in diesem halben Jahr so anderen Daseins, vom Mitleid mit mir selber überwältigen und hatte nur noch den Verstand, die Böschung hinaufzukriechen und das Heulen zu verschieben bis in die Kuscheln dort oben am Schienenweg zwischen Radom und Lublin, beides in Polen.

Von Volker dem Spielmann keine Spur. Oder doch? Ich glaube, insofern schon, als ich sehr mißbilligte, was ich tat, und insofern auch, als ich staunte, weil ich so Heulens noch fähig war. Es hielt ein Zug auf der Ausweichspur; das wendete mich wieder nach außen.

Es war wie immer in solchen Fällen: Waggontüren wurden aufgeschoben, Männer sprangen heraus, reckten sich, halfen Frauen aus den Luken, die kreischten, alles schlug sich in die Büsche, hier und da fluchte jemand, wahrscheinlich weil schon andere in diesen Büschen gewesen waren. Dann holten sie Wasser, dann suchten sie Holz, dann machten sie Feuer und dann roch es bald, o Himmel, o Hölle.

Unsere Posten hielten darauf, daß wir abseits blieben, seitdem zwei heimkehrende Ostarbeiter unseren Schirrmeister verdroschen hatten; der hatte aber auch eine Art: Dallidalli! zu schreien. Trotzdem versuchten wir immer, an die Wagen heranzukommen; schließlich hatte der Vorgang etwas von durchreisendem Zirkus, und wahrscheinlich hatte jeder von uns die Gesichter der anderen schon lange satt.

Marek, sagte der Eisenbahner zu mir, der keine Gelegenheit ausließ, sein Deutsch vorzuzeigen, nimmst du Spaten und Schippe und Picke und gehst mit diese Menschen.

Diese Menschen waren zwei jüngere Männer, die gar nicht freundlich aussahen, aber den Eisenbahner, der sonst mit dem Werkzeug eigen war, hatten sie mit einer Zigarette freundlich gemacht.

Die beiden stiegen die Böschung hinauf, und der Eisenbahner bedeutete mir mit einer albernen Verbeugung, ich solle ihnen folgen. Die Verbeugung mußte er aus einem Film haben; ich grübelte schon seit langem, aus welchem.

Ich war es gewöhnt, daß man mich etwas tun hieß, ohne sich weiter zu erklären, aber mit diesen beiden jungen Männern war es anders; für ihre Zigarette hatten sie sich das Werkzeug ausgeliehen, aber mich doch nicht.

Ich schaltete mich also herunter auf blöd; das geht nach einiger Übung ganz gut: Man hört wirklich schwer und begreift lange nicht und bewegt sich wie einer, der eben aus dem Krankenhaus kommt, Magenoperation, nur noch ein Drittel übrig.

Gut also, nach längerer Verhandlung verstand ich, ich sollte ein Loch ausheben, und bis zum ersten Spatenstich zeigte ich den beiden eine Menge Arbeitsritual. Man gräbt ja nicht einfach drauflos, man macht sich doch erst seine Gedanken: Ob das Gerät die Bodenberührung aushält; ob man sich täuschte oder ob der Griff des Spatens wirklich so seltsam knirscht, wenn man ihn etwas fester packt; ob die Spatenschneide scharf genug ist, mit dem Granit fertig zu werden, der im Boden gleich zu gewärtigen ist; ob der Spatenstiel tatsächlich den enormen Belastungen gewachsen sein wird, denen ihn auszusetzen man demnächst wird nicht umhinkönnen ...

Nach der Werkzeugprüfung die Bodeninspektion; schließlich war nicht ausgeschlossen, daß man bei einer unvorsichtigen Bewegung auf einen Blindgänger stieße, auf Minen oder Öl oder einen heißen Geysir freilegte.

In dieser Abteilung kam ich aber nicht weit, denn einer der Männer sagte zu mir: Ich sehe, du machst ganz gut, aber wir haben leider nicht Zeit zu studieren die ganze Nummer. Einmal habe ich einen gekannt, der hat an Spaten geklopft, ob auch richtiger Kammerton ist. Leider, die Zeit, der Zug. – Gib Werkzeug, setz dich hin, wir machen Grab.

Sie arbeiteten, wie es nur Leute tun, die für sich selber arbeiten; mit fließenden und ausgesteuerten Bewegungen, fast wortlos zu zweit wie einer. Einer stach das Rechteck aus und zerteilte die Krautnarbe mit bemessenen Spatenschnitten, der andere hob die Grassoden mit der Schaufel ab und schichtete sie sorgfältig zu einer niedrigen Mauer. Der eine lockerte mit schnellen und scharfen Pickenhieben den lehmversetzten Sand, und der andere grub sich mit Spaten und Schaufel in die Erde; die aufgeworfenen Hügel an den Längsseiten des Loches wuchsen rasch, die jungen Männer hängten ihre Hemden in Kieferngezweig, und ich wußte gar nicht, was ich von dem allen zu halten hatte.

Sicher schien mir nur zu sein, daß es kein Grab war, was sie machten. Zwar hatte ich selber noch keines gegraben, das heißt, keines, in das nur einer sollte, aber ich hatte doch genügend offene Gräber gesehen, um zu wissen, wie so etwas bemessen war.

Wie ich dies eben erzähle, bemerke ich, daß ich doch nicht so verwildert gewesen bin, für einen Augenblick zu glauben, es könnte mein Bestimmungsort sein, an dem die beiden da schachteten – immerhin, gesetzt, es wäre so gewesen, dann hätte das Loch schon ausgereicht, einen ausgewachsenen Menschen unversargt einzuscharren.

Nein, daran dachte ich nicht, aber weil ich glauben muß, daß ich ein halbes Jahr früher noch so etwas hätte fürchten können, sollte ich vielleicht von mir als von einem Menschen reden, der inzwischen schon nicht mehr so ganz verwildert, schon etwas entwildert war.

Doch, anfangs habe ich jeden Griff an die Pistolentasche als eine Bewegung auf mein Ende zu gedeutet. Anfangs, ganz bestimmt, hätte mich die Aufforderung, ein Loch zu graben in feindliche Erde, auf der ich als Feind betroffen worden war, mit der Gewißheit von meiner jähen Abfahrt versehen, und ich hätte das Auge nicht gehabt, die Fertigkeit von zwei Männern zu bewundern, die eine Grube gruben, denn anfangs wäre das ohne allen Zweifel, also ohne alle Hoffnung meine Grube gewesen.

Noch viel früher allerdings, in meinen Kindertagen, hatten

Worte, bloße Worte, wie Grab oder Friedhof ausgereicht, mich in seltsame Zustände zu versetzen, in den des absoluten Ungehorsams, der starrsinnigsten Verweigerung und in eine unglaubliche Ungezogenheit, in der ich mich nicht scheute, wie ein Tier zu brüllen und mich am Boden zu wälzen.

Ich muß schon über die Sechzehn hinaus gewesen sein, als ich zum erstenmal einen Friedhof betrat, und ich muß einen verengten Atem dabei gehabt haben und einen aufs Notwendigste beschränkten Blick, denn meine Erinnerung daran ist wenig lebhaft und besteht aus Ausschnitten, die nicht zueinander passen.

Ich halte es nicht für erforderlich, besondere Gründe herbeizusuchen, die es machen, daß einer für Tod und Totes nicht zu haben ist – wo die Dinge umgekehrt liegen, sollte man sich schon einmal erkundigen.

Ich habe also dort an der Ausweichstelle der polnischen Eisenbahn den beiden jungen Männern zugesehen, die ein Erdloch aushoben, und bin ganz ruhig geworden, als klar war, daß die Grubenmaße nicht zu einem Sarge stimmten.

Wie das nach starker Erschöpfung geht – und die Heimwehheulerei hatte mich natürlich erschöpft –, bin ich dagesessen, fast zufrieden, fast schwerelos, fast beziehungslos zu meiner Umgebung, und ich habe mir kaum noch die Mühe gemacht, neugierig zu sein auf das, was mit dem Loch nun werden sollte.

Nimm Werkzeug, warte, sitz abseits, wir brauchen nachher noch einmal, das sagte der Sprecher der beiden Männer zu mir, und dann stiegen sie den Hang zum Gleis hinunter, aber nicht dort, wo wir heraufgekommen waren, sondern an einer längst nicht so steilen Stelle. Mir wäre es recht gewesen, wenn der Tag so hätte vergehen wollen: Der Himmel war heute ein besonders hochgezogenes, weißgeflecktes blaues Zelt, das mächtige Horizonte abspannte; man konnte, wenn man darauf aus war, Frühkartoffeln riechen und erste Heumahd und das Kiefernharz in der Sonne; und ich roch, obwohl ich mich abseits gesetzt hatte, wie mir geheißen worden war, den frisch aufgeworfenen Sand neben der verlassenen Grube.

Es war einer jener Augenblicke, in denen man bereit ist, so wie man da ist, zu bleiben; sich, indem man sich nicht rührt, seiner Umgebung anzuverwandeln; wie ein Strauch zu werden, geschützt verwurzelt und ohne Gedanken.

Das war erhebend nach der schrecklichen Erniedrigung die Stunde davor, und dieses Gefühl wurde zu einem Gedanken: Wenn ich nicht zertreten worden bin bis jetzt, so wird es auch nicht mehr geschehen, und so bleibt mir noch eine Aussicht.

Ja, Niebuhr, doch, es ist nicht ausgeschlossen, es ist denkbar, es läßt sich noch für möglich halten, daß auch du eines Tages, wie da unten die, in einer Waggontüre sitzest, in die Sonne blinzelst und weißt, daß du ihr ein Stückchen näher fährst, nach Hause nämlich. Und keiner wird dir einen Panzerwagen nachschicken oder Jungmannen auf Zündapp-Maschinen, damit du ihnen um einen Bischofsdom robbst oder einen Koch erschießt oder einen sandgefüllten Tornister schleppst oder eine Schiene hebelst oder eine Grube gräbst. Es war ein verbotener Gedanke, soviel war mir klar. Man frißt nicht vom Schnee, und man denkt nicht an Heimkehr, wenn man sich noch gar nicht eingedacht hat ins Gefangensein. An Heimkehr denken heißt, sich das Heimweh an den Hals zu holen, und Heimweh zu dulden heißt, Schwächung zu dulden an einem harten Ort, an den man jetzt gebunden ist.

Gut, denken wir nicht so Außerordentliches, so Zermürbendes mehr; schieben wir ein Schott waagrecht über den Brauen zwischen Augen und Stirn; schotten wir die Verbindung ab zwischen Sehen und Denken, zwischen dem Wahrnehmen und dem Denken; kontrollieren wir, wenn er denn doch nicht völlig unterbunden werden kann, äußerst genau den Verkehr zwischen der oberen Abteilung des Kopfes und allen darunter liegenden Fühl- und Schmeck- und Riech- und Sicht- und Horcheinrichtungen, und lassen wir von unten nach oben nur passieren, und lassen wir oben nur in den

Wahl- und Entscheidprozeß, was für das Leben im Augenblick, was für diesen Augenblick des Lebens unvermeidlich, unverschiebbar ist. Das geht, man kann es, wenn man es lange genug will; man kann es immer besser, und gefährlich ist daran nur, daß man es nicht einfach durch Vorsatz umkehren kann.

Es wird damit gehen wie mit dem Arm, den man zu lange stille hält; verkümmert ist der rasch, aufgeweckt zu neuem Leben nur bei zäher Übung. Und auch dann nicht immer ganz.

Ich war nur in Grenzen in Gefahr. Ich war zu neugierig, und dann ist man auf Denken angewiesen.

Und weil ich so war und froh auch, mit Grund der Arbeit der anderen fernbleiben zu können, blieb ich beim Werkzeug in der Nähe der Grube, die erdig roch, und ich blieb auch dort sitzen, als der Leichenzug den Bahndamm hochstieg.

Ich habe keinen Sarg gesehen und zunächst auch keinen Leichnam, doch um welche Art Begängnis es sich handelte, war überdeutlich. Da war die Stille, die man hört, wenn ein Schluchzen sie unterbricht, eine Stille, die unheimlich ist, weil man so viele Menschen sieht und soviel Laut erwartet. Da war die verzögerte Bewegung, als ob es darum ginge, den Toten noch etwas länger über der Erde zu halten. Da war diese seltsame Würde bei gesenktem Blick oder erhobenem Haupt, die immer etwas trotzige Würde, an der man Verlust erkennt und Kampfansage auch.

Und da war der Leichnam, die Leiche eines Kindes sicherlich, eingebündelt in eine bunte Decke, in eine Tischdecke vielleicht mit einer schwereren Decke darunter, ein Bündelchen, das einer der beiden Männer trug, die eben die Grube gegraben hatten, der eine, der nicht Deutsch konnte oder es nicht sprach.

Jetzt sah ich, warum sie vorhin den sanfteren Weg zu den Schienen hinunter gesucht hatten, denn der Zug kam diesen Weg herauf, und es war auch so noch mühselig für den Mann mit dem toten Kind im Arm, und sein Freund stützte ihn, schob ihn beinahe den Hang hinauf, und es war noch einmal zu sehen, daß die beiden einander lange kannten.

Ich bin aufgestanden, weil man nicht herumsitzt, wenn einer begraben wird, und ich bin etwas weiter zurück unter die Kiefernzweige getreten, weil ich mir selber sagen konnte, daß ich hier nicht viel verloren hatte.

Ein älterer Mann hat wohl die Rolle des Pfarrers übernommen; ich meinte das an seinem Ton zu erkennen und an dem Lied, das sie nach seiner Rede sangen, und der Freund hat auch gesprochen, aber anders, und das Lied, das sie dann gesungen haben, hat auch anders geklungen. Der Vater ist in die Grube gestiegen, der Freund hat ihm das Bündel gereicht, und eine junge Frau haben sie fortziehen müssen, und die hat sehr geweint.

Und dann haben sie alle ihre drei Handvoll Erde in die Grube geworfen, aber anders, als man es kennt; der Freund hat damit begonnen, und die anderen haben es ihm nachgemacht: Er hat nur wenig von dem lehmigen Sand genommen, ist in die Knie gegangen, aber nicht so, daß man denken konnte, er bete dort, eher vielleicht, weil er sich scheute, den Sand aus großer Höhe auf das Kind zu werfen, denn es hat ja keinen Sarg gehabt.

Einige haben noch herumstehen wollen, aber der Vater des Kindes hat sie mit scharfen Worten zum Zug hinuntergeschickt, und nur er und der Freund sind geblieben, das Grab zu schließen.

Der Freund ist zu mir unter den Baum gekommen und hat die Schaufel und den Spaten geholt, und als ich ihn fragte, ob ich helfen dürfe, hat er nein gesagt.

VI

Mein Abschied von der polnischen Eisenbahn ist albern gewesen, weil mir heimkehrende Weißrussen oder Ukrainer aus einem vorbeifahrenden Zug etwas an den Kopf geworfen haben, ein rundes und überhartes Brot, wie ich später hörte.

So geht das, wenn der Mensch Freundliches denkt, zum Beispiel: Die armen Schweine da draußen haben bestimmt Hunger, und hier war doch noch ein altes Brot!, und wenn er Physikalisches nicht mitbedenkt, zum Beispiel, daß ein Dreipfundbrot, wenn es aus einem bewegten Fahrzeug in dessen Bewegungsrichtung geschleudert wird, für einen Augenblick die Geschwindigkeit besagten Fahrzeugs behält und, gesetzt, es trifft auf einen ruhenden Gegenstand, einen entschieden stärkeren Eindruck macht, als man es von läppischen drei Pfunden erwarten möchte.

Ich war wie vor den Kopf geschlagen, und es traf sich, daß ich einen rasierten Schädel hatte; so sah man gleich, wo mir die Haut geplatzt war, und man sah auch, daß ich Glück gehabt hatte: Das Geschoß war nicht im rechten Winkel auf die Stirnwand getroffen; der Winkel war stumpf gewesen, und das hatte dem Aufschlag einige Wirkung genommen.

Es reichte, mir ein Stück Skalp aufzuklappen und mir zeitweilig die Übersicht zu nehmen; es reichte für eine Platzwunde und eine Gehirnerschütterung, und vor allem reichte es wieder zur Überweisung in das verfluchte Lazarett.

Einer aus meiner Stopferkolonne hat den Anstand gehabt, mir ein Stück von dem Brot zu sichern und in die Bluse zu stecken; es waren nicht mehr die ganzen drei Pfund, es hat, wenn meine vertrübte Erinnerung richtig geht, ungefähr Faustgröße gehabt, aber der Pritschenchef im Lazarett, dem ich es überreichte, weil mir speiübel war, hat es angenommen, ohne sich zu zieren, und ich habe einen anständigen Platz gekriegt.

Ich glaube, die kleine Ärztin hat sich wirklich gefreut, Niebuhr aus Dithmarschen wiederzusehen; ich habe ihre Näharbeit auf meinem Kopf nicht einmal gespürt, und von der ganzen Affäre weiß ich eigentlich nur, daß ich einen Traum gehabt habe, der sich im Kreise drehte: Erich, der Fuhrunternehmer aus Pirna, ist mit mir die Filmgeschichte durchgegangen und hat mir sämtliche Szenen nicht nur erzählt, sondern vorgespielt, in denen Verbeugungen vorkamen, und ich habe herauszufinden versucht, von welcher der Eisenbahner seinen albernen Bückling abgeguckt hatte.

Ich weiß, daß Träume übertreiben, aber es wird schon stimmen, daß in beinahe jedem Film Verbeugungen vorkommen. Ich habe sie alle gesehen.

Ausschweifende in höfischem Zeremoniell; äußerst knappe Scheitelbewegungen zwischen verfeindeten Gutsbesitzern; Tanzstundendiener vor besonders blöder Kuh; Knechtsknicks nach üppigem Taufgeschenk; Grußtausch zwischen Henker und Delinquent auf dem Guillotinenbock; Dankkundgebung mit eben verliehenem Stern am Hals; Küsters Kratzfuß; Künstlers geschwindelte Demutskurve; gewinkeltes Knie aus Ehrfurcht und Furcht und überwältigender Liebe, vorm Grab und vorm Altar und vor Duellbeginn, mit Hingabe und in tückischer Verschlagenheit.

Ich habe Marschälle sich beugen sehen vor Majestäten; Matronen vor minderjährigen Thronfolgerinnen, Matrosen vor Besoffenheit, Poeten vor adeligen Saufsäcken, Poeten vor Hutmacherinnen, Poeten vor einem gelungenen Gedicht.

Ich habe den Beinschlag ausgeübt gesehen von Vertretern aller Klassen, Altersklassen, Stände und Schichten, Chargen und Berufsgruppen, und – und dies ist auf die Dauer das Schlimmste gewesen – alle die Leute sind dargestellt worden von dem sächsischen Fuhrunternehmer, der Erich hieß.

Zwar, an der Oberfläche der Kinobilder, die meine Traumbilder gewesen sind, haben Schauspieler die Rollen innegehabt, Hans Moser war der betrogene Stadtmusikus, der sich bückt und doch schon Arges plant; Gary Cooper bittet die Tochter des Colonels zum Tanz und denkt an die nahen Indianer; Lilian Harvey versinkt vor der Großfürstin und hat ein Auge auf die engen Hosen von Rittmeister Willy Fritsch; Dick hat auch zu enge Hosen, und als er Doof beibringt, wie es bei Hofe ist, da halten die den Dicken nicht länger – aber Hans Moser war nicht Hans Moser und Hans Albers war nicht Hans Albers und Zarah Leander war nicht Zarah Leander und Pat war sowenig Pat wie Patachon Patachon war, und auch die Tante Ritter und der Professor Barthold Niebuhr und sogar meine Mutter, die in vielen der Filme mitwirkten, waren am Ende nicht, was sie zu sein schienen; sie spielten eine Rolle, und sie wurden selber gespielt, und zwar immer vom Fuhrunternehmer Erich aus Pirna an der Elbe.

Die Ärztin hat mich, als ich mich bei ihr über die schreckliche Verwirrung so verschiedener Gesichte beklagte, mit der Nachricht beruhigt, meine Verrücktheit sei nur normal, und weil ich ihr der Namensenkel eines gelehrten Historikers war, hat sie mir von meiner Gehirnerschütterung immer als von einer Commotio gesprochen.

Einen seltsamen Augenblick hat es zwischen uns gegeben, bevor sie aus meinem Leben verschwunden ist; das ist an einem späten Sommerabend gewesen.

Ich war natürlich nicht der einzige, mit dem sie bei ihren Visiten nicht nur über Wunden und Heilung und Krankheit sprach, aber mit mir tat sie es öfter, was ich mir nicht einbilde, sondern durch das Gestichel meiner Nachbarn weiß, unter denen sich ein alter Bekannter besonders hervortat, Edwin, der Porzellanmacher aus Koło.

Auch der afrikanische SS-Mann war noch da und der Strumpfwirker mit dem Ritterkreuz, doch von den beiden hörte man wenig; ein paar französische Flüche und vogtländische Suppenrezepte, das ließ sich ertragen.

Nur Edwin ließ sich kaum ertragen. Es ging ihm nicht gut,

es ging ihm sogar dreckig, aber es schien, als ob ihm sein Reden und Denken im gleichen Maße dreckiger gerieten.

Die Ärztin nannte er nur die Schickse, und er sorgte, daß ich bald wußte, wie das gemeint war, und als er erst zu wissen glaubte, daß ich besonders gut mit der kleinen dunklen Frau auskam, behelligte er mich mit Weibergeschichten und rassenhygienischen Erkenntnissen.

Natürlich hielt er das Maul, wenn die Ärztin in der Nähe war; er lag dann unruhig wie in schlechtem Schlaf, auf seiner Stirn und seiner gelben Nase glänzte ein feuchter Film, und man sah, wie verletzt er war. Manchmal schlief er wirklich, aber ich habe nie gelernt, wann das der Fall gewesen ist.

Die Ärztin hat wohl gemeint, mir einen Gefallen zu tun, als sie mich wieder zu den Erfrierungen legte, aber zuerst habe ich sowieso nicht recht Kenntnis von meiner Umgebung genommen, und später hätte ich mich in jeder Abteilung gleich unbehaglich gefühlt.

An jenem späten Juliabend, von dem ich erzählen wollte, ist die Frau Kapitänin noch einmal gekommen und hat sich, wie sie das immer tat bei solcher Gelegenheit, auf den Hocker des Stubensanitäters an meine Pritschenseite gesetzt.

Und haben Sie wieder Ihre Verbeugung geträumt? fragte sie, und ich sagte, diesmal sei es besonders scheußlich gewesen. Ich hatte den sächsischen Spediteur als Luis Trenker erlebt, und dieser urige Mensch hatte in einem Gletscher gehangen, viertausend Meter über dem Meeresspiegel, und er hatte die aufgehende Sonne mit einer frommen und lebensgefährlichen Körperneigung begrüßt. Nein, sagte ich, das wüßte ich genau; so einen Unfug leiste sich der Trenker in seinen Filmen nicht. Allenfalls zugezwinkert würde er der Sonne haben oder mit der Tiroler Zunge geschnalzt, aber eine Verbeugung im Seil, nein, das wäre der künstlerischen Freiheit entschieden zuviel gewesen.

Interessant, sagte die Ärztin, wissen Sie viel über Kunst und über Freiheit?

Gar nichts weiß ich, sagte ich.

Doch, sagte sie, Verbeugungen in allen Lebenslagen; ein sehr brauchbarer Traum. Sie werden ihn hoffentlich nicht vergessen.

Warum sollte ich nicht?

Weil es könnte sein, Sie hängen im Seil, und Ihre Majestät die Sonne erscheint. Dann wissen Sie, man muß eine Verbeugung machen. Wenn eine Majestät erscheint, muß man eine Verbeugung machen, und wenn man auch am Seil hängt oder am Strick. Kann man sagen: Strick?

Sie wissen doch genau, daß man es sagen kann, und Sie wissen auch genau, warum Sie es jetzt gesagt haben.

Sie hatte mich wieder da, wohin sie mich schon öfter bei solchen Gesprächen gebracht hatte, am Rande einer Haltung, die sich aus Furcht und Respekt und Unterwürfigkeit und Hilflosigkeit zusammensetzte, einer Bettler- und Sklavenhaltung, die sich vielleicht erzwingt, wo Gefangenschaft und Krankheit ineinanderschießen, die mir aber dennoch, wenn ich mich ihrer entsinne, peinlich ist.

Die Ärztin verstand es, mich mit ein paar Redegriffen an den Rand dieser Haltung zu bringen, an einen Punkt, von dem aus man mit einer geringfügigen Denkbewegung ins Freie oder wenigstens ins Ungefesselte, Ungehemmte gelangen könnte.

Ich habe auf meinen Wegen öfter Leute getroffen, denen es ein Vergnügen war, mich in Rage zu versetzen, mich aus meiner Kontrolle zu bringen – das ist auch nicht so schwer zu haben, aber das meine ich nicht, wenn ich von der kleinen Kapitänin spreche, das meinte sie nicht. Sie wollte, denke ich, sich mit mir unterhalten, um etwas herauszufinden über Leute wie mich, und mit jemandem, dem vor lauter Ergebenheit die Zunge verkümmerte, konnte sie wenig anfangen.

Sie hat mich schnell in Gang gebracht, und das hat sicher auch daran gelegen, daß sie eine Frau war. Womöglich war sie sogar hübsch, aber da will ich kein Urteil wagen, denn sie war mindestens zehn Jahre älter als ich, und überhaupt gehörte sie zu einem anderen Menschenkreis.

Sie hat Stiefel getragen, auch im Sommer, und unter dem weißen Kittel einen langen und weiten blauen Rock. Natürlich wird sie oft auch anders dagesessen haben, aber auf dem Bild, das mir von ihr geblieben ist, sitzt sie schräg auf dem Hocker, die gestiefelten Beine übereinandergeschlagen und lang von sich gestreckt; der Rock reicht bis an die Stiefelschäfte; in den Hüften ist sie schmal, wie sie ja überall schmal ist, und sie sitzt auf dem Hocker, wie manche Künstler ihre Figuren sitzen lassen, nur auf einem Punkt, und sie könnte das gar nicht aushalten, wenn sie nicht ihren Kopf mit dem dunklen Haarknoten gegen einen Bettpfosten stützte; das gibt ihr Halt, und es gibt ihrem Gesicht die Richtung: Sie blickt ein wenig zu mir auf, und weil sie die Arme unter der Brust verschränkt hat, wobei sie sich hält, als fröre sie, macht sie auf mich den eigentümlichen Eindruck eines Menschen, der einen herausfordert und doch schutzbedürftig ist, dem man helfen möchte, und dabei sollte man sich doch vor ihm hüten. Nein, die brauchte keinen Schutz, und zu allerletzt meinen, von dem ich auch nicht hätte sagen können, woher ihn nehmen.

Ich sagte: Ich hätte Ihnen wohl von dieser Träumerei nicht erzählen sollen? Ich kann nur sagen, daß Verbeugungen eigentlich nie mein Problem gewesen sind; da brauchen Sie nicht zu spotten.

Aber wer wird spotten? Sie gehören zu drei Kategorien, über die man nicht spottet; Sie sind ein Patient, ein Gefangener und ein Deutscher vor allem.

Wie Sie das sagen, möchte man gar keiner sein.

Welchen Ton schlagen Sie vor? Sagen Sie mir, Mark Niebuhr, sprechen Sie mir vor, wie ich Deutscher sagen soll! Wir können es üben, wie Sie im Traum Ihre Verbeugungen üben.

Ich glaube nicht, daß Sie den Ton träfen, sagte ich.

Ich sah sofort, daß ich mir zuviel herausgenommen hatte, denn einen Augenblick saß sie wirklich da wie eine Statuette ohne Leben, sehr gespannt und ganz erstarrt, und wenn sie danach aufgestanden wäre, hinausgegangen und wiedergekommen mit der Pistole aus ihrem Instrumentenschrank, hätte ich mich nicht gewundert. Die Erwartung von Gewalt inmitten einer jeglichen Auseinandersetzung ist ein sehr natürlicher Teil meines frühen Lebens gewesen.

Aber die Ärztin war anders. Es war, als bräche sie mit Vorsatz ihre starr verspannte Haltung auf, als nähme sie ihren Muskeln und Sehnen mit ein, zwei Wirbeldrehungen die übermäßige Spannung.

Man könnte sagen, sie ließ sich los; das tat sie auch wirklich, sie löste die verschränkten Arme, nahm die Hände von den Seiten, die sie sehr fest gehalten hatte, legte die Finger über dem Haarknoten ineinander und drehte den Kopf ein wenig zur Schulter.

Sie sah nun an mir vorbei und über mich hinweg, und ich sah den winzigen Ansatz zum Doppelkinn, der Frauen wohl nötig ist, damit sie nicht spitz und knochig wirken, und ich sah ausgerechnet in diesem Augenblick, daß ihre Brust durchaus der Rede wert war. Sie bewegte die Lippen, und weil sie die Augen fast geschlossen hielt, schien es, als lausche sie prüfend einem Wort.

Das Wort, und ich wußte gleich, welches es war, blieb immer dasselbe, aber der Ausdruck ihres Gesichts wechselte mit jeder Wiederholung.

Und so hörte ich zwar nicht, sah doch aber sehr, auf wieviel verschiedene Weisen man das Wort Deutscher sprechen kann.

Wie ich schon sagte, ist dies, ohne daß ich es wußte, die Stunde des Abschieds zwischen mir und der Ärztin gewesen, die ein Hauptmann war und eine Jüdin und eine fast närrische Kennerin römischer Geschichte und auch dessen, was mein Landsmann Barthold Niebuhr von dieser aufgeschrieben hat. Deshalb bleibt zur bloßen Vermutung beschränkt und im nachhinein mit vielen Schichten aus Annahmen und Denkspiel versehen, was ich von den Lippen dieser Frau gelesen habe und was in ihren wechselnden Mienen geschrieben stand, als sie versuchte, dem Wort Deutscher den gemäßen Ton zu geben.

Ein beliebiges Wort aus neun Buchstaben. Ein sinnvolles

Gemengsel aus Dental- und Laterallaut, Diphthong und Affrikata. Ein von Teutscher zu Deutscher erweichtes Maskulinum. Ein Wort wie Deuter oder Täuscher. Ein Wort wie Inder oder Neger. Ein seltsam verplattetes zischend angeriebenes Knautsch- und Quetschwort, das bei rascher Wiederholung seinen ohnehin nur ahnbaren Sinn verliert. Es kommt, woher auch sonst, aus dem Althochdeutschen, und es bezeichnet – die Ärztin hat es bestimmt gewußt, und ich habe es später gelesen – eine Sprache ebenso, wie es ein juristischer Ausdruck war, mit dem die Frankenherrscher gegen einen herrschenden Bayern stritten, nämlich des Sinnes: Wo diutisk, oder auf lateinisch theodisce, gesprochen wird bei Amt und Gericht, dort herrscht nicht nur die diutiske Zunge, dort spricht auch das theodisce Schwert, und wer's nicht glaubt, der soll nur kommen.

Deutscher, ein Begriff so durchsichtig und verläßlich regelhaft wie, sagen wir, die deutsche Sprache.

Deutscher. Ein Deutscher. Ein Deutscher wie Luther. Ein Deutscher wie Goethe. Ein Deutscher wie Heine. Wie Heine? Ein Deutscher? – Was sagen die Deutschen dazu? …

Ach, die immer mit ihrem Heine! – Ich meine: diese russische Ärztin immer mit unserem Heine. Ich meine: Sie hantiert mit Heine wie der Spediteur aus Pirna mit, von mir aus, Friedrich dem Großen hantiert. Er zeigt, wie Otto Gebühr gezeigt hat, wie Fridericus Rex gewesen ist. Aber der Fuhrunternehmer ist nicht der Alte Fritz und ist auch nicht Otto Gebühr und ist zur Zeit nicht einmal Fuhrunternehmer an der sächsischen Elbe; zur Zeit ist er ein Plenni wojenni mit Erfrierungen zweiten und dritten Grades in Puławy an der oberen Weichsel und soll doch endlich mal sein Maul halten.

Die soll doch mal ihren Mund halten mit ihrem Heine und ihrem Barthold Niebuhr und ihrem Hegel und ihrem Freiherrn vom Stein und ihrem: Sagen Sie, Mark Niebuhr, sagen Sie, Sie als deutscher Mensch …

Sie hält ja den Mund, sie hält ihn fast geschlossen, sie bewegt nur ganz sacht die Lippen, es ist kaum mehr als ein leises

Zittern, was über diese Lippen läuft, und es bedeutet immer dasselbe, unhörbar und doch verschieden laut bedeutet es ein Wort, bedeutet Deutscher und wird probiert wie mit wechselnd farbigen Anstrichen: Deutscher – wie deutsche Sprache, wie Luther. Deutscher – wie deutsche Sprache, wie Hitlers Sprache.

Deutscher – wie deutsche Geschichte, wie Freiherr vom Stein, wie Stalingrad.

Deutscher – wie deutsche Literatur, wie Walter von der Vogelweide und dann wie: Vom Nordkap bis zum Schwarzen Meer, Volk ans Gewehr!

Deutscher – wie Buchdruck und Nürnberger Gesetz und Heinrich der Vogler und Heinrich Himmler und das Ulmer Münster und die Kirchen von Rotterdam und Robert Koch und Euthanasie und Heiligabend und Sonntag, der zweiundzwanzigste Juni 1941.

Ihre Lippen haben sich nur bewegt wie Wasser unter leis stoßendem Wind, aber ich glaube, ich hätte das Muskelnetz ihres Gesichts zeichnen können nach dieser stummen Wortprobe, oder ich hätte auch, was natürlich eine unhaltbare Behauptung ist, zu sagen vermocht, wo in der deutschen Geschichte sie gerade verhielt, wenn ihre Augen zu schwarzen Löchern wurden, durch die man, hielte man sich nicht ganz fest, herausfallen könnte aus der Welt.

Ich hätte es gekonnt, weil dies nur ihre erste stumme Rede an mich war, aber nicht ihre erste Rede. Doch die letzte war es, und vielleicht ist es darum, daß die mir so eingegraben ist. Oder kommt es, weil diese, in ihrem längeren Teil wortlose, Ansprache eine Zusammenfassung aller jener Anreden gewesen ist, mit denen sie mich versehen hatte, seit jenem Zählsonntag im Winter, an dem ich an sie geraten war, weil mir ein Landsmann von ihr einen Landsmann von mir auf die Schultern geladen hatte, auf daß ich ihn zum Arzte brächte?

Man hat mich mit einer Menge Unterricht versehen inzwischen, und so weiß ich nicht immer: Weiß ich, was ich weiß, von dort, woher ich denke, daß ich es weiß?, aber ich bin doch überzeugt, daß die größere Partie der durchschlagenden Nachrichten, die ich, seit ich sie einmal erfuhr, immer und für alle Fälle parat halte, mir zuerst, zum ersten Male angesagt worden ist von der Kapitänin, die zu Füßen meiner Pritsche saß, in scheinbar schwebender Schräglage, den Stiefelabsatz am langgestreckten Bein auf der Diele, den Haarknoten gegen einen Bettpfosten und den schmalen Hintern an nur einem Punkt auf der hölzernen Schemelebene.

Das gab ihrer Erscheinung Schwebeform, aber ihre Äußerungen, ihre Meinungen und Feststellungen, ihre Klagen und Anklagen, ihre Behauptungen und Verheißungen, ihre Belehrungen und schon gar ihre Fragen haben niemals Schwebeform gehabt.

Das weiß ich jetzt, wenn ich es auch zu jener Zeit nicht immer wußte. Da habe ich manches Mal geglaubt, die Verbindung zwischen ihren Ansichten und der Wirklichkeit sei von äußerst lockerer Art.

Bis ich dahintergekommen bin, langsam, langsam, daß meine Weise, über die Welt zu denken, nur die Weise war, in der man mich unterrichtet hatte, und daß es, langsam, langsam, langsam, noch andere mögliche Weisen gab und daß es womöglich möglich war, jetzt aber ganz langsam, ganz behutsam, ganz vorsichtig, daß meine Weise zu den Sachen und Verhältnissen nicht immer stimmte. Und, schwindelnmachender Gipfel von Kühnheit, daß der anderen Weise vielleicht doch stimmen könnte.

Manchmal, ausnahmsweise, gelegentlich, hier und da, zufällig, vielleicht, unter Umständen – aber doch, o großer Gott, aber doch.

Ich weiß noch, wie seltsam und auch vorbeigeredet ich es empfand, daß die Frau, die immerhin wußte, wer Barthold Niebuhr war, von mir als einem Faschisten sprach. Wieviel dumme Mühe habe ich darauf gewendet, mich als nicht betroffen zu erklären: nicht wahr, die Parteimenschen in Italien, dem Mussolini seine, die waren Faschisten, aber ich war kein Italiener und ein Parteimensch war ich auch nicht.

Es hat Zeit gebraucht, bis ich das Wort als einen politischen Terminus begriff, der sich nicht um mein Verständnis von ihm scherte, der eben anders in der Welt war, als ich glauben konnte, und den nicht die Ärztin falsch handhabte, sondern ich.

Gerade ich hätte vorsichtiger sein sollen in einem Streit, bei dem es um die Gültigkeit von Wörtern und Bezeichnungen ging, denn gerade ich war einer von denen, die es fuchste, wenn die Süddeutschen gegen die Norddeutschen und die aus Westen oder Osten nicht minder eines dieser grimmigen Hungerspiele trieben und einander mit Hohn überschütteten, weil der eine Kraut genannt hatte, was doch Kohl hieß, oder weil der eine als Kohl bezeichnete, was ohne allen Zweifel Kraut ja war. Oder (Einwurf aus dem Westen) ohne allen Zweifel Kappes, denn Kraut war als Name schon vergeben für das, was andere wieder aus unerfindlichen Gründen unter Sirup verstanden. Hieß das rote, zapfenförmige Gemüse Mohrrüben oder Karotten (Karotten, das sind die mit der runden Spitze, Mann! – Selber runde Spitze, du mit deiner Karotte, Mensch!) oder Möhren oder, wie bei mir zu Hause, Wurzeln? Und welche Entrückung in den Streit und welche Verzückung dabei, als ein Schnupftabakmacher aus Schwedt meldete, in seinem Beruf würden die zur Gärung aufgerollten Tabakblätter Karotten genannt.

Welch eine Begeisterung in der Schlacht, in der es um die Frage ging, ob man sich seine Gesundheit eher mit Zigaretten oder mit Zigarren oder mit Pfeifenrauch oder mit Kautabak oder mit Schnupftabak beschädige oder wann der Mensch ein menschlicheres Bild abgäbe: wenn er ein mit getrocknetem Kraut gefülltes Papier vorm Mund verbrenne oder nichts als in Tabak gewickelten Tabak oder Tabak im Pfeifenkopf aus Ton, Holz, Schiefer oder Stein. Oder gar, wenn er mit priemgebräuntem Gezähn herumliefe und dunkelbraun versoßten Mundwinkeln. Oder etwa beim Schnupfen: Die Augen geschlossen und den Tabak aufgesogen, als wär's das letztverfügbare Schlückchen Oxygen, und dann, o Herrlichkeit, geniest und zwar so, daß es scheint – und auch hier macht dies Gefühl erst den ganzen Genuß –, als ließe man mit jedem Nieser ein kleines Stück vom Leben.

Selbstverständlich hat es Raucherschulen so viele gegeben, wie es Arten des Tabakverzehrs gegeben hat, und da sie alle, beim totalen Mangel an Schnupf-, Kau- und Rauchtabaken, auf ihre Wortmächtigkeit und Überzeugungskraft beschränkt und angewiesen waren, stand die Wasserpfeife eine Zeitlang in besonders hohem Ruf, weil ein schwäbischer Lesemappenvertreter für sie die Werberzunge rollte

Gemeinsamkeit stellte sich im Raucherlager aber immer her, wenn einer die Entbehrung verfluchte und beteuerte, im Augenblick sei er bereit, auch einen gebrauchten Priem noch zu verzehren, und zwar, falls dies eine gewünschte Bedingung sei, mit Messer und Gabel.

Niemand stellte solche Bedingung, niemand äußerte diesen Wunsch, aber fast alle saßen sie da mit verdrehten Augen, und falls ich dereinst am Scheideweg vor Himmel oder Hölle die Chance bekäme, meine guten Taten aufzusagen, dann wüßte ich schon den Anfang dafür: Ich würde, überzeugt, das gäbe mir Aussicht auf die kühlere Region, ins Prüfungsprotokoll die Tatsache geben, daß ich zu Zeiten, wenn die verrückt gewordenen Raucher ihre Wortwolken ausstießen oder die wildgewordenen Fleischer von verzehrten rohen Schinken schwärmten oder die überspannten Damenhelden von anderen Schinken Schmatzlaut gaben, daß ich zu jenen Zeiten bei den wenigen war, die um etwas Vernunft und Mäßigung nachsuchten oder, dies insonderheit war meine Spezialität, dem schon Überdrehten eine weitere Drehung gaben bis zum Riß, bis zum Krach der Parteiungen oder bis zu einem Gelächter, das auch nicht ohne alles Fieber war.

Ich also, der ich belehrt war über die zweifelhafte Gültigkeit von Namen, Zeichen und Werten, ich hätte Grund gehabt, zumindest für möglich zu halten, daß die Ärztin im Rechte war, wenn sie solche wie mich Faschisten nannte. Aber seltsam, wenn ich auch nicht gezögert hätte zuzugeben, daß sie vielfach mehr wußte als ich – schon daß sie Ärztin war, machte sie in meinen Augen zur Gelehrten –, so ließ ich mich überhaupt nicht auf ihre Urteile ein, wenn sie mich auf eine Weise betrafen, die politisch war. Schließlich handelte es sich hier um eine, ja, in der Tat, um eine russisch-jüdische Bolschewistin, und wie kam ich denn dazu, mich ausgerechnet von so einer mit Namen versehen zu lassen?

Ich hatte, wie es geschieht, wenn man viel liest, natürlich schon einiges über Persönlichkeitsspaltung gehört – ich meine, die eine Geschichte von Stevenson genügt, um teuflisches Nebeneinander in einem Kopf und Körper für möglich zu halten –, aber ich entsinne mich keines Falles, in dem es jemandem so ergangen wäre, ich meine, in einer Geschichte so ergangen wäre, wie es mir mit dieser Frau erging, die ein sowjetischer Hauptmann war.

Ich mußte eine Menge Denkgewalt aufbringen, wenn ich alle die Teile und Seiten beisammenhalten wollte, die ja unbezweifelbar zu der einen Person gehörten, welche meine Ärztin war.

Sie war eine junge Frau, aber sie war älter als ich, und deshalb war sie nicht recht eine junge Frau. Sie war auf eine schmale und dunkle Art wohl hübsch, aber ihre anderen Eigenschaften waren in ihrer Fremdheit so viel stärker, daß ich nur selten sah, wie hübsch sie war. Sie war die erste Soldatin, mit der ich in meinem Leben sprach, und meines Wissens habe ich mit keinem weiteren Soldaten über Professor Barthold Niebuhr gesprochen. Sie stammte aus Baku, und sie hat mir erklärt, was Bismarck doch für ein durchtriebener und kraftvoller Teufel gewesen ist. Ich habe eine gekannt, die klang wie eine leis beschwichtigende, mitleidend beruhigende Hüterin, wenn sie durcheiterte Verbände löste, und ich habe eine andere gekannt, die ist eine schießbereite Dompteuse gewesen, als sie mit der Pistole am Fenster stand, und viel anders war dieselbe, immer noch dieselbe, Person auch nicht, wenn sie mich einen Faschisten nannte, und von einigen Ansichten hat sie mich mit einer Haltung befreit, als wären sie überfällige Verbände. Wahrscheinlich verdanke ich ihr die Intaktheit meiner Glieder, und was habe ich immer über die Juden gehört. Nach dem, was man mir eingeblasen hatte, war sie ein kommunistisches Flintenweib, und manchmal, wenn ich einen sehe mit amputiertem Fuß, dann denke ich an das kommunistische Flintenweib und denke an meine vorhandenen Füße.

Bei später Sichtung alles dessen, was mir im Kopf war, als die Frau aus Baku sorgte, daß ich zu wieder heilen Gliedern und einem gut verheilten Skalp kam, bin ich an die Frage gekommen, ob ich von der dunklen Ärztin mit der gleichen Innigkeit dächte, wäre sie, nun, beispielsweise, ein rothaariger Riese aus Riga gewesen.

Das ist etwas unsinnig ausgedrückt, sehe ich schon, aber verständlich mache ich mich wohl doch: Ob, bei gleichem medizinischem Erfolg, ein Mann als Arzt, ein männlicher Arzt, so unverrückbar fest seinen Platz eingenommen hätte in meinem Gedächtnis, so scharf eingeschnitten wäre in meine Erinnerung, wie es diese Frau für immer ist.

Ich bin heute in einem Alter, in dem man manchmal dazu neigt, Vergangenes einzugolden und zumal jeder gehabten Begegnung mit einer Frau geheimnisvoll Herzliches beizumischen. So mancheins würde wohl baß erstaunen, wüßte es, wie mancheins von ihm denkt. Aber es ist meine Überzeugung, daß keine Bekanntschaft zwischen Mann und Frau auskommt ohne alle Erotik, die sich doch auch äußert, wenn eins vom anderen denkt: Um Himmels willen nein! Ohne mäandernde Gedankenlänge: Es ist immer etwas im Spiel zwischen Frau und Mann, wenn sie nur jung genug dazu sind, und so muß auch etwas im Spiel gewesen sein zwischen der Ärztin und mir oder wenigstens von mir zu der Ärztin hin.

Ich weiß nicht, warum mir das jetzt wichtig ist; für mein Leben macht es doch nichts mehr und für das der Frau aus Baku ganz gewiß auch nichts, aber es ist wohl wichtig als ein Element jener unsinnigen Versäumnisse, aus denen sich die Beschaffenheit unseres Daseins ergibt.

Mir ist auch klar, daß man, wenn man von so etwas erzählt, in Zonen gerät, in denen Rührseligkeit die Erschütterung beiseite lügt, aber es wäre wohl ein Fehler, sich die Erzählung zu verkneifen, weil man das zu fürchten hat.

Ich sehe mich berechtigt, von der Sache so zu reden, wie ich es tue, weil die Sache so gewesen ist. Mehr Legitimation habe ich nicht, aber mehr brauche ich auch nicht.

Als ob man sich entschuldigen müßte für den Gedanken, man sei verliebt gewesen oder doch ein wenig verschossen in eine Frau, die einem geholfen hatte, die gut anzuhören war und gut anzusehen eben auch.

Als ob es anstößig wäre zu denken, daß die Ärztin, wenn sie mit einem von tausend Kranken besonders gerne sprach, diesen einen eben besonders gern gehabt haben könnte.

Als ob das anstößig besonders und Grund zu Beteuerung und Entschuldigung wäre.

Ich sollte mich wohl nicht erregen – wenn es so war, wie ich heute zu vermuten mir leisten kann, dann war es nun mal unter jenen Umständen anstößig und unerlaubt; das ist es eben, was Krieg und Menschenkämpfen auch anzukreiden ist: daß der größere Teil von Menschlichkeit unstatthaft erscheint.

Und was ich erzähle, ist ja nichts von verstohlenem Händedruck und tränendurchweichtem Geständnis, es wird nicht Liebe als gemeinsames und unberührbares Drittes gegen zweimal widrige Umwelt und verfeindete Moral gestellt; es wird nur behauptet, und das behaupte ich entschieden: Wir hätten nicht so miteinander reden können, hätten es nicht so getan, wären wir nur Arzt und Patient gewesen, Gefangener und Offizier, Deutscher und Russin. Wir haben geredet wie junger Mann mit junger Frau, weil wir das waren, junger Mann und junge Frau, und es ist Quatsch zu denken: Was hätte daraus Schönes werden können ohne Krieg, denn ohne Krieg hätten wir uns mit einiger Gewißheit nie zu Gesichte gekriegt, und hätten wir es doch, so wären wir auf vielfache Weise Fremde gewesen.

Doch wäre möglich: Sie mit ihrem Hang zu Barthold Niebuhr und römischer Geschichte reist nach Dithmarschen, und ich fahre gerade mal wieder mit dem Rad nach Meldorf. Sie sucht das Niebuhr-Haus, und ich bin ein Einheimischer, den man nach dem Weg fragt. Ich gebe Auskunft, ich zeige den Weg, ich führe sie. Was tue ich noch? Ziehe ich sie in ein tiefes Niebuhr-Gespräch? Lasse ich mich von ihr über die Schönheit Bakus unterrichten? Frage ich sie gar, ob sie nach der Zeit bei Niebuhr dem Älteren noch etwas Zeit für Niebuhr den Jüngeren, den weit Jüngeren haben wird?

Ach du lieber Gott!

So bin ich nicht gewesen, als ich in der Gegend von Meldorf wohnte. So war man nicht in Meldorf und Marne. So war ich nicht. Ich hätte doch nie mit einer fremden Dame so. Für Kaffee und Kuchen und Kino nachher und in die Stadtanlagen nachher war die doch so vorhanden, wie die Urgroßtante von Barthold Niebuhr dafür vorhanden war. Gar nich. Einfach nicht zu denken: Buchdrucker Mark Niebuhr mit einer Dame aus Baku; dummes Zeug. Und nun doch: Buchdrucker Mark Niebuhr mit einer Dame aus Baku? Ja, nun schon; nun ist ja auch anders; nun ist ja Krieg, ist Gefangenschaft, ist Lazarett, ist Elend und Gestank und Jammer und kein Marne und kein Baku.

Nun hat die Ärztin wer weiß wen schon verloren und hat schon lange übergenug von den stöhnenden Bettlern und wehleidigen Räubern, die eben noch nach Baku gewollt, ans Öl, und so gar nicht wehleidig gewesen sind und nicht gebettelt haben und schon gar nicht um irgend etwas gebeten und die nun vor lauter Devotion gebrochenes Deutsch lispeln und die nun endlich, endlich, wo es um sie selber geht, das Mitleid entdecken und ihre Menschenrechte.

Da ist sie froh, einen gefunden zu haben, der so heißt wie ein Stück vergangene schöne Welt und der noch jung genug ist und in Graden unschuldig, daß er es wagt, wütend zu werden und seine Wut zu zeigen, und der nicht so stumpf ist, über den Tod seines Nachbarn hinwegzustieren auf das nächste Abendbrot, und der fast immer ein Buch vor den Augen hat, was, weil er ein armer Schlucker ist, auf Umsicht und Zähigkeit schließen läßt, und den man schon zweimal beim Lachen betraf.

Soll sie sich etwa, wenn sie nun schon die Dienstrunde geht durch den Saal mit den Erfrierungen, ein weiteres Mal von dem Mann mit dem Ritterkreuz über die Weltgeltung vogtländischer Bohnensuppen unterrichten lassen; soll sie sich die feindseligen Betteleien des fiebrigen Volksdeutschen anhören oder das lachhafte Russisch des Breslauer Exportkaufmannes?

Warum soll sie nicht, wenn sie schon mit denen spricht, mit Barthold Niebuhrs Namensenkel sprechen, warum soll sie nicht, obwohl das natürlich müßig ist, ein wenig Kritik an ihn reiben und ihn gänzlich wissen lassen, was man von ihm und seinesgleichen hält, von ihm und seinen Deutschen, deren Name sich so tausendfach sprechen läßt, mit tausendmal verschiedenem Unterton, wenngleich seit einem Sonntag im Juni vor vier Jahren die helleren und weicheren Töne unbenutzt geblieben sind, wenn man vom Deutschen gesprochen hat. Aber als sie in dieser kunstvoll natürlichen Schräge an meinem Lager saß an jenem letzten Abend und mich mit wechselndem Ausdruck und doch sprachlos beim Namen meines Volkes nannte, da hat sie dem Wort alle Farben gegeben, und ich muß sagen, mir hat das sehr wohlgetan.

Denn es ist wohl so, daß man nicht ohne Folgen für sich selbst die anderen das Fürchten lehrt; man wird fürchterlich, man weiß sich fürchterlich und denkt sich fürchterlich; man macht seinen Namen wie einen Harnisch klirren, und man schleppt auch bald an ihm so wie an dem; da vergißt es sich beinah, daß man auch freundlicher Herkunft war, und wenn wer kommt, einen daran zu erinnern, ist das ein großes Glück.

Ich bemerke aber, daß ich in einen Glockenton verfalle, den ich an anderen gar nicht mag; ich glaube übrigens, man neigt zu ihm auch aus Unsicherheit.

Weil ich doch gar nicht wissen kann, wieviel es wirklich mit der Ärztin auf sich hatte und dem Register meines Volksnamens, das sie mir lautlos sprach – Einbildung hat ja ein wichtiges Teil meiner Existenz ausgemacht, in jener Zeit, in der meine Existenz in vielen wichtigen Teilen nicht so sehr ersichtlich war. Gefangenschaft ist Leben, von dem die Freiheit abgezogen ist – das klingt simpel, das klingt tautologisch, es ist aber so. Es ist aber nicht nur so, es ist auch anders. Gefangenschaft ist Leben, von dem Freiheiten zugunsten anderer Freiheiten abgezogen sind. Nicht nur bei den Freiheiten, auch bei den Zwängen findet Austausch statt; unsinnige Zwänge entfallen, sinnvolle Zwänge setzen sich durch.

Nun muß ich achten, daß nicht für Lob gehalten wird, was ich zum Gefangensein hier sage. Es ist grobe Primitivität, und ich bin fürs Ausgebildete, Verästelte. Es ist strenge Reduktion, und ich bin für Überfluß und lockere Haltungen. Man ist zurückgestutzt auf, gerade noch, Wurzeln, Stamm und einiges Geäst; man besteht, wenn's gut gegangen ist, aus Kopf, zwei Armen und zwei Beinen, dem Magen und einigem Gedärm. Aber damit, meine ich, fängt der Mensch ja im Grunde erst an; hier, in der Gefangenschaft, ist er vor seine Anfänge zurückgeschoben.

Wer könnte solchen Zustand lieben? Niemand, denn die so tun, haben nur nicht bemerkt, worum es sich handelt.

Man muß mir nicht sagen, daß Einsperren manchmal nicht zu vermeiden ist; man soll mir nur nicht sagen, es sei viel anderes als der Ausdruck von Hilflosigkeit.

So etwas sollte ich loben? Da kenne ich mich besser.

Mir ist nur zu tun, daß man verstehe: Gefangenschaft ist andre Welt, ist andrer Raum. Was mit der Menschengeschichte nicht geht, mit des einzelnen Menschen Geschichte geht es hier für eine ganze Weile: Die Verbindung zwischen Bisherigem und Künftigem wird gekappt; die Gegenwart fühlt sich keiner Vergangenheit verpflichtet; was einer war, zählt bis an den Lagerzaun.

Man hat nichts, also kann man auch nichts sein aus dem, was man hat. Man hat Hemd und Hose auf dem Leib, und sonst hat man nichts. Keinen Ausweis, kein Geld, keinen Orden, kein Attest, nicht Zeugnis noch Familie. Von allen Geräten, Maschinen, Werkzeugen und Instrumenten, die man vielleicht einmal besaß oder mit denen man sich durchs Leben schnitt, ist ein Löffel übriggeblieben. Oder man bekam, wenn man auch den nicht hatte, einen aus Holz, von dem man in den ersten Tagen mit dem Hirseklacks den Lack abfraß und die Blümchen, schmeckte gar nicht schlecht.

So fängt man an hinterm Zaun, so bleibt man lange.

Natürlich, in manchen Köpfen sind noch die Muster der vorigen Welt; da wird dann geklaut, und daran stirbt man beinahe; oder man macht sich breit wie ein Hauswirt und fällt gleich zweimal in die Scheißegrube, oder man versucht sich auch hier als Diener und sieht sich schnell von allen benutzt.

Oder man ist ungeprägt genug, unbeladen, unbekümmert, daß man das neue Regelwerk ohne weiteres Bedenken anerkennt, sich in die Lage findet, weil ja keine andere zur Wahl steht; Vergangenheit und Zukunft sind über Tag unbetretbare Zonen; nur am Abend, im Übergang zum Schlaf, leistet man sich einen Blick auf Gewesenes, Schöngewesenes, schön Gewesenes, und wenn einen die Natur mit schützenden Instinkten versehen hat, geht man mit den Träumen vom Morgen äußerst sparsam um.

So war ich wohl beschaffen; ich war imstande, rasch zu lernen, was dort nötig war, um in der Mitte zu bleiben und nicht an die Ränder zu geraten, zu den Hanswursten und Mönchen und Bettlern.

Es war nicht so furchtbar viel, was da zu lernen war: Nicht zu laut sein, nicht zu leis sein, nicht drängeln, sich nicht schubsen lassen, möglichst wenig glauben, möglichst wenigen trauen, nicht von anderen abhängig werden, sich nicht von den anderen lösen, für alle Bewegung die günstigste Drehzahl suchen, schnell nur sein, wo wirklicher Vorteil winkt, entschieden dann sein, wenn sich Herrschaft kristallisieren will.

Das lernte sich bald, denn es war ja primitivstes Regelwerk, und über das hinaus war nichts zu bedenken, keine Tischsitten, keine Verkehrsregeln, keine Budgetgrenzen, keine Vertragsklauseln, keine Karrierezwänge; Freiheit von fast allem und Freiheit zu beinahe nichts.

Daß es damals so gewesen ist, hat für mich seine Folgen bis heute. Die genaue Erinnerung an alles, was war, ist so eine Folge. Es war ja so wenig, es kam doch kaum etwas vor. Auf die Gefahr, daß ich mich umständlich ausnehme, will ich es erklären: Auf eine bestimmte Menge Zeit kam, verglichen mit früherem oder späterem Leben, viel weniger Vorgang, Ereignis, Vorkommnis. Keine Zeitung, kein Radio, kein neuer Anzug, keine interessante Marmelade, kein anderes Mädchen, keine ausgefallene Bahn, kein verlorenes Portemonnaie, kein Ärger mit einem Chef, keine Freude über den Sohn, kein Hund, keine Katz, kein Huhn, kein Ei. Der Alltag, den man für unerträglich öde hielt, erweist sich vor dem eingezäunten Alltag als ein überaus verschlungenes System aus Geschehnis und Pflichten.

So versteht sich wohl, daß die Auftritte der Ärztin nicht nur für mich außerordentliche Ereignisse in einem Graumief aus Ordinärem gewesen sind; sie waren für jedermann die Tagesmomente, in denen man wissen konnte, daß es die Welt noch gab.

Aber für mich ist sie nicht nur eine Abwechselung in einer Zeit so scheinbar ohne allen Wechsel gewesen; mir hat sie Änderung gebracht.

Ja, ich bin sicher, Änderung. Es liegt seither in mir etwas bereit, das, knurrend manchmal, aber doch verläßlich, aufsteht und mich zwingt, ein Urteil, welches ich schon niederlegte, noch einmal aufzunehmen, zu mustern und zu prüfen, und siehe, gar sehr oft erfahre ich, daß dort, wo ich mit meinem Denken abgeschlossen hatte, noch weiterer Gesichtspunkt möglich ist und Korrektur des Urteils also auch.

Ich leiste mir den frommen Wahn, es könnte eine Liebe gewesen sein zwischen mir und der sehr fremden Frau, weil ich sonst nicht weiß, wie ich wohl dazu gekommen wäre, mir von einem zugereisten Weibe äußerst dunkler Art so in mein Leben eingreifen zu lassen. Es genügt mir eben nicht – da bin ich ganz ein Mann – zu denken: Die Frau hat schließlich recht gehabt, was sollte ich da machen? Es muß, weil ich ein Mann bin, die Erklärung sein: Nur weil privatester Austausch stattgefunden hat, bin ich zu weltwichtigen Einsichten bereit gewesen.

Hauptsache aber, daß ich durch die Berührung mit der Doktorin, mag es nun die eine oder ganz andere Bewandtnis mit ihr gehabt haben, zu einiger Vernunft gekommen bin, und zwar so kräftig, daß ich die Absicht hege, nie mehr von ihr zu lassen. Es äußert sich dieses so: Wenn ich in weißer Wut von einem Menschen denke und ihn abzutun bereit bin als einen Lumpenfleck und Luderjan, dann gilt für ausgemacht, daß ich noch einmal abzurücken mich bequemen muß von der doch so verläßlich wirkenden Eindruckssumme – ich muß, ich bin dazu vor mir verpflichtet, noch einmal das besehen, was gegen meine Meinung spricht.

Anders, ich habe durch die Ärztin, mit der sich mir ein Weltbild änderte, gelernt, den von mir Angeklagten oder Hochgelobten das Letzte Wort zu geben; ich sträube mich sehr oft dagegen und versuche mich mit üblen Tricks, doch das ist nun in mir seit der Kapitänin von Puławy.

Und wenn etwas besonders unverrückbar als so oder so erscheint, dann spreche ich seinen Namen lautlos vor mich hin, gebe ihm immer wieder neuen Ton, so wie ich die Sache in anderen Lichtern sehe, und manchmal, glaube ich, treffe ich mit meiner Meinung so das Rechte.

Also nenne ich es Liebe, was da einmal war.

VII

Wenn die Tante Ritter nicht nähte und Juno rauchte und erhellende Sprüche von sich gab, dann rauchte sie und löste Kreuzworträtsel, und ich bewunderte sie.

Sie wußte alles. Ägyptische Gottheiten und regelmäßige Vielflächner und mecklenburgische Quellseen und türkische Milchspeisen und selbstredend sämtliche Päpste- und Kaisernamen.

Und wenn sie doch etwas nicht wußte, dann durfte auch kein anderer es wissen. Als ich ihr einmal von meinem Lesewissen den Rittersnamen Kniprode beisteuerte, weil sie sehr über die Rätsellücke gejammert hatte, wurde sie so böse, daß sie mir nicht einmal den Groschen fürs Zigarettenholen gab. Eben noch hatte sie über die Unverschämtheit geschimpft, als Kreuzworte des gesuchten Deutschritters einen weiblichen und einen männlichen Vornamen einzusetzen, was ja nur zu einer schier endlosen Probiererei führen könne, und nun war ich ein vorlauter Besserwisser und naseweiser Spielverderber, und den Groschen kriegte ich nicht. Das merkte ich mir.

Es war mir nicht nur beim weiteren Umgang mit der Tante Ritter nützlich, es hat mich auch mit der Einsicht versehen, daß zu manchem Spaß die Plackerei gehört und daß man gut daran tut, nicht gleich hilfreich herbeizuspringen, wenn man jemanden stöhnen hört.

Der Mann von der Tante Ritter hat dies Wissen auch gehabt, aber er hat ganz andere Folgerungen daraus gezogen: Wenn er so richtig über Kreuz mit seiner Frau gewesen ist, dann hat er ihr heimlich in ein noch unbearbeitetes Rätsel ein oder zwei Lösungswörter gesetzt.

Von manchen Ehen versteht kein Mensch, warum sie nicht ewig hielten, und an der Ritter-Ehe war unverständlich, wie sie so lange halten konnte. Denn die Frau versteckte vor dem Mann die Zeitungen mit Kreuzworträtseln wie andere die Briefe aus einer früheren Verlobung verwahren. Und der Mann hat es fertiggekriegt, den Briefträger abzufangen und aus der Wochenschrift »Koralle« das magische Quadrat herauszuschneiden, auf das sich die Frau doch immer so freute.

Gelegentlich dieses Zwischenfalls hat mir aber zu ahnen begonnen, daß meine Nenntante doch kein Rategenie gewesen ist, und unmeßbar viel später ist aus dieser Ahnung eine Gewißheit geworden, in der Lagerbaracke nämlich, in der mich die Langeweile fast noch stärker drückte als der Hunger.

Da habe ich mich einer Fertigkeit entsonnen, in deren Besitz ich mich gearbeitet hatte, nachdem die »Koralle« von Herrn Ritter so grausam verstümmelt und zerstückelt worden war.

Ich habe in der Baracke Kreuzworträtsel entworfen, und ich konnte das, weil ich bei der rauchenden Näherin in scharfem Training gestanden hatte.

Ich hatte befürchtet, nach dem Anschlag ihres Gatten auf die Illustrierte würde ich nie wieder einen Groschen von ihr zu sehen bekommen; sie war in der ersten Woche so giftig, daß sie sogar ein Kleid verschnitt; ich mußte etwas unternehmen.

Ich unternahm die Rekonstruktion des »Koralle«-Rätsels. Zwar war das mühevoll, aber weniger schlimm, als es sich anhört. Denn der Onkel, der wohl auch etwas beschränkt war, hatte nur den Kasten mit den Ratefeldern, nicht aber die Fragen ausgeschnitten. Es zog sich ein paar Tage hin; verschiedene Anläufe waren nötig, Nachforschungen in Atlas und Volksbrockhaus, Nachfragen bei anderen Denksportlern, aber dann stand die Auflösung in meinem Rechenheft; ich habe die Leerquadrate ausgeschwärzt und das so entstandene Kreuzschema, diesmal ohne die Worteinträge, auf ein weiteres kariertes Blatt übertragen; das klebte ich unter die Lücke, die nach des Onkels Anschlag in der »Koralle« zurückgeblieben war, und fortan durfte in Tante Ritters Gegenwart niemand mehr ein böses Wort gegen mich sagen.

Dieses verhältnismäßig komplizierte Verfahren brachte mich auch auf die Lösung der weit einfacheren Frage, was mit den bereits ausgefüllten Rätseln geschehen könne, die wir in den Zeitschriften der Lesemappe vorfanden.

Wir waren der Endpunkt in der Abonnentenkette; das hatte den Vorteil eines mäßigen Preises, und überdies durften wir die Hefte behalten, aber es war mit den Nachteilen verbunden, daß die Neuigkeiten ungefähr ein Jahr alt waren und eben daß sich schon mindestens fünfzig Leute an den Denkaufgaben versucht hatten. Gerade die Kreuzworträtsel trugen die Spuren vielfältiger Bemühungen; solange sie mit Bleistiften ausgefüllt worden waren, hatte man sie mit Radiergummis bearbeitet; dann aber hatte jemand mit der Tintenfeder unauslöschliche Antworten auf die Fragen nach südafrikanischen Halbedelsteinen und Wappentieren mit drei Buchstaben eingesetzt.

Unter den Mappenbeziehern mußte auch ein Lehrer sein, wenigstens seinem Charakter oder seiner Leidenschaft nach, denn wenn irgend jemand etwas falsch ausgefüllt oder falsch geschrieben hatte – dies war meistens bei den Silbenrätseln der Fall, weil es da ja nicht so auf Buchstabentreue ankam –, dann war das am Rande mit Rotstift säuberlich vermerkt.

Ein anderer hatte es besonders auf die Kriminalgeschichten in der »Hamburger Illustrierten« abgesehen; er unterstrich ständig den Namen einer bestimmten handelnden Person und behauptete am Zeitungsrand, dies sei der Täter, und natürlich mußten ihm Leute widersprechen, so daß manche Fortsetzung kaum noch lesbar war vor lauter Kommentar.

Oder die Person, welche immer an den Kochrezepten in der »Gartenlaube« herummäkelte; sie strich Kümmel grundsätzlich aus und setzte die empfohlene Eierzahl meistens herauf, die Verwendung von Wein in der Küche lehnte sie strikt ab, und Hammelrezepte versah sie mit dicken Querstrichen und dem Wort Schweinerei.

Aber dennoch war der Dienstag, der Mappentag, ein Lichtdatum in meinem Leben, und es focht mich nicht im geringsten an, daß hoheitliche Hochzeiten wie maritime Katastrophen bereits verjährt waren, wenn die »Grüne Post« oder die »Woche« mir davon berichteten. Die meisten der Ereignisse, von denen die bebilderte Rede war, kamen mir auch wirklich zum erstenmal zu Ohren und vor die Augen, denn eine Tageszeitung wurde in unserem Hause lange nicht gehalten, und das Radio wurde fast nur zum Sonnabendabend eingeschaltet, und meistens ging es nicht.

Dann muß ich auch sagen, daß ich weniger auf Neuigkeiten im Sinne von Aktualitäten aus war als eher auf solche, die mich einen Menschen oder eine Sache oder einen Sachverhalt anders oder besser sehen ließen, und solche Beförderung meines Bewußtseins hatte ja mit dem Kalender kaum etwas zu tun.

Im übrigen war in den Kreuzworträtseln wenig von dem Wandel zu spüren, der sich auf Erden vollzog, während ich heranwuchs.

Zwar bin ich sicher, daß ich, prüfte ich die Texte heute noch einmal, Abdrücke des Zeitgeschehens in den Rätselfragen vorfände, einen Zuwachs völkischer Größen etwa und das Verschwinden jüdischer Namen, aber in jenen Jahren, in denen ich für die Tante Ritter die Rätselgitter in unseren alten Wochenzeitungen wieder in den Stand fragender Unschuld versetzte, indem ich das verhunzte Illustriertenpapier mit sauberen Quadraten aus meinen Rechenheften überklebte, in jenen Jahren habe ich von solchem Kommen und Gehen wenig bemerkt, was zwar eine Schande ist, aber ein Tatbestand nicht minder.

Dafür war ich aber ein genauer Kenner des Rätselwesens; und ich meine damit mehr als meine Fertigkeit, Lücken mit Wörtern zu füllen, die für sich etwas bedeuteten und deren Anfangsbuchstaben senkrecht gelesen einen Sinnspruch ergaben. Ich gründe meine Behauptung, ein Fachmann gewesen zu sein, auf die Tatsache, daß ich imstande war, an Schwierigkeitsgrad, Kompositionsart und Häufigkeit beziehungsweise Fehlen bestimmter Fragen Autorenhandschriften zu erkennen; ich wußte zwar keine Verfassernamen, aber ich machte Zeitschriftengruppen aus, die von ein und demselben Rätselkomponisten bedient wurden.

Wer sich jetzt fragt, was mich denn ritt, als ich inmitten eines Berichts über Gefangenschaft so ausführlich über Kinderkunststücke zu reden begann, der hat recht mit seiner Frage. Ich will nicht sagen, es sei dies ein Ergebnis meiner Ungeübtheit; nein, ich glaube, es hat eine andere Bewandtnis: Die Sache, von der ich erzähle, ist ja nur eine Folge oder besser: ist vornehmlich eine Folge; wer sich zu sehr in ihre Erscheinung verhakt und nicht genug nach ihren Gründen, ihren Ursachen, ihren Herkünften fragt, der leistet vielen einen schlechten Dienst.

Und dann fürchte ich auch, ich könnte beim Leser für einen Prahlhans weggehn – zum Beispiel dann, wenn ich unvermittelt erzählte, ich hätte – ich, ein Buchdrucker aus Marne in Süderdithmarschen – Kreuzworträtsel entworfen für einen Kundenkreis, in dem sich gelehrte Professoren und einstmals hochgestellte Offiziere befanden. Ich meine aber, ich habe nun deutlich gemacht, wie ich in Besitz so besonderer Fertigkeit gekommen bin und daß ich nicht übermäßige Gaben anzeigen will, wenn ich mich als der Hersteller von Produkten zu erkennen gebe, die manchen Leuten als Zeugnisse kulturellen Hochstandes gelten – und wenn ich zu allem auch noch sage, ich sei zu dieser Zeit erst achtzehn, achtzehneinhalb gewesen.

Eben dies unbeträchtliche Alter erklärt vieles: Im Schnitt sind solche Rätsel Standardprodukte; was an ihnen auffällt, ist ein hoher Grad von Wiederholung und eine gewisse Mechanik ihrer Komposition – und in jungen Jahren hat man ein besseres Gedächtnis und auch die Fähigkeit, mit einem bestimmten Regelwerk ein scheinbar trickreiches Spiel zu treiben.

Fragt sich nur, wenn dies alles als so banal sich enthüllt, wozu ich es erzähle. Ich meine, wenn ich in einem Bericht von dieser Natur eine besondere Gabe erwähne oder gar herausstreiche, dann muß es damit eine Bewandtnis haben, sonst ist es die bloße Strunzerei, und für die sollte kein Platz sein in einer Arbeit, die zustande kam, weil persönlichstes Befinden auf öffentlichstes Interesse zu rechnen wagte.

Wozu also die platzfüllende Auslassung, ich hätte mich mit der Anfertigung von Kreuzworträtseln ausgekannt?

Ich glaube, ich kann sie begründen, denn es ist mit dieser Tätigkeit mein Eintritt in ein neues Verhältnis zu Menschen, ja, vielleicht zu den Menschen verbunden gewesen.

Was denn? Mehr nicht?

Nein. Nicht mehr und nicht weniger, und ich habe es nicht kleiner.

Der Aufenthalt im Lazarett war so zerflossen oder zerbröselt, wie es wohl oft in Krankenhäusern zu gehen pflegt: Man kommt im Alarm und verschwindet ohne alles Aufsehen; man schwindet einfach dahin und ist einmal wieder woanders, ist wieder auf Erden.

Den einzigen Laut hat es noch gemacht, als wir erfuhren, als ich erfuhr, die Ärztin, meine Ärztin sei nicht mehr da, komme nicht wieder, sei aus meinem Leben gegangen auf Kriegerart, auf Nimmerwiedersehen.

Ich glaube, das war nicht schön, und ich konnte froh sein, daß es den Friseur aus Britz nicht mehr gab; bei dem hätte ich mich ausgeklagt, und der Saal hatte feinste Ohren.

Ich konnte auch froh sein, daß es die Bücher gab und den Fuhrunternehmer Erich, der sie mir verschaffte. Ich glaube, ich habe zu dieser Zeit Kellermanns »Tunnel« gelesen und Falladas »Wolf unter Wölfen«, und vielleicht erklärt das, warum ich zu den wenigen Menschen zähle, die sich nicht überschlagen, wenn von Kellermanns »Tunnel« die Rede ist.

Die Rückkehr in das Lager ist mir auch nicht sonderlich erinnerlich. Ich weiß nur, daß ich mich im nachhinein ärgerte, weil ich nicht wieder einen Feldwebel gehauen hatte, denn diesmal kam ich nicht in die Krawallbaracke; ich geriet in einen ganz gewöhnlichen Verein, und das verstärkte den Seelenkater noch, dem man auch dann nicht entgeht, wenn der Abschied vom Krankenhaus zerflossen und bröselig gewesen ist.

Von meinen neuen Nachbarn kannte ich nur den SS-Mann mit dem Afrikanergesicht, der schon früher entlassen worden war, und später kam noch der Porzellanmacher hinzu, ein nun auch körperlich verkrüppelter Mann. Aber daran hat er nicht lange tragen müssen – was ich schon noch erzählen werde.

Wenn du in so einer Baracke eintriffst, bist du für kurz wie Charles Lindbergh bei der Einkehr in New York. Alles will dich sehen, es könnte doch sein, du bist ein Bekannter. Alles will dich sprechen, es könnte doch sein, du bringst frohe Botschaft. Alles rückt an dich heran, es könnte sein, du hast etwas zu essen in der Tasche.

Das legt sich, und zudringlich bleiben nur die Wanzen. Mit denen hast du dann genug zu tun und mit anderen Widrigkeiten; da macht sich das Übergangsbewußtsein nicht allzu breit, und der Irrtum, der teure, darf nicht erst in Umlauf kommen, du seiest ein Trauerkloß, mit dem man alles machen kann.

Manche hoffen das dennoch, eine bestimmte Sorte Mensch zum Beispiel muß erst einmal von der Pritsche gefenstert werden, bevor sie dir glaubt, daß du, wenn schon, lieber mit Mariechen spielst.

Eine gewisse Art Schnorrer ist nicht anders loszukriegen. Die Brüder wissen, du bist so lange im Käfig wie sie; sie sehen, du siehst aus wie ein Viertel von Jesus; sie würden sich hüten, dich in die Nähe eines Krümels zu lassen, der ihnen gehört, so deutlich ist deine Gier, aber sie versuchen es. Sie sagen Kumpel zu dir, weil sie für Kamerad schon zu oft eins auf die Klappe gekriegt haben, und sie ersuchen allen Ernstes um Auskunft, ob du vielleicht etwas zu futtern hättest.

Für sie natürlich, denn, man denke, sie haben Hunger.

Wenn jemand verlegen um ein Beispiel für Optimismus ist, ich leihe ihm dieses.

Und wenn jemand wissen möchte, ob ich grob sein kann: Zweimal haben mich weder die Schnorrer noch die Schnurrer gefragt.

Bestimmte Sachen kann man nur einmal tun, und darum muß man sie ganz machen, und auf Anfänge, Erstauftritte,

Uraufführungen kommt es in geschlossenen Gesellschaften sehr an. In denen wälzt sich Ordnung nur langsam um, und wo man erst einmal ist, ist man für länger, und ein Ruf ist hier besonders haltbar.

Also sorgt man gleich für den Ruf, den man haben will.

Woher ich so knorrige Weisheit habe, woher ich sie damals hatte? Vom Butlerdienst bei Dr. Gansekehl, aus dem Krawallbarackenseminar, aus den Vorlesungen am Schienenstrang von Radom nach Lublin, aus den Kollegs, die ein Friseur aus Britz und ein Fuhrmann aus Pirna mir hielten, aus den mannigfachen Studien, die ich trieb, indem ich zerschossenen, erfrorenen, verhungerten Männern bei Leben und Sterben zusah und immer gelehrig war, wenn in den Wirbeln, die Hunger und Furcht unter die Menschen bringen, erste und zage Muster von einer Ordnung sich zeigten.

Wenn mich meine Mutter für zu still hielt, dann war es ein Jammer, sie jetzt nicht zugegen zu wissen. Und wenn sie gemeint hatte, ich ließe mir zuviel gefallen – in dieser Baracke sprach sich das nicht weiter.

Nicht weil ich für mein heutiges Ansehen bange, füge ich hinzu: Mit den Jahren hat sich das gelegt; ich bin mit den Zeiten wieder manierlicher geworden, und ich bin auch nicht böse, daß ich es damals nicht gewesen bin.

Ich weiß noch, wie erschrocken ich war, als ich zum ersten Male erfolgreich ausgeschlagen hatte. Ich dachte, der andere dürfte sich doch nicht gefallen lassen, daß ich ihm das bißchen Blut aus den Lippen drosch, und ich suchte meine Reflexe zu dämpfen und seine Antwort hinzunehmen als verdient, aber der dachte gar nicht an Antwort, und zuerst schämte ich mich, weil ich einen Menschen so klein gemacht hatte.

Aber ich merkte auch, daß ich vor den anderen wuchs, daß man mit der einen Klappe sieben traf, wenn man nur richtig zuschlug, und richtig, das war hart, gründlich, mit sichtbaren Folgen.

Mein Vater war auch schuld, wenn es so mit mir kam, denn mein Vater hat nur verächtlich über Fairneß gedacht.

Die war da, so sagte er, um im Sport etwas vor zu raschem Ende zu bewahren und in die Länge zu ziehen, für das man sich Ausgaben gemacht hatte, und außerhalb des Sports war Fairneß schon ganz lachhaft. Fang nichts an, wenn du nicht selbst bestimmen kannst, wie das Ende geht, sagte er und: Wenn dich einer in Ruhe lassen soll, mußt du ihm wenigstens einmal zeigen, daß das auch besser für ihn ist.

Und: Bloß keine Mischung aus Wort und Tat, wenn Hauerei angesagt ist. Wenn du ihm nur eine Halbe drückst und sagst dazu, du hast aber noch mehr da, glaubt der dir nicht. Warnungen kann man nachreichen, wenn der andere aufgestanden ist. Er glaubt dann auch viel leichter.

Solche Regeln hat mein Vater gepredigt, und ich denke, es hat ihm Kummer gemacht, daß ich so wenig nach ihnen lebte. Als ich mich ihrer entsann, war ich weit von ihm fort, und überdies war er tot.

Es hat aber der knochige Umgang mit meinesgleichen nicht zu mir gepaßt; vorher nicht und später nicht und auch nicht, als ich ihn besonders pflegte. Die Muster, nach denen wir leben, gelten schon früh und verlieren nur selten ganz von ihrer Kraft. Man kann ihre Gültigkeit aussetzen auf Zeit, wenn die Beschaffenheit dieser Zeit es erforderlich macht, aber Veränderung vom Grunde her bis in die Wipfel und auf immer ist nur selten ein Zeichen von Gesundheit. Jeder Mensch hat seine Formel; er ist nicht gefesselt an sie, aber gebunden an sie ist er wohl doch.

Meine Formel machte es mir nicht unmöglich, wie ein jugendlicher Grobian dazusein, aber ich ließ doch flugs von dieser Rolle, als kein für sie passendes Stück mehr gegeben wurde, und während die passenden Stücke noch liefen, sah ich auch schon zu, daß mir meine Darbietungen nicht zu grobschlächtig und festgelegt gerieten.

Dabei half die Kunst vom Kreuzworträtselmachen.

Der französische SS-Mann hatte zwar versucht, mich als seinen Schachpartner zu gewinnen – er hatte mit einer Fensterscherbe wunderschöne Figuren geschnitzt, und schon des geformten Holzes wegen hätte ich gern mit ihm gespielt –, aber er tat zumindest, als verstünde er kein Deutsch, und mir war eine Unterhaltung, die sich auf die Worte Schach und matt oder remis und patt beschränkte, doch zu kärglich, und ich sah auch nicht, warum ich mich als Gefangener mit einem SS-Mann einlassen sollte, vor dem ich früher allenfalls Furcht empfunden hätte. Dann aber zog es mich doch wieder zu dem Franzosen, und zwar wenn ihn manche als Fußabtreter benutzen wollten, aber bestimmt nicht, weil er SS, sondern nur, weil unter seinen Vätern ganz offensichtlich ein Neger gewesen war.

Dies war wohl auch der Grund, warum der Franzose ständig Schachfiguren schnitzte; so kam ihm die Scherbe schneidenden Glases nur ganz selten aus der Hand.

Ich habe nicht lange mit ihm gespielt; ich hielt mich lieber an die harmlosen Kreuzworträtsel.

Sie traten epidemisch auf wie hier fast alles; einmal stickten sich alle ihre Namen in den Mützenrand, einmal brauchte jede Baracke ihre eigene Sonnenuhr, einmal tauschte man Backrezepte, und einmal redete alles von Kreuzworträtseln, wie Dr. Gansekehl von seinem Gainsborough geredet hatte.

Da konnte ich mithalten, und als es Mode wurde, sich gegenseitig nach Richtergewändern mit vier Buchstaben und amerikanischen Flüssen mit -pi am Ende abzufragen, war ich nur bei den gebildeteren Geistern beliebt, weil ich mich mit Fragen so niedriger Kategorie nicht abgab.

Soweit ich mich erinnere, ist nie jemand auf die Idee gekommen, zu überprüfen, ob ich auch wüßte, wovon ich da in meinen Rätseln sprach. Nur gut so, denn fast immer war ich lediglich im Besitz der Worthülsen, wußte, daß Molybdän ein metallischer Grundstoff mit acht Buchstaben war und wußte sonst nichts weiter über Molybdän.

Aber da die meisten Leute nicht einmal eine Ahnung von der Existenz dieses Stoffes haben, war ich mit meiner Ahnung schon ein König.

Nur wurde ich der Kinderei bald müde und traf Anstalten

zu ernsthafterem Spiel. Ich besorgte mir einen leeren Papiersack aus der Küche und borgte mir den Bleistift des Barackenältesten – ein Vorgang, der sich in einem kurzen Satz mitteilt und für den ich doch so viel Energie aufwandte, daß sich in Friedenszeiten gut vier Wochen davon leben ließe –, und dann entwarf ich das erste große Lagerrätsel.

Es war natürlich gleich ein gewaltiges Ding; ich baute es aus dem Grundkreuz Gainsborough waagerecht und Triakisdodekaeder senkrecht auf, und der siebzehnbuchstabige Vierunddreißigflächner war nicht der einzige Exote zwischen den als Brücken und Füllseln nun einmal unvermeidlichen Aras und Tiaras und Togas und Fatums.

Da war es nur gut, daß ich von allem Anbeginn nicht hatte mit mir spaßen lassen, denn hätte ich es, wäre ich jetzt nicht in Ruhe bei dem geblieben, womit ich so beschäftigt war.

Man ist ja nie allein unter eingezäunten Umständen; selbst auf dem Scheißhaus ist der Balken noch warm, auf den du dich setzt, und unter deinen Nachbarn zur Rechten und zur Linken ist bestimmt einer von der Art, die auch die Frage noch erörtert, ob einer der anwesenden Latrinenbenutzer jüngst Kirschen gegessen habe, es röche hier plötzlich nach Kirschen.

Wie glaubst du wohl, in solcher Lage allein und ungefragt zu bleiben, wenn du tagelang am Zaun hockst mit stierem Blick und mit einem Stück Sackpapier auf den Knien, auf das du manchmal geheimnisvolle Zeichen malst. Nein, da könntest du selbst ein Texaner mit sechsundzwanzig Kerben im Revolverkolben sein und bliebest nicht ungestört. Aber es waren fast nur Fragen und vorsichtige Witze, mit denen ich es zu tun bekam, und da ich am Ende auf Öffentlichkeit hinauswollte, konnte es mir gar nicht so unrecht sein, daß sich diese Öffentlichkeit schon früh nach meinem Tun erkundigte.

Nur, Auskunft gab ich nicht, denn noch wußte ich ja nicht, ob meine Komposition mir gelingen würde, und würde sie gelingen, so sollte meine Mitwelt überrascht von ihr erfahren.

Sie gelang, und die Überraschung gelang auch.

Nach einer enormen Quälerei brachte ich ein ausladendes Rätsel auf das Sackpapier, und weil es schon Abend war und beinahe Schlafenszeit, als ich endlich herausgefunden hatte, wie sich das schöne Wort Känguruh doch noch in dem Fragengeflecht unterbringen ließe, steckte ich das Manuskript meines ersten eigenen Kreuzworträtsels in meine Mütze, die auch mein Kissen war, und fiel in einen Schlaf, der sich die Nacht mit der Erwartung teilen mußte.

Der neue Tag begann, wie schon zu viele Tage begonnen hatten: mit brüchigem Geschimpf am Waschtrog, mit unsinnigem Gesang beim Zählappell, mit dem zu kleinen Stück Brot, und der Tag wollte sich gerade so fort in seinen alten Bahnen bewegen, als ich ihm eine Wende gab.

Ich bewog ein paar Leute, eine Ecke des Appellplatzes zu räumen und frei zu halten, und ich mag nicht mehr daran denken, wieviel Kraft mich das gekostet hat; plötzlich fanden einige, daß einzig dieses Stück des Lagergeländes der ihnen bekömmliche Aufenthaltsort war, und ihrer Entrüstung nach schienen sie zu erwarten, daß sich just an dieser Stelle demnächst die Erde öffne, um den Zugang freizugeben zu den Schätzen im Berge Sesam oder besser noch, einer anständigen Speisekammer.

Und ich hörte mich ungefähr so an: Ja, Nachbar, wenn hier Öl kommt, es ist deins. Mit mir brauchst du nicht zu rechnen, ich räume das Feld. Mit mir brauchst du nicht zu teilen, ich will nichts von dem Petroleum haben, kannst du behalten, aber jetzt mach mal Platz. Die Sache gilt auch im Falle von Gold oder Diamanten. Solltest du Gold oder Diamanten finden, sag mir gar nichts erst davon, aber bis dahin mach Platz, Vater. Wenn du die paar Schritte weitergehst, werde ich aller Welt sagen, du bist freiwillig gegangen, und wenn du nicht gehst, wird bald alle Welt wissen, wegen wem ich wieder in der Krawallbaracke bin. Doch, ich war schon mal da. Es ist wegen meiner Gewalttätigkeit, weißt du. Nun sei ein guter Mann und räume den Acker. Darfst nachher auch mitspielen.

In der Einfarbigkeit unseres Daseins leuchtete solche Rede

vielversprechend, und gegen die störrischen Grundhalter fanden sich andere, die ihnen passend zuredeten, und ich bekam den Platz, den ich wollte.

Ich klopfte ihn mit einem Brett, so glatt es ging, und ich begann, den Rätselentwurf in den Sand zu übertragen, Waagerechte, Senkrechte, Zahlen in die Kästchen für die Wortanfänge.

Soll das denn werden – willst du nun doch noch rechnen lernen?

Der wird uns die Weltkarte malen und den kürzesten Weg, auf dem uns die Japaner befreien.

Ach du grüne Kacke, noch ein Erfinder!

Mensch, seht ihr denn nicht: Der baut ein Kreuzworträtsel!

Dann war ich fertig, und ich las laut von meinem Küchenpapier: Eins waagerecht: Volksstamm.

Davon gibt's doch neuntausend Stück! – Aber nicht mit neun Buchstaben; ein Volksstamm mit neun Buchstaben muß zu finden sein. – Was ist denn Eins senkrecht?

Eins senkrecht ist ein Lebensmittel, Lebensmittel mit vier Buchstaben, ihr werdet nie draufkommen.

Nach drei Sekunden sagten wenigstens dreie wie im Chor: Brot!

Brot geht, jawoll, schreib mal rein: Brot. Dann fängt der Volksstamm mit B an, neun Buchstaben und der erste ein B; ist hier denn kein studierter Mann?

Der studierte Mann fand sich; entweder war er ein Völkerkundler oder ein Kreuzworträtsler, jedenfalls kannte er die Botokuden, und ich ritzte sie in den Lagersand.

Aber es dauerte lange, bis alle Fragen eine Antwort hatten; es dauerte den ganzen Tag, die Mittagszeit mit Suppefassen und hastigem Löffeln mitgerechnet, denn auch in der Menageschlange hörte die Suche nach Inseln, Währungseinheiten und Obstsorten nicht auf.

Und natürlich gab es auch Streit, zum Beispiel, ob ich befugt gewesen sei, den Apfelnamen Londoner Pepping auf Pepping zu verkürzen.

Und Schwierigkeiten technischer Natur gab es auch: Je weiter die Lösung des Rätsels gedieh, um so komplizierter wurde es, die gefundenen Wörter einzutragen. Immerhin war der Denksportplatz ja kaum kleiner als eine sehr kleine Schrebergartenparzelle, weil nur große Buchstaben im Sande lesbar blieben, und trotz aller Sorgfalt wurden bei Neueinträgen alte zertreten, und das Gejohle war dann laut.

Aber in solchen Lagen gibt es immer den findigen Kopf. Ein Barackenältester wurde überredet, den hölzernen Rahmen seines Einzelbetts herzuleihen; von diesem versetzbaren Podest aus ließen sich die neuen Erkenntnisse eintragen, ohne daß die alten zu sehr litten.

Als mir einfiel, daß ich dies Gebilde, an dem sich ein Dutzend älterer und gebildeterer Männer die Köpfe heiß rieb, ganz allein ertüftelt hatte, dachte ich zunächst etwas befremdet von mir, aber dann sagte ich mir, daß Zahlen nicht immer Argumente sind. Ich war nicht so gut wie zwölf, nur weil zwölf einige Mühe mit dem von mir Erdachten hatten, und zwölf waren eben nicht immer mehr als einer. – Wieviel Leute braucht es, einen Faden durchs Nadelöhr zu bringen?

Dennoch, daß ich nicht gleichgültig blieb, erreichten schon die anderen. Sie sprachen in neuem Ton mit mir: Sag, machst du uns morgen wieder ein Rätsel? und: Menschensmann, ich dachte, das schaffen wir nie! und: Da hast du uns aber einen Brocken vorgesetzt!

Wir und du – das war eine Trennung ganz eigener Art, und ich wußte nicht, wie froh ich ihrer werden sollte und ob überhaupt. Denn bisher hatte es sich immer ausgezahlt, wenn man ohne besondere Markierung war.

Doch nun war ich der Rätselmacher. Zuerst in der Baracke, dann im Block, dann im ganzen Lager – der Rätselmacher.

Ein namhafter Mensch wie der Tenor aus Königsberg, der manchmal so schön in den Abend sang. Wie der Pianist von der Matrosenbühne. Wie der Major mit Eichenlaub und Schwertern. Wie der Wahrsager aus Luxemburg, der einmal der erfolgreichste Wahrsager von Luxemburg gewesen war.

Wie der Stabsgefreite, der umfiel, wirklich und echt umfiel, wenn ihm jemand unvermittelt das Wort Arbeit ins Ohr rief.

Es hatte auch sein Gutes. Die Köche, auf deren Suppenpulverpapier ich angewiesen war, versorgten mich nicht nur mit Papier. Und obwohl sie es im allgemeinen sehr übelnahmen, wenn man sich ihren Wohltaten entzog, kam ich auch dann noch mit ihnen zurecht, als ich es ausgeschlagen hatte, Rätselmacher nur für die Küche zu werden.

Jong, das ist dein Chance fürs Leben, sagte der Chefkoch zu mir, du kriegst eine Tisch und eine Stuhl und machst nix weiter als Rätsel. Wenn du Hunger hast, sagst du mich ein Wort, und wofür du Appetit hast, sagst du mich auch. Versteh doch, Jong, das ist wie Kraft durch Freude. Es ist mich auch für meine Männer zu tun, weil die keine Abwechselung haben bei diesem Fraß hier, und draußen werden sie noch angeschimpft, als ob sie das verschulden täten. Dabei sind das alles engere Landsleute, und unsere Fröhlichkeit ist doch weltbekannt. Was denen fehlt, ist die Anspannung des Gehirns, denn zu essen haben sie. Wenn du zusagst, schmeiß ich gleich einen vom Spülkommando raus, und du wirst ab morgen dicker.

Dagegen hätte ich nichts gehabt, denn die Haut über meinen Hüften war zwischen Knochen und Pritschenbrettern blaugedrückt, und meine Waden hatten zuviel Ähnlichkeit mit denen der Passagiere vom Sezierwagen, dem ich oft genug auf dem Lazaretthof begegnet war.

Aber ich hatte sogar noch mit hungrigem Bauch einen Widerwillen gegen Küchendunst und Küchenspülicht, und ich ahnte, daß ich als bekannter Rätselmacher ein freier Mann war – was ich nie bleiben könnte, wenn ich als bestallter Unterhalter zu der Küchenbande stieße.

Auch wußte ich zu gut, daß bislang niemandes Walten in der Küche länger als einen Monat gewährt hatte; in ungefähr dieser Frist hatte die Gier alle Sicherungen durchgefressen; dann flog die alte Bande in den Bunker und eine neue kam, sehr blauäugig am ersten Tag und sehr hungrig auch.

So schloß ich einen Handel mit dem Küchenchef, von dem wir beide etwas hatten: Ich gab ihm stets eine Kopie meiner Rätsel, bevor ich die für die Allgemeinheit in den Sand schrieb, und er gab mir zu essen.

Diesen Tausch hätte ich auch mit den Nachfolgern der Köche gemacht – ich glaube, die Breslauer schafften es als nächste –, aber ein Ereignis sorgte dafür, daß sich von einem auf den anderen Tag gar niemand im Lager mehr etwas aus Kreuzworträtseln machen wollte.

Bis dahin aber hatte ich eine fast hitzige Konjunktur, und schon lange war ich bereit, von wenigstens einigen der vielen Angebote Gebrauch zu machen, mit denen man mich versah, wann immer man mich zu fassen kriegte:

Bei uns heißt ein Dorf Kiekindemark, kannst das nicht gebrauchen, Dorf in Mecklenburg mit zwölf Buchstaben?

Du hast nie was mit Q, aber nun paß auf: Ich war Besatzung in Quiévrechain an der Aunelle, Nordfrankreich, da raten die sich doch kaputt, Quiévrechain an der Aunelle …

Ich habe mir überlegt, Kamerad, wenn du zweimal Busen einbauen würdest und jedesmal als weiblichen Körperteil, dann kämen die Leute doch nicht darauf, gesetzt, sie hätten den ersten Busen bereits erraten, daß auch beim zweiten Male die Lösung Busen heißt. Hochinteressant, denke ich, was da für Ausdrücke in Vorschlag kämen …

Einer hat mich täglich angesprochen und gefragt, und zwar zunehmend beleidigter, warum ich denn immer noch nicht das schöne Wort Longävität, welches für Langlebigkeit stehe, verwendet hätte, und ein anderer versprach, er wollte für mich ein Rätsel ausarbeiten, das nur aus einsilbigen Wörtchen und aus Kurzzeichen bestünde – aber ein Riesending, mein Lieber!

Solche Assistenten habe ich immer zur Konkurrenz geschickt – ich meine, solche, die unverwendbar Verrücktes lieferten oder nur ihren persönlichen Flitz loswerden wollten –, aber für brauchbare Vorschläge war ich sehr dankbar, denn meine Wissensvorräte aus der Lesemappe schwanden zusehends, und meine verwöhnte Gemeinde reagierte auf jede Wiederholung rasch und laut. Und was die Konkurrenz angeht, die gab es natürlich bald, und wenn ich es recht bedenke, hat es alles gegeben, was es gibt, wo Spielbetrieb und Konkurrenz das Feld beherrschen.

Sobald es hinter jeder Baracke ein eigenes Rätsel gab, von einem eigenen Rätselmacher entworfen, sobald gab es auch einen neuen Stand im Lager, eben den der Rätselmacher. Und es gab ein Gruppengefühl und neue Angeberei und neue Angst und neuen Neid. Und es gab die Anhänger, die nicht besser waren als die eines beliebigen Fußballklubs, und es gab Kritiker, die so waren, wie man es von Kritikern immer hört. Es gab Kopisten und Spione, Süchtige und Buchmacher, überdrehte Nurnochrätsler und angewiderte Abstinenzler. Es gab viel Kurzweil, und schließlich gab es einen Mord.

Doch bevor wir den bekamen, nahmen mich zweie beiseite – ich kannte sie nicht, denn sie waren aus einer entlegenen Baracke – und sagten, sie hätten ernsthaft mit mir zu reden.

Auf Gespräche, die solchen Einleitungen zu folgen pflegten, war ich nicht besonders wild, und ich wartete wortlos, bis der Jüngere sagte: Wir wollen im Lager agitieren, aber hier hat keiner Zeit, wegen eurer Kreuzworträtsel.

Ich fragte: Was ist das, agitieren?

Sachen besprechen, sagte der Ältere, für die Zukunft wichtige Sachen.

Seid ihr vom Arbeitsamt?

Politische Sachen, sagte der Ältere, damit man sich mal klar wird, wie das alles ist.

Und das wißt ihr, wie das alles ist?

Wir wissen einiges, aber hier weiß ja keiner was.

Na hör mal, sagte ich, und meine Entrüstung war nicht nur gemacht, und das sagst du mir?

Jetzt war der Jüngere wieder da, und er war giftig: Wenn du meinst, ob wir nicht wissen, daß du dieser berühmte Rätselonkel bist – darum sind wir ja hier. Wir bewundern dich, klar, und jetzt fragen wir, ob du nicht mit dieser Scheiße …

Sein Kompagnon mischte sich ein, wie ich es beinahe erwartet hatte, denn ich hatte viele Bücher gelesen, in denen solche wie diese beiden auftraten, einer war immer der Böse und Wilde und leider Unberechenbare, und der andere mußte sich kopfschüttelnd ins Mittel legen, und nur ihm konnte man vertrauen – wenn man blöd genug war, und wenn man nicht die Bücher gelesen hatte, die ich gelesen hatte.

So hörte ich mit einigem Vergnügen den Älteren sagen: Wir müssen uns doch nicht streiten, paß auf: Ich rate auch gern ein Rätsel, und ich gönne jedem sein Rätsel, aber wenn es eine Seuche wird ... Ich meine, man muß doch zwischen irgendwelchen Fragen nach Papageien und toten Dichtern noch Zeit übrig haben für größere Fragen.

Was sollte denn das sein?

Da brüllte mich der Jüngere an: Was aus Deutschland wird und aus dir, Mensch!

Das hatten sie aber nicht durchgespielt, denn der Ältere schien wirklich erschrocken und auch ärgerlich, doch ehe er ein begütigendes Wort gefunden hatte, sagte ich zu den beiden: Wenn ihr von Freies Deutschland seid, oder wenn ihr eine Filiale von denen aufmachen wollt, bei mir ist keiner zu Hause. Deutschland braucht sich um mich nicht zu sorgen; das mache ich von nun an allein. Damit wären wohl alle eure großen Fragen beantwortet, und dies geb ich euch als Zugeld: Wenn irgendwer lieber euren großen Fragen lauschen will als meinen kleinen – ich leg mich doch nicht mit dem an wegen seinem Geschmack; dies ist ein freies Lager, wißt ihr?

Ich erheiterte mich sehr über den schönen Ausdruck, und es wundert mich eigentlich, daß ich darüber noch Auge und Ohr gehabt habe, den Älteren mit bitterem Mund sagen zu hören: Deine Reden, Junge, hast du dich überhaupt schon einmal umgesehen?

Von irgendwoher klang mir die Frage vertraut, aber ich kam nicht dazu, diesem Gefühl nachzugehen, ich hatte noch an dem großen Matchrätsel zu feilen.

An meinem Rätsel für das große Match, bei dem sich entscheiden sollte, in welcher Baracke des Lagers die beschlagensten Köpfe steckten. Der Wettkampf lief schon seit einiger Zeit, immer zwei Häuser gegeneinander, K.-o.-System, Verlierer scheidet aus, Sieger eine Runde weiter.

Jeweils ein und dasselbe Grundrätsel, wie wir das nannten, wurde den beiden Mannschaften, die getrennt voneinander gehalten wurden und abgeschirmt waren gegen den Zutritt von Kurieren und Spionen, in den angefeuchteten Sand gezeichnet, und ganz einfach, wer zuerst fertig war, hatte gewonnen.

Ich glaube, die alten Römer haben viel vergeudet mit ihrem Prinzip: Brot und Spiele!, denn ich sah, nach der Devise: Brot oder Spiele! geht es auch. Natürlich, wenn das Essen ganz ausgeblieben wäre, dann wäre es auch ausgewesen mit dem Spiel, aber die Art, in der dieser Ratekampf geführt wurde, hatte etwas von der Gier, mit der wir uns über unser Essen machten. Da blieb wirklich keine Zeit für anderes, und ich konnte den Ärger der beiden von Freies Deutschland schon verstehen.

Aber wer neidisch ist, kriegt schon gar nichts, hatte meine Mutter immer gesagt, und so sperrte ich die beiden seltsamen Menschen aus meinem Denken, ich brauchte den Platz auch dringend für die Matchprobleme.

Meine Baracke lag nicht so schlecht im Rennen – obwohl ich als Macher natürlich nicht mitspielen durfte –, sie hatte bereits zwei andere ausgeschaltet, und der Versuch der Handwerker, unseren besten Mann, einen älteren Beamten von der Feldpost, zum Überlaufen zu bewegen, war rechtzeitig aufgedeckt worden. Die Klausel, daß niemand nach Matchbeginn die Baracke wechseln dürfe, wurde sofort in unser Regelwerk aufgenommen.

Nein, es stand nicht schlecht, und es fiel mir ein, daß ich die beiden Agitierer auch hätte fragen können, wann wir denn jemals eine solche Ruhe im Lager gehabt hatten und so wenig von jenem entsetzlichen Zank, der um so erbärmlicher wirkt, als sich alle Beteiligten in ihrer Schwäche kaum auf den Beinen halten können.

Jetzt war die Atmosphäre zwar gespannt, ja, es herrschte

Kampfstimmung, aber harmloser konnte ein Kampf kaum sein, und mehr Einigkeit konnte es unter hundert verschiedenen Leuten, die der Zufall in eine Baracke gesperrt hatte, kaum geben.

Allein Edwin, der verkrüppelte Porzellanmacher, blieb ein schlimmer Krakeeler, wurde es mehr und mehr. Natürlich konnten wir ihn nicht zu den Krawallbrüdern schicken, denn er hing sehr schwächlich zwischen seinen Krücken, aber der Schimpf, den er beinahe unentwegt von sich gab, war keineswegs schwächlich, und vor allem war er auf eine peinliche Weise politisch.

Nicht daß wir etwas gegen einen gehabt hätten, der sich die Russen vornahm oder die Bolschewisten, aber Edwin hatte es ausschließlich mit den Juden, und alles, was er dazu sagte, war von einer geradezu manisch schmuddeligen Art, und es gehörte unter uns schon etwas dazu, als besonders schmuddelig aufzufallen. Edwin schaffte das, indem er die Suppe Judenpisse nannte und die Wanzen Zionstöchter, und auf der Latrine stank es ihm natürlich immer wie in einer Synagoge, und irgendwann kam er auf die Idee, die Kreuzworträtsel seien eine hebräische Erfindung, die ersten Quadrate dieser Art seien mit Rabbinerscheiße auf Gettowände gemalt gewesen.

Ich weiß nicht, ob er nicht gemerkt hat, daß es von da an gefährlich für ihn wurde, aber er hat wohl nur gemerkt, daß er jedermann auf die Nerven ging, und das wollte er.

Wie ich es heute sehe, störte uns Edwin auf zwiefache Weise: einmal beim Spiel, weil er sich angewöhnt hatte, auf die Frage, sagen wir, nach einem männlichen Vornamen solange Abraham, Esau, Isidor, Isaak und so fort zu schreien, bis ihm einer den Rockkragen zudrehte, und zum anderen, weil er so lauthals etwas in unser Lager hereinholte, das wir nach stiller Übereinkunft draußen lassen wollten.

Sehr vereinfacht gesagt, waren wir alle bemüht, so zu tun, als hätte es uns aus einem friedlichen und anständigen Leben direkt hinter diesen Zaun verschlagen. Wenn man von dem ohnehin Wenigen ausgeht, was anfangs über Militärisches und Politisches gesprochen wurde, dann hatte man es mit uns als mit einer Gruppe von Männern zu tun, die neben der Welt- und Landesgeschichte her gelebt hatten und die nun sehr gekränkt viel Unrecht erfahren mußten.

Ich meine nicht, daß wir uns mit Vorsatz ein anderes Leben zulegten, als wir es gelebt hatten; wir ließen nur, wenn wir uns dieses Lebens entsannen, viel Bestimmtheit weg, bestimmte Fahnen, bestimmte Farben, bestimmte Zeichen, bestimmte Sprüche, bestimmte Bräuche, bestimmte Arten, von uns selbst zu denken und von anderen; die Umstandsbestimmungen unserer Zeit, viele von denen wenigstens, waren uns entfallen, wenn wir auf diese Zeit zu sprechen kamen. Vielleicht war das nötig, vielleicht mußten wir uns wie die beleidigte Unschuld fühlen, um das Lager ertragen zu können, vielleicht hätten uns schon ein paar Fasern Schuldbewußtsein den Rücken gebrochen, ich weiß nicht.

Ich weiß nur, daß es eine Selbstschutzmechanik gibt, die beiseite schiebt, was uns zu sehr belasten könnte, und ich weiß, in den Lagern der Anfangszeit fuhr die Maschine Vollast.

So mußte Edwin einfach eine böse Störung sein; er konnte uns mit seinem Geschrei wer weiß wen auf den Hals locken, und es waren in diesem Geschrei Töne, wie sie uns bekannter nicht sein konnten, weil wir sie selber einmal von uns gegeben hatten.

Und daran mochten wir nicht erinnert sein.

Aber das scherte Edwin nicht nur nicht, es machte ihm sogar Spaß, uns sozusagen zu verraten.

Und uns dazu noch das Spiel zu verderben: Kaftan! schrie er, wenn nach einem Kleidungsstück die Frage war, und: Schlappenschammes!, wenn ein Diener gesucht wurde, und Judenstern fiel ihm für Viehmarkierung ein, und ein Schnitzwerk mußte nach seiner Ansicht unbedingt ein Rabbinerpimmel sein.

Nun hätte er dafür unter anderen Umständen einigen Beifall bekommen und vielleicht sogar johlende Heiterkeit, aber er kam uns damit, als unsere Baracke, wie die Schiedsrichter meldeten, gleichauf mit dem Nachbarhaus lag, und zwar in einem Kampf, bei dem es um den Einzug ins Halbfinale ging.

Jetzt halt mal dein Maul, Edwin! – Los, Schnitzwerk, sechs Buchstaben, weiß das keiner? – Vielleicht Ikone? – Quatsch, fünf Buchstaben und ist auch gemalt. – Paßt da Skulptur? – Zu lang, könnt ihr denn nicht zählen?

Edwin brachte erneut seinen Vorschlag ein, und er erklärte, so ein Rabbinerding sei bestimmt auch kurz genug …

Schnauze jetzt, blöder Beutedeutscher, die anderen sind drei Wörter in der Vorhand, und du …

Vorhaut, sage ich doch, schrie der Porzellanmacher, und dann fistelte er einen seiner Lieblingswitze: Ei, Rebbe, Sie fühlen sich da ja so wenig an, was fehlt Ihnen denn?

Aber dem Barackenältesten war nicht nach Witzen jetzt, zumal nicht nach hundertjährigen; er war voll Galle, als er zu Edwin, von dem er wußte, wie er ihn damit treffen konnte, sagte: Wenn du nicht gleich deine wasserpolnische Fresse hältst, du aufgenordeter Hiwi …

Da tat Edwin, der volksdeutsche Porzellanmacher aus Koło in Polen, das Unfaßbare; da schwang er sich auf seinen Krücken in das Rätselfeld und begann, unter unmäßigem Fluchen die schon eingetragenen Lösungen durchzustreichen und auszukratzen, und ehe ihn jemand hindern konnte, hatte er einen größeren Teil des so wichtigen Rätsels zerstört.

Ich werde nie wissen, was alles da losgegangen ist an aufgestautem Haß, aus welchen Abgründen sich die Wut gespeist hat, die nun herniederfuhr auf den kreischenden Krüppel, den ich heute noch schreien höre, daß er kein Hiwi sei und schon lange so nordisch wie jeder hier; aber ich weiß bis heute, daß Edwin nicht mehr lange zu hören war, als sich erst ein Dutzend Kreuzworträtselrater auf ihn gestürzt hatte, und ich weiß bis heute, wie still es war, als Edwin nicht mehr zu hören war und nur noch das Keuchen seiner Mörder.

Die Leiche war eine von mehreren an diesem Tag, und zu jener Zeit hat es noch an jedem Tag mehrere Tote gegeben; so ist auf diesen Vorfall keine besondere Untersuchung erfolgt; im Grunde ist gar nichts gefolgt, nur eine lang anhaltende Stille.

Für Tage und sogar Wochen ist es so gewesen, daß beinah alles Atmen erstarb, wenn sich ein Uniformierter unserer Baracke näherte, und für beinah Wochen sind wir alle behutsam miteinander umgegangen, und wir waren höflich zueinander, wie es Totschläger wohl sind, wenn sie sich so sehr gut kennen.

Wir sind infolge eines Sterbefalls, wie es hieß, aus dem Rätselwettbewerb ausgeschieden, und seltsam, kurz nach Edwin ist auch die Mode, auf derem Höhepunkt er umgekommen ist, ziemlich jäh aus dem Lagerleben geschwunden.

VIII

Von den Polen haben wir anfangs nicht viel gesehen, wenn man bedenkt, daß es ihr Land war, in dem wir uns befanden. Nicht daß ich sie vermißt hätte; sie hatten mich unter einem ihrer Betten gefangen, das genügte mir, und ihnen war es wohl auch genug.

Aber mir ist fast, als wären mir die polnischen Leute auf den Straßen um das Lager herum oder in der Eisenbahn wie Fremde vorgekommen, die sich an der Außenseite des Zaunes befanden, innerhalb dessen die eigentliche Welt begann. Sie waren Passanten an der Peripherie eines Kreises, der fast schon mein Zuhause war.

Wenn man vorschnell sein wollte, könnte man das als einen absurden Reflex meines Besatzerdenkens ansehen, und Berührungen damit wird es wohl auch geben, aber aus verschiedenen Gründen stimme ich nicht zu.

Erstens war es mit meiner Okkupantenhaltung wirklich nicht weit her; Polen war mir von Anbeginn eine unsympathische Fremde gewesen, die ich nur gar zu gern hingegeben hätte gegen fast jede Ecke mir vertrauteren Lands, und um ein richtiges Bewußtsein auszubilden vom Verhältnis zwischen dem besetzten Gebiet und mir, hätte ich mich wohl auch länger in ihm aufhalten müssen.

Und zweitens wäre dann nicht zu erklären, wieso ich die Russen, die doch jetzt meine Bewacher waren, wie ich vorher Bewacher der Polen gewesen war, wieso ich die Russen zu meiner Welt zählte und nicht zu der der Polen.

Es geschieht, glaube ich, in Gefangenschaft eine primitiv brutale Neueinteilung des Daseins: in Lager und Nichtlager.

Mit der Zugehörigkeit zu einem Land oder einem Staat oder einer Nation hat das wenig zu tun; es hat wahrscheinlich mehr zu tun mit Schutzbedürfnissen und dem Verlangen nach einer Ordnung, die überschaubar ist. Lager ist eine sehr überschaubare Ordnung, und für einen, der nichts weiter hat als sich selbst, ist hier am ehesten Sicherheit.

Was rede ich; ich will Beispiele nennen.

Ganz zu Anfang, in der Zeit zwischen den Bauern, die mich gefangennahmen, und dem sowjetischen Leutnant, mit dem ich auf Transport gegangen bin, war ich ja im Gewahrsam dieser Polen mit den weiß-roten Armbinden; in Koło war das, in so einer Art Kommandantur, und zu den Besuchern, die mich dort zu sehen verlangten, gehörte auch ein russischer Feldwebel.

Er hat die größte Pistole bei sich gehabt, die ich jemals sah – das kann aber insofern eine Täuschung sein, als ich nur wenigen anderen Pistolen so nahe gekommen bin wie dieser. Ihr Inhaber hielt sie mir aufs Auge. Er ließ mich in ihren Lauf sehen, und dann drückte er mir die Mündung auf den Augapfel; bei solcher Gelegenheit merkt man, wie unglaublich dünn ein Lid ist. Der Mensch wird seine Gründe gehabt haben; das muß ich nach allem, was ich inzwischen erfuhr, schon einräumen, aber so aufrichtig ich dies auch tue, so aufrichtig sage ich weiterhin: Er hat mir nicht gefallen.

Es hat eine sehr scharfe Auseinandersetzung zwischen den Polen und ihm gegeben; ich habe die Worte nicht verstanden, und doch habe ich selten etwas so gut verstanden wie dies Gespräch, in dem es um mein Leben ging.

Übrigens hat nachher der eine Pole auch gesagt: Nun, dieser Mann wollte Sie ein wenig erschießen!, aber es hätte solcher Erläuterung nicht bedurft, ich hatte ja vorher gut genug zugehört, und wilde Wut und empörtes Entsetzen in den Gesichtern von zwei Männern erkennt man auch dann noch, wenn man nur mit einem Auge sieht, weil dem anderen eine Pistolenmündung im Wege ist.

Zugegeben, dieser Vorgang war von extremer Natur, doch gerade dadurch wird um so deutlicher, was ich meine: Ich war ein Gefangener des Polen, und das war das genaue Gegenteil eines freundschaftlichen Verhältnisses, aber jetzt hätte ich keinen besseren Beschützer finden können als ihn, denn ich war sein Gefangener.

Natürlich kann man sagen, daß vor Todesdrohungen Gefangenschaft gar kein Übel ist, und daß mein Pole wohl kein Sowjetfreund gewesen sei, und doch ändert das nichts an meiner Überzeugung, daß dem Feldwebel nicht gestattet worden ist, in eine Ordnung einzugreifen, in der er nichts zu suchen hatte. Noch anders: Ich behaupte ganz entschieden, und um so entschiedener, als ich Zweifel durchaus erwarte, daß ich, als der durchreisende Feldwebel mir den kalten Auslaß seines Kugellaufs aufs Auge drückte, bei aller Endfurcht noch des entrüsteten Nebengedankens fähig war: Was will nur dieser Mensch von uns?

Ich bezog den Polen ein in das, was mir geschehen sollte, und er ließ es nicht zu, weil, wenn hier einer schoß, nur er es war und doch beileibe nie ein Dritter.

Vor jenem Gefängnis in Łódź dann sind die Polen die Dritten gewesen gegen uns zwei, die Gefangenen und die sie bewachenden Rotarmisten.

Da könnte man sagen: Ich wechselte die Seiten je nachdem, von welcher es auf mich schoß. Schon richtig, nur, was ich zeigen wollte, war ja: Wer mich in seinem Gewahrsam hatte, schützte mich auch, und so war ich eher mit dem im Bund als mit irgendeinem Dritten. Gefangenschaft als ein Verbund aus Gefangenen und Bewachern gegen den Rest der Welt, das war, wovon ich zu reden begonnen habe, als ich sagte, jenseits des Lagerzauns von Puławy seien mir die Polen wie Fremde vorgekommen, gleich Fremde vor mir und meinen Posten.

Seltsamerweise fällt mir zu diesem Thema noch ein Vorkommnis ein, das meine Ansicht zu stützen scheint, und dennoch zögere ich, es in die Reihe zu nehmen.

Denn ich glaube, da ist noch etwas anderes im Spiel gewesen; die Gemeinsamkeit, in die ich mit einem Bewacher geraten bin, hat eine andere Natur gehabt als die, von der ich bislang sprach. Oder nicht, ich bin mir noch lange nicht sicher.

Wir hatten an diesem Tag einen besonders grimmigen Posten mit, einen Brüller und Angeber, wie man sie überall und unter allen Umständen trifft, einen Beschützer, vor dem man sich besser sehr hütet.

Der hatte sich nur mit Mühe von seinen Kameraden überzeugen lassen, daß auch Gefangene einer Arbeitspause bedürften, und so saß er auf einer kleinen Bahnstation wirklich da wie der hechelnde Hütehund, bereit, dem bewachten Getier bei erstem Verdacht an die Beine zu fahren.

Es war überdeutlich: Er billigte nichts; er billigte uns nicht, er billigte die polnischen Eisenbahner nicht, er billigte seine schlappen Kameraden nicht, und die vorbeikommenden einheimischen Reisenden billigte er auch nicht.

Nun kommt man aber wohl mit so einem Gefühl der Nichtbilligung nicht gut zurecht, wenn man davon nicht abgeben kann an andere, wenn man es nicht weitersagen kann. Da hat der Soldat einmal sein Gefühl an mich weitergesagt, und weil ich es angenommen habe, ist auch dieser Wachmann in unsere Gemeinsamkeit eingetreten.

Ein älterer Pole kam vorbei, und auffällig an ihm war nur, daß er in der warmen Jahreszeit einen kurzen Mantel mit Pelzkragen trug.

Ich habe träge und gar nicht interessiert gedacht: Vielleicht hat er nichts anderes und muß in die Stadt, da kann er nicht in Hosenträgern hin!, aber der Posten, bereit, auch diesen Polen nicht zu billigen, hat eine andere Deutung gehabt. Er hat das Knie, auf dem seine Maschinenpistole lag, etwas angehoben und nach außen gedreht, so daß der Lauf dem vorbeigehenden Manne folgte, und er hat gesagt: Burschui.

Er kann nicht im Ernst mit Beifall gerechnet haben, denn daß wir seine Freundlichkeit mit der uns eigenen vergalten, ist klar, und daß die von mir eben gezeigte Neueinteilung der Welt noch nicht jedermann vor Augen stand, ist auch klar, womit auch die Zurückhaltung verständlich wird, welche wir an den Tag legten, wenn ein Russe Unfreundliches über einen Polen sagte oder umgekehrt. Überdies gehört eine bestimmte

Art von Bildung dazu, das Wort Burschui überhaupt zu verstehen, und diese bestimmte Art von Bildung jetzt nicht so ans Licht zu lassen, hatten wir einige Gründe.

Um das so wenig umständlich wie nur möglich zu erklären, will ich einfach erzählen, was weiter geschah. Es geschah dies: Ein sowjetischer Posten hatte etwas wahrscheinlich Abfälliges über eine vorbeigehende polnische Zivilperson geäußert, und die Mitglieder der gerade pausierenden Stopferbrigade, deutsche Kriegsgefangene sie alle, taten, als hätten sie nichts gehört. Vielleicht haben die meisten auch wirklich nichts gehört, und bestimmt haben die meisten wirklich nichts verstanden, aber von denen, die gehört und verstanden haben, hat es nur einer zu erkennen gegeben, und das war ich.

Will man mich loben, kann man sagen, ich sei nicht abgestumpft genug gewesen; will man mich ärgern, sagt man: abgebrüht.

Gut also, ich war nicht abgebrüht genug. Ich erkannte in dem Wort, das ich noch niemals gehört hatte, eine Vokabel, die ich schon manches Mal gelesen hatte, und ehe ich mich entsann, wo das gewesen war, erinnerte ich mich der Bedeutung dieses russischen Wortes, das ein Lehnwort französischer Herkunft war: Burschui gleich Bourgeois gleich schmarotzender Fabrikbesitzer et cetera und so.

Ich nehme an, bis dahin haben sich auch einige meiner Gleisgefährten erinnert; nur haben sie an dieser Stelle, im Gegensatz zu mir, haltgemacht mit dem Erinnern und haben dreingesehen wie welche, die so gar nicht wußten, wovon des Postens Rede war. Und schon gar nicht haben sie getan, was ich getan habe. Ich habe, kaum war mir bewußt geworden, daß dieser Soldat klassenkämpferische Äußerung tat, verstehend und gar beifällig gegrinst, und erst dann ist mir eingefallen, woher ich meine Weisheit hatte.

Ich weiß nun nicht, was zuerst in der Reihe folgte, ob ich mich erst über meine Bereitschaft zur Kumpanei mit dem Posten gewundert habe und geärgert natürlich auch, denn in jeder Art Anschmeißerei ist zugleich ein Stück Betteln enthalten – oder ob ich zuerst erschrak, weil mir die Herkunft meines Wissens offenbar geworden war.

Jedenfalls kannte ich das Wort Burschui einzig aus den Schriften eines gewissen Dwinger, dessen Werk ich zwar in meiner Jugend verschlungen hatte, der aber dessen ungeachtet bei mir im keineswegs abwegigen Verdachte stand, ein schreibender Oberobernazi zu sein.

Alles das ist lange her, das Erschrecken über solche Lektüre und die Lektüre selbst schon gar, und ich habe seither Herrn Dwinger auch nicht wieder zur Hand genommen. So weiß ich nicht, wie das zusammengegangen ist, das Wissen, einer ist von der schlimmen Art, zu der man nicht gehören möchte, und die Bereitschaft doch, mehr als Bereitschaft nur, die von demselben Menschen aufgeschriebenen Geschichten begierig zu lesen. Ich weiß nur, es ist gegangen, und ich bin ein genauer Kenner sibirischer Kriegs- und Nachkriegsverhältnisse sowie auch des Edelmuts deutscher und baltischer Freikorpskämpfer gewesen, und ich wußte, warum ein Graf des Feindes Blut von seiner Ulanenlanze wischt und warum es immer ein wenig ordinär wirkt, wenn Gefreite mit der Parabellum auf Offiziere schießen, auf durchaus feindliche, aber Offiziere eben. Ich wußte das durch den Schriftsteller Dwinger, und durch ihn wußte ich auch, was das Wort Burschui zu bedeuten hat.

Da hatte ich gleich mehrere Gründe, das Wort Burschui lieber nicht zu verstehen und es erst recht nicht beifällig zu belächeln: Man hätte mich als Dwinger-Leser ausmachen können oder als Kenner kommunistischen Vokabulars – das war schon zweimal nicht sehr gut in meiner Lage.

Und daß ich mich durch mein Grinsen gemein machte mit dem Posten, war auch nicht sehr gut, und daß der in seinem Dankesüberschwang, in seiner Begeisterung, hier im fernen Westen auf einen Gleichgesinnten gestoßen zu sein, einen, der einen auch ohne viele Worte verstand, einen, dem ein einziges Wort zur Verständigung genügte – daß der Posten also vor lauter Freude, weil ihm auf diesem polnischen Bahnhof ein proletarisch Verwandter begegnet war, mir seine gerade angefachte

Machorka-Papiros in die Hand drückte, war auch nicht sehr gut.

Ich war ja ein unterernährter Nichtraucher, und manche meiner Kameraden hätten einen Teil ihrer geringen Nahrung für einen Zug aus dieser schrecklichen Zigarette gegeben, aber mein Posten wachte, daß nur sein Gesinnungsbruder, mit dem er sich einig wußte in der Verachtung des Burschui, vom ukrainischen Rauche genoß, und so kam Übelkeit in mir auf, und es nützte mir nicht viel, daß ich einen russischen Freund gewonnen hatte, denn gewonnen hatte ich auch ein paar deutsche Feinde mehr.

Seltsam und zu meinem Glück: Der Posten lief in seiner fröhlichen Arglosigkeit zu uns über. Der Erfolg mit mir und andererseits mit dem Mann im Pelzkragenmantel ermutigte ihn, nunmehr noch öfter bourgeoise Charaktere unter den polnischen Reisenden auszumachen, und auch die unwissenderen unter meinen Kumpanen kamen bald dahinter, daß, wer sich auf die richtige Art an dem Wort Burschui zu erheitern wußte, alsbald in den Besitz eines qualmenden Zeitungstütchens voll qualmendem Machorka geriet.

Erzählt habe ich die Geschichte nur, weil auch sie den Beweis zu meiner Behauptung zu enthalten scheint, daß Gefangenschaft die Welt in neue Parteiungen bringt. Ob einer Russe oder Pole ist oder Deutscher, spielt nicht so sehr die Rolle. Geschieden wird nur nach der Frage, ob einer frei sei oder auf die eine oder andere Art beteiligt an Gefangenschaft.

Die Polen waren frei, und die Russen waren meine Bewacher, und so kommt es, daß ich bis an das Ende des ersten Sommers von den Polen in Polen nicht viel gesehen habe.

Das ist aber im späten August anders geworden. Da hieß es bei einem dieser zermürbenden Appelle, alle Techniker und Handwerker sollten heraustreten aus der Reihe, und natürlich bin ich auch vorgegangen, und weil ich schon gemerkt hatte, daß ich mit der Berufsangabe Buchdrucker wenig Eindruck machte, nannte ich mich Drucktechniker.

Daß wir plötzlich so viele Fachleute im Lager hatten, konnte nicht verwundern, weil die Aussicht auf gehobene Arbeit mit der Aussicht auf angehobene Rationen verbunden war; wirklich verwunderlich war nur, daß die Aussonderei und das Aufschreiben schon am nächsten Tage Folgen hatten.

Ungefähr dreihundert Leute wurden beim Appell namentlich aufgerufen und mußten rechts heraus in eine neue Kolonne. Ich sah, daß ich einer der jüngsten war, aber auch die anderen waren noch nicht sehr alt; nur einige konnten schon über vierzig sein, und Gessner, der Frankfurter Bankier, war einer von ihnen; ich hatte ihn gestern sagen hören, er sei Monetär-Ingenieur von Beruf.

Ausgerechnet der Feldwebel, durch den ich zum Krawallbruder geworden war, übernahm das Kommando, und seine Geistesart wurde mit seiner ersten Verlautbarung wieder offenbar: Ihr seid eine Truppe von Spezialisten, also Spezis, klar? Offizielle Dienstbezeichnung lautet: Spezis. Klar? Klar! Spezis, Achtung! Spezis, rechts um, Gepäck aufnehmen, ohne Tritt Richtung Tor marsch!

Man denkt, man hat alle Überraschungen hinter sich, und dann schreit so ein Narr: Gepäck aufnehmen! – Niemand hatte mehr Gepäck als ich, und mein Gepäck bestand aus einer Suppenschüssel und einem Holzlöffel. Die Suppenschüssel war, ich habe das schon gesagt, der untere Teil einer amerikanischen Konservenbüchse gewesen, und ich trug sie unter meiner zerschlissenen Feldbluse dort, wo man sonst die Brieftasche trägt, und der Löffel steckte wie immer und wie bei jedermann im Knopfloch der linken Blusentasche.

Freilich, der Feldwebel hatte Gepäck, und vielleicht hätte er sich ohne Kommando nicht getraut, es mitzunehmen.

Wir hatten noch keinen Schritt zum Tor getan, da flogen die ersten verbürgten Nachrichten schon durch unsere Reihen: Wir sollten in Puławy ein Musterzentrum deutscher Wertarbeit errichten. Wir sollten in Lublin eine Berufsschule für polnische Waisenkinder aufbauen; es konnte aber auch in Radom sein. Wir sollten als fliegende Fachbrigade ein Reparaturnetz über das Land ziehen, Sonderverpflegung, und an Urlaub war auch gedacht.

Ich habe die meisten der Aufgaben, die unser harrten, wieder vergessen, aber sicher war, daß Europa mit uns zu rechnen schien und sehr auf uns hoffte, als wir da ohne Tritt Richtung Tor marschierten, mit Blechschüsseln und Holzlöffeln als Gepäck und wieder einmal mit gewaltigen Rosinen im Kopfe.

Kurz vor dem Tor machten wir halt, und da sahen wir, was unser wartete, und es war leuchtender als alles Gedachte, denn am Lagereingang standen Soldaten und Offiziere in kaum bekannten Uniformen, tadellos angezogene Leute mit taillierten Röcken und kecken Käppis und silbrigen Fangschnüren an den Schultern.

Franzosen, war denn das die Möglichkeit, uns holten Franzosen ab, der Franzose holt uns, uns holt der Franzose raus! Natürlich die Franzosen, bewegliche Leute, Leute mit scharfem Verstand, sagen sich, la guerre fini, der Friede geht los, und Arbeit muß sein. Aber Arbeit ist besser, wenn sie die anderen tun, und keiner tut sie besser als der Deutsche. Also holen sie sich die Deutschen, wo sie sie kriegen, und schlau wie sie sind, holen sie sich nur deutsche Fachleute, ein schlauer Hund war er schon immer, der Franzose. Na und? Besser beim schlauen Franzosen in der Nähe von Weißbrot und Rotwein als bei Russen und Polen, die selber Hungerleider sind. Nach Westen? Immer, Leute, immer nach Westen, denn da gehören wir hin! Der Franzose, Kinder, wer hätte das gedacht, der Franzose ist dir doch ein schlauer Hund, vive la France, und hoffentlich gibt's nicht gleich Schnecken zu Mittag.

Da war denn Prahlhans wieder Küchenmeister, und die Spezis gaben sich als Gourmands und Gourmets zu erkennen, deren Spezialitäten normannisches Kaninchen hießen und bretonische Seezunge und Kastanienpastete und Knoblauchzehe in Aspik, und natürlich war vor allem Käse der Käse von Pont-l'Evêque zu nennen, und wer Champagner meint, trinkt Taittinger und läßt sich doch nicht auf diesen

Neureich-Heidsieck ein, und den besten Calvados, den es je gab, den hat man im Hof der Prieuré de Bavent genossen.

Sogar ein Anflug von deutschem Männerwitz kam auf, und ein Rundfunkmechaniker flehte laut, es möge nicht Caen in der Normandie das Ziel unserer Reise sein, denn dort hätte er eine Latte Alimente zu entrichten, eine Latte so lang wie sein Unterarm, und seine Gebärde war besonders obszön, weil auf seinem Unterarm zwischen Knochen und Haut nicht mehr viel Fleisch und Muskeln verblieben waren.

Es wurde dann aber doch einmal klar, daß die Franzosen nicht unseretwegen gekommen waren, sondern um ihre Landsleute abzuholen, die es im Lager ja in allen Schattierungen gab: Elsässer, die so französisch waren, daß sie uns nur die Boches nannten; versprengte Kriegsgefangene, die in dem Durcheinander des Endes aus einer Haft in eine andere geraten waren; und schließlich die Legionäre, die an unserer Seite in den Osten gekommen waren und aus Gründen, die ich nicht kannte.

Es war an der Art, wie die Franzosen antreten mußten und wie ihre bewaffneten Landsleute sie umstanden, sehr gut zu erkennen, daß sie nicht das größere Los zogen, als sie uns verließen, um in die Heimat zu fahren. Da legte sich auch das Keller-und-Kammer-Geschwelge unserer Frankreich-Kenner rasch, und die Meinung setzte sich durch, daß der Franzose ohnehin mit uns Spezis nicht viel hätte anfangen können; für deutsche Facharbeit hatte er letzten Endes doch keinen Sinn, der Franzmann.

Einen der Franzmänner kannte ich, den Schachspieler mit den afrikanischen Zügen. Er hatte mich nach dem schrecklichen Ende der Kreuzworträtselperiode doch noch dazu gekriegt, ihm als Partner zu dienen, als ein Partner von erbärmlicher Unzulänglichkeit, dem es nur zweimal beschieden war, den Figurenabtausch bis ins Endspiel ehrenhaft gleich zu halten.

Auch beim Schach machte er den Mund nicht auf; er sagte nicht einmal das übliche, er zog nur die Brauen hoch, wenn ich ins Schach zu geraten drohte, und wenn ich matt war, erhob er sich einfach aus der Hocke, und wenn er mit mir spielen wollte, hielt er mir einen schwarzen und einen weißen Bauern hin, und nur wenn ich im Begriff war, einen besonders dummen Zug zu tun, hob er den rechten Zeigefinger und sagte sehr leise: Non.

Den sah ich da drüben zwischen den schmucken Soldaten seiner früheren Armee, und ich sah zu meiner großen Überraschung, daß er unentwegt einredete auf seine neuen Bewacher, und ich sah auch deren Verachtung. Man braucht dazu keine Gesichter zu sehen; feste Rücken genügen, über die sich Uniformzeug strafft, wenn sich muskulöse Arme über der Brust verschränken.

Aber – was Verachtung ja immer zuläßt – der afrikanische SS-Mann setzte sich durch; er kam in Begleitung zweier Soldaten über den Torplatz zu unserer Spezi-Kolonne und warf mir das Tuch zu, in das er seine Schachfiguren geknüpft hatte.

Wieso denn? sagte ich und: Danke! und: Viel Glück! wollte ich noch sagen, doch das erstarb mir, denn er machte die schneidende Gebärde, mit der man sich um die Kehle fährt. Seine Landsleute führten ihn zu seinen anderen Landsleuten, und sie sind dann auf Lastwagen gestiegen und davongefahren.

Nun hatte ich doch Gepäck.

Aber weit zu tragen brauchte ich es nicht. Denn die Reise aus dem sowjetischen Lager fort ist einen Kilometer stadtwärts und auf die andere Straßenseite gegangen. Dort standen zwei große Wohnhäuser mit Stallungen dahinter, und als wir am Ende des langen Tages einen Doppelzaun um das Gelände gezogen hatten, war unser neues Lager fertig.

Es war ein polnisches Lager; der Kommandant war ein polnischer Zivilist, und die Posten waren bewaffnete polnische Zivilisten, und wir waren nun in polnischer Gefangenschaft.

Ich machte einen Fehler, als ich sagte, ich sei es ein zweites Mal, und ich machte einen weiteren Fehler, als ich sagte, so verwunderlich sei das alles nicht, denn schließlich befänden wir uns in Polen.

Worauf manche Leute doch Wert legen. Meine Nachbarn legten Wert auf die Feststellung, daß sie als deutsche Soldaten in ehrenhaftem Kampfe in die Hände sowjetischer Soldaten geraten seien, und daß man sie nicht einfach verhökern dürfe, heute zu den Polen und morgen vielleicht an die Hottentotten.

Oder gar an die Franzosen, sagte der Bankier, und damit war ich nicht mehr der einzige, der einen Fehler gemacht hatte.

Aber das Thema ist fürs erste noch zu keinem Gewicht gekommen, weil ein näherliegendes uns bald beherrschte: Die Volksdeutschen schienen im Begriff, dieses Lager unter ihr Regime zu bringen. Auf der anderen Straßenseite, der sowjetischen, hatten sie keine Rolle gespielt, vielleicht weil sie den Russen wie eine Mischung aus Polen und Deutschen vorgekommen waren, und das war denen keine besonders angenehme Mischung, aber unter der polnischen Verwaltung erwies es sich als Vorteil, wenn man der Landessprache mächtig war, und die Volksdeutschen machten kräftig Gebrauch von diesem Vorteil.

Wobei es sich nur scheinbar von selbst verstand, daß sich die Verwaltung so mit ihnen einließ, denn im allgemeinen waren die Polen auf ihre ehemaligen Dorfnachbarn, die nicht selten ihre nachmaligen Aufpasser geworden waren, nicht sehr gut zu sprechen, und die Schlaueren unter denen verkniffen sich jedes polnische Wort, wenn ein weiß-roter Wächter in der Nähe war.

Doch in diesem Kleinverhau an der Landstraße nach Puławy schienen die Volksdeutschen neben Russen, Polen und Reichsdeutschen einen vierten Stand bilden zu wollen, nur einen von neuer Art, einen herrschenden nämlich. Sie machten sich breit, hatten die Küche schon in ihrer Hand, besetzten die Wäscherei und stellten vor allem den Arbeitsverteiler am Tor. Der war nicht gerade Herr über Leben und Tod, aber ob man zu mehr

Brot kam oder gar zu einer Tomate oder Gurke, das hing doch sehr von diesem Menschen ab, der eine Vermittlerrolle innehatte zwischen den Städtern, die sich hier für Stunden oder den ganzen Tag Helfer holten, und uns, den hungrigen Arbeitswilligen.

Es dauerte nur ein paar Tage, und die Verteiler, die natürlich inzwischen schon eine eigene Gruppe bildeten, ließen sich von einem Arbeitskommando eine Art Schiedsrichterturm aufschlagen, einen Hochstand ähnlich dem auf Tennisplätzen. Seine vier Stützpfähle waren am Boden zu einem Kasten ausgebildet, und wer von einem Einsatz zurückkam, bei dem es etwas zu essen gegeben hatte, der tat einen Anteil in diesen Kasten. Wer es vergaß, den hatten auch die Arbeitsverteiler bald vergessen.

Es war einzusehen, daß Polnisch können mußte, wer auf diesem Turme saß, aber der Zehnte an dessen Fuß war nicht einzusehen, und so haben wir, als wir zu fünfzig beim Straßenbau beschäftigt waren, eines Abends jeder einen handlichen Pflasterstein in den Zinsverschlag geworfen, auf Tomaten und Gurken und Äpfel und Brot wohl gar, und der Verteiler, der am Eingang über die Abgaben wachte, ist so blöde gewesen und hat ein Riesengeschrei gemacht. Das war dann das Ende dieser Steuererhebung, und damit ging auch die volksdeutsche Herrschaft schnell zu Bruch, denn es fehlte den Leuten nun gleich an allen Umlaufmitteln, und so war schlecht regieren.

Eines finde ich bis heute erheiternd, nämlich daß die entmachteten Herrscher ihren Gruppenhalt nur noch in einer gewissen Kunstübung fanden: Eines jeden Morgens und eines jeden Abends auch bildeten sie einen Chor, der eine Kirchenhymne sang, immer dasselbe Lied.

Auch polnisch singende Männerchöre sagen mir nichts; ich habe mich nicht einmal nach der Bedeutung des Gesanges erkundigt. Wie ich eben meine Geschichte nach vorn überdenke, also den Teil, den ich noch erzählen werde, stelle ich fest, daß nur der Sommer in Puławy von Liedern begleitet gewesen ist; die späteren Abschnitte sind musikalisch nicht weiter markiert, und das nimmt mich, ziehe ich die Umstände an, auch nicht weiter wunder. Jedoch hat später noch ein immer wiederkehrendes Trompetensolo eine Rolle gespielt, aber bis da war es noch weit, als ich in diesem kleinen polnischen Lager in Puławy war.

Weil er für meinen Weg nicht weiter von Belang gewesen ist, zeige ich diesen Ort nur noch in einigen Momentaufnahmen. Ich habe auch kaum mehr zur Hand, und sollte sich doch noch etwas von Gewicht finden, werde ich an passender Stelle davon reden. Anders habe ich es bis hierhin ja auch mit meinen anderen Lebensteilen nicht gehalten; ich meine, ich habe auch bei deren Beschreibung Stückwerk getrieben und alles nachgereicht, von dem ich später glaubte, es sollte noch Erwähnung finden. Also zurück in das Kleinlager an der Straße zwischen Bahnhof und Stadt Puławy.

Vor dem, was vorher war, und dem, was nachher kam, ist es kein Wunder, daß mir diese kurze Zeit nicht nur sommerlich, sondern überhaupt freundlich überglänzt erscheint; es war fast eine Idylle, und mit dem Sommer hat das am allerwenigsten zu tun gehabt.

Denn der war ja auch, wo die Wanzen waren; der war auch, wo ich im Sand gelegen habe und geglaubt, wenn ich die Augen nur fest genug schlösse, würde der Schatten auf der Sonnenuhr beim nächsten Blick einen gewaltigen Satz heran an die Essensstunde getan haben, den lebensrettenden Schritt zur nächsten Fütterung; Sommer war auch, als das Unkraut hinterm Zaun höher kroch und mir mit seinem stinkenden Blattgeschlinge immer mehr den Ausblick zurück nach Marne verwucherte; Sommer war, wo es kaum Wasser zum Trinken gab und kein Wasser zum Waschen und wo wir wie die Latrine stanken und die Latrine wie wir; Sommer war, wo wir beinah verkamen und wo viele gestorben sind und wo der Porzellanmacher Edwin aus Koło an sich und an uns gestorben ist.

Aber das kleine Lager kommt mir heute fast vor, als wäre Gefangenschaft dort ausgesetzt gewesen, und wenn das auch nicht stimmt, so ist es doch kein allzu großer Irrtum.

Schließlich sind wir oft ohne Posten gewesen, sind von der einen oder anderen Arbeitsstelle ganz allein zurückgegangen ins Lager und haben gesungen, wenn wir über den Marktplatz kamen. Und für den Gesang hat es etwas zu essen gegeben. Ja, von den Bewohnern dort, von den Marktfrauen und Bauersleuten.

Und einmal, wie wir einen verjauchten Graben ausgehoben haben und wir uns Kartoffeln kochten, bin ich einfach in einen Stadtgarten und habe nach einer Zwiebel gefragt. Und habe sie bekommen, drei.

Und als am Bahnhof ein totes Pferd lag, hat die Verwaltung erlaubt, daß wir es ins Lager holten; es ist eine Art Gulasch geworden.

Und bei den Telegrafenbauern hat mir eine junge Frau einen Becher Milch gegeben, und für einen Augenblick habe ich wieder gewußt, was alles man von denen haben kann.

Ja, schon, der Brezina, mit dem ich dort Schach spielte und der freiwillig zum Minensuchen gegangen ist, weil das doppelte Rationen gegeben hat, der ist eines Tags in die Luft geflogen, und dabei war er seit achtunddreißig Soldat gewesen und überhaupt nicht verkommen.

Und auch die Ruhr, die war natürlich nicht zu vermeiden, und der erste, der an ihr starb, war der Feldwebel mit dem großen Maul, der mit dem Gepäck, der, dem ich eine langen mußte, weil er von mir gegrüßt sein wollte auch noch unterm Zaun.

Unglücke hat es gegeben, gewiß, auf der kleinen Schiffswerft ist einer unter eine Eisenplatte geraten, und zweie haben sich Pilze gekocht und sind daran eingegangen wie in Zivil, und einem hat man nach einem Kratzer die Hand abgenommen; der war aber hochmütig und insofern selber schuld.

Lustiges, scheint mir, ist viel mehr vorgekommen, und einmal bin ich sogar betrunken gewesen, weil der Posten beim

Kinokommando darauf bestand, daß ich von seinem Selbstgebrannten tränke.

Es ist zu merken gewesen, daß wir nun in einem polnischen Lager waren und daß unsere Posten Polen waren wie die Leute auf den Straßen auch. Die Posten haben manchmal zwischen denen und uns vermittelt, und der Unterschied zwischen Lager und Nichtlager hat etwas an Schroffheit verloren.

Und wir wurden nun auch nicht mehr Spezialisten geheißen, sondern Fachowzi, was in der Sache gleich zweimal auf das Gleiche wie vorher hinauskam: Wir galten als speziell gebildete Fachleute, und wir wurden eingesetzt, wo man uns gerade brauchte.

Vielleicht hat der, der mich aus dem russischen ins polnische Lager holte, weil mein Name mit der Berufsbezeichnung Drucktechniker versehen war, wirklich geglaubt, es würde in Puławy ein Drucktechniker schon zu verwenden sein; ich weiß es nicht, ich habe von dem Manne nichts gesehen.

Ich habe, ob nun Buchdrucker oder Drucktechniker, dort oben getan, was Gefangene an allen Orten tun; ich habe das erledigt, wozu es den Freigeborenen und Freigebliebenen an Einsicht und Lust wohl mangelt.

Also Klärgruben geklärt und Berge von Sand versetzt und Stubben gerodet und Stämme gewälzt und Brückenteile aus dem Wasser geholt und nassen Kies und Kartoffelgebirge verladen und Pferd gespielt und auch Wagen und Dampfkraft ersetzt und Dieselwucht und eingesprungen für Kran und Bagger und noch einmal gezeigt, wie es schon bei den Pharaonen ging, und erwiesen, daß es auch pharaonisch zugehen kann dreitausend Jahre später. Puławy in seinem zweiten Teil ist so gewesen, wie man sich Lager denkt, wenn man sie freundlich denkt, und daß ich einmal dort in ein Schreckensloch gefallen bin, so tief wie kaum ein anderes, das hat wohl nichts mit dem Ort zu tun.

Eines Morgens wußte ich nicht mehr, wer ich war.

Ich wachte auf, und alles um mich herum war ohne Namen, ohne Qualität, es war vorhanden, aber es hatte keine

Beziehungen, keine Beziehung zu mir oder zu etwas Drittem. Ich sah nicht minder klar als an irgendeinem anderen Tag, ich sah die Stoppelköpfe und Stoppelbärte, die zu großen Ohren und die grindigen Hälse, ich sah die abgebrochenen Nägel und die bläulichen Ellenbogen, ich sah die matte Bosheit in den Augen. Aber das ergab nichts; es waren Einzelheiten, aus denen ich nichts erfuhr. Was gar nicht gleichzeitig gehen sollte, ging gleichzeitig: Ich sah alles und hörte alles wie zum erstenmal, und ich sah und hörte allem zu, als hätte es nie etwas anderes gegeben. Ich stand auf, ich stieg in meine Pantinen, ich wusch mich, ich zog die Jacke an, auf der ich geschlafen hatte, ich setzte die Mütze auf, die mein Kissen gewesen war. Irgendeine Gewohnheit, von der ich nicht wußte, wie lange ich ihr schon folgte, leitete mich; ich wurde wie durch einen glattwandigen Kanal in den Tag geschoben. Die Dinge um mich und die Leute schienen hohl, von Gestalt wohl, aber ohne Inhalt; mir war eine Dimension abhanden gekommen; ich sah, aber ich wußte nicht.

Ich fühlte immerhin, daß ich so ohne Ordnung war. In einem Schrecken, nicht anders als der bei einem Sturz, griff ich nach erstem Halt, griff dorthin, wo sonst mein Name ist, und fand nichts. Mein Name war fort, ich war von meinem Namen fort, ich wußte nicht mehr, wer ich war, ich war kaum noch.

Etwas anderes wußte ich doch: daß dies schlimm war. Wie einer, der tot ist und weiß, daß er tot ist. Wie einer, den es nicht gibt.

Man spricht vom Entsetzen als einer Widrigkeit, vor der man sich fürchten muß. Das ist schon so, aber Entsetzen kann heilsam sein. Wenn man im Fallen spürt, daß man von sich selber losgerissen ist, kann Entsetzen den Sturz so drehen, daß man an Graten vorbeikommt, an Wurzeln und überhängendem Gras, an haltbaren Teilen der Erde, von der es sich furchtbar tief stürzt, wenn man erst einmal ins Stürzen kommt.

Ich ahnte, fühlte, wußte bald auch, daß ich, wenn ich bei Leben bleiben wollte, zu meinem Namen kommen mußte, und aus meiner fernen Lebenszeit half mir die List, von weit her und klein mit dem Benennen der Dinge anzufangen und fast absichtslos in Gang zu setzen, was man Erinnern nennt.

Das Gestrichel da vorn, kräftig von unten nach oben und dünner von Seite zu Seite, heißt Zaun. Die Wasserflecke hier auf dem Hof nennt man Pfützen. Wir kennen noch Teiche, Seen, Meere. Wir kennen auch Bäche und Flüsse. Wir kennen Lachen und Rinnsale und Ozeane und Deltas. Wir kennen Stauseen und Brunnen und Pfuhle. Von den Brunnen kennen wir Ziehbrunnen und Springbrunnen. Und artesische Brunnen gibt es.

Es gibt Brunnenbauer. Ich bin kein Brunnenbauer. Es gibt Kohlbauern. Ich bin kein Kohlbauer. Es gibt, es gibt, es gibt Wachtposten. Ich bin kein Wachtposten. Es gibt Soldaten, ich bin kein Soldat, oder bin ich ein Soldat? Ich bin kein Soldat mehr. Ich bin ein Gefangener. Ich bin ein Gefangener in Polen. Ich bin in Polen. Ich komme aus Deutschland. Ich komme aus Marne. Ich bin Buchdrucker. Ich bin der Buchdrucker Niebuhr.

Ich bin Mark Niebuhr. Ich heiße Mark Niebuhr. Ich bin wieder da, hab ich mich erschrocken.

Oder heißt es: erschreckt? Es ist mir doch gleich, wie es heißt, Hauptsache, ich weiß, wie ich heiße.

Hauptsache, ja, aber wenn man nicht weiß, ob erschreckt oder erschrocken, ist da noch ein verschmierter Rand, es ist noch nicht ganz Klarheit, es ist ein Rest von diesem grauenhaften Nichtwissen, also wie heißt es, erschreckt oder erschrocken?

Ich bin erschrocken, ich habe mich erschreckt.

Klingt eigen: habe mich erschreckt. Ich habe ihn erschreckt, klingt richtig, aber mich klingt eigen.

Wie was klingt, darüber wird sich reden lassen; das ist Überfluß, wenn man ins Bedenken kommt über einen Klang. Da liegt die Not schon hinter einem, die erbärmliche Leere, in der man nicht weiß, wie etwas heißt. Wenn man Gedanken übrig hat für Bedenken, für Bedenken, ob etwas richtig klingt, dann ist man wieder im Leben.

Ich war wieder im Leben, als ich meinen Namen wiederhatte, aber das Schreckenskreischen behielt ich noch lange im Ohr.

Ich glaube, was uns mehr entsetzt als der Schlag, den wir erfahren, als der Schmerz, den der Schlag macht, als der dröhnende Ton, den es gibt, wenn eine Faust auf unserem Jochbein landet, als der Schlachthausgeruch und Schlachthausgeschmack unseres eigenen Blutes – was uns mehr entsetzt, ist die Erkenntnis, daß auch wir geschlagen werden können.

Es macht immer wieder einen Schock, wenn wir erfahren, daß wir nicht einzigartig sind. Daß wir so sein sollen wie alle, räumen wir ein, nur wir glauben es nie ganz. Aber immer kommt der Augenblick, in dem wir ganz daran glauben müssen. – Er mußte daran glauben; er mußte dran glauben – die Vorgänge, die hier gemeint sind, sind so verschieden nicht.

Ich habe gewußt gehabt, daß einem Menschen der eigene Name entfallen kann; einem Bücherleser, einem Zeitungsleser, einem Illustriertenleser bleibt so etwas nicht lange verborgen, aber was hatte das mit mir zu tun?

Nun wußte ich, daß auch dies mit mir zu tun hatte. So wächst man heran.

Ich bin von dem Erlebnis, das man so nicht nennen kann, weil es eher ein Ersterbnis war, lange nicht losgekommen, und einmal habe ich gedacht: Jetzt mußt du aber sorgen, daß dich hier viele kennen, denn wenn das noch einmal passiert und bleibt so, dann weiß doch keiner, wohin mit dir. Ausweis hast du keinen, wie alle keinen haben; Umgang hast du kaum und solchen schon gar nicht, der dich vor dem Vergessen schützte; Zeugen, daß es dich gibt, sind wohl da, aber für das, was du bist, gibt es keine.

Junge, Mark, der einzige, der über dich Bescheid weiß fast von Anfang an, bist du, da darfst du dich nicht aus den Augen verlieren. Der einzige, der dich beeiden und beglaubigen könnte, bist ganz alleine du; dann sorg man, daß du bei dir bleibst.

Jetzt wie es ist, ohne Ausweis, könnte man sich auch selber einen Namen geben, man könnte sagen, man ist Caracciolas Sohn oder Professor Niebuhrs Enkel. Man könnte sagen, man sei schon auf dem Kilimandscharo gewesen. Viel könnte man sagen. Aber ohne Gedächtnis könnte man gar nichts sagen. Da könnten nur die anderen etwas sagen, und man könnte sich nicht dagegen wehren. Die könnten einem einfach was andrehen und einem zuschieben, was sie selber nicht wollten.

Sie probieren jeden Tag ihren Witz an dir aus und nennen dich immer anders. Oder du kriegst nur noch Grubendienst, Latrinenräumen, weil einer, der seinen Namen nicht weiß, lange behaupten kann, er sei erst gestern dran gewesen. Oder sie schlagen immer dich zusammen, wenn etwas fehlt, denn wer seinen Namen nicht kennt, kennt auch keine Gebote. Was keinen Namen hat, ist nicht da, braucht keinen Platz, kriegt nichts zu essen, kommt nicht vor, kommt nicht raus, kommt nicht nach Haus ...

Was du dir auch alles ausdenkst, dachte ich da, aber ich war doch entschlossen, an meinem Namen künftig sehr gut festzuhalten.

Am sechsten Oktober neunzehnhundertfünfundvierzig bin ich aus Puławy am oberen Weichsellauf nach Warschau in der Weichselmitte gekommen, und wieder einmal und auch diesmal sehr gründlich hat für mich ein neues Leben begonnen. Es ist ein trüber Herbst gewesen, und kalt geworden ist es früh, und an den Sommer dachte ich bald wie an einen anderen Planeten, und von Puławy glaube ich immer noch nicht, daß es im selben Land wie Warschau liegt.

IX

Diese Soldaten sind die strammsten gewesen, mit denen ich es je zu tun bekam. Ich weiß nicht, wofür sie uns hielten, aber benommen haben sie sich, als vermuteten sie einen gefährlichen Übeltäter unter uns. Es war vor dem Wecken, als sie bei uns eintrafen, und sie haben uns mit mächtigem Radau auf einen brachen Acker neben dem Lager gejagt. Sie haben ein dreifaches Quadrat aus Posten um uns gebaut; es waren aufgepflanzte Bajonette zu sehen und leichte Maschinengewehre, hinter denen einer in Stellung lag, und so haben sie uns warten lassen bis ins bessere Morgenlicht.

Dann Leibesvisitation, aber gründlich, und behalten durfte man wenig. Schüssel und Löffel blieben uns, und alle Reichtümer darüber hinaus, zu denen wir in den letzten Wochen gekommen waren, flogen auf einen Haufen, der schnell wuchs. Messer, Gabel, Schere, Licht dürfen auch Gefangene nicht; Behältnisse, die bei sich führt, wer nicht ungerüstet erleben will, wie ein Sirupfaß birst oder ein Salzsack reißt, bildeten ein Gutteil der Pyramidenmasse; Kleidungsstücke von verdächtig ziviler Farbe machten den Berg freundlich bunt; Schreibgeräte aller Art, darunter Schiefertafel mit Griffel und Zimmermannsblei, flogen auf den Hügel, und eine Mundharmonika wie auch ein kleiner grüner Ball, Luxusgerät von kaum bezifferbarem Wert, mußten mit auf die Halde.

Meine Schachfiguren waren fast schon dort, aber ein Engel hat mir über die Schulter zugesagt, hat mir den Ton angeschlagen, den ich brauchte für den Posten, denn der hat mir schließlich die Schnitzereien vor die Füße geworfen und hat nur das Tuch mit den Spielfeldern auf den Müll getan.

Es wird wieder einmal die Hygiene gewesen sein, die uns von unseren Gütern trennte, und wenn sie auch noch unsere

Kleider gegen saubere getauscht hätten, wäre der Vorgang zu einigem Sinn gekommen.

Aber so sehr hat uns das alles in diesen Stunden nicht beschäftigt, beschäftigt hat uns fast nur die Frage: Was wollen denn die von uns? Wie führen sich die nur auf, und doch nicht etwa wegen uns?

Waren wir nicht die fröhlichen Sänger von Puławy, waren wir nicht Puławys lustige Obstpflücker und Sandschipper, waren wir nicht die fleißigen Heinzelmännchen vom Weichselstrand, hatten wir uns etwa geschont an Straße und Schiene, hatten wir uns nicht auf glitschige Stege gewagt und auf brandige Mauern und auch an wartende Minen, hatten wir es fehlen lassen an Fleiß und Einfallskraft und gutem Willen, hatten wir nicht ganz so getan, als gehörte dieses Land uns und als wollten wir es für uns wieder in Ordnung bringen?

Ja, wir wußten schon, wir waren mit dem Krieg hierhergekommen, und wer Schärfe wollte, konnte auch sagen: der Krieg mit uns, aber das war doch längst vorbei, das war schon fünf Monate vorbei, beinahe ein halbes Jahr lag das zurück, ein halbes Arbeitsjahr, und das Gras dieses Sommers war schon wieder verdorrt, da mußte man uns doch nicht den alten Krieg noch einmal neu erklären.

Wir hatten nun genug vom Pulver gerochen, da mochten wir die Maschinengewehre nicht mehr; uns war schon heimgezahlt worden, und also waren unsere Taschen leer; bereitwilliger als uns gab es keinen, wozu da das Geschrei, und, bitte, wozu auch die Geheimnistuerei, man konnte uns doch wahrhaftig wissen lassen, aus welchen Gründen und zu welchem Ende der frühe und barsche Besuch.

Aber so etwas ist immer Ansichtssache, und die Soldaten schienen anderer Ansicht als wir; sie teilten uns in sieben gleiche Teile, und das ging glatt, denn die Ruhr und die Minen und ein paar andere Widrigkeiten hatten unsere Zahl auf zweihundertachtzig gebracht.

Die Mittagsstunde ist die Abschiedsstunde von Puławy geworden, Abschied im Marsch vorbei am kleinen Lager und

Abschied im Marsch auch am großen Lager vorbei, Abschied vom Bahnhof, auf dem ich einen meiner Eisenbahner sah, Abschied auch von dem Gleis, an dem ich gebaut und einer schnellen Beerdigung zugesehen hatte. Abschied im Waggon, der gegen Nordwesten rollte.

Manchmal denke ich, ich sollte noch einmal dorthin, und ich weiß mich sentimental, wenn ich das denke, aber ich weiß auch, warum es mich hinzieht, wo ich doch nicht so überaus glücklich war.

Weil ich fortgegangen bin fast ohne ein Auge für die Ecke Land, in der ich ins Leben einige Einsicht bekam, etwas mehr jedenfalls als vorher in achtzehn Jahren.

Und doch werde ich es noch lange bedenken, ehe ich mich auf solche Reise mache, denn von anderen Unternehmungen dieser Art weiß ich, wie wenig sich dabei ergibt. Verlegenheit ist meist alles, und dafür muß ich nicht so lange auf die Bahn.

Vierzig Mann in einem Waggon, dem eine Mittelpritsche eingezogen worden ist, da hat man fast Platz, und wenn etwas mehr Gewißheit gewesen wäre über Fahrtziel und Absicht mit uns, wäre wohl Reisestimmung aufgekommen.

Ich weiß nicht, wie es mit der Stimmung war; ich habe es nicht vergessen, ich habe es nicht bemerkt. Ich weiß nicht einmal, wie lange wir unterwegs gewesen sind und wie oft wir gehalten haben und was es zu essen gegeben hat. Ich weiß nur, daß ich gewartet habe, daß mir war wie im Finstern, wenn man die Füße über unbekannten Boden schiebt. Ich wartete auf Risse oder Wurzeln, auf Fall oder Aufprall; es mußte die Haltung der Soldaten ihre Gründe haben; es fehlten nur die Handschellen, dann wäre es wie beim Transport von Verbrechern gegangen.

Mit dem Bankier, der hier Rothschild hieß, habe ich gesprochen, das weiß ich noch, und leichter ist mir dabei nicht geworden. Wenn die Richtung bleibt, sagte er, könnte es Warschau sein.

Kennst du Warschau?

In mehreren Fassungen sogar, heil und kaputt. Kaputt nicht

wie eine runtergefallene Uhr, kaputt wie eine, über die eine Straßenwalze gerollt ist.

Warst du da im Einsatz?

Gelobt sei Jesus Christus, nein. Dann wäre mir noch weniger wohl in diesem Zug.

Aber es werden schon welche von uns dabeigewesen sein, sagte ich. Ich meine, irgendwo müssen die doch abgeblieben sein, und irgendwo sind wir ja auch alle gewesen.

Stimmt, mein Freund, wenn du zweihundertachtzig Landser hast, dann kannst du sicher sein, daß an jedem Punkt der Kriegskarte mindestens einer gewesen ist.

Seekrieg vielleicht ausgenommen, sagte ich.

Auch nur bedingt, sagte er. Hier ist ein bayerischer U-Boot-Fahrer, und in Narvik und in Tobruk waren mehrere, und da waren sie mit dem Schiff. Wenn wir da überall noch hin sollen, wie jetzt nach Warschau, dann wird meine Bank auf mich warten müssen.

Du glaubst, daß sie uns nach Warschau zur Arbeit bringen?

Zur Besichtigung wohl kaum, mein Freund. Aber, bitte, stell dir ruhig vor, wir fahren zur Besichtigung, und jeder darf sich noch mal ansehen, was er persönlich kaputt gemacht hat. Das wird Streit geben, fürchte ich, umgekehrt wie früher. Früher hat jeder geschrien, er war es, der den Bomber vom Himmel holte und den Scharfschützen vom Schornstein, und jetzt werden sie einander wohl den Vortritt lassen.

Aber du, sagte ich, du zeigst wohl die Kerben im Kolben?

Schön blöde, mein Freund, aber werde doch nicht persönlich. Laß uns lieber so allgemein wie möglich bleiben. Laß uns träumen von der Grande tour an die Stätten unserer Gloire. Warschau hatten wir ja schon, wo beliebt es denn nun? Rechts, links, oben, unten, unsere Spur läuft überall.

Schrei doch nicht, sagte ich, die denken, es hat dich, wenn du so schreist. – Mich könnten sie ruhig rumfahren; ich brauchte keinen Ort zu fürchten, ich habe keinen kaputt gemacht.

Keinen?

In einem vielleicht ein Stück, aber das war reine Kampfhandlung und auch noch im Weglaufen.

Ja, dann bist du natürlich eine Ausnahme, mein Freund, mit Kampfhandlung und Weglaufen. Wir anderen müssen uns Willkür vorwerfen und blutige Angriffslust. Du bist sehr spaßig; was glaubst denn du, wie jeder hier sein Stückchen Krieg erklärt?

Der Unterschied ist aber, ob es stimmt oder nicht.

Ach, wie bist du doch spitzfindig, mein Freund. Der Unterschied? Der Unterschied ist, ob sie dich haben oder nicht. Sie haben dich, also ist schon kein Unterschied. Bevor wir gekommen sind, war ihr Land heil, und jetzt ist es kaputt. Was sollen sie da noch so spitzfindig zwischen uns unterscheiden. Nein, mein Freund, wir sind jetzt auf der Reise und ausgestiegen wird nicht mehr. Herrschaften, sehen Sie sich Warschau an; Sie haben es zugerichtet, wie es ist, Sie dürfen sich tüchtig denken. Herrschaften, machen Sie die Augen auf zwischen Minsk und Sewastopol, den Stätten Ihres Fleißes; man sieht, Sie haben sich auch hier sehr angestrengt. Herrschaften, und nunmehr stinkt Ihnen Stalingrad …

Jetzt hör aber auf, Rothschild, der Johannes hat seine Ohren auf Lauschen geklappt, und er wird sich auch bald mit diesen Posten gut stehen.

Glaube ich nicht, mein Freund; ich glaube, Johannes fragt sich die ganze Zeit, wie man diese ungemütlichen Leute abhält, sich nach Volksdeutschen aus Bromberg zu erkundigen; der hat sein Lebtag kein Wörtchen Polnisch gekonnt.

Also machen sie doch einen Unterschied zwischen uns?

Ja, wem sie zuerst die Zähne einschlagen sollen. Wann, aber nicht ob.

Im Grunde ist es ungerecht, sagte ich, und er wurde wieder zu laut.

Ungerecht, ach blutiger Jesus Christ, hast du ungerecht gesagt? Wer schob dir denn diese exotische Vokabel in den Mund, was soll sie nur besagen? Aber sag es, mein Freund, was ist denn ungerecht?

Wenn du so schreist, sage ich gar nichts mehr. – Ich rede von den Volksdeutschen: Bei uns haben sie nicht viel gegolten, und bei den Polen gelten sie als die Schlimmsten.

Kalfaktorschicksal, sagte er.

Versteh ich nicht.

Kalfaktor, im Knast, kennst du, ja?

Aus Büchern.

Das genügt doch fürs Leben, mein Freund. – Mach du dir nur Sorgen um die Volksdeutschen; was meinst du, wie sehr sie um deine Zukunft bangen.

Das braucht auch keiner, sagte ich, aber ich werde es nicht ganz so fest gemeint haben, wie ich es klingen machte.

Mit dem Gessner zu reden strengte mich immer sehr an. Das kam natürlich durch den gewaltigen Unterschied zwischen seinem Wissen und meinem und durch meine Versuche, dennoch wie gleichauf mit ihm umzugehen. Ich mußte eine Menge Dinge, die er als selbstverständlich ansah, auch so behandeln, das heißt, ich mußte es nicht, ich versuchte es aber.

Bei dem alten Dr. Gansekehl damals wäre mir so etwas gar nicht in den Sinn gekommen, aber Rothschild war jünger und weltläufiger, und Bankier oder nicht, ich kam mit ihm weit besser aus als mit den meisten Gleichaltrigen, mit denen ich es versucht hatte. Da gab es welche, denen man immer noch anmerkte, daß sie Oberschüler waren, und ich habe meine Abneigung bis dort geschleppt. Um einen hat es mir leid getan; das war ein Berliner, mit dem ich einige Nächte unter dem Mantel gelegen habe. Der konnte wunderbar von seinem Arndtplatz erzählen, wie es da war im warmen Frühherbst, wenn die Sonne auf die Äpfel in den Auslagen schien, und wie es beim Milchmann gerochen hat. Er hat natürlich auch das Essen nicht herausgekriegt aus seinen Erzählungen, aber es hat darin seinen Platz gehabt, ungefähr so, wie es im Leben seinen Platz eben hat. Man könnte sogar sagen, er hat Grund gehabt, viel vom Essen zu reden, denn er ist gestorben, weil es viel zuwenig zu essen gegeben hat.

Es ist mir an den Jungen aufgefallen, daß sie mehr Zuhause mit sich herumschleppten als die Älteren. Das hatte seine Gründe; hier und zu Hause, das waren ihre Lebensteile, etwas Drittes kannten sie nicht. In der Jugend gibt man noch allem Bedeutung, was man erlebt hat, und fast alles, was wir erlebt hatten, war zu Hause geschehen; also redeten wir mit Bedeutung von zu Hause.

Das verliert sich, wenn man über Kreta abgesprungen ist und am Monte Cassino gelegen hat und den Gefrierfleisch-Orden bekam oder Wehrmachtsgefängnis.

Nun rollten wir aber, ob jung oder nicht so jung, in streng bewachten Kisten auf etwas zu, dessen Namen wir nicht kannten, und einen Gefährten hätte ich gerne gehabt.

Und doch und doch trotz allem: Ich glaube, ich bin für das Alleinsein gemacht. Ich hätte nicht sagen können, was ich denken konnte und was mir sehr gefiel: daß dieser Zug ja gar nicht für Warschau bestimmt sein mußte.

Es konnte doch auch sein, nicht wahr, daß jetzt alle ihre Leute nach Hause holten, die Franzosen die Franzosen und die Deutschen die Deutschen. Es war doch so, nicht wahr, daß nicht nur Warschaus Dächer zerborsten waren, die von Kiel und die von Lübeck waren es auch. Es war doch Frieden, nicht wahr, und der galt nicht nur für eine Seite; wenn Frieden war für Polen und Russen, dann mußte doch, Logik, Frieden auch für die Deutschen sein.

Warum also sollte der Zug schon in Warschau halten?

Nein, er nimmt Warschau gar nicht erst zur Kenntnis, er dampft gleich bis Posen durch, kommt an Koło vorbei und auch an Konin, zwei Orten, die links liegenbleiben, als wäre nichts von Belang in ihnen geschehn, und wenn man in diesem Zug sitzt, ist dort auch nichts geschehn, in diesem Zug zählt anderes, die Richtung des Zuges zählt und daß er jetzt durch Posen fährt, das einmal die Festung Posen hieß, rechts irgendwo ahnt man den Bischofssitz Gnesen, und links in den Wiesen muß dieses Kłodawa liegen, mag es nur liegen dort, wir fahren vorbei, fahren durch die Festung Posen, fahren der

Oder zu, ahnen hoch im Norden Kolberg und vergessen es schnell, rollen über die Oder und über märkischen Sand nach Berlin, machen auch hier nur kurze Rast, sind bald in Mecklenburg, das aussieht wie immer schon, sind bald heraus aus Mecklenburg, Gottseidank, kommen vorbei, wo die Elbe erst anfängt, winken Hamburg kurz zu und müssen schon weiter, stampfen durchs Baumschulenrevier in Holsteins Süden, halten Fühlung mit der Elbe zur linken Hand, verlassen die Geest, sind in der Marsch, sind in Schleswig, sind auf der Brücke überm Kanal, sind in Marne an Europas Rand, sind zu Hause.

Nun ist es mit meinen Träumen so, daß sie sich oft an Einzelheiten zerschlagen. Ich kann mich zwar als Testpiloten sehen, aber daß mir schon schlecht wird beim bloßen Anblick von einer Schiffsschaukel, holt mich wieder aus den Wolken. So ist mir der Schwarm vom weiten Ausflug bis in meinen Heimatort mit der Frage vergangen, was denn mein Heimatort mit zweihundertachtzig Fachleuten so ausgesuchter Art anzufangen vermöge. Nun gut, dann eben nicht Marne, dann eben Hamburg oder Berlin, die waren kaputt genug für unsere Künste.

Doch was ein Anflug war, endete hier, und es dauerte auch nicht mehr lange, da meldeten die Späher von den Luken, Vorstädtisches mehre sich an den Schienenseiten, ein angesengter Laubengürtel sei zu sehen, verwracktes Kriegsgerät liege herum, gammelige Industriebuden habe es die Menge, Häuser stünden da mit fünf Geschossen und nicht so viele mit heilem Dach, und dann sagte einer, der sich überaus auszukennen schien: Praga, Warszawa-Praga, östliches Weichselufer, Güterbahnhof Praga dies. Nun ade, mein kornbleicher Falbe, die Grube ruft mir hier.

Wer weiß, aus welchem Stück das war; es taugte aber als Schlußsatz hinter die Träume, denn alle Zeichen, die zu uns drangen, deuteten an, daß wir an einen Ort gekommen waren, an dem es nicht gut träumen war.

Wenn ich sage, es roch verkommen, dann tue ich natürlich spätere Kenntnis mit ein in die Beschreibung – ich weiß eben längst, wie verkommen es dort gewesen ist. Aber das gilt ja für alles. Alles ist vergangen, und deshalb weiß ich mehr von ihm.

Es roch verkommen. Es roch wie Krieg und Moder. Wie Totenrost. Wie verwittertes Bein. Wie Kloakengärung. Wie Schimmel auf feuchter Pappe. Wie schleimiges Wasser. Wie glosender Faulzunder. In diesen alten Gestank mengte sich neuer. Der von eben verbranntem Staufferfett und eben abgelöschter Lokomotivenasche und eben angesetztem fettlosem Kohl.

Ich sage, ich habe alles dies gerochen, und ich weiß, wie wenig glaubhaft das klingt. Denn man weiß ja: Der solche Wahrnehmung von sich behauptet, hat in einem Güterwagen gehockt, der verdunstet war von vierzig ungebadeten Männern und wenigstens zwei Tagen Fahrt.

Doch will ich es so gerochen haben, so außerordentlich genau, will so außerordentlich genau wahrgenommen haben, was dort gewesen ist, weil ich Gewöhnliches nicht vertragen könnte an einem Ort, an dem man so ungewöhnlich mit mir verfuhr.

Zunächst verfuhr man sehr gewöhnlich mit uns. Man schob die Türe auf und hieß uns laut, herauszukommen aus dem Kasten und zur Zählung uns zu stellen und dies alles schnell.

Es ist mir nicht klar, nach welchen Gesetzen der Mensch eine fremde Sprache erlernt; klar ist nur, daß dies nicht nach dem Notwendigen geht. Beweis: Alle Posten, mit denen ich Umgang hatte, kannten zuerst das Wort schnell, und nirgendwo auf Erden habe ich soviel Zeit vertan wie dort, wo ich bei diesen Posten in Verwahrung war.

Aber wir sind schnell angetreten auf dem Nebengleis, zumal viel Schießzeug um uns her allen Befehlen einige Dringlichkeit verlieh. Wir sind angetreten, und wir wurden gezählt, und, gottlob, wir haben gestimmt.

An den Russen habe ich immer eine gewisse beifällige Freundlichkeit beobachtet, wenn wir stimmten; im kleinen Lager in Puławy zählten wir uns selber, und es stimmte immer, und wir machten davon kein Aufhebens; hier nun, in diesem stinkenden Wind, war Aufhebens von allem und vor allem davon, daß es uns gab. Unsere alte Mannschaft hat uns einer neuen Mannschaft übergeben, schriftlich ist das sogar gewesen, und unser neuer Kommandant ist mit unserem alten Kommandanten die Front abgeschritten und hat einen jeden von uns angesehen, als verspräche er sich etwas davon, und eine Rede hat er gehalten, die ging, wie diese Reden wohl immer gehen: daß es zwecklos sei, und so weiter.

Dann haben wir wieder gewartet, und wie der Grund dafür nicht zu erkennen war, gab es auch keinen Grund für den plötzlichen Aufbruch; es hieß eben plötzlich: Marsch!, und: Schnell, schnell! hieß es auch gleich wieder.

Der Güterbahnhof hat eine Mauer gehabt; vor der mußten wir halten, und hier sind viele Leute gekommen, um uns anzusehen. Sie haben auch einiges gesagt zu uns, aber vor allem haben sie uns angesehen. Ein paar Schritte rechts von mir ist eine große Pfütze gewesen, und die Kinder dort sind lustig gewesen, wie Kinder überall lustig sind, sie haben Steine in die Pfütze geworfen, und wer dort stand, wurde naß.

Dann gab es auf einmal diese Frau. Ich habe sie erst gesehen, als sie zu uns herüberkam, aber sie wird schon vorher dagewesen sein, und geschrien wird sie wohl auch schon früher haben, aber es war da so viel Geschrei und Geschimpfe und Kindergejohle, da ist es eben untergegangen.

Die Frau kam schräg von rechts, ungefähr dorthin, wo ich stand. Sie kam, und das war vor allem anderen verwunderlich, quer durch die Pfütze, die zwar voller Steine lag, aber dennoch eine Pfütze war, eine schlammige Pfütze aus kaltem Wasser. Das schwarze Wasser schlug der Frau an die Knöchel, aber sie kam auf mich zu, und vor mir machte sie halt, und auf mich zeigte sie, und auf mich schrie sie ein.

Es ist gut möglich, daß die Erinnerung vermengt, was bei

zeitlicher und auch räumlicher Trennung einzeln geschah, aber ich glaube heute, daß mir in jenem Oktober vor dem Güterbahnhof fast so gewesen ist, wie mir im Januar war an des Bauern Hütte. Dort hatten sie mich unter dem Bett hervorgeklopft hinaus in die Nacht, und das ganze Dorf hatte mich umstanden, und hier war mir, als wäre die Vorstadt Praga zu meinem Empfang erschienen.

Von dem Nachtmoment vor der Bauernhütte weiß ich noch den Gedanken: Jetzt haben sie mich!, und an dem Bahnhofstor wußte ich bald: Die wollen mich noch einmal!

Zumal, als es beim Geschrei der Frau nicht blieb und andere der Frau, der ich doch gar nichts tat, zu Hilfe eilten. Sie packten mich, wo ich ihnen eine Handhabe bot; sie zerrten so sehr an mir, daß mir hernach ein Ärmel fehlte, und einer glaubte wohl an Gewalt, sein Eifer hat mich einen Zahn gekostet.

Wie die Ereignisse abgefolgt sind, weiß ich nicht; der vorläufige Endstand war aber erreicht, als mich vier bewaffnete Posten eingeriegelt hatten; vier Posten hatte ich für mich ganz allein, da konnte mir nichts geschehen. Dann bekamen wir auch noch einen Kommandeur, dann hieß es marsch! für mich und meine vier Wachen, und so war ich doppelt gefangen, und einmal war schon einmal zuviel für mich.

Die lustigen Kinder haben uns begleitet, und wo wir nicht zu übersehen waren, waren wir schon gar nicht zu überhören. Bald war es Ritual: Die Kinder sangen mich aus, die Leute schrien's einander zu und schrien's dann fragend den Posten, die Posten hatten nur Auge und Ohr für mich, doch unser Kommandeur gab alle hundert Schritte Auskunft, die sprach sich herum mit Heulton, und ich hatte wieder Andrang; vier Posten sind manchmal doch wenig.

Wie ich zum Bericht nach Worten suche, fällt mir die Formel ein: Ich hätte gar zu gern gewußt, warum ich diesen Auflauf verursachte, was also mit mir war – aber die Formel paßt nicht, weil es nicht stimmt: Ich wollte gar nichts wissen, ich wollte nur nicht von den Füßen kommen und unter die Füße, und so nahe mir die vier Posten körperlich waren, so waren sie es seelisch auch.

Ach, ich habe mich danach wohl tausendmal gefragt, was diese Frau denn über mich zu sagen wußte, aber im Gewühl hatte ich den Anlaß schnell vergessen, durch den ich ins Gedränge kam; ich wollte nur heraus aus dem Gedränge.

Das ging aber nur mit Maschinenfeuer: Unser Kommandeur hat ein Magazin geleert, und in dieser Stadt nahm man Schüsse ernst, man wich von mir und meinen Posten.

Weil der Weg meine ganze Aufmerksamkeit gefordert hatte, sah ich jetzt erst, wo wir inzwischen waren: am Ufer des Flusses, am Fuß einer Brücke aus Pontons, und ich weiß nicht mehr, ist es eine Brücke mit zwei Fahrbahnen gewesen oder waren es zwei Brücken mit Einbahnverkehr oder hat es auf der einen Brücke Regler gegeben, die dem Hin und Her geregelte Richtung gaben, ich weiß nur, wir sind hinauf auf den leis wiegenden Weg, und wir haben unsere laute Begleitung hinter uns gelassen.

Bestimmt habe ich es mehr als einmal gesagt: Ich mag die Tage sonst, wenn der Herbst noch leicht ist, wenn er nur in Schleiern über Land und Fluß liegt, wenn die Sonne einem nicht das Auge verbrennt, wenn der Sommer weit ist und der Winter fern, und so einen Tag haben wir gehabt zu unserem Empfang in Warschau, aber ich erinnere mich dessen nur pflichtschuldig. Ich erinnere mich dessen, und ich sollte dankbar sein, denn später bin ich bei anderer Beleuchtung über die Weichsel gekommen und habe in klarem Licht den verschorften Steilhang der Stadt gesehen, da habe ich gewußt: Wäre bei meinem ersten Oktobergang über die Brücke Platz in mir für diese Bilder gewesen, dann hätte mich die Angst vielleicht doch auf die Pontonplanken geworfen, denn dann hätte ich in der Wüstenei vor meinen Augen womöglich den Grund für meine wüste Behandlung erkannt und hätte gemeint, sie führten mich zu der Brandstätte hin, weil sie glaubten, ich hätte die angezündet.

Nun, ich war ja angefüllt mit mir selbst, und keinerlei

Umsicht war da noch in Gang zu halten; was der Verstand geheißen wird, hielt sich an Naheliegendes, wußte gerade noch die eine und immer wiederholte Frage: Warum? und nahm nur wahr, was ohne Vermittlung mit mir zu tun zu haben schien.

Das kennt jeder: Man ist durch etwas hindurch, glaubt, man ist gesichtslos und fühllos gewesen, und später stößt man auf verwunderliche Erinnerungen und weiß so, man hatte die Augen gar nicht zugepreßt, sie waren weit offen, man hatte die Ohren nicht versperrt, denn Töne sind durch sie eingefallen, die nun tauen wie nach Münchhausens russischer Kälte.

Auf diese Weise weiß ich, daß mich unterwegs jemand von der Brücke hat stoßen wollen und daß ich gedacht habe: Hier ist es ja flach. Einmal verlor ich eine Pantine, und ich sehe die Posten, wie sie wie bei einem höfischen Tanz die zwei Schritte mit mir zurück tun. Dankbarkeit gab es auch, weil es auf den Pontons lange nicht so ein Aufsehen gemacht hat wie an Land; die Leute waren mit dem schwanken Übergang beschäftigt, und Bewaffnete gab es überall genug wie auch so abgerissene Figuren. Und daß es über dem Wasser lange nicht so stank, habe ich vermerkt. Am anderen Ufer freilich ist es wieder losgegangen mit dem Gestank und mit dem Lärm und auch mit den fliegenden Steinen. Den Posten hat das ein Problem gemacht: Wenn sie sich nahe an mich hielten, bildeten sie mit mir im Verein das bewegliche Ziel, und wenn sie mir ferner blieben, gaben sie mich den Geschossen frei, und mich auf keine Weise freizugeben war ihr Auftrag gerade.

Also taten sie, was ihnen bestimmt nicht leichtgefallen ist: Sie suchten die Verständigung mit den zivilen Werfern. Sie riefen dorthin, woher die Steine kamen, etwas, das wie Bitte und Vorwurf klang; sie rührten wohl an Patriotisches, denn sie hatten Erfolg für sich und mich, jedenfalls immer bis zur nächsten Ecke.

Weil ich ihn später ausgemessen habe, weiß ich, daß es ein langer Weg gewesen ist, und beim erstenmal ist er mir vorgekommen wie ein Weg durch eine Schlucht. Das kam aber durch die Schutthügel an den Seiten, die ihr Geröll an manchen Stellen bis zur Straßenmitte geschoben hatten, und es kam, weil die Leute, die auf den brandschwarzen Halden herumkletterten, sich so verloren ausnahmen.

Zuerst ist es einen mächtigen Hang hinaufgegangen, sogar meine Wächter haben scharf geatmet, und dann sind wir durch ein Stadtstück gekommen, in dem es Bäume gab und wo die Häuser nur ein paar Löcher in den Wänden hatten, ein oder zwei Plätze haben wir überquert, an einigen Stellen sind wir vorbeimarschiert, wo Herbstblumen unter beschrifteten Tafeln lagen, und dort ist es besonders laut um mich geworden, und dann waren wir in einer Straße, auf deren linker Seite Mietshäuser standen, ausgebrannte meistens, aber mit intakten Mauern, und rechts war das Schotterbett einer Straßenbahn, und dahinter lagen große Gebäude, eine Kaserne wohl und irgendwelche Ämter.

Nach zwei oder drei Querstraßen wurde es auch links sehr amtlich; amtlicher konnte gar nichts sein, als diese hohe und lange Backsteinmauer es war, und amtlicher als das eiserne Tor, das fast die Höhe der Mauer erreichte, konnte kaum eine Pforte sein.

Unser Kommandeur kommandierte meine Posten zu strammem Halt, dann trat er an das Tor und drückte auf einen Klingelknopf.

Es dauerte lange, aber es wurde dann doch eine Klappe in der Tür, die in dem Tore war, geöffnet, und sehr barsch scholl es heraus aus der Klappe.

Der Kommandant von meinem Konvoi, der ein langer Mensch war, bückte sich etwas, und weil er auch ein militärischer Mensch war, nahm er zugleich eine militärische Haltung ein, und so sprach er seinen Part zu einem Dialog durch die Klappe. Dann fiel die Klappe zu, und dann dauerte es wieder lange.

Und ein weiteres Mal wurde die Klappe in der Tür, die in dem Tore war, geöffnet, und ein Augenpaar war zu sehen, das

Blicke auf uns alle warf, auf mich, auf meine Wachen und auf den Führer meines Geleits und auf die Straße rechts und links und hinter uns, und hiernach wurde die Klappe geschlossen und die Tür geöffnet, und der barsche Ton war wieder da, und er teilte unseren Zug: Mein Kommandant ging durch die Tür und winkte mir, und die Soldaten blieben auf der Straße.

Der Inhaber der barschen Stimme war ein kräftiger und hochgewachsener und älterer und schnauzbärtiger Mann, der mir bis heute als das Abbild eines musterhaften Soldaten gilt. Ich bin ja noch oft durch seine Tür gekommen und habe ihm noch oft bei seinem Geschäft zugesehn, sachlicher war das nicht zu betreiben und reibungsloser auch nicht, es ist barsch zugegangen, aber ohne Gebrüll, man hat sich zwar nicht wohl gefühlt, aber unheimlich ist es auch nicht gewesen.

Ich rede von später. Zuerst ist es unheimlich genug gewesen und vielleicht gerade, weil der Schließer so sachlich war. Sein erstes Kommando hat meinem Kommandanten gegolten; dem hat er befohlen, wie ich dann sah, die Maschinenpistole durch ein Fenster zu reichen und die Pistole am Koppel auch. Ich hatte nichts davon, und es freute mich doch.

Dann war die Reihe an mir, und wie solche Reihe immer beginnt: Ich wurde durchsucht. Das war mir seltsam recht; ich erkläre es so: Diese Musterung konnte nichts zutage fördern, außer Löffel und Schüssel und den Schachfiguren besaß ich nichts. An meinen leeren Taschen würden sie erkennen, daß ich nicht war, wofür sie mich gehalten hatten. Den Löffel bekam ich zurück, die Figuren und die Schüssel nicht. Der Schließer prüfte die Dicke ihres Blechs, sah wohl, daß es sich mit wenig Mühe teilen ließe, sah wohl auch, was mit so gekantetem Blech dann machbar war, und warf die Schüssel in die Ecke. Man kennt diesen Wurf, aus dem Handgelenk, ohne Hinsehn zum Ziel, man erkennt dieses Zeichen von Übung.

Ein barsches Kommando drehte mich zur Wand; es war altes Gemäuer, glatter roter Stein und grauer Mörtel, himmelhoch vor meiner Nase. Als hätte ich keine anderen Sorgen gehabt oder eben weil ich so andere Sorgen hatte, suchte ich die Steine nach den Spuren ab, die sonst an Stätten zu finden sind, wo Menschen länger verweilen. Es gab keine, was nicht weiter verwundern darf, denn entweder stand man hier und hatte seine Besichtigung gerade hinter sich, dann hatte man kaum etwas zum Schreiben, oder man stand hier, um gleich auf die Straße zu treten, und da würde man den Teufel tun und noch Wände bemalen.

Aber wenn Blicke schreiben könnten, dachte ich, und ich dachte auch dies nur, um nicht das andere denken zu müssen, dann wäre die Wand bedeckt von Schrift über Schrift, und ich wollte, um mich fortzulenken von meiner Furcht, einen Eintrag erdenken, der geeignet wäre, meinen Eintritt in dies Haus zu melden, aber so gut hält man das Meer mit den Händen auf, wie ich die Ängste von mir halten konnte.

Was soll ich hier an dieser Wand? Ist dies die Wand, an die man gestellt wird? Nein, nein, für so etwas ist der Torhof doch viel zu eng, aber warum stehe ich hier? Vielleicht ist der Torhof doch nicht zu eng, wenn sie von dorther schießen, wohin der Postenführer seine Waffen gab? Könnte es sein, daß eine Frau schreit, und dann wird man auf einen Hof geführt und wird erschossen? Wenn alles sein konnte, was bis hierher war, dann kann das auch sein. Das Unglaublichste ist der Tod, hat Onkel Jonnie gesagt, aber wenn man erst einmal geboren ist, gewinnt das Unglaublichste an Wahrscheinlichkeit.

Sie führen einen doch nicht durch verbranntes Gebirge, weil es Spaß ist. Sie lassen sich doch nicht beinahe steinigen, wenn es nicht ganz ernst gemeint ist. Sie nehmen mir doch nicht die Schüssel, wenn ich sie noch brauche.

Aber den Löffel hat er mir gelassen. Was gilt nun, Schüssel oder Löffel?

Es kann gar nicht anders sein, Löffel muß gelten. Dies ist vielleicht nur eine besonders barsche Art, mich zu etwas heranzuziehn. Vielleicht brauchen die einen Drucker. Ja, natürlich, einen Drucker brauchen die hier; das hat man oft gehört, daß sie im Gefängnis besonders wichtige Papiere drucken. Wegen der Sicherheit. Ein Gefängnis ist doch so gebaut, daß nichts heraus kann oder herein, wenn es nicht soll, und so einen Ort braucht man für wichtige Papiere auch.

Und Drucker braucht man. Und ich bin doch Drucker. Das wissen die ja.

Ja, und die Frau wußte es auch, nicht wahr. Es ist so die Art hier, nicht wahr, einen Drucker aus dem Glied zu rufen. Da kommt eine Frau und schreit, und das bedeutet: Ein Drucker wird gebraucht, das ist hier wohl so.

Natürlich, und daß dann fünf Männer kommen, bewaffnet mit der Feuerkraft eines Schützenzuges, das ist auch so, Drucker sind rar, und das Geschrei hat nur bedeutet: Sie haben endlich einen Drucker gefunden!, und die Steine haben bedeutet: Sie haben gedacht, ich soll die Steuerformulare setzen.

Gleich hinter diesem dummen Witz war es mit mir vorbei. Ich dachte gerade noch: Dies ist ein Ort wie keiner sonst, einen blöden, blöden Witz zu machen. Das Maul zehn Zentimeter vor einer Hartsteinwand, da fehlen nur noch Witze.

Und ich dachte auch: Wenn schon Sprüche, dann paßt nur der aus dem Waggon, wie ging denn der, ach: Nun ade, mein kornbleicher Falbe, die Grube ruft mir hier.

Und dann dachte ich nur noch: Ach!, und ich heulte.

Ich habe alles Verständnis für mich, und doch hasse ich mich dafür. Weil es so unsinnig war, dort zu heulen, und weil ich mich nicht durchgehalten habe.

Die Wortwahl ist bedacht: Ich meine das heute. Ob ich damals in der Lage war, mich zu hassen, weiß ich nicht, und daß ich, als ich auf dem Torhof gegen die Mauer heulte, gedacht haben soll, ich hätte mich nicht durchgehalten, ist zweifelhaft.

Aber heute gilt es. Auf einem Gefängnishof zu jammern ist so eine schreckliche Vergeudung. Wenn sich ein Gefängnis darauf einließe, schleifte es sich selber. Ein Gefängnis muß um den Preis seiner Existenz unerbittlich sein. Sonst flennt sich womöglich noch einer unterm Galgen weg. Das geht ja nicht.

Und daß ich mich nicht durchgehalten habe, das finde ich immer noch gräßlich. Man muß sich seiner Tränen nicht schämen, wenn sie am Platze waren. Jenseits der Weichsel, dort am Bahnhofstor, als sich die vielen Leute so heftig an mich herangemacht hatten, da wären Tränen erlaubt gewesen und vielleicht sogar nützlich. Und auf dem schlimmen Weg, wer hätte mir ein nasses Gesicht verargen können? Aber nein, hier mußte es sein, ganz nah vor einer schützenden Mauer und neben einem Tor, das geschlossen war wie die Tür in ihm und wie die Klappe in dieser.

So ging das immer, und das war hassenswert.

Der schlimmste Vorfall dieser Art liegt länger zurück als der auf dem Gefängnishof, ist vier Jahre älter, mindestens, als der und reicht also tief in die Mitte meiner Jugend. Ich werde vierzehn oder fünfzehn gewesen sein, und ich war auf einer der Streifen durch feindliches Territorium, bei denen ich an der Gefahr seltsame Lust gewann.

Gefahr, man weiß, das ist eine Sache des Vergleichs, und damals dünkte es mich ungemein gefährlich, an ein bestimmtes Randstück von Marne zu geraten weil dort die Küferei war und weil die Jungens in der Gegend in dem Ruf standen, sie würden mit Faßdalben ins Leben geprügelt und hätten selber einen Schlag wie von Eichenbrett.

Die Küfer fingen mich an diesem Tag, und ich merkte bald: Es gibt auch wahre Gerüchte. Heulen wollte ich auf keinen Fall, weil sich Heulen in einer Stadt wie Marne herumspricht, und klaglos unter diesen Hieben zu bleiben schien mir auch keine Sache von großer Aussicht.

Ich griff den Häuptling an seinem Ehrgefühl, schrie, zwölf gegen einen sei entsetzlich feige, und ich drang auch durch bei ihm. Mit der Gerechtigkeit von wahrer Häuptlingsart wies er seine Krieger an, einzeln mit mir zu kämpfen, einer nach dem anderen. Sie gingen nach Größe gegen mich vor: Ganzklein fängt an, Größer rückt nach, und Lang haut ihm schließlich die Ohren in den Brägen.

Die kleinen Bengels sind auf mich losgerannt, daß zu weiterem Verhandeln gar nicht Zeit blieb; entweder ließ ich mich von diesen Dackeln umwerfen, oder ich zog ihnen selber was über.

Es ging ganz gut; das waren eben Kinder, und noch nicht alle waren dalbengehärtet, und ich wußte immerhin, daß ich wirtschaftlich sein mußte: bloß nicht rumprügeln, richtig zielen und richtig treffen.

Und dann, ich hatte die Hälfte der Riege längst mit Anstand hinter mir, und die Stimmung färbte sich zu meinen Gunsten, weil die, mit denen ich fertig war, die Meinung vertraten, es habe sie ein bedeutender Gegner gefällt, während meine künftigen Partner, nicht ohne moralische Folgen, die Nasen ihrer Freunde besahen – ausgerechnet da flog mich die Ahnung an, ich müßte mich endlos so keilen und jedem Zwerg wüchsen drei Riesen nach, und alles war so schrecklich ungerecht. Und dann heulte ich.

Daß ich mir selber leid tat, fällte mich. An der Küferei und auf dem Gefängnishof nicht anders. Und das nenne ich hassenswert; ich werde das wohl dürfen.

Der Schließer auf dem Hof hat aber nicht nach meiner Verfassung gefragt; ob ich mich durchhielt oder nicht, war keine Sache, auf die er sich einlassen konnte; er hielt sich durch, und das hieß, er ließ sich von mir nicht rühren.

Er hat mich barsch aus meiner Stimmung geholt, hat mich von der Mauer fortkommandiert und hinüber zu einer Gebäudetür, wo mich ein anderer Schließer in Empfang genommen hat, und bei einem Blick über die Schulter habe ich noch gesehen, daß mein Kommandant schon fort gewesen ist.

Und im Gebäude habe ich gesehen, daß hier ein Gefängnis begann, wie ich es aus allen Filmen und Büchern kannte.

Deshalb will ich die Gitter und Schlösser nicht so oft erwähnen; ich weiß ja, daß nicht ich allein die Filme sah.

Erwähnen will ich nur, daß ich auf einem grüngestrichenen Flur gestanden habe, Gesicht zur Wand, und daß wenigstens dort eine Inschrift gewesen ist, aber auch nur eine, Hania hat sie gelautet, und ihr Verfasser wird wohl gewußt haben, warum er für diese Hania soviel riskiert hat auf dem Flur.

Dann bin ich in ein Buch eingetragen worden, und da erst habe ich ganz geglaubt, daß alles Ernst gewesen ist, und mit großer Verwunderung habe ich meine Angaben gehört, denn wenn sie zutrafen, wie kam ich dann hierher?

Name: Niebuhr; Vorname: Mark; Geburtsdatum: 2. IX. 26; Geburtsort: Marne/Süderdithmarschen; Wohnort: ebenda, Prielweg 4; erlernter Beruf: Buchdrucker; eingeliefert am: 8. X. 45.

Wenn meine Angaben zutrafen? Was heißt das: wenn? Sie trafen zu, wer sonst sollte ich wohl sein?

Das war die Frage: Wer sollte ich sein?

Sie gaben mir einen ruhigen Platz, darüber nachzudenken.

X

Es war zu sehr, wie man es kennt, wohin man mich brachte. Ich konnte nicht glauben, daß gleich einer käme, den Irrtum auszurufen. Man ist in solchem Gebäude nicht mehr ganz unschuldig. Nicht daß ich mir anders als unschuldig und Opfer schlimmen Versehens vorgekommen wäre, aber ich wußte doch: Wenn das Versehen mit mir zu tun hatte, so hatte ich es auch mit ihm, und warum hatte es wohl keinen anderen getroffen?

Man wird zunächst sehr fest verwahrt, wenn man noch nicht gestanden hat, daß zur Verwahrung jeder Grund besteht; ich kam also für das erste halbe Jahr in eine Einzelzelle.

Das hört sich, wenn man es unvermittelt aufsagt, hart und lang an, und das war es auch, aber wenn ich es hinschleppe, wie es sich hingeschleppt hat, wird nichts anders.

Ich will einige der Elemente nennen, aus denen sich in diesem Anfang mein Dasein baute, denn für mehr als die Teile habe ich keinen Namen.

Von der Angst habe ich schon gesprochen, zu oft, und ich will sie nur noch erwähnen, wenn sie besonders laut oder scharf war. Sie hat natürlich nie nachgelassen; sie ist dagewesen, wie die Kälte am Nordpol ist, und man kann nicht immerfort von ihr reden.

Eine ebensolche Dauererscheinung ist der Hunger gewesen, und mir selber fallen Berichte lästig, in denen zu oft vom Hunger gesprochen wird. Schließlich gibt es unter uns kaum jemanden – es sei denn, er ist sehr jung –, den der Hunger noch nicht gebissen hat. Obwohl Vertrautheit mit einer Sache noch kein Grund ist, die Ohren zu verschließen, wenn von dieser Sache die Rede ist. Denn die beliebtesten Geschichten sind noch immer die von der Liebe, und ganz ohne Kenntnis ist doch niemand. Allerdings, von der Liebe des anderen ist jeder ganz ohne Kenntnis. Also ist in den Liebesgeschichten eine Doppelung zu vermuten von nächster Vertrautheit und unänderbarer Fremdheit.

Das soll aber jetzt meine Sorge nicht sein; ich bin mit einem jungen Mann befaßt, der unter doppelten Verschluß geraten ist und der die Gründe kaum für einmal weiß. Ich erzähle von mir und wie ich in einer Lage war, in die ich nie wieder möchte.

Der Hunger, soviel von ihm, war nicht verwunderlich; das Brot war nur von anderer Art als im Lager, mehr war es nicht. Es wurde im Gefängnis gebacken und wenn es der Wind schlimm meinte, drückte er den Geruch an mein Fenster.

Mittags und abends gab es eine Suppe aus Sauerkraut, abends die Hälfte der Mittagsration, und mittags reichte es für die Hälfte meiner Gier.

Weil ich gern Suppen esse und weil ich sie auch kochen kann, muß ich hier auf scharfer Trennung bestehen zwischen dem, was wir als Suppe kennen, und dem, was dort als Suppe galt. Es war wirklich nur Wasser mit niemals gänzlich gegartem Sauerkraut, und so gesehen ist meine Verköstigung doch noch auf die klassische Gefängnisformel Wasser und Brot hinausgelaufen. Wie sich überhaupt die meisten Geschehnisse ausnahmen, als wäre eine weitblickende Direktion darauf bedacht gewesen, mich in meinen schematischen Vorstellungen und Erwartungen nur ja nicht zu enttäuschen.

Aber das muß ich jetzt nicht heranreden, das stellt sich ganz allein heraus. Ich will noch etwas zu dem Sauerkraut sagen, ich will dazu etwas erzählen.

An einem frühen Morgen holte mich ein fremder Schließer ab, ich meine, ein Schließer, den ich noch nicht gesehen hatte, und er brachte mich ins Bad. Nun, Bad, es gab dort einige Brausen und die glitschigen Holzroste, aber es gab ein Stück sandiger Seife, und ich habe mich mit Inbrunst gesäubert. Ich dachte, jetzt ginge es vor Gericht mit mir, und ich versprach mir etwas von Sauberkeit, wo ich schon nicht wußte, wovon ich mir sonst etwas versprechen sollte.

Ich wurde über den Hof geführt, den großen, über den ich noch nicht gegangen war und auf den hinaus meine Zelle lag, aber anstatt durch das Tor brachte mich der fremde Schließer in einen Keller. Es war ein Raum für die schlimmsten Erwartungen; ein glatt verputztes und sehr sauberes Behältnis mit einer Tür, in die ein von außen aufziehbares Schott eingelassen war, und mit zwei abgedeckelten Kellerfenstern.

Zuerst meinte ich, nun sei ich unter eine dritte Art von Verschluß geraten, müßte auch noch durch Dunkelhaft, aber wie ich die Konturen des Raumes gewahrte und sah, daß ich nicht in vollkommenem Dunkel war, wußte ich meinen Irrtum. Denn Dunkelhaft, dessen war ich schon sicher, würde hier in vollkommenem Dunkel sein.

Auch hatte ich von keiner Verschließung solcher Art gehört, für die man vorher gebadet worden war, und ich verstand nicht, warum man mir bedeutet hatte, die Hosen abzutun und die Unterhosen bis zum Knie zu krempeln.

Dann wurden die Kellerluken geöffnet, und ich sah, daß rutschenförmige Einstiche in mein Behältnis führten, und bald sah ich den geschnittenen Weißkohl, der in großen Mengen durch die Luken kam.

Doch, ich muß es so sagen: Ich sah zunächst verständnislos auf den Vorgang. Ich übertreibe vielleicht ein wenig, wenn ich sage, ich hätte für möglich gehalten, daß man mich an eine Erschießungsmauer führte, aber ohne Übertreibung hielt ich für unmöglich, was mit mir geschah: daß sie mich gereinigt hatten, mich in einen Keller sperrten und mich mit geschnitzeltem Weißkohl zuschütteten.

Die Schließer in einem solchen Haus sind weniger da, daß man nicht fortläuft; sie sind vor allem gedacht, einem beizubringen, was man zu tun und was man zu lassen hat, wie ja überhaupt Strafe vor allem darin besteht, daß einem gesagt wird, was man zu tun und zu lassen hat. Ich glaube nicht an die saubere Unterscheidung zwischen Strafgefangenen und

Untersuchungshäftlingen, wenn man beide erst einmal unter einem Dache hat, und schon gar nicht glaube ich an das Unterscheidungsvermögen von Schließern, soweit es sich um die Leute auf der anderen Seite der Traljen handelt; sie schließen die ein oder lassen sie heraus, und sie sorgen, daß die tun, was sie tun müssen, und lassen, was sie nicht dürfen.

Bei einiger Intelligenz begreift man dies am schnellsten, und man lernt jene Schlüsselwarte zu schätzen, die präzise zu sagen wissen, was in ihren Wünschen steht; Unklarheit führt auch hier nur zu Kraftverlust und Verdruß, und so war ich der plastischen Gesten und Worte froh, mit denen der fremde Schließer meine Aufgaben umriß. Er gab mir ein Paddel, dessen Blatt nur die Hälfte seiner ursprünglichen Breite hatte, und er stellte einen Papiersack voll Salz neben die Tür, und er sagte: Verteilen, Salz streuen, marschieren!, und dann schloß er die Kellertür.

Weil die aber kein Guckloch hatte, beeilte ich mich nicht; ich ging zuerst der Frage nach, wieweit roher Kohl, wenn man ihn mit grobem grauem Salz bestreute, eßbar sei. Er war eine ganze Weile sehr eßbar.

Als eine weitere Doppellawine geschnitzelten Krauts in den Keller rutschte, machte ich mich an das Werk, von dessen Bestimmung ich immer noch nicht recht wußte; ich schaufelte den Kohl mit meinem Paddel in den Raum, verteilte Salz auf eine sehr beliebige Weise und watete mit meinen gebadeten Beinen durch das rohe Gemüse. Ich fand es für einen Augenblick seltsam, daß man hierorts Kohl einsalzte, aber da ich auch nicht genau wußte, was man zu Hause mit dem Kohl anfing, und da ich vor allem für seltsam halten mußte, was man mit mir hier anfing, übertönte diese Befremdung alle Befremdungen geringerer Natur. Wo man mich einsperrte, da zählte es nicht, daß sie Kohl einsalzten.

Zwischen den Fuhren hatte ich genügend Zeit, sie zu verteilen; mir war nur nicht klar, wie ich auf Dauer die Tür würde frei halten können, und ich überlegte, so ungeübt in Haft war ich noch, ob ich dem Aufseher von dem Problem sagen sollte, als der auch schon erschien, um meinem Treiben eine Weile zuzusehen.

Mit meiner Art, durch die Schnitzel zu staksen, war er nicht zufrieden; er zeigte mir an, wie man Kohl festtritt. Mit meiner Art, das Salz zu verteilen, war er auch nicht zufrieden; er führte mir die richtige mit großen Sämannsgebärden vor. Und von der Aussparung vor der Tür wollte er nichts wissen; er bedeutete mir, daß ich sie zuschaufeln und festtreten sollte, und weil er diesen Auftrag mit der Hand beschrieb, in der er sein Schlüsselbund hielt, beeilte ich mich, ihn auszuführen.

Der Schließer war aber nicht so ungeübt wie ich, er verstand meine ungesagte Frage, und er beantwortete sie: Tür zu, Sauerkraut, du in Tür, Sauerkraut mit Fleisch!, und ehe er mich wieder in dem Sauerkrautbottich einschloß, sagte er noch: Kannst du singen, Deutschland, Deutschland über alles!

Es war mir, wie sagt man, grundsätzlich nicht nach Singen, und nach dem Deutschlandlied war mir in diesem Land seit langem nicht, aber flüchtig befaßte ich mich doch mit Wort und Melodie, weil es mich hinderte, mich mit dem salzigen Scherz des Schließers zu befassen.

Glaubenssachen sind Lagenssachen, hat mein Onkel Jonnie immer gesagt, und wie soll ein Mensch, den es so sehr versetzt hat, wie es mich versetzt hatte, nicht seiner Laufbahn Ende in Pökelfleisch für möglich halten?

Ich muß es wieder und wieder betonen: Für möglich halten, das ist ein unzulänglicher Ausdruck, er ist so vernünftig. Wo man mit Vernunft fortkommt, tut er bestimmt seine Dienste, aber wie dort, wo die Vernunft schon ausgesetzt scheint? Ich hatte doch die feste Meinung, daß widervernünftig sei, was mit mir geschah; wie sollte ich da an eine partienweise eingesetzte Vernünftigkeit noch glauben?

Natürlich wies ich die Möglichkeit weit von mir, man könnte mich zur Verstärkung der Nährkraft des Weißkrauts ausersehen haben; ich wies sie weit von mir, aber nicht so weit, daß ich sie nicht noch im Auge behalten hätte. Ich stampfte durch den Kohl und sagte mir, sie würden mir nicht Jacke, Hemd und Unterhose gelassen haben, sie würden die doch nicht mit versäuern wollen, wenn sie schon mich versäuern wollten. Das scheint eine aberwitzige Tröstung, aber Glaubenssachen sind Lagenssachen, und so war meine Lage.

Über dem Boden aus Zement und zwischen den Wänden aus Zement und auch an der Tür aus Eisenblech wuchs die Schichtung künftigen Sauerkrauts; in kurzen Abständen verstopften neue Ladungen die Einfüllschlitze und nahmen mir, bis ich die Schächte wieder freigepaddelt hatte, das bißchen Licht, und in die Luft mengte sich schon merklich die Beize aus gesalzenem Kohlsaft, der sich unter Druck erwärmt. Und ich hielt die Chemie in Gang, indem ich das zertrennte Kraut mit meinen sauberen Füßen wieder in festere Verbindungen drückte. Ich trat fast auf der Stelle, aber ich kam über die ganze Fläche, bis neue Schüttung dem Keller weitere Luft entpreßte, und einmal war so oft Nachschub gekommen und hatte ich den so oft festgestampft, gestampft, daß ich mich zu der Berechnung in der Lage sah, nach welcher Fuhre kein Raum mehr bleiben würde fürs vertikale Stampfen und wo ich, wenn ich noch Platz für mich behalten wollte, wohl ins Rollen übergehen müßte und mich verwandeln würde in etwas, was ich mir nie erträumt, in eine Sauerkrautwalze, die tätig war in einem Warschauer Gefängniskeller.

Ich verbaute dem häßlichen Gedanken für eine Weile den Zutritt zu mir, indem ich mich an anderen Berechnungen versuchte: Wieviel Kohl ist das hier, den ich durch Tritte seiner Verwandlung nähergebracht habe, wieviel Köpfe waren das, wieviel Quadratmeter Kohlacker, wieviel Köpfe gehen auf einen Quadratmeter, zwei oder vier, sagen wir drei, drei auf einen Quadratmeter, macht dreihundert auf einen Ar, sind dreißigtausend auf einen Hektar, ob das schon dreißigtausend Köpfe waren, kaum, ein Viertel vielleicht, ein Morgen Kohl, könnte sein, ich habe einen Morgen Kohl zu Sauerkraut getrampelt, das kann nicht jeder von sich sagen.

Das stimmte, nur war noch nicht klar, ob ich es würde sagen

können, ob ich es würde jemandem sagen können, denn wenn ich erst einmal durchgegart in der Krautlake lag ...

Das war nun Unfug, gewiß, in der Benennung wurde der Unfug offenbar, aber weil in den tröstlichen Gedanken ein neuer Malstrom aus geschnittenem Weißkraut rutschte, machte sich die Tröstung in mir ebensowenig fest, wie es der Drohung hatte gelingen wollen. Und soviel wußte ich schon lange: Wenn man hier aufgefordert worden war, das Deutschlandlied zu singen, dann hatte kein Freund dieses Liedes das getan, und dem Gesang folgten meistens Schläge oder ein paar kräftige Tritte in den Hintern.

Die Männer auf den verblakten Geröllhalden hatten auch sehr oft Deutschland, Deutschland über alles! gerufen, bevor sie die Steine nach mir warfen, und die Steine waren nicht so klein gewesen, daß man noch von einem Scherz hätte sprechen können. Ein richtiger Treffer, und toter konnte man nicht sein, wenn man in Sauerkrautdunst erstickt war.

Die Stadt sah aus wie ein Platz für das Ende, und das Gefängnis sah schon gar so aus, und was brauchte ich denn noch, um alles für möglich zu halten?

Mußte man mich erinnern, daß ich der nämliche Mensch war, der, kein Jahr zurück, in einer kleinen, sauberen Druckerei in Süderdithmarschen gesessen hatte, beschäftigt um diese Zeit mit Satz und Druck von Danksagungen, die Weihnachtsgeschenke betreffend und die Neujahrsgrüße, beschäftigt also schon mit den Nachwehen eines Festes, dessen Vorbereitungen ihren Höhepunkt noch gar nicht erreicht hatten?

Zwar, ich hatte die begehrte Lehrstelle gerade bekommen, weil in meinem Schulzeugnis stand, ich hätte zuviel Phantasie, ein bedenkliches Übermaß, stand da, aber bei aller Phantasie hätte ich mich doch nicht hineinvermutet in einen polnischen Krautkeller, in dem vor lauter Salz und Kohlschweiß keine Luft zum Atmen war.

Und dort genau war ich nun, auf keine Vermutung angewiesen bis zu den sauberen Knien in geschnibbeltem Kappes, längst über allen Verdacht hinaus wadentief in künftig saurem Kapusta. Brauchte ich der Hinweise mehr, daß mir, ja, auch mir, alles passieren konnte?

Wie viele Beweise brauchst du denn noch, Mark Niebuhr, daß es auf dich abgesehen ist? Du hast nicht gedacht, daß du in den Osten mußt, und wo ist dies hier? Du hältst noch zuviel für unerlaubt, was längst Brauchtum ist. Du hältst dich zu sehr für eine Ausnahme und meinst, Malheur sei für die anderen da. Es ist auch für dich genügend da, Mark Niebuhr, und man fragt sich, was du zur Einsicht noch brauchst.

Man kann nicht in einem Gemüsekeller ersticken? Und wer wäre ums Haar erstickt in einer Futterkrippe in einem verjauchten Pferdestall? Wie oft muß man dich in ein Gefängnis tun, bis du glaubst, es kann auch dir geschehn? Dies ist das dritte Mal, mein Freund, es geht zu mit dir wie in einem schlimmen Märchen; zuerst die Nacht in Konin, gewiß, das war eine Unterbringungsfrage, dann der Hof von Łódź, freilich war das ein Teil des Besichtigungsprogramms, und nun Warszawa, Hauptstadt Warszawa, nun hat Rumpelstilz die Schlüssel fortgeworfen und kommt nimmermeh.

Zuviel Phantasie? Ja, in der Tat, zuviel: Du hast gedacht, der Krieg ist aus. Du hast gedacht, der Krieg ist aus, und dann ist er für dich erst losgegangen.

Ein Träumer? Oh, was bist du doch für ein verwegener Träumer: Hast immer geträumt, einmal auf einer Lokomotive zu reiten, hast auch geträumt, einmal des Feindes Panzer mit der Faust zu durchschlagen, und Feldwebeln wolltest du immer was tun, im Schlaf, im Traum, und wieviel Schlaf ist dir verkürzt, weil sie hinter dir her gewesen sind, alle hinter dir her, hinter dir ganz allein, und haben dich gejagt, bis du, im Traum, im Traum, Mark Niebuhr, unter ein Bett geflohen bist, im Traum.

Zuviel Phantasie, zuviel Träume, und wenn sie besonders böse waren, ist auch gestorben worden in ihnen. Ach, welch ein lebenslebendiges Erwachen dann: Gar nicht wahr, nur Traum, gar nicht wahr! Nur hier steht das Erwachen noch aus; Mark, hier muß nur einer rufen, endlich aufstehn, Mark, und dann wird man erwachen, und alle werden am Leben sein: der Friseur aus Britz, weil man ja an einer Fensterscheibe nicht sterben kann; der Dr. Gansekehl, weil doch so ein berühmter Mann nicht sterben darf; der Porzellanmacher Edwin aus Koło, weil der Gedanke nicht denkbar ist, einer könnte zertrampelt werden wegen eines Kreuzworträtsels; der Küchensoldat und die Panzersoldaten, weil ja nicht möglich ist, daß Mark Niebuhr aus Marne in Süderdithmarschen Hand an sie legt, mit der Panzerfaust, mit der Kugel nach ihnen schlägt.

Alle werden nach diesem Erwachen am Leben sein, auch Mark Niebuhr, der in einem Traum so unrühmlich vergangen ist, in einem Krautkeller, weil die Luft zu salzig war, und werden sie alle lachen: Oh, was für ein Traum!

Ich tat, was bei Gefängnisbeamten nicht beliebt ist: Ich schlug mit der Faust an die Tür, und der Beamte ließ mich so lange warten, bis ich wieder wußte, wer an solchen Türen der Bestimmer ist, dann rief er: Cicho! was Ruhe! heißt.

Es ist aber dieses Wort nach der Art der Beamten nur die Einleitung zu einem Gespräch, und weil ich das fortzusetzen gedachte, rief ich: Es ist hier voll!

Cicho! schrie er wieder, und was gegen die Tür schlug, wußte ich, war sein Schlüsselbund, und ich wußte auch, was das besagen sollte. Nur war mir schon bekannt, daß nicht weit kam, wer sich auf solche Weise das Wort verbieten ließ. Solange eine eiserne Tür zwischen einem und einem Schlüsselbund ist, macht das Schlüsselbund nur Lärm, und man muß dagegenlärmen. Es ist hier voll! lärmte ich.

Sing du: Deutschland, Deutschland!

Keine Luft zum Singen!

Sing du: Szwaby, Szwaby über alles!

Keine Luft!

Cicho! Singen: Szwaby über alles!

Es war dies nicht die schärfste der Ungereimtheiten, aus denen sich meine Lage bestimmte, aber man kriegt ja auch zu essen, bevor es auf die letzte Treppe geht, besonders fein zu essen, und ich habe schon gedacht, daß man daran erkennen kann, wie die Welt einmal gewesen ist: Man bekam noch einmal zu essen, bevor man aus ihr verjagt wurde, wenigstens einmal richtig und fein zu essen, und ich habe an diesem Brauch auch gesehen, daß es nicht vorzüglich die satteren Leute waren, die mit fremder Hilfe abgefahren sind von der Erde, doch zu solcher Einsicht hätte es wohl des Bedenkens von Bräuchen nicht gebraucht, und auf dem Sockel aus festgetretenem Kraut, in dem das Salz schon seine lösende Wirkung hatte, fand ich mich auch nicht genügend erhöht, juristische Gepflogenheiten früherer Zeiten zu bedenken. Ich fand nur unrecht, was mir geschah, und den, der mir das geschehen ließ, in der Meinung zu erschüttern, es geschähe mir schon recht, fand ich nur den Weg, ihn wenigstens auf den geringsten von allen in Kraft befindlichen Widersprüchen hinzuweisen.

Was soll sein: Cicho oder Singen? rief ich.

Und er rief, aber dies schon aus tiefsitzender Übung, noch einmal: Cicho!, und dann rief er: Was ist los?

Keller ist voll! schrie ich, und ich schrie nicht: Wie komme ich hier raus?, aber ich machte: Keller ist voll! so klingen wie: Wie komme ich hier raus?

Er ließ uns beiden Zeit, und dann antwortete er: Was glaubst du, weiß ich, wie groß ist Keller?

Wahrscheinlich habe ich ernsthaft den Raum ausgemessen zwischen den zementenen Wänden und dem Boden aus künftigem Sauerkohl; gerufen habe ich: Ja!

Und er hat gerufen: Was glaubst du, mach ich Kapusta die erste Mal?

Da ich ja täglich von solchem Zeug zu essen bekam, und weil es schmeckte, als wäre es vor viel zu vielen Jahren gewachsen, rief ich, nein, das glaubte ich nicht.

Und er stellte die Frage durch die Tür: Also wer sagt dann, Keller ist voll?

Sie! sagte ich, und weil gerade ein weiterer Morgen Kohl durch die Luken rutschte, sagte ich es sehr entmutigt.

Tröstlich war dann aber wieder der Gedanke, daß der Wächter noch vor meiner Türe saß und mich sogar mit Auskunft versah, was überhaupt nicht zu seinen Pflichten zählte und wirklich nicht nach Art seines Standes war. Auf eine unbestimmte Weise tröstlich war auch, daß das Salz zur Neige ging, und als ich in mir den ungeheuren Schub Vernunft bemerkte, der mich bewog, die Taschen meiner Feldbluse mit dem letzten Salz zu füllen, und als ich mir mit höchster Unvernunft dazu sagte, wenn ich den Scheffel verbrauchen wollte, hätte ich noch lang zu leben, da schlugen mir die Gefühle wieder einmal zu jener Verrücktheit zusammen, zu der ich immer fähig bin, wenn ich die Verzweiflung schon hinter mir habe, und ich stampfte mit schon etwas gesenktem Kopf die letzten Runden durch das säuernde Nährkraut und hustete dazu, was mir aber wie Singen klang, nach der Melodie des Deutschlandliedes: Machen wir sauren Kapusta nicht zum allerersten Mal, freut euch, Schneider und auch Schusta, putzt den ganzen Keller kahl!, und ich suchte gerade nach einer Fortsetzung, als der Schließer wieder Cicho! rief. Er rief es diesmal aber nicht durch die Tür, sondern vom Hof her durch eine der Kohlschütten, und er rief: Gib Salztüte!, und er rief: Gib Hand!, und als ich dort oben, wo Erde und Himmel waren, Hände sah, die auf meine Hände warteten, legte ich mich in die Lukenschräge und streckte mich, und aufwärts fuhr ich in der Weise, in der man eben einem Sauerkrautbottich entfährt, und ich habe mir die jüngst gewaschenen Knie dabei aufgeschunden.

Der fremde Schließer hat mich meinem Schließer zurückgeliefert; der hat mir von den vier Taschen voll Salz eine gelassen, und es hat nicht lange gedauert, da träumte ich mir einen Morgen frischen Kohl dazu.

Der erste Winter des Friedens ist so kalt gewesen, wie der erste Winter des Krieges gewesen war, und in beiden Wintern waren die Scheiben weißgefroren, wenn ich aus dem Schlaf erwachte. Der Friedenswinter war insofern besser für mich, als ich den Schlafraum mit niemandem teilen mußte. Im ersten Kriegswinter war mein Vater noch zu Hause und mein Bruder auch; das machte vier in einem Schlafzimmer, und das ist wohl angenehm, wenn man vier Jahre alt ist, aber wenn man bald vierzehn ist und die Eltern sind noch lange nicht vierzig, ist das nicht sehr angenehm, und es wird auch nicht wärmer in einem Zimmer für vier, wenn draußen die Kälte schneidet; die Eisblumen werden nur dicker, und das Wasser im Eimer, das zum wenigsten reines Wasser ist, ist manchmal am Morgen gefroren.

Wir haben zwei Zimmer gehabt, Stuben, sagt man bei uns, und eine Küche und einen Vorraum und einen Windfang und einen Dachboden und einen Stall.

Das hört sich nach viel Gelaß an; warum müssen solche Leute zu viert in einem Zimmer schlafen?

Weil keiner im Stall schläft und keiner auf dem Dachboden, obwohl der bei uns fast immer voll Heu gewesen ist. Und weil der Windfang gerade so groß war, daß man gleichzeitig die Außentür schließen und die Innentür öffnen konnte, ohne die Arme dabei vollends auszustrecken. Und weil der Vorraum auch die Waschküche war mit Handpumpe und Abfluß im Zementboden, und Gerümpelkammer war er auch und auch Werkzeugschuppen. Und weil man in der Küche zwar wohnte, aber doch nicht schlief.

Ich glaube, ich habe in meiner Jugend nur Leute gekannt, die in der Küche wohnten. Da war für mich Wohlstand, wo sie eine Küche hatten, in der sie nur kochten. Und Wohlstand war die Abweichung; unser Leben war normal. Man wohnte in der Küche; da gab es den Herd, einen Küchenschrank, einen Tisch, genügend Stühle für alle und auch für Besuch, und weil man hier ja wohnte, gab es auch ein Sofa.

Man kam aus der Schlafstube, ging aufs Klosett auf dem Hof, wusch sich im Vorraum unter der Pumpe, und bis zum Schlafengehen war die Küche das Haus.

Die andere Stube, die zweite, die da außer der Schlafstube noch war? Warum wohnte man nicht in der und schlief nicht in ihr? Weil das natürlich die Gute Stube war. Eine Gute Stube mußte man haben, nicht? Weil man eine Gute Stube ja brauchte.

Weihnachten, Ostern, Pfingsten eigentlich nicht, aber geburtstags und bei Konfirmation brauchte man eine Gute Stube. Und es ist mir auch jetzt noch fast unmöglich zu denken, man hätte außerhalb der Festlichkeiten vielleicht zwei Betten in der Guten Stube aufstellen können.

Warum? Weil es dann keine Gute Stube mehr gewesen wäre. Wenn ich es großzügig überschlage, alle Feiertage zusammennehme und auch die Nächte dazu, in denen wir die abgebrannten Nachbarn dort behausten, dann komme ich für meine ganze überschaubare Jugend immer noch nicht auf hundert Tage und Nächte, in denen die Gute Stube benutzt worden ist. Kein Wunder, daß ich feuchte Tapete rieche und einen Ofen, der vor Ungeübtheit stinkt, wenn man ihn im Dezember in Gang setzt und im März oder April noch einmal; kein Wunder, daß mir nicht gemütlich wird, wenn ich an Gute Stube denke.

Im Winter hatte meine Zelle etwas davon, wie mein Fenster etwas von unserem Schlafstubenfenster hatte; die Wände schwitzten und atmeten aus, was meine Vorbewohner in sie hineingeatmet hatten. Es war gesorgt, daß man in diesem Raum nicht ganz erfror; in der fensternächsten Ecke führten Heizungsrohre hinauf zu irgendwelchen Glücklichen, die ihre kalten Rippen an warme Heizungsrippen drücken durften.

Ich hatte nur mich, mich an mich zu drücken, und wer nicht weiß, wie das geht, hat noch nicht ganz gefroren. Ich meine, ganz, von einem Ende zum anderen, ohne warmen Zwischenraum, so sehr, daß selbst, was nur Idee in uns ist, selbst unsere Gedanken frostig klirren.

Man soll sich dann bewegen; es ist mir dies bekannt. Aber nicht bekannt ist mir, wie man sich wärmefördernd bewegt, ohne von dem Kraftvorrat zu verbrennen, der eben ausreicht, daß man, sparsamste Bewegung vorausgesetzt, bei einiger lebendiger Wärme bleibt. Es schien dieses Problem der Direktion vertraut zu sein, denn eines kalten Tages reichte mir der kleine Schließer, der immer szybko, szybko! rief, was soviel wie rasch, rasch! bedeutet, zwei Decken in die Zelle, zweie!, und eines anderen kalten Tages rief er mich aus der Zelle und stieg mit mir viele Treppen hinauf zur Kleiderkammer, und dort bekam ich ein Paar Holzschuhe mit ledernem Oberteil und einen gefütterten Tarnanzug.

Zwar flogen mich kurz Bedenken an, weil es einer von der kleingefleckten Art war, die nur die SS getragen hatte, aber ich kam schnell über den Einwand hinweg, den sich einer leisten konnte, der reicher war als ich und dem es wärmer war; ich hatte nichts, und ich fror, und ich wäre in beinahe jede Hülle gekrochen.

Es war dieser Tarnanzug wirklich eine schützende Hülle, ein bergendes System fast, in das nur wenig von außen Einlaß fand. Er ließ sich an Knöcheln und Handgelenken zuzurren, die Jacke reichte weit über den Hosenbund, fast bis zu den Knien, und die Kapuze bedeckte auch Stirn und Kinn. Ein Anzug wie eine Blockhütte. Er schützte mich nicht vor den reißenden Fragen und den niederdrückenden Vermutungen, aber weil er mir viel von meiner Wärme bewahrte, konnte ich in ihm fortgehn auf Zeit aus dem kalten Winterloch, konnte durch die Traljen fliegen in bessere Küchen und in ein besseres Land, das so hieß, wie meine Kindheit geheißen hatte.

Es wird wohl nicht seltsam sein, daß es mir leichter fiel, mich dorthin zurückzudenken, wo ich ein Junge war, und daß es seine Schwierigkeiten hatte, wenn ich nach mir suchte als einem jungen Mann.

Seltsam war nur, fand ich, daß es mir nicht gelingen wollte, als Gegenbilder zu dieser spucknassen Kälte Sommerszenen aufzusuchen, Strand- und Badefreuden heranzudenken oder wenigstens den Sand von Puławy oder den Schienenschotter in der Junisonne. Es waren Wintergeschichten, die ich mit meinen Wünschen erreichte, Winteraugenblicke mit klirrendem Frost, und ich fror in ihnen nicht weniger, als ich ohne den schützenden Anzug in meiner Zelle gefroren hatte, und nur, aber das machte den Unterschied und machte die Ausflüge in gehabtes Leben lohnend und lockend, nur wurde ich am Ende dieser Geschichten mit Wärme geradezu überschüttet. Vielleicht wollte ich auf diese Weise meine frostige Gegenwart beschwören, sich an das Muster zu halten; wahrscheinlich wünschte ich, man holte mich wieder ins wärmende Bad und schickte mich dann, nicht nasses Kraut, sondern warmen Brotteig zu treten – aber geschehen ist dergleichen nicht.

Ich lese, wenn ich von anderen Gefängnissen lese und von der Ordnung dort, daß es in allen Häusern dieser Art verboten ist, tagsüber die Pritsche zu benutzen, und immer, wenn ich auf solche Mitteilung stoße, frage ich mich, warum es mir nicht verboten war. Ich hatte aufzustehn, wenn die Tür geöffnet wurde, und in einiger Haltung unterm Fenster zu verbleiben; das gab mir Pan Szybko gleich zu Anfang mit dem Schlüsselbund zu verstehen, und das war auch schon alles an Hausordnung, soweit sie mich betraf. Jedenfalls, solange ich alleine in einer Zelle war. Später wurde das dann anders, und da war es viel schwerer, sich wegzuträumen aus dem Bau.

In der Zelle, die ich mit keinem teilte, konnte ich das, auch wenn ich meine vorsichtigen Märsche machte, sechs Schritte in wechselnder Richtung, sechs unaufwendige Schritte, bei denen ich so behutsam mit mir umging wie wohl seither nie mehr.

Das klingt nun genau, wie man aus Büchern und Filmen diese Verhältnisse weiß, und schon, um mich davon abzulösen, rede ich lieber vom Hühnerfutter und davon, wie kalt es gewesen ist, als ich es holte, und wie warm es da gewesen ist und wie warm mir in meiner Zelle wurde, wenn ich daran dachte.

Das war in jenem ersten Winter, als alles besonders strenge zugegangen ist. Der Krieg war noch neu, und so nahm man es sehr genau mit ihm. Man kann es vielleicht die besonders theoretische Phase des Krieges nennen; geschossen wurde lediglich unter Wasser und nach ein paar Flugzeugen, aber geredet und geübt und auch gespart wurde sehr. Das war der Kriegsteil, in dem wir alle Gasmasken kriegten und in den

Obstgärten Splittergräben schachteten und wo wir noch hinsahen zu den Sperrballons über der Brunsbütteler Schleuse. In dieser Zeit hat mein Vater einmal gesagt, nun sei es von Vorteil, zu den ärmeren Leuten zu zählen, und er hat von Gerechtigkeit gesprochen. Ich weiß, was er gemeint hat, aber mit Gerechtigkeit hatte es bestimmt nichts zu tun; ich hätte es später gern mit ihm erörtert, aber er ist ja nicht wiedergekommen.

Gemeint hat er einfach, daß es uns nicht so traf, wenn es vieles nicht mehr gab; es traf uns nicht, weil wir es auch vorher nicht gehabt hatten. Wir hatten keinen Bohnenkaffee getrunken, und als uns der zugeteilt wurde, hat mein Vater ihn seinem Chef gebracht, und der hat ihn genommen und ein Aufgeld gezahlt. Die Butterrationen hat er auch genommen; bei uns gab es immer Margarine.

Später, und das sieht nur seltsam aus, haben wir die Butter selber gegessen. Weil wir da mehr Geld hatten. Oder nein, wir hatten auch nicht mehr Geld als vor dem Krieg, aber es gab weniger zu kaufen. Da hatte sich das, was meinem Vater wie Gerechtigkeit vorgekommen war, längst wieder gelegt, und vielleicht hat er von dieser Vorstellung schon gelassen, als es Bezugscheine für Hühnerfutter gab und sein Chef, der gar keine Hühner hatte, ihm seinen Schein überließ, aber gegen Eier, und zwar so viele, daß es für uns bestimmt kein Geschäft war.

Wenn es in einer Familie zwei Brüder gibt, von denen der eine drei Jahre älter und stärker ist, und die Marschgräben sind so zugefroren, daß man auf ihnen Schlittschuh laufen kann, und aus der fünf Kilometer fernen Windmühle muß ein Zentner Hühnerfutter geholt werden, wer läuft übers Eis, und wer wirft wütend einen Futtersack auf den Handschlitten?

Ich habe mir die Schlittenleine um den Bauch gelegt und bin gemächlich zur Mühle getrabt, und auch weil der Wind mir in den Rücken blies, habe ich von der Kälte nicht viel gemerkt. Aber in der Mühle habe ich sie gemerkt, weil man dort lange warten mußte. Bis auf die Schlittschuhläufer war Marne hier versammelt; wer aber auch alles Hühner hatte, ich staunte nur.

Wenn die Kälte stark genug ist, nützt kein Gedränge etwas. Wir standen Kopf an Kopf, und über uns vereinigte sich unser Atem, aber in die Beine kroch es wie eisiges Wasser, da half das bißchen Auf-der-Stelle-Treten gar nicht.

Etwas anderes hat geholfen, eine Weile sehr. Ich habe rechts vor mir ein Mädchen gesehen – es waren nur zwei ältere Weibsleute zwischen ihr und mir –, ein Mädchen, das ich kannte, weil in Marne jeder Junge jedes Mädchen kennt, dem ich aber noch nie so nahe gewesen war. Sie hieß Gritje, was sich nach einer Patentante anhörte, und sie war die Tochter des Schulrektors. Sie war so alt wie ich, aber sie ging natürlich in die höhere Mädchenschule von Meldorf.

Hier hatte man es mit einer Sensation zu tun, einer doppelten: Der Rektor hatte Hühner, und die Tochter holte Futter; der Bericht würde mich heben, nachher bei den anderen auf dem Eis.

Die beiden älteren Damen, die sich zwischen mir und dieser Gritje befanden, schienen Angst zu haben, sie könnten einander aus den Augen verlieren; sie standen so nahe hintereinander, daß die eine ihre Nase im Dutt der anderen hatte, aber alle elf Sekunden fragte die vordere die hintere: Bist du noch da, Ellen?, und die hintere sprach ihr in den Nacken: Ja, ich bin noch da, Hanni!, und dazwischen ermahnten sie sich gegenseitig, ja den Korw nicht loszulassen. Das eine plattdeutsche Wort in ihrem sorgfältigen Hochdeutsch hörte sich komisch an, aber ich fand den Korb bald hassenswert, weil er mir den Weg zu dem Mädchen versperrte. Es war mir zwar gelungen, mich zwischen die beiden Fräulein zu drängen, aber von ihrem Korw ließen sie nicht, und so mußte ich auf einen mühevollen Rückzug.

Immerhin berechnete ich die Magnetkraft ihrer Geschwisterliebe richtig, denn kaum gab ich den Raum zwischen ihnen frei, saß die hintere wieder mit der Nase im Dutt der vorderen, und die Lücke, die für einen Augenblick entstand, war mir Passage zu dem Mädchen Gritje.

Sie tat das, was Mädchen können: Sie sah unverwandt dorthin, wohin sie bis eben gesehen hatte, aber sie nahm meine Ankunft an ihrer Seite wahr. Und für mich ergab sich wieder einmal das Problem des Ersten Wortes.

Wieder einmal, sage ich, und ich könnte auch sagen: Damals schon!, denn vor das Problem des Ersten Wortes sah ich mich noch öfter gestellt, und ich bin sicher: Es hätte meinem Leben die eine und die andere scharfe Wende gegeben, wäre zu gewissen Zeiten das passende Erste Wort zu meiner Verfügung gewesen.

Es gibt alle möglichen Gesetzestafeln und Sittenkataloge, und wie man sich verhalten soll bei Tisch und wenn man auf Besuch ist, läßt sich nicht nur bei Knigge nachschlagen, und es gibt Sammlungen Geflügelter Worte und sogar berühmter Letzter Worte, aber an Ersten Worten gibt es so gut wie nichts.

Vielleicht ist es wegen der Vielfalt von Möglichkeiten, denn die Anredensammlung müßte ja wirklich sehr vielfältig sein, die auch noch für eine Mühle, in der es bei achtzehn Grad minus Hühnerfutter gibt, ein Erstes Wort zur Verfügung hielte.

In einer Lage wie der, in die ich mich durch Überwindung der beiden älteren Damen und ihres Korws gebracht hatte, vergeht die Zeit auf bedeutende Weise: Wenn man nicht bald etwas sagt, kann man bald nichts mehr sagen, denn einer, der eine halbe Stunde stumm steht, um dann zu grüßen, nimmt sich dämlich aus.

Aber grüßen, das gehört bei mir zu Hause schon zu den innigeren Verkehrsformen; ein Gruß ist eben kein Erstes Wort, weil man nur grüßt, wen man kennt, und kennenlernen kann man jemanden erst, wenn man ihn passend angeredet hat.

Ich meine, es bestand kein Zwang, die Rektorsgritje anzureden; ich hätte auch neben ihr stehen können, wortlos, und wortlos hätte ich von ihr scheiden können, aber wie sie sich physikalisch nicht bewegte, so hätte ich doch geschworen, daß sie chemikalisch sehr in Bewegung war, und ich war auf beide Arten in Bewegung, und ich hatte doch nicht die beiden Jungfern mit ihrem Korw so listig überwunden, um nun neben dem Mädchen Gritje wie ein stummer Stoffel zu gefrieren.

Wußt ich gar nicht, daß ihr Hühner habt! sagte ich, und wenn sich einer mal daran macht, das Große Buch der Ersten Worte zusammenzustellen, dann begeht er einen Fehler, wenn er in ihm nicht eine Galerie der Erfolgreichsten Ersten Worte einrichtet und wenn er denen nicht als Allerserstes Wort voranstellt: Wußt ich gar nicht, daß ihr Hühner habt.

Denn Wohlklang ist ja gut, aber Erfolg muß zählen. Gewiß haben sich viele mit der Formel einzukratzen versucht: Mein schönes Fräulein, darf ich wagen, und so weiter, und vielleicht ist sogar die Hälfte damit gelandet, das ist auf diesem Feld sehr viel, aber hundert Prozent sind eben mehr.

Und da ich meinen Spruch nur einmal sagte und Gritje ihren Schnabel daraufhin sogleich in Gang setzte, als hätte sie seit langem auf mich gewartet, kann ich von hundert Prozent sprechen.

Haben wir aber, sagte sie, und mein Vater sagt, es wird Zeit, daß ich das merke. Er sagt, bisher hätte ich nur die Eier zur Kenntnis genommen und einfach übersehen, daß da auch noch Hühner mit dran hängen. Wenn man nicht vorsichtig mit dem ist, verschafft man ihm eine Lage, in der er einem was erläutern kann. Wenn ich dir das einmal erläutern darf, sagt er dann, und er wartet keine Zustimmung ab, er fließt über. Meine Mutter sagt, es kommt, weil er in seinem Beruf nicht alles loswerden kann, was er weiß. Nun hat er sich das viele Wissen angeschafft, und nun muß er es doch loswerden. Eine Kälte! Ich sag dir: Eine Kälte! Ich bin in dem Bus schon ganz klamm geworden, und hier werde ich nun ein Eiszapfen. Bis zu den Knien bin ich schon fertig, und denn geh du man nachher zu meinem Vater und sag ihm, seine Tochter wäre nun ein Eiszapfen. Er sitzt im Krug und tut zu dem Kröger so, als wäre er bestechlich und als könnte sich über einem Grog noch einmal die Zukunft von dem Kröger seinem dämlichen Sohn bereden lassen. Der denkt, mein Vater, der denkt, ich verstehe nicht seine Rede, wenn er zu meiner Mutter sagt: Ich geh mal beim Krug vorbei, meine Tugend prüfen!, und meine Mutter denkt auch, ich verstehe sie nicht, wenn sie meinem Vater antwortet: Na ja, mir gegenüber bist du letztens recht standhaft! Und wenn sie mir denn beide was abverlangen wollen und fangen beide mit der Behauptung an, sie sind auch mal jung gewesen, dann frage ich mich manchmal, ob das stimmt, denn wenn, dann müßten sie doch wissen, ab wann man was versteht und wann man noch gar nichts versteht. Eine Kälte! Ich sag dir: Eine Kälte!

Es gab gar keinen Zweifel: Die suchte meine Nähe. Die krabbelte an mich ran, wie noch nie ein Mädchen an mich rangekrabbelt war. Hier bei all den Leuten. Und wo ich die gar nicht kannte. Aber mit den Leuten war es vielleicht nicht schlimm, weil die mit ihrer Kälte zu tun hatten und auf den Müller schimpften. Und sonst war es auch nicht schlimm. Es war eigenartig, wie man einander fühlen konnte; dabei hatte ich eine dicke Joppe an und sie eine Kaninchenjacke. Aber ich konnte sie fühlen.

Und weil ich damit ungemein beschäftigt war, fiel mir überhaupt nichts ein, als sie sagte, ich sagte ja gar nichts, und nur weil ich ahnte, daß man antworten muß, wenn einem solche Rede gehalten wurde, sagte ich: Wußte ich wirklich nicht, daß ihr Hühner habt!, und sie sagte, ich sei aber komisch.

Das hat sie in einem solchen Ton gesprochen, daß mir die Ohren sausten, und nun ist es mir gleich gewesen: Ich habe mein Bein an ihr Bein gerückt, und verläßlicher kriegt man die Kälte gar nicht fort aus einem Bein, und dann habe ich meinen Oberschenkel gegen ihre Hüfte gepaßt, ach, hat das gepaßt, und meinen Arm habe ich über ihren Arm vorgerückt, und dann hat auch er gepaßt, und ein Unterhemd und ein schafswollener Pullover und eine grobe Joppe und ein Kaninchenfell und ein anderer schafswollener Pullover und was weiß ich für ein anderes Hemd haben nichts dagegen gekonnt, daß Haut sich an anderer Haut erwärmte, und die Menschen, das glaubte ich fortan, können mit allen ihren Teilen reden.

Ich habe gehört, Romeo und Julia sollen so junge Dinger gewesen sein, wie Gritje und ich es gewesen sind; dafür waren sie aber auch Italiener. Und wer weiß, wenn die zwei Stunden im Frost auf Hühnerfutter hätten warten müssen, ob sich dann mit ihnen alles so entwickelt hätte. Mit des Rektors Tochter und mir hat es sich auch nicht in Teilen so entwickelt wie mit Julia und Romeo. Sie mußte ihren Vater vom Krug abholen, und ich mußte fünf Kilometer durch den nadeligen Wind. Ich hatte mir in der Mühle die Beine zu Bein gefroren, und ihre Rückverwandlung in Mark und Fleisch war mit so grimmigem Aufwand verbunden, daß sich Julia für eine lange Weile fast gänzlich von meiner Seite verlor. Fast, sage ich, denn ganz, will ich glauben, bringt das auch keine Kälte zuwege, die mit Eisäxten haut, und auch eine Hitze nicht, die mit der Sichel schlägt, aber fast hätten sie es geschafft, der Wind und die Kälte und der angewehte Schnee und der Schlittenstrick mit dem Zentner Hühnerfutter daran.

Es kam wieder einmal der Augenblick, in dem ich wußte: Außer mir ist niemand auf der Welt; hier wohnt keiner mehr. Die Stadt Marne, die vielleicht vor mir in der Schneegräue lag, war verlassen von Mensch und Vieh; die nahe See zu meiner Linken war bis auf den Grund gefroren und hielt in sich eingeschlossen, was auf ihr einmal beweglich war; rechts vom Straßenrand ging die Welt so weiter, wie sie dort war, blieb verkrusteter Acker, den schneeiger Kehricht bedeckte bis an den steingewordenen Kanal, und die Ballons am kalten Himmel zeigten, daß hier Menschen gewesen waren.

Ich kannte das Gefühl; es blieb das gleiche bei wechselnder Szenerie. So war es kurz vorm Ertrinken gewesen: Ich ganz allein in einem Wasser mit unerreichbar fernen Stränden, ich allein unter einem Himmel, der hoch wie der Himmel war, ich in einem nassen Grün, in dem es nur mein endendes Leben gab. So war es gewesen, als mich auf dem Heimweg das Gewitter überfiel: So weit hatte ich keinen Tag mein Land gesehen, wie ich es unter den Blitzen sah. Es war eine bis in die tiefste Ferne mit leeren Häusern besetzte Ebene, und niemand außer mir hörte den Donner. Die windige Erde war mit schnellwüchsigen Bäumen besetzt, und ich fragte mich noch, wozu wir so schnell gewachsen waren. Schlagende Lichter, schüttender Ton, Untergang und nicht einmal ein Zeuge. Hier wohnt keiner mehr.

Fast so war es, als ich meinen Schlitten zog. Noch hundert Schritte, wußte ich, und meine Füße in den Schnürstiefeln würden in einer Wehe steckenbleiben, gar keiner großen, nur einer, die fest genug war, die Füße zu halten, daß die Beine über den Stiefelrändern gläsern brächen. Noch hundert Schritte, und der Schlitten bliebe stehen, das Zugseil schräg in die Luft gefroren, meine Faust und mein Handschuh daran, beide splittrig verfrostet, und ich konnte das nicht sehen, dieweil mir von all der Kälte die Augen gerade zu Marmelstein wurden.

Aber eine wohnte hier noch, die Zeugin war oder die mich doch finden würde. Die würde es nicht halten beim Vater im Krug, wie er dem Kröger die Tugend zu weiterer Prüfung bot. Die würde dem Bescheid tun, daß von nun an er des Hühnerfutters zu achten habe; sie müsse hinaus in das Eis. Sie müsse hinaus und Mark Niebuhr nach, der so furchtbar entschlossen gegen den schlagenden Wind gegangen war und dessen Schenkel so an eine Hüfte gepaßt hatte und sein Arm an eine junge Brust.

Die würde sich mit ihrem Kaninchen panzern und das Tuch über den Kopf binden wie einen Helm, die würde auch im Scherbensturm nach Mark Niebuhr rufen, würde der Spur folgen, die hier und da gelegt war aus goldenem Ährenkorn, und würde Mark Niebuhr finden; zu spät zwar, ihn wieder ins warme Leben zu ziehn, zeitig genug nur zu sehen, wie mannhaft hier einer dem eisigen Tod unterlag und mit den Letzten Worten: Hab ich wirklich nicht gewußt, daß ihr Hühner habt!

Es ist aber nichts geworden mit dieser kalten Fassung von Romeo und Julia; Julia blieb lieber bei ihrem Vater im warmen Krug und fuhr dann wieder in ihre höhere Mädchenschule nach Meldorf und hat immer gerade so zurückgegrüßt, und ich habe mich durch das Eisverhau in unsere Küche gekämpft, und dort hat es die heißesten, süßesten, zartesten, pfeffrigsten, herrlichsten Speckerbsen meines Lebens gegeben, und bei der Schlittschuhjagd über das Prieleis habe ich von des Rektors Tochter Gritje den Mund gehalten. War ja auch viel zu kalt.

XI

Der Katalog, auf den ich mich eingelassen habe, führt an der nächsten Stelle wohl die Einsamkeit oder den Schmutz. Immer angenommen, die Angst gilt als abgetan oder allem vorausgesetzt.

Schmutzig konnte es in meiner Zelle kaum werden. Das Fenster war immer geschlossen, und Besuch bekam ich nicht; Szybko und die anderen Schließer blieben vor meiner Schwelle stehen, wenn sie zur Appellzeit nachsehen kamen, ob ich noch da sei. Das konnten sie durch den Spion genausogut sehen, aber dann wäre es kein Appell gewesen. Die Essenträger blieben auch vor der Tür, und Essensreste kamen nicht vor. Beim Bettenmachen verstreute ich weder Daunen noch Stroh, denn in meinem Bettgestell waren nur Bretter, wo man eine Matratze erwartet. Weil man sein Bett aber machen muß, drehte ich an jedem Morgen die Bretter um, und für den Holzstaub und die Splitter reichte mir der Schließer einen Reisigbesen. Er blieb dann in der offenen Tür; vermutlich kann man aus Reisigbesen Reisigleitern flechten oder Reisigstricke. Ich hätte für die Höhe von meinem Fenster bis zum Hof drei Dutzend Reisigbesen benötigt, ganz abgesehen von den eisernen Traljen vor dem Fenster. Aber wahrscheinlich wußte die Justizgeschichte von einem Kerl, der sich aus Besen eine Reisigfeile gebastelt hatte, jedenfalls wollten sie den Besen immer gleich wiederhaben.

In einem Punkt war meine Zelle ein ganz enormes Gehäuse; sie hatte nämlich ein Wasserklosett. Und um die Sache bis zur Abnormität zu steigern, war der sanitäre Bereich durch einen blechernen Wandschirm abgegrenzt. Als ob man zugleich auf dem Klo und in der Zelle sein und sich selber genieren könnte. Als ob man sich hier bei so etwas noch genierte. Die Schließer genierten sich auch nicht. Wenn man ihnen beim Blick durch den Spion fehlte, schlossen sie auf und sahen hinter den Paravent. Nur Szybko hat sich mit meiner Hand begnügt, die ich vor dem Guckloch bewegte, wenn ich ihn hinter der Türe wußte.

Es muß also diese Zelle etwas sehr Besonderes gewesen sein, mit Wasserklosett hinter spanischer Wand; das habe ich gedacht, solange ich die anderen Zellen noch nicht kannte. Da habe ich aus dem Alter des Gemäuers geschlossen, daß dieses Gefängnis schon eines war zur Zarenzeit, und habe vermutet, hier sei die Abteilung für straffällige Rittmeister gewesen. Die mußten sie ja auch irgendwo hintun, wenn die die falschen Leute beklauten, aber ein Kübel wäre doch nicht gegangen.

Solche Fragen hätte ich manchmal ganz gern mit einem Kumpan beredet, aber meistens hat mich das Alleinsein nicht gestört. Und von Einsamkeit kann in einem richtig arbeitenden Gefängnis kaum die Rede sein. Es ist da ständig Bewegung, was an einer Anstalt, die bis unters Dach mit Menschen gefüllt ist, nicht verwundern kann, und wenn man will, kann man an der Bewegung immer teilhaben. Auch wenn man nicht will, hat man meistens an ihr teil.

Und von der ersten Geselligkeit, in die ich in jenem Haus geraten bin, kann ich auch heute noch nicht begeistert sein.

Es war seit Tagen viel Lärm auf den Gängen gewesen, viel Schließerschimpf und viel polnisches Häftlingsmurren, und vor allem hatte es seit Tagen beunruhigend neuartig im Haus gestunken; da war ich erleichtert, als Szybko mich eines Abends herausholte auf den Gang und szybko, szybko! rief und: Wanzik, Wanzik! Und weil er dazu eine Pantomime aufführte, die ihn als sechsbeinig darstellte und andererseits bedeckt mit juckenden Beulen, verstand ich ihn. Ich bestritt zwar das Vorkommen von Wanzen in meiner Zelle, und er hätte mir geglaubt, wenn er den Haßekel gekannt hätte, zu dem mich dieses Ungeziefer reizte, aber er wußte ja nichts von mir, und deshalb bedeutete er mir mit seinem Schlüsselbund, ich hätte mein Gelaß zu räumen, und zwar szybko.

Räumen heißt, wenn man ohne Güter ist, über die Schwelle treten und warten, Gesicht zur Wand. In einer Doppelwolke aus Gestank betraten zwei Kalfaktoren meine Zelle; sie hantierten dort mit Papier und Räucherwerk, dann verklebten sie auch die Tür von außen, und dann taten sie etwas Überraschendes: Der eine trat neben mich und hielt einen Eimer fest in den Armen, und der andere steckte mir einen Schlauch zwischen Nacken und Kragen und blies mir mit einer Luftschutzpumpe ein übelriechendes Pulver auf den Rücken. Ich kriegte den Schlauch auch in den Halsausschnitt vorn und vorn und hinten in den Hosenbund, und die beiden Kammerjäger unterhielten sich gut dabei. Pan Szybko verlangte mir einige gymnastische Übungen ab, und als er glauben konnte, das Pulver sei auf mir verteilt, führte er mich an das Ende des Zellenganges, wo ich wieder warten mußte, Gesicht zur Wand.

Spionklappe, Schlüsselbund, Türöffnen, sehr militärisches Achtungskommando, Rede im Befehlston, gehalten von Pan Szybko, befehlende Anrede an mich, Ausrufungszeichen mit dem Schlüsselbund, dann stand ich in einer anderen Zelle, einem Zellensaal fast. Männer unterschiedlichsten Alters und in unterschiedlichster Kleidung und auch in sehr verschiedener Verfassung saßen auf den Betten oder standen herum und sahen mich an. Neben mir bauten sich zwei massive Burschen auf und blickten erwartungsvoll auf einen Mann in Breecheshosen, der augenscheinlich das Sagen hatte. Neben dem stand ein älterer Herr, und der fing, wie mir schien, genau gleichzeitig mit dem Kommandierenden, zu reden an. Der eine sprach polnisch, der andere deutsch, und der scheinbaren Synchronität wegen begriff ich nicht gleich, daß ich es mit Original und Übersetzung zu tun hatte, zumal ich gewohnt war, die Barackendolmetsche jeden Satz ihrer Herren mit den Worten: Er sagt, einleiten zu hören.

Der ältere Herr verzichtete nicht nur auf diese zugleich beflissene wie auch distanzierende Formel, er ging sogar die Tonwechsel des Originalsprechers mit, andeutungsweise zwar nur, aber doch erkennbar. Er führte sozusagen schneidenden Ton vor, wenn der andere in schneidenden Tönen sprach, und er deutete dröhnende Drohung an, wenn der Chef deutliche Drohung dröhnte.

Heil Hitler! sagten sie, und ich war gewitzt genug, den Gruß nicht zu erwidern. Zwar setzte mir der eine der Stämmigen sein Knie in den Hintern, aber hätte ich geantwortet, wie es einmal Sitte war, dann wären es wohl beider Stämmigen Knie geworden und nicht nur mein Hintern.

Man hat uns geheißen, Sie für die Nacht zu verwahren, sagten die beiden, von denen ich nur einen verstand. Man ließ uns wissen, Ihr Quartier stünde diese Nacht unter Gas – als ob das, da hätte man Sie doch fragen können, ein Grund wäre, Menschen hinauszutun.

Ich bin beauftragt, ging es im polnisch-deutschen Duo weiter, auf Ihre Sicherheit zu sehen; Sie werden höheren Orts lebendig erwartet, bitte, das liefern wir.

Dann wurde auf polnisch die Stimme angehoben und auf deutsch angezeigt, wie die Stimme angehoben wird, und zweisprachig wurde jemand gerufen und zu uns befohlen, und als der Jemand vor uns stand, war es ein junger Mensch mit einer zerrissenen Lippe und verschwollenen Augen, und der bekam zweistimmig den Befehl, mir ins Gesicht zu spucken.

Dreimal schüttelte der Junge den Kopf, und dreimal hörte ich die Frage: Wird's bald?, die auch auf polnisch keine Frage ist, und der Chef wurde immer leiser, und sein Dolmetsch folgte ihm darin auf seine andeutende Art, und dann deutete der Chef auf meinen Tarnanzug, und der Dolmetsch folgte ihm halb in dieser Geste, und beide sagten sie dem jungen Mann, er habe doch ganz gewiß sehr oft, wenn er diese Pantherflecke vor Augen hatte, von Mord geträumt und Gurgelgriff, und hier sei zu solchem zwar auch die Stunde nicht, weil die Kierowniks sich meine Unversehrtheit ausgebeten hätten, aber wenn mir jemand einen richtigen jüdischen Qualster aufs Auge setzte, daran stürbe ich doch wohl nicht, und dürfe man nun bitten?

Es war natürlich viel zuviel, was ich da verarbeiten sollte; ich vermerkte die Worte, aber ich fand keinen Reim auf sie; ich registrierte die Nebensachen, daß der Dolmetscher einmal den entsprechenden Ausdruck nicht parat gehabt hatte und daß ein Wort wie Qualster aus seinem Munde unmöglich klang, und auf das Wichtigste kam ich erst, als der Junge mich anspuckte. Und als die beiden Massiven ihn dann ohrfeigten. Und als der Chef und sein Interpret ihm sagten, man bedanke sich bei ihm; man habe vorführen wollen, wie es gehe, wenn die Direktion des Hauses um Sicherheit für einen Pantherfleckigen eingekommen sei.

Es mußte eine Demonstration sein, sagte der Chef zu dem jungen Mann und hob seinen Zeigefinger bis in Augenhöhe, und der Übersetzer sagte das gleiche und hob den Arm etwas an und streckte den Finger ein wenig, es mußte eine Demonstration sein, und nötig war uns dazu ein Mensch von stärkster Geisteskraft, und deshalb wählte ich Sie, Pan Herzog, für diese Vorführung aus. Ich sage das nur, daß niemand denkt, hier hätte einer etwas gegen die Juden. Das fehlte uns noch, daß unser gefleckter Gast auf den Gedanken käme, man könnte in dieser Welt auch einmal etwas gegen die Juden haben!

Ich hörte und sah dem allen ohne Verständnis zu; einzig, daß es niemand gut mit mir meinte, war mir erkennbar, und als sich der Mann mit den Breeches in meinen linken Arm hängte, wurde mir wirklich angst, und als der Dolmetscher bei seiner halbherzigen Spiegelung blieb und mich am rechten Ellenbogen faßte, wurde mir übel.

Herrn Herzog kennen Sie ja bereits, sagten sie, was den beiden Stämmigen Signal zu sein schien, den jungen Mann mit Tritten zu verjagen, und ich wurde durch die Zelle geführt und mit den anderen Insassen bekannt gemacht.

Ich war bis zu diesem Zeitpunkt noch nie in einer Gesellschaft gewesen, in der die Leute einander vorgestellt werden, aber ich kannte den Vorgang natürlich von dort, wo unsereins auf Weltläufigkeit vorbereitet wird, aus dem Kino, und deshalb erfaßte ich, bei allen Abweichungen vom Muster, das Arrangement der Salons: Wir hielten vor Gruppen, in deren Gespräche wir uns für Augenblicke einpaßten, wir begegneten Schlendernden, die der neuen Bekanntschaft wegen für kurz stehenblieben; dem einen oder anderen wurde ich durch Zuruf angesagt, und dieser und jener schien für meine Begleitung, und so auch für mich, nicht vorhanden zu sein.

Natürlich, die Abweichungen waren stark: Wenn auch mancher rauchte, so hielt doch niemand ein Glas in Händen, und es fehlten die Frauen, die eine Versammlung erst zur Gesellschaft machen. Und vor allem wurden keine Namen genannt. Bezeichnungen schon. Ich war zunächst der Fleckige, und dann gefiel es diesem Chef in Breeches, mich Herr Fleckfieber zu nennen, und am Ende war ich Pan Tyfus.

Es wird vorstellbar sein, wie wenig das mich willkommener machte. Ich weiß nicht mehr alle Gesichter zu den Worten des Zellenchefs, aber seine Einführungsrede weiß ich noch gut: Einige Erfahrung läßt mich vermuten, Sie seien mit einer Umgebung wie dieser nicht recht vertraut, sagen wir, mit dem, was innerhalb der Zäune ist. Weil man hier nach solchen Dingen nicht fragt, frage ich nicht einmal Sie, was Sie zu uns führt. Ich meine, zu uns unter dieses Dach. Aber es ist von Eigenart, daß ausgerechnet ich den Auftrag habe, Sie vor Unbill zu schützen, denn solche wie ich haben solche wie Sie nicht gern. Ein Jahr zurück, und solche wie Sie haben solche wie mich aufgehängt.

Ein Jahr zurück, sagte ich, aber da bekam ich einen so massiven Stoß in den Rücken, daß mir der Rest des Satzes entfiel.

Erzählen Sie mir nichts, sagte der Chef, hier ist nicht die Stunde, und der Prokurator bin ich ja nicht. Wenn Sie zum Prokurator kommen, versuchen Sie ihm zu erzählen, wo Sie tätig gewesen zu sein wünschen ein Jahr zurück. Dieser Herr hier, sehen Sie sich ihn an, den seine Feistigkeit auffällig machte, als die anderen das kahlgefressene Land übernahmen, bemüht sich seit längerem um das Verständnis des Prokurators; er wird Ihnen sagen, wie weit Sie bei dem kommen werden mit Ihrem Kalender vom vergangenen Jahr.

Sein Nachbar ist von gänzlich anderer Art: Er schüttet den Staatsanwalt mit Informationen zu, auch mit zutreffenden, aber die herauszufinden, braucht es Zeit, und wo noch kein Prozeß war, ist kein Urteil, und da ist auch Hoffnung.

Wenn Sie einmal einen richtigen Kriminellen kennenzulernen wünschen, hier wäre einer; ein Grüner, wie das bei Ihnen hinterm Zaun wohl hieß, aber daß Sie sich nur keine Reichtümer dazu denken. Ein Taschendieb, wie Vater und Mutter schon, nur einer mit Umstellungsschwierigkeiten: Er blieb in der Branche, als niemand mehr etwas in den Taschen hatte. Und in einer leeren Tasche wird eine fremde Hand natürlich eher bemerkt. So kennt er sich aus unter diesem Dach. Seltsam, er scheint Sie auch nicht zu mögen; es scheinen doch die Flecken auf Ihrem Anzug zu sein.

Hören Sie, sagte ich, aber die Stämmigen waren so rasch dabei, meine Rede zu stoppen, wie der Dolmetscher die des Zellenchefs in ein bildkräftiges Deutsch übertrug.

Wir haben sogar einen Heiratsschwindler hier, sagten der eine und der andere, als sie mich zu einem schlanken Manne führten, der sich beinahe verbeugte, er ist durchaus beliebt unter diesem Dach. Verständlich, Weibergeschichten hört jeder gern. Halten Sie es denn für möglich: Allein vierzehn Damen hat er mit der Andeutung aufs Kreuz gelegt, er sei ein Bruder vom Jan Kiepura. Zu denken, wie sie gefallen sind, wenn der Kiepura selber kam! Übrigens hat das mehrere der hier versammelten Herrschaften bereits zu dem Vorsatz gebracht, es künftighin auch in dieser Sparte zu versuchen. Nun ja, Pan Tyfus, solche wie Sie haben gesorgt, daß unsere Weiber nicht mehr so wählerisch sein können.

Diesmal sagte ich nichts oder besser, ich schickte den Worten, die ich sagen wollte, eine Geste voraus, doch schon die abwehrend erhobenen Hände waren den beiden massiven Herren zuviel meiner Rede, und sie trafen mich beide dort, wo sie mich beide bereits getroffen hatten.

Naturalny, sagte der Mann in den Breeches, und fast gleichzeitig sagte der dolmetschende Mann: naturgemäß, und fast gleichzeitig fuhren beide fort: ... haben wir hier vorwiegend kriminelles Niedergehölz, und ich kann Ihrem verwöhnten Auge kaum einen mutmaßlichen Mörder bieten; die verwahrt man separat, aber wem sage ich das. Gewiß, der eine oder andere hat einen Verwandten totgeschlagen, im Affekt, und also gehört er nicht zu den Kategorien Ihres Umgangs, und wir haben ein paar richtige Räuber, aber, Gott, Sie kennen sich aus: Was können die groß gefunden haben?

Ich hatte ja nun erfahren, daß Widerrede nicht vorgesehen war, aber ich fragte mich doch, was ich jenem Prokurator, von dem sogar dieser Chef in respektvollem Tone sprach, entgegenhalten wollte, wenn mich schon die stämmigen Rüpel und das redselige Doppel hindern konnten, wenigstens nein zu sagen. Nein zu den ständigen Anspielungen, die immer blutiger wurden, und nein überhaupt zu einem Spiel, in dem ich entschieden die falsche Rolle innehatte. Sie konnten mir wehe tun, das hatten sie schon gezeigt, aber totschlagen durften sie mich nicht, das hatten sie selber gesagt, und vor Heiratsschwindlern und Hühnerdieben wollte ich einfach das Maul nicht halten. Ich hob ganz sachte die Hände, so langsam, daß die Stämmigen hinter mir ihre Schwierigkeiten haben mußten, den Zeitpunkt zu finden, an dem sie zuzuschlagen hatten. Ich legte behutsam die flachen Hände gegeneinander zu der bittenden Gebärde, die man als Kind schon kennt; ich zog vorsichtig meine Arme aus den Griffen meiner Begleitung, und aus dem Gang brachte ich uns allmählich in den Stillstand.

Es lag alles bei dem Chef, und weil es mir wohl gelang, ihn sehen zu lassen, daß ich das wußte, sagte er: Sie sollten Ihren Atem für den Prokurator sparen, aber bitte, ich habe mich immer gefragt, wie solche wie Sie sich später wohl würden herausreden wollen. Sagen Sie einen gescheiten Satz, der mich neugierig auf weitere macht, und daß Sie es wissen: Daß etwas wahr ist, macht es unter diesem Dach noch lange nicht gut.

Ich spürte die massive Kraft der beiden Schläger hinter

mir, und ich ahnte die Bereitschaft des Dolmetschers, meine Worte mit meinem Tonfall und meiner Mimik zu versehen, wenn er sie übersetzte, und ihrem Chef war anzumerken, daß er mich beinahe schon satt hatte.

Unter gewissen Umständen bin ich zu gescheiten Sätzen in der Lage gewesen, aber so waren die Umstände jetzt nicht. Ich sagte, und ich hörte dabei an mir und auch an meinem Interpreten, daß ich fast tonlos war: Ich bin Wehrmacht; das Tarnzeug hab ich erst hier unter diesem Dach gekriegt, und bei solchen, wie Sie denken, bin ich nicht gewesen, und ein Jahr zurück bin ich noch lange nicht Soldat gewesen.

Ich sah es: Dies alles nahm den Chef nicht für mich ein; er hatte sich auf etwas eingelassen, und er wollte es ohne Aufwand zu Ende bringen.

Im November noch nicht? fragte er, und auch dem Dolmetscher war anzuhören, wie gleichgültig ihm das war.

Nein, noch lange nicht.

Also wann?

Im Dezember.

Und wo standet ihr da?

Ich? Zuerst in Kolberg, dann …

Nicht Sie, ihr, die Deutschen.

An der Weichsel, aber ob genau am Fluß, weiß ich nicht. Es ist nur von der Ardennen-Offensive geredet worden. Ich bin auch nicht bis zur Weichsel gekommen.

Er sah mich lange prüfend an, und mit ihm prüfte der Dolmetsch mich, und dann fragten sie: Täusche ich mich, oder haben Sie es gern, daß ich Sie frage?

Sie täuschen sich nicht; ich habe es gern. Endlich einer.

Keine Sorge, da kommen noch mehr. Aber wenn Sie es gern haben, können wir es gründlicher machen.

Er rief drei Männer aus der Zellengesellschaft zu sich und erklärte ihnen etwas, was ich nicht verstand, weil es der Dolmetscher nicht übersetzte. Der schien sehr gut zu wissen, was mich anging, und wenn mich etwas nichts anging, war ich gleich gar nicht mehr vorhanden.

Es ist ja sehr praktisch, sagte der Chef, daß unter diesem Dach so viele Experten versammelt sind. Es gibt eigentlich nichts, wozu sich hier nicht ein Fachmann fände. Die Frage ist nur, wo im Hause ihn finden und wie dann mit ihm in Austausch treten. Aber Leute, die sich auskennen mit euch und eurem Tun auf unserem Boden, hat es in jeder Zelle. Daß Sie es wissen: viel zuviel. Also noch einmal und jetzt so genau Sie es machen möchten: Wann wurden Sie Soldat?

Ich sagte es ihm, oder besser, ich sagte es ihnen, denn der Mann in den Breeches stellte nur die Fragen, und der Übersetzer übersetzte sie nur, und geprüft und gewogen wurden sie von den anderen drei, und weil die wohl weder Heiratsschwindler noch Hühnerdiebe waren, konnte ich in ihren Mienen nichts lesen.

Wann haben Sie zum erstenmal polnischen Boden betreten? Auf welchem Wege sind Sie gekommen? Beschreiben Sie den Weg von der Bahn zur Kaserne. Gibt es einen See oder Fluß oder Teich in der Nähe des Domes von Gniezno? Wie hieß Ihre Einheit dort? Haben Sie Ausgang gehabt? Wo haben Sie dann gegessen? Wo war das, als Sie von der Ardennen-Offensive hörten? Wie lange haben Sie gebraucht bis zu der Stellung für die Härteübung? Waren polnische Leute in der Nähe? Männer? Frauen? Kinder? Junge Mädchen? Haben Sie polnische Mädchen gekannt? Wie sieht es aus in der Post von Kłodawa? Wann kamen die russischen Panzer, morgens, mittags, abends? Wann waren Sie in Kolberg, Poznan, Gniezno, Konin, Koło, Lublin, Baranów, Kutno, Puławy, Kłodawa, wann zuletzt zu Haus? Wann zum ersten Mal in Warszawa? Wie waren Sie bekleidet, wie bewaffnet? Welche polnischen Leute haben Sie gekannt? Wo ist in Kłodawa der Friedhof? Wo ist er in Kutno? Sind Sie in Łódź gewesen?

Ja, sagte ich, im Lagerlazarett dort.

Und sonst waren Sie nirgendwo in Łódź?

Doch, im Gefängnis war ich auch. Auf dem Hof.

So, und was haben Sie auf dem Hof vom Gefängnis in Łódź getrieben?

Ich habe mich umgesehen, wir haben es ansehen müssen, wie es ausgesehen hat.

Und wie hat es ausgesehen?

Ich habe das beschrieben, und ich habe zweimal den Friedhof von Kłodawa beschrieben und den von Kutno nicht, weil ich nie in Kutno gewesen bin. Und ich habe mehrfach gesagt, daß ich auch in Lublin nicht gewesen bin, nur auf dem Bahnhof dort, und nicht in Baranów und in Warszawa vorher auch nicht. Mir sind Sachen eingefallen, die mir längst entfallen waren, und ich wußte nicht, wo in Gniezno ein Optiker war. Nein, ich hatte keine polnischen Leute gekannt, und ich fand es jetzt auch seltsam. Ich habe ihnen gesagt, daß ich als Gefangener viel weiter nach Osten gekommen bin als vorher als Soldat, und sie haben mich eine Weile vom Sommer an der Eisenbahn erzählen lassen.

Aber es war an ihren Fragen doch zu erkennen, daß meine Laufbahn als Gefangener sie nicht besonders interessierte. Sie wollten alles über meine Ausbildung hören, und wenn ich Daten und Orte nannte, schienen sie die mit ihren Kenntnissen zu vergleichen.

Wenn ich sie auch nicht verstanden habe, so ging aus dem, was sie wissen wollten, doch hervor, wie außerordentlich viel sie vom Krieg und der Wehrmacht wußten, und als ich das zum ersten Mal bemerkte, mischten sich die Gefühle seltsam in mir. Es war mir nicht recht, daß Polen soviel von uns wußten, polnische Zivilisten noch dazu und ohne Zweifel polnische Kriminelle. Dann war es mir aber wieder sehr recht, denn wenn sie sich so gut auskannten, mußten sie doch sehen, wie wahr ich sprach. Obwohl es hieß, das zähle nicht unter diesem Dach.

Ich konnte das nicht glauben. Ich konnte mir kein Dach denken, unter dem die Wahrheit nicht zählen sollte. Ich bin natürlich auch nie ganz ohne Schwindeleien ausgekommen, aber Schwindelei und Unwahrheit hatten beinahe nichts miteinander zu tun. Das war wie ein aufgeschürftes Knie und, und Typhus, von mir aus.

Erziehung macht viel. Mein Vater wurde auf eine beinahe unkontrollierte Art gewalttätig, wenn er sich belogen fühlte. Das gibt dann, daß man eine richtige Lüge so schwer hinkriegt wie einen Schrittanfang mit beiden Beinen zugleich.

Was ja geht. Ich meine, man kann sich ja mit einem Schlußsprung in Bewegung setzen, aber es ist doch eine auffällige Gangart, und sie erfordert viel Vorsatz.

So ist das mit mir mit dem Lügen gewesen. Und weil ich wußte, daß ich nicht unter dieses Dach gehörte, wenn die Wahrheit galt, fühlte ich mich auf eine unvernünftige Weise erleichtert. Es zählte doch überhaupt nicht, was diese mäßigen Ganoven mit mir trieben. Die spielten Prokurator mit mir und wären sicher sehr froh, wenn sie für sich mit ihrem Prokurator zu Rande kämen. Die genossen den Augenblick umgekehrter Verhältnisse, und es war ganz gleich, ob sie mich zum schwefligen Räuber erklärten oder meine Unschuld erkannten.

Meine Unschuld woran? Ende der Erleichterung. Meine Schuld woran? Ende der Erleichterung. Wer kann unschuldig sein, der nicht weiß, wessen man ihn für schuldig hält? Ende der Erleichterung; bedrückendste Beschwerung. Lebwohl, mein kornbleicher Falbe, hier wohnt keiner mehr. Unter diesem Dach ruft mir die Grube. Es hat geklopft an unsere Tür. Schwarz verblakt ist unterm Fenster die Wand zum Hof. Wir wissen unseren Namen nicht. Wir müssen in den Staub, die Köche kommen.

Ich wußte gleich, ich hatte mich wieder nicht durchgehalten. Ich wußte es, als ich die hochpathetische Szene gewahrte: Sie standen in flachem Halbkreis vor mir, der kleine Chef in den, wie ich jetzt sah, etwas zu großen Breeches, der geschwinde Dolmetscher, der, wie ich jetzt sah, fast schon ein Greis war, die drei Militärkenner, die auch noch in einem Wartesaal aufgefallen wären mit ihren wüsten Gesichtern, die beiden stämmigen Knotenkerle, beleidigend blöde wie noch andere hier. Dies waren die Rolleninhaber, und hinter ihnen stand die Komparserie. Die Gesellschaft hatte sich aufgelöst, der Salon wieder zur Zelle gruppiert. Und was in dieser Zelle wohnte, stand wie ein Chor hinter den Akteuren. Und starrte mich an.

Ich hockte mit dem Rücken an der Wand, die Knie unter dem Kinn, die Hände vorm Gesicht, aber ich sah den theatralischen Aufmarsch übergenau. Ich war froh, daß mein Gesicht trocken war, doch um so weniger verstand ich, was mich denen so anziehend machte. Ich versuchte, in ihren Mienen zu lesen, aber viel mehr als die milde Neugier, mit der diese Leute mich empfangen hatten, stand auch jetzt nicht da. Nur der junge Herr Herzog starrte mich mit seinen verheulten Augen erschrocken an. Er war der erste Mensch, der mich angespuckt hatte, wenn ich einmal die Leute am Gefängnis in Łódź und am Bahnhof von Praga nicht zählte, und das konnte ich auch nicht richtig, denn die waren wild und sehr viele und eigentlich auch fern gewesen.

Nein, vor Herrn Herzog hatte mir niemand ins Gesicht gespuckt, und doch wußte ich nicht, woher ich einen Zorn auf ihn hätte nehmen sollen. Der Riß in seiner Lippe zeigte ja, wie massiv man ihn hier zu Gehorsam gebracht hatte. Der Chef hatte von ihm als einem Juden geredet, und nun wußte ich einmal weniger, was das war.

Der Chef trat vor, und fast gleichzeitig trat sein Dolmetsch vor, und es war wie im Theater, wenn eine Doppelarie kommt, und die Doppelarie ging: Verehrter Pan Tyfus, es ist Ihnen gelungen, uns etwas darzubieten, wonach es wohl jeden von uns schon einmal verlangt hat. Sehen Sie her, es ist doch nicht, wie man denkt. Man denkt, Leute im Gefängnis sind Leute ohne Vaterland, weil das Vaterland sie eingesperrt hat. Oder wenn es einmal so war, dann haben solche wie Sie es geändert. Solche wie Sie ist eine Formel der Komparation und nicht der Identifikation. In diesem Sinne behalte ich sie bei und bitte Sie, sich nicht immer so persönlich gemeint zu fühlen. Solche wie Sie, mein gefleckter Herr, und es ist mir gleich, woher Sie in diesem Falle die Flecke haben, solche wie Sie haben zwischen uns und unserem Vaterland vermittelt, erfolgreich,

Kompliment. Es gibt in dieser Zelle, das ist durch eine Interrogation erwiesen, die uns nicht einmal der Herr Prokurator nachmacht, keine einzige Person, die ein Współpracownik gewesen wäre, nicht einmal unser Tłumacz hier, obwohl es bei ihm fast natürlich gewesen wäre.

Der Dolmetscher schien zum ersten Mal einige Schwierigkeiten mit dem Text zu haben. Wiederholt brachte er es nur zu Fremdwörtern, deren Bedeutung ich kaum erahnte, wo er bislang so ein lebendiges Deutsch gesprochen hatte, und mit den polnischen Ausdrücken, die nun in seiner Rede auftauchten, konnte ich wirklich nichts anfangen, und seine Nachahmung des Chefs ging zur lächerlichen Afferei über, als er dessen Fingerzeig bei Erwähnung des Dolmetschers einfach umkehrte und also auf den Chef wies, während im Text aber von ihm selber die Rede war.

Er merkte das, und er übertrug die Rede seines Herrn nicht weiter, was ich unerhört fand, er bremste sie sogar mit einem Handzeichen, und er sagte zu mir: Verzeihung, ich bin nicht so bei Kräften. Współpracownik heißt Kollaborateur, und das ist ein Einheimischer, der mit den Deutschen zusammengearbeitet hat. Er wird als ein Verräter angesehen. Tłumacz ist der Dolmetscher, ich bin Ihr Tłumacz, und ich lasse etwas nach. Vielleicht sollte ich auch das Wort Interrogation durch Befragung ersetzen, aber Befragung natürlich im kriminalistischen Sinne.

Er wandte sich auf polnisch an den Mann in den Breeches, der die Unterbrechung seltsam geduldig hingenommen hatte und nun seine Rede an mich wieder aufnahm: Sie sehen, auch unser Dolmetscher – diesmal zeigte der bei diesem Wort auf sich – ist etwas aus dem Tritt, weil Sie uns so eine Freude gemacht haben. Worin sie besteht, die Freude, was ihr Anlaß war? Es ist schnell erklärt. Wir alle, mehr oder minder, haben fünf Jahre den Anblick von solchen wie Sie zwar ertragen, aber ertragen haben wir es nur, weil immer die Hoffnung war: Eines Tages sehen wir euch auf den Knien oder sehen euch an die Wand rutschen, die Hände vorm Gesicht, und wer aufrecht steht, sind wir. Nun, mein Herr Fleckfieber, wie Sie wissen, haben sich die Dinge etwas anders gestaltet. Man hat euch so schnell aus dem Land gejagt, daß es zu der liebsten Szene unserer Vorstellungen nicht gekommen ist, nicht vor unseren Augen. Ihr wart zu schnell fort, oder wir waren auch anderweitig beschäftigt. Sie haben uns also mit einem Erlebnis ausgestattet, das uns schon entgangen schien. Seltsam, es hat Sie der Schwindel ausgerechnet an die Wand geworfen, als wir hier im befragenden Kreis gerade zu dem Schluß gekommen waren, daß Sie die Wahrheit sprächen und daß es einen kleinen Widerspruch gibt zwischen dem, was der Herr Schließer als Ansicht von Ihnen hegt, und dem offensichtlichen Verlauf Ihres Lebens. Aber das kommt unter diesem Dache öfter vor, und zum Zeichen, daß wir uns von solcher Widrigkeit nicht schrecken lassen, singen wir ein Lied, und schaun Sie doch, daß man Ihnen das so kleingefleckte Fell da umtauscht bei Gelegenheit.

Es ist tatsächlich an diesem Abend gesungen worden, und weil Pan Szybko die Aufsicht hatte, wurden wir nicht gestört. Er kam sogar einmal in die Zelle und forderte mich auf, Lili Marleen zu singen. Ich wußte, ich hätte es für den Rest der Nacht mit meinen Herbergsleuten verdorben, wenn ich mich geziert hätte. Ich brauchte auch nicht lange allein zu singen; die meisten fielen bald mit ein. Sogar der Schließer sang mit. Er hatte die Tür halb offen gelassen; er stand auf der Schwelle und hatte die Augen auf dem Gang, aber die Ohren hatte er in unserem Lied, und er sang Lili Marleen mit uns.

Ich glaube, ich habe bald mit Inbrunst gesungen. Es kam da so viel zusammen. Ich sang, als wäre ich Jahre allein gewesen und als hätte der Schrecken nun alle seine Gründe aufgedeckt und hätte auch welche gestrichen.

Das Lied ist zu einer Zeit aufgekommen, als ich gerade an irgendeiner noch unverstandenen Liebe litt, und die melancholischen Töne sind mir seither immer Zeichen einer ähnlichen Stimmung geblieben. Aus Gründen, die man nicht mehr klären muß, sehe ich mich hinter der nassen Kirche stehen und auf jemanden warten, ich weiß nicht mehr, auf wen, und ich höre mich dieses Lied summen, und es klingt nach ach und weh, und es befreit mich auch.

Wenn es sich nicht überdreht ausnähme, sagte ich: Ich weiß genau, daß ich bei dem Warten gewachsen bin, ein Stück erwachsener wurde, und daß es, weil man auf solche Weise ja Abschied nimmt, für mich ein Lied des Abschieds gewesen ist. Natürlich, unser Gesang ist auch Pfeifen im Wald gewesen; ich war ja nicht der einzige in diesem Haus, der immer dann nicht recht bei Atem blieb, wenn er ins Nachdenken über sich und seine ferneren Tage geriet.

Zum Glück hat sich einer gefunden, der die Trübsal mit Frechheiten aufriß. Ein Alter hat ein fast verschollenes deutsches Soldatenlied gekräht, und er hat behauptet, er habe es in einem Puff in Shanghai gelernt; das Mädchen dort, bei dem er sich von seiner Angst vor Taifunen erholte, habe es während der Arbeit gesungen, und da sollten wir doch sehen, wie lange er es gekonnt habe, oder glaubten wir, so ein Lied lernte sich im Handumdrehen, noch dazu in einer fremden Sprache?

Sie haben auch eine Art Zunftgesang angestimmt, irgendwelche Gaunerlieder, aber da ist Pan Szybko eingeschritten, der doch sonst nicht kleinlich war; er ist hereingekommen und hat einem der beiden Stämmigen, der seinen Mund nicht schnell genug zukriegte, das Schlüsselbund auf die Zähne gehauen. Und wohl damit niemand dächte, er sei plötzlich ganz allgemein gegen Gesang, hat er noch einmal die etwas süßliche Weise von Warszawa, kochana Warszawa angestimmt, und ich habe mich auch beteiligt, obwohl ich vom geliebten Warschau zu singen noch so recht keine Gründe hatte.

Der einzige, der weder mitgesungen hat noch Zeichen gab, daß er zuhörte, ist der junge Herr Herzog gewesen. Ich habe den Dolmetscher, der mir sogar singend noch die Texte übersetzte, nach ihm gefragt, aber er hat nur geantwortet: Ach, wissen Sie, das ist halt ein Jude, nicht wahr!, und der Mann in den Breeches, der nicht mehr viel von seiner Chefrolle vorzeigte, hat zu mir gesagt: Ihr habt es so getrieben, daß unsereins es mit denen hat halten müssen.

Dann stand er auf und trat im Vorbeischlendern Herrn Herzog kräftig auf den Fuß.

Ich wußte, daß ich unter Leuten war, die sich nicht gerne fragen ließen, aber ich bat den Dolmetscher doch, mir das Besondere an dem blassen Herrn Herzog zu erklären. War der auf eine Weise kriminell, die selbst im kriminellen Lager als verboten galt? Hatten der Chef und der Herr Herzog einmal etwas gehabt, im Zivilen vielleicht, einen Streit oder Weibergeschichten? Ich meinte, das mit dem Juden konnte doch nicht ernstlich zählen unter Polen. Der Dolmetscher schüttelte lange den Kopf, und schließlich sagte er: Man hat euch auf uns losgelassen, und man hat euch nicht einmal gesagt, wer wir sind. Stellen Sie sich den Wahnsinn vor: Wie viele ihr totgeschlagen habt, und wußtet nicht, wen. Wenigstens ein wenig Geschichte vorm Mord, das könnte man schon verlangen. Aber nein, und darum habt ihr auch verlieren müssen.

XII

Danach gab es in meiner Zelle sowenig Wanzen, wie es vorher gegeben hatte, nur stank sie etwas mehr, und die Ganoven traten, wenn sie von der Arbeit kamen, mir zum Gruß gegen die eiserne Tür.

Erst zu Weihnachten habe ich sie wieder singen hören, und es war eine Entdeckung, daß es die Lieder meiner Kindheit auch auf polnisch gab.

Ich hatte mit keinerlei Zeichen von Festlichkeit gerechnet; ich zählte die Tage an den vierundzwanzigsten Dezember heran und hielt mir, solange es ging, die heimatlichen Tannenbäume von der Seele. Ich war nicht einmal sicher, ob die Polen das Datum überhaupt zur Kenntnis nähmen; das klingt sehr beschränkt, ich weiß, aber so beschränkt war ich.

Und selbst wenn sie es taten – in diesem Haus taten sie ja manches nicht, was sonst wohl üblich war. Und umgekehrt. Und soweit es mich betraf, schienen sie sich ganz fern von allen Üblichkeiten zu bewegen. Als ob das meine Sorge zu sein hatte, hoffte ich, daß es kein allgemeiner Landesbrauch war, einen Menschen auf ein Geschrei hin einzusperren und mit ihm kein Sterbenswort in seiner Sache zu wechseln. Ihm nicht einmal die Sache zu benennen.

Wir haben einige Jahre einen anderen Rektor in Marne gehabt, Hahn hieß der, von dem hätte die Behandlungsart sein können, auf die ich hier traf. Der bestellte einen in der großen Pause und ließ einen in seinem Vorzimmer warten, übrigens mit dem Gesicht zur Wand, und kurz vor Beginn der nächsten Stunde fragte er, was man zu sagen habe. Manche sind bis an das Ende ihrer Schulzeit darauf hereingefallen und haben dem Rektor mit ihren Eröffnungen viel Freude gemacht. Mein Onkel Jonnie, der im Umgang mit Vorgesetzten erfahren war und mit dem man solche Fragen bereden konnte, hat mir für den Fall, ich käme wieder an die Wand, den Satz empfohlen: Erst die Beschuldigung, Herr Rektor, erst man mal die Beschuldigung!, und er hat mir sogar den nötigen Tonfall dazu geliefert. Aber es ist wohl der Tonfall eines aufrührerischen Matrosen gewesen, denn Herr Rektor Hahn hat mich ohne alle Beschuldigung und ohne weitere Befragung ausführlich geohrfeigt. Das galt aber trotzdem als glimpfliches Davonkommen, denn der Rektor benutzte noch den Rohrstock zum Strafvollzug. Er war einer von diesen Methodikern; er setzte einem drei schneidende Hiebe über den Hintern, drei feurige Parallelen, die mittlere zuletzt in das schon quellende Fleisch. Er war so stolz auf seine Leistung, daß er von denen, die er bearbeitet hatte, verlangte, sie sollten mit ihm seine Präzision bewundern.

Mit dem kleinen Möncke hat er das auch gemacht. Der ging in die Klasse unter mir, aber er war sehr klein, und man wußte, daß er kaum viel größer werden würde, denn seine Mutter war fast eine Zwergin. Vater hatte er keinen, aber in gewisser Weise brauchte er bei der Mutter auch keinen. Die arbeitete als Reinemachefrau im Rathaus, und von ihrer Sauberkeit und ihrem Fleiß redeten die Leute Wie der Rektor dem kleinen Möncke die drei Quellstriche gezogen hatte, ist der einfach weggelaufen, hat sich den Hintern gerieben und ist aus der Schule gerannt.

In der nächsten Stunde hat der Rektor Erdkunde unterrichtet, und es hat mehrfach geklopft, aber keine Aufforderung, hereinzukommen, hat etwas gefruchtet, es ist niemand hereingekommen, und es hat wieder geklopft.

Da ist der Rektor wütend vor die Tür, und dort hat es trocken geklatscht wie von zwei harten Ohrfeigen, und dazu hat man die winzige Frau Möncke sagen hören: So, und Sei weiten ja, woför! Das ist schon eine schöne Geschichte gewesen, und der Ausgang war wunderschön, weil nämlich nichts weiter geschehen ist, als daß der Rektor an eine andere Schule in einer anderen Stadt gegangen ist.

Es ist wohl zu glauben, daß niemand in Marne von den Kindern so gegrüßt worden ist wie fortan die kleine Frau Möncke.

Ja, das war schon eine schöne Geschichte, aber sie hatte mit mir und meiner Zelle nichts zu tun. Sie hörte da auf, wo mich der Rektor in sein Vorzimmer gerufen hatte. Es kam dann nicht einmal einer, um mich zu fragen, ob ich etwas zu sagen hätte. Es kam überhaupt keiner. Ich wäre ja bereit gewesen, meines Onkels Worte ohne meines Onkels Ton aufzusagen und ganz stille nach der Beschuldigung zu fragen, aber es kam einfach keiner. Ganz zu schweigen vom rächenden Auftritt der kleinen Frau Möncke.

So, und Sei weiten ja, wofför? – Nee, Fru Möncke, ick weit so gor nich, wofför!

Ich hatte für mich wieder und wieder das getan, worauf sich die Rektoren verlassen, wenn sie uns an die Wände stellen: Ich schleppte aus meinem Leben heran, was vielleicht eine Beschuldigung stützen konnte, aber es war einfach nichts dabei, was zu der schrecklichen Erregung der Frau am Bahnhof passen wollte. Man kommt bei einem solchen Verfahren wohl in die Lage, daß man heikler als ein fremder Ankläger ist, und manchmal sieht man seine Geschichte als eine hingestreckte Abfolge von Verfehlungen. Und man ist an Einfällen so reich, wie man sich zu guten Zwecken nur wünschen könnte.

Einmal glaubte ich, die Frau sei jene gewesen, unter deren Bett ich Zuflucht vor den Köchen gesucht hatte; sie sei gekommen, ihren Speck einzuklagen und den Tee, oder Beschwerde zu führen wegen des Schrecks. Vielleicht hatten sie auch noch Schwierigkeiten bekommen, sie und ihr Mann, wegen der Herberge für mich und der Pflege. Vielleicht glaubte man ihnen mein Sturmgewehr nicht. Hier glaubten sie ja so wenig, daß sie einen gar nicht erst fragten. Vielleicht standen die Bauern im Verdacht, mich freiwillig versehen zu haben mit Speise und Wärme, standen an der Wand und sollten zugeben, daß sie Kollaborateure waren, Współpracniker oder wie die Mehrzahl von diesem schwierigen Wort nun lauten mochte.

Das wäre ein zwingender Grund, ein Geschrei anzustimmen: Haltet ihn, haltet ihn doppelt, nehmt ihn, fragt ihn, fragt ihn, wie er aussah in der Nacht und was er in Händen hielt auf unserer Schwelle und womit er geklopft hat an unsere Tür und was er auf den Tisch gelegt hat neben den Teller und die Gabel.

Und ich, wenn sie mich fragten, ich würde sagen müssen: Ja, den Leuten bin ich der Krieg gewesen und ein Grund, alles herzutun, den letzten Speck und den letzten Tee; laßt doch die Frau in Ruh!

Würde ich das sagen: Laßt doch die Frau in Ruh? Wenn ich wüßte: Der verdanke ich die Zelle, den Absturz, den Verlust der Welt?

Kein Wort würdest du sagen, dachte ich, und weil ich mich so nicht mochte, sann ich auf Ausflucht, und mit der Teilvernunft, die man aus Träumen kennt, sagte ich mir: Man muß mit dem einfachsten beginnen, und das einfachste ist die Frage: War diese Frau denn jene Frau, war jene Frau denn diese Frau?

Und dann wußte ich nicht, wie jene Frau ausgesehen hatte, und auch nicht, wie diese.

Und ich war empört über mich, und weil ich spürte, daß dies ein Gefühl aus meinem früheren Dasein war, arbeitete ich sehr, es zu erhalten. So etwas! Die eine ist die einzige weibliche Person gewesen, die für möglich gehalten hat, die für möglich halten mußte, daß er ihr ans Leben wollte, und er weiß ihr Gesicht nicht mehr! So etwas! Die andere hat ihn aus dem Leben geschrien, und er weiß ihr Gesicht nicht mehr! So etwas!

Was kann denn das bedeuten? Das kann doch nur bedeuten: Der legt die Hände vor die Augen, wenn es peinlich wird. Hochnotpeinlich, hochnotschmerzlich, schmerzhaft. Der ist feige. Und Feigheit kostet. Wer aus Feigheit nicht mehr weiß, was war, hat nichts zur Widerrede.

Die Küfer haben uns hinter den Gasberg getrieben. Es müssen siebentausend Küfer sein, und sie werfen mit Steinen.

Sie stehen vor Schlachter Hackers großer Fensterscheibe und werfen Worte, die härter schlagen als jeder Stein. Feiglinge! werfen sie, und die Welt hört das. Die Welt muß das glauben, denn sie sieht, wie wir uns hinter die Litfaßsäule am Gasberg ducken. Hier wird mein dunkelstes Geheimnis ausgeschrien: Feigling!

Und nicht lange, dann werden sie sich von des Schlachters Scheibe lösen und über den Damm heranjagen und uns durch die Schlucht zwischen Gasberg und Stadtmauer treiben, und der Wiederholungen wird kein Ende sein: Feigling! Feigling!

Doch, es wird ein Ende sein; einmal geht unsere Flucht nicht mehr, am Spritzenhaus werden sie uns stellen oder am Wasserturm oder hinter Erdmanns alter Scheune; sie werden uns stellen, und dann werden sie uns legen, und sie schlagen dir das Blut aus der Nase und reißen dir die Ohren an und reiten dir die Armmuskeln zu Brei, und wie du es auch ziehst, einmal jaulst du, und das hören die Küfer gern.

Also? Also!

Nein, es gibt kein Also; was nun geschieht, ist nicht abgezählt, ist keine Summe. Für eine Zündsekunde ist eine grellweiße Wut da, Schub genug, mich von der Litfaßsäule am Gasberg zu lösen und über den Damm zu schießen, Richtung Schlachter Hackers Fensterscheibe, Richtung Küferpack, ich, Entzückung, ich mit Geheul übern Damm, und, welch ein Lohn, die Küfer wenden sich, und der Gott, der mit den tapfren Kriegern geht, hält mich an Schlachter Hackers Haus zurück, den Küfern weiter nachzusetzen. Die Kunst zu siegen schließt den Sinn mit ein für den Augenblick, in dem man besser sagt: Jetzt ist's genug!

Aber in der Zelle, die so stank, daß es den Wanzen eine Warnung war, wußte ich: Diesmal hatte ich die Hände nicht vom Gesicht bekommen. Es hatte nicht einmal gereicht zum Mut, genau hinzusehen auf das, was mit mir geschah. Und die Person, der ich den schärfsten Einschnitt in mein Leben zu danken hatte, war mir in allem unbekannt. Soweit es abhing von ihrem Äußeren, konnte es beinahe jede Frau gewesen sein.

Halt, Niebuhr, nein, das stimmt doch nicht. Beinahe jede Frau – das stimmt doch nicht. Sah sie aus wie die kleine Frau Möncke, die Rektor Hahn bezwang? Sie war größer, nicht wahr? Also: Beinahe alle Frauen, ausgenommen die besonders kleinen. Sah sie aus wie die Tante Ritter, so verraucht, so verbraucht? Die war nicht so kellergrau, die hatte eine Farbe von Luft und Land. Also: Beinahe alle Frauen, ausgenommen die mit verklebten Lungen und ungelüftetem Gesicht. Sah sie wie deine Mutter aus? Keine sieht wie meine Mutter aus, und meine Mutter hätte mich doch nicht in dieses Haus getan! Also: Beinahe alle Frauen, ausgenommen viele.

Das Gesicht kam zu Konturen, und wenn es auch verzerrt war, so blieb eine breite Stirn, und braune Augen blieben und straffes dunkles Haar und eine Nase, eine nicht große, nicht kleine, die aber seltsam versetzt war nach links.

Ich hatte die Frau noch nie gesehen; da konnte sie die Frau aus der Hütte nicht sein und hatte auch nicht Klage geführt wegen des Specks.

Ich hatte die Frau noch nie gesehen, und in manchen Lagen ist solch eine Gewißheit viel.

Sie ist dann wieder nicht sehr viel, wenn einem einfällt, daß man nicht jeden gesehen haben muß, der einen selber aber sah.

Wobei denn, Niebuhr? Wobei soll dich eine gesehen haben, daß sie nachher so ein Geschrei davon macht? Ein Geschrei, das dich mit vier Posten und einem Kommandanten versieht und wenig später mit vielen Schlössern und vielen Riegeln. Wobei soll dich denn einer gesehen haben?

Hinterm Prellstein an der Post mit der Panzerfaust? Da war kein Frauenmensch, es mit anzusehn, und wenn das ein Grund wäre für so strenge Verwahrung, dann hätten wir alle hierher gehört und ich nicht so besonders herausgehoben.

Und das andere Mal, wo ich tödlich war? Im sonnenbeglänzten Schnee vorm Küchenbunker? So wird doch nicht gerechnet nach einem Krieg. Soldat gegen Soldat, das hebt sich auf, denn anders wird man bald keine Krieger mehr finden.

Und dann, wie käme eine Frau in den Wald? Der Pilze wegen? Nicht die Zeit dazu. Zum Kräutersammeln? Gleiche Antwort; es war ein schneeiger Wald.

Als Hexe vielleicht. Als Hexe mochte sein. Mit so versetzter Nase kam man dafür in Frage. Nur, ob man dann auch in Frage kam für den Güterbahnhof von Praga, war doch zu bezweifeln. Unter deutschen Hexen ginge das nicht; die hatten ihre Reviere. Mit polnischen Hexen mochte das anders sein; ich war bereit, hier Unterschieden zu begegnen. Nur wußte ich nicht, ob sie in Polen überhaupt Hexen hatten, und es war mir auf eine unklare Weise recht, daß der schnelle Dolmetscher nicht zugegen war. Der hätte sich mokiert, weil man mich nicht in polnischem Hexenwesen unterrichtet hatte, bevor man mich auf den Wagen setzte.

Was Hexen, was Kräuterwald, ich wollte doch wohl nicht wunderlich werden? Warum machte ich es nicht gleich wie die Dummen an des Rektors Wand, die ihm Vergehen lieferten, von denen er ohne sie nicht wüßte?

Du halte deinen Mund und halte dein Gehirn an, wenn es in die Richtung will; das fehlt, daß du ihnen das Messer lieferst, wo sie deinen Hals schon haben. Die Frau hat mit deinem Leben nichts zu tun; schaff du ihr keinen Platz darin.

Du kannst solange an die Wand sehen, bis sich die Frau mit der versetzten Nase in eine Passagierin verwandelt des Abendzuges von Radom nach Lublin und bis sie die Zeugin ist, die sehen mußte und hören mußte, wie du einem jungen Mädchen schamlos an das warme Herz gegangen bist. Und genau hat sie gehört, wie du sagtest, du seiest ein Bruder vom Caruso. Schwindler, Heiratsschwindler, ab mit dir hinüber zum Breechesmann, Zeit ist es, den jungen Herrn Herzog zu entlasten.

Überhaupt, da war doch schon einmal etwas, natürlich, sieh nur genau an die Wand; da war doch, siehst du, diese Betrugsaffäre, in der es einer so richtete, daß ihn die anderen für einen Künstler halten mußten, Artist, Artysta, und dem sie die Füße salbten mit Schmalz, ihrem letzten Schmalz, und den sie betteten auf ihr letztes Stroh. Sieh lang genug in die Wand, da siehst du die Dörflerinnen einander die Künstlerkarten entreißen, und hat nicht die eine ihre Nase gar nicht auf dem rechten Fleck, gar nicht in der Mitte unter der breiten Stirn und zwischen den braunen Augen?

Nun nimm du aber schnell deine grauen Augen von der Wand, Mark Niebuhr, sonst kommt es dahin, daß du dich mit deinen Blicken tötest. Fahre so fort, und deine Straße ist gesäumt mit Leuten, die übel von dir reden und Übles von dir wissen. Dann bleibt dir ein Wegrest, der ist bestellt, wie der Weg über den Gefängnishof in Łódź bestellt gewesen ist. Dann steigst du bald über verharschte Totenhaufen, und deine Augen schreiben an die Wand: Die dort habe ich gefällt.

Dann kann es sein ...

Halt, kann es sein, die Frau war wirklich dort in Łódź, ist eine von denen am Tor gewesen, die mich am Ende meiner Laufbahn sahen; eine von denen, unter deren vereister Schlacke ich mich duckte, als ich von den vereisten Leichen kam; sie hat mich gesehen und hat gewußt, was ich gesehen hatte, und seither hat es sich ihr verschoben?

Das soll es doch geben, daß sich in der Erinnerung Anfänge zu Enden drehn, daß sich übereinanderlegt, wozwischen in Wahrheit Trennung war. Irrtümer dieser Art soll es geben. Und wäre es so, dann hättest du dir von allen möglichen Versehen das mit der bösesten Natur erwählt. Denn wenn die Frau der irrigen Meinung ist, du habest dich nicht auf dem Hof dort umgesehen als ein Gefangener und unterm Befehl eines knüppelbewaffneten Leutnants, sondern seiest einer von denen gewesen, unter deren Schüssen sich die später verharschenden Hügel häuften, dann in der Tat ade dem kornbleichen Falben, dann kommt es blutig.

Es sind wohl die erfundensten Geschichten, die alle Prüfung überstehn, denn wo der Zweifel einhaken will, kann weitere Erfindung hart verglätten.

Ich habe gründlich ausgedacht, wie die Frau zu ihrem Irrtum kommen mußte, und es gab Stunden, da war ich so bereit, da hätten sie die Frau gar nicht benötigt; ich wußte viel mehr als sie. Aber ich bin mir dann selber mit einem Verfahren begegnet, in dessen Besitz ich erst seit kurzem war; ich unterzog mich einer Interrogation, wie die Ganoven mich einer unterzogen hatten, und wie ich mein eigener Prokurator war, so sprach ich mich auch selber frei. Es war in meinem Lebenslauf nicht Platz für Mord in Łódź oder Litzmannstadt; ich hatte den Ort mit den wechselnden Namen nicht anders als in Holzpantoffeln betreten, und ich hatte der Toten wegen, die ich nicht kannte, schon einmal Hiebe bekommen, um so mehr mußte ich dabei bleiben, daß ich die Toten nicht kannte. Und auch die Töter nicht.

Gewiß, ich habe mich zu sehr mit mir beschäftigt, aber die anderen haben es gar nicht getan; dann geht einem das so.

Mit den anderen meine ich die, die mich eingesperrt hatten; unter denen, die mich eingesperrt hielten, waren nicht alle so wenig interessiert an mir. Genauer zu sein: Der Schließer Szybko kümmerte sich um mich.

Zuerst meinte ich, er habe sich eine Verschärfung ausgedacht, als er mir den Dolmetscher in die Zelle brachte und mir mit dessen Hilfe erklärte, ich hätte von nun an Meldung zu erstatten beim Morgen- und beim Abendappell, hätte wie jeder andere Zellenälteste in strammer Haltung die Worte zu rufen: Herr Aufseher, Zelle 31 belegt mit einem Mann. Alle Mann anwesend!, und auf den Gutenachtgruß des Schließers hätte ich kräftigen Tones zu antworten: Gute Nacht, Herr Aufseher!

Und diesen Text selbstredend polnisch. Also blieb der Dolmetscher. Dem sagte ich vorsichtig, was ich von der Neuerung hielt, aber er antwortete nur: Ach ja, haben Sie denn so sehr viel zu tun? Meine Delikte reichten noch nie zur Einzelverwahrung, aber wie man hört, ist Abwechselung meistens gefragt.

Ich hätte mich gar zu gern nach seinen Delikten erkundigt, aber bei ihm kam vor aller Unterhaltung der Auftrag, also stattete er mich mit einer polnisch klingenden Meldeformel aus, der ein vor mir stehender Mensch würde entnehmen können, daß ich anwesend sei. Panie Oddziałowy, starszy celi melduje … Herr Aufseher, der Zellenälteste meldet … Und: Dobranoc, Panie Oddziałowy! Gute Nacht, Herr Aufseher!

Ich kann das immer noch, wenn ich es auch nie mehr brauchen möchte, und ein wenig von der Gewohnheit, ausgerechnet den Gutenachtgruß schreiend hervorzustoßen, hat sich für längere Zeit bei meinem zivilen Umgang mit diesen Worten bemerkbar gemacht. Der Dolmetscher, der nun mein Sprachlehrer war, hat mich auf seine totale Art unterwiesen und mir nicht nur die Vokabeln beigebracht, sondern auch die Lautstärke, die in diesem Hause für angemessen galt, und obendrauf noch Körperhaltung und Gesichtsausdruck, wie sie von hiesigen Insassen erwartet wurden.

Und weil es natürlich so war, wie er mit seiner spöttischen Frage angedeutet hatte: weil ich wirklich nichts weiter zu tun hatte, meisterte ich Gruß und Meldung bald, und ich erfuhr, daß es Pan Szybko gut mit mir gemeint haben mußte, denn mir galt es wie ihm als ein Stück Abendunterhaltung, und den anderen Schließern schien es fast ein Wunder.

Was mokieren Sie sich, sagte der Dolmetsch zu mir, als ich zuerst nur kopfschüttelnd von mir als meinem eigenen Zellenältesten sprach, erwarten Sie, daß man für Sie eine besondere Formel erfindet? Wenn ich Sie bislang recht verstanden habe, ist es Ihnen gar nicht so sehr darum zu tun, hier für besonders zu gelten. Und soviel lächerlicher als die Bräuche des Militärs sind die hiesigen Melderiten auch nicht – Herr Unteroffizier, Schütze Niebuhr bittet Herrn Unteroffizier, vorbeigehen zu dürfen! – Fanden Sie das intelligenter?

Grenadier Niebuhr, sagte ich.

Ist das höher?

Nein, aber korrekt.

Wenn es korrekt ist, gut. Daran soll einer in Ihrer Lage festhalten.

Wissen Sie etwas über meine Lage? fragte ich begierig, und daneben verwunderte es mich zu hören, wie ich einen anderen um Auskunft über mich anging. Und als ich diese Verwunderung bemerkte, dachte ich: So bist du doch mehrere; warum sollte dann nicht einer von euch der Älteste sein? Ich hatte schon begriffen, daß solche Spiegelung unvermeidbar war, aber ich ahnte auch von ihrer Gefährlichkeit, und deshalb versuchte ich, alle meine Zellen auf das Gespräch mit dem Dolmetscher zu schalten.

Was drängeln Sie, sagte er, die Art Ihrer Unterbringung, die Art Ihrer Behandlung lassen Sie als einen bedeutenden Menschen erkennen. Waren Sie das so oft, daß Sie dessen überdrüssig sind? Meinen Sie, es wird Ihnen Ihr Leben lang so gehen? Andere sind hier, weil sie sich eine Bedeutung zulegten, über die sie in Wahrheit nicht geboten; nun nennt man sie Hochstapler, und sie sitzen hier ein. Aber Sie? Ihnen trägt man Bedeutung an, und Sie wollen sie nicht?

Schöne Bedeutung, wo jeder kommen kann und spritzt einem den Bauch voll Wanzenpulver.

DDT, ein amerikanisches Wundermittel, seien Sie dankbar. Wissen Sie, man gründet auf die Tatsache, daß die Amerikaner ein Schiff mit diesem Pulver nach Polen geschickt haben, die Ansicht, nun werden die Amerikaner selber bald folgen. Aber es interessiert Sie wohl nicht?

Nein, sagte ich, die Amerikaner interessieren mich augenblicklich nicht so sehr. Ich will nur wissen, was die Polen von mir wollen.

Ein Vertreter der polnischen Untersuchungsorgane, mein Herr, wird Sie zu einem Zeitpunkt, den zu bestimmen sich diese Organe vorbehalten, mein Herr, von den Motiven, die zu Ihrer Internierung führten, mein Herr, in Kenntnis setzen.

Sie sagen das, als hätten Sie ähnliche Sprüche schon mal gehört.

Er lachte, aber er tat das nicht, ohne vorher einen Blick zum Spion geworfen zu haben, und er sagte: Ich gratuliere! Sie passen, wie Herr Dąbrowski zu sagen pflegt, unter dieses Dach. Sie fragen sich schon lange, was ich für einer bin, aber Sie haben an sich gehalten bis zu einem Augenblick, wo eine unverfänglich klingende Erkundigung möglich schien.

So hat sie wohl doch nicht geklungen, wenn Sie das gleich bemerkten, sagte ich.

Darf ich Marek zu Ihnen sagen? Danke! Ich bin Eugeniusz. Also, Marek, Umgang mit Sprache, das ist mein Beruf. Aber Sprache besteht nicht aus Buchstaben, Silben, Wörtern allein. Sprache hat ein Umfeld aus Tönen. In diesem Umfeld koppelt sich die Sprache an den Rest der Wirklichkeit. Es gibt hundert Arten, Guten Morgen zu sagen, so, daß das Blut gefriert oder so, daß die Schwellkörper schwellen.

Ja, sagte ich, und Gute Nacht kann man so sagen, daß die Stimmbänder reißen und daß es von fern so klingt, als schrien da welche: Ra-ra-ra! – Das ist alles sehr aufschlußreich, und ich entnehme daraus, daß Sie weder über meine noch Ihre Lage etwas sagen wollen.

Teils, teils, lieber Marek. Teils wollen, teils können. Über Sie kann ich nichts sagen; mehr, als daß ein schwerer Verdacht auf Ihnen lastet, ist nicht bekannt, höchstens noch, daß man bei uns drüben nach der Interrogation den Verdacht nicht teilen mag, und was mich betrifft, so bin ich unerheblich. Ich bin nur ein Schwindler, wissen Sie.

Wenn ich Sie höre, sagte ich, möchte ich auch nur ein Schwindler sein. Aber bitte, Herr Eugeniusz, könnte man nicht das Ergebnis der Interrogation an diese Untersuchungsorgane weiterleiten? Vielleicht sind die froh, wenn sie so etwas weniger Arbeit haben.

Diesmal lachte er gleich und sah erst dann hinüber zum Spion, und es dauerte, ehe er mich den Grund für seine Heiterkeit wissen ließ: Mit Ihrer Erlaubnis werde ich diesen Scherz nachher im Saal zum besten geben. Sie, Marek, wenn Sie das durchsetzen könnten, würden Sie sehr populär bei uns! Wir entlasten die staatlichen Organe und befragen uns selbst. Herr Dąbrowski befragt mich, und ich befrage Herrn Dąbrowski, und die Ergebnisse leiten wir dem Prokurator zu. Mein Gott, er wird alles fallenlassen müssen, und es wird leer werden unter diesem Dach. – Gewiß, es wird nicht immer leicht sein, die richtigen Interrogateure zueinander zu bringen, passende

Paare, verstehen Sie? Dąbrowski und ich, das paßt, das bringt uns beide aus dem Haus. Aber zum Beispiel die beiden Schläger von Herrn Dąbrowski; die sind – ich weiß nicht, ob ich von polnischen Conpatrioten so reden darf vor den Ohren eines deutschen Grenadiers –, die sind von so verschrumpftem Verstande, daß der eine wie der andere dem Prokurator melden wird, der eine beziehungsweise der andere sei ein ausgehängter Körperverletzter, und festgenagelt gehöre der diesmal gleich für Jahre. – Los, sehr laut: Dobranoc, Panie Oddziałowy!

Weil ich gesehen hatte, daß sein Blick am Spion gewesen war, begriff ich rasch genug und schrie den Abendgruß für den Schließer.

Die Tür ging auf, und Eugeniusz rief: Baczność!, was Achtung! heißt, und wir nahmen vor Pan Szybko stramme Haltung an. Wir sollten weitermachen, hörte ich von Schließer und Übersetzer, und der Übersetzer und ich führten dem Schließer vor, wie schön ich ihm schon eine gute Nacht zu wünschen vermochte.

Bevor uns Pan Szybko wieder verließ, gab er dem Dolmetscher weitere Instruktionen, die der mit militärischem Tak jest! entgegennahm und mir erst später übersetzte: Man ist zufrieden mit uns, lieber Marek, und bei einem Unterstellungsverhältnis bedeutet das meistens: Man überträgt uns neue Aufgaben. – Ein weiteres Wort ist zu erlernen, so empfiehlt der Herr Abteilungsaufseher, das Wort Naczelnik, es bezeichnet den Gefängnisdirektor, und im Vokativ, der bei einer Meldung zur Anwendung kommt, lautet es Naczelniku, Panie Naczelniku, der Zellenälteste meldet dem Herrn Direktor und so weiter, beziehungsweise: Gute Nacht, Herr Direktor, was wie heißen könnte?

Dobranoc, Panie Naczelniku! rief ich, und wenn es auch, wie Eugeniusz das ausdrückte, noch etwas näßlich zischte, wo es nur trocken zischen sollte, so war er doch mit mir zufrieden.

Es heißt nämlich, sagte er, der Herr Direktor wolle zum

Weihnachtsfest einen Rundgang durchs Haus machen, und da wäre es gut, meint nun wieder der Herr Aufseher, wenn Sie, gesetzt, der Herr Direktor käme auch zu Ihnen, Marek, Meldung und Gruß an die richtige Adresse richteten, an den jeweils höchsten Vertreter der staatlichen Organe, an den Herrn Direktor mithin. Präzise und kräftig jetzt: Panie Naczelniku …

Zwischen den gebrüllten Silben hörte ich die Schritte des Schließers, und ich fragte meinen Lehrer: Und wenn er mir was schenkt?

Wenn wer Ihnen was schenkt?

Der Direktor.

Warum, bei allen Heiligen, sollte er das tun?

Wenn doch Weihnachten ist?

Guter Gott, nein, Marek, erwarten Sie hier kein Christkind!

Tue ich ja nicht, aber wenn, dann möchte ich nicht dastehen. Sagt man dann auch: Dziękuję, Panie Naczelniku?

Das tut man schon, sagte Eugeniusz, nur sagt man es nicht so chinesisch. Finden Sie nicht, daß Ihr polnisches Dankeschön etwas chinesisch klingt, als hätten Sie den Mund voll chinesischer Nudelsuppe?

Ich bin bereit, es richtig zu lernen, sagte ich, und er sagte: Ihr Glück, daß Herrn Dąbrowskis Treter nicht zugegen sind, der Blick hätte Sie das Steißbein gekostet. – Richtig, da sind wir unterbrochen worden, als wir Ihre vorzügliche Idee gedanklich auf die Probe stellten. Wer befragt wen, hatten wir gefragt, und geantwortet hatten wir, wenn Herr Dąbrowski und Herr Eugeniusz einander befragen, geht es gut, und es geht nicht gut, wenn sich Herrn Dąbrowskis Kretins ans Fragen machen. Wen aber hätten Sie denn gern zum Partner bei der Interrogation, die gedacht ist, die staatlichen Organe zu entlasten?

Panie Oddziałowy, starszy celi melduje, schrie ich, und diesmal brauchte der schnelle Dolmetscher etwas länger, bis er begriff, daß ich herauswollte aus seinem Spiel und seinem Spott, und er schien auch schon nachgeben zu wollen, als ihm wohl wieder einfiel, daß er ein einheimischer Schwindler war und ich ein Fremder unter schwerem Verdacht, und bei solchem Unterstellungsverhältnis sah er wahrscheinlich nicht ein, warum er mich aus dem unterhaltsamen Scherz entlassen sollte.

Nein, nein, sagte er, und er hatte sich zu seinen Worten die nötige Schärfe geliehen, Sie können nicht so einen famosen Gedanken entwickeln und sich dann seiner Anwendung entziehen wollen!

Herr Eugeniusz, rief ich und kümmerte mich nicht um Spion und Schließer, es ist doch nur, weil Sie Polen sind, Herr Dąbrowski und Sie und die anderen Befrager, und die staatlichen Untersuchungsorgane sind es auch. Ich meine, wenn die einen Polen zu den anderen Polen sagen, was sie von dem Deutschen halten, dann hört man bei den Organen vielleicht eher darauf, als wenn es der Deutsche selber sagt.

Eugeniusz setzte sich auf meine Pritsche, und er sah mich an wie einer, der sorgfältig überlegt, wie er einem anderen eine traurige Nachricht überbringen kann, und er schien in der raren Verfassung, nicht die passenden Worte zu wissen.

Man hat Sie nicht nur nach Polen geschickt, sagte er schließlich, ohne Ihnen das nötige Rüstzeug beizugeben; man hat Sie, scheint mir, mein armer Marek, ganz unausgestattet in die Welt gelassen. Sehen Sie das wirklich so: Die Polen hören auf die Polen, und die Deutschen verlassen sich auf die Deutschen, und die Engländer sind gut mit den Engländern dran, und die Amerikaner ...

Ganz so unausgestattet bin ich ja nun auch nicht, sagte ich, ich weiß doch, daß es verschiedene Amerikaner gibt.

Und auch verschiedene Deutsche?

Natürlich gibt es die!

Und auch verschiedene Polen?

Die wird es dann auch wohl geben. Ja, gibt es.

Er stand seufzend auf und stellte sich in seiner ursprünglichen Lehrerhaltung vor mich hin, und er sagte: Haben Sie zunächst bitte die Güte, laut und vernehmlich und in der Polen Weise Meldung zu erstatten sowohl an den Herrn Abteilungsaufseher als auch dem Herrn Direktor, sodann den beiden Vorgenannten eine Gute Nacht zu wünschen und schließlich dem, der unter diesen beiden die höhere Stellung genießt, Dank zu sagen von Herzen, aber auf eine möglichst nicht so chinesische Art.

Ich ließ mein gesamtes Repertoire erschallen, und Eugeniusz schien zufrieden mit mir zu sein.

Gut, sagte er, und wo es nun in einem Stück so schön gegangen ist, wollen wir es stückweise noch einmal tun. Jeweils auf Handzeichen einen Satz; welchen, dürfen Sie selber bestimmen. Bitte, mein lieber Marek.

Er hob die Hand, und ich rief: Dobranoc, Panie Oddziałowy!, und er sagte: Habe ich gewußt, daß Sie mit dem Einfachsten beginnen würden, und eigentlich weiß ich nicht, warum ich mir ausgerechnet mit Ihnen Schwierigkeiten machen soll. – Sie sind in einem Lande eingesperrt, von dem Sie ungefähr soviel wissen wie von der Sprache dieses Landes. Noch einmal: Gute Nacht ...!

Als er die Hand hob, rief ich meinen polnischen Text, und er nickte, wie ein beliebiger Lehrer nickt, dem seine Schüler folgen, und er sagte: Das erste, was Sie von diesem Lande wissen müssen, ist: Es ist ein Land wie jedes andere. Und zweitens: Dieses Land ist auch insofern wie jedes andere Land, als es sich von jedem anderen Land unterscheidet. – Bitte!

Zu seiner winkenden Hand ließ ich meine polnische Danksagung an den Herrn Direktor hören.

Gut, sagte er, es wird schon etwas nordchinesischer. – In Polen ist es wie überall: Man unterscheidet zwischen Polen und Polen. Alten Polen und jungen Polen. Klugen Polen und dummen Polen. Reichen und armen und mittelmäßig versorgten Polen. Und, bittebittebittesehr, eingesperrten und sogenannten freien Polen. Wie ich schon eingangs sagte: In Polen ist es wie überall. – Wollen Sie sich zunächst auf das polnische Wort für danke beschränken; Sie bringen es immer noch mit dieser Näßlichkeit, also!

Ich sagte einige Male polnischen Dank, bis er die Hand

sinken ließ und meinte, allmählich geriete ich ins Mandschurische hinüber.

Dann nahm er seine eigentliche Lektion wieder auf: In Polen ist es wie überall, nicht wahr? Wir wollen es beweisen: Wir denken uns einen polnischen Herrn, der auf freiem Fuße ist, sagen wir, einen Dreißigjährigen; die sind knapp, aber es gibt sie doch. Dieser ist Buchhalter; es ist jetzt ungefähr elf Uhr, was tut der junge polnische Mann zur Zeit? Hin und wieder wird er arbeiten, unlustig, aber wenn er es unterläßt, wird man es unterlassen, ihm zu zahlen. Mit etwas mehr Leidenschaft als der, die er auf die Arbeit wendet, wartet er darauf, daß sich seine Kollegin Elżbieta wieder so hinsetzt, wie sie gestern gesessen hat. Kurz vor Feierabend war das, und von dem Anblick hat ihm auf dem Heimweg noch alles weh getan. – Darf ich zwischenein um ein polnisches Wort des Dankes bitten, schön vernehmlich und so wenig asiatisch, wie es nur gehen will.

Ich gab mir alle Mühe, und doch schien mir, als gerieten mir die sanften Zischlaute wieder viel gröber als erlaubt, aber das konnte jetzt an den unerlaubten Bildern liegen, die mir nach Herrn Eugeniusz' Andeutungen vor die Augen kamen. Das heißt, Andeutungen waren es eigentlich nicht; darauf waren seine Worte beschränkt, aber die hatten ein Umfeld, wie er das genannt hatte, aus Tönen, die mich erwärmten, und über sein Gesicht lief ein Film, in dem heiß verstörende Dinge geschahen: Eine Kniekehle bedeckt ein verschwistertes Knie, Wärmeleitung von Bein zu Bein, soviel Feuchtigkeit auf der Haut, wie im Atem ist; in seiner Kehle ist das Knie sehr weiß und weich und warm und nur ganz wenig feucht, und es macht Sehnsucht, daran zu denken. Es ist eine Sehnsucht, die sich gleich die Herrschaft nimmt über alles. Vorsichtigste Landung einer Hand am Nordfeld eines Knies. Später, bei Besinnung, wird der Pilot wissen, daß es eigentlich rauh dort war und fast kühl oder kalt, aber er hat sich ja nicht lange aufgehalten. Er hat ja nur die hundert Jahre abgewartet, die vergehen zwischen tastendem Aufschlag und Protest und Aufbruch oder Nichtprotest und Nichtaufbruch, und weil die Worte weitergegangen sind wie bisher und man ohnedies nur den eigenen Atem hörte, und weil einem angst war bei so versprechendem Anfang, hat sich die Hand in die schützende Kehle geflüchtet, und daß man bis dort gekommen ist, eine so ungeheuerliche Strecke weit gekommen ist, dieser Gedanke läßt sich nur ertragen, weil die Fingerkuppen einen sehr weltlichen Fund zu melden haben: Der Strumpf schlägt hier kleine Falten. Aber auch durch die Falten wie durch das glatte Gewebe kommt der Atem der Haut, und wem es eben noch die Gedanken verschlug, daß er einer Haut, just dieser Haut so nahe gekommen war, der fühlt sich gleich unsagbar abgesperrt durch einen Strumpf vom warmen atmenden Leben. Unmöglich ist es der Hand, eine andere Passage zu nehmen als über die Innenseite vom Bein, und die Ausdehnungen hier sind von aller Erstaunlichkeit. Jede der tausend Maschen im Strumpf ist eine Parzelle, und jede gilt es zu überwinden, wie man gleich jede erleben will. Denn jede ist ja anders, jede ist neu, und alle sind sie Teile von einem unglaublichen Ganzen. Einem endlosen Ganzen, von dem man wünscht, es möge niemals enden, und von dem man verlangt, daß es endlich aufhören soll. Denn man will doch noch weiter. Man will, und weil man es will, schafft man es auch, den Steilhang hinunter vom Strumpf auf die Haut. Man wagt, weil aus einer bestimmten Verwegenheit nur weitere Verwegenheit hilft, den Sprung vom Saum aufs ungeschützte Bein, und hier, weiß man, wenn man solche Fahrt schon einmal getan, kann die Fahrt gleich schrecklich enden. Bedeutet kann einem werden, man sei wohl nicht recht bei Trost, und erst später wird man sich fragen, in welcher Verfassung die Protestantin einen wohl wähnte, als man, von ihr doch schwerlich unbemerkt, auf Fingerspitzen vom Knie bis an des Strumpfes Küste schlich. Nun läutet, Glocken, denn sie fragte nicht nach unserem Zustand – könnte es sein, der ihre wär dem unsren ähnlich? Das werden wir bald sehen, und wenn, dobranoc und dziękuje!

Ich hatte Herrn Eugeniusz zwar nicht einmal für die Länge eines Blicks aus den Augen gelassen, aber ein wenig wunderte es mich doch, ihn so nahe vor mir in meiner Zelle zu finden, und eilig überflog ich sein Gesicht, aber er hatte wohl nichts von meinen Gedanken aufgefangen.

Mir scheint, lieber Marek, sagte er, Sie haben sich immer noch nicht mit der Idee verbunden, Sie könnten Ihr eigener Zellenältester sein. Sie rufen hier schon recht sibirisch Dank und Gute Nacht, aber ehe es dazu kommt, will doch erst einmal anständig gemeldet sein. Also, bitte, Herr Grenadier, und recht schön stramm, wir haben ein Publikum hinter der Türe.

Ich hörte, wie mein Lehrer auch, die Klappe am Spion wieder in Ruhestellung fallen, und Eugeniusz sprach mir, zum Benefiz für den interessierten Schließer, einige Male das Wort obecny vor, und dann kehrte er zurück zu seiner anderen Lektion: In Polen ist es wie überall, und damit Sie es glauben, denken Sie sich nun einen französischen Herrn oder einen englischen oder nein, wir machen es ganz verwegen und dadurch überdeutlich, einen deutschen jungen Mann von ebenfalls diesen seltenen dreißig Jahren. Auch den denken wir uns auf freiem Fuß, obwohl ich mich frage, wieso, aber es ist nun einmal des Beispiels wegen und steht im Dienst einer höheren These. Die lautet: In Polen ist es wie überall, und zu ihrem Beweise lassen wir auch den dreißigjährigen Deutschen einen Buchhalter sein, und auch in seinem Büro ist es ungefähr elf, und auch er ist nicht übermäßig lustig bei der Arbeitssache, und auch er wartet darauf, daß sich seine Kollegin Elisabeth noch einmal setzt, wie sie gestern gesessen … Bitte, Marek, sagen Sie dreimal: wszyscy obecny, sagen Sie es laut, damit Sie mir anwesend bleiben, Sie haben neuerlich so eine Art, sich zu entfernen.

Ich tat, wie mir geheißen war, und ich merkte mein Erröten, aber es schien ihn meine Verfassung nicht zu kümmern; er rieb mir seine These ein, daß es in Polen sei wie überall, und was er deren Beweise nannte, war eine Doppelkette von Polen und Deutschen, die er in jeweils die gleiche Lage versetzte und die nun nach seinem Willen in dieser Lage auch Gleiches taten.

Es war mir an diesem Verfahren zwar einiges nicht geheuer, weil ich ahnte, daß es ganz nach der Willkür seines Erfinders lief, aber weil ich begriffen hatte, daß der mich nur zu der wohl nicht weiter verfänglichen Ansicht bringen wollte, in Polen sei es auch nicht anders als anderswo, folgte ich Eugeniusz durch das halbe Dutzend der Beispiele, in denen sich, bei jeweils ähnlicher Lage, ein Pole und ein Deutscher ganz ähnlich verhielten.

Man könnte meinen, dies sei ein unmäßiger Aufwand gewesen für so ein mäßiges Ziel, aber so denkt es sich nur, wenn man sich weit von der damals gegebenen Lage befindet. Eugeniusz mag ein gefährlicher Schwindler gewesen sein, aber mich hat er mit einer nützlichen Wahrheit versehen, und weil er ein geübter Schwindler war, hat er mich dahin gebracht, daß ich beinahe alleine auf die Wahrheit kam. Daß ich glaubte, ich sei allein auf sie gekommen, wie eines Schwindlers Opfer glauben müssen, sie allein hätten gewollt, was der Schwindler so dringlich von ihnen erwartet.

Eugeniusz lehrte mich, wie man im polnischen Gefängnis richtig meldet und grüßt und dankt, und er ließ mich ahnen, daß es in polnischen Gefängnissen ist wie in anderen auch, weil es in Polen so ist wie überall. Und er brachte mich zu der Meinung, in Polen sei es wie überall, indem er mich zu der Meinung brachte, in anderen Gefängnissen sei es nicht anders als in meinem.

Sie glauben ja nicht, mein lieber Marek, um wieviel flüssiger Sie durch den Weltverkehr kommen, wenn Sie von seinen Regeln eine Ahnung haben, sagte Eugeniusz, und zu diesem und auch weiterem hob er immer einmal die Hand, und dann ließ ich mich polnisch hören, und daß ich dabei Fortschritte machte, erfuhr ich, weil mein Lehrer meinen Lauten nicht nur transuralische, sondern bald russische und schließlich gar ukrainische Qualitäten zuerkannte.

Wieviel Jahre, fragte ich, muß man denn bei Ihnen dobranoc sagen, bis es Ihnen polnisch klingt?

Das ist keine Frage der Dauer; es ist eine Frage der Tiefe. Es ist eine Frage des Umfelds, des gedanklichen Umfelds. Wenn Sie begriffen haben, daß ein polnischer Schließer einem polnischen Häftling ein Schließer ist, wie einem deutschen Schließer ein deutscher Häftling ein Häftling ist, dann sind Sie auf dem Wege.

Auf dem Wege erst? Wann ist man da am Ziel?

Wenn Sie auch zu denken in der Lage sind: Die polnischen Schließer sind die besten Schließer der Welt, und die polnischen Häftlinge sind die besten Häftlinge der Welt.

Dziękuję, Panie Eugeniusz, sagte ich, und er lachte und sagte: Sehr brauchbar schon, lieber Marek, und auch rechtzeitig. Ich deute die Geräusche da draußen als Signale der Mittagszeit. Fassen Sie sich und ganz unter uns: Es soll heute Kapustasuppe geben! Man wird es Ihnen nicht gesagt haben; so will ich es tun: Es ist eine polnische Delikatesse. Und ihre Bereitung unter diesem Dach gilt in der Fachwelt als besonders deliziös.

Dann wird die Fachwelt aber staunen, wenn demnächst der neue Kohl zum Einsatz kommt, sagte ich.

Das verstand er nicht, konnte er ja auch nicht, und er mochte das nicht; so kehrte er lieber zu dem Thema zurück, in dem er der Meister war und ich ohne viel Verständnis.

Schade, sagte er, gleich wird der Herr Abteilungsaufseher kommen, und wir werden ihm gar nicht mitteilen können, wen Sie sich nun, zwecks Entlastung der polnischen Untersuchungsbehörden, zu Ihrem Befragungspartner und persönlichen Interrogator wünschen.

Doch, sagte ich, und ich merkte, wie ich mich zu diesem Gedanken abstieß, als gelte es, über den Damm gegen die Küfer vor des Schlachters Scheibe zu jagen, doch, ich glaube, nach allem kommt für mich nur der junge Herr Herzog in Frage.

XIII

Mein Lehrer Eugeniusz hat hierzu nichts gesagt, aber aus dem Umfeld seines Schweigens war zu hören, daß er mich für einen Verrückten hielt.

Was ich wohl auch war, denn wie ich die Welt kannte, kamen Herr Herzog und ich in keiner Hinsicht füreinander in Frage. Und insofern galt die Welt auch unter diesem Dach.

Ihre Weihnachtsbräuche galten hier ebenso, wie ich bald erfuhr, denn Pan Szybko gab mir reichlich Gelegenheit, mich in seiner Muttersprache zu üben. Er kam viel öfter als sonst in die Zelle, und jedes Mal hielt er mich pantomimisch zu strengster Sauberkeit an, und weil ich mich wohl etwas verständnislos zeigte, nahm er einmal Aufstellung mit gefalteten Händen, sah ein wenig verzückt hinauf an meine feuchte Wand und summte ein Potpourri aus den Melodien, die zum Tannenbaum gehören.

Ich habe mich beherrscht und habe der Versuchung nicht nachgegeben, mitzutun beim frommen Gesang; es war auch so peinlich genug.

Ich war in dem Alter, in dem man sich gerade, auf Zeit, losgesagt hat von den Verabredungen, die zu einem Tun verpflichten, nach dessen Gründen man nicht fragen darf. Weihnachten, eine Annehmlichkeit, weiter nichts, und wie ich hinter die falschen Bärte sah, ging ich auch nicht mehr auf die falschen Haltungen ein. Oder wenn nicht falschen, so doch besonderen Haltungen. Die Haltungen zum Fest, die eben anders waren.

Meine Mutter war eine Frau ohne allen Falsch. Wenn es ungünstig kam, geriet man in Gefahr, von ihr erschlagen zu werden, aber den Rücken konnte man ihr immer zudrehen. Sie war ein harter Mensch. Ich glaube, nicht mit Vorsatz; sie war es eben. Als sie den Brief gelesen hatte, mit dem sie uns nach meinem Vater auch meinen Bruder abmeldeten, sagte sie: Wir müssen nun allein weiter. Und als ich laut die Briefstelle las, in der es hieß, mein Bruder sei seinen Kameraden ein Vorbild gewesen, sagte sie böse: Daß du dich unterstehst!

Manchmal, an den furchtbaren Sonntagnachmittagen, wenn es ein Verbrechen gewesen wäre, sie alleinzulassen, saß sie sehr gerade auf ihrem Stuhl, hatte die Arme verschränkt und das Gesicht gegen das Fenster gewendet, aber hinter den Scheiben hätte ein Feuerwerk gehen können oder ein Troll eine Hexe reiten, meine Mutter hätte nichts gesehen und nichts gehört.

Ich habe das selten zu denken gewagt, aber nun muß ich so vieles zu denken wagen, da kann ich es auch sagen: Meine Mutter war sehr lange sehr schön. Das Blond ihrer Haare hatte eine seltsam verwaschene Helle; sie trug es immer in einem lockeren Knoten, und wenn ich an sie denke, dauert es nicht lange, und ich sehe, wie sie sich eine Strähne aus der Stirne bläst. Die war hoch und schmal und die Nase lang und schmal. Zu lang sogar, aber für mich gehört die leise Übertreibung zur Schönheit.

Besonders der Mund meiner Mutter war übertrieben, zu groß und zu volle Lippen, und die Backenknochen saßen zu hoch. Eine schöne Frau, meine Mutter. Aber wenn sie blicklos saß an den Sonntagnachmittagen, reglos und blicklos und so stumm, als sollte das für immer sein, dann war sie fast häßlich. Der Tod macht selten schön, und ein Mensch, dem die Seele abstirbt, wird es schon gar nicht.

Meiner Mutter starb die Seele ab; anders kann ich das nicht nennen, was mit ihr an diesen Sonntagnachmittagen geschah; man soll mich nicht fragen, wo die Seele sitzt.

Ich habe das erst nach Jahren begriffen: Die Sonntagnachmittage sind das einzige Stück Zeit gewesen, in dem meine Eltern in der Wohnung alleine waren. Mein Bruder und ich kriegten Kinogeld, und später wären wir auch für Geld nicht geblieben. Besuch bei uns um diese Stunden kam nicht in Frage; wer es einmal versucht hatte, wußte Bescheid.

Es ist aber auch keiner gekommen, als meine Mutter nur noch mit mir zu Hause war. Sie hat so gerade auf ihrem Stuhl gesessen, einen Mund aus Stein und die Augen aus Stein, und ich habe mich gefürchtet, weil ich nicht helfen konnte.

Und dann der eine Weihnachtsabend. Wir beide allein. Ich hatte gedacht, meine Mutter würde dieses Fest gar nicht beachten; gesagt hatte sie einmal so etwas, und mich mußte sie zu solcher Haltung nicht bewegen. Aber das hat sie wohl nicht gewußt, und meinetwegen wird sie den Baum geputzt haben, und meinetwegen gab es gebratenen Fisch, und die gelbe Bluse hat sie getragen, die mein Vater mochte, und ihr Haarknoten war so locker, wie mein Vater es manchmal mochte, und ein Glück nur, daß bei uns nicht gesungen wurde, weil mein Vater es so gar nicht konnte.

Wir haben gegessen, und wir haben uns Sachen geschenkt, und dann ist meine Mutter auf eine erschreckende Art fröhlich geworden. Sie erzählte entlegene Geschichten, in denen ich kindlich war und die mir sehr kindisch vorkamen, und sie lachte dazu, und zu jedem Lachen hat sie einen Anlauf genommen.

Es war vor allem so unerträglich, weil sie mit mir sprach wie von gleich zu gleich. Darin war sie aber nicht geübt, und im lockeren Ton zu ihrem Sohn war sie auch nicht geübt, und es war viel zuviel Vorsatz in allem, und einmal hat sie das gemerkt; da habe ich erfahren, wie sehr sie weinen konnte. Da habe ich Weihnachten verflucht; ein Abgrund hätte sich auftun müssen, mich zu verschlingen.

Und hatte er sich nicht aufgetan? Das nächste Fest hat nach Kümmel und Rekrutenkotze gestunken, und dieses stank nach Wanzenpulver und mörderischer Angst.

Und wie kam meine Mutter mit diesem würgenden Abend zurecht? Wieviel war von ihrer Härte geblieben, wo ihr von Mann und zwei Söhnen keiner mehr geblieben war? Was hatten sie ihr über meinen Verbleib erzählt? Soweit ich wußte, wurde die Mitteilung, einer sei vermißt, mit keinerlei schmükkendem Beiwerk versehen; es stand dann nicht geschrieben, daß man seinen Kameraden ein Vorbild gewesen sei, und das zu wissen erleichterte mich, denn meine Mutter hatte gesagt, ich sollte mich unterstehen. Und das hieß in ihrer verkürzenden Sprache: Ich sollte es bei meinem und ihrem Leben nicht wagen.

Ich hätte ihr so gerne den Bescheid geschickt, daß ich gehorsam gewesen war. Ich hätte dann schreiben können: Liebe Mutter, ich bin meinen Kameraden kein Vorbild gewesen, und zum Beweise teile ich dir mit, daß ich mich jetzt in einem Gefängnis befinde. Ich weiß nicht, ob es einen Zusammenhang gibt zwischen meinen Kameraden und meinem Aufenthalt im Gefängnis jetzt, aber ich meine doch, daß einer kein Vorbild ist, wenn er im Gefängnis ist. Sowie ich erfahre, liebe Mutter, welche Bewandtnis es mit mir in diesem Hause hat, teile ich es dir mit, aber daß ich lebe, ist auch schon etwas. Wir rüsten hier für das Weihnachtsfest; ich denke, es wird Sauerkohl geben, den ich ja mag. Es grüßt dich dein Sohn Mark. Es grüßt dich dein dich liebender Sohn? Es grüßt dich in Liebe dein Sohn? Es grüßt dich, liebe Mutter, dein Sohn Mark? Es grüßt dich Mark? – Es grüßt dich dein Mark!

Nun wußte ich, was ich mir wünschen würde, wenn jetzt einer herumginge durch die Zellen, mit einem Wunschzettel, weil doch Weihnachten war.

Das heißt, erst einmal fragen, wieviel Wünsche jeder hat. – Dreie? Also dann vielleicht zuerst ein vertretbares Essen, weiße Bohnen vielleicht, ja, Schinkenknochen, Porree, Sellerie, Rauchfleisch. Oder Kartoffelpuffer, Tortenumfang, Tortenhöhe, Zucker und ein Pott Kaffee dazu. Oder Matjes mit Pellkartoffeln und Speck-und-Zwiebeln-Stipp. – Schluß! Geben Sie, was Sie gerade in der Küche haben, ich will Ihnen keine Umstände …

Nun sind wir satt, nun kommt der zweite Wunsch: Ein Papier hätte ich gern, einen Bleistift, ein Kuvert, eine gültige Marke und eine Versicherung, daß mir der Postweg offen steht. Liebe Mutter … o ja, und würden Sie mich bitte beim Schreiben alleine lassen?

So, und da hätte ich immer noch einen dritten Wunsch? – Hören Sie, da weiß ich einen, der kostet Sie nichts, der spart Ihnen noch – wissen Sie was: Lassen Sie mich schleunigst laufen.

Doch nur ein Wunsch frei, nicht dreie? – Dann nehmen wir, Gott, dann nehmen wir eben den dritten; daß die anderen beiden in Erfüllung gehen, werde ich schon sorgen.

Noch eine Einschränkung? Die Erfüllung des Wunsches darf nichts an der Art der gegenwärtigen Verwahrung des Wünschenden ändern?

Himmel, seid ihr heikel! Bleibt also nur Mahlzeit oder Brief? Dann wird wohl nichts aus Rauchfleisch und Schinkenknochen, das hätte Mark Niebuhr nicht von Mark Niebuhr gedacht. Daß der lieber seiner Mama schreibt, als einem goldgelben Puffer in den goldbraunen Rand zu beißen. Daß der ans Mütterchen Grüße malt und könnte doch einem Matjes in die rosa Flanken. Werde einer aus Mark Niebuhr schlau.

Als ob es da zu rätseln gäbe. Ich hatte doch meine Mutter gesehen nach dem Brief über meinen Vater und nach dem Brief über meinen Bruder, und ich konnte mir denken, daß sie den Brief schon sah, der mich betraf. Mund aus Stein, die Augen aus Stein, nun würde der Stein das Herz erreichen.

Da war wieder der gefährliche Augenblick, in dem die Vernunft den kaum noch halten kann, der gegen die Türe rasen will. So einer ist imstande und bricht los und bricht sich, indem er eben noch träumt, das reißende Bersten käme vom Tore, den vernunftleeren Schädel. Die Stärke ist rar, die einen so gegen Eisen treibt, aber es gibt Lagen, da kommt man an sie. Nur, bevor du springst, Mark Niebuhr: Dann ginge der dritte Brief an deine Mutter, dann gäbe es einen Grund für ihn.

Ich habe also meine Gedanken fast gewaltsam von der Gewalt gewendet. Ich habe mir, weil es zu guten Zwecken war, gestattet, Harmonisches zu denken, Lichtwarmes, Herzwärmendes, Herzweichendes – das aufzuhalten und umzuwenden, bevor es mich überwand, hatte ich ja Übung. Ich brauchte mich, wenn ich mich nur wachsam hielt, nicht einmal vor der

Erinnerung an freundliche Vater-und-Mutter-und-Kinder-Weihnachten zu scheuen.

Aber es ist daraus doch nicht soviel geworden, weil mein Gedächtnis mir weismachen wollte, diese Feste seien eine endlose Kette von Fressereien gewesen. So eine Darstellung wäre nicht ganz unwahr, aber doch etwas einseitig, und wer nicht glaubt, daß man mit dem Körper denken kann, den frage ich, warum mir der Magen und die Därme schmerzten. Ich habe versucht, die Spur der Geschenke nachzulaufen, die zurück in meine Kindheit führt, aber wenn meine Vergeßlichkeit ein Zeichen von Undank war, dann war ich in empörendem Maße undankbar. Zwar fielen mir die Schlittschuhe mit dem gezackten Bug noch ein und eine Reihe Bücher, die ich dann ein Leben lang hatte, aber immerfort drängten sich Marzipanschweine auf den Erinnerungsweg, und Feigen und Datteln stapelten sich mauerhoch, und ich mußte mich durch Lebkuchenberge hauen und mußte über Halden aus rollenden Nüssen steigen, und obwohl ich mir nie viel aus Stollen gemacht hatte, die bei uns Stuten heißen, wühlte ich mich nun, Rosinen und Mandelsplitter und Sukkade schluckend, durch warme Hügel aus Hefeteig.

Fortzukommen von der Besessenheit, befahl ich meinem Gedächtnis eine andere Übung: Die Gedichte mußten her, die mir die Schule eingebleut hatte, und nicht zum ersten Mal empfand ich so etwas wie Dankbarkeit für meine Schule. Aber die Kraft reichte nicht, bei Schiller und Uhland zu bleiben; ich kam bald und aus Gründen, die schnell gefunden sind, auf Nebenwege und hörte mich mit Inbrunst rezitieren: Segg, Moder, wat is de Heben so rot / Dat sünd de Engel, de backen dat Brot / De backen all de soeten Stuten / För all de lütten Leckersnuten! – und weil mich meine Schwäche empörte, sah ich mich in mir nach Versen um, die mir nicht den Mund wässerten und mir nicht dieses elende Heimweh nach Heidewärme aufredeten, und da war immer noch der Schlachtschrei meines Vaters das Beste, den er, wenn er dazu in Laune war, über den Küchentisch brüllte oder auch aus der obersten Speicherluke: Herrschen itzund Frost und Winde, / balde wird es sein gelinde. – Und nach einer kleinen Pause fügte er die nächste Zeile an: Unterdessen sei der Deine!

Man kann sich vielleicht vorstellen, was eine Stadt wie Marne von einem denkt, der imstande ist, an einem hellen Arbeitstag: Unterdessen sei der Deine! vom Speicher zu rufen. Die Irrtümer aufzuklären, die sich aus solchem Tun ergaben, hat meinen Vater einigen Witz und viel Kraft gekostet, und meine Mutter hat sich eine Ehe lang abgemüht, ihm den Unfug auszureden.

Wenn sie damit anfing, fürchtete ich immer, diesmal könnte sie sich durchsetzen, denn so zerknirscht zuhören wie mein Vater konnte keiner. Aber wie stark meine Mutter war, in seinen Gewohnheiten war mein Vater stärker, und ich empfand keine geringe Glückseligkeit, wenn ich ihn das nächste Mal die geheimnisvolle Mahnung rufen hörte: Unterdessen sei der Deine!

Und auch in meiner Zelle erfreute ich mich an den klappernden Versen: Herrschen itzund Frost und Winde, / balde wird es sein gelinde; und auch ich sagte nach kleiner Pause mit starkem Gefühl: Unterdessen sei der Deine!, und ich wußte, auch von mir würde meine Mutter sich diesen Spruch nicht ohne Widerspruch sagen lassen.

Dabei war er doch wie für uns gemacht; zumindest lagen itzund Frost und Winde vor, wenn auch schwer zu denken war, wie meiner Mutter je wieder gelinde sein könnte. Aber: Unterdessen sei der Deine!, das galt für sie wie für mich. Das wäre auch der richtige Briefschluß, nach dem ich vorhin gesucht hatte: Unterdessen sei die Deine! Es grüßt dich dein Sohn, der unterdessen der Seine bleibt!

Und der Herrn Szybko und Herrn Eugeniusz und Herrn Dąbrowski schon beweisen wird, daß er nicht der Ihre ist. Panie Oddziałowy, starszy celi melduje, ich bin nicht der Ihre!

Natürlich, das war die Begrüßungsformel für den Direktor, dem zu Ehren ich meine saubere Zelle blankte: Herr Direktor, Zellenältester Niebuhr meldet Ihnen, daß er nicht der Ihre ist, mögen Sie das itzund auch glauben. Ich sage zu Weihnachten meine herzliche Gratulation und wünsche zu Weihnachten baldige Interrogation!

Blöder Vers, klappert nicht, schleppt sich nur.

Mag mich noch die Zelle halten / tret ich auch den Kohl, den kalten / will ich doch die Schwingen falten! – Klappert und ist noch blöder. Schwingen falten! Mark Niebuhr wird ein Engelein. Blöder, blöder, blöder Hund, blöder Hund! Willst du überhaupt nicht mehr vernünftig sein, willst du dir zum Kasper werden, mußt du nun auch aus der Speicherluke schrein?

Na und? Mein Vater hat das gekonnt und ist dabei der Seine geblieben. Warum soll ich das nicht können und mich dabei halten, wie der Dichter Fleming es will. Wenn ich klappernde Verse mache, muß ich mich längst nicht verlieren. Besser mit den Versen geklappert als mit den Zähnen, nicht!

Wenn ich mich an Reimen versuche, bleibe ich weg von der Versuchung, immer nur Speck und Stipp und Mus und Grütz zu denken. Und ich sage euch: Lieber mache ich Gedichte mit Kohl und mit Schwingen, als daß ich Briefe denke, von denen meine Mutter so steinern wird.

So, und wenn der Direktor kommt, kriegt er von mir zu hören: Hast mich itzund hier im Spinde / spring ich bald im freien Winde!, und dann mache ich eine Pause, und dann sage ich: Bleib der Deine, ich bleib Meiner!

So!

So, das war ganz gut; das war zwar vom Dichter Fleming abgeguckt, aber es war auch eigen, und es klapperte richtig. Und es war richtig. Bleib der Deine, ich bleib Meiner! war gut, weil es richtig war und weil es auch nicht gleich jeder verstehen konnte. Und weil man sich daran halten konnte.

Die Frage war, wie Eugeniusz damit fertig werden sollte, wenn er dem Direktor dolmetschen mußte, aber es war doch keine Frage an mich. Ich hatte meine Mühe mit der Erfindung gehabt; nun waren die anderen an der Reihe.

Nun sind die anderen an der Reihe, sagte ich, und ich erschrak bis ins Herz, als ich mich dies sagen hörte.

Ich hatte gesprochen, nun ging es los, ich sprach mit mir, nun war es soweit, ich war neunzehn und nicht neunzig, aber ich tat, was manche mit neunzig tun, ich führte Selbstgespräche, ich war auf der Rutsche, das kam von dieser Scheißdichterei.

Ich nahm mir vor, mich auf die Kunst so schnell nicht wieder einzulassen; mußte ich ja auch nicht, es standen doch fertige Verse zur Verfügung. Von Schiller und von Uhland und von Fleming. Und von Storm. Und von Klaus Groth. Und von Matthias Claudius. Was mußte ich da selber welche machen. Selber machen macht tüterig. Und das fehlt hier noch. Daß du dich unterstehst! Es sollten welche das Vermögen haben, hatte ich gelesen, überhaupt nicht zu denken. Die waren fein heraus, wenn sie hier drinnen waren. Die schalteten sich nur zu, wenn die Suppe kam. Die brauchten dies stinkende Haus nicht zu riechen. Die brauchten dies stöhnende Haus nicht zu hören.

Aber ich hörte das Haus nun sehr. Ich hatte den Gesang wohl schon wahrgenommen, aber wahrhaben wollte ich ihn lange nicht. Es gab ihn aber, ich hörte ihn. Ich hörte vielfach gestuften Gesang von Weihnachtsliedern, und dazwischen hörte ich das Ra-ra-ra der Zellenchöre, die den Gutenachtgruß des Schließers beantworteten. Oder des Direktors, heute.

Sie waren noch im Nebenhaus, und auf meinem Gang hörte ich die Essenverteiler, und der Gedanke warf mich beinahe an die Wand, die kämen herein zu mir und hörten mich eben sagen: Nun sind die anderen an der Reihe! oder Bleib der Deine, ich bleib Meiner! oder irgend etwas anderes, das nicht zum Auftritt der Kalfaktoren gehört und das dann jedem Kalfaktor sagt: Der ist nun auf der Rutsche.

Daß du dich unterstehst!

Fassung, jetzt wird nicht mehr gesponnen, jetzt wird Kapusta geschmaust, jetzt wird Weihnachten zur Kenntnis genommen; vielleicht tut die Küche das auch, und es gibt einen Schlag aus der Mittagskelle.

Irgend etwas war anders, irgend etwas außer dem gestuften

Chorgesang, der auch anders war, irgend etwas kam, das anders war, und irgend etwas fehlte. Meine Nase sagte mir, was es war. Der hassenswerte liebenswerte Krautstinkduft fehlte, der sonst durch den Zellentrakt schlug, wenn die Essenträger kamen. Es roch nicht nach gärigem Kapusta; es roch, mein Gott, nun war ich doch auf der Rutsche, es roch nach Fisch, es roch nach dem König der Fische, es roch salzig und sauer wie nur der salzigsaure Hering riecht, es roch, wie es an manchen Ecken meiner Heimatstadt riecht; wenn ich mich täuschte, war ich auf schüssiger Bahn.

Die Tür ging auf, Pan Szybko kam herein, und er strahlte wie einer, der nun Freude machen will. Und wahrhaftig, er war gehüllt in einen schweren Duft von satter Heringslake, und auf stieg die aus einer Schüssel, die Pan Szybko selber trug. Und hinter ihm setzten zwei Träger einen Kübel auf die Schwelle, aus dem es nicht minder lieblich roch. Es gab Kartoffeln an diesem Abend; weiß man, wie die duften können?

Weiß man, wie ein Gefängnisschließer und ein Bahnhofsdieb und ein Ziegenschänder aussehen können, wenn sie Kartoffeln mit Hering bringen und wenn es Weihnachten ist und wenn aus dem Haus nebenan und nun auch schon im eigenen Haus in ergreifender Unordnung die Lieder der Weihnacht erschallen?

Dann sehen sie aus wie Kaspar und Melchior und Balthasar, sind das tausendste Abbild der drei Erscheinungsmelder, und willkommener war man auch nicht zu Bethlehem.

Ich merkte an mir eine Haltung, die weit aus der Kindheit kam; ich konnte nicht strammstehen, wie es meine Pflicht bei Schließerauftritt wollte; man steht ja nicht stramm, wenn Erscheinungsfest und Advent und Heiligabend in einen Augenblick fallen, in dem es Kartoffeln mit Hering gibt. Ich stand in der Haltung, die zur Bescherung gehört, stand da in gespannter Demut, vorbereitet, gleich Freude zu zeigen und dankbar zu sein.

Komm, sagte Pan Szybko und zeigte sich zum Feste eines deutschen Wortes mächtig, und mit einem nicht so festlich klingenden polnischen Wort hieß er den Ziegenschänder, mir mehr von den Kartoffeln aufzutun, und aus der Schüssel, aus der es so lieb und heimatlich roch, wählte er lange, und was tat's, daß er es mit bloßen Händen tat, er wählte einen königlichen, einen dreiköniglichen Hering, und den legte er mir zu den Kartoffeln in den Topf.

Und dann sagte er: Smacznego!, was Guten Appetit! heißt und was er mir manchmal zur stinkenden Kapustasuppe beigegeben hatte und was dann Schließerscherz gewesen war, aber nun war es weder Scherz noch Hohn, weil zu beiden kein Grund vorlag; es lag ein überaus ernsthafter und überaus freundlicher Hering vor, und ernst und erfreut rief ich und hatte das Maul voll Speichel: Dziękuję, Panie Oddziałowy!, und ich konnte mich gerade noch hindern, aus Dankbarkeit ein Dichterwort hinzuzufügen. Unterdessen bleib der Deine! etwa, oder: Bleib der Deine, ich bleib Meiner!

Der Aufseher Szybko ist ein Mann von feinstem Takt gewesen; er hat gefühlt, daß man niemandem bei einer solchen Begegnung mit Hering und Kartoffeln zusieht; er hat Melchior und Balthasar ein Marschzeichen gegeben, und sie sind gegangen, und mein Schließer Kaspar ist auch gegangen, und dann habe ich alle meine Zähne dem Hering in den Nacken getan.

Wie traf es sich, daß um mich fromme Chöre waren; man sang nun in allen Häusern diesseits der roten Anstaltsmauer, rauh tönte es herüber aus der großen Zelle, in der Herr Dąbrowski und seine Hirten hausten, und überaus lieblich erscholl es vom Frauentrakt, und ich nahm mir die Freiheit, das alles auf meine Begegnung mit dem Fisch zu beziehen.

Begegnung und Anbetung, das hatte an diesem Abend stattzuhaben, und das hatte nun statt, und der Gefängnisdirektor, der in der Tat zum christlichen Datum einen persönlichen Rundgang machte, fand keinen frömmelnden Heuchler vor, als er in meine Zelle trat; er fand einen Menschen vor, der auf erlesene Weise gesättigt war und der, wenn Glück auch Abfall aller Schrecken bedeutet, in diesem Augenblick ein Glücklicher war und der in seiner glücklichen Sattheit so polnisch

Meldung zu erstatten wußte, daß es selbst Herrn Eugeniusz polnisch vorgekommen wäre.

Ich glaube, es ist eine Standesfrage: Je höher das Aufsichtsamt, um so mehr erfreut guter Wille der Niedrigen. Mein Direktor war überaus erfreut; er nickte zu meiner Meldung, als hätte er selber mir solche Sprache beigebracht, er nickte Pan Szybko zu, als hätte der meine Zelle geputzt, und nickend ging er um mich herum, der ich in strammer Haltung verharrte, und weil nun ich für ein Lob an der Reihe war, tippte er mir aufs Schulterblatt und dann ans Brustbein und sagte: Steht wie Puppe, SS.

Das war der Blitz aus dem Weihnachtshimmel, und der schnitt mich heraus aus dem kurzen Glück, und wie der Schrecken mich wieder ansprang, schrie ich, weil doch so alles gleich war, in einem sicher nun wieder entlegen fernöstlichen Polnisch: Herr Direktor, der Zellenälteste meldet: Nix SS, ich Wehrmacht!

Der Herr Natschelnik zeigte keine Bewegung; in seinem Beruf werden einem wohl andere Eröffnungen gemacht; er trat nur noch einmal an mich heran, faßte in den Ärmel meiner kleingefleckten Tarnjacke, hob mir meinen Unterarm halb unter die Augen und ließ dann los.

Er merkte gewiß, daß ich zu weiteren Beteuerungen ansetzte, und weil er kein Prokurator war, sondern ein festlicher Besucher, fiel er mir ins aufkommende Wort mit der Frage: Nun, Wehrmacht, Hering gut?, und ich, ich schrie in meinem rasch einschießenden Glück, weil er mir meinen Gattungsnamen zurückgegeben hatte: Jawohl, Panie Naczelniku, Hering gut!

Und der Direktor nickte mir zu, und Pan Szybko nickte er zu, und dann gingen sie hinaus.

Nach Kaspar und Melchior und Balthasar war nun auch Gottvater in meinem Stall gewesen.

XIV

So still wie dieser Übergang ins neue Jahr war keiner, war keiner gewesen und war auch keiner mehr. Ich glaube, daß es die Armut machte und nicht die Scheu vorm Knall, der an die lauten Zeiten hätte erinnern können. So sind die Leute nicht, auch in Warschau nicht. Ich bin sicher, sie hätten noch die Mauerreste ihrer Stadt in bengalisches Licht getaucht, wäre das nötige Brennzeug vorhanden gewesen.

In den Wachstuben vom Gefängnis gab es genug davon, aber es war nicht gedacht für Jahreswechselkrach und Übergangsgetös, und man glaubt besser nicht an Silberschwärmer und Goldraketen, wenn es in solcher Anstalt vom Turme knallt.

In den Lagern hatte es öfter Schießereien gegeben, aber selten aus ernsthaftem Grund. Hier nun blieb es still; hier saßen ältere Männer in den Ausgucks, die nicht auf Gespenster schossen und die sich mit der Langenweile abgefunden hatten.

Ich muß sagen, ich weiß nicht genau, was Langeweile ist; ich bin selten in der Verlegenheit gewesen, nicht zu wissen, wohin mit meiner Zeit und mit mir. Zuerst, wenn andere so über Langeweile klagten, wollte ich manchmal von meinem Unverständnis Mitteilung machen, aber die Geschichte von einem, der auszog, das Gruseln zu lernen, hatte mich gewarnt. Man wurde, so schien es, wenn man nicht über den kompletten Satz der üblichen Schwächen verfügte, anstrengend traktiert, und der Ausgang jenes Märchens war mir schon immer fragwürdig. Denn das Geschrei des Jungvermählten, ihm grusele jetzt, weil seine Gattin ihm frische Fische ins Bett geschüttet hat, stimmt doch irgendwo zum Vorgang nicht; ich nehme an, der Mann hat einmal auch genug gehabt von all der martialischen Hilfe. Und ich war nicht neugierig auf Anstrengungen, durch die man mir zu Langerweile würde verhelfen wollen.

Ein Gefängnis ist, entgegen verbreiteter Meinung, kein Ort mit zuviel Leerzeit, aber vielleicht ödet man sich doch in ihm, wenn man von Ursache und Urteil und kommenden fünfzehn Jahren weiß. Wenn man jedoch nichts dergleichen weiß, ist es spannend. Und weil ich mich dieser Spannung nicht ergeben wollte, gab ich meinem Kopf sehr viel zu tun.

Soweit ich ihrer wieder habhaft werden konnte, mußte die Schule noch einmal durch ihn hindurch. Ich fragte ihm die Texte ab, mit denen ich, in Lohn und Brot bei Geschwister Bruhns, Marnes gesellschaftliches Leben auf Glückwunsch-, Dankes- und Trauerbilletts festgehalten hatte. Und zu einem Namen, dessen ich dabei habhaft wurde, mußten, so vollständig es nur irgend ging, die Namen aller dazugehörigen Verwandten, und ich ging die Wege, die zu diesen Leuten führten, noch einmal, zählte die Häuser, die Bäume, rechnete hier mit einem bissigen Hund und dort mit einem runden Kittelhintern. Ich las Bücher erneut, und manche verstand ich jetzt erst. Ich führte, so streng es nur ging, ein rückwärtsgewandtes Gedankenleben und rügte mich scharf, wenn ich mich bei einer Frage nach Künftigem betraf.

Von kommenden Freuden zu träumen wäre nicht verwerflich gewesen, aber ich mußte mir die Richtung verbieten, weil dort, wo die Zukunft lag, auch Platz für schreckliche Erfindungen war. Ich machte mir schlimme Aussichten, wenn ich mir Aussichten machte.

Also: gehabtes Leben, gehabtes Glück, gehabte Anstrengungen auch, aber vorzüglich solche, die wieder schönen Lohn einbrachten.

Ich habe mich mit einem freundlichen Lebenslauf ausgestattet, wie ich da nicht nachzudenken versuchte über meines Lebens weiteren Lauf, und einmal habe ich sogar in mich hineingelacht; das war, als ich mich wegen all der gewesenen Freuden einen Glückspilz geheißen hatte.

Wegen des Lachens habe ich mich mit Rechenaufgaben bestraft, Rechnen vom Mittagskraut bis zum Abendkraut; so ein Lachen mußte geahndet werden. Laut sprechen, hörbar lachen, Stimmen vernehmen, wo es keine gibt; das sind Anfänge, und das Ende ist bekannt. Ich hatte, wie ich meinte, einmal sogar schon einen Ausblick auf das Ende. In der Weihnachtsnacht noch, als der Natschelnik schon gegangen war und der Hering längst verschlungen, da war mir mehr als einmal gewesen, als mischten sich in die Gesänge aus nahen und fernen Zellentrakten auch die feierlichen Töne eines deutschen Männerchors. Ich meine nicht den alltäglichen Fehler, der entsteht, wenn vertraute Laute sich scheinbar zu vertrauten Wörtern fügen; man verhört sich, und der Irrtum ist schnell geklärt. Es ging mir anders. Ich hörte ganze Zeilen: ... holder Knabe im lockigen Haar ... und wie' die Alten sungen ... wie grün sind deine Blätter. Ich hörte die Worte, hörte Melodieteile, die nicht zum Repertoire meiner polnischen Hausgenossen zu passen schienen; kurz: Ich hörte Stimmen, und das ist dasselbe wie: ich hatte Gesichte, ich hatte Vorstellungen in Tönen, und damit, das wußte ich, war mir mein Ende schon angeschrieben.

Doch weil ich ein Glückspilz war, wurde die Angst um mein Seelenheil von einer stärkeren Empfindung beiseite gedrängt, von immer stärker werdenden Signalen eines fürchterlichen Durstes.

Ein Salzmeerfisch, der im Salz gelegen hat, bringt sich auf solche Weise in Erinnerung, alltäglicher geht es kaum, und dort, wo Alltag ist, gießt man sich ein Bier ein, viel Bier, oder man tappt durch die dunkle Küche an den Wasserhahn, und gegen richtiges Wasser kommt kein Bier an, wenn der Hering nur richtig salzig war. Ich war aber nicht im Alltag; ich war in einem verriegelten, verrammelten, vergitterten fernen Lebensstück, hier gab es kein Bier, hier gab es keine Küche, hier war es nur dunkel und fremd.

Da stieg ich auf das Klosettbecken, nahm den Deckel vom Wasserbehälter, nahm den hölzernen russischen Löffel aus dem Knopfloch, diese wunderbar lebensrettende Kelle, und schöpfte mich voll bis zum Hals, bis in Gurgelhöhe, bis ans Rachenzäpfchen voll mit Warschaus Wasser, von dem ich später schlimme Dinge hörte; ich ertränkte mich fast, weil ich eben fast verdursten wollte.

Dort auf dem Klobecken dann, das übrigens gußeisern war und wohl einen Deckel, aber keine Brille hatte, dort auf dem Rande stehend und mich mit der Linken am Fallrohr haltend, während die Rechte mit hölzernem Löffel herrliches Wasser aus hochgelegenem Behälter schöpfte, dort habe ich, und die Hektoliter in meinem Leib gluckten dazu, ein lautes, aber diesmal genehmigtes und fast vorsätzliches Gelächter angestimmt, und zwar wegen der ausgefallenen Haltung, in der ich das Getränk zu mir nahm, und wegen der ausgefallenen Beschaffenheit des Brunnens und weil ich mir vorstellte, wie es jetzt wäre ohne den Löffel aus Holz und statt seiner vielleicht mit einem Wehrmachtseßbesteck oder, weil ja Weihnachten war, mit einem der winzigen Löffelchen, achthunderter Silber von WMF, die meine Tante Meta zu Festen um sich streute.

Ich habe mir das Lachen erlaubt, weil das nun auch wieder ein Zeichen von Verrücktheit wäre: so sich vorm Verdursten retten und nicht merken, wie es komisch ist.

Ich habe nach diesem Vorgang für kurze Zeit die beruhigende Gewißheit gehabt, daß ich mit meinen Erfindungen noch nicht am Ende war, und bei solchen Gedanken bin ich eingeschlafen, und als ich erwachte, stank und lärmte das Haus auf seine übliche Weise, und an die hat es sich nun wieder lange gehalten.

Um noch beim Lachhaften zu bleiben: Einmal habe ich mich gefreut, weil kein Schaltjahr war. So hatte der Februar nur seine üblichen achtundzwanzig Tage, und ich kam nicht mit Verspätung in den März. Es schien mir wichtig, in den März zu kommen; im März war mehr Licht. Auch daran habe ich sehen können, daß die Jugend von mir Abschied nahm, denn bis dahin habe ich den Herbst mehr gemocht als das Frühjahr, und der März ist mir ein scheußlicher Monat gewesen. Nichts hat mir Gudruns böses Geschick so fühlbar gemacht, wie der Hinweis vom Dichter Geibel, daß es März war, als sie der grimmen Königin Gewande waschen mußte: Nun geht in grauer Frühe der scharfe Märzenwind ... Ich wußte, was da gemeint war: Eine Luft von farbloser Schärfe; tiefe Wege in klammem Wetter; manchmal noch Schnee, den schon der Matsch erwartet; ein Loch zwischen Schlittschuhzeit und Fahrradzeit; nicht weiß und nicht grün, gar nichts.

Ein Mädchen, das ich sehr beschimpfen wollte, habe ich ohne nachzudenken dummes Märztier genannt. Die hat auch nicht weiter darüber nachgedacht; die hat gleich geheult.

Und nun wartete ich auf den März.

Es ist doch im März schon eine Sonne da, die nicht mehr so hölzern ist. Bunte Ostern fallen oft in den März, und Ostern heißt, wir haben schon ersten Frühlingsvollmond gehabt. März gegen Februar, da tauscht man eine neue Welt. Da faßt man neue Hoffnung. Da kommt man aus dem Schlaf und wartet wieder.

Es ist mir aufgefallen, als ich so erwachte, daß ich im finsteren Februar nicht einmal gewartet hatte. Und ein Versäumnis ist mir bewußt geworden: Im Januar hatte ich meinen ersten Jahrestag nicht bemerkt. Hatte nicht Kenntnis von ihm genommen. Hatte ihn nicht kommen sehen und nicht gehen. Stumpf und blind an so einem Tag. Ein Jahr seit dem Bett zwischen Koło und Konin, und ich hatte dessen nicht gedacht. Welch eine Vertrübtheit des Kopfes, der keinen Gedanken hat für das Datum eines solchen Absturzes.

Aber nun kam März; nun kam das Leben wieder, nun wurde neu gezählt, nun wollte ich wieder warten. Nun war der Gedanke nur ein verrotteter Strunk, daß sie mich verwahren könnten bis an mein fauliges Ende. Februardenken, Gedanke voll Februarfäule.

März kommt; es muß sich etwas regen.

Als es sich regte, war wirklich März, aber es war auch tiefe

Nacht, und ich hatte Mühe, mich von einem guten Traum zu lösen.

Ein fremder Schließer, ein kalter und heller Hof, ein fremdes Zellenhaus, ein müder und unbekannter Mann in einem fremden Zimmer. Sehr bekannte Daten zuerst: der Lebenslauf. Und gleich noch einmal. Und noch einmal. Immer noch einmal denselben. Kein Wunder, daß der Mann so müde wird.

Sind Sie der Prokurator? frage ich, und der Mann erhebt sich müde und trifft mich am Ohr. Wie ich mich aufstemme, denke ich zuerst: Ob es eine Beleidigung ist?, doch ehe ich richtig an meinem Platz vor dem Schreibtisch stehe, fällt mir aus tausend Büchern der Vernehmer ein, der in allen Sprachen der Erde flüstert oder brüllt: Die Fragen stelle ich.

Mein Lebenslauf klingt mit jeder Wiederholung absurder. Es klingt ganz unwahrscheinlich, daß ich in Marne geboren bin. Warum soll ich denn in Marne geboren sein? Geboren, was ist das nur für ein Wort? Es verträgt die Wiederholung ebensowenig, wie mein Lebenslauf sie verträgt. Ganz absurder Ausdruck: Ich wurde geboren.

Mein Lebenslauf ist gar kein Lauf; mein Leben ist ein fertiges Stück; ein Fertigleben ist mein Leben. Warum also mit der Geburt beginnen? Mein Leben ist eine Kugel; wo fängt die Kugel an? Je öfter ich sie erzähle, wird mir klar: Ich habe mit dieser Geschichte nichts zu tun. Es ist nur ein Anhänger, den man mir an den Zeh gebunden hat. Wie den Babys im Kreißsaal. Wie den Toten im Schauhaus. Eine Unachtsamkeit, und ich habe eine andere Biographie. Hinter mir und vor mir.

Wie es aussieht, hat es irgendwo diese Unachtsamkeit gegeben. Der müde Mann hat einen anderen Anhänger an meinem Zeh gelesen als ich. Ich habe immer geglaubt, ich sei in Marne geboren, aber warum muß es Marne sein. Der Mann mag Marne nicht; warum bestehe ich auf Marne?

Der Mann mag mich nicht. Warum bestehe ich auf mir?

Nur aus Mangel an anderem muß ich auf mir bestehen. Weil ich nichts habe außer mir. Und wohl auch, weil ich mich nicht einlassen sollte auf die fremde Biographie, die einen in solche Märzennächte bringt. Ich heiße Mark Niebuhr, und ich bin in Marne geboren. Es ist sehr beliebig, ich weiß, es hätte auch anders sein können, aber es ist nun einmal so, und es ist mein einziger Halt.

Wenn ich davon lasse, schleudert es mich in den Weltraum; nicht weniger als das wird geschehen; ich habe die Fahrt hinter mir.

Ich sagte meinen Lebenslauf, sagte ihn in einem Stück und sagte ihn in Teilen. In den Büchern, in denen auch stand, warum man aufs Ohr gehauen wird, wenn man einen Befrager fragt, in den Büchern wurde, was das Aufsagen von Lebensläufen betraf, vor zwei Gefahren gewarnt: Lieferte man stets und strikt denselben Wortlaut, kam zu allem Verdacht auch noch der Verdacht, man habe auswendig gelernt, was man nicht lernen mußte, wenn es Eigenes war, und solcher Verdacht gab allem Verdacht den kräftigsten Schub.

Oder, Gefahr Nummer zwei: Weil man sich dem Mißtrauen nicht aussetzen wollte, das mit zu strammer Texttreue kam, versuchte man, sich etwas freier im eigenen Lebensstoff zu bewegen, benannte einen Sachverhalt mit wechselnden Namen, war auch bei Reihenfolgen nicht so streng wie ein Katechet und arbeitete hier und da sogar auf einen kleinen Irrtum hin, den man indes mit einiger Zerknirschung eilends zu korrigieren trachtete.

Hier waren die Risiken sehr groß: Der Befrager konnte eben eine Katechetenseele sein. Oder er konnte meinen, man nähme Rücksicht auf seine Müdigkeit, und das wäre ein Bestechungsversuch. Man konnte sich, wenn man es mit der Sprache allzu lose hielt, verheddern, und, was denn, Unsicherheit beim eigenen Lebenslauf?

Ich hielt mich an die erste der beiden Grundformen, ich blieb, weil ich von meinem Vermögen wußte, einer Sache verschiedene Namen zu geben, und weil ich meine Neigung kannte, einfachen Geschichten Lichter und Blumen aufzustecken und Äffchen und Papageien ins Geäst zu tun, ich blieb bei meiner einfachen Geschichte und achtete sehr, daß sie so kahl und übersichtlich blieb, wie sie war.

Habe ich sie in dieser Nacht hundertmal erzählt? Wenn hundertmal, so ist es dem müden Befrager zuwenig gewesen; er gab mir Bleistift und Papier und sprach die Erwartung aus, ich würde in meiner Zelle endlich die Wahrheit schreiben.

Es war graue Frühe, und im Hof ging scharfer Märzenwind.

Pan Szybko, so zeigte sich nun, hatte sich eine weitere deutsche Vokabel angeeignet. Alle naslang erschien er und sagte in singendem Frageton: Schreiben?, und er sah sehr strenge auf das beschriebene Papier und schüttelte den Kopf dazu.

Dies war das lächerliche Vorspiel zum Auftritt des müden Mannes, der am Nachmittag in die Zelle trat, einen Blick auf das Papier warf und dann mein Schreiben zerriß. Ich habe mitgezählt; er hat es neunmal getan.

Es war mir auch dieses Verfahren nicht ganz unbekannt, und die immer etwas beleidigte Frage unserer Nachbarin: Wozu der Jung bloß das ganze Zeug lesen tut!? bekam hier eine späte Antwort: Dasser sich auskennt, wenner mal inne Lage ist!

Gut, ich kannte mich aus, aber es verbesserte meine Lage nicht. Höchstens in einer Hinsicht war meine Kenntnis eine Hilfe: Es schob sich wieder die Verwunderung, daß mir so eine Büchergeschichte wirklich passieren konnte, zwischen mich und die wirkliche Geschichte, zwischen mich und den Rest der Wirklichkeit. Es traf mich kaum etwas unvermittelt; alles mußte vorbei an jenem Teil von mir, der zu vielem dachte: Kenne ich! oder: Machen die wirklich! oder: Habe ich mir gedacht! oder: Ernsthaft? Im Ernst? Im Ernst auch mit mir? Auf diese Weise war, was mich traf, nicht ganz ungebrochen, war etwas abgewinkelt und schlug nicht auf mit voller Wucht. Ich war wie ein Ziel unter Wasser, nicht unerreichbar tief unter Wasser, aber etwas von aller gegen mich gewandten Energie verzehrte sich, bevor es mich erreichte.

Ich könnte auch sagen: Weil ich für die Geschichte, in der ich steckte, so völlig ungeeignet war, konnte sie mich nicht völlig erreichen.

Freilich, wer ist geeignet für solche Geschichten? Wer sie hinter sich hat, scheint geeignet für sie gewesen zu sein. In diesem, meinem zweiten Märzen begann aber meine Geschichte erst.

Manchmal kam ich mit meinem Lebenslauf nicht über den ersten Satz hinaus, und manchmal konnte ich ihn bis an den Punkt führen, an dem ich gerade an ihm schrieb, und immer hat man als Unwahrheit verachtet, was ich geschrieben hatte, und beinahe immer hat man es zerrissen.

Manchmal mußte ich nur erzählen, und manchmal durfte ich nur auf Fragen antworten, und stets hat man mir gezeigt, daß man mir kein Wörtchen glaubte.

Manchmal hat sich der eine oder andere müde Mann auf etwas eingelassen, das, gemessen an den verkümmerten Verkehrsformen, die zwischen uns galten, fast ein Gespräch gewesen ist. Er fragte mich nach einem Ort oder einer Zeit, und ich nannte den Ort oder die Zeit, und dann sagte er: Woher weiß ich?

Weil ich es sage.

Wer bist du?

Mark Niebuhr.

Woher weiß ich?

Man wird es feststellen können.

Wer soll es tun?

Sie werden doch jemanden haben, bitte. Wenn Sie ihn ausschicken, wird er Antwort bringen.

Woher weiß ich?

Jetzt nur von mir, aber es gibt andere. Namen, Namen!

Gessner vielleicht, Bankier aus Frankfurt, ist mit dem gleichen Transport gekommen.

Und seit wann kannte Sie dieser Bankier?

Seit Puławy.

Seit dem Lager dort? Sie haben ihm gesagt, Sie sind Niebuhr, und er hat Ihnen gesagt, er ist Gessner? Woher weiß ich also?

Vielleicht findet sich mein Soldbuch.

Wissen Sie, wo ich suchen soll?

Es muß Unterlagen geben, vielleicht in Kolberg oder in Berlin.

Vielleicht auch in Canberra oder Valparaiso? Und in Lublin waren Sie nicht?

Ich war nicht in Lublin.

Woher weiß ich?

Jetzt nur von mir, aber …

Dann sag mir, wer du bist, sag deinen Namen, deinen Geburtstag und deinen Geburtsort und wie dein Vater heißt und was deine Mutter macht und in welchen Straßen du gewohnt hast; sag mir alles; ich bleibe hier, bis du mir alles gesagt hast; ich habe bis zum Frühstück Dienst, und weißt du was, du sagst mir alles, und dann frühstücken wir zusammen, einen Topf Grütze für dich, einen Topf Grütze für mich, Hirse mit Schmalzgrieben, mein Freund, sag mir alles, Name, Dienstrang, Waffengattung und wo zuletzt im Einsatz gewesen und wo zuerst, und wenn du mir Antwort gibst, dann denke immer daran, daß ich dich zu allem fragen werde, woher ich wissen soll, daß du diesmal die Wahrheit sprichst. Los geht es, Name …

Ich kann schlecht sagen, es sei langweilig gewesen, es war ja immer spannend bis zur Atemnot, aber öde ist es doch gewesen, weil wir keine Aussichten hatten. Es ging nicht darum, daß ich etwas verbarg und daß es eine Frage meiner Kraft war und also eine Frage der Zeit, wie lange ich mein Geheimnis würde hüten können. Ich hatte kein Geheimnis, und darum war Zusammenbruch möglich, aber keine Enthüllung, und die müden Männer vergeudeten sich nur.

Manchmal denke ich, wenn sie mir auf den Kopf zugesagt hätten, für wen sie mich hielten, dann hätten wir uns vieles ersparen können; ich wäre ihnen behilflich gewesen mit den richtigen Fragen an mich, und diese Interrogation wäre an das gleiche Ende gekommen, an das eine andere unter diesem Dach schon einmal gekommen war.

Aber so ein Gedanke setzt Leidenschaft bei meinen Partnern voraus; ich habe keine Zeichen von Leidenschaft an ihnen bemerkt. Nichts an ihnen war unheimlich, außer daß ich es so mit ihnen zu tun hatte.

An mir ist in dieser Zeit auch nichts bemerkenswert gewesen. Ich bin so mürbe geworden, wie man bei solcher Prozedur eben wird. Ich habe meine Trotzminuten gehabt, und ich habe gebettelt, und manchmal habe ich ein Argument in den Vorgang einbringen wollen. Ich habe gelernt, mich der Fragen zu enthalten und manche meiner Antworten doch so zu setzen, daß es in ihrem Umfeld wie Fragen klang. Wir hatten keine Aussichten, das war unser Problem; ich glaube, meine Verhörer haben das gewußt. Sie haben ihren Dienst getan, haben das Gelände ausgemessen, haben den Boden planiert, haben den Sockel errichtet und den Turm daraufgesetzt, haben das Gestänge eingehängt, haben den Motor laufen lassen, der die Sonde trieb, haben die Sonde eingebracht und wieder herauf, haben nichts als Sand gefunden und haben das alles von Anfang an gewußt.

Wie wenig sie glaubten, sie könnten in meiner Geschichte noch fündig werden, merkte ich an manchem: Wenn sie anfangs mit routiniertem Ingrimm drohten oder wohlschmekkende Versprechungen machten, so ließen sie nach und nach von diesem Aufwand. Ich lohnte mich nicht, und ganz am Rande meiner Erleichterung hat mich das geärgert.

Auch die Haltungen der Schließer ebneten sich ein. Anfangs gaben sie mich heraus wie einen, den sie als gräßlich verwandelt zurückerwarteten, aber später nahmen sie mich, wenn ich von den Verhören kam, wie einen rückfälligen Schwarzhändler an.

Womit ich nicht meine, es hätte sich die Überzeugung ausgebreitet, ich sei ein unschuldiger Mensch. Den gab es zu selten, als daß man auf ihn eingerichtet gewesen wäre. Was sich nur durchsetzte, war die Auffassung, glaube ich, auch ich würde mich, wie das meiste hier, von selbst erledigen.

Einer der müden Leutnants hat auch einmal so etwas gesagt, und er hat mich dabei, vorsätzlich oder versehentlich,

ich weiß es nicht, einen Zipfel des blutigen Rockes sehen lassen, von dem sie glaubten, ich hätte ihn einmal getragen.

Sie machen sich das Dasein nur schwer, wenn Sie sich Hoffnung machen, hat er zu mir gesagt. Zu glauben, wir fänden nicht heraus, um wen es sich bei Ihnen handelt, ist so eine nutzlose Anstrengung. Es ist zur Zeit ein wenig schwierig, Sie in den Listen zu finden; die Welt funktioniert noch nicht so recht, aber das kommt. Warum sollen wir uns überanstrengen? Wir haben Sie, und eine große Mordfigur werden Sie nicht gewesen sein. Wir haben noch Zeit für die kleinen Mörder.

Er wird es doch mit Absicht gesagt haben, denn eine Woche lang hörte ich nichts von ihm und seinen Partnern. Er ließ mich ungestört mit dem Wort Mörder allein.

Wenn man älter geworden ist, weiß man, wieviel Möglichkeiten man hatte, wie viele man ausließ und aus wie wenigen man etwas machte. Man ahnt, daß einiges Glück zu vermuten ist, wenn man kein Mörder geworden war. Aber so dumm und jung wie ich, da hält man die Menschenrollen noch für gültig verteilt. Da sind Mörder ganz und gar besondere Menschen. Da verstand es sich von selbst, daß ich keiner sein konnte. Mörder sahen wie der Schauspieler Rudolf Fernau aus. Der hatte den Dr. Crippen gespielt und den Autofallenräuber, und er hatte so stechende Augen, und seine angestrengt freundliche Stimme klang noch viel verdächtiger, wenn der Fuhrmann Erich aus Pirna in Sachsen die Filme erzählte, in denen Rudolf Fernau den Mörder spielte.

In Marne waren Mörder nur ein Gerücht, das aufkam, wenn ein Schulkind zu lange für den Heimweg brauchte. Der Sülzekocher Haarmann warf seinen Schatten über dunkle Heidewege, und aus Hamburg sollte ein Schuster entwichen sein, der aus Lust mit der Ahle stach. Wie Lust zum Morden paßte, war noch rätselhafter als das Morden selbst; ganz habe ich diese Dinge nicht glauben wollen.

Ich mußte auch bis in den Krieg laufen, um einen Toten zu sehen. Der erste war gleich so, daß die späteren von milderer Totenart schienen. Der erste war der Feldwebel, der sich eine Handgranate an den Kopf gehalten hatte. Es war nichts mehr da von dem Kopf, und weil ich es unvorbereitet sah, habe ich es sehr genau gesehen.

Selbstmord und Mord und ich, wer wollte das zusammenzwingen? Wußten die nicht, daß ich aus dem Hause lief, wenn der Schweineschlachter kam? Wußten die nicht, daß ich mich vorm Friedhof fürchtete und daß ich im Kino zweimal die Augen zukniff: wenn der Henker sein Beil hob und wenn sie sich küßten? Wußten die nichts von meiner Blutscheu und meiner Gesetzesfurcht?

Mein Gott, ich habe unserem Drogisten ein Frühjahr lang Frondienste geleistet, nachdem es mir gelungen war, ihm eine fremde Münze als heimisches Fünfpfennigstück anzudrehen. Ich habe mir beim Sprung aus der Bahn beinahe das Genick gebrochen, aus Furcht vorm Schaffner und vor der Schande, weil ich meine Karte verloren hatte. Ich habe in Marne als artig gegolten, und es hat mich erst spät geniert. Aber ich war ja in Polen; da wußten die das nicht. Polen lag hinterm Zaun um die Welt; Nachrichten hatten es schwer bis hier.

Aber eine solche Nachricht muß doch durch: Mark Niebuhr ist kein Mörder! Platz, es kommt die Post mit den neuesten Depeschen: Niebuhr ist unschuldig, gebt ihn heraus!

Doch Polen verhielt sich ungerührt; es tat, als hätte es die Post nicht erhalten. Es ließ mich wieder Lebensläufe schreiben, bis ich an den Rand der Tollheit geriet und zweimal über den Rand hinaus. Denn einmal habe ich meine Biographie so begonnen: Ich, Dr. Crippen ... und einmal schrieb ich: Mein Name ist Jan Kiepura!, und zum Glück habe ich beide Male gleich gelesen, was ich geschrieben hatte, denn über solchen Bekenntnissen wären meine Leutnants nicht müde geblieben.

Aber einmal ist doch Schluß mit der Schreiberei gewesen; vielleicht ist ihnen einer drauf gekommen, wieviel Papier sie schon an mich gewendet hatten; nur einen Bogen füllten sie noch selber aus; es war die Essenz aus meinen tausend Niederlegungen, und dann hat es das Übliche geheißen: Ich würde schon noch von ihnen hören.

Die nächste Nachricht von einiger Bedeutung ist aber von Pan Szybko gekommen. Ich hatte ihn die Ganoven aus der Zelle zur Arbeit holen hören, und ich rückte mich gerade innerlich für den langen Törn zwischen Frühstück und Mittag zurecht, da erschien der Schließer, winkte mir und rief in frischem Militärton: Robota, robota!

Weil Arbeit auf jeden Fall besser war als jedes weitere Verhör und weil ich die Angst im Krautkeller fast vergessen hatte, bedankte ich mich mehrmals bei Pan Szybko und befolgte die Weisungen des Schließers, der mich holen kam, mit Eifer. Auf dem Hof wurde ich mit Hallo von meinen kriminellen Nachbarn begrüßt, und befremdlicherweise bekam ich dafür von meinem Wächter einen Tritt in den Hintern. Er achtete auch, daß ich in der Spur der anderen blieb, ohne mich ihnen anzuschließen. Und als wir einen Kohleberg erreicht hatten, stellte er mich so, daß ich mit seinen Landsleuten, bei denen ich schon Herberge gefunden hatte und schärfste Interrogation, nicht in Berührung kam.

Herr Dąbrowski, wie konnte es anders sein, machte auch hier den Chef, und die beiden Stämmigen waren auch hier seine Knechte. Sie teilten Körbe aus, je einen an zwei ihrer Zellennachbarn und einen für mich ganz allein. Warum die Kohle zwanzig Schritte weit von den Luken abgeladen worden war, weiß ich nicht, aber so hatten wir Arbeit. Mein Schweiß und der schwarze Staub gingen bald eine enge Verbindung ein, und ich hoffte, die Kohle würde auch mein kleingeflecktes Tarnzeug färben und die schreckliche Beschuldigung, die aus seinem Muster sprach.

Aber weil mich das wieder zu nahe an meine Ängste brachte, gab ich mich ganz an die Arbeit und suchte mir in ihr ein schützendes Spiel.

Ich war Kohlenmann in Marne. Auf dem Kirchhügel fing ich an, weil die Frau vom Pastor den Garten voll Weißzeug hatte und ich die Frau vom Pastor nicht leiden konnte. Sie hatte die Lehrstelle bei Geschwister Bruhns für ihren Neffen haben wollen, und der Neffe war stärker als ich und mußte es immer wieder beweisen.

So, nun aber in den Kohlen gewühlt, daß es ihr in die Wäsche staubt! Doch, seltsam, es wollte nichts werden mit meinem gehässigen Traum. Ich sah die Frau in ihrer mehligen Rundlichkeit und sah sie vom Streuselkuchen schneiden, den sie zum Schulfest gebacken und gespendet hatte. Ich sah auch gleich die Frau Pastor nicht mehr, sah nur noch die Bleche mit dem Kuchen, und da war es Zeit, das Traumbild aufzugeben, denn ich hatte mir ein Regime verschrieben, das streng verbot, außerhalb bestimmter Zeiten an Gebackenes und Gebratenes zu denken.

Da trug ich die Kohlen ein Haus weiter zu Schneider Roehricht, von dem ich nicht einmal sicher wußte, ob er jemals etwas zu sich nahm. Mit ihm hatte ich einen fröhlichen Streit, weil ich der einzige war, der in Marne Knickerbocker trug. Mein Vater hatte sie mir aus Frankreich mitgebracht, da er wußte, wie schwer sich Marne mit ihnen würde vertragen können, und Schneider Roehricht hatte sich denn auch zum Sprecher von Marne gemacht und wußte, daß der Franzose solche Hüllen nur benutzt, um seine X-Beine abzutarnen.

Ich als ein Mann aus Gutenbergs Gewerbe hätte mich mit jemandem nicht einlassen dürfen, der von Abtarnen sprach, aber da der Schneider so erfinderisch eiferte und ihn meine Behauptung immer aus dem Sattel stach, er rede doch nur so, weil er nicht in der Lage sei, Knickerbocker zu schneiden und zu nähen, ging ich am Feierabend oft an seinem Haus vorbei und trachtete, ihm unter die Augen zu kommen.

Das ist aber, wie ich mir eines Tages gestand, nicht alles an Grund gewesen, gerade diese Route zu wählen; es war auch die Nachbarin vom Schneider Roehricht, die mich in diesen Winkel zog, und das schien seltsam.

Denn die Schneidersnachbarin hieß Frau Fehmlin und war eines tapferen Soldaten Frau. Ein Steinsetzer und Unteroffizier mit beiden Eisernen Kreuzen. Nach allem, was galt, durfte ich wegen so einer gar keine Umwege machen. Die konnte zehn Jahre älter als ich sein, und ihr Mann hätte mich bestimmt in einem Priel ertränkt, und vor allem gehörte es sich nicht, wo der doch abwesend war, um die Feinde, auch meine, zu erschlagen.

Richtig, aber was kann man tun. Man steht beim Bäcker in der Reihe, die Marken reichen noch für ein ganzes Brot, und das Brot ist frisch, da riecht sogar die klitschige Kleie angenehm, da hat man freundliche Aussichten. Und in der Reihe vor einem steht die junge Frau Fehmlin; die hat das Haar aufgesteckt und trägt einen groben Pullover mit weitem Kragen. Das macht einen langen Hals, und auf der rechten Schulter ist ein Stück Achselband zu sehen, und die kurzen Haare im Nackental sehen, wer weiß warum, wie frisch gewaschen aus, und die Schultern, wo kömmt dir denn diese Verwegenheit, sehen aus, als warteten sie, daß Hände sich auf sie legen.

Überhaupt ist ein Warten an dieser Frau; so reglos steht man doch nicht, und so beweglich ist man schon gar nicht, wenn man nur auf das Brot am Ende der Reihe wartet. Denke ich, und ich mache eine der weltaufreißenden Entdeckungen: Frauen und Mädchen sind aus einem Stoff; warum sonst kriege ich das Schlucken, wenn ich Frau Fehmlin in den Nacken sehe?

Das ist übrigens auch beinahe schon alles gewesen, was ich von Frau Fehmlin zu sehen kriegte; ich habe mir ihretwegen ein Dutzend Mal von Schneider Roehricht sagen lassen, warum der Franzose Knickerbocker trägt, und ich hatte die Augen dabei am Nachbarhaus, aber weitere Bekanntschaft habe ich mit Frau Fehmlin nicht geschlossen.

Aber die eine große Entdeckung verdanke ich ihr doch, und nun will ich ihr von meiner besten Kohle bringen.

Der Schließer sorgte, daß es auch weiter nichts wurde mit mir und der Frau vom Steinsetzer Fehmlin. Er hat mich mit dem Geschrei, an dem man den Neuling erkennt, an den Vorschlaghammer beordert; an dem Gerät verlor sich meine Neigung zu unanständiger Gedankendrift.

Herr Dąbrowski bestimmte, welche Kohlebrocken mir vorzulegen waren, und er machte Sprüche dabei, die ich nicht verstand, und weil der Hammer mit jedem Schlag sein Gewicht zu verdoppeln schien, hörte ich bald nur noch das Blut in meinem Kopfe.

Als gewönne es von der Schwere der Brocken, die ich mit ihm zerschlug, wollte sich das Werkzeug immer weniger von der Erde lösen. Alter Indianerglaube: Man gewinnt von der Kraft des Feindes, den man besiegte. Mein Hammer ist ein Indianer. Oder es ist Magnetismus. Ein schierer Batzen Eisen haftet fest an den Polen. An den Kohlen. An den Kohlen in Polen.

Magnetismus, das verwechselst du. Du meinst die Schwerkraft. Der Hammer will zum Mittelpunkt der Erde. Ich auch. Ich will mit meinem Hammer zu Herrn Newton gehen. Hammer und ich, wir wollen uns sputen. Ein Hieb noch, ein Stich: Wir kommen, Herr Newton!

Es war aber Herr Dąbrowski, der mir unzart die Wange tätschelte, und es waren seine massiven Gehilfen, die mich neben der Kohleluke auf einen Korb setzten, und es dauerte eine Weile, bis ich die stämmigen Helfer und den drahtigen Herrn Dąbrowski und den wichtigen Schließer und die rote Mauer an meinem Rücken und das vergitterte Haus vor meinen Augen wieder in ein durchschaubares Verhältnis gebracht hatte. Und mich hinein in dieses Verhältnis.

Es konnte mir nicht gefallen, auf welche Weise ich ihm für einen schwindlichten Augenblick entkommen war, und es konnte mir nicht gefallen, nun wieder sein Teil zu sein. Ich war aber sein Teil; das wußte ich schnell, als ich meinen scharfen Atem hörte und meinen Schweiß roch und die Kohle auf den Lippen schmeckte; ich war dieses Verhältnisses Teil, ich war eines atemkürzenden Verhältnisses Teil, ein Teilchen war ich nur und kaum ein Teil.

Das machte es Herrn Dąbrowski leichter, gnädig mit mir zu verfahren; er schickte einen rundlichen Schwarzbrenner an den Hammer, und es sah ganz so aus, als hielte er mir den eifrigen Schließer vom Hals, und mit mir machte er, wenn ich seine Gesten nicht übel mißverstand, Späßchen, bei denen es nicht nur um meine Ausdauer am Vorschlaghammer ging.

Man gilt als undankbar, wenn man sich da nicht erheitert gibt, und ich machte mich an das mühsame Geschäft, in ausgewogenen Teilen zu zeigen, wie erschöpft ich noch war und wie sehr mich Herrn Dąbrowskis Humor doch erfaßte.

Aber das Bild von mir blieb mir nicht erspart; ich sah mich auf dem Korb, sah mich dürre aus gefleckter Jacke gucken, sah mein Augenweiß in kohlschwarzem Gesicht, sah geschorenen Kopf und roten Mund mit rosa Gaumen, wußte mich eingeschwärzt zum Neger vom Film und wußte: Hätte Herr Dąbrowski ein Lied nun gemocht, ich wäre Al Jolson geworden – Sonnyboy. Aber Herr Dąbrowski schätzte von den Sängern nur Jan Kiepura, und Neger, das war mir bekannt, schätzte er gar nicht.

Ich mochte mich nicht, so auf dem Korb, und ich bringe mich in Gang, wenn ich mich selber kränke, und ich gab gerade dringende Befehle an meine Fußgelenke und Kniesehnen, als die leise Musik, die aus dem Küchenfenster drang und die in ihrer Schwächlichkeit ganz gut zu dem wässerigen Dunst des Sauerkrauts paßte, von einem eigenartigen Trompetensignal abgelöst wurde.

Ich weiß nicht, ob man von etwas Musikalischem so reden kann, aber es klang unbeholfen, es wurde stockend vorgetragen, aber dann auch wieder sehr jäh und hell. Es gab Pausen, und in den Pausen hörte man Schritte, und man hörte auch verschiedene Ansätze des Bläsers; es war anders, als man Radiomusik kennt, es hatte Grate und unbeschnittene Ränder.

Und anders war auch Herr Dąbrowski. Ich hätte nicht gedacht, daß Verzückung sein Teil sein könnte, aber verzückt stand er da, die Rinnen in seinem Gesicht waren weniger scharf, und den Zeigefinger hielt er seitlich vom Ohr in Stirnhöhe; so hatte ich ältere und recht einfältige Holzfiguren gesehen.

Erst als der letzte Ton verklungen war und man den Bläser sich entfernen hörte, erwies sich Herr Dąbrowski wieder als beweglich, und er sagte solange Kraków, Kraków! zu mir, bis er glauben konnte, ich hätte ihn verstanden. Dann fügte er etwas hinzu, was ich wohl hörte, aber nicht begriff, und er führte, was an ihm nun überaus erstaunlich war, etwas Szenisches vor, zeigte Schlaf an und Erwachen und Erschrecken, schien etwas zu sehen, das mit seinen Worten Tatary, Mongoły hieß und des Erschreckens Grund wohl war, spitzte die Lippen gegen seine gehobene Faust, blies die Backen auf und lieferte eine zerdrückte Kopie des eben gehörten Signals, sprach wieder sehr dringlich und ganz alarmiert: Tatary, Mongoły! und stieß den gequetschten Weckruf in die weiteren drei Winde.

Auch ungeübter, als ich war, hätte ich ihn nun verstehen müssen, obwohl ich nicht sah, wie ein verschollenes Alarmsignal, das offenbar beim Anblick unerwünscht naher östlicher Völkerscharen ausgestoßen worden war, und zwar in Krakau, wie ein solcher Ton den lebensgeprüften Herrn Dąbrowski so in Zustände zu setzen vermochte.

Aber dessen Zustände hielten noch an. Er tat etwas, dessen er sich bis dahin sauber enthalten hatte: Er bückte sich und ergriff ein Stück Kohle, und mit dem schrieb er eine Zahl an die Backsteinwand, 1241 schrieb er und Tatary, Mongoły sagte er, und er begleitete sein Schreiben und unterbrach sein Sagen mit gepreßten Kürzeln des Alarmmotivs.

Dann schrieb er 1944 und sprach wieder die Worte Tatary, Mongoły! dazu, und er brachte das Kunststück fertig, die Melodie in fragendem Tone zu pusten, und gleich danach machte er mit bewegtem Zeigefinger klar, daß die Frage zu verneinen war und diesmal niemand ins Horn gestoßen hatte.

Im Gegenteil, wußte Herr Dąbrowski mir mit seinen knappen Gesten zu sagen, im Gegenteil, man hatte gejubelt, und verächtlicher als er konnte man nicht dreinblicken und hinaufsehen zu dem Küchenfenster, hinter dem das polnische Radio Nachrichten brachte.

Herr Dąbrowski, das wußte ich seit unserer ersten Begegnung, war angelegt, mich tief zu verwirren, und ich war erleichtert, als er etwas tat, das ich verstand und an dem ich wieder erkannte, daß am Ende auch er so eingesperrt war wie ich: Er warf einen Blick zu den Schließern hinüber, einen verdeckten Blick, wie auch ich ihn schon konnte, lehnte sich an die Küchenwand, sah in die Märzsonne und zerrieb die beiden Zahlen unter seiner Sohle.

Doch in meiner Zelle standen sie mir noch lange vor Augen.

Es ist aber wohl meine kurze Umnachtung als besonderes Vorkommnis gemeldet worden, denn als ich mir gerade die Hände im Klobecken wusch, erschien der Schichtschließer und mit ihm ein Mensch, der wie ein Häftling aussah und sich wie ein Arzt benahm. Auf dessen Geheiß mußte ich mich ausziehen, und er schien zu mißbilligen, was er sah. Wenn er sich auch ein wenig aufführte, als wäre meine windige Verfassung mir selber zuzuschreiben und als gehörte ich unter den Verdacht selbstmörderischer Suppenkasperei, machte er immerhin dem Schließer Mitteilungen, die nicht nach Häftling klangen, sondern sehr nach Arzt.

Und der Schließer hörte ihm zu, wie man einem Arzte zuzuhören hat. Und mir wurde am Abend das Kraut mit der Mittagskelle zugemessen. Und das Brot am anderen Morgen war von ungewöhnlicher Dicke. Und als die Kommandos zur Arbeit zogen, holten sie auch wieder mich. Es war jedoch nicht Herrn Dąbrowskis Gruppe; der Ziegenschänder gehörte zu dieser und mein Freund Eugeniusz.

Freilich schien Eugeniusz mich nicht kennen zu wollen, und so etwas habe ich noch immer respektiert. Das fiel mir schon deshalb nicht schwer, weil auch an diesem Tag die Order zu gelten schien, ich sei von den anderen möglichst zu separieren.

Wir waren dreißig Mann, und das hätte beim Marsch zehn glatte Dreierreihen ergeben, aber aufgestellt wurden neunmal drei Polen, einmal zwei Polen und einmal ich, und neben der Kolonne gingen zwei Wächter, und ein dritter ging neben mir, und der gab zu erkennen, wie sehr er sich mir verbunden fühlte.

Zuerst dachte ich, es sollte wieder an die Kohlen gehen, aber wir passierten das Gebirge und kamen an das Innentor, das zum Vorhof führte.

Ich bin sicher, der schnauzbärtige Soldat hat mich wiedererkannt, aber es hat ihn nicht übermäßig gerührt; er klopfte meine Taschen ab wie die der anderen auch, und gefunden hat er bei keinem etwas. Er behielt uns im Auge, als die Posten ihre Waffen aus der Kammer holten, und ich habe mich gründlicher im Vorhof umgesehen als beim erstenmal.

Denn diesmal stand ich ja nicht mit dem Gesicht zur Wand. Und diesmal war ich nicht allein, war bei aller Sonderung doch der Teil einer Kolonne. Und diesmal stand ich in anderer Richtung, sollte hinaus und kam nicht zum ersten Male herein. Und diesmal war ich einer von dreißig, die sich drei Posten teilten, wenn auch einer der drei sein ungeteiltes Augenmerk auf mich zu richten trachtete. Diesmal war ich nicht eingezäunt in einen bewaffneten Fünfzack, und ich hatte also auch in einer anderen Hinsicht beträchtlich an Gewicht verloren. Diesmal sah ich nicht nur mehr als die Wand; ich wußte auch, was hinter den Wänden war.

Ich wußte immer noch nicht, was ich hinter ihnen sollte, aber wie es hinter ihnen war, wußte ich diesmal.

Als ich im Herbst auf dem Vorhof stand, bluteten Wunden; man hatte mich losgerissen von denen, zu denen ich gehörte. Nun hatte ich nur noch Narben davon, und die schmerzten nicht oft. Ich war seltsam in die Mitte geraten zwischen Leute, die ich einmal flüchtig kannte, und andere Leute, die ich erst flüchtig kannte.

Festen Grund hatte mein Leben nur in der entlegenen Ferne gehabt, und wenn mir bodenlos war in der Gegenwart, schoß ich mich in fliegendem Bogen zurück auf den Planeten, auf dem es niedrige warme Häuser gab und laute und unvorsichtige Leute und junge und alte Frauen und junge Mädchen. Und eine Mutter in der Küche. Und Kinder. Und Hunde.

Auf jenem Stern nahm man sich etwas zu essen. Man besaß selber einen Schlüssel und benutzte ihn selten. Man kannte Wasserhähne. Und Holzpantinen zog man für den Stall an. Einen Garten hatte man. Wenn man sich schlafen legte, zog man sich aus. Und seinen Lebenslauf schrieb man, aufs ganze Leben verteilt, vielleicht ein dutzendmal.

Und man war sich, vor allem, vor allem, seines Lebenslaufes sicher. Und man wäre niemals, niemals, niemals dort für einen Mörder gehalten worden. Niemals.

Hier aber banden sie dir einen Zettel an den Zeh, auf dem Mörder stand. Und hier sagten sie Mörder zu dir und blieben müde dabei. Es hatte mir einer die Sterne vertauscht.

Ich stand aber nun auf dem Vorhof des fremden Sterns, und wo ein Stern beginnt, da endet er auch.

Woher wußte ich, ob ich nicht bei glücklicher Ausfahrt war? Es konnte doch sein, die Tür dort im Tor zur Straße wurde gleich aufgetan, wurde mir aufgetan, und wie die anderen draußen vor dem Tor in die Straßen stoben, weil dies ja die Straßen ihrer Heimat waren, würden der Posten und ich, nein, ich und der Posten schlendernd und ein wenig pfeifend die Allee hinuntergehen, würden uns unterhalten in beliebigen Themenkreisen, etwas Küche vielleicht und etwas Geschichte, und würden bei der freundlichen Haltung von Gleichgesinnten niemandem Anlaß sein, einen Stein oder gar viele Steine gegen einen von uns zu heben.

Gut, man würde fragen müssen in der Gegend vom Güterbahnhof Praga nach dem Verbleib der anderen, aber die Spur sollte sich finden lassen.

Zwar, es waren fast dreihundert gewesen, und an die erinnert man sich schwächer als an einen einzelnen jungen Mann, der zwischen vier Posten und einem Postenführer gegangen war, aber wir würden uns an die Kinder halten. Kinder wußten immer, wohin gefangene Männer gegangen waren. Ich würde schon zurück in meine alte Gefangenschaft finden.

Wenn sie mich nur suchen ließen.

Aber sie führten die neunundzwanzig anderen und in einem gewissen Abstand auch mich nur auf die Straße hinaus und in eine andere Straße und auf einen Höhenzug aus verbrannten Steinen, und da hat es viel Arbeit gegeben.

XV

Obwohl es mir verboten war, trug ich den Tarnanzug mit der Winterseite nach außen; die war nicht mehr weiß, sie hatte die Farbe von altem Eis, und sie stach niemandem in die Augen.

Anfangs hatten es einige aus der Kolonne auf mich abgesehen, aber es gab nichts dabei zu gewinnen, und so verlor es sich.

Wir haben Schutt verladen. Wir haben an der Rückseite des Gefängnisses, aber eben außerhalb seiner Mauern, eine der Halden abgetragen, und bei langsamem Ablaufen der Trümmer ist der Grundriß eines großen Hauses erkennbar geworden. Von zwei Wänden war der Winkelverbund stehengeblieben, ein sechs Stockwerke hoher oberirdischer Stalagmit, und ich begriff, warum man uns von allen Ruinen gerade diese zugewiesen hatte: Die Nadel aus Ziegeln und verbogenem Installationsgeflecht konnte, sollte sie doch einmal fallen, in den Gefängnishof stürzen, konnte jemanden erschlagen oder gar eine Bresche in die Anstaltsmauer legen.

Niemand zerriß sich vor Arbeitseifer, meine polnischen Kollegen nicht und unsere Posten auch nicht; die verhinderten nur, daß jemand einschlief, und wenn sie schneidig klangen, wußte man, es kam ein Vorgesetzter.

Nach wenigen Tagen fanden sich auf der Abbaustelle Leute ein, die in unserer Kolonne Verwandte hatten oder Freunde oder wohl auch Geschäftspartner; unsere Wächter bekamen von Tabak und Schnaps etwas ab. Der eine oder andere einsitzende Ehemann hat sich mit meiner Gesellschaft vor der Gattin dickegetan; das machte mich immer für eine Weile unangenehm interessant, aber besser als allein in der Zelle ist es doch gewesen.

Je weiter wir den gemauerten Fels vom Untergeröll freilegten, desto häufiger erschienen die Chefs der Posten, Verwaltungsbeamte und auch andere Fachleute, und sie alle ließen es an gutem Rat nicht fehlen. Das zu sehen, mußte ich der Sprache nicht mächtig sein. Kundige Leute sind eine Bruderschaft, die man am Blick erkennt, dem Blick auf das achsnabentief im Modder sitzende Wagenrad oder auf die dünne Frau, die den besoffen um sich schlagenden Ehemann nach Hause steuert. Dreimal zu oft gehustet und zu trocken, und das Konsilium der Kundigen tritt zusammen. Wo man allein sein möchte und in Ruhe eine Lösung suchen, da sind sie bald, und wenn man ihren Rat nicht will, warten sie auf die Niederlage.

Nun kamen sie herbei, die Frage zu erörtern, wie dem nutzlosen und auch bedrohlichen Pylon beizukommen wäre. Die Sprengstoffexperten waren da, die das Dynamit kistenweise veranschlagten. Ihnen zu folgen war besonders einfach, weil sie das Ende ihrer Planbeschreibungen lautmalerisch mit Krach und Bums markierten und weil sie dazu mit Arm und Bein anzeigten, wohin sich das Geröll verteilen müßte, setzte man die brisante Ladung nur nach ihren Weisungen.

Andere wieder, sehr viel ältere zumeist, schenkten dem Pfeiler kaum mehr als einen Blick – pro Darlegung jedenfalls kaum mehr als einen – und ließen jedermann wissen, das Ding lohne keinen Aufwand, es stünde niemandem im Wege und stünde bis an das Ende der Erde fest; wozu daran rütteln, man habe sein ganzes Leben unter solchen Felsen verbracht, und sei man nicht immer noch das Leben selber?

Einer empfahl einen Panzer; er markierte die Anfahrtschneise mit weitreichenden Fingerzeigen, und weil er nicht nur das Dieselbrummen, sondern sogar das Klirren und Quietschen der Ketten sehr überzeugend anzudeuten wußte, hatte er für lange Zeit ein Publikum bei seinem Angriff auf den steinernen Feind. Man hätte aber, glaube ich, um dem Fahrzeug die richtige Sturmbahn zu öffnen, einen Teil der Gefängnismauer schleifen müssen, und dafür, machte man dem Manne wohl klar, war eine Lizenz der Justiz kaum zu erlangen.

Also brachte ein anderer ein zivileres Fahrzeug in Vorschlag, und anstatt zu schieben, so empfahl er, sollte man ziehen, und tatsächlich wurde ein schwerer Lastwagen heranmanövriert, und aus mehreren stählernen Zugseilen machte man eines, und eigentlich war es nur noch eine Frage der Befestigung an der Felsenspitze, aber dann hat einer aus unserer Kolonne seine Kenntnisse nicht länger unterdrücken können und hat eine schlichte Zeichnung gefertigt, und aus der war ersichtlich, daß bei der gegebenen Höhe der Wand und der gegebenen Länge des Seils der Wagen nur eine Position gewinnen könnte, in der sich die fallenden Steine ihm gleich auf die Ladefläche schütten müßten. Das mochte aber der Fahrer nicht. Wieder traten die Kundigen zusammen, und wie eine verantwortungsbewußte Jury, die Leben oder Tod nicht ausgibt, ohne lange nachgedacht zu haben, ließen sie viel Zeit vergehen bis zu ihrem Spruch, und als sie den endlich gefunden hatten, sprach der Kommandoführer mit meinem Spezialbewacher, und der zeigte an, daß er keinen Einspruch wußte. So hängten sie mir ein Hanfseil um den Hals, steckten mir einen großen Meißel in den Hosenbund und schickten mich die Wand hinauf. Die Warschau-Nordwand. Den Piz Polonia. Die Knastspitze. Den Monte Oddziałowy.

Gewiß, ich war der Jüngste, aber ich war kein Alpinist. Ich war vielleicht auch der Entbehrlichste, aber nicht in meinen Augen. Ich war für so luftige Unternehmungen gar nicht gut; ich war für Keller voll Weißkraut ganz gut, sehr gut sogar, aber für Dachböden, denen das meiste der vier Wände und das Dach und der Fußboden fehlte, war ich überhaupt nicht gut.

Ein Glück nur, daß die Kundigen auch weiterhin zugegen blieben, sie schrien mir bei meinem Aufstieg Rat zu für Griff und Schritt und Tritt, und vielleicht nicht einmal mein Pech, daß ich selten ein Wort verstand.

Uwaga! schrien sie, das hieß: Achtung!, und ostrożnie! schrien sie, das hieß: vorsichtig!, und wer weiß, wie ich mich angestellt hätte ohne so guten Rat, und wenn sie na lewo! oder na prawo! schrien, was nach links oder nach rechts bedeutet, störte mich nur, daß sie es gleichzeitig taten, aber ich erreichte doch, daß sie von Zeit zu Zeit ganz einer Meinung waren – immer wenn ich innehielt bei meiner Route durch die Wand, sei es, um den besten Weg über die nächste Felsnase zu berechnen, sei es, weil mir so bläulich wurde wie von einem zu schweren Kohlehammer, immer dann wurde mir der kundige Zuspruch: Dalej do góry!, was, Überraschung, weiter nach oben! heißt.

Von anderen Kundigen hatte ich schon früher gelernt, man dürfe bei so vertikaler Veränderung nicht nach unten sehen, und das war eine Weisung ganz gegen meine Natur. Ich bin mit Lots Weib verwandt; ich keuche schwer unter solchen Auflagen, und zudem sehe ich nicht, wie einer bei einem Unternehmen, das seine ganze Umsicht fordert, auf einen so wichtigen Ausblick wie den auf die Erde verzichten kann. Ich habe nach unten gesehen, und es ist mir davon nicht schlechter geworden und auch nicht besser, und ich habe um mich gesehen, und davon ist mir allerdings sehr schlecht geworden, denn von allen Gebäuden ringsum war kaum eines so wenig versehrt, wie das Gefängnis, und Wände wie die, an der ich aufwärts ritt, gab es in großer Zahl.

Einmal aber habe ich den Gipfel erreicht, und wie ich die Wand zwischen meine Schenkel klemmte, taxierte ich ihre Dicke und Festigkeit auf die eines Blattes Löschpapier, und die Schwingungen, die ich zu spüren meinte, gingen nach meinem Überschlag weit über physikalische Vorschriften hinaus.

Mein Bodenpersonal hat gesorgt, daß ich nicht allzu tief ins wissenschaftliche Grübeln geriet; ich wurde angewiesen, die Mauer vermittels des Meißels Stein um Stein abzutragen. Ich hätte rascher gefolgt, wäre jemand mit mir gewesen, mich auf dem Grate abzustützen, aber ich war ja weitgehend allein, und meine Hände brauchte ich, weil mich der Wind so hoch da oben nicht recht dulden wollte.

Andererseits machte der Posten da unten, der mein persönlicher war, Anstalten, mir mit seinem Gewehr in die Pantinen zu schießen, und wie mir die dicken hölzernen Sohlen beim Aufstieg recht lästig gewesen waren, so schienen sie mir nunmehr gar nicht dick. Folglich löste ich wenigstens eine Hand vom Stein und gab ihr den Meißel zu halten, und weil das keine leere Geste bleiben durfte, stocherte ich in der nächsten Mauerfuge, und, siehe, es bewegte sich, und ein Brocken, der wohl zwei Fuß höher als ich selber war und sicher achtzehnmal schwerer als ich, löste sich aus dem Gefüge und fiel aus den Wolken hinunter zu meinen kundigen Beratern.

Die hatten aber ihren Halbzirkel schon weiter gezogen, und zuerst haben sie jeden freien Fall, den ich in Gang setzte, mit zufriedenem Geschrei begleitet, dann schienen mir einige raten zu wollen, welchen Quader ich als nächsten befördern sollte, und schließlich, als immer nur Steine herunterkamen und keinmal ich, verliefen sie sich. Und auch von meiner Höhenfurcht hat sich einiges verlaufen. Zwar hatte ich Mühe, mich gegen den Gedanken an den Abstieg zu stemmen, und als mir einmal der Meißel beinahe entglitten war, habe ich mich eine Weile des Atmens enthalten, aber gar nicht so spät gewann die Wand an Stärke und Breite, und der Wind legte sich und auch der Sturm in meinem Herzen, und als ich die ersten lockeren Schichten der Mauer abgetragen hatte und schon zweimal über ihren Winkel geritten war, wurde ich beinahe seßhaft auf ihr.

Weil der Mörtel fester wurde mit jeder tieferen Schicht, ließ ich mir einen Hammer an das Seil binden, und mit einiger Anstrengung, die mich wieder meinen Schweiß riechen ließ, brachte ich mich zu beidhändigem Umgang mit dem Werkzeug und zu freihändigem Ritt auf der rauchgeschwärzten Zinne. Und als der vertraute Geruch von Kapustasuppe im Aufwind an mir vorbeikam, ließ ich das Seil hinab, und sie banden mir einen recht anständig gefüllten Henkeltopf daran, und es machte mir ein gutes Stück Tageslohn, daß ich, wie ich mit meinem Holzlöffel vom säuerlichen Kraut genoß, denken konnte, meine Art, die Speise einzunehmen, sei wahrscheinlich zu den selteneren zu zählen.

In jedem Alter ist man anders bestechlich; ist man sehr jung, muß man sich nur für besonders halten können. Und natürlich, meine Besonderheit da oben mußte mir ja lieber als die auf der Erde sein. So kam, wie ich an der Mauer meißelte, auf der ich saß, eine seltsame Wohligkeit auf, und es fehlte nicht viel, daß ich den Wächtern auf den Türmen meines Gefängnisses, die aus den Schießluken zu mir heraufsahen, gewinkt hätte, mit dem Hammer in der Faust wohl gar. Ich war besonders und auch noch von rechtschaffener Art; ich leistete einen Dienst, bei dem ich mich nicht schonte, und man sah mich dabei. Und dann: So schlimm konnte es auch nicht mehr um mich stehen, denn Dr. Crippen hätten sie bestimmt nicht in diese Höhe gelassen, wo man einer entschiedenen Art von Freiheit sehr nahe war, und wenn sie mir die Freiheit ließen, ihnen hier zu entspringen, dann wußten sie wohl, daß ich mich der Hoffnung und des Anspruchs, auf eine andere und weniger bestürzende Weise freizukommen, noch lange nicht begeben hatte.

Gedanken wie diese ziehen Widerspruch an; hier ging er: Und wenn sie nun hoffen, du fällst? Wenn du ihnen Arbeit spartest dadurch? Weil sie dich loswürden ohne ihr Zutun? Du tust einen Fall und löst deinen Fall, und niemand fragt, ob du einer gewesen bist. Für den Fall, du bist unschuldig, hat niemand Hand an dich gelegt, und für den Fall, es findet sich doch ein Schuldbeweis, hast du dich nur früher erledigt.

Für eine lange Weile habe ich mich wieder nicht zu rühren gewagt, und das Rufen meines persönlichen Postens überhörte ich, und meinen Blick habe ich in der Waagerechten gelassen und an einem fernen Kirchturm festgemacht.

Es hat mir auch nicht gutgetan, daß mir zum Kirchturm und zu meinem Sitz auf schmaler Höhe die Schauergeschichte vom Sturz des Zimmermannes in Meldorf eingefallen ist, eine Geschichte, von der ich inzwischen argwöhne, sie habe sich an verschiedenen Orten so zugetragen oder habe sich nicht zugetragen, und zwar an verschiedenen Orten.

Der Zimmermann, vielleicht doch in Meldorf, ist vom obersten Rang des Kirchturmgerüstes gefallen, ist dem sicheren Tod entgegengestürzt, und als er an seinen Kollegen, die in mittlerer Höhe des Turmes beschäftigt waren, fallend vorbeigekommen ist, haben die ihn sagen hören, und es soll etwas verdutzt geklungen haben und auch sehr bestimmt: Ab geht er!

Wahr oder nicht, die Sache hat mich sehr beschäftigt, weil sie so gegen die Erwartungen ging. Hätte es von dem Stürzenden geheißen, er habe gellend geschrien oder im Vorbeikommen noch gebeten, man möge sich doch um seine alte Mutter kümmern – ich hätte sie zuerst mit Schaudern geglaubt und wäre ihr dann langsam entwachsen. Aber: Ab geht er!, das war wie ein Schlag mit einem kurzen und festen und trockenen Brett; es war von hanebüchener Möglichkeit. Und das wieder war ein gutes, ein passendes Wort für mich; was mich umstellte, waren hanebüchene Möglichkeiten.

Aber eine Möglichkeit schien mir denn doch zu ungeschlacht: Sie hätten mich nun schon einige Male vorm Letzten Aufruf bewahrt, hätten mir meine Geschichte zu immer weiterer Spannung angeschärft, um sie dann mit einem plumpen Betriebsunfall zu beenden? Das war, wie ich die Geschichten kannte, gar nicht gut.

Und nun gar ein Zutun der Justiz zu meinem Ende? Ein Zutun, das sich die Form des Unterlassens gibt?

Das war keine hanebüchene Möglichkeit mehr; das war hanebüchener Unfug.

Der aufgeschossene Mauerrest war eine Drohung. Die Drohung mußte aus der Welt. Sie kam nur aus der Welt, indem man die Mauer abtrug. Abtragen hieß bei der gegebenen Lage: Stein um Stein. Dazu mußte einer die Steine reiten. Mußte sie erst einmal besteigen. Und mußte also ein Junger sein. Ich war der Jüngste. Was ich sonst noch war, kam nur hinzu.

Die wollten die Mauer fällen, nicht mich.

Und ich, wenn ich wieder auf die Erde wollte, ich mußte die Steine abtragen. Ich mußte mir den Halt unterm Hintern wegschlagen, wenn ich endlich wieder Halt gewinnen wollte. Es war die einfachste Geschichte der Welt, zu der das trockene Wort: Ab geht er! eigentlich gemeint gewesen war.

Ab geht er! sagte ich und hatte für diese Mauer mein Losungswort und hantierte fortan recht wirtschaftlich mit Hammer und Meißel. Und als einer der Chefs da unten Feierabend gebot, machte ich den Strick im Knick eines Gasrohrs fest und sicherte meinen Abstieg mit ihm, und als sich mein Posten neben mich stellte, glaubte ich mit einem kurzen wahnsinnigen Gedanken, mein persönlicher Posten sei ein ganz klein wenig stolz auf mich.

Es ist meine Mauer geblieben. Sie ist es um so mehr geworden, je weiter ich sie aus der Welt schaffte. Als ich sie bis in eine ungefährliche Höhe abgetragen hatte, mußte ich meinen Anspruch auf sie sogar verteidigen. Ein Mensch, der ganz gut im Futter stand, weil ihn mehrere Damen versorgten, schickte sich eines Morgens an, den Wandrest zu besteigen, und von mir wollte er den Meißel haben. Ich habe aber den festeren Griff gehabt, und den Mann habe ich von da an immer im Auge behalten.

Aber von den Steinen drohte mir bald keine Gefahr mehr. Hin und wieder war etwas mehr bedachte Vorsicht angebracht, bei starkem Wind und bei Regen, und ich habe eben noch mehr bedacht, was ich auch so schon mit aller Vorsicht tat. Ich zog dann die Kapuze tief ins Gesicht, hielt die Augen auf dem Gemäuer, warf schnelle Blicke dorthin, wohin ich die abgeschlagenen Steine werfen wollte, und hielt mich mit größerer Beteiligung des Herzens nur an Orten auf, an denen niemand hatte ahnen können, daß Mark Niebuhr eines Tages auf diese Weise eine von Warschaus Mauern niedermachen würde.

Genau so ist der Gedanke gegangen: Wer hätte gedacht, daß du einmal auf diese Weise eine von Warschaus Mauern niedermachen würdest. Wer hätte gedacht, daß du einmal eine von Warschaus Mauern auf diese Weise niedermachen würdest. Wer hätte das gedacht. Auf diese Weise. Auf andere Weise? Doch, auf andere Weise dich als Mauerniedermacher zu denken, in Warschau als einen von vielen Mauerniedermachern, das ist dir zwar nicht in den Sinn gekommen, aber nur, weil dir Warschau nicht in den Sinn gekommen ist, doch als Niedermacher bist du dir schon in den Sinn gekommen.

Ich war ja als Niedermacher gemeint gewesen, wie mein Vater so gemeint gewesen war und mein Bruder und der Steinsetzer Fehmlin und alle anderen auch, die in Marne deutsche Hosen trugen oder auch französische Knickerbocker.

Nein, ich habe nicht etwa gedacht: Also ist es in Ordnung, wenn du so im Wind auf dieser Ruine reitest. Ich habe nur gedacht: So überaus verwunderlich ist es nicht. Es hätte ja sein können, ich wäre in der Nähe gewesen, als die Mauern hier fielen. Es hätte sein können, ich hätte mich diesen Mauern genähert, als sie noch standen. Ich war ihnen nahegekommen, als sie schon gefallen waren, da war es nicht so überaus verwunderlich, daß man mich in der Nähe der Reste hielt. Es wäre verwunderlich gewesen, wenn man es mit einem getan hätte, der gerade auf der Durchreise von Canberra nach Valparaiso vorbeigekommen war. Oder mit einem Eskimo. Oder mit einem Schweizer.

Aber ich war auf anderer Durchreise gewesen. Nach Lublin vielleicht? Um Gottes willen, nicht nach Lublin! Nach allem, was man jetzt von mir vermutet, um Gottes willen nicht nach Lublin!

Aber es hätte nach Lublin sein können. Mark Niebuhr auf der Durchreise zum Niedermachen von Lublin. Etwas früher, und es hätte sein können. Etwas früher, und ich hätte auch eingereist sein können, um Warschau niederzumachen. Es war eine Sache von Geburtsdaten und Mobilisierungsplänen. Ich war nicht früh genug geboren worden, um so nach Warschau zu kommen, aber rechtzeitig, um nach Warschau zu kommen. Mir blieben nur die Mauerreste, und das war doch besser, als hätten die Mauern auf mich gewartet, hätten gewartet, daß ich sie niedermachte.

Ich hätte mich, als ich den Hausrest von Warschau mit Hammer und Meißel zerteilte, mit Freuden an jeden anderen Platz der Erde tauschen lassen – jenes unbeschriebene und ungesehene Lublin ganz sicher ausgenommen –, aber es war die Ahnung einer Ahnung in mir, daß es nicht so gänzlich unsinnig war, mich, wo ich nun schon in Warschau weilte, auf diese Weise mit Warschaus letzten Mauern zu beschäftigen.

Ich habe eine manchmal etwas grobschlächtige Art, mir etwas zu verdeutlichen; ich vergrößere eine Sache ins Riesige, oder ich bringe sie auf Zwergenmaß, und ich denke mir in übertriebenen Dimensionen einen Prozeß, in dem es in Wahrheit nur mittelmäßig und daher nicht sehr übersichtlich zugeht. Und als ich mich fragte, ob es mit meinem Aufenthalt auf der Ruine seine gerechte Richtigkeit habe, sagte ich mir: Gesetzt, du wärest aus deiner Mutter Küche fortgegangen, um Brot zu holen und der jungen Frau Fehmlin in den Nacken zu sehen, und dann hättest du dich nach jäher Schaltung haushoch im Wind gefunden, fremdes Werkzeug in Händen, fremden Stein zwischen den Knien und ganz in der Nähe eines fremden Gewehrs – da läge, darf man vermuten, ein Fehler vor.

Es liegt auch so ein Fehler vor, ein gräßlicher Fehler, aber immerhin: Ich wollte nicht zum Bäcker, als ich aus dem Hause ging.

Ich bin nicht freiwillig gegangen, aber ich bin gegangen, und die Richtung, die ich eingeschlagen habe, die Richtung von Marne über Kolberg und Gnesen nach Kłodawa, die hätte mich, wäre ich ihr um ein kleines mehr gefolgt, nach Warschau geführt. Wie es jetzt Mühe kostete, mich in Warschau zu halten, hatte es einmal Mühe gekostet, mich von Warschau fernzuhalten. Es hatte wohl doch das eine mit dem anderen zu tun.

Ich war nicht bußfertig mit solchen Gedanken; ich half mir nur aus dem Unheimlichen heraus. Was man sagen konnte, hatte schon Vernunft; was man mit nüchternen Worten sagen konnte, war nicht unheimlich. Wenigstens was sich ausrechnen ließ, wollte ich ausrechnen; es blieb genug, was unheimlich blieb.

Nein, ich war nicht einverstanden mit dem Verhältnis zwischen mir und dem Mauerrest; bei Gott, ich war nicht einverstanden, ich war aufgebracht, aber an üblen Zauber konnte ich nicht glauben. Ich verwünschte meine Lage, aber ich war nicht durch Verwünschung in sie geraten. Es hatte Befehle gegeben und Gehorsam; meine Lage kam von den Befehlen her und vom Gehorsam, und ...

Und? Und was kommt nun? Was rechnest du nun herbei, Mark Niebuhr? Stehst an der Wand und bündelst deine Missetaten? Machst dem Rektor die Arbeit und dem Prokurator? Weißt du nicht mehr, daß sie dir in jedem Falle die drei Striemen ziehen, ins sündige Fleisch, ins unschuldige, gleichviel?

Halts Maul, Niebuhr! Reite die Mauer nieder, zeige dich willig, wo es um Arbeit geht, aber zeige dich nicht willig, zeige dich nicht, wenn sie Schuld verteilen.

Ich habe diese Stadt nicht angezündet, Herr Rektor, ich bin nie in Lublin gewesen, Herr Prokurator. Erst mal, Herr Prokurektor, erst man mal die Beschuldigung.

Das war ein Vorteil, den mein Arbeitsplatz mir bot: Man konnte die Gedanken zu Ende bringen. Man schlug die Steine aus den Fugen, schob sie über den Rand in die Tiefe, sah ihnen kaum noch nach, achtete nur, daß einem das Werkzeug nicht entglitt, wenn man ein Stück weiter rutschte, brauchte nicht viel Kopf für den Vorgang und konnte Gedanken zu Ende bringen.

Da war es sogar von Vorteil, daß ich die Sprache des Landes nicht verstand, denn meine Kollegen schnatterten wie die Teufel beim Steineräumen. Bestimmt war, was sie sich mitzuteilen wußten, von kriminellem Belang, und wäre ich auf eine unreinliche Karriere ausgewesen, hätte ich bedauern müssen, daß ich an diesem Umlauf von soviel besonderer Erfahrung nicht beteiligt war, aber ich hatte mir ja jede Laufbahnbetrachtung verboten, weil sie Planung und böse Ahnung eingeschlossen hätte, und so empfand ich den Verlust doch nicht als allzu schmerzlich.

Zumal ich Zeit und Raum, Gedankenzeit, Gedankenraum, für mich gewann. Was alles nicht heißt, daß mir die Außenwelt entgangen wäre. Ich glaube, wem das in solcher Lage widerführe, der wäre doppelt traurig dran. In einem Gefängnis muß man einfach Bescheid wissen, sonst wird man schnell genagelt. Die Machtverhältnisse sind dort immer auf der Kippe, und wer sich nicht Übersicht verschafft, wird Scheißeträger. Wenn man, zum Beispiel, seinen gehobenen Platz auf der Mauer behalten will, muß man wissen, wessen Witze gut sind und wessen Witze keine sind, und was heißt, man versteht die Sprache nicht, man muß es wissen. Man muß wissen, wem man den Vortritt lassen muß am Essenkübel, ohne daß es aussieht wie Vortrittlassen, und man muß wissen, wem man ruhig auf die Pantinen pinkeln kann. Man muß wissen, daß man sich von niemandem, von niemandem auf die Pantinen pinkeln lassen darf. Es gibt zehn Arten, auszuweichen, und es gibt mehr als zehn Arten, die Zähne zu zeigen.

Die Posten sind wichtig, aber sie sind nur befristet da. Man gehorcht ihnen, und man weiß, sie gehen vorüber. Sich mit ihnen anzulegen wäre unklug; sich mit ihnen einzulassen ist töricht. Dein Verhältnis zu den Posten und dein Verhältnis zu den Kumpanen sind Teile eines kommunizierenden Systems; machst du dich laut im Rudel, hört der Aufseher sehr wach nach dir, machst du dich mit dem Schließer gemein, können deine Kumpel unerträglich vornehm werden.

Man lernt das alles auf unterschiedlichen Wegen. Das eine findet man durch Nachdenken heraus, das andere wird einem eingebleut. Faustschläge sind selten; man sieht sie zu leicht. Aber auf der Treppe ein Tritt in die Kniekehlen, das ist schnell zu haben, und bei dem Pantinenkrach darf ruhig einer stöhnen. Tatwerkzeug Nummer eins ist der Ellenbogen. Dolch und Rittersporn. Kurzer Schlagweg, starke Wirkung. In der Deckung des eigenen Körpers den knorpeligen Spitzwinkel in einen anderen Körper gerammt, das schafft Freiraum. Unter Eingesperrten ist Ellenbogenfreiheit noch wörtlich gemeint. Man hat mir das alles beigebracht, und wenn ich es auch nie mehr benötigen will, so werde ich es doch nicht vergessen. Ich habe, soviel zu sagen sei mir gestattet, schnell gelernt.

Beispiel: Da war ich schon um ein Viertel herunter von meiner ursprünglichen Höhe, hatte etliche Dutzend Ziegellagen mit dem Meißel abgesprengt und in die Schlucht zwischen Mauerrest und Gefängnismauer geworfen und war also schon eingeübt in diese halbwegs erträgliche Art des Niedermachens. Ich hatte der Wand bereits die rissige Spitze genommen und ritt schon auf ihr und fürchtete mich auch nicht mehr sehr, denn wie fest die Steine verbunden waren, wußte ich zu gut, und selbst rückwärts kam ich ohne viel Bemühung über den Mauerwinkel, und, natürlich, so ging ich aufs Eis. Ich war nun in ungefährer Augenhöhe mit dem Posten auf dem nächsten Turm, und der schien ein halbwegs spaßiger Mensch zu sein. Wenn er die Wache antrat, grüßte er so polnisch zu mir herüber, Zeigefinger und Mittelfinger fast waagerecht vor der Mitte des Mützenschirms, und dann hob er den Zeigefinger drohend, zeigte auf mich und tätschelte den Lauf seines Maschinengewehrs und freute sich über seinen Scherz, und wenn eine besonders stramme Gattin zu Besuch war bei einem vom kriminellen Bodenpersonal, dann zeigte mir der Posten, was ihm bei solchem Anblick in den Sinn kam, und dazu benötigte er die rechte Faust und den rechten Unterarm, und die linke Hand mußte her, den rechten Arm mit festem Griff über der Beuge zu bändigen. Ein spaßiger Mann, ganz ohne Zweifel, und es wäre eine große Dummheit von mir gewesen, das nicht zu bemerken.

Ich machte die größere Dummheit: Ich wollte ihm den Spaß nicht schuldig bleiben, und als zur nächsten Mittagsstunde der Trompeter im Radio vor den nahenden Tataren und Mongolen warnte, tat ich, wie ich bei Herrn Dąbrowski gesehen, turnte auf der Mauer und blies das Signal durch die Faust in viermal verschiedenen Wind.

Der Posten war dankbar, und auf dem Heimweg erfuhr ich, wie wenig meine Gefährten das mochten.

Soviel hornige Ellenbogen brauche ich für all mein weiteres Leben nicht mehr, um Herr zu werden über unangebrachten Humor. Die Lektion ist mir in die Rippen eingetragen, und wenn man so will, hat mir der Bauch geschmerzt vor Lachen.

Vom Lachen. Wegen des Lachens. Beim Lachen jedenfalls, später, als ich wieder lachen konnte. Wieder lachen durfte. Über die Scherze meiner Kumpane. Und nur sehr bemessen über Wächtersscherze. Und zurückgescherzt habe ich nicht mehr. Ich nicht. Wenn ich nicht allein mit den Wächtern war, nicht.

Wir machten, auch wenn wir alleine waren, nur selten Scherze miteinander.

Ich bin ein sehr ernsthafter Mauerniedermacher gewesen, und wenn mir spaßig war, behielt ich es für mich. Das ging ganz gut, da oben im Wind und mit der großen Kapuze.

Wenn ich die Eigenarten nennen sollte, die ich hinzugewonnen habe, als man mich eingesperrt hielt, dürfte ich die stets wache Hoffnung nicht vergessen, ich könnte gleich etwas Wertvolles, etwas Verwertbares finden. Es ist, in aller Regel, nicht Scham, die dem Gefangenen den Blick nach unten drückt; er hält die Augen auf dem Boden, weil er fast alles, was hinausgeht über seine kargste Grundversorgung, stehlen oder finden muß.

Freilich braucht man nicht unfrei zu sein, um aufs Klauen zu verfallen – als ich mich am vierten Morgen zu meinem Arbeitsplatz hinaufhangeln wollte, war der Strick nicht mehr da. Der ihn nun hatte, mußte die Wand im Dunkeln erstiegen haben und ganz in der Nähe der Wächter auf den Türmen. Alle Achtung.

Oder es war einer der Wächter, pfui Deibel. Ich habe jedenfalls kein anderes Seil bekommen, und gefunden habe ich auch keines. Das machte mir viele Wege und brachte mich um meinen so besonderen Mittagstisch, und deshalb riskierte ich einiges und barg ein paar Längen Leitungsdraht aus der Wand.

Mein persönlicher Posten war aber ein etwas gieriger Mensch; nur nach offensichtlicher Überwindung ließ er mir von dem Kupfer so viel, daß es zur Kapustawinde reichte, und abends habe ich die unter Steinen versteckt.

Mein Posten achtete auch, daß ich von dem Gas- und Wasserrohr nur etwas hinunterwarf, wenn er es gleich an sich ziehen konnte. Wenn er in einer dringlichen Art Blondy! rief – den Namen hatte er mir angehängt und hatte ihn wohl von dem rötlichen Stoppelschimmer auf meinem Haupte abgeleitet –, dann meinte das meistens nur, ich sollte nicht vergessen, ihm von dem Metall aus dem Gemäuer zu pflücken.

Aber ich dürfte von seiner Habgier nicht reden; ich war ja viel schlimmer als er. Ich hielt nämlich nach Schätzen Ausschau dort oben. Ich hielt mich bereit, auf einen Wandtresor zu stoßen, und weil ich nicht wußte, wie solche Gefäße beschaffen sind, besorgte mich die Frage sehr, wie der Behälter zu öffnen sei, wäre er erst einmal gefunden. Vielleicht handelte es sich bei diesen Gelassen nur um stählerne Rahmen mit stählerner Tür, die man ins Mauerwerk versenkte und mit tarnender Tapete überklebte – dann hatte ich nichts zu fürchten. Dann brauchte ich nur auf so ein Nest zu treffen, und bei natürlicher Erledigung meines Auftrags mußte sich der Zugang zu ihm öffnen. Es auszunehmen, sollte wenig schwierig sein: Meine grauweißen Hosen waren weit genug, den Schatz, wäre ich erst einmal auf ihn gestoßen, abzudecken, und über den Knöcheln waren sie zugeknöpft, da würden sie halten, was ich ihnen zu verwahren gab, und durch die Taschenschlitze konnte man auch am Einsatz vorbei ins Hoseninnere greifen, und war ich erst fündig, dann gab es hier Stauraum genug.

Es würden doch nicht ausgerechnet Aktien sein, an die ich in dieser Wand geriete. Aktien wären gar nicht gut. Ich kannte mich mit ihnen nicht aus, ich hatte noch keine gesehen; ich wußte nicht, woran man ihren Wert ablas, aber ich wußte, daß diese Werte schwankten. Grimmiger Gedanke: Ich stoße auf ein Nest von Wertpapieren, deren Wert ich nicht kenne. Möglich, ich riskiere meine Haut für Anteilscheine einer bankrotten Bonbonfabrik; möglich auch, ich gebe für ein Butterbrot Urkunden weg, auf die sich ein Leben gründen ließe. Nein, Aktien wären nicht gut, obwohl meine Mutter stets freundlich von ihnen dachte. Als noch kein Krieg war, las sie die Todesanzeigen gern, und am Ende ihrer Lektüre hat sie immer gesagt: Aktien von St. Anschar müßte man haben! – Wodurch es gekommen ist, daß ich den Leichenbestatter Schüncke, der unserer städtischen St. Anschar-Filiale vorgestanden hat, sehr lange für einen fabelhaft reichen Menschen gehalten habe.

Aber jetzt wären Aktien nicht gut, von St. Anschar nicht und auch nicht von Gutehoffnungshütte. Denn schlimm genug, daß ich kein Kenner war; schlimmer: Ich würde einen Kenner brauchen, wenn ich auf jemanden hoffte, der ein Butterbrot hergäbe für ein Stück Papier.

Nein, Aktien schieden aus; ich wollte keine Aktien finden. Am besten, ich fand ein wenig Schmuck und einige ältere Münzen, goldene, da kam es auf die Prägung nicht so an. Dachte ich, weil ich von Münzen nicht mehr als von Aktien wußte. Ein paar Dukaten oder Dublonen, damit müßte man etwas anfangen können. An den rechnerisch richtigen Gegenwert war nicht zu denken, aber eben das Butterbrot müßte herauszuschlagen sein, wenn man in der Lage war, in goldener Münze zu zahlen.

Ich war bereit, meine Werte sehr vorsichtig in den Umlauf zu tun; streute ich sie richtig, ließe sich eine ganze Weile etwas fetter leben. Manchmal, wenn ich mich nicht fest zusammennahm, dachte ich an einen Tresor, in dem sich neben praktischen Perlen und Steinen auch einige Gläser Schweinefleisch und ein paar getrocknete Rindswürste fanden. Man hatte von Leuten gelesen, die ihre Lieblingsspeisen höchst verschlagen deponierten, und warum sollte man nicht auf so eine Lagerstätte treffen? Wenn ich imstande war, Gold und Edelstein zu finden, dann war ich auch der Mann, der einen Hort von Delikatessen entdeckt.

Weil aber dieses Thema als verwerflich galt, hielt ich mich an, nur andere, nicht eßbare Wertsachen in Aussicht zu nehmen, und ich beschäftigte mich mit dem Problem, wie ich Diamanten und kursächsische Taler bergen könnte, ohne das Interesse meines persönlichen Postens zu wecken.

Am besten noch, ich geriete an ein Bündel Geheimpapiere, nach denen ganz Polen schon seit Jahren fahndete. Ich würde sie vorderhand in ihrem Versteck belassen und um Audienz beim Naczelnik nachsuchen, bei dem würde ich in strammer Haltung rufen: Panie Naczelniku, starszy celi melduje, die Urkunden haben sich gefunden, aus denen hervorgeht, daß die Vereinigten Staaten von Amerika ursprünglich im Besitz der polnischen Krone gewesen sind; ich schätze mich glücklich, Ihnen die Unterlagen übergeben zu dürfen!

Ein Hering war mir dann sicher, soweit kannte ich den Mann, und womöglich fragte er mich nach weiteren Wünschen; ihm sollte offene Antwort werden.

Herr Naczelnik, wollte ich sagen, es ist ja vor allem Ehrensache, aber wo wir einmal darüber reden, habe ich nur die Bitte: Lassen Sie jede weitere mich betreffende Interrogation, setzen Sie mich vor alle Ihre Türen, und lassen Sie mich die Straße heimwärts ziehen. Ich will Ihnen vorher gerne noch jene Mauer gänzlich niedermachen, weil ich es angefangen habe und weil ich der Jüngste bin, aber, rundheraus, ich kann mich an die hiesige Art der Wasserentnahme nicht recht gewöhnen.

Ich fand, der Mann mußte gar nicht übertrieben hochherzig sein, um meinem Ersuchen zu willfahren – schließlich, durch mich hatte Polen nun einige Aussicht auf Amerika.

Doch ich habe die Dokumente nicht gefunden und auch nicht Brillanten und Eingemachtes; ich habe in meiner Wand überhaupt nichts von nennenswerter Bedeutung gefunden, bis auf eines, und das ist von nennenswertester und bedeutendster Bedeutung gewesen.

Ich fand den hölzernen Schubdeckel von einem hölzernen Griffelkasten. Das Wetter hatte ihn spröde gemacht und rissig gewellt, aber es war noch der Rest einer Vignette aus Röschen zu erkennen, und auf der Unterseite stand in verlaufener Schrift: Jadwiga Sierp/Wielkanoc 34.

Ein Name und eine Adresse vielleicht. Ein Mädchenname: Jadwiga. Das war sogar ein besonderer Name, ein Königinnenname. Irgendwer hatte mich tagelang gedrängt, ich sollte Jadwiga ins nächste Kreuzworträtsel nehmen und sollte nach der Gattin von Władysław Jagiełło fragen – polnischer Königinnenname, das wäre zu einfach, aber Gattin von Władysław Jagiełło, da hätten die zu tun.

Es war nicht gleich zu verwenden, und dann ist Edwin durch das Kreuzworträtsel gelaufen und ist zertrampelt worden, und danach habe ich fast alle Erinnerung an das schreckliche Spiel von mir abgesperrt, und eingefallen ist es mir immer nur, wenn ich mich fragte, warum nun gerade ich im Gefängnis war, und es brauchte stets einige Gewalt, bis ich meiner Erklärung zustimmte, daß der Totschlag und meine Verwahrung einander kaum berührten, da in dem Zug, aus dem sie mich als einzigen holten, mehrere gewesen waren, die, im Gegensatz zu mir, wirklich gewürgt und getreten hatten.

Jadwiga, Gattin von Władysław Jagiełło, erste polnische Königin; es war zu vermuten, daß dieser Name in vielen polnischen Griffelkästen stand.

Sierp kam wohl weniger häufig vor; mir war er jedenfalls noch nicht begegnet.

Jadwiga Sierp/Wielkanoc 34

Was hieß Wielkanoc 34? Hauptstraße 34 oder so etwas? Aber Straße hieß ulica, und auf den Straßenschildern, die ich gesehen hatte, stand zuerst ul., und dann folgte ein Name. Meine derzeitige Adresse lautete zum Beispiel: Mark Niebuhr, Warszawa, ul. Rakowiecka 37, und auf dem einzigen Schild, für das ich auf dem Weg von Praga bis zu dieser neuen Adresse Augen gehabt hatte, stand ul. Waszyngtona, und ich weiß, es hat mich gewundert, daß es so mit mir ausgerechnet über die Washingtonstraße ging.

Vielleicht hatte Jadwiga, als sie den Griffelkasten bekam, noch nicht gewußt, was ich jetzt wußte, denn man war ja noch sehr klein, wenn man einen Griffelkasten benutzte.

Aber nein, der blasse Namenszug stammte nicht von der Hand eines Kindes und schon gar nicht von der Hand eines Kindes, das noch mit dem Griffel schreibt. Wahrscheinlich hatte Jadwigas Mutter das geschrieben oder, wahrscheinlicher noch, die Großmutter. Großmütter machen so etwas, sie verschenken röschenverzierte Griffelkästen und schreiben auch gleich noch in den Deckel, wem fortan das schöne Kästchen gehört. Meine Großmutter hat mir immer Hemden geschenkt, und in den linken Hemdzipfel war stets mein Name gestickt.

Wielkanoc 34 – Rätsel dieser Art quälen mich. Ich bin also von der Mauer gestiegen – die Kapustasuppe drückte mich ohnehin, und es war mir nur einmal in den Sinn gekommen, ich könnte sie so öffentlich von mir tun, wie ich sie eingenommen hatte –, und vor dem Wiederaufstieg habe ich Eugeniusz geholfen, einen Schuttquader auf den Wagen zu werfen. Es war ihm meine Annäherung zwar nicht recht, aber höflich blieb er, und nach einem Blick auf die Schrift im Deckelchen sagte er: Jadwiga Sierp, Ostern 34, das ist lange her, und wenn man Sierp heißt, ist es eine Ewigkeit her.

Was bedeutet?

Was bedeutet, daß sierp das polnische Wort für Sichel ist, sierp i młot, Sichel und Hammer oder Hammer und Sichel, wie im Deutschen die Reihenfolge geht. Hedwig Sichel, glauben Sie, daß in Deutschland jemand Hedwig Sichel heißt?

Warum nicht? Ein Krämer bei uns heißt Wilhelm Sensstahl.

Wilhelm Sensstahl ist etwas anderes als Hedwig Sichel, und Jadwiga Sierp ist im Polnischen etwas ganz anderes, etwas sehr anderes, wenn Sie verstehen, wovon ich rede.

Nicht besonders gut.

Überhaupt nichts verstehen Sie. Wenn bei Ihnen eine Hedwig Sichel geheißen hat oder bei uns eine Jadwiga Sierp, dann kann es gut sein, die beiden sind jetzt zwei der kleineren Wolken über Jerusalem. – Mithin kann ich Ihnen nur raten: Laufen nicht ausgerechnet Sie mit einem Gegenstand herum, der einmal einer Jadwiga Sierp gehört hat, seit Ostern 1934 und wer weiß, wie lange dann noch.

Er ließ mich stehen, und ich glaube, wer mir zusah, als ich die Wand hinaufkletterte, konnte denken, ich flöhe nach oben. Zwei kleine Wolken über Jerusalem – das mußte mir niemand übersetzen. Es war eine Zeile aus dem Großen Wörterbuch der Schreienden Andeutungen. Man verstand nicht immer gleich, aber wenn man zu den Worten auch die Mienen las und zum Wortlaut den Tonfall hörte, brauchte man den Dolmetsch nicht, der einem sagte, daß hier von Mord und Totschlag die verdeckte Rede war.

Ich denke, es wird Unsinn sein, was man in alten Geschichten erzählt: daß es die Mörder immer wieder an den Tatort zieht – aber auf eine gewisse Weise ist es nicht ganz ohne Sinn: Sie müssen immer wieder davon reden.

Es verwundert mich, wo es mir einfällt, aber es ist so gewesen: Bereits nach dem dritten Verbandswechsel haben manche meiner Landsleute berichten müssen, wem sie schon allen zu Verbänden verholfen hatten, zu Verbänden und zu Gräbern, wann, wo, wie vielen und auf welche Art. Freilich hat niemand gesagt, er habe jemanden ermordet, nicht einmal von erschlagen oder erstechen oder erschießen ist die Rede gewesen. Ein bevorzugter Ausdruck lautete: Ich habe ihm eine verpaßt.

Aber: Ich habe ihr einen verpaßt, meinte nicht: eine Kugel.

Wenn man einem Saal voller Männer zugehört hat wie ich, hat man seine Schwierigkeiten, wo es heißt, der Mensch sei ein vernunftbegabtes Wesen. Denn ich habe dieses vernunftbegabte Wesen von seinem Anteil an der Beseitigung anderer vernunftbegabter Wesen reden hören – hat keine Vorderzähne mehr gehabt, weil ein Werfersplitter zwischen Nase und Grübchen im Kinn hochkant vorbeigekommen war; hat ein verbranntes Gesicht gehabt wie eine Maske aus narbigem Leder; hat nur noch eine halbe Hand besessen und keinen Fuß; hat nur einen Gummischlauch zu halten gehabt, wenn er pinkeln mußte; hat sich kaum noch geähnelt und seiner Mutter Träume bestimmt nicht mehr, aber: Dann habe ich ihm eine verpaßt. Der erste, dem ich eine verpaßt habe. Denen habe ich aber was verpaßt. Der habe ich einen verpaßt, Mann, habe ich der einen verpaßt, Mann, tat das gut, Mensch, tut das weh. Und dann wir rein in die Bude und denen ein paar verpaßt.

Und ich zu der auf die Bude und der ein paar verpaßt. Mensch, Mann, oh, ach.

Ich verpaßte ihm eine, und ab ging er. Sitzt nun auf einer kleinen Wolke überm Wolchow rechts.

Sagte ein Kamerad zu mir, als wir in einem Lazarett rechts von der Weichsel lagen. Vielleicht war die Ärztin, die nach uns sah, vom Wolchow, weiß ich aber nicht. Ich weiß von der nicht viel. Doch, aus Baku war sie, das weiß ich. Ich weiß, daß sie sich mit dem Geschichtsprofessor Niebuhr gut auskannte und mit dem verfaulten Fleisch an meinen Füßen und daß sie Hauptmannsrang hatte und in hundert verschiedenen Tönen das Wort Deutscher sprechen konnte und daß sie eine Jüdin war. Ich kannte aber nicht einmal ihren Namen.

Was meinst du, Mark Niebuhr, was glaubst du: Könnte sie Dr. Sierp geheißen haben oder Frau Dr. Sichel? Wohnhaft Wolchow, Wolkenweg 34. Wielkanoc 34. Ostern 34. Frau Dr. Sierp, die Mark Niebuhr Ostern 45 die Füße heilte.

Der um Ostern 46 eine Mauer in Warschau niedermachte und dabei in einem Winkel zwischen Wand und Wand den Deckel eines Griffelkästchens fand.

Der im Grunde, ja, krümm dich nur, winde dich, zucke zusammen, weigere dich, der aber im Grunde nicht besser ist als sein Kamerad vom rechten Rand der Weichsel.

Dem eine Mauer nichts weiter ist als ein Abrißproblem und im Traume ein Fundort voll Geschmeide und Eingemachtem.

Der Tage braucht und das verwitterte Teil von einem Griffelkasten und die Übersetzerdienste eines eingesperrten Schwindlers, damit er wenigstens einmal einen Gedanken auf die Frage wendet, ob hier womöglich Menschen gewohnt haben.

Und was mit diesen Menschen geschehen ist.

Es hilft ja nichts, ich kann es nicht leugnen: Mich hatte bis dahin fast ausschließlich die Frage bewegt, was mit Mark Niebuhr geschehen war und was wohl künftig mit ihm geschehen werde.

Ich bestehe darauf: Ich hatte Gründe, auf mich zu sehen,

aber ich glaube, hätte ich es noch lange so gehalten, wäre ich nicht ohne großen Schaden davongekommen. Ich bestehe auch auf dem: Es ist schon öfter ein Flackern in mir gewesen, ein Flackern, aus dem eine Frage werden wollte, Flackern zu einem Zweifel hin, ob es denn richtig sei, mich gänzlich mit dem Jammer über mich selbst auszufüllen. Ich wußte von einigen stockenden Ansätzen, aber ich wußte auch, wie schnell ich mich von meinen Gedanken wendete, wenn sie mir die Gewißheit nehmen wollten, größeres Unrecht als mir sei noch nie einem Menschen geschehen.

So, Mark Niebuhr, und nun mal ohne Gedankenfeigheit: Hier hat einmal ein Haus gestanden, in dem hat eine Jadwiga Sierp gewohnt. Hat eine Großmutter gehabt, die hieß auch Sierp und mit Vornamen ... Ach, das ist doch nicht ... Doch, das ist ... Großmütter haben Vornamen, meistens sind es rührende oder auch komische, so sehr schon verklungene, aber auch sie machen den Menschen aus. Mark Niebuhrs Großmütter hießen Auguste und Friederike, und das ordnet sie ein in eine Zeit, und damit Jadwigas Großmutter, die mit dem Griffelkasten, nicht zeitlos wird und gesichtslos, muß sie einen Namen haben.

Wir können sie Teresa nennen oder Elżbieta. Vielleicht besser Elżbieta, weil eine Familie, die ihre Töchter nach Polens erster Königin Jadwiga tauft, womöglich nicht soviel gehalten hat von Maria Theresia und der ersten polnischen Teilung.

Wer sagt denn, Herr Eugeniusz, man hätte mich nicht über Ihr Land unterrichtet? – Polnische Teilung, weiß ich doch. Waren es nicht drei, und ist da die durch uns schon mitgerechnet? Jedenfalls, geteilt worden sind Sie öfter, und beim ersten Mal war Maria Theresia dabei. Soviel weiß ich, und ich habe auch gelernt, sie sei sehr streng gegen Andersgläubige gewesen, und ich glaube, man hatte ihr das teils gutzuschreiben und teils zu verübeln. Weil Maria Theresia katholisch war und weil sie uns Protestanten nicht mochte und die Juden natürlich auch nicht. Was uns auf die seltsamste Weise mit den Juden zusammenbringt; das fehlte noch.

Aber Jadwiga Sierp ist …

Das muß doch jetzt nicht hier hinein. Ich will mir ein Mädchen mit einem Griffelkasten vorstellen; da muß das Andersgläubige draußenbleiben, sonst geht das nicht.

Warum denn nicht, was haben denn Griffelkästen und Glaubenssachen miteinander zu tun?

Nichts, gar nichts, aber man soll doch sehen, ich gebe mir Mühe, Jadwiga Sierp wieder herbeizudenken – es hat geheißen, ich hätte mich auf diesen Mauern zu breit gemacht, hätte die verbliebenen Winkel ausgefüllt nur mit mir, und nun, wo ich das ändern will, wo ich gerade dabei bin, mir Menschen hier vorzustellen, Menschen in Wohnungen und mit Großmüttern und mit Griffelkästen, da soll ich auch noch Glaubenssachen hineinnehmen, Glaubenssachen und andere Sachen.

Ich meine, die Jadwiga Sierp, die war doch … und ich meine, ich wundere mich schon, daß ich das überhaupt weglassen kann, weil ich das mal als eine Hauptsache gelernt habe, und nun lasse ich das einfach weg.

Einfach ist gut, Mark Niebuhr. Niemand läßt etwas einfach weg, wenn er so viele Worte dabei macht. Niemand ist von so gestückelter Redensart und darf sich für einfach halten. Und sag mal, und damit im Geiste von Krämern gefragt, im Krämergeist und dir verständlich: Die Ärztin, du weißt schon, die, von der wir vorhin für möglich hielten, sie könnte Frau Dr. Sierp geheißen haben oder Frau Hauptmann Hedwig Sichel, die Ärztin ist doch so mit dir verfahren, daß du heute heil an deinen Gliedern bist und vielleicht sogar ein wenig klarer in deinem Kopfe – sag uns, und wohlgemerkt: wir reden in Krämergeist, sag uns, wieviel Gedanken hast du auf die Frage der Glaubenssachen und der anderen Sachen gewendet, wieviel Mühe hast du dir gemacht, die Glaubenssachen abzuteilen von der Frau, die sorgte, daß dir nicht die Füße verfaulten? Keine Mühe, gar keine? Hast die Ärztin genommen wie eine Ärztin und die Frau wie eine Frau und hast dir zweimal von ihr wohltun lassen ganz ohne Glaubenssachen?

Nun denn, Mark Niebuhr, hier unser Vorschlag frei von der Krämerseele: Hast du es mit der einen so gehalten, halte es mit der anderen ebenso – sei so freundlich, sei so gnädig, lasse dich herbei, sagen wir Krämer, auch in dem Mädchen Jadwiga nichts weiter, nicht mehr und nicht weniger als einen Menschen zu sehen.

Als einen kleinen Menschen, der zu Ostern 34 von der Großmutter einen Griffelkasten bekommen hat. Jadwiga kommt nun in die Schule, und bald wird sie selber schreiben können, zuerst mit dem Griffel, dann mit dem Bleistift, dann mit der Einsteckfeder und schließlich gar mit einem Füllfederhalter. Zuerst den Namen der Mama und dann den Namen vom Papa und bald auch den eigenen Namen, J-a-d-w-i-g-a, und dann die Namen von Sachen und Tieren und Straßen und schließlich den Namen von allem, was ist auf der Welt. Zuerst ist es unbegreiflich, wie man einen Griffel zugleich festhalten und bewegen kann und einen Strich mit ihm ziehen, einen geraden Strich, der dahin gerade geht, wohin er gehen soll, und der dort endet, wo er enden soll. Und dann wird es hexisch und teufelig: Man muß Bögen mit ihm ziehen und Schleifen, und die Buchstaben, die man mit dem Schieferstift in die Schiefertafel reißt, müssen einander nicht nur ähneln in der Form, sie müssen auch die gleiche Größe haben. Wer hätte geahnt, was einen in diesem Leben noch erwartet: Es soll eine Reihe von Wörtern über die Tafel gezogen werden, von links nach rechts, und die Reihe soll in der nämlichen Höhe enden, in der auch ihr Anfang war. Das muß man im Laufe eines einzigen Lebens gleich zweimal meistern: einmal auf einer Tafel, auf der rote Striche einem noch einen gewissen Anhalt geben, und später auf einem Schieferstück, das gar keine Markierungen hat. Und das auch kein Ende zu haben scheint, nach rechts und nach unten. Wenn man die Tafel mit dem Satz anfüllen muß: Ich muß stillsitzen!, dann hat die Tafel keine Ränder, sie dehnt sich, und es wächst ihr mit jeder Zeile, die man schrieb, Platz für weitere sieben Zeilen. Ja, man nennt es schreiben, und der Lehrer erzählt, daran, daß die Kinder es mit Griffel und Tafel erlernen, wo doch die Erwachsenen Papier und Tinte benutzen oder sogar eine Maschine, daran erkennt man, daß Kinder immer einen großen Anlauf brauchen, um in die Mitte der Welt zu springen. Man muß zuerst zurück, wenn man dann weit springen will. Zuerst ist immer ein wenig Steinzeit, sagt der Lehrer und lacht, und er sagt, er meint es nur so, weil Griffel und Tafel aus Schiefer sind, und Schiefer, das ist Gestein, und die Griffel kommen beinahe alle aus einem Ort, der Steinach heißt.

Halt, anhalten, was erzählst du denn da? Kinder, nun denkt euch, was der Mark uns erzählt! Soll die Geschichte von Jadwiga aufsagen und sagt seine eigene her. Spätestens wenn er von Steinach spricht und Steinzeit, kann es die Geschichte von Jadwiga nicht mehr sein, denn Jadwiga kommt aus Warschau, nicht wahr, und dort spricht man polnisch, nicht wahr, und im Polnischen wird sich aus Steinach und Steinzeit kein Wortspiel machen lassen; in Polen, Kinder, ist es anders.

Es war in Polen anders, das habe ich lernen müssen, aber es ist in Polen auch vieles so gewesen, wie es bei mir zu Hause nicht anders war.

Es mag anstrengend sein, das zu glauben, aber mit der Entdeckung, daß Jadwiga Sierp einen Griffelkasten besessen hatte, der meinem sehr ähnlich war, und eine Großmutter, die meiner sehr ähnlich war, und daß sie eine Geschichte hatte, deren Anfang sich erzählen ließ wie meiner Geschichte Anfang – mit diesen Entdeckungen bin ich zum ersten Mal wirklich über mich hinausgekommen; habe mein Los um kein Jota mehr gemocht, habe es aber um zwei Jota mehr verstanden.

Denn ich habe angefangen, das Haus, dessen Reste ich abtrug, noch einmal zu beleben, und weil ich lange nicht in einem polnischen Haus gewesen war und nur einmal in einem, in dem noch Menschen wohnten, mußte ich mir die Leute für meine Vorstellungen von dort herleihen, wo ich mich auskannte.

Es gab in Marne kein Haus mit sechs Stockwerken, das hat die Sache zunächst erschwert, weil meine Phantasie in solchen Dingen kleinlich ist, aber mit dem nicht sehr vernünftigen Einwurf, es habe in Marne ja auch keine Jadwiga Sierp gegeben, und doch kennte ich mich mit ihrem Griffelkasten aus, bin ich der Schwierigkeit erfolgreich begegnet.

Jadwiga wohnte im dritten Stock, denn ungefähr in dieser Höhe hatte ich das verwitterte Deckelchen hinterm Gasrohr gefunden. Jadwiga hatte eine Großmutter, die Elżbieta hieß, und ihr Vater war Buchhalter. Er mußte so etwas Vornehmes sein, weil Jadwiga immer einen weißen Kragen trug, mit gehäkeltem Rand, und weil ich das vornehme Türschild sah; es war oval und aus Messing und sehr blank; in schwarzen geschwungenen Buchstaben, die denen im Griffelkasten ähnlich waren, stand Myron Sierp darauf. Ich habe mir nicht erklären können, wie ich auf Myron kam. Wahrscheinlich hatte ich den Namen irgendwann gelesen, und ganz bestimmt hatte er mir gefallen, denn sonst hätte Jadwigas Vater nicht diesen Namen bekommen. Er war ein großer Mann, mager, aber von einer beweglichen Kraft, und er hatte dunkelrotes Haar, und seine Tochter hatte auch dieses Haar. Die Mutter habe ich nicht so gekannt, aber sie konnte bestimmt gut kochen, denn es roch immer wunderbar im Flur bei Sierps.

In der Wohnung ihnen gegenüber hausten zwei steinalte Schwestern, die hatten drei Sicherheitsketten an der Tür, und es hieß, sie hätten als junge Mädchen den größeren Teil eines Handelskontors für Telegrafenmasten geerbt, und sie lebten seither von all den Telefonen im Lande.

Über ihnen gab es die Familie Sikorski, und deren Kinder hatten vom Vater den Hang zum Spucken. Man ging nicht über den Hof ohne einen Blick hinauf zu den Sikorskis, und wenn eins von den Kindern im Fenster hing, beeilte man sich.

Vier Treppen links wohnten der Feuerwehrhauptmann und seine Frau. Der Hauptmann fürchtete nicht Feuer und nicht Wasser, und einmal hat er ein Kind aus dem höchsten Baum geholt, ohne Leiter, und weil er beim Abstieg seine

Hände brauchte, hat er das Kind mit den Zähnen gehalten, am Jackenkragen. Zu Hause hat er eine Schürze getragen, und seine Stiefel standen immer vor der Tür.

Im fünften gab es nur die Kowalskis, auf beiden Seiten vom Flur. Großvater und Großmutter, Vater und Mutter, Töchter und Töchter und Töchter und ein Brüderchen, Tanten und Neffen und Schwägerinnen und einen Kerl, der gar nicht Kowalski hieß, aber seit Jahren bei denen schlief. Wer weiß, mit wem, sagten die Leute.

Ganz oben war es auch nicht sehr übersichtlich. Einer lebte dort, der war Bildhauer, aber niemand hat etwas von seiner Kunst gesehen. Nur einmal, als die Kinder schon vom Hof waren, ist er in den Sandkasten gestiegen und hat den schwatzenden Frauen etwas in den feuchten Sand gebacken, und die Frauen haben gekreischt, und eine hat man bis in den Schlaf gehört, die hat siebenmal gerufen: Das muscha nu künstlerische Freiheit sein, Herr Steenbeck!

Natürlich hat sie nicht Herr Steenbeck gesagt, denn der war aus Marne, und Muscha nu war auch nicht Warschauer Mundart, aber das sind alles kleinliche Einwände, denn entweder sollen hier Menschen her oder nicht. Und so, wie sie hier gewesen sind, weiß ich sie nicht, da muß ich mir mit Marne helfen.

Aber natürlich, der Bildhauer hat Herr Staniczek geheißen, und die Nachbarsfrau hat polnische Worte gebraucht, als sie angesichts der kühnen Plastik im Buddelsand von künstlerischer Freiheit sprach. Und ob mir die Uniform des Feuerwehrhauptmanns auch immer nur schleswig-holsteinisch geriet und ich stets die Schilder auf den heimischen Telegrafenmasten sah, wenn vom Erbe der Schwestern bei Sierps nebenan die Rede war, oder ob der verdächtige Kerl bei Kowalskis dem Kohlenträger Blohm ähnlich wurde, der einen Mittelscheitel trug und sonntags einen weißen Seidenschal um den auch sonntags schwarzen Hals, oder ob eine gewisse Jadwiga manchmal einer gewissen Rektorstochter glich, mit der ein gewisser Mark Niebuhr ganz heiß in einer kalten Mühle gestanden hatte – ich habe mich mit meinem Vorsatz durchgehalten, das Haus, dessen restliche Reste ich mit Meißel und Hammer auseinandernahm, noch einmal zu errichten, es hinaufzuziehen bis zum sechsten Stock und es vom Keller bis zum Dach mit Menschen anzufüllen, von denen eine Jadwiga hieß.

Ich habe mich diesmal durchgehalten, aber das hat seine Folgen gehabt. Denn als ich das Haus errichtet hatte, wie es Ostern 34 aussah, und als ich mich zugleich und um Ostern 46 damit beschäftigte, die letzten Wände des Hauses zu tilgen, da mußte es ja einmal zu der Frage kommen, was zwischen diesem Osterfest und jenem geschehen war. Wie es geschehen war. Wem was geschehen war.

Und die Einsicht erhitzte mich und vereiste mich, daß ich keine Antwort wußte. Ich machte Wände nieder, von denen ich nicht wußte, wann die Flammen sie eingeschwärzt hatten. Es konnte im ersten Kriegsherbst geschehen sein oder im letzten Kriegsherbst, ich wußte es nicht. Ich wußte nur: Ob es im ersten Herbst geschehen war oder im letzten, das Feuer hatten wir gelegt. Und was verbrannt war, hatten wir verbrannt. Und wer gestorben war, der war von unserer Hand gestorben. Nur, wenn jemand von jemandes Hand stirbt, spricht man nicht von Sterben. Wer jemanden von seiner Hand sterben läßt, heißt Mörder. Außer es ist Krieg, dann heißt er nicht Mörder.

Es ist aber Krieg gewesen, und ich bin Soldat gewesen. Für einen Augenblick des Krieges nur.

Ich war nicht in Lublin. Ich kenne keine Jadwiga. Dies ist die erste Mauer, die ich niedermache.

Und weil ich einen Beweis meiner Unschuld wollte, habe ich das gesprungene Stückchen Holz, in dem der Name eines Mädchens stand und der Name eines entlegenen Festes, lange mit mir herumgetragen, trotz der Warnung von Eugeniusz oder wegen ihr, und es hat gedauert, bis es mir einer bei einer Revision am Tor achtlos fortnahm.

XVI

Über der Arbeit ist es Frühjahr geworden und Frühling. Man sah es am Gras zwischen den Straßenbahnschienen, und die Straße weiter hinunter standen noch Bäume an der Ulica Rakowiecka.

An manchen Tagen haben wir zu den Jacken die Hemden ausgezogen, und in der Mittagspause dösten wir in der Sonne.

Ob ich mich nun für verpflichtet hielt, auch hier einen höheren Standort einzunehmen, weiß ich nicht; ich bin aber auf das Dach des großen amerikanischen Wagens geklettert und habe mich auf der Plane langgemacht. Es hat niemand gemault, und ich habe wohlig die Arme ausgestreckt und habe die warmen Jutefasern unter meinen Händen gespürt und bin eingeschlafen.

Und bin aufgewacht. Von einem Geschrei. Von einer Bewegung. Von einem Radau, der mächtig genug war, mich zu wecken, nicht aber gleich mächtig genug, den Fahrer vom Fahren abzuhalten. Er wollte den Wagen wohl nur in eine bessere Ladestellung bringen, und er hatte keinen Grund, nachzusehen, ob auf seinem Dache jemand in der Sonne bade. Und er hat ja schließlich auch angehalten.

Das muß ich sagen: Meine kriminellen Kollegen haben teilnahmsvoll geschrien, um mich zu warnen und das Auto zu bremsen. Sie sind zu mir und dem Chauffeur durchgedrungen, und der trat auf das Pedal, als ich mich eben erhob.

Man hat es immer versichert bekommen, und man hat es auch immer geglaubt: Wie schnell so etwas geht!, aber wenn man dann segelt, erstaunt es einen doch.

Die verstärkte Bremse war des Fahrers Stolz, und sie versagte auch diesmal nicht; ein kurzer Sohlenhieb, und stille stand, was eben noch bedrohlich angefahren war.

Mich ausgenommen; ich fuhr noch etwas weiter. Es wird kein kraftvoller Bogen gewesen sein, er führte mich nur zur Erde.

Ich bin gleich wieder aufgestanden, das weiß ich. Ich werde mich blöde verwundert haben, nehme ich an.

Erst kommt der Sturz, dann kommt der Aufschlag, dann kommt der Schock, dann kommt der Schmerz.

Die Kundigen sind um mich herum gewesen, und Eugeniusz hat das Kunststück vollbracht, die durcheinanderschießenden Urteile simultan zu übertragen.

Die Meinung der Mehrheit war, mein Arm sei gebrochen. Der linke. Überm Knöchel. Glatt durch. Sieht man, sieht man deutlich, habe ich schon mal gesehen. Kein Wunder. Die Höhe, die Wucht. Ein Idiot. Selber schuld. Glatter Bruch. Heilt schnell. Muß aber geschient werden. Jetzt ist er blaß, der Schwabe. Jetzt ist er still, der Blonde. Jetzt bleibt er eine Weile unten.

Der Fahrer ist auch ganz blaß gewesen, und mein persönlicher Posten ist wütend gewesen. Er hat mir mit dem Gewehrkolben gedroht, und es hat einen Streit zwischen den Wächtern gegeben. Den übersetzte Eugeniusz aber nicht.

Es waren nur ein paar hundert Meter bis zum Gefängnistor, doch der Fahrer ließ es sich nicht nehmen, meinen Posten und mich dort abzusetzen.

Der Soldat mit dem weißen Schnurrbart verhielt sich etwas weniger gleichmütig, aber meine Taschen hat er abgeklopft, und die Hosenbeine hat er abgefühlt und den rechten Jackenarm. Meinen linken Arm hat er nicht angerührt; das machte etwas später der Arzt, dem ich schon nach dem Mißgeschick mit dem Kohlehammer vorgestellt worden war. Er machte es rüde, fand ich.

Er sprach auch rüde: Sind Sie ein Exzentriker? Ist nicht genug, was Sie sind? Genügt doch, daß man Ihnen das Genick bricht, wozu noch Arm? Und in Gefängnis. Wer bricht sich in Gefängnis Arm? Hier kriegt man Scheißerei und Phlegmone, aber Fraktur ist exzentrisch. Ich fasse das nicht an. Ich sitze ein und helfe aus, ich gucke in Hals und in Arsch, aber Ihre Fraktur wartet, bis Amtsarzt kommt. Ich habe nicht Röntgen, ich habe kein Gips, nachher wird es krumm, und weiß ich, ob man Sie aufhängt? Wenn, gehört Ihr Rest der Anatomie. Und die? Stoßen auf krummen Knochen und schreien: Kunstfehler, Kunstfehler! Sie kann es nicht kümmern, Sie sind dann kalt, aber mir schadet es an meinem Ruf. Sagt keiner: Verständnis, der Herr Kollege hat doch selber eingesessen. Heißt es nur: Der Mann ist nicht einmal einfacher Fraktur gewachsen. Spricht keiner von fehlendes Gips und ohne Röntgen. Kollegen, ich kenne die, oder glauben Sie, ich habe mich freiwillig zum Einsitzen gemeldet? Bin ich exzentrisch? Sie legen sich auf Trage und warten, bis Amtsarzt kommt. Der wird wütend sein, weil er möchte jedem von euch jeden Knochen brechen, und jetzt kommen Sie und haben selber angefangen, na, Frechheit.

Weil es nun doch übel weh tat, nahm ich die Rede dieses einsitzenden Arztes zunächst nur in ausgewählten Teilen auf, und ich konnte nicht ganz wütend auf ihn sein, weil ich ein Stück meiner Wut für mich selber brauchte: Stimmt ja, Niebuhr der Exzentriker! Ist fast zwanzig Jahre durch Krieg und Frieden ohne einen Bruch gekommen und muß es sich dann an einem Ort besorgen, wo es als exotisch gilt. Langt dir der Ort denn nicht? Ist es nicht genug, daß du hier bist? Ist nicht genug, was Sie sind? – Was hat der Kerl gesagt: Ist nicht genug, was Sie sind? Was weiß denn nun der? Der sitzt doch selber ein. Aber redet von Genickbrechen. Zu einem, der sich beinahe das Genick gebrochen hätte. Und ein gebrochener Arm ist wohl nichts? Aber der redet von Aufhängen, fast ernsthaft. Oder ernsthaft? Das ist doch wohl nicht dem sein Ernst, Anatomie!

Und eine böse Weile war mir, als käme mein Herzschlag nicht über dieses Wort hinweg, und wie er anhielt, hielt auch der Schmerz an, und weil es eine Frage von weiterem Leben war, habe ich das eine Wort und die ganze verkrustete Rede des einsitzenden Arztes vom Weg gedrängt und habe mir gesagt: Du bist hier wegen eines lachhaften Defekts, ein Armbruch ist noch nicht mal ein Beinbruch, von anderen Brüchen gar nicht zu reden. Gar nicht zu reden von Kniescheibenbruch oder Oberschenkelhalsbruch oder Beckenbruch oder Rippenbruch oder ... wie gesagt, gar nicht davon zu reden.

Lachhaft, nichts als lachhaft, du hattest schon immer eine Begabung, dich auf lachhafte Weise zu verletzen. Einmal hat er Bomben auf Adua gespielt und ist nach Hause gebracht worden wie aus einem wirklichen Krieg. Bomben auf Adua hieß vorher: In den Kasematten von Fort Douaumont, aber weil gerade der Abessinienfeldzug war, und weil in der Schulfilmstunde »Männer machen Geschichte« gezeigt worden war, hieß das Spiel »Bomben auf Adua«.

Es war so simpel, daß es sich kaum abnutzte, und Schauder und Entzücken mischten sich zur großen Lust. Einer kroch in einem Graben unter die Deckung eines blechernen Reklameschildes, und die anderen feuerten aus einem kniehohen, armstarken Katapult faustgroße Steine nach ihm. Der Gummizug stammte von einem Expander, und man hörte den Abschuß, und nach dem Einschlag auf dem Schild bestand man darauf, daß man im Augenblick gar nichts mehr höre.

Ich war gerade Abessinier und saß im Bunker von Adua und wartete auf die nächste italienische Bombe, da rief mich meine Mutter. Adua war ein gutes Stück von unserer Wohnung entfernt, aber mein Vater sagte von der Stimme meiner Mutter, die reiche hinüber nach Helgoland, und weil er wußte, wie man eine Behauptung stützt, fügte er hinzu: Muß aber das Wetter für sein.

Im Umland von Marne erreichte mich meine Mutter bei jedem Wetter. Sie rief meinen vollen Namen, und bei Wind und einiger Entfernung blieben oft nur noch die Vokale stehen, aber dieses Ahiijuh hörte ich immer, und dann wollte es der Brauch – mein Vater wollte es und hatte es auf seine durchdringende Weise zu einem Brauch gemacht –, daß man: Jahaha, ich kohomme! zurückschrie, alles stehen- und liegenließ und heimwärts eilte. Aber eilte!

Ich habe in Marne wirklich als artig gegolten, und ich sehe, es gab Gründe dafür.

Die Bombe auf Adua muß schon unterwegs gewesen sein, und der Ruf meiner Mutter war auch unterwegs, und sie erreichten mich ungefähr gleichzeitig, der Ruf kam etwas früher als der Stein, denn ich bin noch aus dem Graben aufgefahren, um meine Quittung zu schreien, dann schlug das Geschoß auf den Rand vom Reklameschild der Akkufirma Daimon, und seine Restkraft reichte, mir eine Skalpbahn abzuziehen und mir das verbliebene Tagesstück zu verdunkeln.

Dann hat er auch eine Narbe über der linken Augenbraue, sieht wie eine Falte aus, steht ihm gar nicht schlecht, ist aber von lachhafter Herkunft.

Ich besaß selbstverständlich einen Trommelrevolver. Der war für Gas gedacht und hatte natürlich einen aufgebohrten Lauf, und durch mehrere Wunder habe ich ihn überlebt. Ich trug ihn in der Jackentasche, und eines Abends rief ich meiner Mutter vom Hof aus zu, sie solle mir die Jacke aus dem Küchenfenster werfen. Die Flugzeit reichte dem Revolver aus, sich an die Spitze der Jacke zu setzen: Er traf als erster bei mir ein, und die Jacke habe ich den Abend gar nicht mehr angezogen.

Aber die Narbe steht mir, hat mal eine gesagt.

Und dann hat er sich ja den Arm gebrochen, so was Lachhaftes. Klettert wochenlang eine himmelhohe Ruinenwand hinauf und hinunter, und Wind und Gewissen und Holzpantinen machen den Platz nun wirklich nicht ungefährlich, und wie er schließlich unten ist, will er sich mal sonnen, und.

Ich spürte ein leises Nachglimmen auf meiner Haut; es war dem Brennen im Arm entfernt verwandt, und als es mich schauderte, dachte ich: Kann von der Sonne sein oder vom Bruch, und ich war versucht zu rufen: Wie gruselt mir, oh, wie gruselt mir jetzt!, und wirklich, es gibt das: Heulen und Zähneklappern.

Aber ich klapperte nur mit den Zähnen, denn zum Heulen, das hatte ich noch nicht vergessen, gibt es stärkere Gründe. Auch war es ja lachhaft. Und gemein war es. Gerade erst hat er sich einmal etwas von sich selber fortgebracht, hat sich durchgesetzt gegen sich mit dem Verbot, immer nur an sich zu denken, hat dem Gebot Geltung verschafft, daß es verächtlich ist, sich nicht umzusehen und die anderen nicht hineinzulassen in die eigenen Geschichten, da wirft es ihn vom Dach und macht ihn wieder zur großen und einzigen Einzelheit.

Es wirft ihn? Wer wirft ihn? War es der liebe Gott oder der Stinkteufel, oder waren es die Widerlinge, die man einsetzt, wenn einen das Gruseln gelehrt werden soll, waren es Hexen und Trolle? Wer wirft Mark Niebuhr und macht ihn zur zähneklappernden Einzelheit, wer will hier Mark Niebuhr werfen, den revolvernarbigen Abessinier aus Douaumont?

Weil ich merkte, wieviel mir in diese Frage geriet, und weil ich mich ihr nicht gewachsen fühlte, nahm ich mir vor, noch einmal in mein Haus zurückzukehren und mich an meine Vertrauten zu halten, die Sikorski und Kowalski und Jadwiga hießen und deren Geschichten stark genug waren, mich von meiner abzuhalten, aber vor diese Figuren aus Traumgeweb drängten sich andere, und weil ich sie sah und hörte und roch und einmal ganz besonders sah, mußte ich sie glauben.

Es waren – ist Wundfieber so schnell und so stark? – Frauen, einige ältere Frauen, viele junge Frauen, junge Mädchen auch. Es schien ihnen überhaupt nichts auszumachen, daß wir nicht auf dem Marktplatz waren oder im städtischen Waschhaus oder auf den Bleichwiesen, und ich schien ihnen schon gar nichts auszumachen. Sie waren ein Dutzend, und davon redeten vierundzwanzig durcheinander, und das, obwohl einige der Älteren verbissen schwiegen und zwei sehr junge Mädchen einander stumm bei den Händen hielten. Ein paar von ihnen begannen, die Jacken auszuziehen, aber sie ließen davon ab, als der einsitzende Arzt erschien und sich mit Mühe Gehör verschaffte.

Zwei seiner Worte kannte ich, weil es Hauptwörter der

Gefängnissprache waren: później! und: czekać! – später! und warten!, und die Reaktion der Frauen auf die Eröffnung kannte ich auch: Sie stöhnten Protest, als hätten sie später noch wer weiß was vor und müßten es unter Schmerzen versäumen, wenn man sie warten ließ. Und damit war gänzlich klar, daß sie gefangen waren wie ich oder einsaßen wie der Arzt. Aber ihnen schien nicht klar zu sein, um wen es sich bei mir handelte, und der Arzt rächte sich nun für den geringen Respekt, den sie ihm erwiesen, und winkte nur wortlos ab, und zu mir kam er herüber und sagte zu mir: Der Amtsarzt kommt etwas später. Es hat sich einer aufgehängt, sehr gepfuscht, lebt noch. Machen Sie das nicht. Lassen Sie es unsere Fachleute machen. – Es ist eine Schererei mit Ihnen: Gips! Es gibt in Gefängnis kein Gips. Man sucht jetzt den Maurer, vielleicht hat er. Sonst machen wir Ihren Arm in Zement. Müssen Sie eben etwas länger stillehalten, können Sie gleich üben, weil Sie ja bald sehr stillehalten müssen. Kriegen Sie Arm in Zement; ich sage: Exzentriker!

Er sagte es laut, es war das Wort seines Abgangs, und natürlich brachte es mir das schon abgeklungene Interesse der Frauen wieder ein. Eine von ihnen, die mir aufgefallen war, weil sie noch mehr als die anderen mit Händen und Hüften und Busen und Hintern sprach, rief mir fragend zu: Ty, ekscentryk, ty Niemiec jesteś?

Ich fand es nicht sehr intelligent, mich zu fragen, ob ich Deutscher sei, und man wußte auch nie, was nach der Antwort kam, und mir reichte es schon, daß mich der einsitzende Arzt andauernd Exzentriker nannte, aber dann war es wieder nicht so unangenehm, von einer hübschen Frau beachtet zu werden, und schließlich hatte ich ja eben noch fast gewaltsam nach Gesellschaft gesucht, um etwas weiter von mir loszukommen, also was denn nun?

Ja, bin ich, sagte ich, und mir war beinahe, als faßten sich die beiden kleinen Mädchen noch fester an den Händen, und das Geraune der anderen Frauen sprach auch nicht von Begeisterung.

Ty, Niemiec, sagte die Hübsche, und es war ihr anzumerken, daß sie ihren Nachbarinnen etwas vorzuführen gedachte, ty, Niemiec, an was du krank? Dann schien sie die Frage auf polnisch zu wiederholen, und ehe ich antworten konnte, rief eine der Frauen etwas, das ich nicht verstand, und sie konnte sich vor Lachen schon nicht halten, ehe sie ganz ausgesprochen hatte, und die meisten der anderen konnten sich dann auch länger nicht halten.

Die Hübsche kreischte fleißig mit, aber sie hatte die Vorführung angefangen; sie übernahm sie nun wieder: Ty, Niemiec, ty ekscentryk in cyrk, warieté, kabaret?

Nicht nur, weil sie nicht sicher sein konnte, ob es die Wörter auch im Deutschen gebe, zeigte sie, was sie unter einem Zirkusexzentriker verstand, und sie war gut dabei. Sie fiel über ihre eigenen Füße, hatte mal X-, mal O-Beine und hatte dann wieder so lange Arme, daß sie sich beinahe auf die Hände trat. Sie war sehr komisch, und sie hatte ihr Publikum ganz, und mich hatte sie zweimal. Ich vergaß beim Lachen beinahe meinen schmerzenden Arm, und ich vergaß ihn wirklich, weil soviel Weib auf einmal noch nie über mich hergefallen war.

Ich weiß, der Bruch hatte mich sicher etwas vorgewärmt, und die Wahrnehmungen waren einmal gedämpft und dann wieder übertrieben, aber diese Dame war wirklich von erhebend beschleunigender Art, und sie wußte es, und sie wußte, daß ich es wußte, und es machte ihr Spaß, daß ich es wußte, und fast glaube ich, es machte ihr mehr als Spaß, oder Spaß ist nicht ganz der richtige Ausdruck.

Sie war, wie die anderen auch, mit grobem Zeug bekleidet, aber sie war nicht aus grobem Zeug gemacht. Sie war eine von den Frauen, die eine Regentonne tragen können, und man sieht doch, wo sie weiblich sind. Fast glaube ich, wenn solche wie die nur den kleinen Finger zeigen, sieht man die ganze Hand, und man will die ganze Hand und die andere dazu und Arm und Arm und Hals und Bauch und Haut und Haar.

Sie war sehr erfinderisch bei ihrer Exzentrik, und von einigen ihrer Figuren wußte ich nicht recht, ob sie in den Zirkus gehörten, in die Kindervorstellung gehörten sie wohl kaum, und ich wußte nur, daß ich schon lange rote Ohren hatte.

Ty, Niemiec, sagte sie, du ekscentryk, ich żonglerka, was schmeißt mit Kugel; wir machen cyrk. Oder wir machen warieté? Tak, tak, wir machen warieté mit warianty, du ekscentryk, ich żonglerka, ich ekscentryczka, du żongler!, und sie zeigte uns allen, aber vor allem und vor allen mir, wie sie sich unser Varieté mit Varianten dachte, und wenn sie auch nicht aus grobem Zeug gemacht war, so war es auf lange das gröbste Zeug, was ich zu sehen bekam.

Schon, ich bin aus Marne, da hat man etwas nördliche Meinungen, was das Varieté betrifft und die Teile, die sich fürs Jonglieren nicht recht schicken, aber ich glaube, selbst in Marseille wird man kaum auf die Art Equilibristik vorbereitet, von der ich erstaunliche Varianten sah.

Sogar der einsitzende Arzt zeigte amüsiertes Interesse und ein wenig Bedauern, als er die Vorstellung unterbrach; er klatschte in die Hände, daß es wie Kommandos klang, aber vor der Hübschen machte er eine halbe Verbeugung dazu, da konnte sie es auch als Beifall nehmen.

Er schien den Bescheid zu bringen, daß der Amtsarzt gekommen sei, denn die Frauen stellten sich an der Tür zum Nebenraum in einer Reihe auf, und die ersten zogen die Jacken wieder aus und stiegen aus den steifen Röcken.

Nach dem Varieté eben beunruhigte mich das nicht sehr, zumal die Damen etwas eigenartige Unterwäsche trugen. Auch war mir jetzt wieder so, als hätte es das Blut in meinem Unterarm schwer, um die abgeknickte Ecke zu kommen. Und zu allem hatte sich auch noch ein merkwürdiger Gedanke eingefunden, eine seltsame Frage, die sich an eine fast verlorene Erinnerung hielt: Da war doch schon einmal etwas gewesen mit polnischen Frauen und mir und mit Zirkus oder Theater, und ich hatte doch schon einmal so dagelegen, aber anders, und die Frauen waren auch anders gewesen, aber ich hatte gelegen, und es waren viele Frauen gewesen, und es war etwas mit Theater oder Zirkuskunst gewesen. Mit Artistik. Mit mir als Artisten. Artysta, artysta!

Zuerst machte ich den Bruch im Arm für die Wiederholung oder die verkehrte Erinnerung oder das Fieberbild verantwortlich, aber als mir als weitere Doppelung die Verletzung eingefallen war, mit der ich in der ersten von all diesen vielen Nächten vor den Frauen im Stroh gelegen hatte, da wußte ich, daß ich nicht träumte, und lieber hätte ich dies geträumt.

Denn es war etwas Aufdringliches an der nur leicht verstellten Wiederholung; sie schien etwas bedeuten zu wollen, und ich wußte, daß ich es nicht verstehen würde, und wer mag so etwas wissen? Und es gehörte zu den Widerwärtigkeiten des verriegelten Lebens, daß alles, was geschah, so schrecklich an Bedeutung gewann. Natürlich, weil so wenig geschah und weil man viel zuviel Platz zum Grübeln hatte, aber die Erklärung hob das Übel nicht auf, und übler wurde es noch, weil sich andauernd Erklärer fanden.

Traumdeuter, Wahrsager, Ausleger aller Lebensbegebenheiten haben hohe Zeit, wo kein Ausgang ist. Ich habe diese Lagerschamanen gehaßt, weil sie ersichtlich von der Dummheit lebten und sich zu Autoritäten aufblähten, die Schicksal austeilten, indem sie es erfanden.

Und jetzt sah ich mich zu einem dieser Regenmacher laufen und hörte mich ihm die doppelte Geschichte von Mark Niebuhr und den polnischen Frauen vortragen, und ich fand mich unerträglich.

Darum fiel ich mir ins Wort, bevor ich mich an die Deuter verriet; gar nicht wahr, rief ich, es ist doch gar nichts doppelt: Damals war Januar, und es war noch Krieg, und jetzt ist April und in einem anderen Jahr, und es ist wohl Frieden. Damals haben sie mir Schmalz auf die wunden Füße getan, und jetzt warte ich auf Zement für meinen Arm. Damals haben sie mich für einen Schauspieler gehalten, und jetzt halten sie mich für einen Clown. Damals war ich in Gefangenschaft, und jetzt bin ich im Gefängnis. Damals hat alles angefangen, und jetzt muß es endlich aufhören, ach, mein kornbleicher Falbe ...

Ich hatte mich stöhnen hören, und ich öffnete die Augen und nahm mir fest vor, vor diesen Weibern in den grotesken Unterhosen nicht noch einmal zu stöhnen. Bleib der Deine, ich bleib Meiner. Mensch, zieh Leine, trüber Weiner. Schweig jetzt feine, hört mich keiner.

Ach, du doppelte Jungfrau, jetzt klappert er wieder! Ab geht er. Das Maul soll er halten, das exzentrische Maul. Mark Niebuhr, ahiijuh, ahiijuh ...

Ich faßte vorsichtig meinen verletzten Arm und setzte mich behutsam auf, und ich schob mich langsam auf der wachstuchbedeckten Trage rückwärts an die Wand, ich saß beinahe, und das Blut schien mir nun auch weniger laut durch den Armknick zu schlagen.

Die Frauen konnten nicht wissen, warum ich nicht mehr liegen mochte, und weil sie sehen mußten, daß ich sie nun besser im Auge hatte, verstanden sie es völlig falsch. Einige sahen mich böse an, und andere machten sich bestimmt über mich lustig. Das war mir aber gleich; alles, was mich aus den schwarzen Nebeln hielt, war gut. Da mochten es auch fremde Frauen sein, die Kopftücher trugen und abgeschnittene Männerunterhosen. Da fiel ich wenigstens nicht vom Kirchturm. Da hielt ich meinen Sprüchemund.

Dieser Amtsarzt läßt sich ja Zeit. Muß auch ein Beruf sein, eingesperrte Weiber begucken, reihenweise. Aber vielleicht ist er beim Zementmischen und weiß nicht so Bescheid. Das möchte ich doch hoffen, daß er Bescheid weiß. Sonst macht er mir einen Betonverband. Den kriegt doch keiner wieder ab. Da komm ich denn in Marne mit an. Hast du Niebuhr schon gesehn, hat ja jetzt ne Betonflünke. Ja, Kriech is Kriech, den einen schleifen sie die Beine ab, und dem andern verpassen sie ein Zementrohr. Paß man auf, daß das nich verpaßt, wenn er sich mal sehen laßt.

Wenn er sich einmal sehen läßt, heißt das, und du wolltest doch dein klapperndes Maul halten. Setz dich aufrecht hin, zieh deine kaputte Flünke an die Brust, nimm Rücksicht auf sie, wenn du atmest, atme mit Bedacht, tue alles mit Bedacht, bedenke, was du tust und siehst; was siehst du?

Ich sehe zwölf Frauen, drei sind beinahe alt, zwei sind ganz, ganz jung, sieben sind junge Mädchen, junge Frauen. Die vier, die der Tür am nächsten sind, tragen ihre Röcke und Jacken überm Arm. Haben Kopftücher und klobige Schuhe und dicke Strümpfe an und sehr mütterliches Unterzeug. Oder väterliches. Kein aufrichtender Anblick. Auch ohne geknickten Arm wäre es keiner.

Dachte ich, und ich dachte es genau in dem Augenblick, in dem die Hübsche des Wartens wohl müde war und aus der Reihe scherte. Sie lehnte sich an die Wand, sie ruhte dort, in aufrechter Haltung und doch locker wie in tiefem Schlaf. Sie hielt die Augen geschlossen, und ihr Gesicht unter dem Tuch war nun sehr klein. Ihre Arme hingen herab, und sie hatte ihre Fingerspitzen gegen die Wand gekehrt. Es sah aus, als hielte sie sich so in der Schwebe. Die Fußspitzen hatte sie gegeneinander gestellt, die klobigen Schuhe bildeten beinahe einen stumpfen Winkel; es erinnerte an eine ihrer Zirkushaltungen, aber komisch war es diesmal nicht.

Ich suchte eben nach Bezeichnungen für sie, wie sie jetzt war; ich hatte sogar schon das Wörtchen lieb herausgelegt, war aber noch unschlüssig und kramte nach anderen Ausdrücken, da sah sie zu mir herüber, und nach diesem Blick warf ich lieb und nett und zart und anmutig und herzanrührend schleunigst in den Kasten und gab dem Kasten einen Tritt, daß er krachend unter den Schrank in die Ecke fuhr.

Die war so lieb, wie ich frei war, und herzanrührend? – Gott, sagt man Herz dazu?

Der gebrochene Arm hat mir ja einigen Kummer gemacht, aber ich weiß nicht, ob ich ihn mir nicht noch einmal brechen ließe, gesetzt, man lieferte mir auch das Spiel der Equilibristin noch einmal.

Dieses Spiel, nicht das wilde Jonglieren mit den verschiedenen Kugeln; das war auch gut, aber es hat sich als wiederholbar erwiesen – nein, dieses ruhige, ganz ruhige Spiel an der Wand. Ich glaube, ich habe eine Begegnung mit Kunst gehabt.

Dazu hätte auch der schlimme Schluß gepaßt, aber vielleicht war er nicht schlimm und hat Rettung bedeutet.

Das Spiel: Sie hat mit einem Blick ihre Nachbarinnen verständigt; die wußten auch gleich, daß wieder Zirkus war; nur ich wußte nicht immer, ob ich mich in der Loge befand oder in der Manege. Die Damen in der Reihe jedenfalls waren Publikum, und die Dame an der Wand war die große Nummer.

Die größte, sage ich sehr bedacht.

Sie hat mich die ganze Zeit angesehen, und ich glaubte schon, es sollte wieder einmal festgestellt werden, wer länger des anderen Blick aushielte, und ich habe da gar nicht erst mitgemacht. Ich dachte: Es gibt ja außer den Augen noch einiges zu sehen an der, und wenn die mich so anfrecht, dann freche ich eben zurück.

Allzu scheu war ich nicht mehr seit dem exzentrischen Varieté. Das Spiel: Sie hat mich angesehen, und sie hat sich fast gar nicht gerührt. Nur die Hand hat sie manchmal bewegt, einmal die eine und einmal die andere, und ihre Hände und ihr Körper sind wie fremde Wesen zueinander gewesen.

Wirklich, ich habe nicht gewußt, daß man eine Jacke so aufknöpfen kann. Donner im Ohr. Elmsfeuer. Nun weiß ich, warum das Ding im Hals Adamsapfel heißt.

Sie hatte ein Hemd an wie die anderen auch: Viel Schneiderei war nicht darauf gewendet worden. Ich bin nicht so nah herangekommen, aber ich denke: Eine Leinenbahn, einmal zusammengenäht und mit zwei Trägern versehen; dann sind der Weißnäherin alle Ideen ausgegangen.

Da traf es sich, daß dieses Hemd auf die Hübsche traf. Hemd geht gar nicht mehr anders als so.

Das Spiel: Sie hat mich angesehen, und sie hat mir Zeit gelassen, sie anzusehen. Es ist eine Ewigkeit gewesen, aber was ist schon eine Ewigkeit? Ich habe wirklich versucht, mich abzuwenden, aber die Furcht vor dem Weibergelächter hielt mich. Manchmal habe ich einen Lidschlag lang die Augen von ihr losgekriegt, aber sie sind immer wieder zurückgekehrt zu dem bißchen Leinen und dem ungeheuren Atem darunter.

Das Spiel: Handbewegung und winzigste aller Hüftbewegungen, zwei Takte Ballett heraus aus dem Rock. – Es müssen die gleichen abgeschnittenen Männerunterhosen sein, aber das kann gar nicht sein; wo ist die Groteske geblieben?

Die Groteske ist geblieben, aber ich bin nicht geblieben; ich sehe die Groteske nicht. Ich sehe alles, was zu ihr gehört, aber ich sehe sie nicht. Ich sehe die klobigen Schuhe und das grobe Kopftuch und die dicken Strümpfe und das Stück Leinen, das ein Hemd sein soll, und das Stück Leinen mit dem Männerschlitz, aber ich sehe anmutig gewinkelte Füße und Augen, die mich festhalten, und langen Schwung in langem Bein und bläuliches Schlüsselbein und einen flachen Bauch und sonst kaum Fläche. Ich sehe viele Plätze, mich hinzutun; mich hinzumachen, sehe ich Plätze auch, und ich sehe einen Platz, an dem ich mich gerne niedermachen ließe.

Das Spiel: Sie sieht mich an, und ich weiß, die anderen sehen uns beide an, und manchmal höre ich die anderen noch, manchmal höre ich ein Wort, das forsch und anfeuernd klingt, und manchmal höre ich ein Lachen, und ich habe auch Schimpf gehört, und nach dem Ballettschritt aus dem Rock heraus hat es geklatschten Applaus gegeben. Aber das Spiel: Rechte Hand reist von der rechten Hüfte quer über den weiten Kontinent hinauf zur linken Schulter, gewinnt im Flug über Tiefland und Nabelebene gerade die Fahrt, die gewaltige Steigung, die dann kommt, zu meistern, und hat, wie es scheint, die überspannende Bewegung nur gemacht, ein Leinenband von Schulter und bläulichem Schlüsselbein zu schieben.

Die wird doch nicht!

Doch, die wird; sie wird auch die linke Hand eine ähnliche

Reise machen lassen, ähnlich und mit gleichem Ergebnis. Nur ist es jetzt das rechte Achselband, und es ist der rechte Oberarm, auf den das Band geschoben ist, und das kunstlose Stück Leinen muß zwar nicht jäh abstürzen, denn es findet Halt auf schön gegliederter Formation, doch viel Bewegung ist nun nicht erlaubt.

Das Spiel aber will jetzt nach so langem lockeren Stillstand eine kurze gespannte Bewegung, und dann macht das Leinen seinen Fall, den Niagarafall, weiß und tief und dröhnend.

Es war kollegialer Applaus in dem Dröhnen dabei, aber den stärkeren Teil des Tons machte ich mir selber.

Wer überhaupt nicht von dem Vorgang ergriffen schien, war einzig die Künstlerin. Sie stand immer noch locker da, nur lehnte sie jetzt nicht mehr an der Wand, denn es fehlte ihr ja auch am Rücken das Hemd, das ihr am unverhüllten Busen fehlte.

Sie sah mich immer noch an; sie schien weiter fort zu wollen in diesem Spiel, aber der einsitzende Arzt hat das Restliche verdorben.

Er hat die ersten vier der Weiber durch die Tür ins Nebenzimmer geschoben, und dann hat er den Zirkus wahrgenommen, hat die anderen Frauen auf den Rängen gesehen und mich in der Loge und die Artistin an der Manegenwand, und zu mir hat er gesagt: Auch eine Henkersmahlzeit! und: Wirklich etwas exzentrisch! und: Wenn Sie bald an Reihe sind, Glückwunsch: Zementverband wird Fall erheblich beschleunigen!, und dann hat er den Damen vom Publikum und der darstellenden Dame die polnische Fassung seiner etwas ausholenden Scherze geliefert und hat ihnen wohl auch, auf daß sie die Witze besser verstünden, von meiner Identität etwas mitgeteilt, jedenfalls von der, mit der ich in diesem Hause zu Buche stand. Zu stehen schien, immer noch, trotz meiner vielen Lebensläufe.

Ich habe den witzigen Doktor ja kaum verstanden, aber die Wörter merkt man sich, die immer wieder fallen, wenn offenbar von einem selber die Rede ist, und die dann die Zuhörenden sichtlich verdunkeln, und so schwer ist es auch wieder nicht, sich Wörter wie: Morderca! und: Lublin! zu merken.

Die Hübsche hat sich zunächst nicht sehr beteiligt die Jacke umgehängt, und sie hat Rock und Hemd aufgesammelt und wollte wohl an ihren Platz in der Reihe gehen.

Aber dann ist sie noch einmal stehengeblieben und hat den einsitzenden Arzt etwas gefragt; mit ungläubigem Lächeln hat sie gefragt, und zu einer halb verächtlichen Kopfbewegung in meine Richtung hat sie etwas gesagt, das bestimmt: Der da? Etwa der da? hieß, und diesmal ist die Antwort sehr entschieden gewesen, ganz mit ärztlicher Autorität ist sie gekommen, und noch einmal war das Wort Morderca dabei.

Und die Hübsche hat etwas geflüstert und hat den Kopf geschüttelt und hat ihn dann tief zwischen die Schultern genommen und hat sich ganz krumm gemacht und hat sich das Kopftuch vor das Gesicht gezogen.

Ich sah ihren geschorenen Schädel, und ich sah, daß ihr übel war.

Weil es so lange her ist, hat sich natürlich viel Urteil in die Vorgänge gemengt, aber soviel habe ich auch im Vorraum des Gefängnisarztes verstanden: Wenn das, was ich sein sollte, eine wie die fast würgte, dann mußte ich, dann würde ich, dann war ich …

Sprich doch weiter. Dann bin ich. Denk doch weiter. Einzige Einzigkeit. Eine Einzellheit. Einzelne Einheit. Einzelner Einzeller. Ich bin klein / mein Herz ist rein / will in kein / er Zelle mehr sein. Zelle, Zoll, Zahl, Zofe, Zimt, Zement.

Wir sagen alle Wörter mit Z. – Zelle, nein, nicht Zelle, Zimmer, Zimmer mit Z wie Zuchthaus. Zimmer mit Z wie Zuhause.

Zuhause mit Z wie Zimt und Zucker. Zimt und Zucker sind verboten, wir sagen alle Wörter mit Z, die verboten sind. – Zimt und Zucker, Zervelatwurst zentnerweise, Zwieback, Zwiebel, Zwetschgenmus. – Zichorie. Wir sagen alle Wörter mit Zuhause, die nicht verboten sind. – Zahnbürste, Zeitung, Zopf, Zirkus, Zirkuszelt, Ziege.

Wir sagen alle Wörter mit Zuhause: Ziel, Zivil, Zukunft, Zauber.

Wenn es eine wie die schon würgt. Wenn die schon. – Alle Sätze sind verboten, die mit Wenn beginnen.

Wenn alle Brünnlein fließen. – Sätze mit Brünnlein sind erlaubt. Sätze mit Flüssen sind erlaubt. Sätze mit allen sind erlaubt. Nur keine Sätze mit Einzelheiten, die Niebuhr heißen. Niebuhr allein, will immer schrein. Daß sein Schreien keiner kennt, füllt das Maul ihm mit Zement.

Wir sagen alle Sachen mit Zement. Haus, Wand, Schornstein, Grabstein, Grabstein ist verboten, Haus, Wand, Schornstein, Estrich, Schweinetrog, Ferkelhusten. – Ferkelhusten mit Zement? Ferkelhusten vom Zement. Jawohl, in Meldorf, das ist bei uns zu Hause, wissen Sie, eine Stadt ist das, in der auch Barthold Niebuhr sein Zuhause hatte, da ist einmal einer pleite gegangen, weil alle seine Schweine und Ferkel auf einen Schlag den Zementhusten gekriegt haben.

Zuviel Zement und Zauberkeit und Zeife, dann husten die Schweine, dann gehen die Ferkel ein.

Hat der Veterinär im Kontor von Geschwister Bruhns erzählt. Nicht ganz so, von Zauberkeit und Zeife hat er nichts gesagt; er hat ja auch nicht alle Wörter mit Z aufzagen müssen. Aufsagen. Seife. Sauberkeit, Sängerin, Sarah Leander.

Mein Herr, die Dame heißt Zarah, mit Z wie Zar und Zimmermann. Wenn sie Sarah hieße. Sätze, die mit Wenn beginnen, sind verboten. Hieße sie Sarah, dann wäre sie ja. Sätze damit sind verboten.

Schnell, schnell, alle Filme mit Zarah Leander – »Zu neuen Ufern«, ein Film mit Zarah Leander und auch noch mit Z, »Zu neuen Ufern«, ein neuer UFA-Film mit Zarah Leander, Jugendliche unter achtzehn Jahren haben keinen Zutritt.

Das hat aber für mich nicht gegolten. Ich war insofern

kein Jugendlicher unter achtzehn Jahren, als ich in Marne der einzige Drucker unter achtzig war. Und insofern, als Herr Freiligrath seine Eintrittskarten bei uns drucken ließ und die Handzettel für die Sondervorstellungen und auch sein Privates.

Herr Freiligrath hieß Johannes, und er hätte lieber Ferdinand geheißen. Herr Freiligrath war einmal als Musikalclown um die Welt gekommen, und dann hatte er das Kino gekauft. Die ersten Jahre hatte er den weißen Spitz noch, mit dem er aufgetreten war, und ich habe einen Verdacht gehabt, den ich nie auszusprechen wagte. Ich hielt für möglich, daß Herr Freiligrath niemals Musikalclown war. Weil sein Spitz nur ausdauernd auf den Hinterbeinen laufen konnte und sonst nichts. Ein Zirkusspitz muß mindestens auch auf den Vorderbeinen laufen können.

Zirkusspitz. Z wie Zirkusspitz. Schluß!

Herr Freiligrath hat auch seine Gedichte bei Geschwister Bruhns drucken lassen. Mit denen hat er sich dagegen gebäumt, daß er Johannes hieß. Aber er wußte selber, daß er kein Ferdinand Freiligrath war. Er ließ immer nur einen Abzug von seinen Gedichten machen; er hat mich dafür unter Eid genommen.

Der Eid war unnötig; ich wollte doch ins Kino, wenn es über achtzehn war.

Ich muß sagen, wenn umgekehrt Herr Freiligrath mir einen Eid hätte leisten müssen, daß es in solchen Filmen erkennbar unzulässig zuginge, dann wäre er aus den Schwierigkeiten nicht herausgekommen. Es kann an meiner Beschränktheit gelegen haben, aber da hätten sie mich auch ins Kino lassen können, ohne daß ich Herrn Freiligrath die Einzelstücke druckte.

Ein Film hieß: »Das Bad auf der Tenne«. Den habe ich mir mit Herrn Freiligraths verbotener Hilfe viermal angesehen, weil ich dachte, es wäre etwas mit meinen Augen, oder ich hätte an den Stellen nicht aufgepaßt. Aber dann bin ich dahintergekommen, daß es an meinen Augen nicht lag und daß sich der Film auf meine Mitarbeit verließ. Der zeigte mir nur wenig von dem, was die Männer sahen, wenn sie durch die Ritzen im Scheunentor spähten, aber ich sollte es mir denken. Das habe ich zuerst auch getan, aber viermal geht das nicht; ich fand »Das Bad auf der Tenne« dann doch sehr blöde.

War ja auch nicht mit Zarah Leander. Nenne alle Filme mit Zarah Leander. Wie hieß der, wo Krieg ist, und einer von der Luftwaffe verliebt sich in sie? »Die große Liebe«? »Die große Sehnsucht«? Bei dem war es nun schon gar nicht zu verstehen, daß man erst achtzehn sein mußte. Weil man beinahe scharf darauf wurde, Soldat zu werden. Flieger, und dann Zarah Leander treffen. Im Luftschutzkeller. Die große Sehnsucht.

Ich weiß nicht mehr, was der Film gemeint hat, aber ich weiß, daß mich, wie ich da auf der wachstuchbedeckten Trage in der Sanitätsstube eines polnischen Gefängnisses kauerte, die Sehnsucht anfiel wie eine schlagende Welle.

Ich hatte kein Ziel für sie und keinen Namen; es sollte nur anders sein. Und das war viel zuviel.

Hätte ich in diesem Augenblick meine Sehnsucht benennen sollen, ich glaube, ich hätte singen müssen, um nicht stumm zu sein. Einmal hatte ich mich darin schon geübt.

Danach ist es wie nach einem verbotenen Traum gewesen: Ich habe seiner nicht zu denken versucht und habe auf seine Wiederkehr gewartet. Wie kam ich zu solcher Sehnsucht? Wie kam ich in der Mitte des Krieges dazu, den Frieden für möglich zu halten? Und ihn zu denken? Ohne Trauer und ohne Grimm und ohne den Wunsch, es sollte irgend jemandes Friede sein. Es sollte nur Frieden sein.

Das ist im späten Herbst gewesen, an einem dunklen Abend. Ich hatte Imme Ehlbeck von der Gewerbeschule an ihre Pforte gebracht; das war kaum mehr als ein sehr langgezogener schräger Weg über die Straße, aber ich war es, der mit ihr über die Straße ging, und ich war es, der ihre Hand hielt, lange über die Abschiedsworte hinaus.

Ich bin langsam nach Hause gegangen, und Marne schlief. Ein sachter Wind kam vom Meer, und manchmal schlug die Luft hinter den Sperrballons zusammen; dann ächzten die Trossen.

Ich horchte in den dunklen Himmel, und ich merkte plötzlich, um wieviel älter ich geworden war. Denn alle Erwartung war längst abgebraucht; ich wußte schon alles, und ich wußte es anders als vor Jahren. Ich horchte wie auf den Schlag einer schmutzigen Schwinge; ich stand am Rand von aller Welt, an meiner Seite stöhnte die alte Stadt in gepreßtem Schlaf, und ich wollte Erlösung für uns.

Es müßten jetzt, dachte ich, die Lichter angehen; mehr brauchte es nicht, nur die Lichter.

Das war außerordentlich, denn vom Krieg lernte man zuerst, daß es dunkel sein mußte. Und man lernte, daß der Krieg etwas Außerordentliches war, wenn er sogar die Seefeuer löschte. Zuerst die Seefeuer. Das war äußerst außerordentlich, denn laut Onkel Jonnie besagte der Lichtspruch des Feuerschiffs in der Elbe: Hier geiht de Welt nu wedder los!

Die Welt sollte wieder anfangen, die Lichter sollten wieder angehen. Die Kühnheit für diesen Gedanken brachte ich wohl auf, weil ich eben kühn genug gewesen war, Imme Ehlbeck an ihrer Gartenpforte zu küssen; über die Gartenpforte, die war zwischen uns, und so war meine Kühnheit noch nicht aufgebraucht, als Imme Ehlbeck ins Haus lief. Da machte ich mich daran, die Lichter wieder anzuzünden, und damit war nicht viel gewonnen. Die Kuppeln der Straßenlaternen waren zuerst blau angestrichen worden, und schon vor Jahren hatte man das Gas ganz abgedreht. Und die Schaufenster der Krämer und Schlachter waren mit Holz verschlagen oder mit festem Papier beklebt, und zu jedem Küchenfenster und jedem Schlafstubenfenster und jedem Kammer- und Kellerfenster gehörte ein Verdunkelungsrollo, und zu jeder Verdunkelung gehörte der Luftschutzwart, der zu jedem und auch dem trübsten Lampenschimmer Licht aus! schrie.

Aber ich habe alle die Lichter angesteckt und die pappigen Rollos hochgezogen und das schmutzige Blau von den Laternen gekratzt, und zum Feuerschiff habe ich hinübergerufen, sie sollten den Anfang der Welt wieder beleuchten, und Schlachter Hacker hat die Deckscheiben von den Lampen an seinem Hanomag nehmen müssen, und die Männer haben ihre Feuerzeuge und ihre Zigaretten wiedergekriegt, und die Kinder haben einen Umzug gemacht, Laterne, Laterne, Sonne, Mond und Sterne, und ich bin auf mein Fahrrad gestiegen und habe den Dynamo angeworfen, und vor Imme Ehlbecks Pforte habe ich das Rad auf die Hinterhand genommen, und der Dynamo von der Firma Daimon hat noch genug Schwung gehabt für einen Lichtwurf weit hinauf in den nächtlichen friedlichen Himmel.

Meine Kühnheit hat nicht gedauert, und bald gewöhnten sich meine Augen wieder an das gewöhnliche Dunkel, aber es hat etwas nachgebrannt, das Sehnsucht gewesen ist, und vielleicht lernte ich in diesem Augenblick, an das Ende des Krieges nicht mehr mit dem Wort Sieg zu denken, sondern einfach mit dem sanften und hellen Wort Frieden.

Vielleicht, und sicher ist nur, ich habe meine Sehnsucht nicht recht auszudrücken gewußt; ich habe auf dem Heimweg meine Gefühle gesummt, mit erfundenen Melodien und auch mit einigen, die mir passend schienen, Lili Marleen war bestimmt dabei, und nicht nur, weil eine Laterne darin vorkam.

Und als ich unter dem Fenster von Geschwister Bruhns vorbeigekommen bin, hat Fräulein Bruhns zu Bruder Bruhns gesagt, und beide haben es mir anderntags berichtet: Jetzt kömmt Markus Niebuhr betüdert an' Laden!, und vor Verwunderung haben sie beide nicht mehr schlafen können.

Es war aber der einsitzende Arzt, der so verwundert war, doch auch in seinem Falle hatte ich den Anlaß dazu geliefert: Extrem exzentrisch, der Herr; ist mit einem Bein in Grab und mit anderem Arm in Zement und wird hier schlafen. Da zeigt ihm schöne Barbara die warme Schulter, und er schnorchelt. Und kriegt gleich Maul gestopft, aber singt Lili Marleen. Oder versuchen Sie, den Kopf zu retten mit Vorstellung, Kopf ist verrückt? Vielleicht probieren Sie Ihre Kunststückeln am Amtsarzt; er liebt die Deutschen, Kunststück, einer muß es tun, und er ist nur noch einer von seine Familie. Wollen wir ihm guten Tag sagen.

Der Amtsarzt sagte aber kein Wort. Er faßte meinen Arm, als wollte er ihn an der Bruchstelle auseinanderreißen, und er umwickelte ihn mit einer Binde und einer Gipsbinde, und als mir schlecht werden wollte, dachte ich schnell: Ist doch besser als Zement!, und der Arzt bugsierte mich mit harten Griffen auf einen hohen Tisch. Seinem einsitzenden Kollegen gab er mit dem Daumen ein Zeichen, an dem nichts Kollegiales war, und als wir allein waren, hörte ich ihn mit Glas und Metall hantieren und hörte ihn schwer atmen, und ich fürchtete mich sehr.

Er hatte sich einen Tee gekocht; er trank drei Glas davon, und dann stand er auf und prüfte meinen Verband. Er brachte mich mit seinen harten Griffen vom Tisch herunter und stellte mich gegen die Wand. Ich hielt den Gipsarm mit der rechten Hand und suchte den Augen des Arztes zu entkommen. Das war nicht leicht, und etwas in mir fragte mich auch, warum ich es wollte. So sah ich mich zwar in dem Zimmer um, sah einen fast leeren Instrumentenschrank und einen überfüllten Abfalleimer und eine verbeulte Maurermulde mit Resten von Gips, und ich sah auch manchmal zum Fenster hinaus und erkannte in der Ferne den Kirchturm, an dem ich mich festgehalten hatte, und ich wußte so, daß man vor einigen Wochen noch von diesem Fenster aus eine besonders hohe brandige Mauer gut gesehen haben mußte, und im Anschnitt der unteren Fensterkante und sehr weit fort sah ich die Bäume, in denen schon Frühling war, aber an dem Arzt kam ich doch nicht immer vorbei. Er war zu groß, sein Gesicht war zu breit, seine Augen waren wie seine Griffe.

Es hat mich nie wieder jemand so angesehen, nie mehr hat

mich einer so mit Haß versengt, nie bin ich einem noch mehr Feind gewesen, niemals möchte ich sein, was er in mir gesehen hat.

Er hat mir ein schwarzes Tragetuch wie einen Strick geknotet, hat mir mit seinen Griffen gezeigt, wohin mit dem Tuch und dem Arm, und dann hat er mit dem Daumen auf die Tür gedeutet.

XVII

Ich saß kaum auf meiner Pritsche, da ließ Pan Szybko einen der müden Leutnants zu mir ein, und wenn ich auch dachte, einem verletzten Menschen könnte das Melden erlassen werden, so rief ich ihm doch entgegen, daß ich vollzählig zur Stelle sei, und dann erst fiel mir ein, was solcher Besuch bedeutete, und ich dachte: Ein gebrochener Arm muß wohl in den Lebenslauf.

Ich hatte schon geglaubt, sie hätten mich beiseite getan, wollten mich nicht mehr, ließen mich noch einige Mauern abtragen und ließen mich dann gehen, nach Hause oder wenigstens in meine alte Reihe. Ich hatte es nicht geglaubt, ich hatte es gehofft.

Die Hoffnung war noch nicht tot; der Leutnant konnte gekommen sein, mich aus dem Haus zu jagen: Scheren Sie sich zu Ihresgleichen. Verschwinden Sie. Raus.

Der Leutnant sagte wirklich: Raus, und ich trug meinen Gipsverband an Pan Szybko vorbei, der mir noch einmal herzlich mit dem Schlüsselbund auf den Hintern klopfte. Wir gingen aber nicht nach unten, weder nach hinten, wo wir immer meine Lebensläufe besprachen, noch nach vorn, wo mein Lebenslauf einen solchen Knick erfahren hatte. Der Leutnant schloß uns durch einige Türen, stieg eine Treppe mit mir und schloß uns durch andere Türen. Er übergab mich einem Schließer und entfernte sich. Der Schließer machte zwei Kopfbewegungen; auf die erste folgte ich ihm, auf die zweite trat ich durch eine Zellentür, die er mir offenhielt.

Der Raum war so groß wie der, in dem Herr Dąbrowski das Sagen hatte, aber in diesem waren viel mehr Leute. Männer, natürlich. Keiner in meinem Alter, alle älter als ich, einige viel älter, Großväterköpfe dabei. Krankenzelle? Schonzelle? Aber ich sah keinen Gipsverband, sah überhaupt keinen Verband, nur einen leeren Ärmel sah ich und eine Krücke. Und ich sah, daß die Anzüge der meisten einmal Uniformen gewesen waren, unsere. Aber Offiziersuniformen und Beamtenuniformen, Amtswaltertracht, Breeches ohne Stiefel dazu. Dann doch lieber Knickerbocker. Einer trug Knickerbocker.

Bestimmt keine Krankenzelle. Bestimmt nicht.

Ich hatte es mir abgewöhnt, fremden Leuten mit einem Gruß zu begegnen; man wußte nie, wie sie es aufnähmen, schon gar, wenn man deutsch sprach oder chinesisches Polnisch. Also blieb ich wortlos neben der Tür und wartete. Ich werde nicht Jahre dort gestanden haben, aber gedauert hat es, bis ein alter Kerl langsam und deutlich sagte: Dann hören wir zunächst einmal eine hübsche Meldung.

Die Stimme gab es vom Major aufwärts. Die kriegten sie mit den Schulterraupen. Und die Freundlichkeit, weil sie ja alles machen konnten. Majore und Schulrektoren. Immer so höflich. In der Schublade lag der Rohrstock. Höfliche Einladung zu Geständnis und Meldung. Es gab diese Höflichkeit und eine andere. Dr. Gansekehl hatte die andere Höflichkeit gehabt. Auch ein alter Mann. Jetzt ein toter Mann. Er war ein Meister der richtigen Höflichkeit gewesen. Der hat ja auch den ersten deutschen Tonfilm gemacht. Der hat ja auch einen Gainsborough gehabt. Hat der mich beschimpft, weil ich nicht wußte, was Gainsborough ist. Aber höflich. Keine Majorshöflichkeit, richtige.

Ich faßte den alten Schnarrkopf ins Auge, und es war mir schon gleich, ob er Major war oder General. Meldung durfte mir nur noch abverlangen, wer es auf polnisch tat und wer durch die Tür gehen konnte, wann immer er wollte. Ich besah den einsitzenden Kommandierer und sagte: Gainsborough, Exzentriker. Ganz meinerseits, und was noch?

Und ich dachte: Jetzt halt dich bloß durch, sonst bist du gleich Scheißefahrer; die sehen nicht nach Arbeit aus.

Der alte Kerl war vielleicht verdutzt, aber er zeigte es nicht. Er winkte ab und sagte mit seiner besonderen Höflichkeit: Wenn das Ihre Taktik ist, Kamerad, so möge sie gelten. Jeder für seinen Hals nach seiner Fasson.

Er reichte mir die Hand und sagte: General Eisensteck, ich bin der Vorsitzende vom Ältestenrat.

Wo ich seine Hand schon genommen hatte, konnte ich mich auch gleich ganz an die Regeln halten, und jetzt war es einfach. Niebuhr, sagte ich, Grenadier Niebuhr, Infanterie-Ersatz und Ausb...

Halt, rief der General, machen Sie nur Angaben, die der Gegenseite bereits bekannt sind. – Wir sind zwar alle in Haft, und wir sind alle gute Kameraden, aber wir sind ein bißchen viel, nicht wahr.

Das gab ein nicht sehr fröhliches Gelächter. Nur wenige Leute kümmerten sich gar nicht um mich. Einige hielten sich abseits und hörten doch aufmerksam zu, und den meisten war meine Ankunft ein Ereignis, zu dem sie sich bekannten. Sie umringten mich und sahen mich an wie einen, der Botschaft bringt.

Ein Zugang ist Zugang von Welt, von besserer Vergangenheit und anderer Gegenwart. Einen Zugang kann man fragen, ob die Erde noch steht, ob die Befreiung in Sicht ist, was die Weiber machen, ob er was zu rauchen hat. Weißte, ob viel kaputt ist in Breslau nach Westen raus?

Wenn einer wissen will, was du mit deinem Arm gemacht hast, hältst du ihn besser zunächst für einen Schnorrer. Und wenn dich einer fragt, ob es weh tut, rufe lieber deine Grobheit in Bereitschaft.

Wenn du Zugang bist, wollen sie dich immer ans Ende der Reihe tun. Sie brauchen einen Hundefänger; sie haben auf dich gewartet. Zugang bist du aber nur in diesem Saal; du kennst dich aus in ähnlichen Sälen; also nix Hundefänger.

Vielleicht sah ich verrückt genug aus; jedenfalls hat vorerst keiner mehr den Platzhirsch gemacht. Sie haben mich ausgefragt, wie ich es kannte, und anders war nur, daß die meisten Sie zu mir sagten. Sie sagten auch zueinander Sie, die meisten taten es, und zu Eisensteck sagten alle Herr General, und zu einem anderen Alten sagten sie General, und sie schienen sich ein wenig zu mokieren, und es gab auch zwei Majore, und es gab einen Kreisleiter, und einen nannten sie höhnisch Ortsbauernführer, und einer war der Gasmann, und einen riefen sie Hauptsturmführer, und sie hatten Respekt vor ihm.

Der nahm mir die grauweiße Tarnjacke ab und kehrte mit schnellen Griffen das kleingefleckte Muster nach außen. Er hielt die Jacke ins Licht und besah sie, als gäbe es da noch viel zu prüfen. Er zeigte sie herum, und dann gab er sie mir wieder.

Infanterie? sagte er, selbstverständlich Marineinfanterie, dem gesprenkelten Dessin nach zu urteilen. Es ist, wie jeder bemerkt und mancher weiß, etwas kleiner als das der gewöhnlichen Infanterie. Es ist, natürlich, es ist etwas eingelaufen, weil, das leuchtet ja ein, weil die Marineinfanterie viel öfter als die gewöhnliche Infanterie durchs Wasser muß. Willkommen an Bord, Kapitän.

Das mit der Jacke ist anders, sagte ich, aber er bedeutete mir mit seiner großen Hand, den Mund zu halten.

Jeder für seinen Hals nach seiner Fasson, sagte er, das gilt auch für uns, mein Junge, und wenn du gewöhnliche Infanterie gewesen sein willst, dann warst du gewöhnliche Infanterie. Wie war noch der Name?

Infanterie-Ersatz und ..., sagte ich, aber er unterbrach mich: Nicht doch, nicht die Einheit, die bewahre dir in deinem Knabenbusen. Dein ganz persönlicher Familien- und Taufname war gefragt, aber man kann ihn auch für sich behalten. Hier kann man es.

Mark Niebuhr, sagte ich, und weil er es zu erwarten schien, nahm ich ein wenig Haltung an und sagte: Mark Niebuhr, Hauptsturmführer. Ja, sagte er, und er klopfte mir sanft mit der großen Hand auf die Wange, ein richtiger Marineinfanterist hätte nun freilich Herr Hauptsturmführer gesagt, aber du bist wohl noch nicht so lange bei der christlichen Seefahrt.

Das weiß ich von Ursus Behr, sagte ich hastig, und die Hast mißfiel mir. Wenn ich so weitermachte, war mein Auftritt bald zunichte, und der Hauptsturmführer brauchte vielleicht einen Putzer. Also sagte ich: Ursus Behr war mein Fähnleinführer, und nachher war er bei der SS, und bei seinem ersten Einsatz haben sie ihm durch die Arschbacken geschossen, durch beide.

Das schien dem Hauptsturmführer nicht zu gefallen, aber es stimmte. Sie hatten Ursus ins Heimatlazarett nach Meldorf gebracht, und wir haben ihn besucht. Er lag auf dem Bauch und erzählte uns, wie gut es bei der SS war. Die Führer waren keine Herren, und die Männer waren keine Knechte, und selbst wenn der Reichsheini käme, sagte man Reichsführer zu ihm, aber nicht Herr Reichsführer, und sie grüßten auch anders bei der SS, winkelten die Hand anders an, und das bedeutete: So hoch steht die Scheiße.

Und Ursus Behr lachte und stöhnte dann und fragte uns, ob wir wüßten, daß der Mensch auch mit den Arschbacken lacht. Und er sagte, es sei zwar peinlich, aber wir von seinem alten Rudel hätten ein Recht auf die Wahrheit, und die Sache sei ihm beim Pinkeln passiert.

Ich denke, wirst dir noch mal Luft machen, es stürmt sich leichter, wenn es nicht in der Blase gluckert, stelle mich an einen Baum und klingeling. Müßt ihr aber so sehen: Dieselbe Höhe und zwanzig Zentimeter vorgehalten, und ihr hättet Ursula zu mir sagen können.

Ich bewunderte Ursus Behr, und das legte sich erst, als Imme Ehlbeck mit ihm herumlief, und ich verfluchte den ungenauen Schützen. Es war wohl etwas von meiner Wut auf Ursus Behr in meiner Antwort gewesen, denn der Hauptsturmführer sagte: Vergebung, Grenadier, deine Sache, ganz klar deine Sache – haben dir die Pollacken die Knochen gebrochen?

Nee, gegipst, sagte ich, und ich dachte mir nichts dabei;

ich sagte nur, wie es war, und ich hatte niemanden ärgern wollen. Aber die Antwort gefiel nicht; die Blicke zu übersetzen, brauchte ich keinen Eugeniusz.

Der Hauptsturmführer sagte zu dem General Eisensteck: Ich denke, wir sollten uns von der reitenden Gebirgsmarine nicht länger im Tagesplan stören lassen. Wenn er Niebuhr heißen will, lauschen wir ihm ja demnächst, N wie Nashorn ist bald an der Reihe.

Ganz meine Meinung, sagte General Eisensteck, zumal uns Herr Ortsbauernführer Kühlisch heute das Vergnügen macht. Wenn Sie mal vorkommen wollen, Herr Kühlisch. Und die Kameraden dann bitte lockere Kasinoordnung.

Es gab einen kleinen Wirbel in der Zelle, man schien an vorbestimmte Plätze zu streben, man setzte sich. Sie kicherten so aufgekratzt, daß mir jäh der Verdacht kam, ich könnte unter Verrückte gefallen sein.

Irgendwo mußten sich die ja befinden; es hatte in allen Lagern welche gegeben, und wenn sie sich zu schlimm aufführten, hatte man sie fortgeschafft, nach Hause, hieß es, aber was hieß es nicht alles noch. Und ein Gefängnis war der richtige Platz für die doppelte Verwahrung von verrückten Deutschen.

Aber ich. Wie komme ich. Das ist ja.

Vielleicht hatte ich mich in der Sanitätsstube noch schlimmer aufgeführt, als mir erinnerlich war. Hatte ich nicht Lili Marleen gesungen vor zwölf ausgezogenen Weibern? Oder waren die gar nicht ausgezogen gewesen, und ich hatte sie aber so angeredet? Hatte ich etwa lauten Bericht gegeben von der Hübschen und ihrem Hemd, und es war überhaupt keine Hübsche da?

Herr Doktor, hier bringen wir einen, mit dem es etwas seltsam ist. Hat sich auf einem Autodach gesonnt, fanden wir schon eigenartig, aber wir haben noch nicht weiter darauf geachtet, doch dann ist er heruntergefallen, und zuerst haben wir gemeint, er ist auf den Arm gefallen, aber jetzt singt er und sagt, er ist der Laternenanzünder, und Bomben auf Adua hat er auch gerufen, und daß die Kasematten vom Fort Douaumont standhielten, hat er geschrien, und dann scheint er wieder Angst zu haben, und unsittlich hat er sich auch geäußert, also, Herr Doktor, wir haben ganz den Eindruck.

Wie hatte der einsitzende Arzt mich immerfort genannt? Exzentriker? War das nicht schon eine Übersetzung von: Verrückter? Bloß nicht. Bloß nicht das.

Eine gewisse Überspanntheit war ja schon öfter. Alleine wenn man denkt, daß er um ein Haar in einer Futterkrippe erstickt wäre, an die Wand gefroren und erstickt. Oder, aber wenn man bei dem erst anfängt, das gibt kein Ende. Symptome über Symptome. Er hat einmal seinen Namen nicht gewußt, und wissen Sie, wie er sich seinen neuen Mitpatienten vorgestellt hat? Als Gainsborough. Ich meine, das ist ja nun. Und in Lublin soll er. Ach, du mein kornbleicher Falbe, die Grube.

Ich merkte, daß mich die Gesellschaft am Fußboden unwillig ansah; ich schien etwas aufzuhalten. Zwischen den beiden vergitterten Fenstern hatte sich der Kühlisch aufgebaut, den sie den Ortsbauernführer nannten; er hing linkisch an der Wand vor einer der hochgeklappten Drahtpritschen, wie ein recht blöder Schüler, und er sah mich vorwurfsvoll an: Ich stand noch, und das störte ihn. Weil ich keinen freien Platz sah, tat ich, was ich für solche Fälle gelernt hatte: Ich setzte mich, wo ich gerade stand. Ich hätte es schneller gekonnt, aber ich fürchtete für meinen Arm, und es half auch so. Ich bekam einen Platz, und der Nachbar an meiner Gipsseite sagte in einem Tonfall, den ich vom Reichssender Köln kannte, bunter Samstagnachmittag, Laterna magica, Humor und Musik: Dat jeht reihum, nachem Alphabet. Jeder darf sein schönstes Erlebnis erzählen. Kraft durch Freude ist doch nicht. Abends ist Schinkenkloppen, aber dat is nich so jut.

Gasmann, Schnauze, sagte der Hauptsturmführer, und General Eisensteck sagte: Nu mal los, Kühlisch, und nicht so brünstige Stallgeschehnisse. Kühlisch hatte aber alle Schwierigkeiten, in Gang zu kommen; er probierte Fußstellungen, als hätte er die Füße eben neu gekriegt, und Hände hatte er viel zu viele.

Ich fragte den rheinischen Gasmann leise: Was seid ihr eigentlich für welche?

Janz datselbe wie du, sagte er. Sie haben den wildgewordenen Namen Kriegsverbrecher dafür.

Der Ortsbauernführer Kühlisch sagte: Mein schönstes Erlebnis. Mein schönstes Erlebnis war mit dem Führer. Nein, mit dem Führer und mit der Glocke. Wie wir sie eingeweiht haben. Erst haben wir sie überführt, übergeführt, aus dem Reich haben wir sie. Von dem Reichsglockenfriedhof war die. Ich war ja ganz erstaunt, wie der Gauleiter sagt, ich denke, es ist ein Anschiß, und er sagt aber: Kühlisch, Parteigenosse Kühlisch, es ist eine große Sache, Wendenwehr kriegt eine Glocke aus dem Reich. Nein, sage ich, aber er sagt, ja, Wendenwehr kriegt eine Glocke aus dem Reich. Die muß aber geholt werden, sagt er, aus Hamburg. Daß Sie mir da nicht verschüttgehen, Kühlisch. Der Gauleiter war kein Unmensch, das kann ich nur jedem sagen, der sagt, daß er das war. Kühlisch, also ab, sagt er, und bringen Sie sich außer der Glocke da nichts mit aus Hamburg. Ich will Sie hier mit sauberer Glocke sehen und mit verdammt sauberem Glockenschwengel. Streng war er ja, aber offen. Das ist ein ganz schönes Ende, Wendenwehr bis Hamburg. Erst kommt Wendenwehr, dann kommt Litzmannstadt, dann kommt, kurz gesagt, zwei Tage hin, vier Tage zurück, mit der Glocke vier Tage. Im Güterwagen. Aber ganz bequem. In Hamburg, beim Glockenfriedhof haben sie gesagt, wir sollen aufpassen, es ist schon einmal eine Glocke entwendet worden. Die haben sie aber gekriegt. Zwei Kriegsversehrte, die haben germanischen Bronzeschmuck aus der Glocke gemacht. Daß uns das nicht passiert, haben wir den Waggon von innen zugekettet. Schöne Fahrt. Nur mein Stellvertreter hat sich Sorgen gemacht. Es brannte so, er hat gedacht, er hat sich doch was geholt, aber es war nur vom Fahrtwind beim, also beim Urinabschlagen. Wir sind ja auch zum

Sanieren gewesen. Und der Sanierer, der Sanitäter da, der hat gesagt: Vorbeugen ist besser, als daß er heult. Oder, vorbeugen ist besser als heulen. Also, ich meine, im Krieg muß ja jeder auf seinen Posten, aber Sanierer. Aber solange er noch Witze machen kann. Und wie wir nach Wendenwehr kamen, war alles vorbereitet, vom Standort eine Kompanie Schützen und Arbeitsmaiden auch und ein Gauredner, weil wir ja Wehrdorf waren, sagt ja schon der Name Wendenwehr. Unterm Polen hat es Kolbaskowo geheißen oder Kolbaskakaschinski, aber jetzt heißt es Wendenwehr. Schönes Spalier vom Bahnhof bis zum Wehrturm, und wir haben aus Hamburg ein kleines Faß Rollmöpse mitgebracht. Da war ja doch noch leichter ranzukommen, wenn man selber auch was hatte. Und ich meine, wenn man Ortsbauernführer ist. Und kurz bevor die Glockenweihe losgeht, nimmt mich der Gauredner beiseite und sagt: Parteigenosse Kühlisch, Alfons, höre zu, ich habe den Führer gesprochen. Ja, sagt er, ich habe den Führer gesprochen. Na, Sombart, sagte der Führer zu mir, wie geht es? Danke, mein Führer, sage ich, ich breche gerade auf nach Wendenwehr, die Ulfilas-Glocke zu weihen. Wendenwehr, sagt der Führer, ist da nicht der Kühlisch? Jawohl, mein Führer, sage ich, Ortsbauernführer ist er da. Und der Führer sagt: Sombart, ich werde unsere Getreuen in der Grenzmark von nun an stets Wehrbauernführer nennen. Sagen Sie das dem Kühlisch, Sombart. – Und wie der Gauredner Sombart das zu mir gesagt hat, das ist wohl doch mein schönstes Erlebnis gewesen.

Man kann das: Jemandem zuhören und erst einmal beiseite tun, was er sagt. Ich muß dem Ortsbauernführer Kühlisch oder Wehrbauernführer Kühlisch schon deshalb begierig zugehört haben, weil seine Rede für mich die erste deutsche Rede seit langem war. Und weil in ihr eine Eisenbahnstrecke vorkam, die ich in meinen Träumen oft befuhr. Und dennoch, hätte während seines Vortrags eine Lehrerstimme von mir verlangt, eben Gesagtes zu wiederholen, ich hätte es nicht gekonnt. Ich hatte ein Wort gehört, das lauter war als die tausend Wörter des Wehrbauern Kühlisch. Es war ein schartiges, rissiges, in seiner Zusammensetzung unbekanntes Wort, das bestimmt mit mir nichts zu tun hatte und mit dem ich nun ganz bestimmt zu tun hatte. Kriegsverbrecher. Das klang äußerst fremd und äußerst schwerwiegend.

Verbrecher war schlimm genug, aber Kriegsverbrecher hörte sich schlimmer an. Alle Wörter, in denen zu Verbrecher noch etwas hinzugestellt war, hörten sich schlimmer an als Verbrecher. Gewaltverbrecher, Gewohnheitsverbrecher, Berufsverbrecher, Sittlichkeitsverbrecher, Novemberverbrecher, Verdunkelungsverbrecher.

Ich war keins von denen, und Kriegsverbrecher war ich auch nicht. Ich war kein Verbrecher, ich war Gefangener. Kriegsgefangener. Was sollte jetzt Kriegsverbrecher?

Ich sah mich unter den Leuten um, mit denen ich am Boden hockte, als wäre in ihren Gesichtern Auskunft zu haben über das seltsame Wort, aber sie sahen nur aus wie Leute, die seit längerem eingesperrt sind. Einmal die Woche kommt der Barbier, und das war vielleicht gerade drei Tage her. Einmal im Monat wird das Haar geschoren; es war wohl bald wieder so weit. Einmal im Monat wird die Wäsche gewechselt und gebadet wird dann; so roch es auch. Einmal im Leben hatten die meisten von denen hier über andere Leute befohlen, und sie hatten auf sich achtgegeben, aber nun befahl man über sie, und nur wenige gaben noch acht. Ausreden, mit denen man sich loslassen konnte, gab es genug: Ich habe kein Haar, das ich mir kämmen könnte, und ich habe keinen Kamm. Ich habe einen Bart, den ich mir höchstens ausreißen könnte. Ich habe keine Seife. Ich habe keinen Nagelreiniger. Ich darf nicht einmal einen alten rostigen Nagel haben. Ich habe keine Socken zum Wechseln, ich habe keine Fußlappen zum Wechseln, nein, ich habe auch kein Taschentuch. Ich stinke? Na und? Die anderen tun es doch auch. Ich spucke nicht auf den Fußboden, denn am Abend wird er mein Bett sein. Da werde ich doch nicht spucken. Aber furzen und rülpsen kann ich, wie ich will; auf das bißchen Luft kommt es nicht mehr an, und wir haben ja keine Scheiben in den Fenstern, und rülpsen ist lutherdeutsch. Und Stimmungen sind nun wirklich ganz und gar meine Sache, Kamerad.

Diese Kameraden sahen, wie mir schien, etwas verwahrloster aus, als ich es von den Lagern kannte. In die Krawallbaracke von Puławy hätte man jeden zweiten nicht eingelassen: Mußt du eben die zwei Stunden vorm Wasserhahn Schlange stehen, Kumpel, oder hast du heute abend noch was vor? Und wenn, so wie du stinkst, kannst du da auch nicht hin, und so wie du klebst, kommst du uns nicht in die gute Stube.

Das sagte denen hier wohl keiner, und es wunderte mich doch. Weil man manches, wie ich fand, nicht gesagt bekommen mußte. Oder weil es einem einmal gesagt worden war, und dann reichte es fürs Leben.

Dreck zieht nach innen, war einer der Sprüche meiner Mutter. Den begriff man einmal, und dann mußte keiner mehr kommen und einem in die Ohren sehen.

Auch noch schmuddelig, wenn sie einen gefangenhalten? Schön dumm. Dann waren die meisten hier dumm. Was aber nicht stimmen konnte, weil die meisten Offiziere waren oder Beamte oder Amtswalter. Aber vielleicht machte ihnen das Wort so zu schaffen, das mir zu schaffen machte.

Vielleicht hocken die deshalb so da. Wie Affen im Regen. Wie Affen im Regen? Die stellen sich unter, wenn es regnet. Und meistens regnet es nicht, wo Affen sind. Da sind die froh, wenn es regnet. Da springen die rum und kratzen sich den Dreck aus den Achselhöhlen.

Bei Hagenbeck habe ich Affen im Regen gesehen. Einmal im Schulleben fährt man zu Hagenbeck nach Hamburg. In Marne regnet es oft, und in Hamburg regnet es oft, aber wo die Affen herkommen, regnet es nicht oft. Die Affen haben sich untergestellt, haben unter den Felsnasen gehockt und haben dumm in den Hamburger Regen gesehen. Die jüngsten von den Affen waren schon bei Hagenbeck geboren, aber sie haben genauso geguckt wie die gebürtigen Afrikaner. Vielleicht haben sie es den Alten nachgeäfft, oder es ist so in ihnen angelegt. Es ist ja auch in ihrer Anlage, daß sie wie Affen aussehen, warum sollen sie da nicht wie afrikanische Affen in den Regen gucken?

Nicht alle von meinen Kameraden saßen so verregnet da; der Hauptsturmführer nicht und auch die beiden Generäle nicht. Noch ein paar andere, aber von denen wußte ich gar nichts; deshalb behielt ich meine Augen auf den dreien. Als hätte ich von ihnen abzulesen vermocht, was ein Kriegsverbrecher war.

Meine Kameraden? Der Ausdruck war aus vielen Gründen nicht ganz zulässig, Man wurde verhöhnt, wenn man ihn benutzte. Wenn einer sehr krank war oder ein dickfelliger Bettler, den kein Hohn mehr traf, dann sagte er vielleicht noch Kamerad zu einem.

Offiziere konnten mir keine Kameraden sein, weil sie ja Offiziere waren. Obwohl, gerade sie benutzten das Wort noch häufig. Jetzt. Und auch gegenüber solchen wie mir.

Hauptsturmführer und Amtswalter und Ortsbauernführer konnten nun wirklich keine Kameraden sein. Das hatte mir niemand beigebracht. Das brauchte mir niemand beizubringen. Das war so. Das war so wie mit der Anlage bei den Affen. Und wenn überhaupt einer, dann brachten die selber einem das bei. Die sorgten schon, daß man tat, was sich gehörte. Affen stellen sich im Regen unter, und mit den Leuten macht man sich nicht gemein. Ich finde, die Leute sollten dankbar für solchen Unterricht sein.

Ich weiß noch, wie wenig dankbar ich war, als mir die Söhne vom Bürgermeister der Nachbarstadt das beigebracht hatten. Das waren zwei berühmte Sportler im Kreis, und sie sahen aus, wie die Jungen in dem Film »Kopf hoch, Johannes!« ausgesehen hatten, und ihr Vater war Bürgermeister. Ein großer Mann, und die Söhne des großen Mannes waren Herrschaftskinder, konnten aber fix arbeiten.

An die bin ich geraten, als wir nach Lübeck gefahren sind, nach den schweren Angriffen. Ihr Vater hat uns eine kurze Rede gehalten, bevor wir in die Trümmer gestiegen sind, und einmal habe ich die Sache mit der Volksgemeinschaft verstanden, denn wir waren aus Schleswig gekommen, um den Holsteinern zu helfen, und die Söhne des Bürgermeisters haben sich nicht an ihren Vater gehängt; sie haben wie ich geschaufelt und geschuftet und haben wie ich Unmengen Eintopf gelöffelt und Unmengen Most geschluckt, und bei der späten Heimfahrt quer durch Schleswig-Holstein sind sie müde wie ich gewesen.

Es war Platz genug in dem Zug; der ältere von meinen beiden Arbeitskameraden hat sich im Abteil auf der einen Bank langgemacht, und sein Bruder und ich lehnten in den Ecken der anderen. Wie der Ältere, Gero hieß der, einmal rausgegangen ist, sind wir aufgewacht; ich habe mich etwas bequemer hingerekelt, und der jüngere Sohn vom Bürgermeister hatte den Einfall, die Bucht zwischen meinem Hüftknochen und den kurzen Rippen als Kopfstütze zu benutzen.

Ich glaube nicht, daß es sonderlich bequem war, und der Ältere hat es für ganz unzulässig angesehen. Er ist zurückgekommen, hat zweimal böse Harro gesagt, und dann hat er gesagt: Runter vom Proletenarsch! Und Harro ist schnell hochgekommen, und nach einer Weile hat er sich auf die andere Seite zu seinem Bruder gesetzt, und ich muß sagen, sie sind ziemlich aufrecht weitergefahren.

Es ist ein Vorfall mit einem Zeitzünder gewesen: Zuerst habe ich mich über das hergeholte freche Wort geärgert, und ich habe überlegt, ob ich eine Schlägerei anfangen müßte, aber ich wäre kaum mit einem von den beiden zurechtgekommen, und ich war auch müde. Wenn die so dumm sind, habe ich gedacht und habe mich wunderbar langgemacht. Aber das Wort ist dann doch noch hochgegangen und hat ein mächtiges Loch zwischen uns gerissen, und als eine andere Fahrt in das verschüttete Rostock ging, habe ich mich von allen Geros und Harros ferngehalten.

Der hätte ja: Runter vom Arsch! sagen können; das hätte ich sogar gebilligt, denn der schläfrige Harro war schwer und lästig, und Jungens mag ich in der Gegend gar nicht, aber nein, es mußte ein Proletenarsch sein, und ich weiß nicht einmal, ob mir Gero widerlicher war oder Harro, denn der eine hat ein wirksames Wort gebraucht, und der andere ist aufgefahren wie aus tiefer Schande.

Ich nehme an, er hat keinen Onkel Jonnie gehabt, und deshalb konnte ihm das Wort nur gefährlich und giftig und gar schweinisch klingen. Ich kannte alle diese Klänge auch, denn einer der ersten Filme meines Lebens hat »Hitlerjunge Quex« geheißen, und der Hitlerjunge Quex ist von den Proleten erstochen worden, und vorher haben die Proleten, die bei der Kommune waren, ihren Frauen die letzten Sparpfennige weggenommen, und als sie besoffen waren, haben sie das bißchen Geschirr zerschlagen, und der Prolet Heinrich George hat seinen Sohn, der der Hitlerjunge Quex gewesen ist, zwingen wollen, die Internationale zu singen, und der Kommuneprolet Hermann Speelmanns hat den Hitlerjungen Quex erstochen. Auf dem Rummelplatz.

Aber am Schluß haben sie doch gesungen: Unsere Fahne flattert uns voran, und über Proleten hat man fürs Leben Bescheid gewußt. Beinahe, wenn Onkel Jonnie nicht gewesen wäre. Onkel Jonnie hat immer darauf bestanden, daß er und mein Vater Proleten waren, und als Bleicke Tamms in die Marine-SA ging, weil da der Klassenhaß abgeschafft werden sollte, hat Onkel Jonnie gesagt: Noch ein Kinnriemen für den Proleten, daß er das Maul nicht aufkriegt!, und er hat sich mit meinem Vater gestritten, weil mein Vater gemeint hat, bei den meisten Proleten wäre es ganz gut, daß sie den Mund hielten, dämlich wie sie nun einmal wären, und ob die Welt nun besser würde, wenn Bleicke Tamms in ihr das Sagen hätte, das wüßte er nicht recht.

Konnten die dann streiten, und wenn man meinen Vater hörte, waren Proleten eben Proleten, so wie Leute mit kurzen Beinen Leute mit kurzen Beinen waren, ziehen half da nicht, und wenn Onkel Jonnie sprach, dann klang das Wort Proleten, wie in manchen Sagen die Hoffnung auf den wiederkehrenden Rächer klingt.

Ich habe daher ein ungeordnetes Verhältnis zu dem Wort gehabt. So wie Heinrich George und Hermann Speelmanns und Bleicke Tamms wollte ich nicht sein, aber wie mein Vater und Onkel Jonnie wollte ich schon sein. Und daß die Söhne vom Bürgermeister auch dann welche von einer anderen Koppel blieben, wenn man Brandschutt mit ihnen geschaufelt hatte und Eintopf gelöffelt, das habe ich mir gemerkt.

Da bin ich später dann doppelt wach geworden, wenn einer Kamerad zu mir sagte, der besser zu Gero und Harro gepaßt hätte.

Der Hauptsturmführer war bestimmt so ein Gero gewesen oder wie Ursus Behr. Es war ja niemand dick, aber er war so schlank wie einer, der niemals dick gewesen ist. Er hatte sogar so etwas wie einen Scheitel in seine Stoppeln gedrückt, und saubere Ohren hatte er gewiß. Er lehnte locker an der Wand, die Beine langgestreckt und die Hände in den Taschen, er hörte Bauer Kühlisch freundlich zu, fast vergnügt und bestimmt sehr spöttisch, und Onkel Jonnie half mir denken: Das ist dem sein Bleicke Tamms.

Nur konnte Onkel Jonnie mir auch nicht helfen, als ich dachte: Aber wie ein Verbrecher sieht er nicht aus. Oder Kriegsverbrecher.

Dann fiel ich aber über mich her: Wie sehen die denn aus, du nasser Affe? Wenn man nicht weiß, was ein Kriegsverbrecher ist, kann man auch nicht sagen, daß einer nicht aussieht wie einer. Oder daß einer aussieht wie einer. Und wenn man mit einem Schock einsitzender Polen zu tun gehabt hat, weiß man, daß Verbrecher verschieden aussehen, so daß es Unsinn ist zu sagen: Der sieht wie ein Verbrecher aus. Oder: Der sieht nicht wie ein Verbrecher aus. Herr Dąbrowski ähnelte einem meiner Feldwebel, der besonders eitel war. Herr Eugeniusz hat Ähnlichkeit mit einem meiner liebsten Lehrer gehabt. Aber Verbrecher waren sie wohl beide; Eugeniusz hat sich selber einen Schwindler genannt. Und der Ziegenschänder und der Ortsbauernführer könnten Vettern ersten Grades sein. Und Dr. Gansekehl hätte man mit seinem hohlwangigen stoppelbärtigen Greisenkopf wirklich für einen verschlagenen Hehler aus den ersten Filmen halten können, dabei ist er aber der Toningenieur der ersten Tonfilme gewesen, und in einem Haus am Wannsee hat er einen Gainsborough gehabt. Und wenn wir nackt in der Banja waren, geschoren und an den geschorenen Stellen weiß eingekalkt, klapprige Knochenmänner mit blauen Flecken auf den Hüftpfannen, dann haben wir ein Bild abgegeben, an dem sich gewißlich das Gruseln lernte. Eine Schütte verhungerter Springteufel. Ein Pferch ausgemergelter Schlafräuber. Ein Zuber Gelichter mit Steckenleib und Hechtsgesicht.

Ist auch ein Mark Niebuhr dabei. Der hakennasige Rippenkerl mit den kriminellen Ohren. Zwischen den zwei verdächtigen Wirbeln am Hinterkopf schimmert eine lange Narbe im Skalp. Über dem Auge hat er auch eine; sieht ganz nach einem Revolverhieb aus, kenne das, kenne den Typ. Typischer Verbrechertyp. Schwerverbrecher. Kriegsverbrecher. Was soll denn das bloß sein?

Ein Schwerverbrecher ist einer, der besonders schwere Verbrechen begeht. Also kein Heiratsschwindler, sondern vielleicht ein Frauenmörder. Ein Berufsverbrecher ist einer, der davon lebt. Ein Verdunkelungsverbrecher ist einer, der es bei Verdunkelung macht. Dann wäre ein Kriegsverbrecher einer, der es bei Krieg macht? Aber was? Ein Verdunkelungsverbrecher klaut bei Verdunkelung oder plündert, aber was macht ein Kriegsverbrecher bei Krieg? Wenn einer bei Krieg klaut, ist er dann ein Kriegsverbrecher? Oder Sittlichkeit, da ist es wieder anders. Ein Sittlichkeitsverbrecher ist einer, der sich unsittlich benimmt. Ist ein Kriegsverbrecher einer, der sich unkrieglich, unkriegisch, unkriegerisch benimmt?

Deshalb sperren die einen doch nicht ein. Früher, ja. Früher wurde man eingesperrt, wenn man unkriegerisch war, feige und nicht gehorsam. Aber jetzt waren wir eingesperrt, weil wir kriegerisch gewesen waren. Kriegsgefangen.

Kriegsgefangener. Kriegsverbrecher. Morderca. Ein Mörder aus Lublin. Aber wenn einer nicht in Lublin gewesen ist, kann er kein Mörder in Lublin gewesen sein. Und wenn er ein Kriegsverbrecher sein soll, weil er ein Mörder in Lublin gewesen sein soll, und er ist kein Mörder in Lublin gewesen, weil er gar nicht in Lublin gewesen ist, dann ist er auch kein Kriegsverbrecher.

Bravo, Mark Niebuhr, endlich einmal etwas zu Ende gedacht. Den Satz werden wir uns für die müden Leutnants aufbewahren. Den wickeln wir uns um den dünnen Leib und halten uns in seinem Schutze. Der soll uns Brünne sein, wenn der Prokurator kommt. Ein Satz wie ein Gipsverband. Ein Satz wie ein Kokon.

Ich kann gar kein Kriegsverbrecher sein, weil es geographisch unmöglich ist. Ebensogut könnte man mich einen Novemberverbrecher nennen. Das wäre ebenso unmöglich, weil ich in jenem November noch gar nicht auf der Welt gewesen bin. Ich habe Ebert und Noske und Scheidemann und Liebknecht und Luxemburg nur aus den Streitereien zwischen meinem Vater und Onkel Jonnie gekannt, und die Namen haben dann so verschieden geklungen, wie das Wort Proleten verschieden geklungen hat. Aber in der Schule haben sie wie die Namen von Verbrechern geklungen. Novemberverbrecher.

Sie, Herr Leutnant, darf ich einmal etwas sagen, ohne daß Sie gleich hinter Ihrem Schreibtisch vorkommen? – Ich bin ebensowenig ein Kriegsverbrecher, wie ich ein Novemberverbrecher bin. Ein Berufsverbrecher bin ich auch nicht; ich habe bei Geschwister Bruhns auskömmlich verdient, nachweislich. Vielleicht bin ich ein unsittlicher Verdunkelungsverbrecher, weil ja die Gartenpforte nicht immer zwischen Imme Ehlbeck und mir geblieben ist und weil es bei Verdunkelung war, wenn ich die atemraubende Verbindung zu Imme Ehlbeck herstellte. Und wenn man für Gedanken einsitzen muß, bin ich womöglich sogar ein Sittlichkeitsverbrecher, weil ich unsittliche Gedanken gehabt habe. Über Ursus Behr. Als der anfing, mir Imme Ehlbeck auszuspannen. Da habe ich gedacht, daß der Scharfschütze, der Ursus Behr durch die Arschbacken geschossen hat, mir nicht scharf genug gewesen ist, und weil es ein feindlicher Scharfschütze gewesen ist, habe ich mich in Gedanken mit dem Feind eingelassen auf eine Art von Feindbegünstigung, Durch-den-Feind-Begünstigung.

Ein Verbrechen im Kriege, ein Kriegsverbrechen das, ohne Frage, aber ohne Frage keines für den polnischen Prokurator, Herr Leutnant. Und in der Stadt Lublin bin ich nie gewesen, Herr Leutnant.

Und auch nicht in Wendenwehr, wo die Glocke von dem Kühlisch hing. Litzmannstadt, hatte er gesagt, Wendenwehr bei Litzmannstadt. Der konnte froh sein, daß ihm keiner aufs Maul klopfte für Litzmannstadt. Łódź hieß das, und wenn man es wie Lodsch aussprach, riskierte man auch schon etwas, weil es, ungefähr, Whudsch ausgesprochen wurde, ungefähr.

Ich höre wohl nicht richtig: Litzmannstadt und Gauredner und Wehrbauer und Der Führer, und alles als mein Schönstes Erlebnis. Ulfilas-Glocke. Der ist wohl zu nahe rangekommen an die Ulfilas-Glocke. Hat eins mit dem Klöppel auf seine Glocke gekriegt. Und nun ist es sein Schönstes Erlebnis. Der Glöckner von Wendenwehr. Was wohl dem sein Kriegsverbrechen war? Eine Glocke aufhängen, das konnte doch höchstens Ruhestörung sein.

Allerdings, wenn das Kolbaskowo geheißen hatte, und es war ein Wehrdorf mit Ulfilas-Glocke daraus geworden, und so ein betranter Kühlisch war der Bauernführer, dann hätte man wahrscheinlich in der Gegend kein Pole sein dürfen. Oder Polin. Oder gar eine Polin wie Jadwiga Sierp.

Und man hätte bestimmt kein Ortsbauernführer Kühlisch sein wollen, als die Russen kamen und die Polen wiederkamen. Dem war es zuzutrauen, daß er die Ulfilas-Glocke geläutet hatte, als die Wenden und Slawen und Kalmücken kamen. Der hat geläutet, daß der Führer es hört und dem Parteigenossen Kühlisch helfen kommt.

Ist aber nicht gekommen, der Führer. Wenn der überall hingesollt hätte, wo er Glocken hängen hatte. Dann hätte er auch in die Nähe von Marne gemußt, als die Engländer nach Marne kamen. Weil ganz in der Nähe von Marne ein Stück Erde nach dem Führer hieß. Neuerde, Neuland, Adolf-Hitler-Koog.

Der hatte vorher Dieksander Koog geheißen, aber dann ist die Neulandhalle gebaut worden mit bunten Kirchenfenstern, aber nicht mit der Jungfrau Maria oder Jesus am Kreuz, sondern mit Soldaten und Arbeitsdienstmännern, und neben der Halle war auf der Wurt die Glocke des Reichsnährstands aufgehängt, und eine Eiche hatte der Führer selber gepflanzt, und wenn Schulausflug war zur Neulandhalle, kam manchmal der Ortsbauernführer Wrede und erzählte, wie es gewesen war, als ihm der Führer mit Handschlag das Land zu Lehen gegeben hatte.

Der hätte was zu erzählen, wenn er hier wäre und wäre mit seinem Schönsten Erlebnis an der Reihe. Aber er war nicht hier. War ja auch kein Kriegsverbrecher. War ja nicht Wehrbauernführer von Kolbaskowo gewesen. Bloß Ortsbauernführer vom Adolf-Hitler-Koog vor Marne. Und schließlich konnten sie nicht ganz Marne hierherschicken. Marne war ja schon durch den Kriegsverbrecher Niebuhr vertreten. Der war auch viel besser, wenn es ans Erzählen von Schönsten Erlebnissen ging.

De lücht di de Kremp von' Hoot! sagte mein Vater von mir, und es leuchtete ihm ein, daß ich Drucker wurde, weil das nach seiner Meinung sehr viel mit Lügen zu tun hatte, und meine Mutter nahm mich in Schutz, was sie sonst selten tat: De Jung lücht nick – er hat Einfälle!, und daß es vom Lesen kam, war ausgemacht.

Liebe Mutter! Entschuldige bitte, daß ich Dir jetzt erst schreibe, aber ich befinde mich seit einiger Zeit an einem Ort, an dem es nicht gern gesehen wird, wenn einer etwas anderes schreibt als seinen Lebenslauf. Auch bitte ich Dich gleich, meine Schrift zu entschuldigen. Ich habe nämlich keinen

Tisch und muß das Schreibpapier auf meinen Gipsarm legen. Ja, das hatte ich Dir ja noch gar nicht geschrieben: Einen Gipsarm habe ich auch. Wenn ich Dir erzählen wollte, was ich alles erlebt habe, wie sie mir den Gipsarm gemacht haben, würdest Du wie Vater glauben, daß ich Dir die Krempe vom Hut lügen will. Aber es ist die reine Wahrheit. Aber ich weiß auch genau, daß einem manchmal die reine Wahrheit erst recht nicht geglaubt wird. Du mußt Dir keine Sorgen machen wegen dem Gipsarm, weil ja der Arm unter dem Gips noch dran ist. Es brennt nur etwas, und manchmal ist mir warm. Zuerst wollten sie Zement nehmen, weil es hier so ein Haus ist, in dem es wenig Gips gibt, und wenn Vater das gehört hätte, hätte er wieder gedacht, ich will ihm an die Hutkrempe. Aber damit Du weißt, daß Du Dir keine Sorgen zu machen brauchst, sage ich Dir, daß ich mir den Arm beim Sonnenbad gebrochen habe. Es ist ein bißchen eng, wo ich untergebracht bin, und das Essen könnte auch etwas abwechslungsreicher sein, aber wie verwöhnt ich bin, weiß ja keiner besser als Du. Wir machen viele Gesellschaftsspiele, Schinkenkloppen und mein Schönstes Erlebnis, und alle nehmen teil. Es ist hier nicht so wie damals mit den Söhnen vom Bürgermeister, Du wirst Dich vielleicht erinnern, ich habe es erzählt, wie ich von Lübeck kam mit dem Bauch voll Eintopf und Most. Hier stellt man sich nicht so an, hier liegt man ziemlich eng beieinander und fragt nicht, ob der Nebenmann Gasmann ist oder General. In einer Beziehung sind hier alle gleich, aber weil das noch nicht ganz klar ist, ich meine, ob es auch für mich zutrifft, will ich vorerst darüber noch nichts schreiben. Jetzt muß ich aber schließen, weil eben der Wehrbauernführer von Wendenwehr sein Schönstes Erlebnis beendet hat und weil, wie General Eisensteck gerade sagte, jetzt der zweite Teil vom Spiel kommt: Nachfassen, hochnotpeinlich! heißt der, hat der General gesagt, und weil ich noch neu hier bin, will ich lieber aufpassen und mich umsehen, und später werde ich Dir alles ganz genau erzählen. Bis dahin grüßt (und küßt) Dich Dein Sohn Mark!

XVIII

Aber der General Eisensteck hat wirklich gesagt, es dürfe nun hochnotpeinlich nachgefaßt werden, und es folgte eine etwas stumpfsinnige Befragung. Ich habe später schärfere erlebt, diese war stumpfsinnig,

Es lag an dem Kühlisch; der hatte nicht gelogen, da konnte man ihn auch nicht widerlegen. Und wer hätte schon Lust haben sollen, an dieser Glockengeschichte etwas zu widerlegen?

Ausgerechnet der andere General, nicht der Eisensteck, ist nicht von den Rollmöpsen losgekommen. Ich hatte ja auch an der Stelle mit den Rollmöpsen etwas inniger zugehört, aber ein General sollte doch beim hochnotpeinlichen Nachfassen über die Frage hinauskommen, von welcher Art die Gurkenstückchen im Sauerfisch gewesen seien.

Nicht so Netztorf, Generalmajor. Das Kommandeursmaul voll Wasser, erging er sich über die Idealkombination aus Spreewaldgurken und norwegischem Hering, und er gab bekannt, er habe einen Oberstleutnant aus der Beförderungsliste gestrichen, weil ihm in dessen Kasino Rollmöpse mit Sauerkrautfüllung vorgesetzt worden waren.

Da war es beinahe schon spannend, daß ein anderer, ein Zivilist mittleren Alters, der ganz leicht sächsisch sprach, den Gauredner Sombart gekannt hatte und sich dessen Äußeres und Inneres und Eigenes von Bauer Kühlisch beschreiben ließ. Es war insofern spannend, als man sich lange fragte, wann der Wehrbauer mit der Schilderung einer Gaurednerhose ans Ende käme oder mit der Wiedererzählung einer Erzählung des Parteigenossen Sombart, die etwas mit Sonnenwendfeiern und Sonnenwendfeuern zu tun hatte.

Wenn man überhaupt zuhörte, so tat man es unwillig, aber

es schien ausgemacht zu sein, daß man ruhig zu bleiben hatte. Man flüsterte sich etwas zu, und man lachte unterdrückt, und nur der fragende Zivilist schien mit Hingabe bei der Sache zu sein. Als er den Ortsbauernführer das Sonnenwendlied »Flamme empor!« aufsagen ließ, fragte ich den Gasmann: Ist der Kerl ein Lehrer oder was?, und der Gasmann flüsterte und schien ganz vergnügt zu sein: Oder was. Gestapo ist er.

Gestapo? Und das gibt er zu?

Dat muß er ja woll. Er hat seine eigene Personalakte bei sich jehabt, als sie ihn jegriffen haben. Hat woll nicht mal dem Feuer getraut. – Flamme empor! Schlagnocheins!

Er schien ehrlich ungehalten zu sein; er meldete sich wie ein Schüler, mit hochgestrecktem Arm, und er rief laut: Wenn ich einmal ganz woanders nachfassen dürfte: Wo ihr da in Hamburg gewesen seid, wovon es dem einen von euch Glockenwächtern nachher an der Bimmel jebrannt hat, ist das eine Einrichtung vom Reichsnährstand gewesen oder vom Reichswehrstand?

Der Wehrbauer unterrichtete den Gasmann umständlich, daß der Reichsnährstand keine eigenen Einrichtungen dieser Art betrieben habe, und dann bröselte das Abenteuer aus ihm heraus, und es zog sich entsetzlich von der Ankunft auf dem Güterbahnhof Altona bis in eine Sanierstube am Millerntor, und ich bekam die Augen nicht los von dem Mann, der bei der Gestapo gewesen war.

Und ich hörte meinen Vater mit meinem Bruder reden, so gemein, wie er noch nie mit uns gesprochen hatte. Wenn du da hinwillst, mein Sohn Joachim, sagte er, und an seiner überdeutlichen Aussprache und daran, daß er meinen Bruder Joachim nannte, konnte man seine Wut erkennen, wenn du zu denen willst, dann mußt du aber noch einiges lernen. Da ist es mit Hände-an-die-Ohren-Klatschen nicht getan; da mußt du einem auch glatt das Ohr abreißen können. Mußt dir vorstellen, der hat mit diesem Ohr einem Feindsender gelauscht; da gehört es abgerissen. Kommt auch nicht drauf an, weil der Kopf ab kommt, wenn das Ohr einem Feindsender gelauscht hat. Ja, mein Sohn Joachim, da darfst du nicht denken: Es ist aber doch der Kopf von Schuster Henke, das ist doch man bloß ein tüdeliger alter Mann – da darfst du nur denken: Durch dieses Ohr hat der Feind seine Greuelpropaganda in unser Vaterland hineingeschleust; es gehört abgerissen. Da brauchst du gar nicht so grün zu gucken – wenn du dich bei denen melden willst, mußt du dich auf so was einrichten. Einem die Fingernägel abtreten, kannst du das schon? Mußt du aber bei denen können, weil der Feind seine Geheimnisse sonst nicht rausrückt. Bevor du die Bewerbung ausfüllst, setz dich aufs Fahrrad und fahre nach Eddelak. Da fragst du in der Würzmittelfabrik nach Herrn Stöver. Mußt dir einen harmlosen Grund ausdenken, aber das mußt du sowieso lernen, wenn du nun Geheimer werden willst, mein Sohn Joachim. Herr Stöver arbeitet im Lager, und früher war er Uhrmacher. Das sollte man gar nicht denken, wenn man seine rechte Hand sieht. Er hat so klumpige Finger. Die sehen aus, als ob auf jedem Finger einmal einer mit Langschäftern gestanden hat. Das mußte sein, weil eine Bombe gefunden worden war, und das Uhrwerk konnte ja von Herrn Stöver stammen. Da durften deine Kameraden von der Geheimen Polizei nicht weich sein, da mußten sie hart sein und Uhrmacher Stöver auf die Fingernägel steigen. Ob du das wohl kannst, mein Sohn? Und ob du wohl kannst, was deine geheimen Kameraden als erstes von dir erwarten: Daß du zu ihnen gehst und sagst, mein Vater sagt, ich soll nicht zu euch gehen – vielleicht lassen sie dich dann an mir üben. Was meinst du, Joachim Niebuhr, ob du das wohl möchtest?

Wir haben beide geheult, ich und mein Bruder auch, und mein Bruder war damals beinah schon achtzehn, und er hatte doch bloß einen Werbeprospekt nach Haus gebracht, in dem stand, was man alles werden konnte, wenn man sich zur SS meldete. Zum SD konnte man dann gehen und ukrainische Banden bekämpfen. Da lernte man erst Ukrainisch und Nahkampf, und dann schlich man sich in eine Bande ein, und gerade wie sie uns einen Schlag versetzen wollten, nahm man die Banditen fest, Ritterkreuz.

Oder man konnte zur Geheimen Feldpolizei gehen. Da mußte man auf die Sauberkeit in den Reihen der Soldaten des Führers achten und aufpassen, daß sich keiner von den Banden in unsere Reihen schlich und so tat, als gehörte er in unsere Reihen. Man konnte das Kriegsverdienstkreuz mit Schwertern dafür kriegen.

Wenn man aber zur Geheimen Staatspolizei wollte, mußte man von den Scharfsinnigsten, Mutigsten und Härtesten einer sein und von den Treuesten auch, weil es die Geheimsten waren, und es gehörte eine germanische Verschlossenheit dazu. Und sie waren so selbstlos, daß nicht einmal erwähnt war, ob sie auch Orden bekämen.

Ich hatte mit meinem Bruder seine Aussichten besprochen und meine gleich mit; SD kam für ihn nicht in Frage, weil er bestimmt nicht Ukrainisch gelernt hätte, und ich, behauptete er, hätte von allen geforderten Eigenschaften höchstens die germanische Verschlossenheit zu bieten, aber auch nur manchmal, und manchmal wäre ich mehr ein welscher Lügenzwerg.

Und dann kam mein Vater und hat uns mit seiner Gemeinheit zum Heulen gebracht, und für Fingerzertreten und Ohrenabreißen waren wir beide nicht die Richtigen und fürs Vaterverpetzen auch nicht, und wir haben uns beide nirgendwo gemeldet und haben beide gewartet, bis sie uns holten, und mein Bruder war jetzt tot und mein Vater auch, und ich hatte nun Kameraden, von denen waren zweie General, und einer war Gasmann, und einer war Ortsbauernführer, und einer war Hauptsturmführer, und einer war von der Geheimen Staatspolizei. Und beinahe war es nicht zu glauben, daß ich nur der Grenadier Niebuhr sein sollte.

Ich glaube, ich habe, was das Schinkenkloppen betrifft, schon meine Meinung gesagt, aber ich kann es gern noch einmal tun. Ich kann gar nicht oft genug sagen, wie bodenlos dumm ich es finde, wenn ein erwachsener Mann einem anderen erwachsenen Mann die Augen zuhält, und ein dritter erwachsener Mann drischt dem zweiten mit aller Kraft auf den Hintern, und der muß dann raten, wer von all den anwesenden erwachsenen Männern der Drescher gewesen ist.

Wenn man Pech beim Raten hat oder die anderen verabreden sich gegen einen, kann man richtig durchgeprügelt werden. Schinkenkloppen. Der Gasmann hatte es ja angekündigt, aber es überraschte mich doch, als General Eisensteck nach dem Kapustafassen und kurz vor der Schlafenszeit in seiner fröhlichen Art zu diesem Idiotenspiel aufrief: Meine Herren – Schinkenkloppen! Wer ist denn dran, meine Herren?

Hauptmann Schulzki war dran, doch er sagte, als er hier neu auf Festung gekommen sei, habe man ihn mit der Begründung fürchterlich hergenommen, einem Neuen stünde das etatmäßig zu, und hier sei ja nun ein Neuer.

Ich sah mir den Hauptmann an, er hatte eben einen guten Freund gewonnen, aber ich wollte mich nicht zieren, auf meinen Hintern kam es nicht mehr an.

Da legte sich jemand für mich ins Mittel, ein langer und knochiger Mann, der ein fremdartiges Deutsch sprach, mit kehligem ch und Wörtern dazwischen, die meinem heimischen Platt verwandt zu sein schienen.

Das gehoert sich nicht, sagte er, mit einem Arm in Verbinding. Und als er keinen kennt, wie soll er sagen, wer ihn gekloppen hat? Also war Hauptmann Schulzki doch dran, und der knochige Lange hat ihm gleich so eine versetzt, daß der Hauptmann ohne Zögern, wenn auch unter Stöhnen, rufen konnte: Das war der Gärtner!

Alle bestätigten begeistert, daß es der Gärtner gewesen sei, und der Gärtner ließ sich vom Hauptmann Schulzki die Augen zuhalten und streckte seinen knochigen Hintern aus.

Er hatte sich wohl entschlossen, mich ein wenig zu beschützen, denn als General Eisensteck endlich rief: Schinkenkloppen einstellen, meine Herrn! – Vorbereiten zur Nachtruhe!, sagte der Gärtner: Der Jong muß in die Verholecke,

Herr General!, und so bekam ich einen Platz, an dem ich mit meinem Arm einigermaßen zurechtkam.

Man legte sich auf den blanken Boden aus brüchigem Asphalt, alle auf die rechte Schulter, anders hätte der Platz nicht gereicht. Man unterhielt sich noch, aber gedämpft, der Schließer hatte schon zweimal mit dem Schlüsselbund an die Tür geschlagen.

Der Gärtner hockte sich zu mir in die Verholecke und sagte leise: Diese Wehrmachtsbroeder haben rein kein Ehrgefoel. Aber mußt dir nicht graulen – wir halten zusammen.

Danke, sagte ich, was bist du denn für ein Landsmann?

Ick bin von die Neederlande, sagte er.

Das ist eine dumme Frage, sagte ich, weil ich von mir selber auch nicht weiß, wie ich hierherkomme, aber: Wie kommt ein Holländer hierher?

Jong, die Frage ist nix verkehrt, die ist ganz recht. Es kommt alles, weil ich Gartner bin, Tulpengartner. Wenn du schon hiergewesen warst, wo ich in der Reihe war mit mein schoenstes Erlebnis, dann wußtest du, wie ein Tulpengartner hierherkommt. Ich heiß Jan Beveren, da war mein schoenstes Erlebnis schon bald in der Reihe. Das war, wie ich eine groene Papageientulpe gezogen habe. Ich hab sie groengeschlitzte Busbecq gedoeft und bin auf die Ausstellung gekommen. Ich kann dir das bald verzählen.

Ja, sagte ich, das mach mal. Da bin ich wirklich neugierig, grüne Papageientulpen und dann hier.

Ich verzähle dir das lang, wenn Zeit ist. Kurz ist es so gesagt: Mich haben sie hier bei einem Lager festgestellt, wo ich durch die Anforderingen von dem Kommandant war. Der hat die Tulipen sehr geliebt. Er hat mich von Holland geholt wegen die großen Rabatten. Ach, wenn Frühling war in dem Lager, das war ein schoenes Bild. Jetzt bloen sie bald, wenn der Pollack sie nicht ausgehackt hat.

War denn das hier, war das in Polen, wo du Tulpengärtner warst?

Der knochige Gärtner seufzte, und er schien es aus Kummer über sein Pech zu tun, aber auch aus versetztem Heimweh.

Ja, sagte er, in Polen, jetzt wieder Polen, ganz südlich, etwas westlich, schoene Ecke für Tulpen, oeberhaupt eine schoene Ecke, nicht weit von Krakau, Auschwitz hieß das.

Ebensogut hätte er sagen können, er sei der Jünglingsmörder Haarmann, der seine Blumen mit Blut zu düngen liebte. Dahlien. Haarmann hieß die Drohung, die im Abendschatten lauerte. Wegen Haarmann lief man davon, wenn man allein war und ein Fremder fragte nach dem Weg. Haarmann war ein Deckname des Teufels, und darum war Haarmann auch nicht tot, obwohl man ihm den Kopf abgeschlagen hatte, und auch darum hatte es Haarmann nie gegeben.

Haarmann und alle Hexen und jener Hagen und der Sachsenschlächter und der Brandstifter van der Lubbe und Rasputin und Lucrezia Borgia, das waren Namen des unbegreiflich Bösen. Sie waren unbegreiflich, weil sie so überaus böse waren. Sie ließen sich nur aushalten, weil sie sich nicht begreifen ließen. Sie ließen sich aushalten, weil man sie nicht begreifen konnte und weil man sie daher nicht ganz glauben mußte. Vor dem letzten Erschrecken konnte man in den Gedanken ausweichen: Das ist ja nur ausgedacht.

Auschwitz war auch so. Es war erst jüngst in die Schrekkensreihe gekommen, und es war ein Greuelwort, das sich auch in anderem abhob von den anderen Greuelwörtern: Niemand bespuckte mich und sagte, es sei wegen Hagen von Tronje oder Rasputin oder Haarmann; niemand brachte mich in einen Zusammenhang mit denen und leitete irgendwelche Rechte daraus ab, das Recht, mich am Halse zu würgen oder im ohnmächtigen Grimm Tränen über mich zu vergießen.

Aber zu Auschwitz brachten sie mich in Zusammenhang, und es half mir nichts, daß ich zuerst nicht einmal gewußt hatte, ob dies der Name einer Person oder einer Sache war.

Aber natürlich, wenn man erst einige Male mit Händen und mit Blicken und mit Schreien gedrosselt worden ist, und jedesmal hat es Auschwitz dazu geheißen oder Oświęcim oder Majdanek, dann erkundigt man sich nach diesem Auschwitz und diesem Majdanek, und man lernt, daß es mit Auschwitz ähnlich wie mit Haarmann geht: Niemand hat Haarmann gekannt.

Niemand hatte Umgang mit ihm. Jeder hatte erst aus der Zeitung über ihn erfahren. Keiner glaubte ihn ganz.

Sie sollen gewesen sein, heißt es, dieser Haarmann und dieses Auschwitz, aber wer weiß. Die Leute reden viel. Sicher gibt es Mörder, hat es immer gegeben, aber streunende Jünglinge zerhacken, du lieber Gott. Ein Mörder, den sie hergerichtet haben, daß er taugt fürs Panoptikum. Grausamkeit, gewiß, es gibt Grausamkeit, aber es gibt auch die Grenzen der menschlichen Grausamkeit. Kannibalismus, das ist Afrika, aber doch nicht Hannover.

Es sollte auch Grenzen der Rachsucht geben. Der Pole geht einfach zu weit in seiner Rachsucht. Vielleicht merkt er das selbst, und das ganze Gerede von diesen Lagern kommt vom schlechten Gewissen. Daß er nun einen Grund hat, uns so zu behandeln.

Sicher gab es Lager, hat es immer gegeben, haben die Engländer erfunden, im Burenkrieg. Wenn man seine Gefangenen nicht unterbringen kann, kann man sie nur noch umbringen. Wir haben sie untergebracht. Oder hätten wir sie herumstreunen lassen sollen? Jeder sieht zu, wo er ein Dach über den Kopf kriegt, ja? Jeder kümmert sich selbst, daß er was in den Bauch kriegt, ja?

Ist doch einfach Unsinn. Wer soll denn einen Krieg führen, wenn das Hinterland voll ist von unversorgten Gefangenen?

Geht nicht; leuchtet ein. Also einsperren oder umlegen. Wir haben sie eingesperrt.

Und jetzt etwas für den gesunden Menschenverstand zu diesen angeblichen Vernichtungslagern: Hätten wir die Leute erst einsperren müssen, wenn wir sie vernichten wollten? Hätten wir uns die Mühe gemacht, Zäune gezogen, Latrinen ausgehoben, Baracken aufgestellt, wenn wir die Brüder doch nur unter die Erde bringen wollten? Also, Herrschaften, die Sieger sind immer im Recht, aber deshalb muß man doch nicht gleich die Vernunft abschaffen. Und Vernichtungslager erfinden, Auschwitz und wer weiß was noch.

Ich hörte solche Beschwichtigungen gern, denn wenn man schon ungut mit mir verfuhr, so wollte ich mich doch darüber empören können. Das wäre aber schlecht gegangen, wenn es die Gründe wirklich gegeben hätte, derentwegen mir polnische Leute weinend an die Gurgel fuhren.

Und als sie mich, nur auf das Geschrei einer verstörten Frau, hinter eine Backsteinmauer warfen, war ja unfaßlich und sehr faßbar am Tage, welche Erfinder diese Polen waren. Denen war wirklich nicht genug, daß sie uns hatten; sie wollten uns auch noch in Auschwitz und Majdanek gesehen haben. Unmenschlich sollten wir dort gewesen sein, sagten sie und taten mich in ein Gefängnis. Mich, der nur unschuldig war. Sehr menschlich. Danke.

Vielleicht kam noch einer und sagte, ich sei Haarmann. Vielleicht hatte die Frau Haarmann in mir erkannt. Die waren verrückt, mich hier einzuschließen, und solange sie das taten, brauchten sie mir nicht mehr mit Auschwitz zu kommen.

Freilich, jetzt waren nicht sie damit gekommen; ein holländischer Tulpengärtner hatte Auschwitz gesagt, hatte gesagt, er sei dort gewesen. Es hätte besser gepaßt, er hätte gesagt: Ich soll in diesem sagenhaften Auschwitz gewesen sein; aber er hat gesagt: Ich bin dort gewesen.

Man sagt doch nicht: Ich bin Haarmann, wenn man es nicht ist. Man sagt doch nicht: Ich war in Auschwitz, wenn es das gar nicht gibt. Doch die Polen schienen stark an dieses Auschwitz zu glauben, wenn sie schon jemanden verriegelten, der nur der Gärtner dort gewesen war.

Die Lösung war einfach: Der Gärtner konnte so arglos von Auschwitz reden, weil es keinen argen Grund gab, seinen Aufenthalt dort zu verschweigen.

Es war, als redete ich von Marne und sagte: Ich bin da Buchdrucker gewesen.

Ganz ging das nicht auf, denn bestimmt hätte ich meine Herkunft aus Marne nicht ohne sichernden Vorspruch bekanntgegeben, wäre Marne in ähnlichem Ruf gewesen, wie dieses Auschwitz es war.

Es ist zur Arglosigkeit nicht Grund genug, daß man nur Gärtner gewesen ist an einem Greuelort. Es ist zur Arglosigkeit noch nicht einmal Grund, wenn man Buchdrucker gewesen ist an einem schönen Ort mit dem unumraunten Namen Marne. Denn auch so einer, das ist bekannt, kann hinter viele Riegel kommen. Wieviel rascher erst einer, der an einem Greuelort gewesen ist, und sei es auch nur als Fachmann für Tulpenrabatten.

Du, Gärtner, sagte ich zu dem knochigen Holländer, stört es dich, wenn ich noch rede und noch was frage? Ich kann bestimmt nicht schlafen, alles ist neu und die Pfote tut weh; kann man dich fragen, oder machst du wegen deines Halses ein Geheimnis aus dir?

Wenn du klar sprechst, kannst du alles seggen. Mein Hals braucht keine Sorgen. Sag ich Mark zu dir, sagst du Jan zu mir.

Gut, Jan, danke, Jan. Was ich fragen wollte: Haben sie dir gesagt, warum sie dich eingesperrt haben? Ich weiß von mir nur Gerüchte, aber richtig gesagt hat keiner etwas.

Und wie sagt das Gerücht?

Sie reden von mir als einem Morderca.

Morderca? Moerderen? Das ist nicht schön, sagte der Gärtner.

Der Gestapomann richtete sich in der Löffelreihe auf und sagte: Kann nun mal Ruhe eintreten?

Und Jan antwortete: Halt die Fresse, Polizist! Und zu mir sagte er: Das ist verschieden, die eine haben gesagt gekriegt, warum, die andere haben allein gewußt.

Und du?

Ick kann mir nicht verwunderen. Kommst du von Auschwitz in Uniform, fassen dir die Polen, sperren sie dir ein, wenn sie dir nicht an Baum hängen.

Was für eine Uniform?

Wie deine.

Wie meine? Du meinst, wie dies Tarnzeug? Warst du denn SS-Mann?

Hauptscharführer.

Ich denke, du warst Gärtner?

Jan Beveren erheiterte diese Frage. Er kam vor Lachen und Kopfschütteln lange nicht zu einer Antwort, und den Kopf schüttelte er auch noch, als er endlich sagte: Entweder, wenn du das spielst, wie du nix weißt, bist du Weltmeister, oder man muß erkennen, wie kurzer Soldat du bist. Aber, Mensch, bei Soldaten ist Koch ein Feldwebel und Automechanik ist Unteroffizier und Lagerverwalter für Gasmasken und Strumpfe ist auch Feldwebel, und Tulpengaertner ist Hauptscharführer.

Und das ging? fragte ich, die haben dich von Holland wegen der Tulpen geholt und haben dich in eine Hauptscharführer-Uniform gesteckt?

Zwei Mogelichkeiten, sagte er, Weltmeister, oder ich wunsch mir, die Polen sind so, so naiv wie du.

Naiv? Ich weiß nicht, ob ich das bin, aber mit der Beschuldigung müßte auszukommen sein. Sagst du mir trotzdem einen Grund?

Naiv ist, wenn du denkst, der Kommandant holt einen Zivilisten in den Lager, einen aus Neederlanden, irgendeinen. Wenn er weiß, er hat einen Kameraden bei die Tulpengartner, er holt den Kameraden.

Woher wußte der Kommandant von dem Lager in Polen denn, daß es dich in Holland gab?

Kindchen, weil er vorher in Holland gewesen ist und hat mich gekannt von Einsatz.

Ich verstehe.

Glaubst du?

Nein, ich verstand nicht, und ich ärgerte mich über den spöttischen Ton des Gärtners, und daß er mich Kindchen genannt hatte, ärgerte mich auch, und der Schmerz hackte mir in den Arm, und heiß war mir, und die Zunge füllte meinen Mund, und langsam war es mir gleich, was mit den Tulpen in Auschwitz war.

Kannst du mir einen Schluck Wasser geben? sagte ich, und der Hauptscharführer, der ein Tulpenfachmann war, stieg über die Schlafenden hinweg hinüber zur Klosettecke.

Der Gestapomann richtete sich wieder auf und sagte in beleidigtem und sehr sächsischem Ton: Wie lange geht denn das nun noch?

Halt die Fresse, Polizist! sagte ich, und das erfreute den Hauptscharführer.

Richtig, Kamerad, laß dir nicht opspeelen von den Scheißschandarm.

Er brachte mir ein russisches Kochgeschirr voll Wasser, und ich ertränkte mich beinahe, und als ich zurücksank, hatte ich nur noch für die Frage Kraft: Die Polen sagen böse Sachen, wenn sie Auschwitz sagen; stimmen die?

Ich hatte ja mit die Tulipen zu tun, sagte Jan Beveren, aber gehoert hat man viel. Es wird wohl stimmen, was der Pollack vertellt.

Mit einem bekümmerten Seufzer, den ich diesem knochigen Menschen gar nicht zugetraut hatte, legte er sich als letzten Löffel an die Reihe, und er achtete, daß mir genügend Platz in der Verholecke blieb.

Ich würde den brauchen; das war schon sicher. Denn manchmal schien es einzig möglich, von dem schlagenden Schmerz fortzukommen, wenn ich den Arm in Gips von mir streckte, soweit es nur ging, und als ob ich das brandige Wüten dadurch ableiten könnte, scharrte ich mit den Füßen und mit der heilen Hand über den rissigen Zellenasphalt, und zweimal merkte ich, daß mich der Gärtner wieder in die richtige Lage schob. Aber beide Male war ich nicht ganz sicher, ob es wirklich der Gärtner war, der mich an den Füßen faßte, und ob es wirklich meine Füße waren, und ob ich wirklich noch unter Lebenden war, und ob ich wirklich noch lebte.

Ich sah meine Beine auf dem Totenwagen des Lazaretts von Puławy, sah sie wie Knüppelholz zwischen anderem Knüppelholz, und die Löffelreihen neben mir waren die Reihen der Gestorbenen vor dem Sezierzelt. Zwei Mann, vier Griffe! schrie der Sanitäter, und sie packten uns an Händen und Füßen über den Knöcheln und hievten uns mit Schwung auf den Schneidetisch, und wenn einem etwas fehlte, Fuß oder Bein oder Arm, ging der Scherz: Korrektur! Zwei Mann, aber nur drei Ecken, und wie nun? Und der Scherz ging weiter mit Gesang: Der Kerl hat nur drei Ecken, drei Ecken hat der Kerl!, und von Gesang begleitet flog der unvollständige Leichnam auf den Tisch.

Wie aber würden sie mich nun packen, wo ich der Ecken vier wohl hatte, deren eine aber unförmig war vom Gips, so daß selbst eine knochige Gärtnerhand sie nicht würde umgreifen können. Ratlos würden sie sein, und da hatte ich Aussicht, mit dem Ruf durchzudringen: Ich bin gar nicht tot. Wer nicht tot war, brauchte nicht vier Ecken für vier Griffe, denn der durfte nicht auf den Tisch, der mußte im Verholeck bleiben, der blieb im Sterbeverschlag, der in irgendeinem anderen Leben das Café Sacher hieß.

Ich wußte aber auch, daß ich nicht im Café Sacher war, denn hier waren nicht die Wiener an der Reihe, hier waren die Holländer an der Reihe.

Es mußte mich einer verraten haben, einer, der wußte, daß ich ein Fachmann für Hühnerfutter war. Großer Gott, war das gut; da konnten sie mich nicht zu Haarmann stecken, der mit dem Blut von tausend jungen Männern seine Dahlien gezogen hatte, und die Polen hatten es aufgedeckt und weinten den Namen seines Gartens.

Oświęcim weinten sie, und Jadwiga weinte auch und hatte so kurzes Haar wie ich, und von meinem Anblick wurde ihr übel, und sie wollte die Tulipen nicht, die ich für sie auf der Mauer fand.

Ich kroch aus dem Schlaf wie aus einem Berg von Staubmull und rostigen Splittern, zerschrammt war ich und befilzt, und mein Arm und mein restlicher Körper wogen einander auf. Als wollte mir der Himmel behilflich sein, mich hineinzufinden in die neue Welt, war der Gefängnishof voll starkem Frühlingslicht, und meine Generäle und Gärtner und Bauernführer waren wirklich bis in die grindigen Ohren. Gefangenschaft wie ich sie kannte: Vor dem Klosett standen sie Schlange und ermunterten oder verfluchten den Mann im Verschlag; frühe Wanderer zogen im Eilschritt ihre Bahnen von der Fensterwand zur Türwand, und wenn zweie nebeneinander gingen, achteten sie, daß sie nicht in Gleichschritt gerieten; Matrosen tanzen nicht zu La Paloma, und Eingesperrte meiden den Gleichschritt. Unter den Fenstertraljen machte der Hauptmann Schulzki Kniebeugen, und zwei alte Männer standen da und atmeten tief die Luft, die dort noch frisch war. Ein Kübel mit Wasser kam; ein Kochgeschirrdeckel für jeden, der sich waschen wollte; man goß sich den Spritzer auf den Kopf und verrieb ihn, wohin er noch reichte.

Das Brot war schon geschnitten, und es wunderte mich nicht, daß der Hauptsturmführer der Verteiler war, und es wunderte mich auch nicht, daß alles ohne Murren ging, denn neben dem Hauptsturmführer stand der Hauptscharführer und hielt die knochigen Gärtnerhände locker auf dem Rücken verschränkt.

Alles wie gehabt: die Brotpicker, die ihre Portionen in Molekülen verzehrten; die anderen mit dem Seehundsschlund, durch den der Kleiekloben wie ein Hering glitt; die Lorkeschlürfer, denen man ansah, daß sie bei einem fernen Mokka waren oder bei einem verschnurrten Frühstück mit Morgenrock und Milchkaffee; die Verzehrer, die nur in Kalorien dachten, und die Alchimisten, die glauben, daß eine Speise sich mehrt und wandelt, wenn man sie nur lange genug im Munde hält; die Bewerter, von denen die überraschende Nachricht kommt, auch diese Mahlzeit sei als nicht ausreichend zu betrachten, und die verfluchten Hunde, die stets von Rührei und Räucheraal sabbeln müssen.

Neu, wirklich neu war nur der Generalmajor Netztorf. Mit dem Ruf in sehr generalischem Ton: Also zur Entkotung! trat er hinter die spanische Wand, und ein Stöhnen antwortete ihm. Er hielt sich lange auf, und er spülte bemerkenswert oft, und weil ich neu war, bedachte er mich mit einer Erklärung: Passen Sie auf, Grenadier, man hat Sie wahrscheinlich gelehrt, die Zähne zu putzen, die Nase zu schnauben, die Eichel zu seifen, auf Posten zu sein an allen Ihren Ein- und Ausgängen. Wie aber hat man Sie unterwiesen, soweit es die Entkotung betrifft? Hat man Sie überhaupt unterwiesen? Wahrscheinlich schon, jedoch zu einer Zeit, die Ihnen gar nicht mehr erinnerlich ist. Man hat Sie aufs Töpfchen gesetzt, hat Sie belobigt für Pipi und Aa und hat Ihnen das Popochen gewischt. Eines Tages haben Sie selber wischen dürfen, was zunächst auf ein Verteilen auf die kleinen Bäckchen hinausgelaufen ist, und wenn Sie in einem ordentlichen Hause aufgewachsen sind, haben Sie erfahren, daß man sich hinterher die Händchen zu waschen hat. Haben Sie jemals darüber nachgedacht, was passiert, wenn Sie mit dem Papiergewische den Entkotungsvorgang abschließen? Ist Ihnen nicht auch vorstellbar, daß Sie dabei im Grunde nicht Reinigung betreiben, sondern Verunreinigung? Sie drücken Staub, Bazillen, Bakterien, lebende und tote Fremdkörper in Ihren Kot, von dem Sie zu scheiden glaubten, drücken zumindest einen Rest davon, der nun mit Partikeln und Mikroben angereichert ist, zurück in Ihren Leib, zerren Ihren Schließmuskel zu, damit es auch ja geschützt und warm bleibt am künftigen Krankheitsherd, und wenn Sie dann die Pest kriegen, fragen Sie sich, wie Sie an die Pest gekommen sind.

Na schön, das war des Generalmajors Flitz, und wenn man länger eingezäunt gewesen ist, überraschen Auskünfte dieser Art nicht mehr; man muß nur sehen, wie man mit ihnen fertig wird. Denn wenn man zu sehr hinhört, hört man es immer wieder, und einen Generalmajor kann man nicht mit der Androhung von Ohrfeigen entmutigen. Der hält Ohrfeigen nicht für möglich.

Und, Wahrheit, ich sehe auch nicht, wie ich die Hand in solche Höhe hätte heben können.

So zeigte ich meinem Kameraden Netztorf das Gesicht,

das man Generälen zeigt, wenn sie reden, wovon man nichts versteht, von Gegenschlag und Heldentod und Entkotung.

Papierprobe! rief der Generalmajor Netztorf, und ein Mensch in mittleren Jahren, der die ganze Zeit links hinter dem General gestanden hatte, so daß ich ihn schon hatte fragen wollen, ob er Entkotungsprobleme habe, reichte mir ein Stück von dem groben Papier, das ich in einem Kasten neben dem Klobecken gesehen hatte.

Mit bloßem Auge schon, unterrichtete mich Netztorf weiter, sehen Sie die Verschmutzung dieses Gegenstandes, den Sie bei etwas benutzen, das Sie irrigerweise für Säuberung halten. Was, meinen Sie wohl, brächte erst ein Mikroskop zutage? Für dieses Mal lasse ich aus, was es zutage brächte; ich gehe gleich zu der Antwort über, die ich auf das Problem gefunden habe: Natürliche Säuberung, Eigenkörperbereinigung, Wasser und Hand und kein Papier.

Manchmal denkt man sehr kleinlich von sich und der Welt; dies war so ein Augenblick für mich; ich dachte: Dazu bist du nun in einem dunklen Dezember aufgebrochen aus deiner Mutter Küche, bist über den Nord-Ostsee-Kanal hinausgefahren in die Welt, bis Kolberg, bis Gniezno, bis Kłodawa, beinah bis zur Festung Posen, bis Łódź und Puławy und zum Glück nicht bis Lublin, aber bis in die Grube Warszawa, hast Härteübungen gemacht und bist das Jesuskind geheißen worden und der Rätselmacher und hast abgeschnittene Hälse gesehen und aufgeschnittene Bäuche und daß deine Zehenknochen eckig sind, hast schon chinesisches Polnisch gesprochen und mit einem afrikanischen SS-Mann und mit einer Dame aus Baku über Professor Niebuhr und mit einem Herrn vom Wannsee über Gainsborough und mit vielen müden Leutnants über deinen Lebenslauf, und nun hält dir ein Generalmajor den Lebenslauf an, damit du alles über Entkotung erfährst.

Ich nahm einige Haltung an und sagte laut genug für den General und seine nächsten Nachbarn: Herrschen itzund Frost und Winde, balde wird es sein gelinde.

Und mit der Stärke, mit der es mein Vater vom Speicher rief, fügte ich hinzu: Unterdessen sei der Deine!, und weil der General es immer noch nicht glauben wollte, rief ich auch noch: Bleib der Deine, ich bleib Meiner!, und Netztorf fuhr nun doch etwas zurück.

Der Mensch, der sein Adjutant zu sein schien, sagte: Fiebrig, Herr General, Bruchfieber, flackerig, vielleicht jetzt nicht der richtige Augenblick.

In die Verholecke, Kapitän! rief der Hauptsturmführer, und der Gärtner aus Auschwitz wollte sorgen, daß ich wieder zum Liegen käme, aber ich sagte: Ich bin ganz klar, und ich weiß, wenn ich einen zu lange von seinem Arsch reden lasse, befaßt er sich bald mit meinem. Ist der wirklich Generalmajor?

Wirklich, sagte der Gärtner, ick gloebe, er war Stadtkommandant in Heilbronn oder Mannheim oder Wiesbaden, diese Ecke. Die Amerikaner haben ihm oebergeliefert, weil er was hat mit Polen. Wenn er nicht von Scheiße spricht, spricht er von Kriegsartikel.

Ich wäre mehr für Geselligkeit, wenn da nicht andere Leute zu gehörten! war einer von Onkel Jonnies rätselhafteren Sprüchen, aber nun hatte es nie ein einleuchtenderes Wort gegeben. In meinem Einzelverschlag war zuviel Platz für Bilder und Gesichte gewesen, und hier hatte ich vor lauter Fratzen keinen Platz, und denen, die mich hierher getan hatten, war ich auch eine Fratze. Morderca. Moerderen. Ein falber Mörder.

Ich wußte nicht, ob sie mich im Auge hatten, aber ich begriff in stockender Gedankenfahrt, daß ich mich hier im Auge behalten mußte, daß ich nicht eingehen durfte in diese Zwingermeute aus knochigen und geschwätzigen Führern. Ich durfte mich nicht auf die rückwärtigen Betrachtungen dieser Kommandanten einlassen.

Mitgegangen, mitgefangen, mitgehangen? – Es sah so aus, als sollte dieser Spruch, der viel älter war als die von Vater und Mutter und Onkel Jonnie, hier an mir zu schneidender

Wirkung kommen, aber jetzt wehrte ich mich anders gegen ihn, als ich es in Puławy getan hatte, wenn mir der Friseur damit gekommen war. Er mochte ja noch gelten, wo man mich gefangenhielt, weil ich mit Vogtländer Ritterkreuzträgern und Porzellanmachern aus Koło und Fuhrunternehmern aus Pirna und sogar einem Frankfurter Bankier gegangen war, aber sie würden mich nicht hängen dürfen, weil ich mich nun in der Gesellschaft von Wehrbauernführern und Generalen und Hauptsturmführern befand, denn in deren Gesellschaft war ich vorher nie gewesen, mit denen war ich nicht gegangen. Denen hatte ich einen Proletenarsch gehabt, und den wollte ich nun behalten. Wenn ich diesen das nicht klarzumachen wüßte, wie dann den anderen?

Weil ich ahnte, daß sie mir bald den Platz in der Verholecke streitig machen würden, streckte ich mich lang und breit in ihr, und ich fiel in meiner Schwäche nach soviel Körper- und Gedankenlast auch bald in einen brüchigen Schlaf.

Man schläft nicht gut mit gebrochenem Arm. So wie ich schlief, wird es sich ungefähr mit gebrochenem Herzen schlafen.

Der Major Lundenbroich sagte: Ein Geständnis voraus, meine Herren: Es kostet mich Überwindung, mich an die geltende Ordnung zu halten. Die Ordnung, die jedermann verpflichtet, sein Schönstes Erlebnis auszuposaunen. Vielleicht bestreiten Sie mir das Recht, diese Kritik zu äußern, aber bevor Sie mir jenes bestreiten, will ich diese doch geäußert haben: Was gehen wen wessen schönste Erlebnisse an? Ich habe mir seit meinem Eintreffen nun schon einige schönste Erlebnisse anhören müssen, und ich muß sagen, einigen Herren, die Vortrag gehalten haben, hätte ich auf diesen hin alle Beziehungen aufgekündigt, lebten wir unter Verhältnissen, in denen man frei genug ist, solchen Schritt zu tun. Ich weiß, wir sind nicht frei dazu, und deshalb füge ich mich auch, füge mich zweimal, halte Beziehungen aufrecht und halte mich an die Abreden, die vor meiner Zeit getroffen worden sind. Mein schönstes

Erlebnis. – Wird delikat, ist mir bewußt, aber entweder ganz oder gar nicht. Entweder nicht oder ganz und gar. Also wirklich mein schönstes Erlebnis. Ich habe meine Braut, was soll ich Ihnen sagen, am Abend des dreißigsten Januar neunzehndreiunddreißig kennengelernt. Berlin, Unter den Linden, Brandenburger Tor, Fackelzug der SA. Den Irrtum gleich auszuschließen: Ich war kein Nationalsozialist und bin es auch nicht geworden. Ich bitte, dies nicht als späte Absetzbewegung zu werten – ich war es nicht, ich bin es nicht. Ich war, ich bin Patriot. Ich bitte diejenigen unter Ihnen, die in der SA einen Führungsposten innegehabt haben, das Bekenntnis zu verzeihen: Ich mochte die SA nicht sehr; es schien mir da etwas Knotiges im Spiel zu sein, aber davon sollte man unter unseren heutigen Umständen wahrhaftig schweigen. Ich wollte nur sagen, ich hatte mit dem Ummarsch an jenem Abend nichts zu tun, ich war zufällig auf dem Wege und blieb nur stehen, um einem Schauspiel beizuwohnen. Die Lieder, das Licht der Fackeln, ihr Geruch, der Marschtritt, die Menschenmenge am Straßensaum, alles das machte natürlich Eindruck, und doch war alles das nicht eindrücklich genug, mich abzulenken von der Gegenwart eines jungen Mädchens, das seitlich vor mir stand. Ich war im Elternhaus zu einigem Rationalismus angehalten worden, und mein juristisches Studium hatte mich auch nicht gerade zu einem Schwärmer angefacht; so sagte ich mir: Gemach, so schön kann eine gar nicht sein, wie du diese zu sehen meinst; es ist die Beleuchtung und die elektrisierte Atmosphäre, ein Ladenmädchen wird es sein. Aber warum auch nicht ein Ladenmädchen, darin war man ja immer freisinnig. Meine Herren, Sie kennen, was man anstellt, um eine Dame näher zu Gesichte zu bekommen, ich muß es Ihnen nicht beschreiben, ich will Ihnen nur versichern: Ich habe es alles angestellt. Und wie ich meinen Standpunkt auch wechselte, und wie sich die Beleuchtung auch änderte, das Mädchen blieb schön, und mein Entschluß, mich ihm zu nähern, festigte sich nur bei meinen Versuchen, mich eines Irrtums zu überführen. Kurz: Ich habe Annedore kennengelernt, und bei

Taglicht und bei Mondlicht und auch bei Regenlicht und auch bei Kerzenlicht und im Morgenlicht an der Kurischen Nehrung und bei Dämmerlicht im Berner Oberland hat sich der erste Eindruck nur verfestigt und vertieft. Bei meinen Effekten, wie man hier sagt, sind Bilder aus jener ersten Zeit und auch aus späteren Zeiten; man wird sie uns ausfolgen, nehme ich an, und ich sehe dem Augenblick gelassen entgegen, wo Sie mich auffordern werden, nun Zeugnis vorzulegen von der Schönheit meiner Braut und späteren Frau. Doch zum schönsten Augenblick: Wir haben so viele schöne Augenblicke miteinander gehabt, daß ich Mühe hatte, mich zu entscheiden, als ich sah, daß die alphabetische Reihe bald an mir sein würde, doch als ich schließlich die eingangs erwähnten Skrupel niedergekämpft hatte und zum Bericht entschlossen war, da machte doch nur ein einziger Augenblick alle Rechte geltend, der schönste genannt zu werden. Er fiel in den Anfang des sechsunddreißiger Jahrs; es war eine bewegte Zeit gewesen, Verlöbnis und, Pardon, stürmische Liebe und andererseits Röhm-Putsch und rechtliche Neuordnung im Reiche einschließlich Nürnberger Gesetzgebung und NS-Rechtswahrernormen. Unsere Hochzeit war zu Ostern gedacht, anschließend Reise nach Oberitalien, Vorsaison und erschwinglich, aber in unserem Überschwange hätten wir uns auch Unerschwingliches geleistet. Bis ich in meinem Postkasten einen Zettel finde: Ist Fräulein Annedore Koren eigentlich arisch? – Zuerst, natürlich, bin ich rasend vor Zorn über den Schmieranten, dann läßt mich Verachtung den Wisch in die Ecke schleudern, dann lache ich über soviel Dummheit, denn so blau und blond und rein gibt es keine, und ich suche den Schrieb aus der Ecke und glätte ihn, denn Annedore hat ein Recht auf diesen Spaß, und wie das Papier nur noch einmal gefaltet ist und mein Auge fällt darauf, lese ich: Ko en; auf der einen Seite Ko und auf der anderen geht es weiter mit en, das r ist mehr oder minder im Papierknick draufgegangen. Eigentlich eher gedankenlos setze ich Buchstaben in die Lücke, sozusagen mein Auge tut es, und ohne die mindeste geistige Bewegung lese ich: Koben, Koden, Kogen, und dann lese ich: Kohen, und ich kann nicht sagen, ich hätte das ohne geistige Bewegung getan. In geistigem Alarm habe ich Kohen gelesen, habe das e gestrichen und hatte Kohn, schlimmer konnte es kaum kommen, Kohn, Cohn, hamse nich den kleinen Cohn gesehn? Kohn, Kahn, Kohen, Kogan – Annedore Kohn, demnächst verehelichte Lundenbroich? Ich muß Ihnen nicht sagen, meine Herren, was das für einen Menschen bedeutete, der sich unter Opfern und Mühen, eigenen und denen der Eltern, auf einen lebenslangen Staatsdienst vorbereitet hatte, einen Patrioten, dem Loyalität gleich fest eingepflanzt war wie das rote Herz. Ich hatte die Gesetze nicht erdacht, aber sie galten, und so war nur herauszufinden, ob ich respektive Fräulein Koren von ihnen betroffen sei. Delikater Vorgang: Wie fragt man eine blonde und blauäugige und hochgewachsene sportive Dame, ob sie arisch sei? Nun, man war Jurist, und im Marburger Jahr waren Vernehmungstechniken fakultativ geboten worden – es war nicht schwer, unverfänglich scheinende Rede auf den Ursprung des Namens Koren zu bringen. Seltsam, in einer Zeit, in der es fast ein Gesellschaftsspiel geworden war, eines mit ernstem Hintergrund freilich, Stammbäume aufzustellen, Ahnentafeln, Ursprüngen nachzuforschen, in dieser Zeit wußte Fräulein Koren zur Namenssache nichts zu sagen. Begreiflich, daß mich dies nicht ruhiger machte? Ich kann und will die seelische Anspannung jener Tage nicht wiederherstellen, überbrücke sie also mit dem Bescheid: Ich habe einen Fachmann für solche Dinge – das gab es ja, und es waren durchaus unfanatische und lediglich pekuniär interessierte Leute darunter, die einem den einen oder den ganz anderen Bescheid ohne alle Leidenschaft mitteilten –, ich habe einen solchen Fachmann ausfindig gemacht, Auftrag und Honorar waren schnell akzeptiert, Diskretion verbindlich zugesichert, und dann verging eine Weile, die zu meinen glücklicheren zu zählen mir selbst unter hiesigen Umständen nicht einfallen würde. Wo es doppelt hinter einem liegt, kann man es ja sagen: Es gibt da Augenblicke des Argwohns, in denen man an einem Menschen, den man doch zu lieben glaubte, Semitisches zu erkennen meint, einen seltsam fremden Schnitt der Lidfassung über dem Augenblau, eine gutturale Lautgebung dort, wo sie im Germanischen sonst nicht anzutreffen ist, jiddische Einsprengsel in einem durchaus deutschen Vokabular, eine Vorliebe für das Wort Chuzpe zum Beispiel, und überdies eingeschleppt Erscheinendes im Charakter, doch das führte jetzt zu weit. Es hat überhaupt alles zu weit geführt, denn, meine Herren, eines Tages kam die Auskunft, deren Inhalt Sie sicher schon ahnen, sie kam schriftlich und war von kopierten Dokumenten begleitet und besagte, und diese Lektüre hat mir mein schönstes Erlebnis bedeutet: Fräulein Annedore Koren ist von einem Geblüt, das arischer nicht zu denken wäre. – Ich habe meiner Frau die Sache später einmal erzählt, und es hat viel Spaß in unserem Hause gegeben.

Sie haben nicht allzu hochnotpeinlich in die Geschichte vom Major Lundenbroich und seinem Glück nachgefaßt; der Gasmann hat zwar versucht zu erfragen, wie das Fräulein Annedore außer an Lid und Haar beschaffen gewesen sei; er habe sich sagen lassen, daß die jüdischen Weiber ihre arteigene Weise hätten, einem das Bett zu wärmen, und wie es denn da so gewesen sei, wenn sie im Berner Oberland am Jodeln waren oder bei steifem Wind an der Kurischen Nehrung, aber nach dem Gelächter hat der Hauptsturmführer: Gasmann, Schnauze! gesagt, und der Gasmann hat die Schnauze gehalten.

Mein Schönstes Erlebnis und Schinkenkloppen und Morgenbrot und Abendkraut und Generalmajor Netztorfs tägliche Eigenkörperbereinigung und das tägliche Stöhnen dazu und General Eisenstecks gelegentliche Stegreifvorträge über die generellen Unterschiede zwischen Hindenburg und Ludendorff oder über den Unsinn, das Marne-Wunder ein Wunder zu nennen, oder über den seidenen Faden, an dem man Stalingrad hätte halten können, und die abendlichen Zählappelle, bei denen ein volksdeutscher Lehrer das Melden besorgte, und das nächtliche Gemurre in der Löffelreihe und die mühsam verhaltene Feindseligkeit fast eines jeden gegen fast einen jeden und die zänkische Rechthaberei, mit der es um die Fahrpläne von Neumünster ging oder das Idealmaß Muskatnuß, das an einen mittleren Blumenkohl gehört, oder um das Deutschtum Karls des Großen und das Zellen-Marathon der Marschierer und das Stein-Schere-Papier-und-Brunnen-Marathon der Spieler und das Delikatessen-Marathon der Leute mit den Hungerblasen im Kopf und der Gestank, der vom Schmutz am Bauch und der Furcht im Leibe kommt – das alles machte feste Bestandteile meiner festen Verwahrung aus. Ich schleppte mich durch die Tage wie ein Ochse über den Göpelring, nur war ich schlechter dran als der Ochse: Ich fand, ich sei nicht am richtigen Platze; ich dachte nach über den und über mich, aber ich hatte soviel Verstand, es die anderen nicht sehr merken zu lassen.

Mit den Fleming-Versen und meinem Angelehnten dazu, mit der Antwort aus den Dichtern an einen deutschen General hatte ich mich als überschrägt ausgewiesen, und weil ich das kleinfleckige Tarnmuster trug, das auch der knochige Gärtner und der fedrige Hauptsturmführer und ein paar andere noch getragen hatten, galt ich als gefährlich, und da der Holländer es herumgesprochen hatte, daß ich ein Moerderer sei, galt ich als gemeingefährlich, und nur der Hauptmann Schulzki, der mir immer noch gram war, weil sie ihm statt mir die Schinken gekloppt hatten, hat prüfen müssen, wieweit ich meinem Rufe gewachsen sei, und als eigentlich er an der Reihe war, mit einem Reisigbesen den Staub in die Asphaltritzen zu kehren, hat er mir das Instrument hingehalten und hat dazu gesprochen: Hier, Sie Konfirmand, Sie mögen ja Gipsarm und Gipseier und Gips im Grips haben, aber zur Stubenreinigung braucht man nur eine Hand und überhaupt keinen Verstand; Sie sollten das schaffen, nehmen Sie, Kerl!

Es hielt sich alles in gültigen Grenzen. Zwar, den Ausdruck Konfirmand trennte ein Nichts vom Ehrenrührigen, aber unter so vielen Alten war er hinzunehmen. Und die Vermutungen des Hauptmanns, verschiedene Gipsvorkommen an mir betreffend, hatten eine Beimengung von Witz, durch die man sie hingehen lassen konnte.

Nicht hingehen lassen durfte ich ihm den Kerl; wer sich den gefallen ließ, würde sich gleich danach in Grußpflicht sehen und als Stiefelbursche von einem Hauptmann Schulzki. Da war der Hauptmann Schulzki zu weit gegangen, und daß er das gleich begriffe, und alle, die es ähnlich anging dazu, drehte ich mich, so schnell ich konnte, einmal links herum um mich und ließ Drehmoment und Fliehkraft an meinen eingegipsten Arm, und der traf Herrn Hauptmann Schulzki ungefähr zwischen Kehlkopf und Halsschlagader, und Hauptmann Schulzki fiel um davon.

Mir tat es böse weh, und zuerst war ich mir böse, weil ich aufs Maul hatte treffen wollen, aber wie ich sah, daß der Hauptmann auch so recht schweigsam war und daß im Augenblick niemand eine Lust zu haben schien, mich Kerl zu nennen, da verschmerzte ich das wiedererwachte Brennen in meinem Arm, und ich fand es in Ordnung, als am Abend der General Eisensteck den Beschluß des Ältestenrates bekanntgab, ich hätte das Verholeck zu räumen und mich an den Platz in der Löffelreihe zu begeben, der mir vom Alphabet zugewiesen war.

Ich kam zwischen einen Oberleutnant Müller, der sich mit Müller, Geiselerschießung, vorstellte, und einen Kerl, der Nutschke hieß.

Der sagte, er gehöre bestimmt nicht hierher, und ich dachte, weil ich nicht schlafen konnte, immerfort in derselben Rille: Dann sind wir schon zwei, dann sind wir schon zwei, dann sind wir schon zwei.

XIX

Ich bin ja erst zu den Anhörern Schönster Erlebnisse gekommen, als schon der Wehrbauer Kühlisch an der Reihe war, und so wußte ich weder vom Ortsgruppenleiter Ammann noch vom Kriminalrat Kosinski, was ihnen der Gipfel schönen Erlebens war, aber es schien ganz so, als habe der Major Lundenbroich mit dem Bericht von seiner stockenden Brautfahrt einen neuen Ton in diese Tagesteile eingebracht. Denn wer von nun an Bescheid von seinen Erlebensgipfeln zu liefern hatte, der wurde auf eine Weise privat, die ich nur erstaunlich finden konnte. Denn was ging es ein knappes Hundert wildfremder oder doch zumindest fremder und manchmal auch sehr wilder Männer an, daß der Oberschweizer Luppke sehr erleichtert gewesen war, als ihn die Gattin seines Gutsherrn hatte wissen lassen, seit gestern sei wieder alles in bester Ordnung und Regel, und worin bestand der Nachrichtenwert der Meldung, die Oberleutnant Müller uns machte, Müller, Geiselerschießung, daß seine Alte – so sprach er von seiner Frau, von der es in Kameradenkreisen geheißen hatte, sie sei ein wenig zu sehr läufig, als daß man sie ehelichen dürfe –, daß also seine Alte ihm nach der Hochzeitsnacht versichert habe, auf solche Weise habe es noch keiner besorgt gehabt?

Und auch des Gasmanns schönstes Erlebnis, der zu seinem rheinischen Tonfall auch noch Juppchen Müller hieß, machte mich nicht so begierig, daß die Reihe nun endlich an den Buchstaben N und also auch an Mark Niebuhr käme. Des Gasmanns schönstes Erlebnis bestand, was vorauszusehen war, aus einer ganzen Kette schönster Erlebnisse, und zwar solcher, die er den Hausfrauen seines Stadtteils bereitete, wenn er ihnen die Gasuhren las. Jong, Jong, da waren welche bei, die hatten dir vielleicht wat auffem Zähler!

Ich habe ihn natürlich gefragt, was ihn denn aus der rheinischen Fröhlichkeit in diese Düsternis an der Weichsel getrieben habe, und er hat nur leichthin abgewinkt und gesagt, man könne ihm gar nichts, allenfalls ein bißgen wegen Amtsanmaßung, und von Rechts wegen sei das schon mit dieser U-Haft abgegolten, aber von Rechts wegen sei ja auch zu bezweifeln, daß er wegen solcher Kinkerlitzchen hier bei den Polen etwas zu suchen habe.

Ich wollte schon mehr über diese Amtsanmaßung hören, aber wie genau er auch zu beschreiben wußte, was sich zu entwickeln pflegte, wenn er den Kriegerwitwen und Soldatenfrauen mit dem Gasmannsruf: Nun wollen wir einmal sehen, wie er heute steht! ins Haus getreten war, so wortkarg wurde er, wenn es um die juristischen Kinkerlitzchen ging. Auf die Dauer fand ich seine Mären vom immerwährenden Rüschen- und Litzen- und Lätzchenkitzel etwas angreifend, und mein Vorsatz, in diesem Kreis auf keinen Fall von Herzenserhebungen zu reden, festigte sich nur, als der Oberschweizer Luppke und der Gasmann Müller und Müller, Geiselerschießung, ihrem kritisch nachfassenden Publikum immer deutlicher von Heldentaten zu sagen wußten.

Zwar verschonte uns der Generalmajor Netztorf, der vor mir mit dem Erzählen an der Reihe war, obwohl er nicht in der Löffelordnung liegen mußte, sondern einen Platz in der Ecke des Ältestenrates hatte, zwar verschonte er uns mit seinen Weibergeschichten, die wohl auch sehr angewelkt gewesen wären, und er ließ uns auch nichts von einem besonders schönen Entkotungserlebnis hören, aber daß es ihm als jungem Fähnrich gelungen war, einem ergrauten Taktiklehrer einen Fehler bei der Beurteilung der Ereignisse von Gravelotte nachzuweisen, beschäftigte niemanden sehr lange, und mich bestärkte es nur in meiner Ansicht, bei diesem Quasselreigen nicht mitzutun.

Es ist dies vielleicht wieder eine Stelle, an der zu sagen wäre, daß mich nicht höhere Lauterkeit oder verschärfte Intelligenz zu meinen abweichenden Meinungen und ausseitigen Haltungen bewogen haben; ich war nur von Hause aus mit den Mustern einer gewissen Renitenz versehen worden, und ich fand mich in Verhältnissen, denen ich nur renitent begegnen konnte, wenn sie mich nicht erdrücken sollten. Die so gänzliche Auflösung aller bisherigen Ordnung ließ mich auf den Gedanken kommen, ich könnte mit der Welt fertig werden, wenn ich mich bockig gegen sie verhielt.

So wenig war ich bis dahin an Welt beteiligt gewesen.

Vielleicht ahnte ich etwas von meinen Gründen, und vielleicht gab das meinem Gegenlauf noch mehr Schub; jedenfalls legte ich es, wo Teile von mir erwartet wurden, auf Gegenteile an, und meine Zellennachbarn, die im Grunde ein oder auch zwei Menschenalter länger als ich in einer Löffelordnung gelebt hatten, hielten es für schier unmöglich, daß einer nicht immer in der ihm zugewiesenen Einpassung blieb.

Und, natürlich, daß man sie in einer Zelle verwahrte und sie wie abweichendes Gelichter behandelte, nahm ihnen viel von der Festigkeit, mit der sie mir sonst begegnet wären.

Ohne das errechnet zu haben, benutzte ich es, und als die Reihe an mir war, mein Schönstes Erlebnis zu veröffentlichen, sagte ich: Mein schönstes Erlebnis steht mir noch bevor. Es wird sich da um meinen Abschied von dieser Grube handeln. Ende der Auskunft.

Sie hielten sich alle in ihren Ausstanzungen: Der knochige Gärtner seufzte bekümmert; Hauptmann Schulzki rief aufgebracht: Sehen Sie, sehen Sie! Gasmann Müller sagte, das wäre ja, als ob einer den Karneval absagen täte; Major Lundenbroich fand mein Benehmen unkorrekt; der Generalmajor sprach von notwendiger Subordination in Notgemeinschaft, und General Eisensteck wollte Spezialfasson nur gelten lassen, solange es um Hälse ginge, und der Hauptsturmführer verkündete ungemütlich, allmählich schiene es ihm an der Zeit, mir einmal den Arsch aufzureißen.

Jawohl, Hauptsturmführer, sagte ich, den Proletenarsch.

Und der Hauptsturmführer sagte: Beveren!, und der knochige Tulpenfachmann seufzte und schlug so zu, daß ich mich wunderte, wieso mir der Kopf am Halse blieb.

Befehl! rief mein Freund Jan dem Hauptsturmführer zu, und zu mir sagte er bekümmert: Befehl!, und als er sah, daß sich der Hauptmann Schulzki und der Gestapokerl an mich machen wollten, stellte er sich vor mich und hielt die großen Gärtnerhände locker auf dem Rücken verschränkt.

Ich war nun überhaupt nicht bei Trost und schrie: Tulpenarsch, Gestapoarsch, Schulzkiarsch!, und ich traf einige Anstalten mit der Gipskeule um meinen linken Arm, als nach dem polnischen Achtungsschrei: Baczność! alle Bewegung in der Zelle und auch alle Bewegung meines ängstlichen Zornes gefror.

Der Schließer ohne Hals, vor dem man sich zu fürchten hatte, wenn man bei einigem Verstande war, kam herein, und mit ihm kam einer in besserer Uniform. Der polnisch sprechende Lehrer machte hastige Meldung und gab auf scharfe Fragen hastige Antworten. Die beiden Wächter legten einiges Interesse für mich an den Tag, besprachen sich und schienen einen unschönen Einfall zu haben, der ihnen aber Freude machte. Ohnehals schrie Kommandos, und der Lehrer übersetzte sie, und sie besagten, daß wir augenblicklich anzutreten hätten, aber nicht in der üblichen Appellformation, sondern nach Diensträngen.

Gleich hinter den beiden Generälen und unserem einzigen Obristen begann ein beträchtliches Durcheinander, und später habe ich es mir leicht erklärt: Einige von Wichtigkeit stießen auf andere von anderer Wichtigkeit, und es gab auch welche, die lieber nicht so hoch gelten wollten, wie sie einmal gegolten hatten, und auch von denen gab es mehrere und also Aufeinanderprall, und ein dummer Hauptmann reihte sich doch nicht hinter einem dummen Ortsgruppenleiter ein, und ein schlauer Ministerialrat strebte auf einen hinteren Platz, von dem ein schlauer Gendarmerieleutnant nicht nach vorn und oben weichen wollte.

Eben noch sollte es mir schlecht ergehen; nun hatte ich es

wieder sehr gut: Meinen Platz am äußersten unteren Ende konnte mir ernstlich niemand streitig machen wollen; niemand war von niedrigerem militärischem Rang; und wer nur von zivilistischem Stande war, wie der Gasmann zum Beispiel, der war dann immer noch erheblich älter als ich; es gab keinen Zweifel, der mich in das Durcheinander gezogen oder getrieben hätte: Ich war der letzte. Zwischen der Generalität und mir mußten sie sich ihre Plätze suchen; der eine General und der andere General und der eine Oberst und ich, der eine Grenadier, wir standen schon lange fest, als sich die anderen endlich entknäuelten.

Dem Schließer Ohnehals und seinem Vormann hat die Sache sichtlich Spaß gemacht, und sie schienen sich schon auf neuen Spaß zu freuen, und Ohnehals gab dem Lehrer lauten polnischen Befehl, und der Lehrer gab mir den lauten deutschen Befehl, beschleunigt vor die Front zu treten.

Na also, Niebuhr, dachte ich, da hast du es ja wieder geschafft, zur Einzelheit zu werden. Was wird nun hier wohl ausgezahlt für Renitenz? Was für Erlebnisse bereiten sie einem, der sein schönstes Erlebnis nicht ausbreiten will? Wie willkommen wird einer sein, der den Abschied von diesem Hause als seinen höchsten Augenblick erwartet? Zahlt, wer sein schönstes Erlebnis verschwieg, mit Geschrei von tödlicher Häßlichkeit? Was wird der ohne Hals mir durch des Lehrers Mund gleich sagen?

Was hätte ich ihnen denn sagen sollen?

Was wäre ein Schönstes Erlebnis, von dem sich vor denen reden ließe? Mein schönstes Erlebnis. – Wie Fräulein Bargtehoff gesagt hat, sie läßt uns morgen ein Diktat schreiben, ein ganz schweres, und auch ein Kommafehler ist ein halber Fehler, und alle anderen Fehler sind ganze Fehler, und wer die wenigsten hat, kriegt den ersten Preis, und dann gibt es noch einen zweiten Preis und einen dritten Preis, und vielleicht gibt es auch noch ein paar Trostpreise, aber das weiß sie noch nicht. Sie weiß, die Preise sind alle sehr wertvoll; es sind alles sehr wertvolle Bücher, die ihr selber gehören und die sie sehr liebt, aber sie sind alle sehr gut erhalten. Und es hat keinen Zweck gehabt, sich noch besonders vorzubereiten, denn das Diktat ist nicht über ein bestimmtes Gebiet, hat Fräulein Bargtehoff gesagt, es ist über alle Gebiete, die bisher behandelt wurden, und die kann man sowieso nicht an einem Abend wiederholen. Bei dem Diktat soll sich herausstellen, wer ständig mitgearbeitet hat. Deshalb gibt es auch die hohen Preise, weil es für Beständigkeit ist. Fräulein Bargtehoff hat gesagt, Beständigkeit ist etwas ganz Wichtiges im Leben, und mein Vater hat gesagt, wenn er sich vorstellt, beständig Fräulein Bargtehoff, dann muß er sich dazu aber auch einen sehr hohen Preis vorstellen, sonst kriegt er nicht einmal die Vorstellung hin, und meine Mutter hat gesagt, mein Vater braucht sich mit solchen Vorstellungen nicht abzuquälen, weil er ja beständig meine Mutter hat. Und ich habe es nicht ganz verstanden, aber doch mehr, als meine Eltern dachten. Und Fräulein Bargtehoff mochte ich gut leiden, und das Diktat war ganz bestimmt wirklich schwer. Aber ich habe gewußt, daß es schön sein würde, wenn Fräulein Bargtehoff einem ein Buch geben würde als Preis für Beständigkeit, die etwas ganz Wertvolles ist. Ich habe bei dem Diktat ein Gefühl gehabt, als wären die ganzen vier Schuljahre übersichtlich in meinem Kopf versammelt, und wenn ich etwas nicht gleich wußte, Groß- und Kleinschreibung, Silbentrennung, scharfes s oder rundes s, Doppel-g oder ck, dann habe ich mein Wissen angesehen, das in meinem Kopf angetreten war wie die Schule auf dem Schulhof zum Fahnenappell, und ich habe beinahe alles gefunden. Ich habe nur mit einem Komma einen Fehler gemacht, und ich glaube nicht, daß es einen Menschen gibt, der nie mit einem Komma einen Fehler machen kann. Weil, wie mein Onkel Jonnie sagt, wenn es gut geht, die Regeln zum Leben passen, aber nie das Leben zu den Regeln paßt. Aber wie ich das Diktat geschrieben habe, hat beinahe alles zu den Regeln gepaßt, und mit dem Kommafehler, der als ein halber Fehler gerechnet worden ist, war mein Diktat immer noch das beste, sogar mit Abstand. Der den zweiten Preis gekriegt hat, hatte drei ganze Fehler und ich nur einen halben, und weil es der erste Preis war, durfte ich mir von den Büchern eines aussuchen. Ich habe die Rübezahl-Sagen genommen, mit Bildern, und Fräulein Bargtehoff hat gesagt, ich habe eine gute Wahl getroffen. Auf einem Bild war ein Pflaumenbaum mit mächtig blauen Pflaumen. Das war eigentlich mein schönstes Erlebnis. Nur hat mein Vater gesagt, den einen halben Fehler hätte ich mir denn auch noch sparen können, und darum ist es doch nicht ganz schön gewesen.

Mein schönstes Erlebnis. – In Marne hat es eine Zeitlang kein Kino gegeben, und als es dann doch eines gab, war es gar nicht sicher, ob man auch hin konnte. Weil es dreißig Pfennig kostete, und die hatte man längst nicht immer, und wenn es ein sehr berühmter Film war, dann konnte es einem passieren, daß es keinen Platz mehr gab, weil die anderen noch früher gekommen waren als man selber. Einmal hieß es, als nächster Film kommt der ganz berühmte Film »Kameraden auf See«, aber er kommt nur für einen Tag und wird wegen Umbau im Gasthof gespielt. Das war ein sehr berühmter Film, der handelte von Spanien, wo sich unsere Matrosen gegen die Bolschewisten wehren mußten. Den Film wollte ich sehen. Wenn ich den nicht gesehen hätte, wäre es ein schreckliches Unglück für mich gewesen. Ich wollte alle Filme sehen, aber bei manchen wäre es nicht so schlimm gewesen, wenn ich sie nicht gesehen hätte. Alle Filme, in denen viel gesungen wurde, hätte ich verschmerzen können. Alle Filme, in denen viel geküßt wurde, auch. Alle Filme, die unter Bauern spielten, hätten mir nicht weiter gefehlt, und Filme, die mit Beerdigungen anfingen, mochte ich gar nicht, weil die meistens so weitergingen. Mein erster Film hat »Käpten Priembacke in Afrika« geheißen, und in dem zweiten ist Anny Ondra, die nachher die Frau von Max Schmeling war, mit dem Auto ins Wasser gefahren, weil sie eingeschlafen war, und die ganze Zeit haben sie in dem Stück das Lied gesungen: Bei der blonden Kathrein in der Goldenen

Gans, da küssen die Buben die Madeln beim Tanz, und der dritte Film ist, glaube ich, schon »Hitlerjunge Quex« gewesen. Aber »Kameraden auf See« hätte ich beinahe nicht gesehen, weil mein Geld nicht reichte, und von der Tante Ritter war schon die ganze Woche nichts zu holen, denn ihr Mann hatte in sämtliche Kreuzworträtsel und Wabengitter und Magische Vierecke des neuen Rateheftes den Text geschrieben, mit fettem Blaustift, säuberlich und mit fortlaufender Wiederholung über alle Seiten hin: Du bist verrückt, mein Kind, du hast 'nen Splien, du gehörst nicht nach Marne hin, du gehörst nach Berlin!, und als ich aus der Schule kam, war auch mein Bruder noch krank, und ich mußte zur Apotheke, anstatt mich beim Gasthof anzustellen wegen »Kameraden auf See«, und in der Apotheke hatten sie das nicht, was auf dem Rezept stand, und ich sollte zum Doktor gehen und ihn fragen, ob sie mir auch etwas anderes geben könnten, was sie mir auf einen Zettel schrieben. Auf die Idee, sie zu bitten, doch bei dem Doktor anzurufen, bin ich nicht gekommen, Arzt und Apotheke und auch Telefon, das waren Einrichtungen, zu denen ich nicht mit Vorschlägen hinüberreichte. Und bei dem Doktor war es natürlich voll, und wenn ich zu der Sprechstundenhilfe sagte: Ich möchte nur ..., dann schrien alle im Wartezimmer, das waren meistens die Frauen von den Kohlbauern mit ihren dicken Kindern und hatten keine Ahnung, daß heute »Kameraden auf See« gegeben wurde, einmalig und unwiederbringlich, sie wollten auch nur, und wo wir denn hinkämen, wenn alle, die sagten, sie wollten nur dies oder wollten nur das, dann auch drankämen, das wäre ja noch schöner, und auch noch ein Bengel nach der Schulzeit, auf den nichts wartete, keine Wirtschaft und kein gar nichts, pöh. Ich habe mehrere Fälle von Ziegenpeter und Überfraß passieren lassen müssen, ehe mich die Sprechstundenhilfe dann doch fragte, was ich wollte. Ihr war wohl am Ende das Geschrei der Kohlbauernweiber auch zuviel, denn ich habe nicht aufgehört Ich möchte nur ... zu sagen, und die Kohlweiber haben nicht aufgehört zu schreien, das wäre ja noch schöner. Am Gasthof standen schon viele, die »Kameraden auf See« sehen wollten, und zum Glück war Ernie Voss dabei, der mir sogar den fehlenden Groschen lieh, aber einen Platz konnte er mir auch nicht freihalten, dem hätten die älteren Kohlbauernjungs was erzählt, und auch die älteren Jungs aus der Stadt hätten ihm was erzählt. Als ich zur Apotheke weiterlief, machten sie gerade die Gasthoftür auf, und weil in der Apotheke sämtliche Altenteiler von sämtlichen Kohlbauern auf Hustensaft warteten, war das Gasthofskino schon voll, als ich auf dem Rückweg zu meinem kranken Bruder daran vorbeiraste, und ich wußte, nun würde ich der »Kameraden auf See« nie ansichtig werden, und trotzdem bin ich, als ich die Medizin geliefert hatte, zum Hilfskino zurückgeschossen und habe unter dem Hohngelächter vieler Kameraden aus Marne, die auch nicht mehr zu den »Kameraden auf See« eingelassen worden waren, an der Gasthofstür gerüttelt und habe von tiefster Verzweiflung gewußt, und in diesem Moment ist Bubi Nuthmann aus dem Behelfskino gekommen und hat in sein Taschentuch gekotzt, weil er in der Wochenschau ein Kettenkarussell gesehen hatte, und statt seiner bin ich in das wunderbare Kino zu den berühmten »Kameraden auf See« gekommen und auch noch mit den Taschen voll Geld, denn ich bin ja auf Bubi Nuthmanns Karte gegangen, und gerade wie ich einen Platz gefunden hatte, ging der Film los mit dem Marsch: Denn wir sind Kameraden auf See!, und ich glaube, bis dahin ist kein Erlebnis schöner gewesen als das, wie Bubi Nuthmann mit dem vollgekotzten Taschentuch aus dem Kino kam.

Mein schönstes Erlebnis. – Mein schönstes Erlebnis mit meinem Vater war, wie mein Vater durch das Hundeloch gekrochen ist. Damit das passieren konnte, sind wir zu einer Bauernhochzeit bei Eutin gefahren, aber wir sind natürlich nicht hingefahren, weil es passieren sollte. Wir sind wegen der Verwandtschaft hingefahren, aber wie wir genau mit dieser Verwandtschaft verstrickt waren, weiß ich nicht mehr genau. Ich habe mich gleich gewundert, daß wir überhaupt Bauern in der Verwandtschaft hatten, und meine Mutter hat nur gesagt: Zu manchen Sachen ist der Mensch verpflichtet. Das richtete sich vor allem gegen meinen Vater, der nicht mitwollte, und seinen blauen Anzug sollte er auch noch anziehen. Die Verwandten mit der Hochzeit waren wirklich lauter fremde Bauern. Sie haben sich voll klaren Schnaps gekippt, und sie hatten eine Vorliebe für das Lied: Mein Herz, das ist ein Bienenhaus!, und auf einmal war mein Vater weg. Meine Mutter hat andauernd nach ihm gefragt, aber die Bauern waren viel zu ernst mit dem Bienenhaus beschäftigt, und es dauerte zwei Stunden, bis mein Vater wieder ankam. Er hatte nicht oft einen in der Krone, und wenn er aber einen in der Krone hatte, konnte man ihm das gleich ansehen, denn dann guckte er wie ein Schwerhöriger. Wie mein Vater nach den zwei Stunden wieder bei der Hochzeit auftauchte, guckte er stocktaub, und, wirklich, man soll so etwas nicht von seinem Vater sagen, aber er sah aus wie ein Schwein. An dem Anzug war keine Stelle mehr blau, und sogar im Haar von meinem Vater klebte ein Kluten Bauernmist. Er wollte bloß mal eben auf die Straße, und wie er zurück wollte in das Hochzeitshaus, war ein riesig hoher Zaun davor. Mein Vater hat sich siebzig Meilen lang an dem Zaun entlanggetastet, aber es hat keine Lücke in dem dichten Geflecht gegeben, und zu hoch war es auch, und drinnen war die schöne Hochzeit. Da hat mein Vater es am Boden versucht und nach zweimal siebzig weiteren Meilen eine Lücke gefunden, durch die er man eben paßte. Mein Vater wollte, daß wir uns alle den endlosen Zaun und die einzige Lücke in ihm besehen, aber es war nur ein gewöhnlicher Bauernzaun um das Bauernhaus, und die Lücke, durch die mein Vater gekrochen ist, war das Hundeloch im Zaun, damit der Köter mal auf die Straße konnte oder von der Straße wieder auf den Hof. Nur war das Tor jetzt gar nicht zu, es hing nicht einmal in den Angeln, es war am Morgen ausgehängt worden wegen der Hochzeitswagen und dem klaren Schnaps, und das Hundeloch im Zaun war einen halben Meter neben der drei Meter weiten Torlücke im Zaun, und die

Bauern sind gar nicht mehr geworden wegen meinem Vater mit der Kuhkacke auf dem blauen Anzug und sogar im Haar. Ich habe in Romanen gelesen, daß welche sich entleiben, wenn es eine zu große Schande ist, und ich hätte mich entleiben können, aber mein Vater hat gesagt, wie die Bauern alle mal gleichzeitig neue Luft für neues Gelächter fassen mußten: Von euch wär da ja auch kein ein durch durchgekommen! und sie waren alle voll genug, daß sie es versucht haben, bis auch ihre Anzüge in den Farben von Kuh- und Schweinemist und Hühnerkacke glänzten. Und mein Vater hat den Dichter Fleming aufgesagt und hat sich ein Glas klaren Schnaps geben lassen, und mit dem in der Hand ist er durch das Hundeloch gekrochen, und dann hat er gezeigt, daß das Glas noch voll war, und hat es leergetrunken, und einer von den Bauern, mit denen wir verwandt waren, hat gesagt, gegen meinen Vater war Houdini wie Hindenburg mit Gelenkrheumatismus, und die Bauern haben hurra geschrien, und weil Houdini der größte Entfesselungskünstler aller Zeiten war, ist es mein schönstes Erlebnis mit meinem Vater gewesen. Nur meine Mutter hat den Vorfall ganz anders behandelt, und wenn meine Eltern ihn später besprachen, hat meine Mutter immer die Oberhand mit dem Schlußsatz behalten: Und dann die Reinigung von dem Anzug, Herr Houdini!

Mein schönstes Erlebnis mit meiner Mutter war, wie sie weinend aus dem Haus gelaufen ist und hat gesagt, sie kommt nie wieder, und nach vier Stunden ist sie wiedergekommen.

Mein schönstes Erlebnis mit meinem Bruder ist es gewesen, wie ich in einer reichlich happigen Schlägerei war, zu der ich durch zuviel Schüchternheit eingeladen hatte, und Imme Ehlbeck hat meinem Bruder zugerufen, er soll mir doch helfen, und mein Bruder hat geantwortet: Ich seh hier auch nicht einen, gegen den der Hilfe brauchen würde!, und er hat sich eine Zigarette angesteckt und ist seines Weges gegangen.

Meine schönsten Erlebnisse gehen keinen was an, keinen von der Reichsbahn und keinen von der Gasanstalt und keinen Hauptscharführer und keinen Hauptsturmführer und keinen Haupthauptmann. Was wollt ihr überhaupt? Wer ist hier Oberhaupt? Wer hat die Oberhand? Wer hat die Haupthand? Wer hat das Haupt voll Blut und Wunden? Wem ist die Hand mit Gips umbunden? Die Hand im Gips ist Niebuhr eigen, doch Grips im Kopf will sich nicht zeigen. War Houdini Stern vom Zirkus Renz, ist Mark Niebuhr stark in Renitenz. Herr Ohnehals, Herr Ohnehals, gedenken Sie Mark Niebuhrs, falls der in dieser Grube bleibt, vor Scham am Hundeloch entleibt. Er sank entseelt und mit geborstnem Knochen, weil: Die Kamraden haben gar zu streng gerochen. Wo wär ein See, die Kameraden drin zu baden? Das würd ein Glanz vom Haupt bis an die Waden. Mark Niebuhr geht nun ab mit Schaden. Da steht er, ab geht er.

Da stand ich und wartete auf einen Bescheid vom Schließer Ohnehals.

Da sagte der Schließer, der so aussah, als hätte er keinen Hals, zu dem Lehrer einen Satz, den der Lehrer, das sah man ihm an, nicht glauben konnte, der aber den anderen Schließer, den mit der blankeren Uniform, sehr erheiterte, und sein Kollege mußte, was noch nicht vorgekommen war, den Lehrer in scharfem Ton bewegen, den Mund zu einem deutschen Satz aufzutun, und dieser Satz war in der Tat erstaunlich, wenngleich ich ihn nicht ganz so sehr erheiternd fand, denn er ging: Ab sofort ist dieser da der innerhalb dieser vier Wände zwecks Herstellung beziehungsweise Aufrechterhaltung von Sauberkeit und Disziplin zu allem bevollmächtigte Zellenälteste.

Und dieser da war ich.

Die beiden Schließer sind lachend abgegangen; sie hatten ein gutes Gespür für den Punkt, an dem man aufhören muß.

Und ich hatte überhaupt keine Vorstellung von dem Punkt, an dem man anfängt, wenn man gar nicht vorbereitet Zellenältester geworden ist.

Zellenältester in einer Zelle, in der man der Jüngste ist und Grenadier, und der Älteste in der Zelle ist Generalmajor, und der Höchste ist General der Infanterie.

Zwecks Herstellung beziehungsweise Aufrechterhaltung von Sauberkeit und Disziplin. Ach, mein kornbleicher Falbe, was die mir hier in die Grube rufen!

Innerhalb dieser vier Wände ich zu allem bevollmächtigt? Kann ich dem Wehrbauernführer Kühlisch das Furzen verbieten? Kann ich versuchen, Hauptmann Schulzki doch noch aufs Maul zu treffen? Müßte ich können; das eine ist für die Sauberkeit der Luft, das andere ist wegen einer falschen Vorstellung von Disziplin beim Schinkenkloppen. Kann ich dazwischengehen, wenn Major Lundenbroich von der Angst erzählt, die er wegen der patriotischen Rassenhygiene gehabt hat, und wenn Generalmajor Netztorf mit seiner hygienischen Eigenkörperbereinigung alle anderen hindert, sich den Darm zu säubern? Bin ich bevollmächtigt, Müller, Geiselerschießung, den dreckigen Mund zu verbieten, wenn er ihn wieder vollnimmt mit dem, was ihm an seiner Alten am liebsten war? Bin ich es, den Oberschweizer Luppke aufzufordern, sich lieber mit einigen Regeln seiner Muttersprache zu befassen als uns mit seines Gutsherrn Frau? Habe ich Vollmacht, dem schweinischen Gasmann das rheinische Lachgas abzudrehen, oder wäre das Amtsanmaßung und brächte mich dann auf eine Deliktstufe mit dem? Bliebe es im Maß meines Amtes, wenn ich dem Gestapokerl heimzahlte für ein Herzensdurcheinander, das meinen Bruder und mich betraf und auch das, was seinesgleichen mit Uhrmacherhänden angerichtet hatten und was meinen Vater bewog, ganz fürchterlich mit meinem Bruder und auch mit mir zu sein? Reichte mein Vollmachtsmaß hin, den Hauptscharführer Beveren nach Tulpenzwiebeln auszusenden, nach Amsterdam oder nach Oświęcim, auf daß zu Disziplin und Sauberkeit auch etwas Schönheit unter dieses Dach einträte? Und wie verleihe ich meiner Vollmacht Macht, wenn meine Gegenmacht ein fedriger Hauptsturmführer ist, der keinen Grenadier für die Einsicht braucht, daß Sauberkeit und Disziplin fürs Überleben nützlich sind?

Mein Schönstes Überlebnis.

Warum hast du dich wieder zur Einzelheit gemacht, Mark

Niebuhr, und hast dich dem Brauch verweigert, ein Schönstes Erlebnis vorzutragen? Findest du nun, es hat sich gelohnt, wo sie dich so mit Vollmacht geschlagen haben? Wieder hat es nach deiner überaus besonderen Fasson gehen gesollt, und was hat dir solche Renitenz an den Hals geholt? Mußtest partout durch das Hundeloch neben dem offenen Tor und bist an einer Wand gelandet, Gesicht gegen eine Wand aus Gesichtern. Kameradengesichter. Gesichter von Kameraden, die mit anderem fertig geworden sind, und denen doch ein neunzehnjähriger Grenadier nicht zählt. Kameraden mit Augen, die doppelt, ja dreimal und beinahe viermal so alt sind wie der ganze Mark Niebuhr, den der Pollack zum Zellenältesten machte.

Augen von Kameraden, die es nicht umgeworfen hätte, wenn Mark Niebuhr ihnen mit seinen schönsten Erlebnissen gekommen wäre. Nun ja, »Kameraden auf See« im Gasthofkino von Marne, aber sie waren schon in Übersee gewesen, mit Rommel in Afrika und mit Sepp Dietrich vor Narvik und am Thuner See im Berner Oberland und an der Kurischen Nehrung. Gewiß, ein erster Preis nach schwierigem Diktat, das zählte, aber hier gab es Leute mit beiden juristischen Examen, und vier waren Doktor, einer davon in Medizin, und der Gestapomann war es in Philosophie, und General Eisensteck hatte die Schwerter zum Ritterkreuz mit Eichenlaub, und einer hatte die geschlitzte grüne Busbecq erfunden und war quer über den Kontinent von Amsterdam bis in die Nähe von Krakau gerufen worden, der Tulpen wegen.

Schönste Erlebnisse mit Rübezahl? – Mensch, Niebuhr, Junge, hör denen doch einmal in ihre Berichte, dann hörst du über kurz oder lang den einen zum anderen mit fester Genugtuung sagen: Dafür hat mir der Kerl mit der Rübe bezahlt!, und du weißt, die erzählen einander nicht vom Gemüsemarkt, und wenn schon Pflaumen, dann komm ihnen nicht mit den blaugemalten aus Fräulein Bargtehoffs Märchenbuch, und wie Fräulein Bargtehoff aussah, kannst du ihnen überhaupt nicht mit ihr kommen.

Mit Imme Ehlbeck könntest du ihnen kommen oder mit der heißen Rektorstochter in der kalten Mühle oder mit dem Nacken von des Steinsetzers Frau, aber das Geschrei dann, wenn du ihnen sagst, am Nacken hatte das schöne Erlebnis sein Ende, und das Geschrei erst, wenn du ihnen sagst, wie es mit Imme Ehlbeck bei Verdunkelung hinter der Kirche war, geht keinen was an und gilt ja auch nicht mehr, weil bald danach Ursus Behr mit einem Schuß durch die Hinterbacken in die Heimat gekommen ist.

Du, Mark, mir kommt eben ein, du könntest jetzt hier König sein, für heute wenigstens Erlebniskönig, und stecktest kaum in dem Joch, in das dich der Schließer Ohnehals und der blankere Schließer in einer Laune gezwungen haben. Du hättest nur von jenem Begebnis erzählen müssen, mit dem man dir kürzlich die Wartezeit verkürzte, welche entstand, weil man unter diesem Dach auf einen Bedarf an Gips nicht eingerichtet gewesen war.

Mensch, Niebuhr, du legst ja scharfe Dinger vor, da klingt ja sogar der Gasmann konfirmandisch.

Sahngsemal, Grenadier, hat die Dame nun tatsächlich ...

Könnte man vielleicht genauere Koordinaten hören, Sinusamplituden und so, klingt ja schließlich andeutungsweise kolossal ...

Gar nicht schlecht, Kapitän, für einen gemeinen Marineinfanteristen schon recht flott und wirklich etwas exzentrisch.

Ja, Niebuhrs Sohn, so hättest du dastehen können, und ganz ohne irgendwem die Krempe vom Hut zu lügen. Ganz einfach nur die Wahrheit hättest du zu sagen brauchen, die einfach unglaubliche Wahrheit, und nur an der Einfassung der Geschichte hättest du ein wenig biegen müssen, die Erlaubnis erwirken, anstelle deines schönsten Erlebnisses dein haarsträubendstes Erlebnis mit einer Schönheit darzubieten. Und, natürlich, den Schluß der exzentrischen Begebenheit, den hättest du wohl aussparen müssen, wie er gewesen ist mit geschorenem Schädel und Würgen vor Übelkeit und mit dir als einem Morderca.

Aber nicht erzählte Geschichten haben keinen Schluß, und deines Lebens Geschichte hat gerade einen neuen Anfang bekommen, hat von seinen bisherigen Teilen nur behalten, daß du ein Morderca sein sollst, ein kleinfleckiger Moerderer, und hat soeben hinzugewonnen, daß du jetzt bevollmächtigter Ältester bist in einer stinkenden Mördergrube, eine sehr herausgehobene Einzelheit und von allen Löffeln nun der erste in der Reihe.

Der Hauptsturmführer war es, natürlich, der sich bald zur neuen Lage äußerte: Wir waren uns ja einig gewesen, Herrschaften, der Pole ist zu allem fähig. Zugegeben, daß er so Schreckliches ersinnt, einen friesischen Milchbart ... Gott, wenn das der Führer wüßte. Na los, Grenadier, dann mal Ihre Regierungserklärung.

Die Dinge fielen zurück in ihre alte Ordnung. Der wirkliche Häuptling im Dschungelloch hatte gesprochen, hatte es witzig getan, also überlegen, also war ich von keiner Bedeutung, also konnten auch andere mit mir witzig sein.

Bevor Sie uns Ihr Programm dartun, sagte der General Eisensteck, habe ich als Vorsitzender des Ältestenrates nur eine Bitte an Sie, Herr Zellenältester: Verschonen Sie uns tunlichst mit weiteren Zitaten aus den belletristischen Schriftstellern.

Sie klatschten Applaus; das nahm sich erstaunlich zivilistisch aus, und als hätte eine Antwort etwas an meinen Problemen geändert, fragte ich mich, ob ich jemals Offiziere hatte Beifall klatschen sehen. Es gab in meinem Magazin nur ein paar Wochenschaubilder, auf denen Leute in besternten grauen Uniformen die Hände rührten; es waren Aufnahmen von jener Versammlung, bei der der Reichsminister für Volksaufklärung und Propaganda sich erkundigt hatte, ob wir den totalen Krieg nun wollten.

Wir? Nun ja, ich war nicht dabeigewesen, aber ich erinnerte mich: Es hatte mir eingeleuchtet, daß man einen totalen Krieg machen mußte, wenn die anderen auch einen totalen Krieg mit einem machten, und obwohl mich das kaum betraf, war mir von allen Dingen, an denen man einen totalen Krieg erkennen konnte, eine Verordnung im Gedächtnis, nach der es nun verboten war, hoch zu Roß durch den Berliner Tiergarten zu reiten.

Der Ältestenrat ist aufgelöst, sagte ich, und noch wie ich es sagte, hörte ich meinen Worten staunend zu, sah ihnen staunend nach, wie sie von mir flogen, grobe Kiesel, geschleudert aus dem Katapult, das mein Großmaul war.

Ebensogut hätte ich sagen können, von nun an sei es streng verboten, den Weg von den Fenstertraljen zu den Türtraljen zu Pferde zurückzulegen. Ebensogut hätte ich sagen können, es sei mir mein schönstes Erlebnis, von den Polen für einen Kriegsverbrecher gehalten zu werden. Ebensogut hätte ich sagen können, Hauptziel meiner künftigen Regierungstätigkeit sei es, uns alle mit Knickerbockern zu versorgen, und im übrigen sei ich ab sofort mit Herr Bevollmächtigter Oberlöffel anzureden.

Der rheinische Gasmann mit seinem Sinn für das Fröhliche erfaßte auch die Komik meines Ausspruchs, und sein Gelächter war von der Art, die es auf Schallplatten zu kaufen gibt; ich ging fast unter im wiehernden Gebrüll, zu dem er meine Mitlöffel anregte, und stille wurden er und die anderen erst, als der Schließer Ohnehals dem Gasmann eins mit dem Schlüsselbund übers linke Schlüsselbein gezogen hatte. Stille blieb es auch, als der Schließer Ohnehals mir eins mit dem Schlüsselbund über das rechte Schlüsselbein zog. Stille und wohl sehr aufmerksam hörten wir alle ihm zu, als er dabei mahnend sprach: Starszy celi, starszy celi!, und es hatte wohl niemand Mühe, dies als die Weisung zu verstehen, ich solle in meine Aufsichtspflichten treten und für die unter diesem Dache und unter solchem Gelichter gebotene Ruhe sorgen.

Ich betraf mich bei dem Gedanken, ich sollte mich jetzt vielleicht in eine Ohnmacht retten, und womöglich hätte ich gar die Konzession für ein Wehgeschrei, aber dieser Einfall war durch Erfahrung so sehr mit einer Mahnung gekoppelt, daß ich die Mahnung auch gleich vernahm: Jetzt halte dich durch.

Ich möchte nicht gern, sagte ich, daß mir Herr Ohnehals das nächste Mal über den Kopf drischt; da muß ich es lieber mögen, Zellenältester zu sein. Es sollte wohl ein vorübergehender Spaß sein, aber weil Sie es alle so komisch fanden, ist nun Ernst daraus geworden. Solange hier Stunk ist, haben wir Besuch mit dem Schlüsselbund. Aber der muß ja nicht immer den Gasmann hauen oder mich.

Soweit ganz richtig, Mann, sagte General Eisensteck, aber was vergreifen Sie sich da gleich an dem Ältestenrat?

Ehe ich mich erklären konnte, einigte man sich in erregter, wenn auch geflüsterter Debatte darauf, meine Wendung gegen den Ältestenrat als Revolte und Revolution und Meuterei und Putsch aufzufassen. Sie zerrten mich durch die Kriegsgeschichte von Tauroggen bis zum zwanzigsten Juli; dem einen kam ich wie jene Besatzungshandlanger vor, gegen die schon unser Leo Schlageter kämpfte, dem anderen fielen Köbis und Reichpietsch ein, und da wußte er auch von meinem künftigen Schicksal, und einem dritten schließlich erschien ich wie ein einköpfiges Nationalkomitee Freies Deutschland, und was ich mir davon wohl verspräche, SS-Mann und Mörder, der ich sei.

Auf die Dummheit ist Verlaß, hat Onkel Jonnie gesagt, und auch hierin hatte er recht.

Dem Hauptsturmführer gefiel es nicht, wie die Wehrmacht so eilfertig und gleichsetzend von SS und Mördern in einem Atem sprach; er sagte, es sei doch wohl beschlossene Sache gewesen, alle Beschuldigung dem Polen zu überlassen, und wenn sie sich von einem infantilen Infanteristen aus der vereinbarten Fassung kippen lassen wollten, wie wollten sie dann vorm polnischen Staatsanwalt bestehen?

Den Gasmann begeisterte es sehr, mich einen infantilen Infanteristen heißen zu hören; er rieb sich das Schlüsselbein und wiederholte das Wort; er fand es jut jesacht, aber er fand auch die Zeit, ein weiteres Mal zu erklären, seinetwegen solle der Staatsanwalt nur kommen, das bißgen Amtsanmaßung dürfte selbst für polnische Rechtsverhältnisse eine Lappalie sein.

Weil das schon niemand mehr hören mochte, kam der Gestapokerl zu Wort, und zwar mit einem Wort, das mir einige Luft verschaffte und über das ich mich wunderte, bis mir einfiel, daß ein Kommissar der Staatspolizei ja auch zur SS zu zählen war.

Ich finde das Benehmen dieses Vogels bemerkenswert, sagte er, und ich will mir es ganz bestimmt merken, aber in betreff Ältestenrat hätte ich keine Einwände bezüglich Auffassung des Vogels. Mir ist nämlich kein Erlaß erinnerlich, wonach das Führerprinzip zugunsten von Rätewirtschaft aufzugeben wäre.

Die Mitglieder des Ältestenrates versicherten aufgebracht, sie hätten dieses Problem lange vor Eintreffen des Herrn Hauptkommissar Rudloff geklärt gehabt; bei der Bezeichnung handle es sich um eine, die auch der Pole akzeptieren müsse, und die Sache dahinter sei nur gedacht, ein Instrument zum Schutze deutscher Würde zu sein.

Schöne deutsche Würde, sagte Rudloff, die sich hinterm Rotwelsch der Internationale verbirgt, und die Tour, dem Kind bedarfsfalles wechselnde Namen zu geben, trüge fatal semitische Züge. – Als ob es nicht Fälle dieser Art gleich dutzendfach gegeben hätte.

Man ließ ihm die Zeit, einige Fälle zu erzählen; in den meisten kamen Juden vor. Übrigens gedächte er, sagte Hauptkommissar Rudloff, den Blumenfeld als Zeugen namhaft zu machen, sollte ihm hier einer mit einem Prozeß an die Pelle wollen. Sollte der auch nur ein bißchen Ehre im Leibe haben, dann würde er beeiden müssen, daß bei Einvernahme durch Herrn Rudloff stets scherzgehobene Stimmung geherrscht habe.

Scheißgehobene Stimmung, sagte der Gärtner Beveren und freute sich unvorsichtig laut, scheißrausdrückende Stimmung wirst du dem Besnittenen gemacht haben, du Schandarm, verzähl uns nix. Ich freu mir für dir, daß du auf die Ehrgefühl von dem Juden hoffst. Der Jude hat keine Ehre.

Der Hauptsturmführer stand auf und tätschelte dem Gärtner so sacht die Wange, wie er es mit mir bei meiner Ankunft getan hatte, und er sagte: Ja, Beveren, so jedenfalls haben wir es gelernt, was? Aber wir sind ja schließlich nur schlichte Soldaten. – Bleibt trotzdem die Frage, Herrschaften, was machen wir mit dem jugendlichen Widukind? Wo der Vogel recht hat, hat er recht: Wenn der Pole den Jüngsten zum Ältesten wünscht, hat er die Mittel, seinem Wunsch Nachdruck zu geben. Und wenn der Pimpf für den Geist auf Bude geradestehen soll, dann muß ihn das Parlament ja stören. – Nicht überzeugend, was? Dann kürzer: Was will der Pole mit der Beförderung dieses Rekruten? Daß wir uns aufregen und auffressen, oder andere Meinung? Also regen wir uns nicht auf und fressen uns nicht auf und lösen den Ältestenrat auf. Was ja nicht heißt, daß sich unser Sigismund Rüstig, unser Steuermann wider Willen, jedem Rat verschließen wird. – Glaube ich jedenfalls; was glaubst du, Beveren?

Der Gärtner sagte, er glaube das auch, und als mich der Hauptsturmführer fragte, erklärte ich, auch ich sei dieses Glaubens.

Es ist natürlich doch so gewesen, daß mich alle behandelten, als wäre ich durch ein untertäniges und denunziatorisches Bewerbungsschreiben zu meinem Amt gekommen; sie hielten mir einen Fuß in den Weg, oder sie sahen mich nicht, oder sie fanden mich stets sehr erheiternd.

Freilich blieb ihnen gar nichts anderes übrig, als zur Appellzeit auf mein Geheiß hin anzutreten, und dem volksdeutschen Lehrer blieb es nicht erspart, als Dolmetscher nunmehr in meine Dienste zu treten, aber dem Schließer ohne Hals war das alles nicht spaßig genug; deshalb teilte er mir mit Hilfe des Lehrers mit, er habe gehört, ich sei so erstaunlich der polnischen Sprache mächtig, zumindest was das Melden als Zellenältester anginge, und Zellenältester sei ich ja in diesem Hause bereits seit beträchtlicher Zeit gewesen, und da wollten wir die heutige Appellmeldung doch einmal wiederholen, und erwartet und zwar in polnischer Fassung werde sie nunmehr von mir, dem erfreulich jungen Ältesten.

Es wird ein indochinesisches Polnisch gewesen sein, in dem ich die Meldung erstattete; ich hatte aber auch so viel zu bedenken dabei: erstens die fremdsprachige Fassung der anredenden Mitteilung: Herr Aufseher, der Zellenälteste meldet: Zelle 51 belegt mit neunundachtzig Mann, alle anwesend!, zweitens innerhalb dieser Nachricht die mir bis vor kurzem unbekannt gewesene Übersetzung des Zahlworts neunundachtzig, welche osiemdziesiąt dziewięć geschrieben wird und keineswegs genauso einfach lautet; drittens die Frage, ob sich der Herr Aufseher nicht durch meine nordfriesische Art, mit seiner Muttersprache und besonders dem einfachen Zahlwort neunundachtzig umzugehen, verhohnepipelt vorkommen könnte und was daraus dann folgen mochte; viertens, wie meine Belegschaftskameraden, die bis dahin ja nichts Polyglottes an mir hatten bemerken können, auf die Entdeckung reagieren würden, daß ihr grüner Ältester nicht nur frech redete, sondern auch noch polnisch sprach; fünftens, ob die Bewältigung der mir vom kurzhalsigen Schließer gestellten Aufgabe diesen wohl veranlassen würde, sich daraufhin ein schärferes Ding für mich auszudenken. So ging es ja schließlich auch in jenem Märchen zu, in dem einer ausgezogen war, das Gruseln zu erlernen; die hatten sich da alle Mühe gegeben, dem Jungen auf die Sprünge zu helfen, und wie ich diesen Aufseher taxierte, war er imstande, mich zum Gefängnisältesten auszurufen, nur zu seinem Spaße zum Chef und Melder aller Anstaltsbewohner zu machen und mich zum Appellberichterstatter zu ernennen über alles unter diesem Dache, Herrn Dąbrowski und den jungen Herrn Herzog und alle Straßenräuber und Ziegenschänder und Heiratsschwindler und auch die Schönheitstänzerinnen eingeschlossen, mein Gott, mußte das Zahlen geben, wo neunundachtzig schon so endlos und abwegig südostasiatisch klang, ach, wie gruselte mir, ach, wie gruselt es mir!

Nur einmal angenommen, ich sollte sagen, was für mich ein Wunder sei, und ich sollte mich bei der Zahl der Beispiele beschränken auf ein halbes Dutzend, dann spräche ich bestimmt auch vom Schlaf, in den man doch findet, obwohl die Welt in Flammen steht oder vernagelt und vergittert ist. Oder obwohl man gerade Zellenältester geworden ist im polnischen Zentralgefängnis. In Polens Mitte, wo Polen die Schlechtesten am strengsten verwahrt. In Warschau, wo man den Stein bemerkt, der auf dem anderen geblieben ist.

Dort mit solchem Amt versehen, im Käfig als ein Hündchen unter Tigern, ein Hündchen mit dem Auftrag, die Tiger zur Ordnung zu beißen, dort und so dann doch zu schlafen, das nenne ich ein Wunder.

Das Wunder währte eine süße Weile.

Ich nahm den Platz im Verholeck wieder ein, von dem mich der Ältestenrat verwiesen hatte. Schließlich hatte ich den Ältestenrat aufgelöst und war der Älteste selber; das Hündchen mußte den Tigern die Zähne zeigen, und wenn zu einem Gipsarm noch kommt, daß man der Älteste ist, braucht man einen Platz zum Verholen.

Das Verholen währte eine süße Weile.

Vielleicht ist das ungerecht gegen all die anderen Stätten, an denen ich schönen Schlaf gefunden habe, aber ich glaube, so tief und blank und rein versunken, wie ich auf dem Sonderplatz neben den ächzenden Löffelreihen alsbald versunken war, so rein und blank und tief bin ich davor höchstens einmal versunken gewesen und seither überhaupt nicht mehr. Das eine Mal ist in jenem Hühnerstall auf Rädern gewesen, der in einem Januarwald gestanden hat, und um ihn herum war Krieg. Da glaubte ich noch, ich sei nun allem entkommen; da hatte ich aus meinem Blut alle Stärke aufgebraucht und hatte die Kraft nicht mehr, irgendeine Beschwernis zu merken; da war ich schneller als grüne Flugzeuge und Flintenkugeln gewesen und ein Sieger also, da wußte ich noch nicht, wie nahe ich schon einem polnischen Bauernbette war, dem engen Raum zwischen seinem schadhaften Federkern und den staubigen Hüttendielen. Das war ein Schlaf gewesen auf drei Halm Stroh und einem Berg alter Hühnerscheiße, aber was war das für ein Schlaf gewesen.

Und was für ein Schlaf ist mein erster Hündchenschlaf in der Verholecke gewesen.

Er währte die kurze Weile, die Wunder währen.

Er ging ohne Traum, kam ohne Zutat aus, war ein Schlaf von geradezu mathematischer Reinheit und war doch so beschaffen, daß ich ihn nicht bewußtlos hinnahm, sondern ihn zu schätzen in der Lage war von seinem Rande her. Ich wußte, daß ich glücklich schlief, und welch ein Glück ist das. Und welch ein Wunder.

Dann aber einmal habe ich geglaubt, nun fände doch noch Träumen statt, denn mir ist, wo ich eben noch gänzlich außer mir war, so gewesen, als wäre jemand an mir, machte sich an mir zu schaffen, hielte mich gepackt und schaffte mich fort, und ich dachte: Das hat ja auch nicht gehen können, soviel Glück.

Es haben mich mehrere gehalten, haben mich getragen, und von den Händen sind welche dabeigewesen, die ich zu kennen meinte. Sehr knochige, sehr große Gärtnerhände. Einer hat mein linkes Bein gehalten, einer das rechte, einer hat den Arm in Gips besonders und vielleicht auch besonders sorgfältig geführt, und der Gärtner hat seine Arme unter meine Achseln geschoben und hat die knochigen Hände auf meiner Brust gefaltet gehabt.

Soweit war ich mit meinen Feststellungen gekommen, als sich meine Lage ein weiteres Mal änderte. Ich wollte gerade ein Geschrei machen, weil der Grund zu meinem Transport bestimmt nicht von gutem Charakter war, als mir auch schon ein Griff den Mund verschloß und ich den Hauptsturmführer dazu sagen hörte: Ruhig verhalten, Kapitän, seemännisch verschlossen den Mund verschlossen halten; jetzt geht es in die Fluten.

Der Mann verstand es, mich am Leben zu beteiligen; ich war sogleich interessiert, und willfährig war ich auch, denn als der Gärtner mich merken ließ, daß er mich auf den Knien wollte, ging ich in die Knie, und es war zu spät, mich zu erheben, als ich gewahr geworden war, wovor ich kniete. Ich kniete vor dem Klobecken, und der Gärtner hielt mich in einem Griff, den man Doppelnelson nennt und der es dem Greifer gestattet, den Kopf des Gegriffenen weitgehend nach Belieben zu richten und zu drehen.

Es beliebte Jan Beveren, meinen Kopf in die Kloschüssel zu pressen; mein Gesicht paßte ganz gut in die Aussparung, die in dem Becken ist, damit das Ausgeschiedene einen Ausgang findet. übrigens war das Sanitärmöbel sauber, weil Generalmajor Netztorf den Tag mit einer zweiten Eigenkörperbereinigung zu beschließen pflegte, was jedesmal die Frage aufscheuchte, wieso denn dieser Mensch zweimal, wo man selber drei Tage brauchte für eine merkliche Füllung vom Darm.

Wenn ich sage, mein Gesicht habe ganz gut gepaßt, so heißt das freilich, den Anteil des Tulpenfachmanns herunterzuspielen. Ohne den Druck, den er mir ins Genicke setzte, hätte ich längst nicht so gut gepaßt. Zwar hat er mir die Nase etwas verkrümmt, aber doch nicht so, daß ich nicht durch ein Nasenloch noch Luft gekriegt hätte. Zwar hat er mir die Lippen ein wenig stark gegen das glatte Steingut genötigt, aber auch wieder nicht so, daß mir die Zähne in den Mund gebrochen wären. Im Gegenteil, gleich sollte sich zeigen, wie sehr es meinem Freund Jan um eine gewisse Bewegungsfreiheit meines Mundes ging. Das war der Fall, als der Hauptsturmführer die Kette zog und ein Sturz Spülwasser herunterstürzte in das Becken, in dem es aber nichts zu spülen gab, denn einzig mein Kopf war dort und hielt recht feste Verbindung zu meinem Halse und befand sich überdies bei Gärtner Beveren in sorglichen Händen.

Mein Freund Jan fluchte, weil er sich die Ärmel nicht aufgekrempelt hatte, und ich hätte auch fluchen wollen, aber dazu war es nun wirklich zu beengt in der Röhre. Und das Wasser stand mir vom Scheitel bis an die Ohren, und der

Gärtner traf den Augenblick, in dem mir nur noch die Wahl blieb, entweder im Klobecken zu ersticken oder im Klobecken zu ersaufen. Ich entschied mich fürs Ersaufen; der Gärtner half mir dabei, indem er mir Raum gab, die verpreßten Lippen aufzuspalten und die verschränkten Zähne voneinander zu tun.

Ich schluckte auf so neuartige Weise viel, und es wäre noch mehr geworden, wenn nicht ein Großteil des Wassers an meinem Mund vorbei ins Kanalloch abgeflossen wäre.

Fertigmachen zum Fluten, Kapitän, rief der Hauptsturmführer hinunter zu mir in die Steingutmulde, und für Jan Beveren war es das Signal, mich wieder fester in den Muldenausgang einzupassen. Dann schlug mir das Wasser erneut über die Ohren, und durch das Wellengetose hörte ich ein weiteres Mal den holländischen Tulpenmann fluchen, und ein weiteres Mal ließ er mich vom Wasser erst schlucken, als es mich zwingend nach Luft verlangte.

Im Klosett ersäuft, das gibt es doch nicht, dachte ich und wußte besser als ein anderer auf der Welt, wie sehr es das gab.

Land in Sicht, Kapitän, dröhnte ein dröhnender Hauptsturmführer, nun schlucken Sie mal nicht die ganze Brühe, oder wollen Sie die Kanalratten aufs Trockene setzen?

Er dröhnte gar nicht, und vorher hatte er nicht geschrien; er flüsterte gar und mußte neben mir in die Knie gesunken sein, denn ich spürte ihn, fühlte seinen Hauch an meinem nassen Ohr und wußte auch, daß er in solcher Nacht an solchem Ort bei solchem Tun nicht schreien noch dröhnen durfte.

Ehe du hier den ganz verderblichen Schluckauf kriegst, flüsterte er mir in das Becken, so daß es schreiend widerdröhnte, ehe du dich unverträglich vollschlauchst, mein Sohn, anbei eine unverbindliche Kursempfehlung: Immer unsere Richtung; da bleibt der Arsch aus dem Wasser.

Leck mich doch dran, sagte ich, und der Mund tat mir weh dabei und die Nase auch.

Der Hauptsturmführer lachte sehr leise und flüsterte: So hat man sich den deutschen Grenadier immer gewünscht. Los, Beveren, schaff deinen Spülgefährten auf seinen Platz; der Vogel scheint ein wenig flünkenlahm.

Der Gärtner senkte mich behutsam auf den Asphalt, als wäre ich eine Tulpenzwiebel und sollte eine geschlitzte grüne Busbecq werden. Ich weiß nicht, warum es mich so traf, daß sie mich einen Vogel nannten. Sagen wir, ich wußte es in der ersten Minute nicht; schon in der zweiten verstand ich mich besser. Es war ein Wort von alters her; ein Herren- und Schinderwort, auf das die Herren und Schinder in Gott weiß welcher Laune verfallen waren. Den Jungen, der mit einem Tornister voll nassem Ostseesand um das Lagergeviert marschiert war, den hatten sie auch einen Vogel genannt, und die Telefondrähte anstelle der Trageriemen hatten ihm das Braunhemd in die Haut gerieben.

Warum gerade Vogel? Warum nicht Känguruh oder Kaulquappe oder sonst etwas Ungestaltes? Ein Vogel ist doch eigentlich schön. Eins unserer frühesten Traumbilder ist er doch; fliegen möchten wir können wie er. Wir beneiden ihn und träumen uns ihm nach; wie also wird dann so ein Schimpf aus seinem Namen? Ein Schinderschimpf von tiefster Verächtlichkeit; das war nun meine Sorge.

Du, Gärtner, sagte ich, und es war nur ein verquollenes Gurgeln, daß du nicht denkst, du kannst einen in den Lokus halten, und er zahlt dir nicht dafür.

Brauchst du mir nicht vertellen, flüsterte er, das kommt, wenn keine Frijheit ist. In Frijheit hätt ich dir gehalten, bis du nix mehr versprechen kannst.

Er seufzte bekümmert und ließ mich mit meinem Kummer allein. Mit meiner verquollenen Visage, die nun wohlgestalt wie mein Gipsarm war. Mit den Ohren voll Wasser. Mit einer Nase, aus der immer noch Wasser lief.

Aber nicht aus den Augen, nicht aus den Augen. Vögel heulen nicht, wir Vögel heulen nicht. Krokodile haben Tränen und Hunde manchmal auch. Aber wir Vögel haben trockene Augen. Wir sind ja auch älter als der Mensch und haben mehr gesehen als er. Wo sollte da noch Feuchtigkeit herkommen für unser Auge? Wir sind, wovon die Menschen manchmal träumen; beneidet sind wir von ihnen; das macht das Auge blitzen.

Ich schloß, um neuen Schlaf zu suchen, die uralten Augen und fand ihn lange nicht und hörte der Nacht in einer Zelle zu, in der ich der Älteste war, der weitaus Älteste. Ein Urzeitvogel und niemandes Hündchen.

XX

Es muß einem schon sehr gut gehen, wenn man an Gerechtigkeit glauben soll, und mir ging es nicht besonders gut. Um so erstaunlicher war es da, daß ich mir etwas von Gerechtigkeit einzureden versuchte, als ich mir am Morgen mit Beschwerden kam.

Die Beschwerden hatten etwas mit dem Übergang aus dem Schlaf, in dem alles geregelt schien, hinüber in den splittrigen Tag zu tun, und zugleich hielt ich genau diesen Wechsel für gerecht: Man hat für den traumlosen, gewichtslosen, drucklosen Aufenthalt in der Leere zu zahlen und erst recht für das Seligmoment im letzten Moment vor dem Erwachen, für den Himmelsaugenblick, in dem man wieder von sich zu wissen beginnt, aber noch nichts von der Beschaffenheit seiner Lage. So von Gerechtigkeit zu denken ist auch nur ein Partikel des Übergangs; es gibt sich, wenn man den grindigen Tag genauer sieht.

Ich dachte bald von Gerechtigkeit nur in jener Weise, in der man auf Ausgleich sinnt für Schmach und Schmerz und wo einem weiter nichts beikommt als die Idee, Schmerz und Schmach an ihre Urheber zurückzureichen. Ich dachte sehr herkömmlich von Gerechtigkeit.

Zwar, der Bankier Gessner, der sich Monetäringenieur genannt hatte, kurz bevor ich ihn aus den Augen verlor, der hatte einmal etwas gesagt von Aufhören, Aufhörenkönnen, Aufhörenmüssen, Schlußmachensollen mit der Gewalttätigkeit, aber wie konnte ich Schluß an einem Punkte machen, an dem mir das Gesicht nach knochiger Gewalt verquollen war und vielleicht, wer weiß, die Konturen einer Klosettbuchtung gewonnen hatte?

Ich war schon ein Gespött; die Zellengesellen feixten, und

der Schließer sah so leer vor sich hin wie einer, der angestrengt etwas zu übersehen trachtet. Wenn sie erst einmal das Morgenbrot im Leibe hatten, würden sich selbst der Hauptmann Schulzki oder gar der Wehrglöckner Kühlisch an mir versuchen wollen.

Da traf es sich, daß der Gärtner Beveren einer der wenigen reinlichen Menschen in dieser Zelle war. Er wischte mit einem Lappen den Staub von den stets an die Wände geklappten Drahtpritschen, und ich richtete es, daß wir einander dabei wie von ungefähr begegneten. Er schien sich zu fragen, ob es schicklich sei, mir einen Morgengruß zu sagen, und er hatte auch meinen Gipsarm sorgsam im Auge.

Ich verstand ihn, und um ihm zu zeigen, wie wenig er diese Keule zu fürchten habe, legte ich den eingesteinten Arm auf den Rücken und hielt ihn dort waagrecht mit der anderen Hand. Der Gärtner erkannte die friedliche Geste, und gleich sah er weniger bekümmert drein, und gleich putzte er eifriger das aufgeklappte Eisenbett, und als ich sah, daß die anderen, die sich von unserer Begegnung wohl etwas versprochen hatten, nach der ersten Enttäuschung wieder in ihre alten Bahnen traten, und als ich sah, daß nur noch der Hauptsturmführer uns sehr wach in den Augen hielt, und als ich sah, daß sich die knochige Gärtnerhand mit dem Lappen an einem Pritschenscharnier zu schaffen machte, das in der richtigen Höhe saß, kehrte ich Jan Beveren wie zum Abgang den Rücken zu, und den Arm mit dem Gipsgestein hielt ich dabei immer noch auf dem Rücken, und so trat ich einen scharfen Schritt zurück, und nur die Zellenwand hielt mich auf und das eiserne Bettgestell an ihr und die Gärtnershand auf dem kantigen Scharnier, und wenn auch der Gärtnersatem an meinem Ohr vorbeifuhr wie Feuerlohe, so stemmte ich mich doch auf den Pantinen in den Asphalt, und weil meine hartverbundene Linke fest genug verkeilt war, brauchte ich sie nicht mehr mit der Rechten zu halten, und so hatte ich die frei, mich im Drahtgeflecht der Nebenpritsche festzukrallen und meinem Rücken und dem Gips um meinen Arm noch weiteren Druck zu leihen.

Ich hatte den Gärtner nun schon öfter seufzen hören, aber immer hatte ihm irgendein Kummer die Luft so abgedrückt; jetzt war das anders. Jetzt war sein Seufzen anders, denn der Schmerz kam nicht vom Herzen; scharf fuhr ihm die Luft aus dem Gärtnermaul, und der Vorgang an seiner Hand hielt ihn so besetzt, daß er mit seinen anderen Gliedern nichts anzufangen wußte.

Ich habe keinen Grund, ihn zu rühmen; es ist nur wahr, daß er nicht greinte. Er spie geräuschvoll Luft aus und riß geräuschvoll Luft in sich hinein; er schrie uns keinen Schließer herbei.

Es haben nicht einmal alle in unserem Loch gemerkt, was ich mit dem Tulpenmann machte. Die meisten schon, aber sie taten, was hier gebräuchlich war: Sie kümmerten sich lieber um die Fasson ihrer Hälse und Hände und sahen allenfalls verstohlen hinüber zu uns an der Pritschenwand.

Sie waren mir auch nicht wichtig; wichtig war nur der Hauptsturmführer, und ich erwartete, daß er seinem Gehilfen zu Hilfe käme. Ich erwartete es voller Angst, denn ich wußte nicht, wie ich einem Hauptsturm begegnen sollte. Ich wußte nur: Der war noch mit einer Hand besser, als ich es mit zweien gewesen wäre.

Aber seltsam, er ließ mich mit Jan Beveren allein; er sah uns mit tiefem Interesse zu und rührte sich nicht, und ich fragte mich, wie lange er sich nicht rühren würde. Überhaupt kam es jetzt wieder auf die richtige Zeitnahme an. Wann läßt man eine Hand, von der die geschlitzte grüne Busbecq gezogen worden ist, aus der Klemme zwischen Gipsverband und Bettscharnier? Wann läßt man die Hand, die uns beinah im Lokus ersäufte, wieder in die Frijheit gehen? Wie lange darf man eine Hand denn halten, wenn man von ihr weiß, daß sie für die Pflege der Tulpenrabatten von Auschwitz unentbehrlich war?

Ich wußte nur, sie mußte so lange bei mir in Verwahrung bleiben, bis ich dem Gärtner mehr genommen hatte als nur das Wohlgefühl an seinen äußeren Gliedern, und weil ich ihn nicht gut nach seiner Verfassung fragen konnte, hielt ich mich an den Hauptsturmführer, und als ich in dessen Tigergesicht einen ersten Schimmer von Besorgnis gewahrte, drückte ich noch einmal von den Hacken hinauf bis zu Rücken und Gipsverband meine Angstwut in die Hand des Hauptscharführers Jan Beveren, und als ich ihn fast kraftlos seufzen hörte, ging ich davon und widerstand der Versuchung, zum Vorgang auch noch das Maul aufzutun.

Das besorgte ein anderer und ausgerechnet einer, den ich bis dahin kaum hatte sprechen hören. Wäre es nicht um seinen Namen gewesen, hätte ich ihn wohl gar nicht wahrgenommen. Er hieß aber Sorgenmehl, und viele riefen ihn gerne so. Er war Reichsbahnrat, und er war auch sonst noch gebildet, wie sich jetzt zeigte, denn er sagte: How to win friends and influence people!, und ich erkannte immerhin, daß es Englisch war.

Die sehr gebildeten Stände lachten sehr, und die nicht so gebildeten wollten wissen, was Reichsbahnrat Sorgenmehl denn da abgezogen habe. Major Lundenbroich zeigte gern, was er wußte, und er wußte, daß der Eisenbahner den Titel eines amerikanischen Buches zitiert hatte, eines sehr bekannten und sehr erfolgreichen Buches, und wörtlich laute die Überschrift: Wie man Freunde gewinnt und Menschen beeinflußt.

Da konnten auch wir Ungebildeten mitlachen, und als der Reichsbahnrat Sorgenmehl gesagt hatte, er persönlich übertrage sich den etwas länglichen englischen Text zu dem kurzen deutschen Wort: Die Kunst, sich Freunde zu machen, ging das Gelächter durch alle Bildungsstände, und auch mein Freund Jan war beinahe herzhaft dabei, und den Staublappen hatte er in Wasser getaucht und zur Kühlung um die angedrückte Hand gewickelt.

Wieso denn, Sorgenmehl, können Sie so fabelhaft Englisch? fragte Lundenbroich und gab so zu verstehen, daß er ein fabelhaftes Englisch zu erkennen wußte, und es stellte sich heraus, daß der Reichsbahnrat vor Jahren einmal trainiert worden war, nach erfolgreichem Abschluß des Unternehmens Seelöwe die Aufsicht über das englische Eisenbahnwesen zu übernehmen.

Da waren sie denn wieder in den vertrauten Redekurven:

Was geworden wäre, wenn sich der Führer nicht plötzlich für Barbarossa statt Seelöwe entschlossen hätte. Was wir gewonnen hätten, wenn wir zunächst einmal Gibraltar gewonnen hätten. Wo wir jetzt stünden, wenn wir gleich nach Persien durchgemacht wären. Wie man sich mit den nordischen Dänen und Norwegern hätte zusammentun und über Island und Grönland und Kanada an die kalifornischen Ölfelder hätte gelangen können. Wie wir den Krieg hätten führen müssen, um ihn gar nicht verlieren zu können. Wo wir dann jetzt wären.

Jedenfalls nicht hier. Jedenfalls nicht hier.

Und die Einsicht, daß wir jedenfalls jetzt hier waren, machte uns für eine Weile stumm.

Endlich sagte Major Lundenbroich: Da könnten wir ja eigentlich einen Konversationszirkel bilden, wenn hier so viele Herren Englisch können.

Scheiß auf euren Konservenzirkel, sagte einer der gröberen SS-Männer, und als der volksdeutsche Lehrer jedermann ins Gedächtnis rief, wie oft er schon Polnischunterricht angeboten habe, sagte er: Scheiß auf euer Wasserpolnisch.

Aber er hatte nicht viel zu sagen; der konnte vielleicht mit anfassen, wenn es nächtens galt, jemanden aus dem Schlaf in den Klosettverschlag zu zerren, aber im Sprachenstreit hatte er zu schweigen, zumal nicht einmal Deutsch war, was er dafür hielt.

Ich hätte sagen können, daß ich im Augenblick Polnisch für zweckmäßiger erachtete und daß ich, wenn auch nicht an aufsichtsführender Stelle, im polnischen Eisenbahnwesen tätig gewesen sei, aber zum einen wußte ich nicht, ob ich bei der fortdauernden Schwellung meines Gesichts überhaupt zum Sprechen in der Lage war, und zum anderen hielt ich es ganz gut aus, einmal nicht in die so verschiedenartige Unterhaltung meiner Hordennachbarn einbezogen zu sein.

Und schließlich, ein Zellenältester hält haus mit seinen Meinungen.

Weil die weniger Gebildeten in der Mehrzahl waren, einigte man sich auf einen Englischkurs, einen Grundlehrgang, an dem sich jeder beteiligen konnte, und man wollte es für tolerabel halten, wenn sich die Fortgeschrittenen außerhalb des Zirkels in freier Unterhaltung übten.

Plötzlich war der Reichsbahnrat Sorgenmehl ein Chef, und plötzlich sprach er sehr viel, und er fing auch gleich an, uns in strengem Lehrerton mit I, you, he, she, it zu triezen, und die pädagogischen Ratschläge des volksdeutschen Polnischkönners mußte er sich einige Male verbitten.

Wer sich am Kurs beteiligen wollte, setzte sich so, daß den Gehern ihr Auslauf blieb und niemand zum Klo hinüberturnen mußte, und Sorgenmehl benutzte das Wandstück zwischen den beiden Fenstern, als wäre es eine Schiefertafel. Er zog die Buchstaben langsam über die Wand, und weil er sie sorgfältig mitsprach, war es nach einer Weile, als schriebe er wirklich und mit sichtbaren Zeichen.

Einmal dachte ich an Jadwiga Sierps Griffelkasten; als ob der uns etwas genützt hätte, wo Tafel und Kreide nötig waren.

Es ging wie bei allen diesen Kursen: Zuerst drängte sich beinahe jedermann dazu, und schon vor Mittag hatte ein größerer Teil zu den Kochrezepten und Kraft-durch-Freude-Fahrten und zum ewigen Hastedendennnichgekannt zurückgefunden. Dabei lief es ganz gut mit dem Reichsbahnrat; er war ein Systematiker, und es machte ihm Spaß, den Kram, den er vor dem Unternehmen Seelöwe in sich aufgenommen hatte, an uns loszuwerden.

Als mich Ohnehals aus der Zelle rief, konnte ich schon auf Englisch bis zwanzig zählen.

Wenn einen der gekrümmte Schließerfinger gerufen hat, geht man schnell und schweigend ab, und schweigend entläßt einen die Kumpanei. Weiß sie, wohin man geht und mit wem sie sich einließe, gäbe sie ihm etwas auf den Weg?

Wir gingen die vielen Gänge, schritten die vielen Schritte, stiegen die vielen Stiegen, bis wir im kleinen Vorhof waren, wo der soldatische Wächter stand, so gebürstet wie eh.

Er sah mit Augen und Händen darauf, daß ich nichts vom

Inventar aus dem Hause trüge, dann übergab er mich, gegen Quittung, an zwei Männer im verbreiteten Zivil dieser Zeit. Also in tressenlosen Halbuniformen mit aufgebauschten rechten Joppentaschen, in denen ich keine Pfeifenbestecke vermutete. Der eine zog eine stählerne Acht hervor, und mit der präzisen Eleganz, die vorzüglich polnischen Militärmenschen eigen ist, trat er auf mich zu, wobei er gleichzeitig das metallene Sperrinstrument aufklicken ließ, und wollte ohne Zweifel meine Hände in diese Acht nun schlagen. Nur war da der Gips, für den er eine Fessel aus der Elefantenabteilung benötigt hätte. Er schien die Möglichkeit zu erwägen, mich und sich an je einem freien Handgelenk zu vereinigen, aber dann sagte er sich wohl, daß ich mit genügend mineralischem Ballast versehen sei, und wenn er wirklich so polnisch wie elegant und präzise war, dann hat ihn der Gedanke an irgendeine Art Verbindung mit mir geniert. Er steckte die Schellen ein und klopfte solange auf seine bauschige Joppentasche, bis er annehmen konnte, ich hätte den Hinweis verstanden und zutreffend ausgelegt.

Bevor wir von dem bärtigen Torwart schieden, hatte der noch einige Fragen, und ich glaube, er stellte sie in sehr skeptischem Ton, und einem Wort, das er mehrmals benutzte, gab er, was mich an diesem Soldaten doch wunderte, fast höhnischen Klang, und er zeigte dabei auf mein Gesicht und schüttelte gar sein militärisches Haupt dazu.

Identyfikacja, lautete das Wort, und ich dachte zweierlei: Polnisch, dachte ich, ist doch leichter als Englisch, denn wer erkennt in he, she, it schon, daß er, sie, es gemeint sind, wohingegen man aber in dem Wort Identyfikacja unschwer das Wort Identifizierung erkennt. Und ich dachte: Da hat er recht, den Kopf zu schütteln, denn was ich auf dem Weg aus der Zelle in den Vorhof in dunklen Türscheiben von meinem Gesicht hatte sehen können, ähnelte mir nicht sehr.

Mußten sie mich ausgerechnet an einem Tag zur Identifizierung holen, da ich die glatten Züge einer sanitären Anlage trug? Wer sollte denn diesen Scheißhauskopf erkennen?

Ja, wer sollte mich denn erkennen?

Die Frau, die schreiende Frau? Die hatte mich doch schon so laut erkannt, die würden sie nicht noch einmal fragen müssen. Aber wenn sie es doch täten, heute noch einmal, dann müßte die Frau, wenn sie bei ihrer Wahrheit geblieben war, sagen, nein, ich sei es doch nicht, denn ich war ja nicht bei meinem Gesicht geblieben. Dann käme ich noch in die Pflicht, Jan Beveren die zerdrückte Hand zu küssen. Denn wenn er mir das Gesicht so zerdrückt hatte, daß die Frau nicht mehr bei ihren schrecklichen Worten blieb, dann würde er mir ja zur Frijheit verholfen haben, und ganz zu Unrecht hätte ich ihm dann die Tulpengärtnerhand beschädigt. Welche Möglichkeiten: Ich küsse einem Hauptscharführer die knochige Hand.

Welche Möglichkeiten: Sie haben die Gefährten meines Lebens zu meiner Identifizierung aufgetrieben. Die warten nun, um im Chor zu schreien: Da ist unser lieber Mark Niebuhr ja!

Ja, sagen Geschwister Bruhns und nicken behutsam mit den achtzigjährigen Köpfen, das ist Mark Niebuhr, der für kurz unsere Hoffnung war. Manchmal hat er mit dem Papier geaast, weil er sone lüttje Freundin hatte, der er bannig wilde Indianergeschichten aufgesetzt hat, und sie war immer verschleppt, und er hat sie immer gerettet, aber so ist er ganz anstellig gewesen und die meiste Zeit manierlich und, nee, das können wir ja nun bezeugen, daß er zu der Zeit, wo er in diesem Lublin ein Mörderer gewesen sein soll, noch mächtig mit der Gesellenprüfung zu tun hatte, und wir haben uns gehögt, weil er, anstellig wie er war, Aufregung gar nicht nötig gehabt hat. Natürlich identifizieren wir den. Wir werden ja wohl Mark Niebuhr kennen.

Jawoll, sagen der Briefträger und der Eisenbahner, und weil sie Beamte sind, treten auch sie wie Geschwister auf, jawoll, das können wir auf unseren Diensteid nehmen: Anfang Dezember ist er losgereist, drei Tage nach der Einberufung, und man hat sich so seine Gedanken gemacht, weil doch der

Vater und der Bruder schon draußen geblieben waren, und nun fuhr der dritte los, diesmal aber nach Osten, und wir haben noch geredet und gesagt: Na, Kolberg, wenn das man gut geht. Und Lublin, nein, das war ja längst aufgegeben.

Zu Befehl, wird mein pommerscher Hauptmann sagen, und er wird es mit klammer Stimme tun, zu Befehl und ganz recht, der Junge kam gegen Weihnachten in meine Kompanie. Näher kennengelernt, nein, näher kennengelernt habe ich ihn nicht, obwohl ich mich immer um persönlichen Kontakt zu meinen Leuten bemühte, aber es kam ja dann diese Härteübung, und bei Tonningen, bitte um Verzeihung, bei Kłodawa, wie es heute heißt, habe ich ihn in einer Nacht aus den Augen verloren, muß der zwölfte oder dreizehnte Januar gewesen sein, es ging damals alles rasend schnell. Aber daß er im Kriege nicht in Lublin war, jedenfalls nicht als Soldat, dafür kann ich mich verbürgen.

Tak jest, wird der polnische Bauer sagen, unter meinem Bett haben wir ihn vorgeholt, es war schon gegen Ende Januar. Bedrohlich, nein, bedrohlich war er eigentlich nicht, hungrig war er und müde, aber bedrohlich kaum, obwohl man bei denen natürlich nicht weiß, weshalb ich ihn auch zuerst einmal entwaffnet habe.

Und die Bauersfrauen aus dem Dorf werden rufen: Bedrohlich, der? Das war doch ein Künstler, Zarah Leander hat er gekannt und Marika Rökk, wie soll denn so einer bedrohlich sein und auch noch mit solchen Füßen?

Der russische Leutnant findet sich ein, der kleine mit dem riesigen Stock, und weil er zum MWD gehört, hat er ein blendendes Gedächtnis, und er sagt, mit dem jungen Fritz hat er nur Scherereien gehabt; einmal haben ihn die anderen andauernd mit dem Namen Jesuskindlein gehänselt, und weil es einen Befehl gab, die Achtung der religiösen Gefühle betreffend, hat er die Augen auf diesem jugendlichen Karl-Heinz behalten, und kein Gedanke, daß der inzwischen auf kurz nach Lublin entwichen wäre, um dort einen Mord zu begehen, da hatte man seine Befehle.

Sie alle werden mich identifizieren: Die junge Frau Fehmlin wird es etwas verschämt tun, aber sagen wird sie doch, sie hat schon gemerkt, wer es immer so einzurichten wußte, daß er beim Bäcker hinter ihr in die Reihe kam, um ihr dann seinen warmen Atem in den Haarknoten zu pusten, und weil sie, es soll hier ja Offenheit sein bei Gericht, einmal etwas gedacht hat, was sie aber doch nicht sagen möchte, hat sie auch etwas anderes gedacht, und das sagt sie, weil es für die Identifizierung wichtig ist. Sie hat gedacht, sie soll sich wegen bestimmter Gedanken schämen, wo ihr Mann, der übrigens die beiden Eisernen Kreuze hatte, im Brückenkopf von Baranów war, und sie weiß, daß er vorher in Lublin war, aber das ist schon lange vorbeigewesen, als Mark Niebuhr anfing, ihr beim Bäcker in den Nacken zu pusten.

Es hilft nichts, die Rektorstochter rückt mit dem Hühnerfutter und der kalten Mühle heraus, weil es der Identifizierung dient, und Imme Ehlbeck läßt sich nicht hindern, mich zu identifizieren, obwohl sie einräumen muß, daß es meistens bei Verdunkelung war. Sie ist, sagt sie, mit der Erlaubnis des hohen Gerichts sogar bereit, mich bei Verdunkelung zu identifizieren; die müßte doch herzustellen sein unter diesem Dach, und man könnte ja eine Reihe von Herren nebeneinanderreihen, Bekannte und Unbekannte und mich und auch Ursus Behr vielleicht. Und ich denke: Jetzt seift die das Gericht noch ein, denn das kann das Gericht ja nicht wissen, daß man Ursus Behr und mich auch bei tiefster Verdunkelung auseinanderhalten kann; man braucht nur den zu nehmen, der keine zwei narbige Löcher in den Arschbacken hat, und schon bin ich identifiziert.

Fangt nur an, denke ich, mit eurer Identyfikacja; trotz Schwellarm und Gipsgesicht müssen mich die Leute von anderen Leuten zu unterscheiden wissen; da braucht man nicht einmal nähere Bekanntschaft, Onkel Jonnie zum Beispiel oder Tante Ritter oder meine Mutter.

Onkel Jonnie würde dem Gericht vorschlagen, man sollte mich fragen, woher nach meiner Ansicht der menschliche

Glaube käme, und nach meinem Spruch, daß Glaubenssachen Lagenssachen sind, würden Onkel Jonnie und ich den Gerichtssaal verlassen, und wir würden uns betüdern; Onkel Jonnie wußte immer, wie man das anstellte, auch in schlechtesten Kriegs- und Friedenszeiten.

Tante Ritter würde nur an mir riechen, und weil mir für all mein Leben der Rauch der runden Juno eingebeizt ist, wird sie mich bei meinem Namen preisen und als den Re-Identifikator von Kreuzworträtseln, die von einem schlechten Ehegatten zerstört worden waren.

Meine Mutter wird nur sagen: Ich hab doch gesagt, daß du noch mal inne Lage kommst, und wie du wieder aussiehst, und hast du denn schon gegessen?

Ich glaube, meine Herren Richter, man hat mich jetzt hinreichend identifiziert, und wenn Sie sich schon nicht entschließen können, mich gleich nach Hause zu entlassen, dann stellen Sie mich doch bitte wieder dort auf das Gleis, wo ich so sehr aus dem Gleis geraten bin; bringen Sie mich wieder nach Praga zurück, über die Weichsel nach der Vorstadt Praga und fort von dieser Grube hier.

Es sah zunächst ganz so aus, als hätten meine beiden Begleiter, die mit den bauchigen Joppentaschen, genau dieses Fahrtziel in ihrem Plan, denn sie stiegen mit mir in einen amerikanischen Jeep mit Regendach, und es ging in die Richtung, aus der ich einmal gekommen war. Als der eine Wächter mein Interesse an den Wegen bemerkte, wußte er doch noch etwas mit seiner Acht anzufangen: Er schloß mich so in einer Ecke des Fahrzeugs fest, daß ich den Kopf weit über die Schulter hätte drehen müssen, um zum Heck hinauszusehen.

Die Aufpasser paßten aber nun nicht weiter auf mich auf; sie unterhielten sich gleichmütig und fröhlich, sie schienen schon lange miteinander bekannt zu sein, und Fuhren wie ich waren ihnen bestimmt nichts Neues.

Ich gab es bald auf, mir unsere Route zu denken. Ich

kannte sie viel zuwenig. Ich hatte damals nicht sehr auf sie geachtet und war sie gegangen, wie Hänsel und Gretel, als sie noch arglos waren, gegangen sind, weder mit Brot noch mit Kieseln in den Taschen. Die Kiesel hatten uns andere gestreut; doch diesmal wußten sie nicht, wer in einem amerikanischen Planwagen an ihnen vorüberfuhr, dem Fahrzeug durch einen stählernen Doppelreif verbunden und stählerne Reifen nicht nur ums Handgelenk.

Ach, wie gut, daß ihr nicht wißt, wer in diesem Rollstuhl ist.

Es war bestimmt ganz gut, denn immer wieder kam die Fahrt zu Halt, und immer wieder ließ sich der Fahrer in schimpfendem Ton mit Leuten ein, und wie leicht konnte einem der Ton nicht gefallen, und wie schnell holten sie dann den Kutscher vom Bock und räumten, wenn sie nun einmal beim Räumen waren, auch gleich den restlichen Inhalt des Karrens mit aus, und: Seht mal, Jungens, hier hat sich einer das Wägelchen ans Handgelenk gebunden; hat wohl Angst, es könnte ihm gestohlen werden. Was ist los, Kumpel, warum halten sie dich so verpackt? Deiner demolierten Fresse nach zu urteilen, hast du wieder eine von diesen Schlägereien gehabt, von denen man heute so häufig hört, und weißt du, die Öffentlichkeit ist da geteilter Meinung. Die einen sagen: Recht so, wo der Krieg zu Ende ist, muß wieder eine Ordnung her. Und die anderen sagen: Von Ordnung hatten wir genug; jetzt wollen wir von der Leine. Du, Kumpel, du hast Glück, wir sind von der zweiten Abteilung der Öffentlichkeit; wir finden, ein polnischer Kumpel gehört nicht an ein amerikanisches Auto geschlossen. Welcher deiner Reisegefährten hat denn den Schlüssel?

Und spätestens dann werden meine Reisegefährten sagen, daß ich kein polnischer Kumpel bin, sondern ein Niemiec, der zur Identyfikacja soll, weil er ein Morderca ist.

Was werden sie machen, die mich eben noch befreien wollten? Werden sie, wo sie nun schon angelaufen sind, auch springen wollen? Werden sie mir wenigstens ein paar Falten in meine allzu verglätteten Züge drücken wollen? Werden sie die Plane vom Wagen zerren und Zielwurf auf mich machen, Bomben auf Adua, Bomben auf Warszawa, Bomben auf Niebuhr, den angeschmiedeten Zellenältesten, Bomben so lange, bis es keine Identyfikacja mehr gibt? Werden sie das Auto den Steilhang hinunterwerfen, der doch bald kommen muß, wenn wir auf der Route nach Praga sind; werden sie den Willys-Jeep zur Weichsel hinunterschleudern und der Acht nicht achten, die mich mit dem allradgetriebenen Fahrzeug verbindet? – Eine Identifizierung des unter den Trümmern des am Weichselufer aufgefundenen militärischen Personenkraftwagens ausländischer Herkunft liegenden männlichen Leichnams konnte infolge des allgemeinen und besonders auch des physiognomischen Zustands des letzteren trotz intensiver polizeilicher Bemühungen noch nicht erfolgen. Zeugen des Vorfalls, bei dem augenscheinlich das oben beschriebene Fahrzeug aus seiner Bahn geraten ist, werden gebeten, zweckdienliche Angaben zu machen. Insbesondere wünscht die mit der Untersuchung des Zwischenfalls beauftragte Behörde in Erfahrung zu bringen, erstens: In welcher Arztpraxis oder Klinik wurde in den letzten Tagen eine Fraktur des linken Unterarmes einer männlichen Person mit einem Gipsverband versorgt? und zweitens: Bei welcher für gewöhnlich mit solchen Gerätschaften ausgestatteten behördlichen Einrichtung (z. B. Polizeistation) wird ein Paar Handfesseln der Fa. Gerlach (sogenannte Acht) als abgängig verzeichnet? Zweckdienliche Angaben interessieren keinen, außer Mark Niebuhrs Mutter.

Man muß der Frau schließlich sagen, daß ihr Sohn nun endgültig inner Lage ist. Daß sie nicht weiter wartet, wenn Sonntag ist und sie denkt, einer von den dreien könnte ja noch kommen.

Du, Niebuhr, sagte ich zu mir, es wird ihr aber auch nichts helfen, wenn du kommst und hast einen weg.

Dann wäre sie auf Dauer besser dran, sie könnte sich drei Gräber denken, zwei im Westen und eines im Osten. Besser, als wenn du mit Gipsaugen zurückkämest und einem eingedrückten Verstand, wäre das schon. Das hat die nicht verdient, daß du da rumsabberst und willst ein Schaukelpferd, das du den kornbleichen Falben nennst. Oder du bist ihr Zellenältester und läßt sie immer antreten, daß die Kinder in der Straße eine Freude haben. Oder du sitzt ihr dein restlich Lebtag auf dem Arm und weinst ihr ins Haar.

Das hat deine Mutter nicht verdient, Mark Niebuhr.

Lagenssachen müssen auch Verhaltenssachen werden, Mark Niebuhr, nun los, nun nimm mal die Gäule in den Zaum, die Falben und die Schaukelpferde, mach es so, wie du es immer gemacht hast, wenn du gut warst: Sieh hin und denke nach; zähle die Welt und erzähle dir nicht soviel von deinem Tüdelkram. Denk nach und nicht soviel vor. Die wollen dich jetzt identifizieren; am besten, du fängst auch selber mal damit an.

Der Wagen hielt wieder einmal, und wieder einmal hupte der Fahrer, aber diesmal gab er nur drei scharfe Schläge mit dem Horn, und er schimpfte nicht dazu. Eine schwere Tür, ein Tor, wurde geöffnet, und ich dachte, daß ich es nun schon allzu lange und zu ausschließlich mit schweren Türen zu tun hatte, und nach einem amtlich klingenden Wortwechsel fuhren wir ein paar Meter weiter. Wie wir diesmal hielten, schien es für länger zu sein, denn ich wurde vom Wagengestänge geschlossen und aus dem niedrigen Karren geschoben.

Wenn man etwas länger in einem Gefängnis gewesen ist, kommt einem der Vorhof eines Barackenlagers wie eine Parkanlage vor; falls mich die Erinnerung nicht trügt, sah ich sogar Tulpenrabatten. Vor allem aber sah ich mehrere polnisch uniformierte Menschen; einer war von den vielen müden Leutnants einer, und ich war zufrieden, als es mir gelang, ihm nicht zuzunicken; ein anderes Verhalten hätte sich zu meiner Lage nicht geschickt.

Ich weiß nicht, was in die Leute gefahren war; sie wiesen auf eine Bank, die in der Sonne stand, und wiesen mich an, ich sollte mich setzen. Wohl, sie hatten sehr lange etwas miteinander zu bereden, zuerst noch auf dem Hof und dann in einer der Baracken, in der sie für gut zwei Stunden verschwanden. Aber deshalb einen wie mich zum Sitzen aufzufordern, das war neu.

Ich saß in der Sonne, ungefesselt und etwas müde, und übte mich in der Kunst, mir nichts vorzudenken.

Vor mir, zwanzig Meter von mir entfernt, sehe ich die Stirnwand einer langen Baracke. An der linken Seite der Tür sind mit neuen Farben der weiße Adler im roten Feld und eine unentzifferbare Inschrift aufgetragen. An der rechten Barackenwand zieht sich ein langes Beet hin, das ich schon als Tulpenrabatte zu erkennen glaubte. Aber das kann zu den alten Einbildungen gehören, und es gelten jetzt nur noch die neuen Eindrücke. Auf der linken Seite der Baracke, vielleicht zwei Meter von ihr entfernt, höchstens zweieinhalb, verläuft eine hohe verputzte Mauer; sie endet im rechten Winkel an einer anderen, die noch etwas höher ist. Vor der ist ein Zaun aus kräftigem Draht verspannt. Die höhere Mauer, die dort hinten, hat einen Aufsatz aus drei dünnen Drähten, und an den Porzellanisolatoren erkennt man, daß es sich um stromführende Teile handelt. Über den dünnen Drähten ist nur noch der Himmel. Man sieht keinen First und keinen Baum; man sieht ein paar Wolken, und nicht einmal ein Vogel ist zu sehen. Dreißig Schritt rechts von der Baracke, in die meine Begleiter gegangen sind, und parallel zu ihr steht ein Gebäude, das sich wie ein seitenverkehrter Zwilling vom anderen ausnimmt; das Blumenbeet verläuft an seiner linken Front, und die niedrigere Mauer zieht sich zu seiner Rechten gegen die höhere hin. Und an der Tür fehlt der Amtsadler. Man kann den Hof, in dem die beiden Baracken stehen und meine Bank und der amerikanische Jeep, durch, wie es scheint, drei Türen verlassen, je eine in den beiden niedrigeren Mauern rechts und links, und dann durch die eine, durch die ich gekommen bin, ein schweres Tor, an dem ein Posten rekelt. Hin und wieder sagt er etwas zu dem Fahrer des

Jeeps, der unter die Motorhaube gekrochen ist, und der Fahrer antwortet, wie Fahrer es tun, wenn sie mit ihren Motoren beschäftigt sind. Zweimal kommen mehrere Männer durch die Tür in der rechten Mauer in den Hof und verlassen den Hof durch die Tür in der linken Mauer. Sie haben Besen und Schaufeln, und sie sind in die Reste von Uniformen gekleidet, die man einmal in meiner Armee getragen hat. Sie scheinen ganz guter Dinge; sie sehen zu mir hin, aber sie rufen mir nichts zu. Ich rufe ihnen auch nichts zu; ich übe, den Mund zu halten. Ich übe, an den vielen Fragen vorbeizukommen: Wo ich hier bin und warum hier kein Vogel singt und warum es so ist, als ob es zwischen Mauerrand und Himmel nichts mehr gäbe.

Bestimmt saß ich schon länger als zwei Stunden auf der Bank, ehe die Uniformierten und meine beiden Halbuniformierten wiederkamen. Sie sind so geschäftig herausgekommen, wie Leute geschäftig sind, die sich nach langer Beratung etwas Wichtiges vorgenommen haben. Ein paar von ihnen sind durch die linke Mauer den Leuten mit den Besen und Schaufeln nach; der müde Leutnant hat sich zu mir auf die Bank gesetzt, und meine beiden Begleiter, die übrigens jetzt nicht mehr so bauchige Joppentaschen hatten, haben sich mit dem Fahrer unterhalten, der immer noch den Motor beschimpfte, und sie haben ihm besorgt zugehört.

Hinter der linken Mauer hat es ein Gepfeife und Gerufe gegeben, und dann war es, als ob zweitausend Paar Holzpantoffeln über steiniges Pflaster dröhnten, und ich dachte: Komm, Niebuhr, brauchst du schon wieder zweitausend Paar?

Nach wenigen Minuten ist die Tür in der Mauer aufgegangen, und einer der Uniformierten hat uns zugewinkt, und obwohl ich mir solche Zutaten eigentlich verboten hatte, dachte ich doch: Er hat eine Überraschung, und er ist stolz darauf. Vielleicht hat er wirklich zweitausend Paar Holzpantoffeln, und ich darf mir eines aussuchen?

Kommen Sie, sagte der Leutnant zu mir, Sie sprechen nicht, und Sie geben kein Zeichen. Man wird Sie ansehen, und Sie werden nicht wegsehen, und Sie werden schweigen. Der Tempo bestimme ich.

Er winkte mir und ging zur Tür. Ich folgte ihm, und meine Begleiter folgten mir.

Hinter der Mauertür begann eine Lagerstraße, und sie war tatsächlich mit großen Steinen gepflastert, und auf den Pflastersteinen standen tatsächlich Holzpantoffeln, mindestens zweitausend Paar, aber ein jedes hatte schon seinen Besitzer, und die standen da in Dreierreihen und drehten mir die Holzgesichter zu, die Gefangene machen, wenn sie nicht wissen, woran sie mit einer Sache sind.

Der Leutnant gab ein müdes Tempo vor; so hatte jedermann Muße, mich eingehend zu betrachten, und manche nahmen sich sogar die Zeit, meinen Gipsarm zu bewundern. Das waren die besonders Dummen, wie es ja überhaupt eine Neugier gibt, die aus der schieren Dummheit kommt, und am liebsten hätte ich ihnen zugeschrien, nicht meine lahme Flünke sollten sie identifizieren, sondern mich, und zwar vor allem anhand meines friesischen Angesichts.

Aber es gab höchste Gebote gegen solches Geschrei; eines hatte der Leutnant erlassen und das andere ich, und ein weiteres Gebot, das ich mir gegeben hatte, befahl mir, hinzusehen auf das, was ich sah, hinzusehen zu denen, die mich ansahen, mir anzusehen, wie die einen ansähen, und vor allem zu sehen, ob ich nicht einen von denen schon gesehen hätte.

Sie betrachteten mich wie Leute, die sich mit nichts mehr einzulassen gedenken und die wissen: Was ihnen gerade vorgeführt wird, ist etwas, womit man sich nun ganz bestimmt nicht einlassen sollte – ein Kerl, der mit aufmerksamer Begleitung kommt und dessentwegen zweitausend Mann von den Pritschen müssen, ein Bursche, dem wer den Arm gebrochen zu haben scheint und die Fresse poliert, eine Figur, derentwegen man sich augenscheinlich geheimpolizeiliche Umstände macht, und das in dieser Stadt, und das in diesem Land, und das in dieser Zeit, nein, tut mir leid, den kenne ich nicht. Das heißt, es tut mir wahrhaftig nicht ein bißchen leid.

Es dauert, bis man in müdem Tempo an zweitausend Mann vorbei ist, und es dauert vor allem dann, wenn die träg ablaufende Musterung durch keine aufsehenerregende Erkennungsszene unterbrochen wird. Mich kannte keiner, und schon nach ein paar hundert Mann liefen die Gesichter im Spalier für mich so ununterscheidbar ineinander, als wäre ich zu erstem Besuch bei einem entlegenen Völkerstamm.

Identyfikacja negatywna, sagte der eine meiner rückwärtigen Begleiter zum anderen, wie wir den Völkerstamm hinter uns hatten, und ich wollte schon wieder denken, Polnisch sei in der Tat viel leichter als das Englische, als der Leutnant die beiden Halbzivilen so scharf und so wach und mit so unverständlichen Lauten anfuhr, daß ich diesen Gedanken nicht weiter verfolgte.

Ein Mensch in recht intakter grauer Uniform brüllte in einer Tonlage, die ich von Kolberg und Gnesen kannte: Durchsagen: Wer den Vorgeführten kennt, drei Schritte vor die Front, marsch, marsch.

Sie sagten es durch, und ich kannte auch das von Gnesen und Kolberg – sie schrien es von Zug zu Zug, ein lange nicht und nur langsam schwächer verhallendes Echo, aber, und das unterschied sich doch von Kolberg und Gnesen und Kłodawa und auch von Marne, es rührte sich nichts, obgleich es doch eben in klarstem Deutsch marsch, marsch geheißen hatte.

Jetzt gehen Sie, sagte der Leutnant zu mir, jetzt sehen Sie, und wenn Sie eine von Ihre Kameraden kennen, sprechen Sie und geben Zeichen. Der Tempo bestimmen Sie.

Zuerst dachte ich: So haben wir aber nicht gewettet. Ich bin hier, daß mich einer von denen erkennt, aber doch nicht, daß ich einen von denen erkenne. Wer weiß, was sie mit einem machen, gegen den ich den Finger hebe? Vielleicht geben sie ihm vier Posten und einen Postenführer an die Seiten und lassen ihn durch Warschau gehn? Und wer weiß, eines Tages, wenn der Schließer ohne Hals Dienst macht und in Laune ist, bringt er ihn in meine Zelle und sagt, der ist mein Ältester fortan.

Dann dachte ich: Niebuhr, willst du wohl freundlich das Spinnen lassen? Es war der Vorsatz, nachzudenken und nicht soviel und so kraus voraus. Also, klar, nicht wahr, wenn du einen kennst, sagst du, du kennst ihn. Wenn einer von den Fachleuten dabei ist, mit denen du nach Praga gekommen bist, dann benennst du ihn; wenigstens einen Teil deiner Geschichte werden sie dann glauben müssen.

Dann dachte ich: Aber vielleicht hat dich keiner kennen wollen, weil jeder denkt, er reißt dich in etwas hinein, wenn er dich kennt. Vielleicht ist es hier mit dem Erkennen, wie es beim Barras mit dem Freiwilligmelden war; keiner machte das mehr, weil schon lange nichts Gutes dabei herauskam.

Dann dachte ich: Gut, aber wenn einer aus Marne dabei ist oder aus Meldorf, einer, der wissen muß, wann erst ich zu den Soldaten gekommen bin, den darf ich nennen. Ich darf jeden melden, der bezeugen kann, daß ich nie in Lublin war. Und daß ich nie ein Mörder war.

So ging ich denn die zweitausend grauen Männer zurück und sah sie alle an und sah auch ein paar Gesichter, von denen ich glaubte, sie seien einmal unter den zweihundertachtzig Gesichtern gewesen, aber ich glaubte es nur und wußte es nicht, aber ich wußte, daß ich in meiner Lage nur war, weil sich eine Frau zu sehr auf ihren Glauben verlassen hatte.

Und dann sah ich den Fuhrmann Erich aus Pirna an der sächsischen Elbe. Transporttechniker hatte er sich genannt, um unter die Fachleute zu kommen, und ich hatte seit dem Lazarett nichts mehr mit ihm zu schaffen, weil er mir dort zu sehr mit den schlimmsten Räubern gegangen war.

Da stand der Filmerzähler Erich und konnte nun einmal von einem wirklichen Leben erzählen, konnte sagen: Doch, spätestens seit Februar vorigen Jahres ist mir dieser junge Mensch bekannt. Ich erinnere mich, weil er ideales Publikum war: begeistert, naiv, nicht besserwisserisch und doch nicht ohne Kenntnisse. Er war der einzige, glaube ich, der den »Fuchs von Glenarvon« gesehen hatte, und ich meine, er mochte die Heidemarie Hatheyer nicht. Aber sonst, ein begeisterter Kinogänger. Er hatte es besonders mit einem Film, den ich selber aus Gründen einer Wehrdienstübung nicht habe sehen können; er hat ihn an meiner Statt erzählt, gar nicht schlecht, »Kameraden auf See« hieß der Film, doch, meine Herren, ich kenne diesen Kameraden.

Aber der Fuhrmann Erich sagte nichts und gab auch nicht zu erkennen, daß er eigentlich etwas zu sagen hätte. Er sah mich nicht weniger holzig an, als die anderen es taten, und wie man diese leeren Augen sah, hätte man nicht glauben mögen, daß sie den »Tiger von Eschnapur« gesehen hatten und »Dr. Crippen an Bord« und »Sergeant Berry« und Zarah Leander, wie sie: »Nur nicht aus Liebe weinen!« sang.

Und dem gleichgültig verschlossenen Mund sah man nicht an, daß er wie Grete Weiser quatschen konnte und knödeln wie Johannes Heesters und knurren wie Heinrich George.

Man sah dem Transporttechniker Erich nicht an, daß er einmal ein Meister der Erzähltechnik gewesen war, und ich dachte: So ein Schwein!, und dann dachte ich: Aber nein, er kann mich nicht erkennen, wo der Gärtner mir das Gesicht zu einem Schweinekopf zurechtgestoßen hat, und in diesem Augenblick merkte ich, daß mein Kamerad Erich mich doch kannte. Es war wirklich nur ein Augenblick, ein schneller Blick seiner Augen, der mir sein Erkennen zeigte, aber erst jetzt zeigte sich ganz, was für ein Meister der Erzähltechnik mein Erich wirklich war, denn mit einem einzigen Brauenruck erzählte er mir, daß es doch Scheiße wäre, wenn ich ihn in meine Geschichte zöge. Mensch, sagte er mit diesem schnellen Muskelzug und war dringlich dabei wie gegen Ende dramatischer Kinostücke, Mensch, laß mich aus, wer sollte denn davon gewinnen? Ich weiß nicht, was sie gegen dich haben; so wie du aussiehst, ist es viel, aber es wird nicht weniger, wenn du mir davon zuteilst. Ich bin doch nur als Fachmann von Puławy fort, weil es Zeit war, wegen einer Geschichte, einem Geschäft mit Zivilpersonen, ist ja vorbei. Wenn du mich aber einbeziehst in deine Sache, ziehen sie womöglich meine Sache wieder vor, laß mich da aus, ich habe

Familie. Und wenn du mal nach Pirna kommst, erzählen wir uns Kino noch und noch und erzählen uns auch die Geschichte, wie ich dich an mir vorbeigehen sehe, aber natürlich kenne ich dich nicht, und dann gehst du an mir vorbei, und natürlich kennst auch du mich nicht, und der Pole latscht dämlich neben dir, und ich denke: Was die mit dem Jungen machen!, und ich denke: Es ist wie in dem Film mit Ewald Balser, wo der eine den anderen an den Franzmann verraten sollte, und keiner hat es getan.

Vielleicht stammte der Hinweis auf Ewald Balser schon nicht mehr vom Filmeerzähler Erich, denn Ewald Balser ist kurz vor meiner Soldatenzeit mein Lieblingsschauspieler gewesen; wegen dem und wegen der Art, in der er einen Hut aufsetzte, habe ich mir einen Hut gekauft.

Und vielleicht eher wegen Ewald Balser als wegen dem Fuhrunternehmer Erich habe ich meinen Kameraden, der mich nicht erkennen wollte, auch nicht erkannt. Es war nicht leicht, und ich habe mich an den Vorsatz erinnern müssen, nur welche aus Marne und dem größeren Dithmarschen zu erkennen, weil ja nur die mir helfen konnten, und ein paar Schritte lang bildete ich mir auf meine Treue etwas ein, und ich sagte mir, Volker der Spielmann hätte auch nicht gepfiffen.

So haben wir die Front der Zweitausend hinter uns gelassen; der Leutnant hat sich an die Spitze unseres kleinen Zuges gesetzt und wieder ein schnelleres Tempo vorgelegt, und die beiden halbzivilen Begleiter hatte er wohl so eingeschüchtert, daß sie sich nicht noch einmal bekanntzugeben trauten, die Identifizierung sei negativ verlaufen.

An der Mauer über der Tür, durch die wir gekommen waren, stand in großen Lettern ein polnischer Spruch, und weil ich mir nicht denken konnte, daß sie an solche Mauern etwas schrieben, was nichts zu besagen hätte, und weil ich sehr wissen wollte, was an einer Mauer stand, durch die ich zwecks Identifizierung hin und her geschritten war, prägte ich mir das Wortgebilde ein, trug es auf die Schiefertafel in meinem Kopf, nahm es wie eine Abfolge von Zeichen auf, wie ein kompliziertes Muster, eine längliche Zeichnung, ein verschlungenes Bild: Jeniec, jak wrócisz do domu, zwalczaj wojnę!

Ich weiß inzwischen, was er bedeutete und wie er ausgesprochen werden mußte, aber wie ich durch die Tür in den Innenhof zurückgekehrt bin, kannte ich nur die äußerste Erscheinungsform des Spruches, und schon deshalb habe ich mir länger keine Gedanken über ihn gemacht.

Der Fahrer hatte inzwischen den Jeep weitgehend auseinandergenommen, und verschmiert und wütend wie er war, schien er meine Begleitung wissen zu lassen, es interessiere ihn nicht, wie wir nun wieder nach Hause kämen. Die beiden Halbzivilen ließen sich eine Weile auf einen nutzlosen Zank mit ihm ein, dann holten sie etwas aus der Baracke, das ihnen wieder die Joppentaschen beulte, und der mit der Acht sah sich verbittert nach einem Gestänge um, an das er mich schließen könnte, und er steckte die Fessel erst wieder ein, als der nun wieder sehr müde Leutnant ihm gesagt zu haben schien, sie seien schließlich zu dritt und wohin ich wohl in diesem Aufzug laufen sollte.

Der hat sich auch für den Rückweg auf den Jeep verlassen, dachte ich, und weil ihm die Schultern so hingen, fragte ich mich, ob ich ihm nicht sagen sollte, einen Augenblick sei mir gewesen, als hätte ich dort drinnen doch einen Bekannten gesehen, ganz sicher sei ich zwar nicht, denn es konnte ebensogut ein Gesicht sein, das mir nur vertraut schien, weil mir ein ähnliches aus einem Film in Erinnerung war, und ob wir die Identyfikacja nicht wiederholen könnten.

Ich habe mich wieder zur Ordnung gerufen, streng und doch mit Nachsicht, denn schließlich hatte ich zweimal zweitausend Gesichter hinter mir und unter diesen ein ganz besonderes. Und ich hatte einen Sieg hinter mir, einen Ewald-Balser-oder-Volker-der-Spielmann-Sieg; da war ein kleiner männlicher Scherz doch erlaubt.

Nein, nun ohne langes Gerede fort von diesem Kinoort mit den Drähten auf den Mauern, fort aus dieser Barackenebene und stadtwärts zu den Menschen hin; öffnet mir das Tor, ich will sehen, was da draußen unter euren Wolken ist.

Es war aber da draußen unter den Wolken vorm Tor ein Bild, das keiner glauben kann, und hätte er es noch und noch gesehen. Es war da die Gobi aus Stadtgeröll, ein Nordmeer war da aus zerhauenem Stein, kieselig Ausgespienes bedeckte die Erde weit über weit, ein Ungeheuer hatte Wände und Dächer und Firste und Träger und Röhren verschlungen und hatte das Zermalmte, aber Unverdaute von sich gewürgt, hatte die Welt gefressen und hatte sie in Warschau wieder ausgekotzt. Die lange Lagermauer in unserem Rücken war die einzige Mauer, die hier noch stand. Nicht eine Wand war da, die niederzulegen man mich hätte heißen können; hier waren schon alle Wände niedergelegt. Staubiges Faltengebirge zog sich von Seite zu Seite; chaotischer Atlas war nach vorn bis in die tiefe Ferne gesprengt.

Und wie um dem Auge zu versichern, daß es wahrlich sähe, was es ungläubig zu sehen meinte, um ihm einen Richtpunkt zu geben, einen Halt, einen Anhalt für die Tiefe der aufgewühlten Haldensee, einen Fingerzeig auf das Ausmaß der zermalmten Welt, stand fern in all dem zerschroteten Gestein ein unversehrter Kirchenbau, stand sehr verlassen da, sehr übriggelassen mit Bedacht, war ein Gotteshaus, auf das der Teufel die Sicht freigelegt hatte.

Ich habe sehr hingesehen.

XXI

Ja, sagte der Leutnant, das habt ihr gründlich gemacht. Vielleicht, damit wir nicht enttäuscht sind. Wir haben in der Schule gelernt: Die Deutschen sind gründlich. Und genau. Wenn es heißt, man muß den Ghetto zerstören, und in den Ghetto ist eine katholische Kirche, zerstört man den Ghetto und läßt katholische Kirche stehen. Was erzähle ich Ihnen; man wird Ihnen gesagt haben.

Davon hat mir keiner etwas gesagt.

Hat man nicht? Hat man nicht im Radio zuerst Musik gemacht und dann gemeldet: Unsere Helden haben den großen Teil von einer großen Stadt kaputtgemacht? Hat man euch doch gemeldet, mit Musik: Wir haben großes Schiff versenkt. Warum hat man nicht gemeldet: Wir haben große Stadt versenkt.

Vielleicht ist es auch gemeldet worden. Ich weiß nicht mehr.

Das ist etwas anderes, sagte der Leutnant, vielleicht haben Sie es nur vergessen. Man hat so viele Städte versenkt. Sie können nicht allen Städten behalten. Vielleicht war Warszawa dabei oder Teheran, Sie wissen nicht. Sie haben nur einen Kopf, und es sind andauernd diese Meldungen gekommen, nicht wahr.

Ich wollte ihm erklären, daß ich mich jenseits einer unbestimmten Altersgrenze, also diesseits von ihr, nicht mehr besonders für den Krieg interessiert hatte; er dauerte einfach zu lange, er zog sich vom Ende meiner Kindheit bis zum Ende meiner Jugend hin. Da steckt man bald keine Nadeln mehr, da zählt Gefallen zu den natürlichen Todesarten, da hat eben noch einer einen Arm weniger, da sind die Nachbarsväter eines Tages eben wieder in Witebsk, und man weiß kaum noch, daß man damals, vor Unzeiten, als sie zum ersten Mal in

Witebsk waren, eine Nadel in die Karte von Rußland gesteckt hatte. Eine von vielen.

Ich habe, wollte ich in meiner Torheit zum Leutnant sagen, seither sogar die Karte von Rußland irgendwohin verkramt, aber der Leutnant kümmerte sich im Augenblick nicht um mich. Er und meine Begleiter schienen sich über den Weg nicht einig zu sein, und über den Umgang mit mir schienen sie sich auch nicht einig zu sein.

Aber der Rangälteste setzte sich durch: Die beiden blieben einige Meter hinter uns, und nachdem ihnen der Leutnant mehrmals etwas Forderndes zugerufen hatte, unterhielten sie sich laut miteinander. So laut wie bei der Herfahrt, aber zu laut, wie mir schien.

Sie bekommen jetzt Instruktion, sagte der Leutnant zu mir, hören Sie: Bis in die Rakowiecka sind es ungefähr sechs, sieben Kilometer. Ich sage ungefähr, weil man weiß nicht, manchmal ist eine Straße zu, manchmal ist ein Umweg gut, weil dort sie öffnen gerade ein Loch und holen viel totes Mensch heraus. Erste zwei Kilometer sehen so aus wie hier, dann wird es besser. Hier kann man nicht erkennen, was kaputt ist; dort kann man erkennen, was kaputt ist. Aber wenn man sieht, man führt Sie, wird man überall denken: Sie sind der, was alles kaputtgemacht hat. Aber mein Beruf und von die beiden Kameraden ist: Wir müssen Sie abgeben in Rakowiecka nicht kaputt. Also wir spielen etwas. Hier gehen zwei Menschen, da gehen zwei Menschen. Kommen andere Menschen, ich werde Polnisch zu Ihnen sprechen; der Thema wird etwas Langweiliges sein, damit sich keiner interessiert. Ich werde von meine Tante sprechen; Sie hören zu und hören so zu, daß man sieht, Sie verstehen. Charada. Sagt man Charada?

Scharade, glaube ich, ich habe es noch nie gesagt, aber ich habe es gelesen, ja, Scharade.

Gut, machen wir Scharade: Ich zeige einem Freund die Stadt und erzähle von Tante. Haben Sie schon so lustige Scharade gespielt?

Ich schüttelte den Kopf, und er sagte: Sprechen Sie nur;

wenn ist niemand in der Nähe, sprechen Sie nur. Es ist ja wenige Leute in der Nähe. Also Sie haben noch nicht gespielt so lustige Scharade?

So lustige noch nicht.

Müssen wir beide lernen. Ich fange an: Schau einmal, lieber, lieber Marek, sind wir nun in Ghettostadt, das Rest davon. Man kann es nicht glauben, daß es ein Rest ist von einer Stadt, aber bei ein Karton voll Asche kann man auch nicht glauben, es ist ein Rest von einem Mensch. Wir befinden uns auf Gęsiastraße. Es sieht nicht aus wie eine Straße, es sieht aus wie Ziegenweg in Hohe Tatra, aber es ist Gęsiastraße. Sagt man es: Ziegenweg?

Ziegenpfad vielleicht.

Ziegenpfad, sehr gut. Gęsiastraße heißt Ganse-, Gänsestraße, und wir gehen Richtung Smoczastraße. Haben Sie, hast du gehört von Gęsia und Smocza? Nein? Aber vielleicht von Milastraße oder von Pawia? Mila ist auf der anderen Seite von diese Mauer, auf anderen Seite von dem Lager, wo leider kein Bekannter von Ihnen war. Und Pawia, wir kommen gleich über Pawia. Der Gefängnis Pawiak, haben Sie gehört von dem, hast du gehört von dem, der hat seinen Namen von Pawiastraße.

Ich habe alle diese Namen noch nie gehört.

Das ist seltsam. Ich habe gedacht, man hat Musik gemacht in euer Radio, und dann hat einer gesprochen: Das Oberkommando gibt bekannt: Wir haben heute versenkt die Milastraße. Das Oberkommando gibt bekannt: Wir haben versenkt Smoczastraße. Wir haben versenkt Pawiastraße. Wir haben versenkt Zamenhofstraße. Aber Sie haben gehört von Zamenhof, Ludwik?

Nein.

Aber Sie haben gehört von Esperanto?

Die künstliche Sprache? Ja, habe ich gehört, weil mein Vater und mein Onkel …

Kannst du ruhig weiterreden, weil der Traktorfahrer nicht versteht. Er sieht dich reden, aber er hört dich nicht reden.

Er denkt, du sprichst polnisch. Kannst du auch Deutsch reden oder Esperanto, er hört nicht.

Aber ich hatte gar nicht an den Traktorfahrer gedacht; ich hatte nur gedacht, warum, wußte ich nicht, daß es unmöglich sei, hier von meinem Vater und Onkel Jonnie und ihrem Esperantostreit zu reden. Diese Scharade ging über mein Vermögen. Ich hätte eine staubfarbene Eidechse sein wollen und mich in der Deckung von Mörtelkrumen und bemoosten Türsplittern über die Gęsiastraße und die Smoczastraße und all die vielen Straßen bis hinter die schützende rote Mauer in der Rakowiecka flüchten mögen; ich konnte hier doch nicht wie unter Vettern über Esperanto reden. Hier, wo drei Männer mit gebeulten Jackentaschen und Dienstausweisen meinetwegen Scharade spielten und sich voneinander trennten, meinetwegen. Damit mich niemand für einen Eskortierten hielte und sie für meine Eskorte. Damit niemand denken könnte: Da bringen sie den, der die Milastraße versenkt hat und die Gęsiastraße.

Aber der Leutnant sagte: Du wolltest von deinem Vater und deinem Onkel erzählen und von Zamenhof.

Nein, von Zamenhof weiß ich nichts.

Das ist der, der sich ausgedacht hat Esperanto. Ein Augenarzt, ein polnischer.

Das weiß ich nicht. Das haben mein Vater und mein Onkel wohl auch nicht gewußt. Mein Vater hat gesagt, Esperanto wäre gut, wenn man einmal nach Frankreich käme oder Italien, und überhaupt wäre es gut, weil sich die Menschen näherkämen, wenn es nur eine Sprache gäbe. Und mein Onkel hat gesagt: Wann kommst du schon nach Frankreich? Unsereins ist zuletzt unter Kaiser Wilhelm nach Frankreich gekommen. Und mein Vater hat gesagt, daß Herr Schloder, das war der Chef von der Getreidefirma, wo mein Vater gearbeitet hat, der lernt auch Esperanto. Ja, hat Onkel Jonnie gesagt, der kommt vielleicht auch nach Frankreich, aber es leuchtete ihm ein, hat mein Onkel gesagt, daß mein Vater und Herr Schloder sich mächtig näherkommen würden, wenn Herr Schloder freitags beim Lohnzahlen, wenn er da sagt: So, Niebuhr, achtundvierzig reguläre plus vier Überstunden, das macht zweiundvierzig Mark vierzig, wenn er das auf Esperanto sagt.

Ich sprach hastig und unordentlich, weil ich wußte, daß alles unpassend war, was ich zu sagen hatte. Auf diesen Ziegenpfaden, die einmal Gänsestraße und Smoczastraße und Milastraße geheißen hatten, in dieser Geschiebelandschaft aus aschigsplittrigem Staub den Mund zu anderem zu öffnen als zu stammelndem Gebet war so unpassend, wie es unpassender nicht ging, aber weil ich keine Gebete konnte, stammelte ich wenigstens.

Siehst du, Marek, das ist interessant, sagte der Leutnant. Dein Vater hat ein wenig gedacht wie der gute Doktor Zamenhof, und ich, ich denke ein wenig wie deine Onkel Jonnie. Ist das nicht interessant? Was meinst du: Wenn wir beide könnten Esperanto, du und ich, ob wir uns besser verständigen könnten? Was meinst du: Wenn ihr gekonnt hättet Esperanto, und die Leute in der Milastraße und in der Zamenhofstraße hätten auch gekonnt Esperanto, was meinst du, hätte man sich verständigen können, daß man wird nicht versenken Zamenhofstraße und Gänsestraße und so weiter?

Ich weiß, mein Vater hat bei solchen Sachen meistens nicht recht gehabt, wenn er mit Onkel Jonnie stritt.

Nun, sagte der Leutnant, da muß ich deinen Vater etwas beschützen, in Schutz nehmen: Immer hat er nicht unrecht gehabt – ist er nicht gekommen nach Frankreich?

Es war wirklich nicht wichtig, aber ich dachte: Er kennt sich aus mit meinem Lebenslauf, und vielleicht glaubt er ihn einmal auch. Und ich dachte, und das war schon wichtiger: Das ist aber bestimmt seltsam, daß ausgerechnet eine Zamenhofstraße so zerrieben wird, und ob es irgend etwas nützt, wenn ich in diesem Staub auf die Knie sinke und schwöre, daß ich die Hand ebensowenig an einen Menschen in Lublin gelegt habe wie an auch nur einen Stein unter diesen ehemaligen Steinen?

Daß es nichts nützen würde, wußte ich gleich, und daß es

mir schaden würde, wußte ich auch, denn eine Scharade war ausgemacht mit durchreisenden Vettern und nicht mit einem Kerl, der sich in den Staub kniet und ein deutsches Geschrei anstimmt.

Das zöge mir und meinen Polen andere Polen zu, und wir konnten alle nicht Esperanto.

Darf ich etwas fragen? sagte ich, und der Leutnant antwortete: Wenn es nichts zu tun hat mit Ihre Untersuchung, bitte.

Nein, nicht damit. Es hat mit der Kirche zu tun. Es sieht wie ein Wunder aus, daß man die Kirche nicht getroffen hat.

Ist das die Frage? sagte er, ob es ein Wunder war? Fängst du an, dich für Wunder zu interessieren? Nein, es war eine Frage der Sprengtechnik. Man hat hier nicht geschossen, man hat gesprengt.

Nicht geschossen?

Auch geschossen. Wie der Aufstand war, hat man geschossen und gesprengt, und wie der Aufstand fertig war, hat man gesprengt und mit Flammenwerfer die Löcher ausgesäubert. Hundert Prozent, ihr habt wieder gemacht einen Weltrekord.

Es kamen uns einige Leute entgegen, die einen Gerümpelkarren schoben, und der Leutnant redete in einem belehrenden Polnisch auf mich ein, bis wir vorüber waren.

Ich habe doch nicht von unserer Tante gesprochen, sagte er dann, ich habe gesprochen von St. Augustinus, der Schutzpatron von dieser Kirche dort. Ich weiß nicht mehr viel vom heiligen Augustin, ich habe vergessen, aber zwei Dinge von Augustin vergißt man nicht, wenn man katholisch gewesen ist und wenn man ist Pole: Erbsünde und Prädestination. Die Menschen können nicht gut sein, ist Schuld von Adam; und manche sind von Gott ausgewählt für ewigen Heil. Sehr symbolisch, dieses Gebiet: Sieht man, daß Menschen nicht gut sind, und sieht man auch: Sogar die Kirche ist übriggeblieben, die Name hat vom auserwählten heiligen Augustinus. Sehr symbolisch.

Ich konnte nicht gut schon wieder sagen, ich wüßte es nicht; mir schien, ich hatte das heute schon zu oft gesagt. Es hatte aber immer gestimmt; ich wußte nicht, wie diese Stadt versunken war, und ich wußte nichts von Zamenhof und Prädestination. Und als ich einen Schimmer von Genugtuung heraufkommen spürte, dachte ich wütend: Das ist doch kein Grund zur Genugtuung, daß einer von sich sagen kann, er weiß nichts.

Dein Bruder wäre jetzt dreiundzwanzig Jahre alt, nicht wahr? sagte der Leutnant. Wenn er meinen Lebenslauf nur so glauben wollte, wie er ihn kennt, dachte ich, und ich antwortete: Ja, ziemlich genau.

Wie Mordechaj Anielewicz, sagte der Leutnant, hast du gehört von Mordechaj Anielewicz?

Ich haßte ihn und mich dafür, daß ich wieder verneinen mußte, aber ich verneinte.

Der war dreiundzwanzig und ist Führer vom jüdischen Aufstand gegen euch gewesen. Kannst du dir vorstellen deinen Bruder als einen Führer von einem Aufstand?

Wenn meine Mutter nicht dazwischengehen könnte, schon, sagte ich, und der Leutnant tat etwas Ungeheuerliches: Er lachte. Hier. Und über etwas, das ich gesagt hatte. Aber nicht höhnisch lachte er. Er lachte, wie man mit seinem Vetter eben lacht, wenn der einen Witz gemacht hat. Meine Mutter war ähnlich, sagte er und schwieg eine Weile.

Dieser Mordechaj Anielewicz hat geschafft zwei unglaubliche Sachen, mit dreiundzwanzig: Daß sich das Stück von einer Stadt erhebt gegen ganz Hitler-Europa. Ihr wart noch in Afrika und in Norwegen und zum zweiten Mal in Charkow, und da erheben sich die frommen Juden.

Er ging kopfschüttelnd neben mir her und bezog mich so selbstverständlich in sein Staunen ein, daß ich mich zu sagen getraute: Und was ist das andere von diesem Mordechaj gewesen, das andere Unglaubliche?

Das, sagte er, wirst du nicht verstehen, aber ich habe gesagt, zwei, also sage ich jetzt auch zwei. Der zweite unglaubliche Sache ist, er hat geschafft, ich kenne selber zwei Fälle, daß gute katholische polnische Vater und Mutter taufen ihren Sohn

Mordechaj. Und dabei, es gibt noch nicht so viele Familie mit neue Kinder.

Er hatte recht, ich verstand nicht ganz, obwohl ich mir aus Herrn Dąbrowskis Umgang mit dem jungen Herrn Herzog schon eine Ahnung für dieses Thema abgezogen hatte, aber ich war doch in der glücklichen Lage zu verstehen, daß mich auf dem Geröll der Smoczastraße der Teil des Themas auch nichts anging.

Ich rutschte mit einer Holzsohle auf etwas Metallenem aus, das unter dem Ziegelsand in der Straße war, und der Leutnant sagte: Nicht kein Bein noch brechen auf der Straßenbahn, bitte.

Straßenbahn, sagte ich, so groß war die Straße?

Ja, sagte er, man sieht es nicht, aber es war die große Straße von einer großen Stadt. Straßenbahn und viele Geschäfte und viele Fabriken und viele Handwerker und viele Menschen. Als Junge habe ich in der Żelazna gewohnt, wir kommen da gleich vorbei, und eine Tante hat am Danziger Bahnhof gewohnt, da sind wir diese Strecke gefahren. Deshalb, es ist für mich dieser Weg so ohne Wirklichkeit, weil: Ich habe diesen Weg gehaßt, wegen dem feinen Anzug, was ich immer anhaben mußte, wenn man zur Tante fuhr. Und jetzt, stell dir vor einen feinen Anzug und diesen Weg. Und Streit war auch immer in der Straßenbahn, weil mein Vater hat gewollt, meine Mutter soll mit ihm wetten, wer an Ecke Gęsia-Zamenhofa aussteigt, wo das eine Gefängnis war. Meine Mutter hat gesagt, es ist genug peinlich für die Leute, daß sie müssen im Gefängnis Besuch machen, da soll man nicht auch noch auf sie wetten, aber mein Vater hat gesagt, wer Leute im Gefängnis hat, ist andere Sachen gewöhnt, und wenn wir bei der Tante ankamen, waren Vater und Mutter ganz im Zorn, und vor der Tante haben sie es versteckt. Vielleicht war es eine Erbtante, ich weiß nicht. So, hier um die Ecke, hier kommt gleich Żelazna, und Ghetto ist hier auch zu Ende. Habe ich nicht gesagt: Hier sieht man, was das Kaputtes ist, kaputtes Wohnhaus oder kaputtes Werkstatt oder kaputtes Warenmagazin.

Unsere beiden zurückhängenden Begleiter riefen etwas, wovon ich nur die Anrede Herr Leutnant verstand, und der Leutnant, der sie herankommen ließ, sagte ihnen wohl auch gleich, daß sie ihn bei unserer Scharade nicht mit Herr Leutnant anzureden hätten. Sie nahmen das zerknirscht zur Kenntnis und redeten dann beide gleichzeitig auf meinen Vernehmer ein, und nach einer Weile zeigte er Einverständnis, und die beiden fielen wieder zurück.

Polizisten sind das, sagte er, reden von Feierabend und haben mir einen Umweg abgehandelt, daß der eine kann zu seiner Frau gehen. Gut, was ist ein Kilometer, wenn es wegen der Frau ist. Aber was ist ein Kilometer, wenn es wegen der Frau von einem anderen ist. Also dies ist die Żelazna, wo ich gewohnt habe. Aber erst unten an der Ecke Złota.

Bitte, sagte ich, bevor wir an Ihrem Haus vorbeikommen, darf ich noch eine Frage stellen?

Wenn sie nichts mit Ihre Untersuchung zu tun hat, sagte er.

Bestimmt nicht, sagte ich, es ist nur noch einmal wegen dieser Häuser, an denen man nicht mehr erkennt, welche Art kaputte Häuser sie gewesen sind. Sind die Leute, die da wohnten. Ich meine, waren die in den Häusern. Ich meine, sind die auch. Ich meine, haben wir die auch?

Die habt ihr auch, sagte er. Die meisten. Man sagt, es sind gefallen sechzigtausend, und vorher und nachher die anderen sind nach Treblinka gekommen, und was betrifft ihren Verbleib in Treblinka, da fragen Sie am besten einige Ihrer Zellenkameraden. Sagen Sie einfach: Hört mal, Kumpels, ist einer von euch in Treblinka gewesen und hat er da Leute gekannt, die früher in der Milastraße und in der Zamenhofstraße gewohnt haben, und kann er mir sagen, was aus denen geworden ist?

Solche Fragen werden bei uns nicht behandelt, sagte ich.

Er lachte und klopfte mir auf die Schulter, und ich dachte zuerst, es sei wegen der Leute, die in dieser doch belebteren Gegend öfter vorbeikamen, aber es war wohl, weil ihm der Ausdruck zu gefallen schien, denn er wiederholte ihn mehrmals: Solche Fragen werden bei uns nicht behandelt. – Das ist interessant. Sagen Sie: Welche Fragen werden bei Ihnen behandelt? Sie sollen mir nichts ausplaudern. Geben Sie mir eine generelle Charakteristik.

Das ist schwer, sagte ich, ich verstehe, was Sie meinen, eine generelle Charakteristik, aber bei neunundachtzig Mann ist es schwer. Vielleicht kann man sagen, man spricht darüber, wieviel besser es früher war. Man spricht von seinem Schönsten Erlebnis.

Das ist interessant. Aber natürlich, man sagt: Früher war es besser, als wir die Leute in Treblinka eingesperrt haben, da war es besser. Heute hat man uns in Rakowiecka eingesperrt, heute ist es nicht so gut. Aber, schönstes Erlebnis, das ist wirklich interessant. Ist es sehr indiskret, wenn ich frage, was haben Sie als Ihr schönstes Erlebnis angegeben?

Ich muß ihn wohl etwas erstaunt angesehen haben, und er hat mich verstanden und gelacht und gesagt: Sie denken, er fragt mich und fragt mich und sagt nie etwas von Indiskretion, und heute spricht er plötzlich von Indiskretion. Es ist aber ein Unterschied. Sonst frage ich bei Untersuchung in Rakowiecka, und jetzt frage ich bei Unterhaltung auf Żelazna, was meine Kinderstraße ist. Und auf der Żelazna brauchen Sie nicht zu antworten.

Weil es beinahe gleich war und weil ich ihm beinahe traute, sagte ich: Dann könnten Sie ja immer noch in der Rakowiecka auf die Frage zurückkommen. Es gibt aber keine richtige Antwort. Ich habe gesagt, mein schönstes Erlebnis steht mir noch bevor – wenn ich aus dem Gefängnis herauskomme.

Das kann ich verstehen, sagte er, das wäre ein schönes Erlebnis für Sie. – Schauen Sie, dort unten war unser Haus. Natürlich, man kann es jetzt nicht sehen, natürlich, es ist nicht mehr da, und man kann die Stelle auch von hier nur sehen, weil die anderen Häuser, die sonst noch davor waren, jetzt ebenfalls nicht mehr da sind. Kann man in diesem Zusammenhang sagen: Ebenfalls?

Er sprach in gemütvollem Polnisch auf mich ein, als wir an einer Reihe von mißtrauisch äugenden Leuten vorbeikamen, die etwas feilzubieten schienen, was aber wohl nicht vor jedermanns Auge gehörte.

Jetzt habe ich wirklich von meiner Tante gesprochen, und ich habe Angst gehabt, es ist unter den Schiebern einer, der mich kennt.

Angst? Sie? Was könnte Ihnen denn passieren?

Daß Ihnen einer mit einem Mauerstein den Schädel einschlägt. Was glauben Sie, kann ich machen? Jetzt passen Sie auf: Wenn ich Mütze abnehme, nehmen Sie auch Mütze ab, und wenn ich aufsetze, setzen Sie auch auf. Verstanden? Und jetzt kein Deutsch.

Er nahm nach einigen Schritten seine Mütze ab, ich tat es auch, und meine beiden Begleiter hinter uns taten es auch bald. Zu unserer Linken hing eine Holztafel an einer Hauswand, und ein Kranz lag darunter, und in allen möglichen Gefäßen standen Blumen.

Als wir alle unsere Mützen wieder auf den Köpfen hatten, sagte ich: Darf ich fragen?

Ja, ich nehme an, Sie wollen wissen, wen Sie haben gegrüßt mit Ihrer Mütze.

Ja.

Sie werden bis Rakowiecka noch einige Male mit Mütze grüßen. Überall, wo ihr habt Menschen erschossen. Geißeln. Sagt man es?

Sie meinen Geiseln, mit einem s, nicht mit sz.

Besten Dank. Aber gibt es.

Was gibt es?

Mit sz dieses Wort.

Ja, das ist so eine Peitsche. Das ist aus dem Mittelalter.

Richtig, ich weiß wieder. Aber diese Stellen von den Geiseln sind nicht aus Mittelalter. Natürlich wissen Sie nichts davon?

Daß Geiseln erschossen worden sind? Doch, das weiß ich. Das ist bekanntgegeben worden, als ich Soldat war: Wenn es einen Überfall gegeben hat, ist das zur Vergeltung gewesen.

Ja, sagte der Leutnant, so hat man es bekanntgegeben? Ich frage es, weil es mich interessiert: Hat man bekanntgegeben: Weil böse Polen auf friedliche Deutsche haben gemacht einen Überfall, müssen nun böse Polen erschossen werden, zur Vergeltung, als Geisel. Oder hat man bekanntgegeben: Weil sich wieder einige Polen gewehrt haben, dagegen, daß wir seit neunzehndreißigundneun polnische Menschen totschießen.

Nein, ich glaube, man hat einfach gesagt: Zur Vergeltung für einen Überfall wurden heute Polen standrechtlich erschossen.

Der Leutnant legte seinen vetterlichen Arm um meine Schulter, und weil die Straße nun schon sehr belebt war, sprach er dicht an meinem Ohr, und er sprach sehr ruhig, was seine Worte aber nicht viel erträglicher machte: Standrechtlich? Nun, das ist natürlich schon etwas. Es ist beinahe rechtlich, nicht wahr? Aber genau wissen Sie es nicht, ob man es so gesagt hat. Ich stelle Ihnen jetzt eine Frage. Sie hat nichts zu tun mit Ihre Untersuchung, sie hat zu tun mit Ihrem, mit deinem Leben. Ist es dir nicht etwas zum Wundern, daß du immer nur glaubst und nicht weißt, und es ist gegangen um das Leben von Menschen? Verstehst du: Muß man nicht genau, ganz genau wissen, ganz genau hinsehen, ganz genau hinhören, ganz genau fragen, ganz genau denken, wenn es geht um das Leben von Menschen?

Das stimmt.

Das stimmt, sagst du jetzt, aber du sagst nicht, was du sagen mußt, wenn du ehrlich bist. Wenn du ehrlich bist, mußt du sagen: Ich habe gelernt, die Polen sind Untermenschen, und wir sind Herrenmenschen. Hast du es so gelernt?

Das war doch Propaganda, sagte ich; ich flüsterte es beinahe, denn ich hatte große Furcht, die Leute um uns könnten uns auf unsere deutschen Worte kommen.

Propaganda? Du meinst, leeres Wort, ohne Bedeutung, ohne Bedeutung für dich? Wollen wir sehen? Hat es gegeben in Marne polnische Arbeiter, mit P auf Jacke?

Ja, die haben aber meistens bei den Bauern gearbeitet.

Aber hat es gegeben?

Ja.

Waren auch manchmal in der Stadt?

Ja.

Gehst du auf, auf Trottoir, kommt dir Pole mit P entgegen, ist nur Platz für einen, wer geht auf Straße?

Ich glaube. Nein. Nein, nicht: Ich glaube. Der Pole ist runtergegangen, und ich bin oben geblieben.

Warst du so alt und der Pole so jung?

Nein.

Warst du altes Frau und der Pole junger Mann?

Nein, ich weiß, was Sie meinen.

Was meine ich?

Der Pole oder die Polin ist runtergegangen, hat Platz gemacht, weil sie Polen waren, und ich bin oben geblieben, weil ich Deutscher war. Das meinen Sie doch?

Das meine ich. Aber noch mehr. Hast du überlegt, wenn eine Frau gekommen ist, mit einem P, hast du Platz machen wollen?

Das kann vorgekommen sein, daß ich zuerst gedacht habe, ich meine, das ist ja nicht groß was zum Denken, aber daß ich zuerst gedacht habe, da kommt eine Frau, und daß ich dann beinahe schon runter war vom Gehsteig, das kann sein.

Aber dann hast du gesehen, es ist eine Frau mit P, und du bist auf Gehsteig geblieben.

Ja.

Propaganda, ja? – So, hier machen wir Umweg, weil Kollege zu Frau gehen muß. Nun, es gibt schlechtere Argumente für Umweg. Das war Hauptbahnhof, und dies war Aleje Jerozolimskie, große Prachtallee bis über die Weichsel. Kann man noch erkennen, nicht wahr?

Ja, etwas anders als dahinten ist es.

Als dahinten? Ach, Ghetto. Ja, etwas anders ist es. – Deine Mutter ist jetzt zweiundvierzig Jahre?

Stimmt, zweiundvierzig.

Keine junge Frau, keine alte Frau. Kannst du dir vorstellen, sie geht in Marne wie wir gehen in Warszawa. Sie hat D an Jacke, und wenn Engländer kommt, muß sie auf die Straße, muß vom Gehweg, weil sie D hat und kommt ein Mensch, der ist zwanzig Jahre, aber ist Engländer und richtiger Mensch. Kannst du dir vorstellen.

Ich möchte es nicht.

Das verstehe ich. Und verstehst du, daß ich möchte mir nicht vorstellen, meine Mutter ist mit P durch Marne gegangen und hat dir Platz gemacht, wenn du gekommen bist.

Das kann ich auch verstehen, sagte ich. Aber manche Sachen hat man sich eben angewöhnt, weil es alle so gemacht haben.

Natürlich, sagte der Leutnant, natürlich hat man sich angewöhnt. Polen müssen von Gehweg, Polen müssen Kennzeichen an Jacke haben, Polen müssen zur Arbeit in fremdes Land, Polen müssen erschossen werden, als Geiseln, wenn sich andere Polen gewehrt haben gegen Herrenmenschen. Man angewöhnt sich, Polen von Gehweg zu stoßen und an Mauer zu stellen. Überall, wo wir gehen mit Mütze ab, haben deutsche Soldaten geschossen, weil sie sich hatten angewöhnt, Polen kann man erschießen. Propaganda.

Die sind doch kommandiert worden, sagte ich, und ich merkte, daß ich es zu laut getan hatte, denn es sahen Leute zu mir hin, und der Leutnant überschüttete mich mit einem polnischen Wortschwall, und ich nickte vorsichtshalber dazu.

Erst nach einigen Blicken über die Schulter ging mein Vetter wieder in sein leises Deutsch über: Bitte, nicht so laut. Gibt es Landsleute, die haben sich angewöhnt, alles Deutsche an die Kehle zu springen. Sagst du: Kommandiert worden? Weißt du, Marek, wenn ich gehe nach alle Ergebnisse von alle Interrogation, die ich ein Jahr mit Deutsche mache, hat jeder Deutsche zwei Abteilungen gehabt. In der einen war er kommandiert, und in der anderen war er frei, hat sich frei gemacht! In Abteilung Kommando hat er gemacht alle schlechten Sachen, und in Freiabteilung hat er gemacht viele gute Sachen.

Es ist auch der Ergebnis von der Interrogation, daß man die schlechten Sachen nur gemacht hat, damit man die guten Sachen machen kann. Gehorcht man schlechte Kommandos, kann man viele gute Sachen machen. Ich will nicht sprechen über deine Untersuchung, aber warum hast du noch nicht erzählt von die guten Sachen, die du alle gemacht hast für polnische Menschen?

Weil ich keine gemacht habe.

Keinen versteckt gehabt vor böse Faschisten?

Nein.

Keinen gegen Schläge geschützt von besoffenem Bauer?

Nein.

Keinem warme Jacke geschenkt, warme Suppe, Zigaretten, Kippen von Zigaretten?

Habe ich nicht.

Ich muß sagen, Marek, dann bist du ganz seltsamer Deutscher. Ein Deutscher, was nicht geholfen hat, wo er konnte, wenn nicht in Abteilung Kommando war, armen polnischen Menschen. Ich muß glauben, Marek, du hast die Polen wie deine Feinde behandelt. In Abteilung Kommando und auch in Freiabteilung. Ganz ungewöhnlich, Marek. Was glaubst du ... Mütze ab ... hättest du sogar geschossen auf polnische Menschen hier an dieser Wand?

Ich kann es mir nicht vorstellen, ich will es wohl nicht.

Nun, sagen wir, du kannst es nicht; ich werde dir helfen: Wir nehmen an, es ist ein Sonntagnachmittag in Warszawa, du bist in Quartier in Warszawa, du putzt Uniform, weil du bekommst Ausgang, gehst mit deine Kameraden in Wehrmachtkino oder Wehrmachtkneipe oder Wehrmachtbordell oder in polnischen Park nur für Wehrmacht, und nun kommt Alarm, ihr steigt auf Opel Blitz Auto und fahrt hierher. Sagt der Feldwebel, es ist auf deutsche Kameraden geschossen worden von polnische Untermenschen, und wird man Geiseln einfangen. Alle schimpfen, weil es ist Scheiße, kein Ausgang, und Geiseln fangen macht auch nicht Spaß, aber, natürlich, es ist Kommando, kann man nicht in Wehrmachtpark und muß Geiseln fangen. Ihr kommt Ecke Jerozolimskie-Poznańska, seit dem Aufstand stehen nicht viele Häuser, aber es stehen welche, und Kommando heißt, sollt ihr greifen zwanzig polnische Leute. Nun ist aber so: Die polnischen Menschen, welche geschossen haben, sind lange in Versteck, wenn ihr kommt. Auf der Straße ist eine Oma, die mit einer anderen Oma über den Krieg klagt, und noch eine Oma kommt mit zwei Eimer voll Wasser. Es ist unterwegs ein alter Mann, der ist Schuster. Weil er immer so Geschichten erzählt mit viele Lügen, haben ihn die Kinder gern, und es begleiten ihn drei Kinder. In der Haustür dort drüben stehen fünf Jungen, bald wird man ihnen ein P ankleben und wird sie nach Deutschland schicken, aber noch sind sie etwas zu jung. Eine Frau war bei ihrer kranken Cousine, und wie sie die älteren Herren Malinowski trifft, ist sie froh. Aus der Haustür stiehlt sich Młotek, der wieder bei der Frau Winiarska gewesen ist. Młotek hat den Schuß nicht gehört, weil die Frau Winiarska so begeistert war, und von den andern haben die meisten auch den Schuß nicht gehört, oder sie haben gedacht: Ja, einer von diesen Schüssen heutzutage. Aber eure Lastwagen hören sie, und wer argwöhnisch genug ist und schnell genug, verschwindet sich, und die anderen fangt ihr ein. Sind ja nur elf, schreit der Feldwebel, und zu viele alte Weiber sind es auch. Los, in die Buden, bringt ein paar Kerle, je eher es zwanzig sind, Leute, je eher werden wir einen Feierabend bekommen. Das ist ein Kommando, nicht wahr, also holt man genug, bis es sind zwanzig. Du findest, sagen wir es, du findest den Schuster, zuerst denkst du, ach, so ein alter Mann, aber dann geht es, wie es dir angewöhnt ist: Dir fällt ein, daß der alte Mann ja ein Pole ist, da ist es etwas anderes. Nun stehen sie an dieser Hauswand, der Feldwebel zählt, stimmt, zwanzig, und er meldet dem Offizier im Führerhaus von Opel Blitz: Zwanzig Geiseln wie kommandiert … wie kommandiert?

Wie befohlen.

Zwanzig Geiseln wie befohlen festgenommen.

Worauf Sie warten noch? sagt der Offizier, und Feldwebel

gibt Kommando, und ihr schießt. Vielleicht triffst du den alten Schuster, weil, du hast ihn gebracht, du bringst die Sache zu Ende, oder du triffst Młotek, der etwas jünger als du ist. Ist aber egal, wen du triffst, denn du triffst Polen, polnische Geiseln, als Vergeltung, du schießt nicht freiwillig, aber Dienst ist Dienst, nicht wahr?

Ich kann mir nicht vorstellen, daß es so gewesen ist, sagte ich, und ich sah mich nach der Gedenkstelle um, und ich wußte jetzt auch, warum die Mauern, an denen diese Tafeln über den Blumen hingen, so besonders zerschründet waren.

Natürlich, sagte der Leutnant, Sie haben zu wenig Phantasie. Was brauchen Sie mehr für alle blutige Vorstellung als diese Stadt?

Ich kann mir nicht vorstellen, daß ich auf den alten Schuster geschossen hätte. Mein Großvater war doch Schuster.

Ich weiß, sagte der Leutnant, dem ich hundertmal meinen Lebenslauf geschrieben hatte, aber Sie müssen bedenken: Ein polnischer Schuster. Und man hat Sie kommandiert. Aber vielleicht wollen Sie lieber auf Młotek schießen; auf den können Sie sogar eine Wut haben: Er hat sich bei Frau Winiarska warmgelegen, und Sie kriegen nicht einmal ein Blitzmädchen hinter die Büsche.

Ich will auf niemanden schießen.

Dafür ist jetzt gesorgt, sagte der Leutnant, aber wir diskutieren die Vergangenheit. Wir haben die Charada, die Scharade, daß man hat Sie kommandiert, polnische Geiseln zu erschießen. Was glauben Sie, hätten Sie geschossen?

Ich bin kein Mörder, sagte ich.

Meinen Sie es jetzt, was Ihre Untersuchung betrifft, oder meinen Sie, was unsere Unterhaltung betrifft?

Wenn ich darf, beides.

Sie dürfen nicht. Aber was betrifft unsere Unterhaltung: Ich habe nicht gesagt, Sie sind Mörder; ich habe gesagt, Sie sind Nazisoldat.

Ich war kein Nazi.

Kann sein. Nur ein Soldat der Nazis. Was glauben Sie, hat

es für den alten Schuster und den jungen Młotek und die älteren Herren Malinowski einen sehr wichtigen Unterschied gemacht, wer sie erschießt an einem Sonntagnachmittag in ihrer eigenen Stadt, ein Mörder oder ein Nazisoldat oder ein Soldat der Nazis?

Ich glaube auch nicht, daß es so vor sich gegangen ist, wie Sie es sagen.

Nun, Marek, mein lieber unwissender Vetter, ich werde nicht weiter auf dich einreden. Ich werde dich geben an Experten. Wenn du kommst nachher nach Rakowiecka, du hast es ganz bequem: Du kannst deine Zellenkameraden fragen, wie man hat gemacht Geiselerschießung. Ich weiß, solche Fragen werden bei euch nicht behandelt, aber vielleicht macht man Ausnahme mit dir, weil du jung bist und lernbegierig. Sagst du zu General Eisensteck: Herr General, ich weiß nicht, wie wir haben Geiseln erschossen; bitte, Herr General, erklären Sie mir.

Der Eisensteck?

Der Eisensteck und ein paar andere. Aber das ist noch Untersuchung und ist, sind noch Fälle, das werden wir nicht besprechen. Aber frage du. Fragst du nach Geiselerschießung und nach Treblinka; vielleicht fragst du auch, ob einer bestätigen kann, was dir die Polen über Ghetto einreden wollen. Ist doch wahrscheinlich polnische Propaganda. Oder, um einmal zu berühren ganz am Rande deine Untersuchung: Vielleicht bist du wirklich nicht der, wovon die Frau gesagt hat, und dann weißt du: Die Polen irren sich mit mir. Und dann denkst du: Die Polen irren sich nicht nur mit mir. Die Polen gehen schlecht mit mir um. Man kann den Polen nichts glauben. – Frag du deine Kameraden nach Treblinka und Ghetto. Mütze ab.

Ich sah vorsichtig nach der Tafel an der zerschossenen Hauswand, und als ich eine Zahl gelesen hatte, dachte ich mit blödsinniger Erleichterung: Nur elf!, und mein Vernehmer, der ersichtlich mehr von mir kannte als nur meine Lebensläufe, sagte: Nur elf, hier seid ihr eilig gewesen. Dann sagte er:

Weil ich nicht weiß, was deine Zellenkameraden dir antworten, wenn du nach Geiseln fragst, antworte ich dir noch eines: Nicht immer hat der Feldwebel gesagt, laßt die alten Weiber und die kleinen Kinder. Manchmal habt ihr nur genommen Frauen und Kinder. Im vierundvierziger Jahr, beim Aufstand, habt ihr Frauen und Kinder aus Keller unter Heilige-Kreuz-Kirche geholt, mußten vorne laufen vor eure Panzer. So seid ihr gekommen gegen unsere Barrikada in der Straße Nowy Świat. Das heißt Neue Welt. Kinder vor Panzer, daß man nicht schießen kann. Das ist eure neue Welt gewesen. Frag in deine Zelle, ob einer in einem solchen Panzer gewesen ist. Sag ihm, wenn ich zu Vernehmung komme: Ich war hinter Barrikada; ich habe ihn gesehen. Ich habe euch gesehen.

Zum ersten Mal, seit ich ihn kannte, und das war nun schon lange, hatte er sich in einen würgenden Zorn geredet, und er schien vergessen zu haben, was wir ausgemacht hatten zu unserem Schutz, und auch ich vergaß in meiner Furcht, daß mir verboten war, von mir und von meiner Untersuchung zu reden, und ich sagte: Bitte, mich haben Sie nicht gesehen. Mich können Sie nicht gesehen haben. Ich war nicht hier, wie der Aufstand war.

Halte deine blutige Fresse, sagte der Leutnant.

Wir sind sehr lange wortlos durch die ausgeschwärzten und zugeschütteten Straßen gegangen, und ich habe gespürt, daß der Mann neben mir sich festhielt, um mir nicht an den Hals zu gehen, und ich habe meinen Atem verschluckt und habe jeden der hunderttausend Steinbrocken auf dem Weg schon von weitem gesehen; nicht stolpern, nicht husten, gewichtslos gehen, gesichtslos wie ein Toter sein, denn wenn er merkt, es ist noch Leben in dir, nimmt er es heraus aus dir.

Aber die Mütze habe ich gezogen vor zwei weiteren Tafeln, und nach dem zweiten Mal hat der Leutnant endlich gesagt: Das ist interessant: Du hast dir angewöhnt: Eine Person, was ein P hat, muß herunter auf die Straße, und ich habe mir angewöhnt: Eine Person, was hat deine Uniform, hat geschossen auf Frau und auf Kind. Hast du deine Angewöhntheit gelernt in Marne, hab ich meine Angewöhntheit gelernt in Warszawa, hinter Barrikada von der Straße Neue Welt. Du denkst, ich weiß, Propaganda. Es gibt dieses Wort, Grauenmärchen, nein, Greuelmärchen. Ich sage dir: Seit September im vierundvierziger Jahr glaube ich jedes Greuelmärchen. Weil ich habe erlebt das Greuelmärchen. Es kommt viel oft eine Nacht, wo ich euch sehe. Tigerpanzer kommt gerollt, und man betet und nimmt Gewehr. Dann sieht man vor Tigerpanzer Menschen, und wenn man erkennt, es sind Kinder und sind Frauen, weiß man, warum der Tiger so langsam kommt. Er muß vorsichtig sein mit seine Geisel. Er braucht Geisel noch, bis er an Barrikada ist. Dann kann er Barrikada zerdrücken und Geisel, aber jetzt muß der Tiger ganz langsam gehen. Es kommt in der Nacht der Gedanke, der gewesen ist: Man muß schießen; es sind unsere Frauen, unsere Kinder, aber wenn der Panzer ist nahe genug, wird er sie auch töten, die Barrikada und sie. Also muß man schießen, daß Barrikada bleibt. Man hat nicht geschossen, man hat den Tiger kommen lassen, man hat sich versteckt mit seinem Gewehr, der Panzer hat alles zerdrückt, und man wacht immer auf. Man glaubt an alle Greuelmärchen. Ihr habt es uns angewöhnt.

Er hatte wieder dieses steinere Gesicht, und ich war mehr als froh, die Rufe der beiden anderen Begleiter zu hören. Wir hielten vor einem halbwegs heilen Haus; im Eingang gab der eine der beiden Halbzivilen dem anderen etwas, das dem nun auch die andere Joppentasche beulte, und dann gingen wir zu dritt weiter. Die beiden unterhielten sich; es war wohl über ihren Kameraden und die Frau, die er besuchte; man erkennt ja solche Gespräche am Ton, aber nach einer Weile hieß der Leutnant den anderen doch, wieder von uns abzufallen.

Es ist nicht mehr weit bis Gefängnis, sagte er, hier sehen die Leute hin auf drei Leute, die in die Rakowiecka gehen. Es ist wie in der Straßenbahn an der Ecke Zamenhofa-Gęsiastraße. Ich möchte nicht, daß Leute wetten auf uns. Wenn es wird noch einmal eine Identyfikacja geben, werden wir einen anderen Weg gehen. Oder das Auto ist schon nicht mehr kaputt. Wir fahren über Mokotowska und Drei-Kreuz-Platz nach Nowy Świat. Zeige ich dir an Krakauer Vorstadt die Kirche von Heiliges Kreuz. Keine Angst, ich werde nicht erwähnen die Frauen mit ihre Kinder; wir machen Charada. Ich werde nur erwähnen, was man Vetter zeigt, Pfeil, wie sagt man, Pfeiler, in den ist eingemauert das Herz von Chopin. Gedenktafeln für Dichter Prus und Kraszewski und Słowacki und General Sikorski. Ich spreche Barock, wir machen Charada.

Ich wollte ihn forthalten von seiner Erinnerung an das Greuelmärchen, und darum sagte ich: Ich will Sie bestimmt nicht beleidigen, aber ich habe diese Namen noch nicht gehört.

Er dachte darüber nach, und dann sagte er: Dadurch beleidigst du nicht mich. Man hat dir nicht angewöhnt, daß es gibt polnische Dichter. Aber bestimmt kennst du Chopin, wenn ich seinen Namen französisch spreche, wie es die Deutschen tun und natürlich die Franzosen und vielleicht alle anderen, nur die Polen nicht: Chopin.

Ach, der. Ja, das habe ich mal gehört, daß der Pole war, aber ich weiß nicht viel von Musik.

Wir bogen in die Straße ein, die ich als die Rakowiecka erkannte, und ich fragte mich, um wieviel besser ich jetzt dran sei als beim erstenmal. Ich war anders eskortiert, aber ich trug noch immer den Namen, den eine Frau in Praga mir gegeben hatte. Nein, ich war nicht besser dran, denn ich hatte heute noch mehr von der Stadt gesehen. Ich hatte gehört, was man sich von uns erzählte in dieser Stadt; wie konnte ich besser dran sein?

Und weil es ein Tag voller Grauenmärchen und präziser Schreckenswunder war, ein Tag der Scharade, der Tag eines Spiels, bei dem sich aus Bildern Namen ergeben, dachte mein verwegenstes, mein verrücktestes Ich in mir: Und doch bist du heute besser dran.

Ich hielt mich aber nicht lange mit dieser ausgefallenen Behauptung auf, weil wir an einem intakten Häuschen vorbeikamen, an dem über einem prächtigen Wappen eine rotweißblaue Fahne wehte.

Botschaft von Holland, sagte der Leutnant, waren Sie in Holland?

Nein, sagte ich, nur in Polen.

Und nicht einmal bis Lublin, sagte er.

Nur bis auf den Bahnhof von Lublin, sagte ich.

Es ist ein Gegenstand der Untersuchung, sagte er, aber ich denke gerade: Wenn man dich heute identifiziert als guter Mensch, wie in gutes Märchen, das gibt es auch, gibt es Greuelmärchen, gibt es gutes Märchen, wenn man dich identifiziert als einen von den vielen Deutschen, die nur warme Suppe gegeben haben an Polen und haben Polen beschützt vor schlechte SS, dann schickt man dich heute nach Hause, und was wirst du dann gesehen haben von Polen?

Ich hätte ihm sagen können, daß mir das nicht so wichtig wäre, wenn ich nur Marne wieder zu sehen kriegte, aber ich behielt es lieber für mich, und er gab sich selber Antwort.

Du wirst gesehen haben ein Land im Krieg. In deinem Krieg. Du wirst Häuser gesehen haben, die brennen, und Häuser, die gebrannt haben und sehen aus wie Asche in Karton. Du wirst in keiner Kirche gewesen sein und keinem Museum und kein Barbiersalon und auf kein Jahrmarkt und in keiner Schule und auf keinem Fußballplatz. Polnische Wände sind von Gefängnis oder Versteck, wenn russischer Panzer kommt. Polnische Straßen sind wie Ziegenpfad oder sind lang wie zwischen Konin und Łódź. Polnische Dichter weißt du nicht. Polnische Musiker, denkst du, sind Franzosen. Polnische Menschen? Was wirst du kennen von polnische Menschen? Solche, was haben sich versteckt, wenn du gekommen bist, und solche, vor die du möchtest immer fortlaufen. Und solche, die nicht wissen dürfen, daß du bist da. Polnische Menschen, die eingesperrt sind, weil sie haben eine kriminelle Untersuchung, und andere polnische Menschen, die aufpassen, daß Eingesperrte nicht fortlaufen. Die untersuchen, ob Eingesperrte die Wahrheit sagen. Du wirst kennen von Polen ein schlechtes Märchen.

Ja, sagte ich, schlecht ist es, aber ob es ein Märchen ist?

Das wird man untersuchen, sagte er, und gleich danach lieferte er mich ab hinter der Tür, die in dem Tore Rakowiecka 37 ist, und wie zum Zeichen von einer Änderung war diesmal der schnauzbärtige Soldat nicht da.

XXII

Der rheinische Gasmann schrie: Acht Pfund!, und die meisten von meinem Zellenverein fanden es lustig und deuteten Haltung an, als er mir meldete: Herr Oberältester gestatten Mitteilung: Landsmannschaft Warschau am Weichselstrand nun wieder vollzählig beisammen, Stimmung ausjezeichnet. Was war denn, haben sie dir das schöne Polenstädtchen und die schönen Polenmädchen gezeigt?

Den Rest von beiden, sagte ich, und weil ich nicht wußte, wohin mit den Bildern von greller Gräue, setzte ich hinzu: Den Rest, den ihr gelassen habt.

Da war die Stimmung nicht mehr ausgezeichnet. Der Gasmann protestierte, er sei zum ersten Male in diesem Kaff und freiwillig bestimmt nicht und es reiche ihm schon, daß ihn der Pole wegen der Amtsanmaßung hier eingeklemmt halte, da verbitte er sich energisch die Verknüpfung seiner Person mit dem Zustand der Stadt. Der übrigens auch vor dem Kriege nicht der ordentlichste war, sagte Major Müller, unser dritter Müller, und ich wunderte mich über ihn und seinen Einwurf, denn ich hatte noch nie so kalten Haß an ihm bemerkt, und er hatte nicht gesagt, daß er Warschau kannte.

Über die Zwischenrufe, die: Polnische Wirtschaft! lauteten, wunderte ich mich nicht; die hatte ich nicht erst in der Zelle kennengelernt und auch nicht erst in Polen und auch nicht erst im Kriege. Polnische Wirtschaft war ein Ausdruck für chronische Unordnung, wie Bratkartoffeln eine Bezeichnung für gebratene Kartoffeln war und Judenschule das Wort für lärmendes Durcheinander.

Nun mal nicht wie in der Judenschule! sagte der Hauptsturmführer, und er verschaffte sich Ruhe, und mir sagte er:

Passen Sie auf, Sie jugendliche Arschgeige, die Einteilung ihr und wir bleibt außerhalb dieses Käfigs. Hier drinnen heißt es: Wir, und wer da nicht mitmacht, erlebt einen Abortus besonderer Art – er geht stückweise durch den Lokus ab. Bin ich verstanden worden?

Sie sind verstanden worden, sagte ich, und gestern hätten Sie mich auch noch beeindruckt. Aber das geht nun nicht mehr. Ich möchte mit Ihnen nichts zu schaffen haben.

Verstehe ich ja, sagte er, und er war dabei freundlich, verstehe ich doch, nur: Es geht einmal nicht anders. Wir sind in dasselbe Paket geschnürt, siehst du das denn nicht, mein Junge?

Mein Junge! hat nur mein Vater zu mir gesagt, wenn er in hoher Stimmung war, und Sie sind für mich eine alte Arschgeige und wollten mich eben noch durch den Lokus stückeln.

Er schien zu überlegen, wie weit er solche Reden gehen lassen könne, dann sprach er sehr beherrscht: Gut, Arschgeige gegen Arschgeige hebt sich auf, jünger und älter stimmt sogar, und meinen Hinweis auf das Scheißerohr erklärt eine gewisse Gereiztheit. Ausdruck: Mein Junge! soll nicht wieder vorkommen, wenn er Vatern vorbehalten war – alles geklärt, Grenadier?

Dann ja, sagte ich.

Ich machte mir über ihn nichts vor, aber ich war froh, auf diese Weise aus der Ecke zu kommen, und ich sah auch die verständnislosen Blicke von Wehrbauer Kühlisch und einigen anderen Dummen, die eben ein Stück von ihrem Hauptsturmführer vermißten, und da merkte ich, daß meine Sehnen und Bänder von ihrer Spannung ließen. Jan Beveren, der immer noch einen feuchten Lappen um seine Hand gewickelt hatte, merkte es wohl auch; er besah mich genau und fragte: Was hebben sie dir getan?

Nichts, sagte ich, gar nichts von dem, was du wahrscheinlich meinst. Sie haben mir wirklich nur die Stadt gezeigt. Die holländische Botschaft ist übrigens gleich in der Nachbarschaft; müßten die sich nicht um dich kümmern?

Die Frage brachte ihn sehr auf, und ich erfuhr auch gleich, warum. Er spie es fast heraus: Die? Die haben sich ja gekümmert. Wegen die bin ick doch hier. Die haben mir geliefert, haben mich in meiner eigenen Heimat gegrepen und haben dem Pole geschrien: Kommt, wenn ihr wollt unseren Landsmann Beveren, hier ist er, gratis und mit Verschnuring.

Es wird sich um eine Tulpensache handeln, sagte Major Lundenbroich. Er sagte es spitz, und ich wunderte mich über ihn, denn Courage schien sonst sein Teil nicht, und bei dem Knochenmann riskierte er etwas. Allerdings, dem hatte ich ja übertrieben die Hand gedrückt, und Lundenbroich hatte wohl ein Ohr für den Hechelton der Schwäche. Vielleicht glaubt man in Ihrer Heimat, sagte er, Sie haben königliche Zwiebelgeheimnisse verpfiffen, haben den Stolz von Oranien in die profane Erde von Auschwitz gebuddelt – da gehören Sie eingesperrt, und weil es in niederländischen Verwahranstalten fettlebig zugeht, Sie aber tüchtig büßen sollen, hat man Sie nach Polen geliefert. Aber im Ernst: Kann mir gar nicht vorstellen, daß die Auslieferung eines niederländischen Staatsbürgers an Polen rechtens gewesen sein soll.

Ein übriges Mal stellte sich heraus, daß niemand sich vorzustellen vermochte, so etwas könne rechtens sein. Es gab eine Menge Juristen unter uns, und wie sie sich sonst auch stritten, in diesem Punkte stimmten sie überein. Das meiste, was uns geschah, war einfach nicht rechtens.

Weil man aber durch dieses Gerede ebensowenig freikam, wie der Austausch von Kochrezepten gut für den Magen war, wollte ich versuchen, wenigstens in einem Punkt Gewinn aus dem kennerischen Gemenge zu ziehen.

Wie ist das mit Geiseln, fragte ich, ist das rechtens? Ich meine, ist es rechtens, wenn man Geiseln nimmt?

Mensch, rief Hauptkommissar Rudloff, haben sie dich wegen Geiselnahme bei den Hammelbeinen?, und ich wußte nicht, was ihn an dieser Frage so erfreute. Und weil ich ihn von Herzen nicht mochte und ihm nicht einmal verraten hätte, welches meine rechte Hand und welches meine linke war, hörte ich ihn nicht.

Aber den General Eisensteck hörte ich, und ich hörte seiner Antwort auch an, daß sie nicht das erste Mal gegeben wurde. Mir nicht und den anderen nicht – und auch sich selber hatte der General wohl schon oft mit der Auskunft versehen.

Das Nehmen von Personen als Geiseln zur Sicherung des Friedens oder friedfertigen Verhaltens der Bevölkerung ist rechtens. Das Kriegsrecht kennt durchaus die Abführung als Geisel zwecks Sicherung gegen weitere völkerrechtswidrige Handlungen der Bewohner eines besetzten Gebietes.

Ich hätte mich nicht für befugt gehalten, den Bescheid eines Generals anzuzweifeln, aber da ich mich bis vor kurzem nicht einmal für befugt gehalten hatte, einen General um Bescheid anzugehen, und da die Leibes- und Körperübungen unseres anderen Generals meinen Respekt vor dieser Ranghöhe etwas dämpften, und zumal es sich hier ja um ein Gespräch zwischen dem bisherigen Sprecher des Ältestenrates und dem neueingeführten Zellenältesten handelte, suchte ich nach einer Möglichkeit, mit einem Aber der generalischen Antwort beizukommen.

Aber, sagte ich, und man muß wissen, es ging mir ums Rechtbehalten und nicht ums Recht, von dem ich keine Ahnung hatte und von dem ich nur glaubte, daß es auf meiner Seite sei – aber, sagte ich, ist denn die Bevölkerung eines besetzten Gebietes zu friedfertigem Verhalten verpflichtet? Ich meine, ist das rechtens, daß die das Maul halten müssen?

Allmählich, gab Hauptkommissar Rudloff bekannt, interessiere ihn doch die Frage, wo ich heute gewesen sei.

Hat man Ihnen was in die Rübe gespritzt, oder was? fragte er, aber Lundenbroich, der sich mit dem Gestapomann nicht über die Gestapo einigen konnte, stand mir wieder bei. Es war heute das zweite Mal, und ich wollte es mir merken.

Seltsam, Kommissar, sagte er, daß Sie meinen, ein junger Deutscher sei auf polnische Denkhilfe angewiesen. Sowenig

Vertrauen zu den eigenen Leuten? Gott ja, es war Ihr Beruf, aber einmal müssen Sie doch los davon.

General Eisensteck ließ seinen Major erst mit dem Gestapomenschen fertig sein, ehe er mir meine Antwort gab, aber ich bekam sie, und ich merkte, wie sehr sich der General über mich wundern mußte: In der Tat, Soldat, in der Tat hat die Zivilbevölkerung eines besetzten Landes das Maul zu halten – um bei Ihrem plastischen Ausdruck zu bleiben, Soldat.

Warum? sagte ich, und aus dem Dämmer längst vergangener Zeit meldete sich das Vergnügen an dieser Frage; es meldete sich zurück bei mir, und auch die Erinnerung an die Rage meldete sich, in die man ausgewachsene Leute versetzen konnte, wenn man ihnen lange genug mit diesem einfachen Warum in den Weg kam.

General Eisensteck war sehr ausgewachsen, und er war sehr lange geschützt gewesen vor jedem lästigen Warum; darum war er gleich und gleich sehr in Rage.

Weil Sie, wenn Sie feindliches Zivil mitquatschen lassen wollen, auch gleich den ganzen Krieg sein lassen können, Soldat.

Und Geiselerschießen ist auch rechtens? fragte ich, und einen Augenblick dachte ich: Ein General wird sich doch wohl nicht hauen wollen?, aber ich bekam sein knappes und sicheres Ja!, und er bekam mein knappes Warum?

Weil, wenn man nicht bereit ist, sie zu erschießen, sie gar nicht erst nehmen darf, Soldat.

Und das ist rechtens? Ich meine, mich interessiert das sehr, Herr General, ich habe Grund, mich dafür zu interessieren.

Verstehe schon, glaube zu verstehen. Ja, es ist rechtens.

Warum?

Weil es so ausgemacht ist.

Von wem?

Na, Soldat, nun ist es aber bald gut. Von wem wird denn so was wohl ausgemacht?

Von mir jedenfalls nicht. Ich weiß es wirklich nicht. Vielleicht von Generälen?

Generäle schützen das Recht; sie machen es nicht. Verstehen Sie den Unterschied, Soldat?

Ich glaube, sagte ich. Aber vorstellen könnte man es sich.

Was, Soldat, könnten Sie sich vorstellen?

Daß Generäle das ausmachen. Sagt der eine zum anderen: Zivilbevölkerung stört erheblich. Kriegt man gar keinen ordentlichen Krieg zuwege, wenn die einem reinquatschen. Benehmen sich recht widerlich, diese Leute. Schlage vor, Herr Kollege: Großes Maul von besetzten Zivilisten gilt als völkerrechtswidrig, topp?

Ich hatte wohl den Kasinoton ganz gut hingekriegt, denn das Gelächter ging nicht auf meine Kosten, und der Gasmann meinte, ich müßte mich unbedingt einmal in einer Bütt versuchen, und General Eisensteck sagte kalt: Sie sollten Ihre Phantasie auf der heimischen Wiese lassen, Soldat. Von Generälen verstehen Sie nichts; vom Recht verstehen Sie nichts, und von Völkerpsychologie verstehen Sie schon gar nichts, Sie Büttenredner.

Ich hatte doch längst keinen Mangel an Leuten, die mir ans Leder wollten; was sollte da die fremdartige Genugtuung, weil ein General mir so persönlich kam? Ich wußte keine Antwort, und vielleicht nur deshalb leistete ich mir den besonders wilden Gedanken, daß ich noch nie so frei gewesen sei wie in diesem Augenblick, denn nirgendwo sonst wäre dies möglich gewesen: ich mit einer Wut auf einen General, die ich ihm zeige. Ich mit einem Witz gegen einen General, den ich auch sage. Ich und ein General, und der kann mich nur Büttenredner nennen; mehr kann er nicht. Mir kann er nicht mehr. Ich kann mich völkerrechtswidrig gegen ihn benehmen, und er kann mich nicht als Geisel nehmen. Als Geisel bin ich schon weg, und so bin ich für den General nicht mehr da. Nicht greifbar. Nicht erschießbar. Nicht einmal einsperrbar.

Ich wußte, ich mußte hier noch etwas weiter; es war zuviel

in der Schwebe, es konnte auch auf mich kippen, und niemand durfte denken können, ich ließe mich wirklich stückchenweise aus dem Hause schaffen.

Sie haben recht, Herr General, sagte ich, ich verstehe von alledem nicht viel, und von Völkerpsychologie verstehe ich nicht einmal das Wort. Ich nehme an, ich bin der einzige hier im Kraal, der nichts von Völkerpsychologie versteht, und ich bin bestimmt auch der einzige, der es gern hat, wenn man ihm einreibt, daß er etwas nicht versteht. Ich bin ja auch der einzige mit einem Gipsverband, vorerst. Ich bin auch der einzige aus Marne in Süderdithmarschen. Ich bin der einzige Mark Niebuhr, und ich bin wahrscheinlich auch der einzige hier, der weiß, Herr General, daß Sie sehr viel von Geiselerschießungen wissen. Ich finde aber, wenn es stimmt, was der Hauptsturmführer sagt: daß es hier kein Ihr und Wir mehr geben darf, dann dürfen Sie mir Ihr Wissen nicht vorenthalten. Dann müssen Sie sich sagen: Der Niebuhr, der arme Kerl, der weiß nichts von Völkerpsychologie und Geiselerschießungen, aber er ist ja einer von uns, da muß ihm geholfen werden. Ich zum Beispiel, müssen Sie von sich denken, weiß sehr viel von Völkerpsychologie und Geiselerschießungen; ich will von nun an mein Wissen mit diesem Kameraden teilen.

Mensch, Käptn, sagte der Hauptsturmführer, nun laß mal die Kirche im Dorf. Es hat ja jeder begriffen, daß sie dich heute zur Sau gemacht haben, aber wem hilft's, wenn wir uns gegenseitig zur Minna häckseln?

Es gab Zustimmung, es gab aber auch, und das hatte ich noch nicht erlebt, wenn der Hauptsturmführer gesprochen hatte, einigen Widerspruch. Dem Gasmann ging es ums Gaudium, und ich denke mir, ein Gasmann ist nicht allzuoft zugegen, wenn ein General und ein Grenadier miteinander rangeln. Einige andere, das konnte ich vermuten, waren einfach froh, wenn einer den Schnabel auftat, wie er ihnen nicht gewachsen war, und Lundenbroich sprach sogar aus, was mir einige Leute an die Seite getrieben hatte.

Bei allem Respekt, Herr General, sagte er, aber wennschon Psychologie, dann vielleicht erst einmal die des eigenen Volkes. Völkische Psychologie – gibt's wahrscheinlich gar nicht, beißt sich zu sehr, gibt kein Begriffspaar, aber Seelenkunde, die gibt es, und zu der gehört: Ein deutscher Soldat, jung oder alt, muß empfindlich reagieren, wenn ihm Unwissenheit vorgehalten wird, an der er unschuldig ist.

Was soll das sein, Major? fragte Eisensteck, neues soziales Konzept, gleiches Wissen auf jeder Stufe?

Kein Gedanke, sagte der Major, nur führungskundlich scheint es mir zweifelhaft, Wissen gestuft zu verteilen, um dann den Mann auf der untersten Stufe wegen seines kleinsten Stückes zu verhöhnen.

Mir paßte zwar einiges an diesem Gerede nicht – ich konnte eine Sprache nicht leiden, die von mir ging und doch so tat, als wäre ich nicht vorhanden, und ich sah auch keinen Grund für den Major, mich zu den Unwissendsten zu schlagen; wollten wir doch mal sehen, wer alle meine Bücher und den Inhalt von fünfhundert Lesemappen kannte und Kreuzworträtsel machen konnte, wollten wir sehen, wer klappernd zu reimen wußte, wollten wir alles mal sehen – aber von allem, was bislang in dieser Zelle, in diesem Hause, unter diesem Dache gesagt worden war, klang das Wort des Hauptsturmführers am lautesten in mir nach, nämlich, daß wir uns nicht gegenseitig zur Minna häckseln dürften, wir uns gegenseitig. Das meinte einen General und mich. Wir uns gegenseitig. Wir, der General und ich. Wir uns – der General mich und ich den General. Wir uns gegenseitig; einer gegen den anderen; einer wie der andere. Der General sollte mich nicht länger häckseln, und ich, ich sollte den General nicht länger häckseln! Es wurde um Frieden nachgesucht zwischen mir und einem General. Lassen Sie doch den Mann zufrieden, General. Mann, laß doch den General zufrieden. Die Küferjungens hatten mich wieder gefangen, aber diesmal hatten wir es anders ausgetragen, ausgeschlagen. Diesmal, wer denkt denn so was von dem, hat sich Niebuhr gleich einen von den ganz Langen gegriffen, war dabei, kaum zu glauben, ihn zur Minna zu häckseln, und hätte der Häuptling nicht eingegriffen, wer weiß. Diesmal hat Mark Niebuhr sich durchgehalten.

Ich sagte: Was mich angeht, ich suche keinen Streit, aber wer bei mir einen sucht, braucht nicht lange. Ich finde es auch blöde, auf diesem Schlitten zu wackeln; wohin man fällt, habe ich heute gesehen. Ich habe von vielem keine Ahnung, und das stört mich sehr. Ich habe leere Hände, Herr General, und Sie haben die Munition, und unsere Feinde kommen.

Also? sagte der General.

Also schlage ich vor: Soll Schinken kloppen, wer Schinken kloppen will, und wer nicht will, macht, was er will, und wer will, kann sich zu Ihnen setzen und sich erzählen lassen, wie es sich mit diesen Geiselsachen verhielt oder mit anderen Sachen, von denen Sie soviel mehr verstehen als die meisten in dieser bunten Runde.

Sie sind schließlich der Zellenälteste, sagte der General, und dagegen war nicht gut etwas einzuwenden.

Erstaunlich fand ich es aber doch, wie wenig Leute sich für das Wissen des Generals interessierten. Ich meine, es ist ja, wie schon gar nicht mehr zu leugnen war, für einige um die Hälse gegangen, und wie man sich da an die Frage vergeudete, wer einem eben auf den Hintern gehauen haben könnte, wollte mir nicht in den Kopf. Aber, natürlich, jeder nach seiner Fasson für seinen Hals, das war gesprochenes Recht, und ich hatte genug zu tun, meine Fasson zu finden; was vergeudete ich mich an die anderen?

Ich hörte dem General Eisensteck zu, und ich glaube, ich lernte. Ich lernte, daß ein General anders denkt als ich und daß er meint, Denken ist einzig, wie er es macht. Und daß die Welt für ihn so weit reicht, wie er denken kann. Und daß sie ihm so ist, wie er sie sich denkt. Daß sie so zu sein hat. Daß sie immer so war. Denkenssachen, lernte ich, waren wohl auch Lagenssachen.

Ich habe schon erwähnt, wie ich eine Sache vergröbere

oder überfeinere, wenn ich sie in ihrem eigentlichen Zustand nicht erkennen kann; das habe ich auch mit des Generals Auffassung vom völkerrechtswidrigen Verhalten der Bewohner eines besetzten Gebietes getan.

Ich wußte es nicht in verständliche Zeichen zu fassen, aber mir ging die Formel nicht auf. Die Polen waren meine Feinde, das war klar, und wir hatten Krieg gegen sie geführt, das war auch klar, aber dann mußte doch auch klar sein, daß ich ihr Feind war und daß sie Krieg gegen mich führten. Anders wäre es ja so gewesen, als hätte sich mir in der Schule einer auf den Brustkasten gesetzt und hätte dann Muskelrollen gemacht, meine Armmuskeln unter seinen Kniescheiben zu Sockenwolle zerdrückt, und wenn ich ihm schließlich doch eine gefenstert hätte, hätte er sich beschwert. Ich konnte mich an so eine Beschwerde nicht erinnern; wäre ja auch lachhaft gewesen; den hatte doch keiner auf meine Arme eingeladen. Ich glaube, einen mit so einer Beschwerde hätten wir für verrückt gehalten, glatt verrückt.

Es wäre mir als normal erschienen, wenn General Eisensteck etwas vorgetragen hätte, was mir in seinem Wortlaut unverständlich war, aber an dem Wortlaut gab es nicht viel zu rätseln, der sagte einfach: Es war rechtens, Leute umzubringen, die unrecht getan hatten, indem sie sich gegen Leute wehrten, von denen sie zu Recht besetzt worden waren.

Es fällt mir auch heute noch nicht leicht, dies zuzugeben, aber wenn ich es nicht täte, könnte ich gleich von der ganzen Geschichte schweigen: Wenn der General gesagt hätte, die Polen hätten sich stille zu verhalten gehabt, weil sie Polen waren, und wir waren den Polen gegenüber im Recht, weil wir Deutsche und sie Polen waren – das hätte ich, ja, das habe ich, unter Schlucken zugegeben, verstanden. Darauf war ich ein Leben lang vorbereitet worden. Ja, ein Generalswort hätte ich verstanden, das gegangen wäre: Die Polen hatten sich nicht zu mucksen, und damit sie es kapierten, haben wir es ihnen immer einmal wieder beigebracht!

Aber ich kam nicht mit bei der Behauptung, daß es unrecht sei, wenn die Polen einen einsperrten, der sie auf solche Weise über Recht und Unrecht unterrichtet hatte.

Daß man mich verstehe: Hätte der General gesagt, es sei ihm rätselhaft, was die Polen von ihm wollten – da hätte ich ihm folgen können, sehr sogar, aber von eines anderen Muskeln steigen, sich von dem eine einfangen und dann etwas von Unrecht schreien, das war ein Vorgang, dem ich einfach nicht gewachsen war.

Vielleicht, weil ich andere Vorstellungen von Generälen gehabt hatte. Ich rede jetzt nicht von Netztorf, dem war irgend etwas nicht bekommen, nun war der so, nein, ich rede von Eisensteck. Gut, er war der erste General, mit dem ich vier Wände teilte, die anderen kannte ich aus Büchern und aus dem Kino, aber etwas Ähnlichkeit sollte doch vorhanden sein. Ein deutscher General war einer, der sagte: Potz Blitz, Majestät können mich henken, aber mit Ew. Majestät Erlaubnis erst nach der Schlacht. Mir deucht, der Türck kömmt eben über den Hügel!

Oder er sagte: Ja, Hartmann, so ist das nun, dem einen siecht die Frau dahin, dem anderen fällt der einzige Sohn, aber der Kaiser kann das alles nicht bedenken. Der kann in dieser Stunde nur denken: Schwer ist es und schier unmachbar, was wir tun müssen vor Gott, aber weil wir den General Spengelohr haben und zu seinem Adjutanten den braven Major Hartmann, werden wir es richten zu unseres Gottes Freude und unseres Volkes Größe.

Oder er sagte: Nun mal los, Feldwebel, Sie fahren die Karre, und der Deibel hole Sie, wenn wir steckenbleiben, der Deibel holt uns beide. Und mir geben Sie Ihre MPi, wollen doch mal sehen, ob ich noch herausfinde, wo da vorne und hinten ist, und wenn ich es herausfinde, soll der Iwan nur beten. Los, Milschewski, ab dafür.

So waren mir meine Generäle gewesen, und ich hatte von ihnen kaum gedacht, daß sie auf den Lokus müßten, aber noch weniger hätte ich sie in Schwierigkeiten mit einfachster Schulhoflogik vermutet.

Natürlich mache ich hier Wörter, Worte, Bilder, Vorstellungen, Gedanken aus etwas, das zuerst nur in Ahnungen gewesen sein kann. Ich rede von Kristallen, die lange gewachsen sind, und zur Anlagerung hat es Keime gebraucht, aber die waren da. Schließlich bin ich mit Leuten groß geworden, die sich nicht auf den lieben Gott verließen, und die sich, wenn ihnen so war, wenigstens für den Augenblick weder um Marne noch um den Teufel scherten. Ich habe eine Mutter gehabt, die es für ausgemacht hielt, daß man in Lagen kommt, und ich habe einen Vater gehabt, der ist in Lagen gekommen, und aus vielen ist er mit Glanz und Witz herausgekommen und aus einer nicht. Ich habe ziemlich geradeaus auf das Achselband von Frau Fehmlin gesehen und hätte es noch gar nicht gedurft. Ich war so beschaffen, daß einem Weib, welches sehr achtlos war mit seinen Achselbändern und dem, was sie hielten, und dem, was sich unter diesem verbarg – ich war beschaffen, daß diesem Weibe speiübel wurde, als es von meiner Beschaffenheit hörte. Ich habe Leute gesehen, die haben anderen Leuten nach dem Munde gesehen und haben gewartet, daß von dort kein Hauch mehr kam, und wenn sie hoffen konnten, es käme keiner mehr, haben sie unter den warmen toten Kopf gegriffen und sich das Stück Brot gesichert. Ich habe von einem Doktor der Physik gehört, wie Gainsborough aus Farben eine Welt zusammensetzte, und ich habe bei einem Gang, der einer negativ verlaufenen Identyfikacja folgte, erfahren, zu welcher Farblosigkeit man die Welt auseinandernehmen kann. Ich hatte im Umgang mit mir und meiner Lage das Fragen gelernt, kaum mehr als das, aber das doch sehr; warum sollte ich des Fragens und Verwunderns vor einem General nicht fähig gewesen sein, der mir allzusehr von Eigenschaften verlassen schien, die ich an seinesgleichen immer vermutet hatte?

Ich war bald zwanzig; ich glaube, in dem Alter hatte Archimedes schon die Hebelgesetze gefunden. Gut, ich war nicht Archimedes, und ich habe die Hebelgesetze nicht gefunden, aber mit den richtigen Worten in die lückige Logik eines Generals zu fassen, sollte ich wohl doch in der Lage gewesen sein.

In meiner Lage, ja.

Manchmal habe ich gedacht, der General und auch andere übten an mir eine Sprache, mit der sie dem polnischen Gericht dann kommen wollten, und ich habe meine Zweifel gehabt, weil einer nicht erst General sein kann, und gleich hinterher will er für schwachsinnig gelten. Obwohl Generalmajor Netztorf, wenn er Warschaus Wasserwerke so sehr für sich bemühte, beinahe bewies, daß dies schon ginge.

Das war es aber eben: Wenn der geklagt hätte, die Polen täten ihm unrecht, indem sie sich wegen erlittener Unbill an ihn hielten; das hätte zu ihm gestimmt. Es wäre eine weitere verrückte Eigenkörperbereinigung gewesen.

Aber es stimmte nicht zu Eisensteck und meinen Erwartungen von einem General Eisensteck. Der saß schon ein Jahr hinterm Riegel; da mußte er doch irgendwann einmal über seinen eigenen Standpunkt hinausgeraten sein, und wenn auch nur aus Versehen. Ich kann mir nicht denken, daß man General sein kann und kann Schlachten befehlen, ohne in der Lage zu sein, die Lage mit den Augen des Gegners zu sehen. Das muß man schon können, wenn man Mühle oder Halma oder Schach spielt. Und das kann einen doch nicht verlassen, wenn man dem Gegner in die Hände gefallen ist. Vielleicht im ersten Augenblick, in den ersten Stunden, in den ersten Wochen, aber für ein Jahr, für immer?

Von einem Fuchs, dem eben das Eisen über den Spitzkopf schlägt, erwarte ich nicht, daß er dabei denkt: Na ja, sie hatten ein Recht, hier eine Falle hinzutun. Aber selbst ein Fuchs schleicht und sichert und zeigt damit an: Er weiß, daß er nicht willkommen ist, und wie er das Eisen nicht lieben kann, so darf es ihn kaum entrüsten.

Gut, das sind Füchse; ich kenne mich mit denen nicht aus. Ich weiß nicht, ob sie denken, und daß sie nicht wissen, was Entrüstung ist, vermute ich. Aber ein General ist ein Mensch, und käme er einem auch manchmal wie ein Unmensch vor, er ist ein Mensch, und nach der Frist, in der er im Eisen schreien darf, muß er wieder zum Denken kommen. Und darf mir nicht erzählen wollen, nur er darf den anderen die Muskeln rollen.

So untergeben bin ich ihm nicht mehr. Ich bin ihm überhaupt nicht mehr untergeben.

Tatsächlich, Feldwebel und sogar Majore hatte ich mir schon vom Halse gedacht, aber bis zum General hätte ich mich so nicht gewagt. Dazu hat mich der Kommandierende General Eisensteck erst eingeladen.

Ich müßte ihm dankbar sein; er hat mich durch sein Gedankenstocken in Bewegung gebracht. Er hat mir über einen weiteren Graben geholfen, und bei dem Amt, das mir der witzige Schließer Ohnehals verliehen hatte, kam es mir zustatten.

Ortsbauernführer Kühlisch und andere vom gleichen Holz hörten mich eine Weile fragend mit einem General verkehren, und früher oder später war ich für sie einer aus der Generalsverwandtschaft. Und für andere war ich das Frechmaul mit den reimenden Sprüchen – Willst Du nicht, daß man dich rollt, sag: Der Führer hat's gewollt! Und dann war ich einer mit kleingefleckten Tarnhosen, von dem es hieß, daß er ein Mörder sei. Und dann war ich gemein schnell mit dem Gipsarm, schnell und gemein.

Ich kann mir nicht gefallen, wie ich da gewesen bin, auch wenn ich anders vielleicht nicht durchgekommen wäre.

Tröstlich nur, daß der Irrtum, ich könnte wölfisch sein, aus manchem auch ein Stück Wahrheit herausgetrieben hat.

Erzähl mal endlich, Gasmann, wie das mit deiner Amtsanmaßung gewesen ist.

Und der Gasmann erzählte, und ich lasse seine rheinischen Laute fort, wenn ich es wiedergebe; sie lenken zu sehr ab; ich möchte ungeteilte Aufmerksamkeit.

Der Gasmann sagte: Ich bin Jahrgang 95, da hätte ich ohne den Knacks in der Hüftpfanne vierzehn/achtzehn mitgemußt. Aber der war nachweisbar, mit Röntgen, und wie ich ging. Es wird doch wohl heute erlaubt sein zu sagen, daß ich es ein wenig übertrieben habe. Ich war schließlich kein Fanatiker. Und gearbeitet habe ich ja auch. Mußte man hart ran, wie die Kriege waren, der erste und der zweite. Im ersten war ich noch auf dem Gashof. Es macht sich keiner eine Vorstellung, was Schlackeabstechen ist. Die Hitze, der giftige Gestank, die schweren Karren. Mit einem Knacks in der Hüftpfanne. Und im Magen nichts. Also, wolln mal der Wahrheit die Ehre geben: An Weiber bin ich einfach nicht rangekommen. Anfangs, wie noch Feldgrau vorgezogen wurde, gar nicht, und später, was soll ich sagen, selten. Deshalb hab ich Moschusrind wohl die erste, die mich aus Liebe ließ, gleich unter Vertrag genommen. Standesamtlich und kirchlich, und dann war sie so katholisch, daß es beinahe jedes Mal ein Kind wurde. Ahnt hier einer, daß ich acht Kinder habe? Eheliche! Acht! Die armen Blagen fragen sich bestimmt täglich, wo der Papa bleibt. Wolln mal der Wahrheit die Ehre geben – sechs. Der Älteste ist bei Fort Eben Emael abgesprungen und nicht wieder aufgestanden. Bei dem haben wir noch Angst gehabt, daß er vielleicht was von meiner Hüftpfanne mitkriegt, aber Fallschirmjäger ist er geworden. Habe ich später mal einer gesagt: Frau Hauptmann, ich habe dem Führer einen Fallschirmspringer gezeugt, aber wenn keine Zeugung gewünscht wird, muß man es durchblicken lassen. Da war ich aber schon Ableser, und ich weiß noch, mit der bin ich ins Gespräch gekommen, weil sie Kubikmeter zuviel verbraucht hatte. Ich sage: So schön, wie Sie überall versehen sind, was brauchen Sie da die viele äußere Wärme? Wenn Sie sagen, drinnen brauchen Sie welche, das kann ich verstehen. Da könnte ich sogar was beisteuern – und dann habe ich den Fallschirmjäger ins Gespräch gebracht. Ich sage, was den Gasverbrauch betrifft, da müßte ich ja nun plombieren, und melden müßte ich es auch. Wolln mal der Wahrheit die Ehre geben, ohne das mit der Meldung hätte sie vielleicht gezuckt, wie ich so fragte: Oder sind Frau Hauptmann schon plombiert? Ich behaupte, achtundvierzig ist kein Alter, und ein Hüftschaden ist kein Hinderungsgrund, wenn man im Krieg der Gasmann ist. Ich sehe, der Hauptkommissar Rudloff denkt: Ausnutzung einer kriegsbedingten Notlage, und Herr Major Lundenbroich rechnet mir was aus. Es geht nach wie vor keinen was an, und ich beschränke mich: Es hat auch bei uns einen Hauptkommissar gegeben, und wie die Lage an der Heimatfront war, wollte der gern wissen, und helfen wollte er mir, hat er gesagt, wenn es mir an der Heimatfront zu schwer wird. Er hat eine Karte von Europa in seinem Büro gehabt, hat mir gezeigt, Ihr Kollege, was ich mir aussuchen könnte gegen die Heimatfront. Der ist auf meine Hüftpfanne gar nicht eingegangen; was blieb mir übrig? Vielleicht kann mir einer von den juristischen Herren helfen: Ist es überhaupt Amtsanmaßung gewesen, wo ich gewissermaßen durch den Hauptkommissar ein Amt gehabt habe? Und nach geltendem Recht hat der Pole das ja gar nicht mit der Frau machen dürfen, wie ich da zum Ablesen kam. Er hat es nicht gedurft, und das Weib hat es nicht gedurft, und wolln mal der Wahrheit die Ehre geben, bei mir hat sie immer ganz geschlossene Ohren gehabt. Ohren und so weiter. Aha, sage ich, und ich war bereit, die Sache gütlich zu bereinigen, aber der Pole spielt verrückt, schreit noch rum, konnte sich nicht beherrschen, und holt doch glatt aus nach mir. Inzwischen waren schon Nachbarn da, die haben das gesehen, die können das bezeugen, die haben schließlich mit angefaßt, ohne sie hätte ich den Mann ja gar nicht am Gasrohr hochgekriegt. Amtsanmaßung war es aber doch wohl, gebe ich ja zu, nur, das muß man schließlich sehen, hin wäre der so und so gewesen, und manchmal denke ich in diesem Loch: Das sollte man berücksichtigen, daß ich dem Mann die Warterei erspart habe.

Sie wollen doch nicht behaupten, sagte Major Lundenbroich, Sie seien wegen der Sache nicht belangt worden.

Das nicht, sagte der Gasrohrmann, und er greinte, die dämliche Kuh, das Weib, habe nicht mitgezogen bei Notwehr und Schutz vor einer Vergewaltigung; die sei auch mit in den Kahn, und wie der Engländer sie alle befreit hatte, weil sie im politischen Gefängnis saßen, habe sie ihn an so eine polnische Kommission verpfiffen.

Pech, sagte die Fliege, denn sie hatte es für Honig gehalten –

das war der Hauptsturmführer, und ich meine, danach ist der Gasmann für ihn und für einige andere auch überhaupt nicht mehr vorhanden gewesen.

Das gefiel dem aber nicht, und er quengelte wochenlang, das sei ungerecht: Erst ihn zum Reden bringen und dann nicht mehr mit ihm reden und sich über sich selber fein ausschweigen; er habe sein beschissenstes Erlebnis erzählt, nun sollten es auch alle anderen tun.

Mein Beschissenstes Erlebnis – eine Sendereihe vom Reichssender Köln, vielleicht gar nicht schlecht, sagte unser hochgestellter Eisenbahner und Englischlehrer, ich kann nämlich die Schönsten Erlebnisse schon nicht mehr hören. Immerfort Kartoffelpuffer und Portepees und Bettlaken, ist ja triste.

Daß Sie nicht denken, es sei weniger trist gewesen, wie Sie die Durchlaßfähigkeit vom Eisenbahnknotenpunkt Karow in Mecklenburg um elf Prozent erweiterten, sagte Hauptmann Schulzki, und wenn es ein anderer gesagt hätte, wäre es ein Lacherfolg geworden. So aber waren noch andere für eine Änderung der Reihe, und am Abend besagte die Einigung, wer von nun an ans Erzählen komme, dürfe selber entscheiden, ob er von einer Höhe oder Tiefe reden wolle.

Kann man auch beides? fragte der Wehrglöckner, der es immer besonders genau nahm, wenn es gar nicht darauf ankam, und ich sagte nach raschem Wortüberschlag: Natürlich, guter Mann / wie du endlich scheißen konntest / und dich im Erfolge sonntest / nur, du hattest Hosen an!

Man mußte ihm den Spruch auch noch erklären, großer Gott, und man tat es ausführlich und mit Vergnügen, und ich war ein Stück mehr gelitten und auch ein Stück mehr gefürchtet, was einem aber wohl immer passiert, wenn man Reime vom Munde bringt, und ob der nächste Berichterstatter sein höchstes oder sein niedrigstes Erlebnis zum besten gegeben hat, weiß ich nicht, weil ich kurz vor seiner Sendezeit zum Arzt gerufen wurde.

Es war der einsitzende Mediziner, der mir den Gips aufschnitt, und wenn ich nicht aufgepaßt hätte, wäre es meinem Arm nicht anders als dem Verband ergangen.

Vielleicht macht es Sie stolz, sagte der grobe Schneider, zu hören, daß mit Ihnen das Gipszeitalter in diesem Haus begonnen hat. Steinzeit, Bronzezeit, Eisenzeit, Gipszeit, richtig? Da haben Sie etwas, das Sie mit in die Grube nehmen können. Können Sie ruhig drauf schlafen. Und ewig. Man hat gerade durch Sie gemerkt, daß kein Gips im Haus ist, aber neuerdings kommen wieder mehr Fälle, die Gitterstäbe und Gipsverbände brauchen. Man ist, scheint es, in einigen Kreisen mit dem Regime nicht recht zufrieden.

Damit konnte ich wenig beginnen, und um es ihn nicht merken zu lassen, sagte ich: Vor der Steinzeit kam die Eiszeit.

Aber er war schon wieder an der Reihe. Schauen Sie nur, rief er zufrieden, was für einen übereifrigen Arm Sie haben, ist dem Rest vom Körper um ein paar Wochen vorausgeeilt, hat schon angefangen mit Mumifizierung. So ein exzentrisches Ärmerlein.

Ärmerlein gibt es nicht, sagte ich, weil ich wußte, worüber sich Klugscheißer ärgern.

Er ärgerte sich prompt. Gehen Sie rein zu Amtsarzt, sagte er, der will Sie sehen. Achten Sie einmal darauf, wo er hinsieht. Er wird versuchen, daß Sie glauben, er sieht auf Arm. Aber wenn Sie achten, werden Sie sehen, er sieht auf Hals. Er sucht eine Stelle für den Knoten vom Strick. Wissen Sie, er ist wissenschaftlicher Berater von Henker. Steinzeit? Nein, Zeitalter von Wissenschaft.

Er hatte es mir gegeben, aber es war ihm nicht genug. Wissen Sie, sagte er, der Amtsarzt macht es ohne Honorar, die Beratung. Er ist ein wenig voreingenommen, hat einen Grund, so dünn wie Ihr Ärmerlein. Nur weil die Frau mit dem Sohn spazieren war, und jetzt stehen sie auf einer Tafel am Plac Unii Lubelskiej. Gehen Sie schon rein.

Der Amtsarzt sah aber nicht nach meinem Hals, das weiß ich genau. Ich glaube, er sah nicht einmal mich, obwohl ich doch zu dem Arm gehörte. Er besah den Arm und die Schulter, befühlte die Bruchstelle, zeigte mir an, was ich mit Arm und Schulter und Hand und Fingern zu tun hätte, schrieb etwas auf und wies zur Tür.

Ich ging, und ich dachte: Wenn es nun so wäre, daß General Eisensteck dem die Frau und den Sohn hat erschießen lassen?

Nein, nein, der Arzt kam mir dadurch nicht näher, wie sollte er, aber der General entrückte mir mehr bei diesem Gedanken, und ich entrückte ihm, und von mir rückte ich ab, weil ich wußte, wie feige ich war. Ich hatte Eisensteck nicht noch einmal gefragt, wie solche Geiselerschießungen vor sich gegangen waren. Bei mir reichte es gerade für Wehrbauernführer, und vor Generälen blieb mein Stammeln ungereimt.

Oder nicht! dachte ich, und ich wußte nicht, was das bedeuten sollte, und weil ein Knabe nicht ohne Schwüre auskommt, und weil ich immer noch genug Knabe war, setzte ich mir vor, nie mehr meinen Reimwitz an jemandem zu üben, ich hätte es denn zuvor mit dem General getan.

XXIII

Ich bin für mein Leben versehen mit überflüssigen und streitgeladenen Betrachtungen – ob es einen Zufall gibt, ob es ein Schicksal gibt, ob es einen Gott gibt, ob es Gerechtigkeit gibt; wir haben es alles durchgenommen, in der Rakowiecka und davor. Wenn ich also jetzt von Zufall rede oder von einer mir bestimmten Prüfung oder davon, daß ich mit meinem knäbischen Schwur etwas berufen hätte, dann ist das nicht als Fortsetzung der haltlosen Gefechte gedacht und also schon gar nicht zum Beweis von etwas. Ich kann nur nicht einfach sagen, jedenfalls an dieser Stelle kann ich es nicht – weil es dann noch viel wuchtiger klänge –: Als nächster ist mir tatsächlich wieder der General Eisensteck in die Quere gekommen.

Wenn ich annähme, ich hätte das durch meinen Vorsatz heraufbeschworen, müßte ich mich auch gleich fragen, durch welche anderen Vorsätze ich die anderen Lebens- und Todbegegnungen heraufbeschworen hatte, und wer sich so etwas lange genug und ernsthaft genug fragt, bleibt irgendwo mal stehen, weil ihn das Problem festgeklemmt hält, was wohl passiert, wenn er das linke, und was, wenn er das rechte Bein zum Schritt anhebt.

Womit ich nicht für Gedankenlosigkeit eintrete – Gedanken sind gut; mußt bloß können, sagte mein Vater und stimmte, rar genug, mit meinem Onkel Jonnie überein – also: Mußt bloß können, aber ich konnte mir zu dieser Sache weiter keine Gedanken machen; sie passierte eben, und irgendeinen Schicksalsschwung hat sie ja auch nicht gehabt.

Es passierte eben, daß der General als erster meinen verminderten Arm zu sehen bekam und daß er in einem Ton, als hätte ich mich zu seinem Schaden verstümmelt, ausrief: Sie sehen ja richtig blessiert aus, Mann. Diese ostindischen Pfuscher haben Sie doch tatsächlich zum Krüppel gegipst.

Dazu mein Onkel Jonnie, sagte ich. Beim Militär ist praktisch: Wenn du keinen Spiegel hast, sagt dir ein Offizier, wie du aussiehst. Wenn die man bloß nicht immer so schmeicheln würden.

Origineller Kopf, der Herr Onkel.

Verwandtschaft.

Nicht zu übersehen. Sollte mich nicht wundern, wenn mir dieser Onkel schon über den Weg gelaufen wäre, achtzehn, neunzehn vielleicht oder bei einer Inspektion in Torgau?

Soviel ich weiß, sagte ich, lebt mein Onkel noch.

Soll was besagen?

Ja, was mag das wohl besagen wollen?

Herrgottnochmal, Soldat, jetzt halten Sie aber eine Weile die Zähne aufeinander. Ist ja geradezu sittenwidrig, wie Sie unsere Lage ausnutzen. Und überdies ist mir völlig unklar, wie sich einer mit dem Fliegenarm so eine Klappe leisten zu können glaubt.

Leisten zu können glaubt, sagte ich in gehobenem Ton und hatte sofort die gröberen Brüder zum Publikum: Sie mochten es nicht, wenn einer allzuweit von der Tudasmalmachen-Sprache abwich; sie argwöhnten dann Kosten, und meistens hatten sie ja auch recht.

Leisten zu können glaubt, sagte ich noch einmal, und wie ich auch nicht wußte, wohin ich damit gelangen wollte, fuhr ich fort: Kleister dem Gönner entlaubt. Kleie dem Könner geraubt. Körner im Kloster geklaubt. Hörner dem Greise aufs Haupt.

Die Hörner taten es; damit kam man in dieser Runde immer weit. Sie hatten mich als Todesfahrer an der Sprachsteilwand schon bestaunt, aber nun hatte ich in voller Jagd auf dem Sattel stehend auch noch die Hosen heruntergelassen; hätte es Bier gegeben, ich hätte für diesen Tag viel Freibier gehabt.

Unfug, zu sagen, ich hätte mich geschämt, aber zufrieden

war ich nicht ganz mit mir. Ich hatte mir nicht vorgesetzt, diesen Sägebockfiguren den dummen August zu machen. Ich hatte, weniger war es doch nicht gewesen, dem General an die Nerven gewollt. Und wenn das Gelächter erst einmal verrollt war, würde nicht viel geschehen sein. Ich hätte wieder einmal verrückt gespielt, nur diesmal zu Lasten einer höheren Charge.

Eisensteck wußte mich auszuwarten, und sehr nachsichtig und milde sagte er: Soldat, Sie klingen klinisch. Könnte es sein, es wäre nicht nur der Arm? Wir hatten einen Vetter, einen entfernten, der konnte ähnliches Ragout; weiter konnte er aber nichts. Als es hochgradig war, ging er nach Ueckermünde ab. Was pflegte Ihr Herr Papa noch zu trinken?

Erst Bier und klaren Kümmel, dann französischen Rotwein und dann sein eigenes Blut, sagte ich, und mit drei Satzgliedern hatte ich mich in eine heiße Wut gejagt. Reden Sie mir nicht von meinem Vater, Herr General, und reden Sie nicht immerfort von meinem Arm, und hoffen Sie bloß nicht auf meine Beschränktheit. Mein Vater ist tot, und meinen Arm kriege ich wieder zum Leben, und wenn Sie sinnvollere Sprüche wollen, bitte, der Herr: Dünn ist mein Arm, Herr Eisensteck. Gewiß, dünn wie ein Stecken, General. Gewissen steckendünn. Dünn gestecktes Wissen: Wo steckt Ihr Gewissen, General?

Daran, wie ich es mir gemerkt habe, erkenne ich am ehesten, daß es mir gefallen hat. Ich war erschrocken, aber es hat mir gefallen. Ich war erschrocken, weil es fremd war und sich eingestellt hatte; es war mir nicht eingefallen, es hatte sich eingestellt und war doch gebaut wie ein ertüfteltes Rätsel, waagrecht, senkrecht, die Anfangsbuchstaben ergeben rückwärts gelesen einen Sinnspruch von Mark Niebuhr. Wenn es sich nun auch noch gereimt hätte! dachte ich, aber ich merkte schon: Es saß auch so.

Was soll denn diese Jazzmusik? sagte der Hauptsturmführer, und ich sah, daß er Jan Beveren ein Zeichen gab, ich sah aber auch, daß Jan Beveren sich nicht rührte, und ich hörte

Rudloff: Gewissen! sagen, daß es wie: Schleimige Kreuzotter! klang, und ich sah Lundenbroich das Haupt wiegen, er war mir nicht böse, aber er fand mich nicht klug, und Schulzki schien bereit, sich endlich für seinen geschwollenen Hals zu bedanken, und Generalmajor Netztorf war neben den eisernen Paravent getreten und hielt seine Hosen in gerade noch schicklicher Höhe, und wenn die anderen auch ordentlicher angezogen waren als er, verständnisvoller waren sie nicht, mehr verstanden hatten sie nicht, einverstanden konnten sie nicht sein, und General Eisensteck griff noch einmal auf Seelenkunde und Truppenführung zurück und sagte: Ja, meine Herren, ich erinnere mich: In Lichterfelde, Kadettenanstalt, gab es, wenn einer mit dem Anstaltsgeist seine Schwierigkeiten hatte, den Heiligen Geist, der jedermann zu allen erforderlichen Einsichten verhalf.

Man mußte nicht Truppenkunde studiert haben, um zu spüren, wie viele in der Zelle sich der Heiligen Geister erinnerten, denen auch sie begegnet waren oder denen sie Fäuste und Füße geliehen hatten, wenn es erforderlich gewesen war, einem Kameraden zur Einsicht zu verhelfen.

Bettnässern erschien der Heilige Geist so lange, bis sie trocken waren oder vor lauter einsichtiger Geisterfurcht alle zwei Stunden zur Latrine schlichen. Oder bis sie ins Lazarett kamen, geschlossene Abteilung. Bettenbauer, die nicht begreifen wollten, wie man Pferdedecken zu Billardflächen streicht, und bei denen man sich bedanken durfte, wenn der Unteroffizier vom Dienst wie ein Tornado durch die Stube fegte, solche Tölpel wurden vom Heiligen Geist um Mitternacht mit einem Woilach zugedeckt, und dann hatte der Heilige Geist knapp doppelt soviel hart tretende Füße, wie die heimgesuchte Stube Belegung hatte. Wer nichts abgab von Paketen, dem riet der Heilige Geist zu Brüderlichkeit. Nichtschwimmer lockte der Heilige Geist vom Dreimeterbrett, Steifbeinige über den Großen Kasten, Herzschwache über die Schwedenbahn. Der Heilige Geist hatte nicht nur in Kadettenanstalten sein reinigendes und ordnendes Wesen getrieben, er war kein Vorbehalt für Höhere, er war auch gut für das Volk und hülfreich diesem, ein völkischer Volksgeist war er, und wir alle kannten ihn.

Es war keine Einbildung, es war überklar, wie viele mich musterten und sich dabei fragten, wie man in diesem Polenhaus den Deutschen Heiligen Geist zur Wirkung an mir bewegen könne, und einige hatten, dessen mußte ich sicher sein, schon handfeste Vorstellungen, als mir aus einer Ecke Hilfe kam, aus der ich alles andere vermutet hätte.

Mit dem Herrn General seiner Erlaubnis, sagte der Wehrglöckner Kühlisch, und man sah, wie wenig wohl ihm war, aber man sah auch, daß er sich störrisch weiterschob, wenn Sie die Meinung erlauben, Herr General: Es muß aber klar sein, ob er die Dichtung auf alle loslassen kann oder auf keinen.

Kühlisch, ich verstehe nicht recht, sagte Eisensteck, und das Wunder hielt durch: Kühlisch erklärte sich.

Wie er auf mich seine Dichtung losgelassen hat, wie es schön ist, wenn man scheißen kann, und nicht schön, wenn man die Hosen dabei an hat, und so ist es beides zugleich, und alle haben gelacht, da habe ich gedacht, weil es ein Gemeinschaftserlebnis ist, muß man es lassen. Aber nun hat er auf Herrn General eine Dichtung losgelassen und da soll es kein Gemeinschaftserlebnis sein.

Weiter kam Kühlisch nicht, aber weiter brauchte er auch nicht, denn der Kommandierende General verbat sich den Ausdruck Dichtung, und die Gleichsetzung eines undichten Ortsbauernführers mit einem General, dem eine schöne Seele mit Gewissen kam, die mußte er sich totalemente verbitten.

Ich weiß nicht, was in diesen Minuten in der Zelle für mich gearbeitet hat, aber ich halte es für möglich, daß es ein zerdrücktes, verbogenes, abgeplattetes, ungerichtetes Gefühl war, welches besagte: Dichtung darf aber.

Die Frage nach dem Gewissen war dichterisch ausgedrückt, nicht gereimt, aber doch so überfremd, daß es dichterisch sein mußte, und da sollte die Frage durchgehen.

Und der dumme Kühlisch hatte einmal recht: Entweder wurden alle bedichtet oder keiner. Aber keiner, das war weniger unterhaltsam. Also alle.

Und wenn ein Muschkote einem General eins überzog, das war ja wie geträumt. Wenn das nicht unterhaltsam war. Dichter waren so ähnlich wie mondsüchtige Schlafwandler, und Schlafwandler waren auch unterhaltsam.

Meine Kameraden hätten Bettnässern den Heiligen Geist erscheinen lassen, und Mondsüchtige hätten sie beschützt.

Ich hatte Glück, ich war mondsüchtig. Schlafwandler oder so ähnlich. Dichter.

Der General suchte einen mittleren Abgang, als er erklärte, er habe noch nie viel Verständnis für Kraft durch Freude und Fronttheater gehabt, und wennschon, dann bitte doch reinliche Scheidung: Von ihm aus Moulin Rouge und Wunschkonzert, aber wieso denn Gewissen? Die Grenze der Unterhaltungskunst sei für seinen Geschmack bei dem Lied »Gute Nacht, Mutter, gute Nacht!« wenn nicht überschritten, so doch im ganzen Abschnitt erreicht; einen Adjutanten im Range eines Oberleutnants habe er bei Tränen erwischt nach diesem Gesang. Kunst soll heben, sagte der General.

Damit endete unser Scharmützel, denn wenn man dem Kommandierenden erst das Wort zu dem Thema ließ, wie er wen wobei erwischt hatte und was die Folgen gewesen waren, dann gab es keine Aussicht auf ein Ende, aber Erinnerung stellte sich ein an Demütigungen, die man selber erfahren hatte, und deshalb war jeder willkommen, dem es gelang, das Gespräch umzuleiten.

Selbst der Postrat, den sonst nur wenige litten, weil er zu oft seine Neigung zum Affekt bejammerte, der auch zugeschrieben werden mußte, daß er seine polnische Hausbedienstete wegen einer verbrannten Posthose zu Tode geprügelt hatte. Überdies hatte er die andere Neigung, einem ständig mit abenteuerlichen Plänen für die Zukunft zu kommen und einem Vorleistungen auf die künftige Partnerschaft abzuverlangen. Aber diesmal folgte man ihm, denn er hatte das Stichwort parat, nach dem beinahe jede andere Rede schweigen mußte.

Doktor, rief er, wie Herr General das Frontttheater erwähnt hat, ist mir eingefallen: Sie haben lange nicht die Sache mit der Schauspielerin und dem Lachs erzählt.

Zu viele waren in diesem Punkte mit dem Postrat einig, als daß sich der Doktor zieren konnte. Zwar meinte er, es sei ja im Grunde alles bekannt, aber schön, so ein Erzähler vor dem Herrn sei er auch wieder nicht, daß er sich einbilden dürfe, seine Geschichte sei unvergeßlich gewesen.

Er gab niemandem eine Chance; er breitete die Angelegenheit zum hundertzwanzigsten Male aus, höchstens, und ich hütete mich, etwas zu sagen; gegen die Mär von der Schauspielerin und dem Lachs käme ich niemals an.

Lappland, sagte der Arzt, und ich dachte: Der Hund fängt jedesmal auf dieselbe Weise an: er behandelt uns wie kleine Kinder, die es nicht mögen, wenn man die Märchen anders erzählt – Lappland, liebe Herren, Lappland ist unschön.

Wir wußten längst, daß Lappland unschön war; der Doktor hatte uns darüber genauestens in Kenntnis gesetzt, aber wir erheiterten uns gleich wieder an dem trefflichen Satz, daß Lappland unschön sei.

Ich könnte sagen, ich wäre schon deshalb erheitert gewesen, weil mein General recht säuerlich in Richtung Lappland blickte, aber es wäre gemogelt; der Satz gefiel mir, und durch seine Wiederholung gewann er nur.

Lappland, liebe Herren: Im Sommer nichts wie Mücken, im Winter nichts zu … keine Unterhaltung.

Anschwellende Heiterkeit. Noch ein Dichter.

Lappland in Zentraleuropa, sagen wir: in der Nähe von Wien, das ginge. Dann wäre Wien in der Nähe von Lappland. Wäre erreichbar. Wegen dem, wegen der Unterhaltung. Aber Lappland ist Finnland, und Finnland ist wie Lappland. Viele Mücken, nichts zur Unterhaltung. Schön, im Sommer können Sie eine Kirchturmuhr fotografieren, nachts, die halb zwei zeigt, aber, liebe Herren, das Bild zeigt dann eben eine Kirchturmuhr, die halb zwei zeigt. Dafür die weite Reise? Im Winter, das müssen Sie sich einmal vorstellen, ist links ein vereistes Schweden, oben ist der Nordpol, rechts sind das Eismeer und die Russen, und unten sind der Rest von Finnland und noch mehr Russen. Wenn Sie in Lappland sind, sind Sie von lauter Unschönheiten eingekreist. Und da hinein landet an einem beschissenen Wintertag eine Ju 52. Es gibt Schlimmeres als eine Ju 52, die nach Lappland kommt, zum Beispiel eine Ju 52, die einen nach Lappland bringt. Lappland ist so, daß man aufblickt, wenn eine Ju 52 einschwebt. Was wird uns der Führer diesmal schicken? Eine Tonne Mückenöl, weil es Winter ist? Dafür kommen im Juli tausend Paar Ohrenschützer. Was meinen Sie, wie die lappländischen Mücken gucken, wenn sie auf einmal nicht mehr an die Ohren rankommen, liebe Herren. Doch nicht Öl noch Pudelmütze, anderes entschwebte der Junkers-Maschine an diesem Tag. Fronttheater entschwebte ihr. Das heißt, zuerst trugen sie einen Akkordeonspieler von Bord. Unmöglich, den Mann auszunüchtern, und das Gerät war auch total vereist. Dann hatten sie eine Hundenummer, die ging aber nicht los, weil draußen die Lappenhunde so furchterregend heulten. Nun aber zum Schwebenden. Ins Lappländische schwebte ein: Fräulein Beatrix, Steptanz und Kanarienimitation. Liebe Herren, ich weiß, Sie haben alles gesehen; das haben Sie nicht gesehen. Statt einer Beschreibung: Man wußte nun, daß Gott weiß, wie es in Lappland ist. Man wußte nun, wie groß Gottes Gerechtigkeit und Güte sind. Einzige Frage: Wie kriegt man das Weib aufs Linnen? Man wird sehen, man wird sehen. Zunächst, das wenigstens ist in Lappland nicht anders als anderswo, wird mit den Künstlern ein wenig gespeist, ein wenig geplaudert, ein wenig getrunken, genauer: mit der Künstlerin; die Hundenummer trank nicht, das war neu in Lappland, und in den Akkordeonspieler ging nichts mehr hinein. Aber in die Künstlerin, erstaunlich, was in die hineinging, Sekt und Kognak und ein fabelhaftes Quantum Lachs. Dabei ganz graziös; war ja überhaupt eine zierliche Person, nicht mager, liebe Herren, graziös, zierlich, geschmcidig, seidig schlank, rehrank. Sternenaugen, Bajaderennüstern, und so weiter, und so weiter. Ich sah den Chef, sah seinen Adjutanten, sah den Ic, sah den Pionierhauptmann und den uralten Funkleutnant, sah sie alle scharwenzeln und war bereit, den Inhalt meines Giftschranks zu prüfen, da merke ich, ich habe zuviel gesoffen. Fräulein Beatrix verschwimmt mir, sehe ich, und ich greife eiligst zum Lachs, rasch was zum Schnaps in den Magen, Lachs ist in solchen Fällen nicht das Schlechteste, Lachs war genug vorhanden. Der Lappe fängt den Lachs und wirft ihn hinterm Haus in den Schnee, Nordpolnähe. Braucht man etwas, sägt man sich etwas ab. Ich schlucke also Lachs und sehe, meine Nachbarn auch. Und ich sehe, daß ich meine Nachbarn ganz unverschwommen sehe. Den Lachs will ich mir loben, denke ich, der mich so eilig nüchtern macht, und ich denke, nun müssen langsam erste Blickverbindungen zu Fräulein Beatrix hergestellt werden und hebe also meine Augen zur Künstlerin. Ich sage, liebe Herren, Lappland war unschön, und Fräulein Beatrix wurde Lappland zusehends ähnlicher. Hochgradige Schwellung der gesamten Person, an Steptanz nicht mehr zu denken, höchstens Dampfwalzer, und vielleicht Elefantenimitation. Meine Herren, sage ich, Sie sind nicht besoffen, Sie können die Gesichter wieder aus den Tellern nehmen. Gott hat es gefallen, Fräulein Beatrix mit einer Unverträglichkeit auszustatten; der Lachs, vermute ich, es hat einmal in Preßburg einen ähnlichen Fall gegeben. Nun, eine Kalziumlösung, drei Tage lang, hat Fräulein Beatrix wieder fronttheaterverwendungsfähig gemacht, aber da mußte die Truppe fort mit der Ju 52, der Akkordeonspieler immer noch nicht vernehmungsfähig, sein Instrument immer noch eingefroren, die Hundenummer immer noch total verschreckt und Fräulein Beatrix graziös und sternäugig wie immer vor jenem Tag, an dem sie vom lappländischen Lachs genossen. Liebe Herren, ich denke aber, es hätte schlimmer kommen können. Stellen Sie sich vor: Allergie der Dame arbeitet mit kleiner Verzögerung. Ich bin der Glückliche, dem sie aufs Lager folgt. Ich bette sie hin, drehe mich um, um auch mich nun der letzten Hüllen zu entledigen, und wie ich mich wieder wende, um ihr ins Sternenauge zu blicken und sie endlich zu einer Unterhaltung zu kriegen, da hat mir der lappländische Lachs das Fräulein Beatrix zum Luftschiff Zeppelin aufgeblasen. Man kennt Fälle, da haben solche Erlebnisse kernharte Männer für immer aus dem männlichen Wettbewerb geworfen, Lappland, liebe Herren, Lappland ist unschön.

Und der Schließer Ohnehals sagte zu uns: Sehr lustig, der Leben?, und zu mir sagte er: Starszy celi, kommst du mit!

Glas ist härter als Holz, das ist bekannt. Ist auch bekannt, daß Holz länger als Glas ist, länger und breiter und dadurch vielleicht doch härter? Was härter als anderes ist, findet man heraus, indem man herausfindet, was was ritzt. Gips ritzt Talk, also ist Gips härter als Talk. Kalkspat ritzt Gips, also ist Kalkspat härter als Gips und viel härter als Talk. Apatit ritzt Flußspat, also. Korund ritzt Topas. Diamant ritzt alle anderen. Diamant ritzt auch Glas, aber Glas ritzt Holz. Für die Härteskala genügt es, daß eines ein anderes ritzt. Der Zeitfaktor ist kein Härteskalenfaktor. Aber wenn es zur Begegnung zwischen Holz und Glas kommt, ist Zeit ein Faktor. Die Härte des Glases läßt nach, je länger man mit ihm über das Holz streicht, je länger also Zeit verstreicht. Ähnliches gilt vom Menschen. Je länger man einen Menschen über Holz streicht oder je länger man ihn mit Glas über Holz streichen läßt, um so mehr läßt die Härte des Menschen nach. Man definiert Härte als diejenige Festigkeit, die ein Körper der durch Berührung mit kreisförmiger Druckfläche hervorgerufenen Deformation entgegensetzt. Es ist aber nicht die Form, die über die Härte von Holz oder Glas entscheidet, es ist die Zeit. Es ist nicht die Form der Druckfläche, durch die sich entscheidet, wieviel Festigkeit ein hölzerner Körper seiner Deformation entgegensetzt. Es ist die Form des Drückers, desjenigen also, der Glas auf Holz zu drücken hat, um letzteres zu deformieren. Ausschlaggebend ist die Form, die Verfassung; sie entscheidet darüber, wie lange Glas härter ist als

Holz, und wenn der Glasdrücker der Buchdrucker Niebuhr ist, ritzt Glas Holz schon bald nicht mehr. Was soll uns die Härteskala; Niebuhr ist nicht in Form für sie; das kommt davon, wenn man ihm die Härteübungen verkürzt.

Ich sollte den Fußboden abziehen. Parkett. Mit einem Fensterscherben. In einem Büro. Geleitet von einem groben Weibe. Und möglichst oft mit der linken Hand, mit dem unsicher greifenden Ende von jenem Stecken, der einmal mein Arm gewesen war. Bevor er im Gips gewesen war. Kalkspat ritzt Gips? Aber Gips ritzt Hauptmann Schulzki und Tulpenpflanzer Beveren. Mein Gips ritzte die. Mein Gips hat mich nach oben gebracht in der Härteskala. Nun bin ich ohne den Gips. Nun ritzt mich Talk.

Und so soll ich dieses diamantene Parkett? Dies karätige Barett? Dieses grätige Brett?

Ruhig, Niebuhr, es ist kein General in der Nähe, du brauchst keine Sprüche zu schnitzen, du sollst Parkett abziehen, Fußbodenholz. Rechts kann jeder / links soll's gehn / schleif die Zeder / fliegt, ihr Spän!

Was sprechen Sie, sagte die Frau.

Ich klappere nur, sagte ich.

Haben Sie Fieber? sagte sie.

Nur keine Puste, sagte ich.

Sie wollte wissen, was Puste ist, und ich machte es ihr vor. Sie sagte, ich hätte doch Zeit.

Parkett ist eine Sauerei. Weil es aus vielen kleinen Teilen besteht, die so tun, als wären sie gleich groß. Dabei sind sie es nicht. Jedes folgende ist ein klein wenig größer als das voraufgegangene. Ein klein wenig, aber es kommt doch der Punkt, da ist ein Stück Parkettholz doppelt so groß, wie ein anderes gewesen ist. Es kommt der Punkt, wo das rechteckige Stück Parkett ins Quadrat gehoben wird. Holz mit Quadratwurzeln. Wurzelholz zum Quadrat. Gleich hat Niebuhr ausgeritzt.

Parkett ist eine Sauerei. Weil seine einzelnen Teile zwar immer größer werden, aber deren Summe dann auch. Weil es nicht so ist, daß man, wenn man nun ein Riesenholz geschafft hat, auch einen Riesenteil des Fußbodens geschafft hat. Der Fußboden wächst mit seinen Teilen. Gleitende Ausdehnungsskala nach Professor Niebuhr. Parkett liegt in grätigen Parallelen. Parallelen schneiden sich im Unendlichen. Parkett ritzt man bis in alle Unendlichkeit.

Parkett ist eine Sauerei. Was hat es in einem Büro zu suchen? Da sieht man, wo das Geld bleibt. Parkett haben sie, aber zum Abziehen eine Fensterscheibe. Kitt aus den Fenstern fressen, aber Parkett im Büro. Und Niebuhr als Fußbodenkratzer. Kommt gleich hinter Fußabtreter. Wissen wohl nicht, daß ich Zellenältester bin. Und daß ich gar nicht gut für Fußböden bin. Ganz gleich, ob Büro oder Haushalt, für Fußböden bin ich nicht gut.

Ich habe nicht viele Kämpfe gegen meine Mutter gewonnen; den habe ich gewonnen. Ich brauchte keinen Schrubber in die Hand zu nehmen. Und keinen Feudel. Und keine Handeule. Sie sagte zwar, wer seiner Mutter nicht mit dem Fußboden hilft, wird später im Sarg keine Ruhe finden, wird am Sargdeckel kratzen, von innen und bis zum Jüngsten Tag. Aber sie sagte auch, wer Brot wegwirft, verwandelt sich in Stein. Das hatte ich überprüft. Stimmte nicht. Und sie sagte: Sich regen bringt Segen. Das hatte ich ebenfalls überprüft. An ihr. Stimmte auch nicht.

Ich wußte natürlich nicht, was man unter Segen versteht, wenn es um die Mutter von Mark Niebuhr, die Frau vom Speicherarbeiter Niebuhr, geht. Vielleicht war da mit Segen schon gemeint, daß ihr der Mann nicht aus der Luke fiel, wenn er Marne zuschrie, daß itzund Frost und Winde herrschten. Aber dann war er in Frankreich gefallen, und dabei waren dort gar nicht so viele gefallen, und sein ältester Sohn war auch gefallen, und der jüngere Sohn gar vermißt. Segen? Mist!

Die Frau, die mich über das Parkett leitete, schien ebenfalls einen Zusammenhang zwischen Regen und Segen zu vermuten, denn wenn sie mir auch gesagt hatte, ich hätte Zeit, so spornte sie mich doch öfter an, als ich leiden mochte. Vor allem hatte sie es auf meinen Linksarm abgesehen, den ehemaligen, und das brachte nun überhaupt keinen Segen; das tat nur höllisch weh, mir, und dem Parkett, den Kratzspuren nach zu urteilen, kein bißchen.

Meine Mutter hätte mich nicht so schlecht behandelt, aber in einem Punkt war die Frau wie meine Mutter: Wenn ich mit der Scherbe aus Gips lange genug ergebnislos über das diamantene Parkett gewischt hatte und ich laut genug stöhnte, nahm sie mir den Schaber fort und zeigte mir, wie die Verhältnisse auf der Härteskala wirklich liegen.

Meine Mutter hätte es auch so getan. Meine Mutter hatte es auch so gehalten. Sie hätte auch so gehandelt. Sie hatte mich auch so behandelt. Obwohl ich ihr Sohn war. Weil ich ihr Sohn war.

Halt mal, weil ich ihr Sohn war?

Man konnte ja gar nicht sagen, die Frau behandelte mich, wie meine Mutter mich behandelt hätte. Und man konnte nicht sagen, meine Mutter hätte mich so behandelt, wie die Frau mich behandelte. Denn für meine Mutter war ich der Sohn, und für die Frau war ich ein Gefangener, ein Deutscher.

Gleichung geht nur, wenn alle Glieder gleich behandelt werden. Bei Umkehrung alles umkehren. Aus der Frau wird meine Mutter, also muß aus mir? Also muß aus mir ein Gefangener werden. Bin ich ja schon. Ja, schon, aber nun auch für meine Mutter. Wenn ich meine Mutter mit der Frau vergleichen will, muß ich für meine Mutter ein Gefangener sein, dann geht die Gleichung erst. Dann geht die Gleichung noch nicht. Eines ihrer Glieder ist noch unverkehrt. Wenn wir vergleichen wollen, müssen wir auch das verkehren. Aus dem Deutschen muß ein Pole werden.

Meine Mutter beaufsichtigt einen polnischen Gefangenen, der Parkett abzieht, und er hat einen kaputten Arm.

Jetzt nicht abdrängen lassen – ob es in Marne ein Büro mit Parkett gibt; was meine Mutter wohl in einem Büro von Marne zu suchen hat; wie meine Mutter zur Aufsicht von Gefangenen kommt. Das sind Nebenfragen. Gleichungen müssen, daß sie gehen, frei von Nebenfragen sein. Kehren wir also zu dem zurück, was vergleichbar ist und wesentlich: Meine Mutter beaufsichtigt einen polnischen Gefangenen, der Parkett abzieht, und er hat einen kaputten Arm. Wie ist sie zu dem?

Natürlich, der Zeitfaktor, der müßte eigentlich noch. Und gewisse Umstände. Wenn die Gleichung möglichst viele Bekannte enthalten soll, haben wir den Krieg beendet und halten die gefangen, die ihn angefangen und Marne zu Staub zerrieben haben, und meine Mutter sitzt am letzten Stück Parkett von Marne und leitet einen Polen an, der könnte ein Mörder sein.

Das geht ja alles viel zu weit. Dann müßte meine Mutter, in der Gleichung, auch noch denken, der Pole soll etwas Schlimmes gemacht haben, in Kiel, heißt es. Oder sie müßte an das denken, was General Eisensteck gemacht haben soll. Gemacht hat. Aber nicht General Eisensteck; der gehört dann auch umgekehrt: Aus dem gehört ein polnischer General gemacht, der hat in Marne gesorgt, daß sich die Bevölkerung nicht völkerrechtswidrig gegen die Besatzung verhält. Das geht alles viel zu weit.

Einfache Gleichung: a + b : c + d. a sei eine polnische Frau, die Mark Niebuhr (in unserer Gleichung b) in der Wissenschaft von der Höheren Härteskala unterweist. c …

Das geht nicht. Das ergibt nichts. Das geht an der Frage vorbei. Mark Niebuhr ist dabei, sich an der Frage vorbeizuschleichen. Die Frage lautet nämlich: Wie wäre meine Mutter unter vergleichbaren Umständen?

Weiß ich auch nicht, wie ich dazu komme, meine Mutter hier hineinzuziehen; vielleicht, damit ich verstehe, wo ich bin. Das ist ja schließlich beinahe das erste Amt meiner Mutter gewesen: Mir zu sagen, wo ich war, wer ich war, was ich war, was wozu war. Warum? Darum! Warum?

Man hat eine Mutter, daß man sich auskennt, wenn man in einer Lage ist.

Wie wäre meine Mutter in dieser Lage gewesen?

Wie ist meine Mutter gewesen?

Wenn es stimmt, daß Newton an die Gravitation geraten ist, weil ein Apfel fiel, und daß wir die Dampfmaschine haben, seit James Watt seiner Frau beim Frühstückmachen zugesehen hat, dann sollte auch die Behauptung gelten dürfen, daß ich einen Schritt mehr zu Verstande kam, als ich Holz mit Glas radierte, angetrieben dabei von einer polnischen Frau, die darauf bestand, ich hätte meinen armen kranken Arm mit einzusetzen.

Und als ich versuchte, mir meine Mutter auf den Aufsichtsstuhl zu denken. Als ich mich also an unerhörten Gleichungen versuchte. Als ich also begann, mit den Augen meiner Mutter vom Aufsichtsstuhl zu sehen. Als ich also begann, mit polnischen Augen auf mich zu sehen.

Als ich begann? – So etwas beginnt vielmals. Es müssen viele Äpfel fallen, bis davon Gesetze werden. Es war auch Beginn gewesen, was ich von Jadwigas Hausnachbarn träumte. Es war Beginn, wie ich einen Augenblick furchtbar verstand, warum der geschorenen Tänzerin so übel wurde. Beginn war das Vermögen, aus dem Ghettostaub eine Stadt zurückzubauen. Es hatte begonnen, wie ich mich zu den Jungens im Hausflur gesellte, und dann kam feldgraue Razzia und rotes Mündungsfeuer und rotes Blut. Es hatte sehr begonnen, als ich der junge Pole war, und ein anmaßender Spitzel und zehn hysterische Hausfrauen zogen mich mit einer Plätteisenschnur zum Gasrohr hinauf. Es hat überaus kräftig mit der Frage begonnen, wie denn eigentlich meine Mutter mit Gefangenen gewesen war. Wie Gefangenen mit meiner Mutter und mir gewesen war.

Es sind mir aus den fallenden Äpfeln und den tanzenden Kesseldeckeln keine weltbewegenden Gesetze geworden, nur ein wenig wägendes Verhalten; es ist so ungefähr gegangen wie mit meinem Spruch gegen den General Eisensteck: Es ist mir nicht eingefallen; es hat sich eingestellt.

Ich habe lange gebraucht, bis ich meine Mutter auf einem Bild hatte, auf dem auch Gefangene waren. Aber dann gab es gleich mehrere. Wir sind vom Bahnhof gekommen, weiß nicht mehr, woher, und Franzosen haben etwas an einem Gitter gemacht. Sie waren selten leise, aber wie meine Mutter vorbeikam, schlugen sie Töne an, die man mir nicht übersetzen mußte. Meiner Mutter auch nicht. Weil ich nicht wußte, wie man sich dann verhalten muß, habe ich getan, als bemerke ich nichts, aber ich habe wohl gespürt, daß meine Mutter nicht entrüstet war. Sie hat die etwas zu lange Nase etwas höher gehoben, und sie ist gegangen, wie jemand geht, der auf sein Gehen achtet. Sie hat auch aus den Augenwinkeln nach mir gesehen, aber ich glaube, sie merkte nicht, daß ich etwas gemerkt hatte. Gar keine Frage, es gefiel ihr, und sie wußte, daß man das nicht zeigen durfte. Weil es Franzosen waren und Gefangene. Deshalb auch. Aber in Marne durfte man so etwas wohl überhaupt nicht zeigen.

Ein paarmal sind wir, als mein Vater schon fort war, im Speicher gewesen und haben getrocknete Rübenschnitzel für die Ziege geholt. Von den sehr alten Kollegen haben einige meinen Vater vermißt, und sie haben uns etwas zugesteckt. Da sind auch Polen in dem Speicher gewesen, und ich weiß, meine Mutter hat gefragt, ob es schwer mit ihnen sei.

Ich mag meine Mutter, das glaubt man wohl inzwischen; aber ich kann nicht sagen, daß sie mitfühlend mit den Polen war. Ich war es auch nicht, aber die Rede ist von meiner Mutter. Nein, sie war nicht mitfühlend; sie wollte vom alten Möller nur wissen, ob er mit ihnen zurechtkomme. Wie man mit einer anderen Schaufel zurechtkommt oder einem Schubkarren, der übrigens bei uns Schiebkarre heißt.

Russen habe ich nur einmal getroffen, als ich mit meiner Mutter zusammen war. Die wurden anders gehalten als Gefangene sonst; man sah sie nur, wenn sie zur Arbeit geführt wurden. Ich wußte nicht, was man mit ihnen tat, ich wollte es nicht wissen, und meine Mutter hatte sich auch nicht gekümmert. Sie sah die zerschlissenen und zermergelten Leute an und sah schnell wieder fort und sagte nur: Wie die aussehen!

Weil ich mit ihr nicht darüber gesprochen habe, rechne ich ihr vielleicht etwas zu, was sie weder so noch so verdient, aber ich glaube, der Vorwurf, daß die Russen so aussähen, richtete sich nicht nur gegen die.

Es zählt zu den starken Worten von Marne, wenn einer von einem sagt: Wie der aussieht!, und es ist immer ein Vorwurf, aber es kann bedeuten, daß einer sich aussehen läßt oder daß andere jemanden so aussehen lassen. Ich glaube, meine Mutter billigte es nicht, daß man die Russen so aussehen ließ.

Dabei war mein Vater noch nicht lange tot, und meine Mutter hörte sich manchmal an, als wollte sie die Welt dafür erschlagen. Aber es hätte nicht zu ihr gepaßt, für richtig zu halten, daß man Leute so aussehen ließ.

Wahrscheinlich stelle ich einen Zusammenhang her, den es nicht gegeben hat, aber wahr ist dies: Einige Zeit später hat sie mich auf Geheiß des Blockwarts mitten in der Nacht wecken müssen, weil Marnes männliche Jugend wegen eines Ausbruchs aus dem Russenlager alarmiert wurde. Sie überlieferte bei späteren Betrachtungen nur meine verschlafen-mürrische Erkundigung: Und dei sall ick nu wedder griepen?, aber ich weiß, daß sie, als sie mich aus dem Haus schob, gesagt hat, ich sollte bloß nicht unter jeden Haselnußstrauch kriechen, und ich lasse mir nicht ausreden, daß sie nicht nur an mich gedacht hat. Ich hatte nicht die geringste Sympathie für die Russen, derentwegen ich aus meinem warmen Bett mußte, aber Ehrgeiz habe ich keinen entwickelt. Ich bin unter keine Sträucher gekrochen; bestimmt auch aus Feigheit, aber ebenso, weil mich der Gedanke hilflos machte, ich könnte auf jemanden stoßen, der so aussah, wie die Russen ausgesehen hatten, und ich sollte es dann meiner Mutter erzählen.

Manchmal denke ich, es hätte nur jemand auf die richtige Art mit meiner Mutter und den Leuten, zu denen sie gehörte, reden müssen, und es wäre einiges anders gegangen. Man wird mir entgegnen, das sei doch geschehen, aber ich sage: Nein, nicht auf die richtige Art.

Schon, sie wollte von stolzer Trauer nichts wissen, und als man uns schrieb, mein Bruder sei seinen Kameraden ein Vorbild gewesen, hat sie zu mir gesagt: Daß du dich unterstehst!, und sie billigte es nicht, wie man die Russen aussehen ließ, aber sie hat anderes gebilligt, was sie nicht getan hätte, wären da welche gewesen, die richtig mit ihr zu reden wußten.

Sie sprach auch von polnischer Wirtschaft und Judenschule, und mehrfach hat sie erzählt, wie sie als junges Mädchen zusammen mit einer frechen Cousine in eine Synagoge geraten war und wie ihr jemand das Gebetbuch, das sie verkehrt herum hielt, mit korrigierendem Griff umdrehen mußte.

Soviel weiß ich von meiner Mutter: Wenn ihr einer gesagt hätte, daß sie die dumme Liese gewesen war und daß noch manches andere in der Welt anders als in Marne gehandhabt wurde; sie hätte das angenommen. Aber es gab nur den älteren Bruder, dessen Jonnie-Sprüchen sie sich verschloß, und auf meinen Vater hörte sie in vielen Sachen nicht, wie sollte sie auch, der mit seinem Speicherkrakeel und im blauen Anzug durch Hundelöcher kriechen.

Als es hieß, man dürfe nicht mehr bei Juden kaufen, hat sie das bedauert, denn sie kannte ein jüdisches Geschäft in Altona, in dem alles viel billiger war, aber falls sie die Juden bedauert hat, habe ich es nicht gehört. Ich glaube nicht, daß sie es tat, denn Marne liegt in Dithmarschen, und dort sprach man gleich vom Viehjuden, wenn man von Inflation und Krise sprach.

Ich würde von meinen Eltern sehr gern denken, sie seien in allem klug und freundlich und anständig gewesen, aber sie sind es kaum immer gewesen. Sie waren für die Nazis nicht zu haben, aber für die wenigen, die gegen die Nazis waren, waren sie auch nicht zu haben. Sie nahmen Onkel Jonnie mehr oder weniger hin, und wenn sie dazugekommen wären, wie er in der Waschküche eine Bombe baute, wären sie in den Garten gegangen und hätten nichts gewußt, und von ihnen hätte niemand etwas erfahren. Aber vorher hätten sie versucht, Onkel Jonnie den Wecker und das Dynamit wegzunehmen und ihn aus der Waschküche zu jagen.

Einmal hat meine Mutter zu ihrem Bruder gesagt, er solle sich zu seiner Kommune scheren, und ich weiß noch, wie entsetzt ich bei dem Gedanken war, Onkel Jonnie könnte sich in solche Richtung entfernen, und einmal hat meine Mutter einen Jungen Judenbengel genannt. Der ging die ersten Jahre in eine Klasse mit mir, und wir beide hatten eine hartnäckige Art, mit Steinen nacheinander zu werfen, und meine Mutter sah, wie Bernie nach mir warf; da sagte sie das Wort, aber mir hat sie dann versichert, das Wort sei ihr vorbehalten und wehe, ich benutzte es auch – daß du dich unterstehst!

Ich hatte den Jungen lange vergessen; er ist einmal verschwunden gewesen, zusammen mit seiner Familie, und niemand hat sie vermißt. Ich hatte ihn vergessen, aber es gab dann Gründe für mich, wieder an ihn zu denken. Bernie ist lange vor dem Jahr achtunddreißig aus der Stadt gezogen, denn im Herbst achtunddreißig erzählten sich die Erwachsenen über den Ortsgruppenleiter, der hätte seinen Vorgesetzten in Kiel vorsichtshalber ein Telegramm geschickt: Ausschreitungen des Volkszorns gegen Juden fanden allerdings in Marne nicht statt, denn es waren keine Juden vorhanden.

Könnte schon sein: Die Erwachsenen haben sich so ausgiebig und erheitert und wiederholt über das Telegramm hergemacht, weil man es von jedem Standpunkt her als ein Dummheitszeugnis behandeln konnte, aber vielleicht war es ihnen auch recht, mit Witzen an dem Thema Volkszorn vorbeizukommen. Jedenfalls habe ich lange gemeint, meine Leute hätten sich in keiner Weise am Volkszorn beteiligt, aber seit mir Bernie wieder eingefallen ist, kann ich das nicht mehr mit derselben Bestimmtheit sagen.

Und ebenso unbestimmt muß meine Antwort auf die Frage bleiben, wie meine Mutter mit einem hochverdächtigen Polen umgesprungen wäre, hätte sie den beim Parkettabziehen beaufsichtigen müssen.

Weil es mir guttut, so zu denken, und weil es unwiderlegbar ist, sage ich: Meine Mutter hätte dem Polen nichts getan; sie hätte getan, was die Polin mit mir tat: Sie hätte den Mann mit Maßen angetrieben, hätte ihm Pausen gegönnt und hätte ihm etwas zu essen gegeben. Ich möchte so von meiner Mutter denken können.

Schön, und auch sie hätte erbarmungslos geachtet, daß der Gefangene sein armes Ärmerlein nicht zu lange schonte. Wennschon Gleichung, dann Gleichung.

Manchmal denke ich von der Ulica Rakowiecka: Wenn mir jemand zur Seite gewesen wäre, klüger, erfahrener als ich und geübter in der Kunst, es von Eindrücken zu Ansichten zu bringen und, einfach gesagt, aus Erlebnissen zu lernen, dann hätte ich vielleicht mehr aus der Zeit hinter den Ziegelmauern machen können.

So reichte es gerade zur Erschütterung von einiger Meinung. Zum Erwerb einiger Haltung. Zum Verdacht gegen einige Gültigkeiten. Am weitesten habe ich es mit etwas gebracht, zu dem ich das Wort noch nicht kannte. Es heißt Skepsis. Die ist selten beliebt, aber das ist nicht so wichtig. Und ich kann sogar versichern: Ich bin schon wieder nicht so zweifelsüchtig, wie ich einmal war. Ich bin nur, ungelenker Ausdruck, zweiflerisch, und das will ich bleiben.

Auch das hat einen seltsamen Klang: Einer besteht auf seinen Zweifeln. Weil sich der Zweifel ja gerade gegen das Bestehende und scheinbar Beständige richtet. Da beißt sich so ein Wort: Ich bestehe auf meinem Zweifel.

Ich bin nicht ganz unvorbereitet in diese Haltung geraten, denn es gehörte zu den Tricks meines Vaters, jemandes aufgeregte Rede geduldig anzuhören, sich dann halb abzuwenden und über die Schulter zu sagen: Und das weißt du nun?

Es war keine Frage, es war eine Abfertigung, und das machte meinen Vater nicht beliebter.

Natürlich ist er auch mir einige Male damit gekommen, und ich bin sehr wütend gewesen und enttäuscht, denn es hatte mich Überwindung gekostet, Meinung, Wunsch oder Traum vor meinem Vater auszuschütten, und vielleicht hat es deshalb so lange gedauert, bis ich mir die Frageformel, das störende Wort in Form einer Frage, zu eigen machte. Aber das habe ich schließlich getan, und da wußte ich schon von der nicht nur störenden, sondern auch zerstörenden Wirkung des stillen Satzes: Und das weißt du nun?

Deshalb, gerade deshalb vermute ich, daß mir ein Denkgehilfe, ein sachter Lehrer, zustatten gekommen wäre. Einer, der mir geholfen hätte, falschen Glauben abzuwerten und doch noch Verläßliches für möglich zu halten, Mögliches für möglich.

Es ist aber keiner dagewesen, und, um es gleich zu sagen, es ist auch keiner gekommen.

Ich mußte mir selber helfen, und auf die Weise reicht man nicht weit. Oder man reicht sehr weit, aber sehr einseitig. Man wird so ausschließlich. So bedingungslos. Es fällt einem für alles nur dasselbe ein. Wie mir, solange ich ihn hatte, bei Schwierigkeiten der Gipspanzer um meinen Arm eingefallen ist. Schlimm war, ich hatte Erfolg damit. Nein, ich bedaure es nicht, dem Schulzki zu Sprachhemmungen verholfen zu haben und dem Tulpengärtner zu einigem Zögern, als ihm der Hauptsturmführer einen Wink gegeben hatte. Daß ich gedroschen habe, hat mich vor Dresche bewahrt, und das ist ein solider Grund, freundlich von einem Gipsverband zu denken.

Schlimm war, er fehlte mir dann; er fehlte mir sehr, weil ich mich schon sehr auf ihn verlassen hatte.

Aber auch in dieser Ansicht steckt eine gewisse Ungerechtigkeit, denn gleichzeitig und im Schutz der steinernen Keule habe ich mich ja mit meinen gereimten und ungereimten, nein, nichtgereimten Sprüchen vorgewagt gegen Leute, die vorher keine Adresse für freche Sprüche und rebellische Ansichten gewesen wären.

Nun wende ich wohl ein paar Gedanken zuviel auf den Gipsverband. Sagen wir also, er war unwillkommen und nützlich, und als ich ihn los war, schien er mir beinahe unentbehrlich, und er ist es insofern auch gewesen, als ich ohne ihn oder ohne das, was er mit meinem Arm anrichtete, kaum auf den Gedanken verfallen wäre, meine Mutter zusammen mit einer polnischen Frau in eine Gleichung zu bringen.

Daß ich ohne ihn weniger kritisch geblieben wäre.

Und das weißt du nun?

Ich weiß es soviel und sowenig, wie man so etwas wissen kann. Also halte ich mich an die Tatsachen; von denen habe ich erzählt.

In der Zelle hatten sie sich auch Gedanken gemacht über mich. Ich spürte die üble Spannung, und obwohl mir Knie und Hände schmerzten und besonders der linke Arm, versuchte ich, nicht allzu angeschlagen zu wirken. Ich wußte ja, ich wohnte mit Hyänen.

XXIV

Hauptkommissar Rudloff hatte den Fall übernommen. Beinahe genau dies sagte er zu mir: Er habe meinen Fall übernommen. Und da der eine und andere in der Runde nickte und alle schwiegen und zuhörten, wußte ich, wer ihm den Fall übertragen hatte, und ich wußte auch, daß ich mich fügen mußte. Aber es wäre unnatürlich gewesen, nicht zu fragen: Und was ist das für ein Fall?

Betrachten wir ihn in Ruhe, sagte Rudloff, und bei allem furchtsamen Unbehagen blieb mir die Wut zu dem Gedanken: Daß der hier wieder auf die Füße kommt!

Schauen wir uns kühl und sachlich an, was wir haben, sagte Rudloff. Wir haben einen jungen Kameraden, doch, wir wollen bei der Bezeichnung bleiben, solange es sich vertreten läßt, wir haben einen jungen Kameraden, den Feindeslaune, so mußten wir das bislang sehen, zu unserem Zellenältesten gemacht hat. Das wäre an sich seltsam genug, aber es wäre nicht so seltsam, wenn der Feind diesen jungen Ältesten nun auch in der Zelle ließe, sein unangemessenes, aber nun einmal verliehenes Amt zu versehen. Dieses jedoch tut der Feind nicht. Der Feind holt den jungen Kameraden wiederholt aus der Zelle, anstatt ihn dort zwecks Aufsicht zu belassen. Er holt ihn mehrfach, und er holt ihn manchmal für lange Zeit.

Halt, wir haben den Fall noch nicht in seiner Gänze betrachtet. Erst in dieser Gänze aber entsteht ja der Fall. Weil es nämlich keinen Grund gäbe, über den jungen Kameraden und sein Verhältnis zum Feind nachzudenken, kehrte der junge Kamerad in unsere Gemeinschaft in einem Zustand zurück, der deutlich zeigte: Der junge Kamerad ist beim Feind gewesen, in feindlichen Verhältnissen, ist feindlich behandelt worden und ist nun feindlicher gesonnen dem Feind.

Doch so liegt unser Fall leider nicht. Zwar ist der junge Kamerad jedesmal feindseliger, wenn er vom Feinde wiederkehrt, aber die Feindseligkeit richtet sich, seltsam, seltsam, gegen die eigenen Kameraden. Die werden mit Fragen belästigt, die unter den obwaltenden Umständen zumindest als unpassend gelten müssen. Die werden in einer Tonart angeredet, die man schon als johlenden Matrosenton bezeichnen muß. Die werden sogar roh und wild tätlich angegriffen und müssen sich darüber hinaus noch schrifttumsähnliche Redensarten sagen lassen.

Die Frage lautet, und mit der Antwort kämen wir zu einem Fall oder, und auch das muß im Augenblick, wo wir uns in aller Ruhe darüber unterhalten, noch für möglich gelten, auch nicht zu einem Fall, und auch dieses hinge von der Antwort ab – die Frage lautet: Was treibt der junge Kamerad eigentlich jenseits jener Zellentür? Treibt er, was er zu treiben vorgibt, und kommt er einfach überanstrengt und überreizt zurück und muß, menschlich verständlich, irgendwohin mit der Schande und der Wut? Oder haben wir es mit einer anderen Schande zu tun? Ist der junge Kamerad zu uns so feindlich, weil der Feind freundlich mit ihm ist und er mit dem Feind? Erklären sich die unbegreiflichen Frechheiten, indem sich enthüllt: Der junge Mensch ist zwar jung, aber er ist kein junger Kamerad, ist nicht unser Kamerad, wäre, wenn das hehre Wort nicht so darunter leiden müßte, des Feindes Kamerad zu nennen? Wäre also ein Verräter?

Los, Sie seltsamer Vogel, spucken Sie Ihre Verhältnisse aus.

Rudloff hatte zuviel Worte gemacht. Hatte zuviel Wörter gebraucht. Hatte sie verbraucht im Eifer, weil er wieder bedeutend war. Wäre er rascher zu seinem letzten Satz gekommen, hätte ich weniger Zeit gehabt. Die Zeit, zu erkennen, daß hier einer überfloß, weil man ihn endlich wieder aufgenommen hatte.

Auch der Hauptsturmführer sagte: Habt ihr immer soviel gequatscht? Gewünscht wird ein Verhör und kein semitischer Offenbarungseid.

Klar, Hauptsturmführer, sagte Rudloff, und zu mir sagte er: Wo waren Sie heute?

In einem Büro.

Wo waren Sie gestern?

Beim Arzt.

Wo sind Sie neulich gewesen, als es so lange dauerte?

In einem Lager im ehemaligen Ghetto.

Wer war außer Ihnen in diesem Büro?

Eine Frau.

Wer war außer Ihnen beim Arzt?

Ein anderer Arzt.

Wer war außer Ihnen in dem Lager?

Ungefähr dreitausend Männer, eingesperrte und nicht eingesperrte.

Hatte die Frau einen Namen?

Nicht für mich.

Hatte sie einen Dienstgrad?

Putzfrau, denke ich.

Nicht frech werden. Worüber haben Sie mit dem Arzt gesprochen?

Über gar nichts.

Sie hatten stummen Umgang mit zwei Ärzten?

Die Frage war nach dem einen. Der redet nicht mit mir.

Und der andere?

Der sitzt selber ein. Der redet mir zuviel.

Man hat Sie in jenem Lager identifizieren wollen? Als was?

Als der, der ich bin.

Und wer sind Sie?

Ich bin Mark Niebuhr, du blöder Schweinepriester. Ich bin von den Niebuhrs einer; der, der noch lebt, du löcheriger Blutsack. Einer, der es nicht ändern kann, wenn ihm die Polen nicht glauben, der es aber ändern wird, daß ihm ein nachgemachter Hühnerjäger mit dämlichen Fragen kommt. Geh mir vom Fell, du brägenklüteriger Fingerquetscher, oder ich stopfe dir deine Ohren in den Hals …

Ich hätte noch weitergemacht, ich hätte gern noch weitergemacht, ich war in wunderschönem Schwung, ich trieb die Küfer zu Paaren. Ich war los; sie hatten die Schraube überdreht, die mich gehalten hatte. Und ein sehr witziger Gedanke tanzte über die Szene: Wenn schon nicht geglaubt wird, daß du Niebuhr bist, von den lauten Niebuhrs der eine stille, dann mache ihnen den Krach, den sie erwarten.

Du wirst als Schlagetot geführt; also los.

Die Frau mit ihrem Parkett läßt sich nicht vermeiden, aber daß du denen den Putzer machst – und das machst du ihnen, wenn du hier beigibst –, das läßt sich vermeiden. Das mußt du vermeiden.

Dies muß zu Ende. Dies braucht noch einen Punkt. Dies muß aus den Angeln; ich brauche einen Punkt.

Ich habe ihn gefunden. Er nimmt sich heute winzig aus, wie ein Punkt eben. Ein Punkt ist etwas, das keine Teile und keine Ausdehnung hat. Sagt Euklid. Aber etwas, das keine Teile hat, ist ja ein ungeheures Ganzes, und etwas, das keine Ausdehnung hat, muß vollkommen durchdringend sein, sage ich. Ein in Bewegung befindlicher Punkt beschreibt eine Linie; also brauchte ich einen Punkt, denn hier sollte ein Strich gemacht werden. Der Punkt kann auch durch den Schnitt zweier Kurven definiert werden; richtig so, Niebuhrs und Rudloffs Bahnen kreuzen einander; Niebuhrs Vater ist fürchterlich und furchtlos gewesen, als seine Söhne arglos von Gestapo geredet hatten, und Rudloff ist bei der Gestapo und sicher furchtbar gewesen. Die Bahnen gekreuzt, den Punkt gemacht. Die Definition des Punktes kann durch einen Grenzprozeß schärfer gefaßt werden, wenn man jenen als einen Raumteil begreift. Niebuhr begriff für einen Augenblick zwischen Klippe und Riff, daß ein Grenzprozeß ablief und daß der Punkt, den es zu finden galt, wesentlicher Teil sein würde für gehabten und für kommenden Lebensraum. Und da Niebuhr ein Drucker war, dachte er auch an den Punkt als die Maßeinheit der Schriftgröße, und so wußte er, daß das deutsche Wort vom lateinischen punktum kommt und daß dieses eigentlich Stich bedeutet.

Natürlich dachte ich das alles nicht; ich denke es jetzt, wo ich davon erzähle.

Was auch nicht ganz stimmt, denn daß ich einen Punkt, einen Stich machen mußte, habe ich gewußt, und an meinen Vater, der so fürchterlich mit meinem Bruder und mir geredet hatte, habe ich oft gedacht, wenn mir Rudloff unter die Augen kam, und es konnte gar nicht anders sein: Die Schreckensbilder, die ein Junge sich nach fürchterlichen Vatersworten von zerquetschten Uhrmacherfingern gemacht hatte, blendeten sich in meine Vorstellungen vom Treiben des Hauptkommissars Rudloff in jener Zeit, in der er noch nicht mein Zellengenosse war.

Und das wollte mich nun verhören? Nach polnischen Dorfschulzen und russischen rückwärtigen Diensten und müden Leutnants und stämmigen Helfern des Herrn Dąbrowski nun das? Das doch nicht. Der, von allen der, will mich in einen dritten Grad von Gefangenschaft? Der weiß wohl nicht, daß mir dämmert, meine allererste Gefangenschaft habe in seiner Nähe stattgefunden?

Dann muß er das gesagt kriegen. Dann muß er was gesagt kriegen. Was sagt man dem?

Nun, was ich ihm sagte, hört sich derzeit fast läppisch an, abgebraucht und nicht sehr spitz und scharf, wenig stechend und für feine Grenzprozesse kaum geeignet. Ich sagte Nazi zu ihm.

Ich sagte: Geh mir aus dem Wind, du Nazi!, und da hatte ich was gesagt. Lachhaft, aber wahr: Die wollten nämlich alle keine sein. Einige hielten für möglich, daß sie Nationalsozialisten gewesen seien, aber Nazis, unmöglich. Nicht einmal der Wehrglöckner Kühlisch, dem des Führers Grüße via Gauredner Sombart schönstes Erlebnis gewesen waren, mochte hören, daß man ihn einen Nazi nannte.

Nazi galt als ein Schimpf, und den verdienten sie nicht. Der hörte sich nach Bauchspeck hinterm Koppelschloß an, und sie hatten mit ihren Leuten geteilt. Er klang nach Fanatismus, und sie waren sachliche Männer im harten Dienst am Vaterland gewesen.

Nein, nein, sie wollten sich nicht lossagen von einer Idee, einer reinen und richtigen Idee, notwendig als ein Halt gegen das Chaos; sie wollten nur bei der Wahrheit bleiben. Sie waren Soldaten gewesen, Offiziere, Beamte, Führer und Hoheitsträger, manche Gefolgsleute der Partei, durchaus nicht alle, manche ein wenig zu gläubig, sicher sogar, und so erklärte sich auch der eine oder andere Akt, den man ihnen hier als Übergriff anlasten wollte – mochte alles sein, und den Vorwurf, sie hätten mit strengster Härte und härtester Strenge für die völkischen Belange Schild und Schwert geführt, den mußten sie hinnehmen, schließlich, sie waren die Besiegten, aber Nazis waren sie nicht.

Da hatte ich aber was gesagt. Das nahmen sie alle übel.

Schlimm genug, daß der Pole sie Faschisten nannte. Schlimm und lächerlich, denn sie waren schließlich nicht beim Duce gewesen. Schlimm genug, daß der Pole sie wie italienische Verbrecher behandelte, aber was sollte man von einem Landsmann sagen, der einen Landsmann Nazi nannte. Unter solchem Dach.

Schmach.

Schmach war das Wort, das sie für mich fanden. Es war eine Schmach. Ich war eine Schmach.

Nun muß ich gestehen, eine Schmach wollte ich ungern sein, jedenfalls für einige in der Zelle wollte ich es ungern sein, deshalb sagte ich zu Lundenbroich: Ich verstehe das nicht. Sie schicken diesen Verhörkommissar gegen mich, und ich wehre mich, und da sprechen Sie von Schmach. Ich dachte, es ist eine Schmach, wenn man sich nicht wehrt. Der Major schien zu überlegen, ob er sich mit mir einlassen könne, dann antwortete er: Man geht nicht gegen die Eigenen mit den Waffen des Fremden.

Aber gegen einen Eigenen wie gegen einen Wildfremden darf man?

Na ja, sagte Lundenbroich, der Herr Kommissar langt gleich kräftig hin. Das ist so seine Amtsart.

Und die darf man nicht Naziart nennen?

Nicht hier. Nicht bei den Polen.

Bei uns zu Hause hat man aber auch von manchen als von Nazis gesprochen.

Der Herr Onkel, nicht wahr! sagte General Eisensteck, dieser Onkel Tommy mit dem roten Matrosenslang.

Ach, Herr General, wandte Major Lundenbroich ein, das muß man vielleicht nicht so sehen. In meiner Familie hat man gelegentlich auch Nazis Nazis genannt. Darum geht es ja nicht. Es geht darum, ob man sich in dieser Zwangs- und Notgemeinschaft einer Sprache bedienen darf, die inzwischen nur die Sprache des Gegners ist.

Das sind so Juristereien, sagte Eisensteck.

Und ich sagte: Sie könnten mich doch fragen, Herr Lundenbroich; Sie würde ich bestimmt nicht Nazi nennen.

Das wäre auch noch schöner. Das wäre aus obengenannten Gründen unstatthaft im ethischen Sinne, und aus Gründen meiner persönlichen Überzeugungen wäre es unangebracht, unzutreffend, unberechtigt. Aber zur Sache, und das möglichst kurz: Sie versichern, daß Sie während Ihrer in Rede stehenden Abwesenheit weder freiwillig noch genötigt mit dem Gegner zusammengearbeitet haben und auch zu keinerlei Tätigkeit oder Haltung verpflichtet wurden, welche sich gegen die Interessen unserer Zwangsgemeinschaft beziehungsweise gegen einzelne Mitglieder dieses Zwangsbundes richten könnten?

Ich glaube, sagte ich, wenn ich das ganz verstanden habe, müßte ich jetzt beleidigt sein, aber damit wir vorankommen: Nein, habe ich nicht, bin ich nicht, es sei denn, Sie nennen Parkett-mit-Glas-Abkratzen Zusammenarbeit; wollen Sie meine Quesen sehen?

Quesen?

Quesen, ja, dieser Sprache bedient man sich bei uns zu Hause, wenn man von Blasen, künftigen Schwielen oder schon vorhandenen Schwielen spricht. – Ich hielt ihm meine Hände hin; es war zu sehen, daß sie weit unterm Gips in die Härteskala gehörten.

Der Lapplanddoktor schenkte ihnen einen Blick und sagte: Hübsch!, und Jan Beveren wandte sich aufgebracht gegen ihn: So soll man nicht sagen, wenn man Doktor ist, und der Kamerad hat so einen dünnen Knokken. Der Arzt antwortete erfreut: Sie scheinen schon vergessen zu haben, daß Ihnen der Kamerad mit seinem dünnen Knokken recht hübsch die Pfote angedickt hat. – Ansonsten ist was gepflegt Manuelles genau das Richtige für die atrophische Gliedmaße.

Jan Beveren besah besorgt und verwirrt seine Hand, die aber längst wieder zur Gärtnersarbeit getaugt hätte, und ich dachte: Gliedmaße, wußte ich gar nicht, daß Gliedmaßen weiblich sind. Und ich dachte: Jetzt scheint der Hagel vorbei zu sein, aber richtig war es doch, den Rudloff mit einem Punkt zu stechen.

Da sagte der Hauptsturmführer: Noch mal zu dieser Sache, Grenadier – Ihr Wort genügt mir, klar, Sie treiben es nicht mit denen da draußen. Aber Sie wollen es, natürlich nur für meinen ausgefallenen Geschmack, etwas zuwenig oder gar nicht mit denen getrieben haben, die hier drinnen versammelt sind. Bei einzelnen Persönlichkeiten kann ich folgen. Den Sittenstrolch von Gasmann schenke ich Ihnen; ebenso den Herrn von der Post, der eine polnische Dame wegen seiner Hose erschlägt, nachdem er ihr vorher, sooft er nur konnte, in die ihrigen gestiegen ist, geschenkt auch den. Die und ein paar mehr, geschenkt – unter anderen Umständen, Grenadier. Die Umstände sind aber, Herr Lundenbroich weiß das fein zu sagen, die eines Zwangsbundes, einer Notgemeinschaft. Trennung von Einzelnen bedeutet hier den Beginn der Auflösung. Geht nicht, Grenadier. Sie gehen auf Abstand von Rudloff, weil der Gestapo war. Und dann? Dann geht Lundenbroich auf Abstand von mir, weil wir sehr verschieden vom zwanzigsten Juli denken. Und ich gehe auf Abstand von Beveren, weil der Totenkopf war und in Auschwitz, als Gärtner, gewiß, aber ich bin immer Frontsoldat gewesen. Und Beveren will nichts mit Geissler zu schaffen haben, denn Geissler war in Treblinka, und da hatten sie nicht einmal Tulpenrabatten. General Eisensteck und Generalmajor Netztorf müssen sich trennen; die Papierfrage bringt sie auseinander. Der Bahnrat, der so schön Englisch kann, lehnt den Gasmann und den Postrat ab; die haben polnische Figuren eigenhändig ins Jenseits befördert, und er hat sie nur befördert, und zwar fernschriftlich. So geht es nicht, Grenadier.

Ich komme Ihnen nicht mit: Unsere Ehre heißt Treue – war ein schöner Spruch. Es ist viel einfacher, Sie Poete: Wir gehören zusammen wie der Wind und das Meer. Schon, schon, jeder nach seiner Fasson für seinen Hals, aber davor noch: Keiner in diesem Notbund gegen des anderen Hals, wenn der Hals zur Debatte steht. Und er steht zur Debatte; unsere polnischen Freunde lassen keinen Zweifel daran.

Wenn es um Ihren geht, Herr Volksgenosse, können Sie von mir aus erzählen, Sie sind der Großmufti von Jerusalem oder Marschall Mannerheim, aber nennen Sie, bitte, Jungmann, niemanden hier einen Nazi. Es wäre dies im Grunde nur eine andere Form des Überlaufens.

Fertig? fragte ich, und viel mehr hätte ich kaum gewußt.

Fertig, sagte der Hauptsturmführer, beinahe. Nur eine Kleinigkeit noch, die ich aber nicht vergessen möchte.

Nehmen wir an, Sie sind nicht der Vogel, für den der Pole Sie hält; könnte ja sein, Sie sind es nicht. Wieviel blütenweiße Unschuld sind Sie dann? Neulich ist Ihnen das Maul übergegangen, weil die Judenstadt nun so aussieht, und an Geiselerschießungen schienen Sie auch etwas bemängeln zu wollen, und zu so einem alten Gestapoknilch sagen Sie Nazi – Sie möchten uns wissen lassen, Sie hatten mit Judenviertel und Geiseln und Gestapo nichts zu tun. Sie werden lachen: Ich auch kaum. Aber werde ich Sie deshalb einen Nazi nennen? – Nur eine Frage, Grenadier, haben Sie auf irgendwas Fremdländisches geschossen?

Ich bestreite doch nicht, daß ich Soldat war.

War nicht die Frage. Ob Sie geschossen haben, war die Frage.

Ja, ein paarmal.

Getroffen?

Ja, zweimal habe ich getroffen. Einen Panzer und einen Koch.

Ganz hübsche Strecke in dem Alter: Fünf Männeken und ein Panzer.

Aus dem sind drei rausgesprungen.

Nun verkleinern Sie Ihre Verdienste nicht. – Und sage nicht, zwei wären nichts. Es heißt, es sollen insgesamt einhundertzehn Millionen Soldaten an diesem Krieg beteiligt gewesen sein. Denke mal an, jeder zweie, was da jetzt Platz wäre. Aber lassen wir die Welt. Bis zum November 44 hatte unser geliebtes Vaterland dreizehn Millionen unter seine Fahne gerufen …

Ich bin erst im Dezember gezogen worden.

Also im Dezember dreizehnmillionenundeiner; das macht, wenn jeder so fleißig war wie du, sechsundzwanzigmillionenundzwei. Aber es war ja nicht jeder so fleißig. Du brauchst dich nur hier umzusehen. Der Gasmann: einen – du hast das Doppelte. Der Postrat: eine – Geschlechterfragen beiseite, du hast das Doppelte. Den Bahnrat schlägst du um zweihundert Prozent, der hat nur Fahrpläne gemacht, und du bist auch zweihundert Prozent besser als Beveren – die Tulpen, du weißt. Rudloff, Hauptkommissar bei der Gestapo, das übersehe ich nicht, das wollen wir nicht berühren, aber unserem Eskimodoktor hast du die Nase wieder weit voraus, denn der hat ja nicht nur keinen umgebracht, der hat sogar so manchem zu neuem Leben verholfen. Gegen den bist du gar nicht auszurechnen.

Nein, laß nur, Grenadier, zweie, das ist schon erheblich. Ich sage dir, ohne dich wäre es nicht gegangen.

Ohne Leute wie dich, ich sage dir, ohne die hätte der Kühlisch sich nicht um die Glocke kümmern können, weil er ja, dich zu ersetzen, hätte schießen müssen. Und die Herren

Generäle hätten es auch selber tun müssen, ohne dich. Meinst du, der Rudloff hätte in Ruhe ein anständiges Verhör aufbauen können, wenn er andauernd nach der Front hätte lauschen müssen? Mußte er aber nicht; du warst ja da. Du warst für viele da; sei nicht so bescheiden. Ohne die beiden Abschußringe an deinem Gewehrlauf wäre gar nichts gegangen; die Post nicht, die Bahn nicht, die Gasanstalt nicht, die Tulpenzucht nicht, Herr Rudloff nicht, ich nicht, das Ghetto nicht und Treblinka nicht – schön wären wir dagestanden ohne dich; da willst du uns jetzt verlassen?

Der Hauptsturmführer hat leise und ruhig gesprochen, und ich habe geschwiegen und bin sehr unruhig gewesen.

Weil es vielleicht nicht stimmte, aber doch stimmte. Weil es bestimmt nicht sein konnte, aber doch war. Weil ich nicht zustimmen durfte und es doch mußte.

Es war ein lustig tanzender Gedanke, der ging: Du wirst als Schlagetot geführt; also los. Ein sehr witziger Gedanke. Es scheint, in seinem ersten Teil ein sehr richtiger Gedanke. Du wirst als Schlagetot geführt. Du mußt dafür gelten. Du bist als solcher anerkannt. Von Schlagetoten bist du anerkannt.

Für die Schlagetote gegangen. Mit den Schlagetoten gefangen. Totgeschlagen und gehangen.

Liebe Mutter, sie sprechen hier so häßlich von mir. Die einen sagen, ich gehöre zu den anderen, und die anderen sagen, ja, ich gehöre zu ihnen. Ich will nicht, aber sie sagen es so, daß ich es glauben muß. Es hilft nicht, daß ich nicht will; ich bin so ungeübt im Wollen. Sie sagen, ich bin ihr Helfer gewesen, und ich weiß nicht einmal ihre Taten genau. Von einigen weiß ich sie, und ich fürchte mich, die der anderen zu erfahren. Weil ich in allem als ihr Helfer geführt werde.

Die einen sagen sogar, ich soll weit mehr gewesen sein als nur ein Helfer. Die anderen sagen, wenigstens ein Helfer bin ich gewesen. Ich habe immer gedacht: Wenn ich nur aus dieser Grube käme. Nun weiß ich, ich bin in zwei Gruben. Die eine ist tief, aber sie ist nur für mich und eng; es müßte aus ihr herauszukommen sein. Doch käme ich heraus, fände ich mich in der anderen, weiteren und mir angemesseneren. Ich weiß nicht, wie ich aus der Grube soll.

Ich spreche seit langem mit niemandem mehr. Weil ich seltsam alt geworden bin, werde ich der Älteste geheißen, und an jedem Morgen und auch an jedem Abend rufe ich einem, der das wissen will, zu, daß wir vollzählig versammelt sind. Daß wir alle beisammen sind.

Manchmal denke ich, ich bin nicht mehr ganz beisammen. Mein Kopf, denke ich, ist vielleicht wie mein Arm. Wie der war. Er ist schon wieder gewachsen. Ich habe mit ihm den Erdball an einer Stelle ein wenig dünner gemacht, da wurde der Arm wieder dicker.

Ich bin durch diesen zweiten Sommer gegangen und habe mich mit einem Scherben in den Boden gegraben. Ich habe gekratzt, als hätte ich nicht an zwei Gruben genug. Vielleicht geht es unten hindurch, wenn es oben hinaus nicht gehen will.

Es ist eine Frau da, die sieht mir beim Schaben und Ritzen und Kratzen zu, aber sie ist in einem wie die, von denen ich der Älteste bin: Sie spricht nicht mit mir. Und in anderem ist sie wie du: Sie gibt mir zu essen.

Nur, wenn niemand mit mir spricht, vergehe ich. So muß ich, ich muß, mit mir selber sprechen; man nennt es Gedichte.

Sie geben meine Stimmung, aber sie stimmen nicht. Ich zeig dir, was ich meine:

> Das Leben fliehn; so ist mir durch den Tag.
> Ich sollte mich von dieser Erde reißen.
> Und alles abwerfen, was ich trag,
> Drängt's mich, ins grüne Gras zu beißen.

Du siehst, es ist eine Stimmung und hat keine Vernunft. Es ist gemacht, daß es einen Witz ergibt. Einer fällt und sagt dabei: Ab geht er! und sorgt sich um den Reim darauf.

Sage du nur keinem davon. Ich möchte, daß es alle wissen, aber ich möchte nicht, daß es einer weiß.

Liebe Mutter, sie schweigen hier häßlich zu mir. Deshalb

habe ich einmal mit dir sprechen müssen wie sonst nie. Erschrick nicht, wenn ich so rede von grünem Gras oder auch von kornbleichen Falben. Es ist nur wegen des Kopfes im Beton und daß er nicht verkümmert, wie mein Arm verkümmert war.

Ich will mit dir reden können, wenn ich nach Hause komme. Ich will nach Hause, daß ich mit dir reden kann.

Ich war nicht so geübt im Wollen. Ich übe jetzt. Dein Mark.

Und eines Abends, ich hatte schon so viele Morgen Parkett geschabt, wie einstens Kohl zu Sauerkohl getreten, und ich verzehrte schon lange und beträchtlich vom selbstgemachten Sauerkraut und war immer noch Ältester in der Zelle, in die ich von der Arbeit zurückkehrte und in der ich einen Sommer lang eingeschnürt blieb in das Schweigen meiner Kumpane, weil ich falsch zu denen geredet hatte, sie bei einem Namen genannt, den sie nicht mochten, von niemandem und schon gar nicht von mir, denn ich war, so sagten sie, doch ihr Helfer gewesen, und solange ich das Wort nicht zurückgenommen hätte, bekäme ich kein einziges Wort von ihnen zu hören, kein gutes und kein böses – und eines Abends, dieses Abends war alles anders.

Ich wollte wortlos in den Bau schliefen, grußlos einfahren in die Höhle, möglichst auch blicklos, wie ich es schon länger übte, aber ich konnte nicht übersehen: Sie standen anders da. Und ich konnte nicht überhören, daß einige: Guten Abend! sagten oder: Da ist er ja!, und den Major Lundenbroich konnte ich weder übersehen noch überhören, denn er trat mir in den Weg und sprach: Man hat sich geeinigt – die Acht ist aufgehoben; Sie kehren in die Notgemeinschaft zurück. Das Wort ist vergessen, ist nie gesprochen worden; man hofft, es fällt Ihnen nicht wieder ein. Also auf gute Kameradschaft; sie ist nun nötiger denn je.

Er hielt mir die Hand hin, und ich brachte die Stärke auf, sie nicht zu nehmen.

Doch, es hat Stärke dazu gehört, denn oft war ich bereit gewesen, dem ersten, der wieder mit mir spräche, um den Hals zu fallen. Und von Lundenbroich konnte ich wissen, daß nicht er auf den Gedanken gekommen war, mich in Acht und Bann zu tun. Auch von einigen anderen. Jan Beveren hat mich bekümmert angesehen, traurig und stumm, wie Hunde manchmal sind. Der Gasmann hat bei Gelegenheiten sogar an meinem Ohr gezischelt; dem fehlte ich, ausgerechnet dem. Und Ortsbauernführer Kühlisch fehlte ersichtlich ein Gemeinschaftserlebnis, als ich keine Dichtung mehr losließ. Der Postrat hatte einige Anläufe gemacht, hatte es bis zum Räuspern gebracht, und nur das bedrohliche Räuspern besonders strenger Bannwächter hat mich vor der Mitwisserschaft an seinen neuesten und zweifellos unlauteren Plänen bewahrt.

An diesem Abend war aber auch für ihn alles anders; niemand hielt ihn auf, und ich wußte ihn mir nicht vom Halse zu halten.

Höre mal, Kollege, sagte er zu mir, und wenn ich auch nicht sah, worin ich sein Kollege war, hörte ich doch. Höre mal, sagte er, sind es immer noch Büros, in denen du tätig bist? Behördliche Diensträume, Ämter, Kanzleien?

Ich konnte mich nicht ermannen, gerade dem als ersten ein Wort zu sagen, aber ich nickte.

Mehr brauchte der Postrat nicht; er war nun nicht zu halten. Höre, Kollege, sagte er, da mache doch einmal die Augen auf, und wenn du einen Stempel siehst, dann mache die Hand auf und dann die Tasche. Oder bringe ein Stück behördlichen Papiers. Am besten bringst du beides. Tinte und Feder dazu, und ich mache uns Schriftstücke, eins für dich, eins für mich. Der volksdeutsche Pauker sagt es uns polnisch, und dann wird Entlastendes aufgeschrieben. Unterschrift, Stempel, ist das gut?

Ich wollte fort von ihm, aber da ich spürte, daß die anderen noch nicht wußten, wie man wieder auf eine Haltung mit mir kommen könnte, ließ ich den Postrat, der so penibel mit seinen Hosen gewesen war, weiterreden.

Höre, Kollege, damit du siehst, ich denke über den Tag hinaus: Ich gehe nicht zur Post zurück; ich gehe in eine mittlere Stadt, klein genug, daß sie noch kein Schreibbüro hat, groß genug, eines zu brauchen. Ein paar Schreibmaschinen zur Benutzung durch jedermann, der auf der Maschine zu schreiben wünscht und keine besitzt. Oder, und da setzen wir an, Kollege, eine besitzt, sie aber nicht zu benutzen wünscht. Niedrige Gebühren, ruhige Atmosphäre, diskrete Raumteilung, das bieten wir. Und was bietet die Sache uns? Dies, Kollege: Ich bin ja nicht irgendein Postrat, Päckchenverlader, Schalterverwalter, ich bin Fernschreiber. Und unsere Maschinen werden Fernschreiber sein, ein wenig getarnt, technisch kein Problem, und der Rest ist bares Geld. Man denkt, man tippt ein anonymes Briefchen, und dabei tickert uns der Gegenapparat im Nebenraum eine Kopie unter die Augen, und wenn wir die Nutzungsgebühr kassieren, sehen wir uns den Schreiber an und taxieren schon ganz andere Nutzungsgebühren. Aber auch namentlich Gezeichnetes kann durchaus von Interesse sein. Darlehensbitten, Stundungsersuchen, jede Art Finanzielles ließe sich verwerten. Offenlegungen vor Behörden, Beschwerden, Klagen, zweckdienliche Hinweise, pures Gold. Natürlich, Kollege, das purste Gold ist aus den unreinlichsten Postsachen zu gewinnen. Ein Lehrer wird sein Gehalt mit uns teilen auf die obszönen Brieflein hin, die er bei uns für eine Schülerin fertigte, ganz allein, ganz geheim. Die Nachbarin, die der Nachbarin schreibt, sie wüßte genau von der Nachbarin und einem gewissen Nachbarn, die wird errechnen können, um wie vieles billiger wir sind als Skandal, Gericht und Rechtsanwälte. Oder ein Mütterlein, Kollege …

Aber da hatte ich endlich von dem Kollegen genug. Ich ließ ihn stehen und sagte nicht einmal, er solle die Klappe halten. Es wäre nach so langem Schweigen zu sonderbar als Erstes Wort gewesen.

Der Tulpenmann hat mir geholfen, Passenderes zu finden. Er strich zuerst noch zögernd um mich herum, dann fragte er: Hebben sie dir vertellt, was hier losgegangen ist?

Nein, sagte ich, und nein war das passendste Erste Wort für mich in diesem Haus, in dieser Gesellschaft und nach diesem Sommer.

Sie hebben die Beklagungen gekriegt. Sechs Mann sind bei dem Prokurator gewesen. Er hat sie vertellt, was er von sie will.

Und was will er? sagte ich, und nur noch ganz nebenbei dachte ich, daß ein Fragesatz der passende Erste Satz hier sei, und Jan Beveren erzählte mir, was der polnische Staatsanwalt von einem halben Dutzend meiner Notnachbarn wollte.

Von Nachbar Netztorf wollte er wissen, wie sich der Generalmajor zu dem Vorwurf stelle, er habe durch die zwangsweise Heranziehung von weiblichen und jugendlichen Zivilisten zu militärischen Schanzarbeiten und durch die Unterlassung, sie rechtzeitig aus dem Kampfgebiet zu verbringen, den Tod von mindestens dreihundert weiblichen und jugendlichen Bürgern verschuldet.

Von Nachbar Rudloff wollte er wissen, ob man sagen dürfe, der Hauptkommissar habe durch seine Verhörmethoden wenigstens einundzwanzig polnische Beschuldigte ihren Richtern entzogen.

Von Nachbar Geissler und einem weiteren Nachbarn von der SS wollte er wissen, wie hoch sie ihren Anteil an der Höhe des Aschebergs von Treblinka veranschlagten.

Von einem stillen Nachbarn, der ein stiller Bauersmann gewesen war, wollte er wissen, wo eigentlich die begüterte Familie aus Warschau geblieben sei, von der es hieß, man habe sie gleich nach der Okkupation zuletzt bei ihm in der Scheune gesehen, mit Kindern und mit viel schwerem Gepäck.

Vom Hauptsturmführer, der auch mein Nachbar war, wollte er Näheres über dessen Soldatentaten an den Fronten Milastraße, Gęsiastraße und Zamenhofstraße wissen.

Lächerlich aber wirklich: Während mir Hauptscharführer Beveren klagte, wessen sechs unserer Nachbarn beschuldigt wurden, umringten uns immer mehr unserer Nachbarn, nein, umringten vor allem mich, schienen augenblicks wettmachen zu wollen, was sie mir über Wochen durch Verweigerung angetan, hatten mich nicht nur aus Acht und Bann befreit, achteten jetzt auf jedes meiner Worte und sahen mir gebannt auf den solange verschlossen gewesenen Mund. Als ob bei mir Schutz und Rettung wäre vor den Fragen des Prokurators; als ob sie die Knaben wären und ich ein ergrauter General; als ob sie die Jüngsten wären und ich der Älteste.

Ich war aber ja der Älteste. Ich war der einzige mit Arbeit unter lauter Arbeitslosen. Ich war der einzige, der zur Zeit in der Welt herumkam, über großen Hof und kleinen Hof, über eine große Straße in eine kleine Straße, aus der Zelle in Büros, vom Asphalt auf Parkett. Ich war der einzige, mit dem man sich wochenlang nicht ausgesprochen hatte; konnte doch sein, ich wußte Neuigkeiten; konnte doch sein, ich wußte Rat ob der neuesten Neuigkeiten.

Schließlich, er ist der Zellenälteste.

Ich wollte es mir gerade bequem in meinen wiedergewonnenen Würden machen, schickte mich an, mir den Kronreif etwas schräg aufs Haupt zu drücken, rekelte mich eben in den halbvertrauten Hermelin, da sprang mir die Haltung bei, die man später Skepsis nannte, und die Skepsis sagte zu mir: Paßt ihr jetzt besser? Wo haben die denn plötzlich alle die Ohren her? Was lockert ihnen die Zungen? Wieso die jähe Beredsamkeit? Woher die vielen Kameraden?

Sie haben die Reichsacht von dir genommen, und da bist du König, ja? Sie drängeln sich an dich, und alle die Einsamkeit, die beißender war als die in der kleinen Zelle, ist nicht gewesen? Ihr seid eine Notgemeinschaft; und das weißt du nun?

Es ist ihnen kalt; du sollst mit wärmen kommen. Sie werden weniger; sie brauchen jeden Mann. Du warst dabei, dich zu entfernen; beschleunigt durch ihren Tritt, warst du dabei; nun bleibe in der Fahrt und bleibe in der Richtung. Sie hatten dich doch zum Überläufer erklärt; was kommst du zurückgekrochen? Bleib der Deine, ich bleib Meiner.

Das war wohl abzusehen, sagte ich, daß die eines Tages

mit Beschuldigungen kommen würden. Die denken doch, sie haben es mit Nazis zu tun. Aber aus dem, was ich höre, haben sie noch keinem so einen Vorwurf gemacht. Oder sie fürchten, ihr redet dann nicht mehr mit ihnen. Da sind sie eigen. Sie legen großen Wert auf das Gespräch. Manchmal sind sie müde; dann sind sie dankbar für jede Unterhaltung. Und wenn euch so gar nichts einfällt, erzählt ihnen euren Lebenslauf. Oder besser, versucht ihnen zu erklären, daß ihr keine Nazis seid; sie werden aus dem Staunen nicht herauskommen. Ich glaube, sie werden sich schier endlos mit euch darüber unterhalten wollen.

Schon verstanden, sagte General Eisensteck, der Herr Muschkote hat Oberwasser. Daß Sie es nur wissen: Für mich sind Sie auch weiterhin nicht vorhanden.

Befehl, Herr General, sagte ich, nur, bitte, wenn ich Ihnen gerade im Wege stehe, versuchen Sie nicht, durch mich hindurchzugehn. Ich bin neuerdings so jähzornig; meine Mutter wird sich wundern.

Nun hätten sie sich eigentlich über mich hermachen müssen, aber es war eben anders an diesem Abend und anders seit diesem Tag.

Ich bin, dachte ich, und ich hatte keine Freude an dem Gedanken, auf eine verschränkte Weise in ein Verhältnis mit den Polen gekommen. Die haben denen hier, sechsen von denen, erzählt, was sie von ihnen halten; das macht die ganze Notgemeinschaft schwach. Nun ist mehr Not als Gemeinschaft, und das gibt mir Luft.

Ja und? dachte ich dann, willst du dir daraus ein Gewissen machen? Wenn es stimmt, daß du ein Helfer von denen warst – und darauf bestehen sie doch, und deshalb bist du ja hier –, dann bist du, logisch, zuerst ihretwegen hier, durch sie. Ohne sie wärest du nicht hier. Du bist ihnen nichts schuldig.

Aber den Polen, hilft nichts, mußt du zugeben, bist du was schuldig. Wenn der Hauptsturmführer in Ruhe hat die Gęsiastraße zerreiben können, weil du als Verstärkung im

Anmarsch warst, dann bist du den Bewohnern der Gęsiastraße etwas schuldig. Richtig? Richtig.

Wenn Geissler und sein Kumpan sich ganz der Asche widmen konnten, weil sie dich in Reserve wußten, dann bist du jenen etwas schuldig, denen heute fehlt, was nur noch Asche ist. Richtig? Richtig.

Könnte doch sein, der Panzergraben, durch den du seitlings dem heranrollenden Feuer hast entfliehen können, wurde von den Frauen und Kindern geschaufelt, die Netztorf dort versammelt hatte. Netztorf lebt, und von denen sind viele tot. Wem bist du etwas schuldig?

Denken hilft – mußt bloß können. Und mußt wollen. Du hast doch gesagt, du willst jetzt wollen.

Niebuhr, ich glaube, erst damit fängt Freiheit an. Nicht schon, wenn er etwas nicht muß. Erst, wenn er etwas will. Wenn er will, was er muß. Du mußt von den Aschemachern los; das wirst du doch wohl auch wollen. Du mußt zahlen, wem du etwas schuldig bist; wie könntest du es nicht wollen?

Richtig, alles richtig, nur: Sie halten ja auch mich für einen Aschemacher.

Wer redet mir da von verschränkten Verhältnissen und von Freiheit gar?

Man muß wollen, was man muß?

Ach, zuerst muß man können, was man will.

Und ich dachte: Das ist schon wahr, der Abend ist anders als der Morgen, und der Sommer geht anders aus, als er begann. Als er anfing, haben die hier mich verhören wollen, und nun, wo er sich neigt, verhört man sie, und sie hören beinahe hin zu mir.

Aber von Freiheit sehe ich nichts; die müßte durch dicke Wände, und das ist, soviel ich weiß, gespenstischen Geistern vorbehalten. Ich glaube aber an Gespenster nicht; wie soll ich da an Freiheit glauben?

XXV

Ich habe in diesen Jahren wenig geträumt. Könnte sein, der Tag war der Nacht mit seinen Erfindungen voraus; die Nacht wußte nichts mehr, wenn sie mich übernahm.

Jene, die jenem neuartigen Abend folgte, hat noch etwas gewußt. Ein kalter Märzwind ist gegangen, über viele Höfe ging es, und alle Lampen waren blau gestrichen. Es stellte sich heraus, der Prokurator war der bärtige Soldat vom Tor, oder der Soldat vom Tor war nur Prokurator. Es war sehr verschränkt, denn er hat mir seinen Lebenslauf verlesen. Ich wußte, ich mußte ihn aufhalten, denn ich wußte nicht, was er in seinem Lebenslauf finden würde.

Eine Frau hat mitgeschrieben, aber es ist kein Papier in ihrer Maschine gewesen, und mir war nicht klar: Kannte ich die Frau vom Parkett oder vom Bahnhof, und es saßen mehrere Leutnants da, manchmal dachte ich, es seien sechs, und sie sagten, ich müßte die Frau identifizieren.

Es wurde dann etwas ungenau, wir sind mit der Straßenbahn bei Hochdonn über den Kanal gefahren und kamen in ein Land, in dem keiner mit mir sprach. Nicht einmal meine Mutter hat mit mir gesprochen, und das war wie eine Plättschnur ums Herz.

Nach dem Erwachen hat sich herausgestellt, daß es anderen ähnlich ergangen war, und wenn es sonst als unstatthaft galt, Träume auszubreiten, an diesem Morgen wurden sie erzählt, und man hörte auch zu. Nur Generalmajor Netztorf verbrauchte das Wasser wie an jedem Tag zweimal.

Aber zusammengefahren sind alle, als der Schließer kam; er wollte jedoch nur von mir hören, ob wir vollzählig seien.

Und als er ein zweites Mal kam, ließ er die Kalfaktoren mit dem Brot und dem Kaffee herein.

Und als er ein drittes Mal kam, ließ er mich zum Parkett hinaus. Nur, ich bin nicht mehr bis zum Parkett gekommen, nie mehr, und manchmal, wenn ich an das Verwaltungshaus in der Straße neben dem Gefängnis denke, komme ich in ein Zimmer, in dem ist der Fußboden beinahe genau geteilt; die eine Hälfte dunkel von den Tritten ich weiß nicht welcher Schreiber, und die andere glänzt hartholzfarben, kornbleichfalb.

Ich bin nur bis an das Tor von meinem Parketthaus gekommen, denn dort ist ein Offizier erschienen und hat einen Wortwechsel mit meinem Posten gehabt, in einem Ton, wie ich ihn von Soldat und Offizier nur kannte, wenn beide seit längerem den Asphaltboden einer Zelle teilten. Es ist telefoniert worden, und schließlich wurde entschieden, ich sollte dorthin, wohin mich der Offizier gern haben wollte. Das war die Straße etwas hinunter und auf ihrer anderen Seite, und es wurde klar, warum der Offizier solchen Wert auf mich legte, denn ein Lastwagen stand dort mit Anhänger, und ein paar Frauen mühten sich mit gewichtig aussehenden Kisten ab.

Der Augenschein hat nicht getrogen; als ich einige Kolli in einen Keller geschafft hatte, wußte ich, daß meine Beine mehrere Jahre in Gips gewesen waren. Und nach mehreren Jahren unter Kisten, die jede wie Lastwagen wogen, hatte ich keine Beine mehr.

Da war aber Mittag, und die Frauen bestaunten das Durchlaßvermögen meines Schlunds, und ich bestaunte die Vielfältigkeit der Welt und die Einfalt oder die Einfallslosigkeit der Sprache. Denn es gab – nun ja, wir befanden uns noch im Weichbild des Gefängnisses und eines gewissen Gelasses dort –, es gab Krautsuppe, aber diese hatte mit der Kalfaktorenspeise soviel zu tun wie unsere Wohnküche mit der Rakowiecka-Zelle. Und hießen doch beide gleich. Wie Schlafen Schlafen heißt, ob es in Mutters Federbett ist oder in der Löffelreihe. Wie Träumen Träumen heißt, ob es von Pfirsichen geht oder Gasrohren, wie Menschen Menschen sind, ob sie

Postrat heißen oder Niebuhr. Solche Gedanken wischten durch meinen Kopf, hatten nicht Zeit, sich niederzulassen, denn ich brauchte mich ganz für die Köstlichkeit. Ein zauberischer Koch hatte sie aus den rarsten Elementen zusammengefügt, und ein verzauberter Niebuhr schmeckte sich, obwohl er die Suppe schlang, als wäre sie aus einem Stück, durch alle ihre würzigen Teile.

Es mußten Karawanen unterwegs gewesen sein, mir den Topf zu füllen – aus dem Morgenland, von Euphrat und Tigris herauf, aus persischen, indischen, chinesischen Kräuterhainen und herüber von Schleswig-Holstein am Meer. Der Speck war ohne allen Zweifel dithmarsischen Ursprungs, und der Kohl schien auch hinter einem Deich gewachsen, aber von da an war es zwiebliger, tomatiger, kümmliger, pfeffriger und gurkischer Orient, was ein Meister der schöpferischen Vermengung mir unter dem verheißungsarmen Namen Krautsuppe kredenzte.

Frauen – ich denke, jegliche Art von Frauen –, jedenfalls auch solche, welche in einem zerschroteten Warschau sitzen, sehen mit Wohlgefallen Männern zu, welche mit Wohlgefallen Speisen verzehren.

Der Grundsatz ist erstaunlich haltbar, denn er gilt auch noch, wenn mehrere Frauen nur einem Mann zusehen, der eine Suppe schlingt, die sie nicht gekocht haben und von der sie nur unbegeistert löffelten, und wenn die Frauen wissen, der gierige Mann hat etwas mit dem jetzigen Zustand ihrer Stadt zu tun. Der Grundsatz hat gegolten; ich glaube, die Weise, in der ich fraß, hat mich den Frauen mehr verbunden als die Weise, in der ich gearbeitet hatte.

Dabei hatte ich gearbeitet, war eine Einmannkarawane gewesen, hatte Lasten geschleppt, wie man sie gemeinhin auf mehrere Wüstenschiffe verteilt, war im Paßgang durch Gänge gestolpert, in die ich mit meinen Kisten kaum paßte, hatte die Hälfte der Fracht vom Auto, wo mich zwei Frauen beluden, schon in den Keller gebracht, wo mich drei andere Frauen entluden, und war vor lauter blindmachendem Eifer kaum dazu gekommen, die Packerinnen in den Oasen zu Enden der Wüstenstrecke näher zu betrachten.

Denn ich lief ja durch mein zweites Gefangenenjahr, war schon in dessen zweiter Hälfte und wußte, daß Eifer nicht schaden kann, solange die Augen der Aufsicht auf einem ruhen.

Aber nun, mit exotischem Kraut gefüllt bis an die Magendecke; die Männermuskeln, die lastbewährten, gelockert; Pausenstimmung im Herzen; fern einer Örtlichkeit, in der sie auf die Boten des Prokurators warten, nun darf man hinsehen auf die Mitarbeiterinnen. Und siehe, ich fand sie wohlgeraten.

Ich weiß selber, daß sie mir aus ähnlichen Gründen gewürzt erschienen, wie mir das Kohlgericht gewürzt erschienen war. Aber was ich heute weiß, ist für diesen Bericht weniger wichtig als das, was ich damals zu sehen glaubte. Weil das, was ich heute weiß, heute viele wissen, aber das, was ich damals sah, nicht viele gesehen haben. Und auch, was ich zu sehen glaubte, haben nicht viele sehen oder glauben können.

Ich fand die Frauen wohlgeraten. Dreie waren ein ganzes Ende älter als ich, dreißig vielleicht oder auch schon darüber hinaus, und zwei waren höchstens ein paar Jahre älter als ich. Die eine der Jungen und eine Ältere saßen abseits von den anderen, und ich merkte jetzt, daß sie auch etwas abseits behandelt wurden. Mein Posten und die drei Frauen änderten ihren Ton, wenn sie mit den beiden sprachen. Aber wohlgeraten waren alle fünf.

Und wenn es auch etwas zwischen ihnen zu geben schien, so hatten sie doch alle gute Laune. Und ich war ihr Thema, eindeutig. Nicht, weil ich so eine Schönheit war. Selbst mit Haaren auf dem Kopf und nach häufigeren Begegnungen mit speckhaltigen Gerichten war ich keine Schönheit. Ich war eben, was man sonst nur sagt, wenn man nicht unhöflich sein will, ich war es aber wirklich für sie: eine interessante Erscheinung.

Mein Posten wird seins dazu beigetragen haben; ein Löwenbändiger steht vor Damen anders da als ein Pudeldresseur; also werde ich ein Löwe gewesen sein. Und, um dem Mann nicht unrecht zu tun, man hatte mich ihm ja auch als Löwen ausgefolgt.

Eine interessante Erscheinung; die Frauen haben sie unter verschiedenen Aspekten behandelt.

Wie der geschlungen hat. Ob sie denen nichts zu fressen geben? Meint ihr, die hätten unseren was zu essen gegeben? Weggenommen haben sie es uns; wer wird sie jetzt füttern. Aber trotzdem, wie der geschlungen hat. Den Kapusta. Gab Zeiten, da hab ich den Kapusta auch so geschlungen. In seinem Alter hat man immer Hunger. Wie alt wird er sein? Eigentlich zu jung für den Bau. Was, wenn er alt genug war, hierherzumarschieren und wer weiß was anzustellen, dann soll er jetzt zu jung für den Bau sein? Von unseren haben sie noch viel jüngere geholt. Das ist nur Gerechtigkeit. Ja, Gerechtigkeit ist es, aber jung ist er, und gearbeitet hat er. Wäre wohl noch schöner, wenn nicht. Ja, aber der ist ja richtig gerannt, und geschwitzt hat er. Vielleicht hat er Angst? Soll er ruhig haben. Vielleicht hat er Angst vor Basia. Vor mir, warum denn vor mir? Vielleicht hat er von dir gehört und rennt aus Angst, weil er denkt, solange er Kisten stemmt … Haha, huhu. Wirklich sehr komisch, aber daß ihr es wißt: Von denen nicht einer, nicht von denen! War doch nur Spaß. Schöner Spaß. Wirklich nur Spaß. Schön, aber solchen Spaß könnt ihr mit den beiden Volksdeutschkas machen, nicht mit mir, und ich glaube, langsam müssen wir wieder.

Daran, daß ich schon auf den Beinen gewesen bin, als der Posten und die Frauen es sich noch überlegten, kann man sehen, wie gut ich alles verstanden habe. Ich möchte nicht beim einzelnen Wort genommen werden, denn ich konnte die Sprache nicht, aber die Richtung des Gesprächs und die Stimmungsschwünge in ihm habe ich mühelos verfolgen können.

Wozu nicht viel gehört und wofür ich gerüstet war.

Man muß nur einigen Leuten in einigen Lagen begegnet sein, und man muß neugierig genug auf Leute und Lagen gewesen sein, dann hat man schon viel für die Begegnung mit weiteren Lagen und Leuten; und Gespräche mit anzuhören, in die ich nicht einbezogen war, Gespräche auszudeuten, denen ich stumm und oft aus der Ferne zusah und die nicht selten abgebrochen wurden, wenn ich in die Nähe kam – darin hatte ich nach diesem Sommer doch Übung.

Ich hatte sogar Übung in der Kunst, an fremdsprachigem Austausch teilzunehmen, ohne selber den Mund öffnen zu dürfen.

Ich weiß nicht, was sie gemacht hätten, wenn ich, wie die anderen Teilnehmer am englischen Abendkurs des Reichsbahnrats, die Vokabeln laut nachgesprochen hätte. Vielleicht hätten sie mich in eine andere Ecke gejagt; vielleicht hätten sie es geduldet. Ich weiß es nicht; ich habe es nicht ausprobiert; ich hatte mir das Sprechen verboten, als sie einander verboten hatten, mit mir zu reden.

Aber nach innen gesprochen habe ich, Gedichte, das sagte ich schon, und auch englische Vokabeln. Und die Gespräche habe ich mit den Augen belauscht. Soweit es ging, auch mit den Ohren, aber vor allem mit den Augen.

Man muß nicht hören, was in einer Gruppe gesagt wird; den Chef erkennt man auch so. Und den Arschkriecher. Und den Gleichgültigen. Und den diebisch Wachen. Und den verdämmernd Dummen. Und ob sie Sieg oder Niederlage bereden, erkennt man auch. Wenn sie bei den Weibern sind, weiß man es gleich. Wenn beim Fressen, noch eher. Wenn Heldentaten dran sind oder Racheschwüre oder Reueanfälle, Räuberpistolen oder Reibekuchen. Man sieht die Zeichen von zerlaufenden Freundschaften und den Beginn von solchen, die als unzulässig gelten. Wenn einem alle feind sind, horcht man auf den Feind und achtet auf seine Staffelung. Wer spricht wie mit wem? Wer spricht nie mit wem?

Anfechtbares Gesetz, Niebuhrs Gesetz: Die Summe

menschlicher Bewegung bleibt gleich – sprichst du nicht, hörst du schärfer zu; spricht man nicht mit dir, siehst du dich schärfer um; geben sie dir kein Wort, kommst du zu schärferen Gedanken.

Anfechtbar, aber gültig für einen Sommer.

Ich habe die Gerüchte gehört, die mit dem Brot und dem Kraut und dem Wanzenpulver in die Zelle kamen, die im Bad ausgeteilt wurden und mit der frischen Wäsche und dem Friseur, und weil ich in ihre Umverteilung nicht einbezogen war, habe ich ihren Weg durch die Gruppen verfolgt, habe angesehen, wie sie sich blähten und wie sie zerschlissen wurden, habe aus Mückenlarven Elefantenkücken kriechen sehen, habe erfahren, daß die Atombombe nichts weiter war als eine mit amerikanischem Propagandagetöse verstärkte V 2; daß die Engländer Helgoland gesprengt hatten, weil Helgoland ihnen schon immer ein Dorn im Auge gewesen ist; daß die Witwe von Roosevelt alle deutschen Männer kastrieren lassen wollte, aus Deutschenhaß, da ihr Mann deutschstämmig gewesen war; daß Polen und Tschechen zu einem Kriege rüsteten, der dem deutschen Spreewald galt; daß Breslau und Stettin jetzt russisch seien und die Dänen Hamburg haben wollten; daß Rudolf Heß ein Agent vom Secret Service gewesen war und Polen kurz vor einem Bauernkrieg stand; daß wir demnächst alle raus kämen, die Amerikaner hätten es verlangt, der Papst hätte es verlangt, Churchill hätte es verlangt, ein internationaler Gerichtshof hätte es beschlossen, die gelbe Gefahr zwinge dazu. Alle Vernunftsgründe sprächen dafür.

Meine Mitsassen, die mich in Bann und Reichsacht geschlagen hatten, verpulverten sich bei Streitigkeiten, denen es nicht an Schärfe gebrach, wohl aber an lohnenden Gegenständen. Was vernünftig sei, wußten sie für jeden beredeten Fall und wußten es auf elf verschiedene Arten. Es war nun ersichtlich, warum es in der Welt sowenig Weisheit gab – die hier hatten sie mit Schöpflöffeln gefressen.

Es kann keine Frage sein: Hätte ich mittun dürfen, hätte ich bald genauso getönt, ebenso von Dingen geeifert, von denen ich nichts verstand, und da ich von wenigen Dingen etwas verstand, hätte ich sehr geeifert.

Nur, ich war ausgesperrt und war freigesetzt für zweifelndes Denken. Ich verstand nichts von Musik, aber als Major Müller mit immer heftigeren Worten die Ansicht vortrug, bei einer Neuordnung des Tonschaffens sollte jede Schöpfung eines jeweiligen Tonschaffenden mit demselben charakteristischen Auftakt versehen werden, da wußte ich, daß Major Müller zu Schaden kam.

Anfangs hat er sich noch erklärt, hat Bach oder Haydn gekräht und Wagner gebrummt und erläutert, wie man mit Hilfe dieser musikalischen Anfangszeichen die störenden Ansagen im Radio verkürzen könne oder bei Platzkonzerten nicht mehr nach Urhebernamen grübeln müsse, aber dann ist er nicht mehr von Beethoven fortgekommen und wie bei dem das Schicksal an die Pforten klopft; da wußten es alle: Major Müller war auf der Rutsche, und man sah besser nicht hin. Der Wahn erreichte nur selten diesen Grad, aber Anfänge gab es viele.

Da waren die Rassenspinner, die mit Worten wie bejahte Blutverpflichtung um sich warfen und sich heillos über der Behauptung eines SA-Führers zerstritten, die Bewegung hätte es viel weiter bringen können, wäre nicht Heinrich Himmler ein gescheiterter Hühnerzüchter gewesen. Manchmal wunderte es mich, daß die meisten verächtlich abwinkten, wenn einer mit Anteilnahme von Blut und Boden und Rasse sprach, denn solche wie die hatten auch mir von germanischer Berufung erzählt, und ohne sie wäre ich kaum darauf verfallen, im Spiegel meine Schädelform zu prüfen.

Von Brüdern ihrer Art hatte ich alles über die Volksgemeinschaft erfahren und wie man mit deren Hilfe den Klassenhaß aus der Welt schaffen könne, und nun hatten sie eine Schulungsgruppe für Betriebswirtschaft gebildet, und wenn deren Lehrwart, ein Glasfabrikant aus Liegnitz, den Leitspruch seines Vaters verkündete, nickten sie andächtig. Der Leitspruch hieß: Das Schrecklichste, Junge, ist, wenn man teilen muß.

Und wieder die Strategen: Die Schweiz, zuerst hätte man die Schweiz nehmen müssen. Rätselhaft, warum man das Potential der Auslandsdeutschen nicht besser nutzte – ein Signal, und aufstehen hunderttausend deutsche Männer in aller Welt. Oder ein einzelner kühner Mann in der argentinischen Pampa, eine Phiole Rinderpest im leichten Gepäck: Schluß mit dem Corned beef, das Schicksal Amerikas wäre besiegelt gewesen. Franco, das Schwein, kaum haut ihn die Legion Condor raus, wird er neutral. Mit den Buren am Kap hätte es zwingendere Absprachen geben müssen. Coventry war ein Fehler. Nein, Coventry war zu halbherzig; dreißig Conventrys hätten alles entschieden. Tunis, Tunis hätte alles entschieden. Die Ein-Mann-U-Boote zwei Jahre früher, das hätte alles entschieden. Paulus, der Verräter. Keitel, die feige Sau. Rommel, der wäre die Rettung gewesen. Atlantikwall zu undicht. Ostwall zu spät. Japaner zu fern. Italiener zu feige. Führer genial, aber einsam. Führer müssen sein. Kriege sind unvermeidlich. Kriegsverbrechen gibt es nicht. Somit ist nicht rechtens, was der Pole macht. Das gehört vor den Völkerbund. Nun kann er einmal zeigen, was er kann. Zuerst gehört geklärt, ob die derzeitige polnische Regierung überhaupt rechtens ist. Es soll scharfen Widerstand gegen sie geben, und mit dem polnischen Widerstand ist nicht zu scherzen.

Ich lege mir nichts Spätes zu, wenn ich sage: Nach diesem Gesprächsknick ist mir unheimlich geworden. Denn sogar der Hauptsturmführer setzte auf den polnischen Widerstand, zumindest auf dessen europäische Komponente.

Ich hatte aber seine leisen Belehrungen noch im Ohr, nach denen es sich bei den Polen um Kanalratten und Jauchesalamander handelte, um einen vermanschten Volksstamm, dem außer Tücke und List nie etwas eingefallen war, um eine Schnitterhorde, die irgendein schlafmütziger Potentat ans Abc herangelassen hatte, um eine Bande, die eigentlich ein Fall für die Polizei gewesen sei und nicht für anständige Soldaten.

Nun wartete er auf einen polnischen Aufstand, und der würde nach klassischen Mustern verlaufen: Man schloß die Grenzen und öffnete die Gefängnisse.

Klar, sagte der Hauptsturmführer, dort verwahrt man Spreu mit dem Weizen, aber wenn es losgeht, hat zunächst einmal alles als Weizen zu gelten. Zusammenkehren kann man später; erst muß man den Besen in die Hand bekommen.

Und er wies uns an, uns in der Stunde der Befreiung nicht auf weltanschauliche Handgemenge einzulassen: Wir sind für das, wofür sie uns zu gewinnen wünschen. Erst einmal raus, denn die Welt kann nur anschauen, wer sie anschauen kann. Für Prinzipien braucht man den Kopp auf den Schultern. Wer mir die Türe dort öffnet, dem will ich folgen als wie ins Himmelreich.

Meine Vorstellungen zu seinen Worten gingen so lange auf, wie ich mir das Personal dazu aus dem Kino lieh, aus Filmen, in denen Handstreich, Überrumpelung, Ausbruch und Befreiung wesentliche Kunstzutaten gewesen waren. Trenck der Pandur sprengt meine Fesseln; Andreas Hofer zerreißt die Bande, in denen ich lag; Leo Schlageter tritt die Riegel aus der Wand, und verwegene Männer, die trotz Augenklappe und blutdurchtränktem Stirnverband wie Luis Trenker und Harry Piel aussehen, winken mir mit rauchenden Terzerolen. Befreiung war Sache von Sekunden.

Ich kam nur in Schwierigkeiten, wenn ich mir die Polen, die ich kannte, vor die Tür denken sollte.

Selbst Herr Dąbrowski, der keine Schwäche für Tataren und Mongolen hatte, wollte sich nicht für solche Träume rekrutieren lassen. Ich hatte zwei Fußmärsche zuviel durch diese Stadt gemacht.

Und wie mir Nebendinge oft genügen, Hauptsachen zu zerstören, machten sich meine Zweifel über des Hauptsturmführers Gesichte her, als er von List und Tücke als polnischen Eigenheiten sprach. Denn es war noch nicht so lange vorbei, da hatte man mich mit einem Schulungsheft versehen, in dem es eben um Tücke und List gegangen war; und es hieß dort, daß ein Germane nicht auf sie verzichten dürfe, wolle er den Endkampf bestehen. Bilder und Verse nach Art des Wilhelm Busch waren beigegeben. Beispiel: Erstens, ein deutscher Landser macht sich listig an einem russischen Leichnam zu schaffen, befestigt Handgranate an Totenrock und Baumwurzel; zweitens, Russen nähern sich, Gefallene einzusammeln, hinterm Gesträuch lacht tückisch ein Germane; drittens, bildfüllende Explosion; viertens, drei Russen spielen im Himmel Skat.

Ich weiß, ich weiß, es hat schlimmere Bilder gegeben; es sind aber nun einmal diese, die tief in mich eingeschnitten sind, und es sind diese gewesen, die mich hinderten, dem Hauptsturmführer in seinen Film zu folgen.

Wäre mir nicht die Zunge gebunden gewesen, hätte ich wohl die Sprache darauf gebracht, und man hätte mich wahrscheinlich zu belehren gewußt und mich mit in die Träume genommen.

So aber, unter germanischem Schweigegebot, neigte ich zu rabiatem Denken, hielt bei jeder Verkündigung meines Vaters obstinates: Und das weißt du nun? bereit, ließ jede Behauptung über viele Siebe springen, kam im Wortschwall, an dem ich nicht beteiligt war, zu einigem Verstand, machte mir auf dieses und jenes einen Vers und auf manches auch einen Reim und erlernte bald und auf Dauer das Esperanto aus Gesten und Untertönen.

Die Dame Basia wollte zuerst nicht leiden, daß ich mit den beiden Volksdeutschkas in meiner Muttersprache redete, sie hatte zu ihrer Ansehnlichkeit ein etwas ausladendes Wesen, aber die Arbeit, die wir zu verrichten hatten, erzwang ein Ende des Streits. Denn auf den Kisten stand Siemens/Litzmannstadt, und in den Kisten waren technische Artikel, von denen ich die meisten nicht kannte, aber die Begleitpapiere konnte ich lesen, und die volksdeutschen Frauen taten so, als wüßten sie, wovon sie redeten, wenn sie mein ahnungsloses Deutsch in ihr ahnungsloses Polnisch übersetzten, und Frau

Basia machte mit wissender Miene mit und setzte eine Liste auf, die unseren Nachfolgern einige Probleme bereitet haben dürfte.

Ich weiß bis heute nicht genau, was ein Stern-Dreieck-Schalter ist, aber bis heute weiß ich, daß in Listen und Kisten siebenhundertvierzig Stern-Dreieck-Schalter enthalten waren.

Die Mädchen hätten die Papiere auch allein lesen und übersetzen können, aber ich nehme an, weil es sich um Technik handelte und ich ein Mann war, wurde ich von Frau Basia in den Prozeß einbezogen, und als das einmal geschehen war, ließ sich die Unterhaltung nicht gut auf die Arbeitsgegenstände reduzieren.

Also habe ich in gewichtigem Ton die Wörter Stern und Dreieck und Schalter verlesen, und Helga und Wallburga, die Junge hieß wirklich Wallburga, haben Stern und Dreieck und Schalter auf polnisch gesagt, aber in unterwürfigem Ton, und Frau Basia hat es notiert.

Es kann ja sein, daß Stern-Dreieck-Schalter mit den drei entsprechenden polnischen Wörtern korrekt übersetzt ist, aber ob bei unserer Übertragung von Ölschütze Zutreffendes herausgekommen ist, bezweifle ich.

Zweihundertzehn Ölschütze. o. Ö. Der nötige Scharfsinn, in o. Ö. die Erläuterung ohne Öl zu erkennen, stand zur Verfügung, zumal auch zweihundertzehn Schaltkästen zur Verfügung standen, die Ölschütze hießen, aber kein Öl enthielten. Nur mit dem Bezeichnungsteil -schütze hatte es seine Schwierigkeiten. Es handelte sich um einen Plural, klar, zweihundertzehn Schütze. Wie aber lautet der Singular? Der Schütze? Schütz? Der Schütz? Wie der Schütze und der Schützer? Wennschon Unterscheidung, dann auch hier. Die Schütz? Klingt unmöglich. Wir kennen die Mütze, die Grütze, die Pfütze; und die Mütz, die Grütz, die Pfütz kennen wir nur aus der Dichtkunst, wo manchmal Verkürzung erforderlich ist, damit es ordentlich klappert, und wir kennen allerdings das Wort Grützwurst, aber das führt zu weit seitab. So entscheiden wir uns für den Singular das Schütz, das Ölschütz o. Ö.

Übrigens ist uns so, als wäre in unausschreitbarer Entfernung, im entlegenen und nach Möglichkeit abgeschotteten Teil eines Lebenslaufs, bei einem Schulausflug ins Deichland vor Marne von Schützen, undekliniert Schütze, die Rede gewesen. Natürlich, die Absperrungen, die Schotte zwischen den Sielen hießen so.

Siele, Schotte, Schütze, was ist los? Frau Basia wollte das wissen, denn allzu deutlich sprach Ratlosigkeit aus den ansehnlichen Zügen von Helga und Wallburga; der bekannte norddeutsche Drucker und Dichter Niebuhr hatte sie wohl etwas überfordert. Polen hat so vieles überstanden; da wird es ihm nichts ausgemacht haben, falls Frau Basia zweihundertzehn Ölposten ohne Öl oder öllose Ölschießer ins Verzeichnis eingetragen haben sollte. Eingetragen hat sie etwas, und zwar mit einer Miene, als wisse sie, wovon sie handelte.

Und ich hatte bald heraus, daß mein Austausch mit den beiden Volksdeutschkas gelitten blieb, wenn wir nur den forschenden Ton bewahrten, der einhergeht mit der Suche nach der zutreffendsten Übertragung eines schwierigen Wortes. Später war solche Rücksicht nicht mehr nötig, später, als Frau Basia wußte, wir schwatzten zwar viel, aber machten doch unsere Arbeit, und auch als sie wußte, daß wir nicht nur schwatzten, hat sie nichts gesagt, denn zuerst haben wir immer unsere Arbeit versehen.

Das hat aber alles seine Zeit gebraucht. Wochen, Monate sogar, und das mit Helga und mir hat zwei lange Tage gebraucht. Nicht unseretwegen. Ich nehme an, wenn sie uns in den ersten zwanzig Minuten allein gelassen hätten, wären wir übereinander hergefallen. Die Helga war so, und zu meinem großen Erstaunen war ich auch so. Vorher, und das heißt bei mir ja immer: in Marne, bin ich vor denen nicht weggelaufen, davon ist schon die Rede gewesen, aber gleich so, ohne Schmusen und Anlauf, das war neu.

Es war einiges neu. So war ich, wennschon und dann trotz des Namens, mehr auf Wallburga aus gewesen, aber als ich nach ihr griff, wurde sie zuerst weiß, und dann sah ihr Gesicht grau und rissig wie Bimsstein aus, und Helga sagte: Laß sie. Der haben sie es nicht richtig eingeteilt; ein zu großes Gedränge auf einmal; sie hat für lange genug.

Und du? sagte ich und wunderte mich über mein Maul, weil die Junge noch gar nicht wieder zu Farbe gekommen war, aber Helga wunderte sich nicht. Da ist Platz, sagte sie, und wäre nicht der Posten die Kellertreppe heruntergekommen, hätte ich schon am ersten Tag Platz genommen.

Trotz Wallburga, und das war auch neu. Ich habe immer gedacht, dafür müsse man wirklich allein sein, vielleicht habe ich gerade wegen der Schlafstube zu Hause so gedacht, aber am Morgen des dritten Tages im Magazinkeller habe ich es nicht bedacht.

Frau Basia hat wohl eine Meinung gehabt, die meiner früheren ähnelte; sie wird geglaubt haben, wenn sie uns zu dritt in den Keller ließe, verstoße niemand gegen Vorschrift und Moralgesetz.

Und ob wir haben. Wir haben nur verstoßen und nichts gedacht. Ich habe nichts gedacht.

So was. Gleich am Morgen. War neu. Und im Keller zwischen Kisten von Siemens/Litzmannstadt. War neu. Bei der Arbeit, statt Arbeit. Vor bedächtigem Arbeitsbeginn so unbedachtes Beginnen. War neu. Unbedacht war ganz neu. Was, wenn die; was, wenn du; wenn dann? – gar nicht bedacht. Sehr neu.

Ich weiß, das scheue Fräulein Wallburga ist auch in dem Keller gewesen und hat mit irgendwelchen Kistendeckeln geklappert, und einen Blitz lang habe ich gedacht: Was hat denn die zu klappern?, aber dann hat anderer Leute Klappern nicht mehr gegolten; ich habe meinen eigenen Radau gemacht; ich war besinnungslos los; die ansehnliche Helga hat mir genau den Platz gemacht, den ich brauchte: Immer eine Idee zuwenig, dann drängelt man; immer eine Idee zuviel, da will man auch noch hin. Solche Wendungen sind nicht jedermanns Sache, aber: Ich habe sie kaum anders hinuntergestürzt als zwei Tage vorher die Suppe aus himmlisch gewürztem Kraut.

Ich habe sie verschlungen.
Sie hat mich auch verschlungen.
Und ob's in einem Keller war,
Ob hundert oder sieben Jahr,
Es schien uns wohlgelungen.

Der liebe Gott hat die Vernunft gehabt, mir den Mund zu halten, wenn mir in der Zelle so wurde, als sollte ich ihn öffnen zum Bericht über Fräulein Wallburga, Frau Helga und mich. Ohne ihn wäre nichts aus meinem Schweigen geworden, aber zu helfen gegen Versuchung und Versucher war ja seines Amtes, und ich leistete selbst einigen Widerstand, indem ich mir vorhielt, was ich von der Kette ließe, erzählte ich von den Damen.

Ich habe nur gesagt, es gehe recht scharf an dieser Arbeitsstelle zu, dafür versehe man mich allerdings auch ganz angenehm, und ich gab meinen Verzicht auf Mittag- und Abendessen bekannt. Ich glaube, das Neunzigstel, das jeder dadurch gewann, hat mich um je ein Neuntel gehoben.

Es hat zehn Tage gedauert, ehe der Prokurator vier neue Leute zu sich bat. Sie und die ersten sechs hatten nun fast so regelmäßig Ausgang wie ich, aber sie sind nicht so gern wie ich gegangen.

Manche haben nur noch von den Vernehmungen gesprochen; manche sagten kaum ein Wort, und Geissler fing an zu beten.

Es war noch vor meiner Zeit ausgemacht worden, religiöse Äußerungen jeglicher Art hätten nach innen, also wortlos und ohne Gebärden zu erfolgen, und nun betete dieser Geissler. Laut und angstvoll und fast ein wenig ungeduldig, als ob ihm Hilfe zustünde und als ob sie über Gebühr lang ausbliebe. Er war geständig, und er bereute, und er hatte Anspruch auf Gnade – dies schien sein Gedankengang, und er glaubte wohl, die fiele um so größer aus und stelle sich um so rascher ein, je lauter er sich bezichtigte.

Die Dinge haben sich inzwischen herumgesprochen, und es ändert nichts an ihnen, ob ein stiller Geschichtslehrer blaß von ihnen berichtet oder ein Täter sie herausbrüllt, reuig und auch ein wenig ungeduldig, weil sich die Gnade noch nicht zeigen will – die Dinge haben sich herumgesprochen und sie sind unänderbar, und gut an ihnen war nichts, nichts, nichts, nichts, nichts, außer allenfalls, daß sie solche wie mich etwas besser in Kenntnis setzten.

So will ich meinen Landsmann Geissler rühmen, der aufdringlich und eindringlich das Wachsen der Ascheberge geschildert hat, der indiskret gewesen ist und schlicht, wenn er von seinen Taten sprach, dem ich, weil alles so einfach war und klar, folgen konnte durch verjauchte Waggons voll abgestorbenem Menschenfleisch, über Laderampen und Lagerwege, auf denen es in taumeliger Springprozession der allerletzten Wärme entgegenging, durch Schleusen, Schotte, Schütze, Siele, Siebe, in denen sich fing, was nicht zur Asche sollte, weil es verwertbar schien – bis kurz vor dem letzten großen Gestank sind Geissler und ich dem Zug gefolgt, haben uns nur aus ihm abgelöst, um nicht zu stören beim Lamento, und erst als das Tonstück zum Ausdruck des Schmerzes verklungen war, sind wir wieder näher getreten und haben auf etwas Ordnung gesehen und geachtet, daß Bein wieder zu Beine kam und Glied zu Gliedern, weil allzu verhakte Glied- und Beinverrenkung, allzu furchtverleimte Haut- und Knochenknäuel zu unerlaubter Stockung vorm Feuerschott hätten führen können.

Das durfte nicht sein, brüllte mein Kamerad Geissler, das wäre Quälerei gewesen, und wir sind bei jeder Dienstbesprechung diesbezüglich angewiesen worden, und, mein Gott noch mal, ich habe mich doch immer beeilt.

Ich will meinen Kameraden Geissler rühmen, weil er so überzeugend war; kein Stümper mit Hörensagen aus dritter Hand; ein Kenner der Dienstvorschriften wie der technischen

Prozesse, ein Mann, der dem Feind ins zerfallene Augeneiweiß gesehen, ein Mensch, der am Feuer gestanden war und vom Pulver gerochen hatte, welches vom Menschen bleibt trotz all der heißen Flammen.

Ein Mensch? Geissler, der? Nicht vielmehr ein Unmensch? Ich glaube, das Wort Unmensch ist eine Ausflucht. Es ist gemacht, uns abzutrennen von Geissler und anderen Geisslern. Ist Geissler erst ein Unmensch, kein Mensch mehr, kann er gleich auch mein Mitmensch nicht mehr sein, mein Landsmann, mein Kamerad, mein Gefährte – und ich kann alles dies ihm nicht sein, brauche es nicht zu sein.

So will ich einen Landsmann rühmen, der Hauptsturmführer gewesen ist, ein SS-Kerl und Bekenner zu germanischem Brauchtum. Der hat meinen Namen gleich neben den von Geissler in die Wotanseiche gehackt, hat dessen wie meinen mit den gleichen Runen geschrieben, hat mir in Keilschrift die Bescheidenheit ausgetrieben, mit der ich hatte zurücktreten wollen hinter die Gasmänner vom Rhein und aus Treblinka. Ich will meinen Hauptsturmkameraden rühmen, der gesorgt hat, daß ich den Anschluß nicht verlor und mich begriff als ein Glied in der Eimerkette, als einen Menschen neben Nebenmenschen, als einen von den Menschen, ohne die Unmenschlichkeit nicht gegangen wäre.

Nicht gefragt
Mitgejagt
Mitgerast
Mitgegast
Mitgeascht
Nun gehascht
Über…?

Rühmen will ich, wer mir forthalf von der Überraschung, mit der ich zunächst Feindseligkeit aufnahm. Rühmen will ich, wer mir hinüberhalf von dem Erstaunen, da ich doch Mark Niebuhr war, zu dem Begreifen, daß ich ja Mark Niebuhr war.

Selbstredend habe ich meinen Kameraden Geissler nicht gerühmt, als er so laut von seinen Taten eiferte und so ungeduldig der Gnade Gottes harrte; ich habe ihn sogar angeherrscht; ich war ein Zellenältester, wie man ihn braucht, wenn Englischzirkel und Unterweisungen in Betriebswirtschaft und vor allem die Nachtruhe frei von Störung bleiben sollen; schließlich, mindestens elf von uns hatten einen schweren Tag vor sich, mindestens zehn brauchten den klaren Kopf, den es braucht, einem polnischen Staatsanwalt von Unschuld zu reden, und einer würde es mit schweren Kisten zu tun haben, auf denen Siemens/Litzmannstadt stand, und auch, so hoffte er, mit der wohlgeratenen Helga zwischen ihm und den Kisten.

Dies wäre ein Platz, an den eine Erklärung gehörte, eine Versicherung, eine Beteuerung, eine Beschwichtigung: Ja und ja doch, der das Wort hier führt, weiß, daß er scheinbar ungebührlich durcheinanderredet. Unerlaubtester Tod, ziemlich unerlaubte Lebensform, unerlaubter Ton und Wechsel von Ton, unerlaubtes Nebeneinander, Durcheinander; wie kann man nur.

Man kann.

Es ist. Es geht gelegentlich so zu. Es ist so zugegangen.

Ich komme aus der Unordnung her.

Als ich aufzusagen begann, durch was für ein Stück Leben ich gekommen bin, habe ich nicht mehr und noch nicht wieder von jedem Teil dieses Stücks gewußt. Denn wenn, dann hätte ich nicht begonnen.

Vielleicht.

Einmal hätte ich doch begonnen. Ich glaube, das Leben braucht, was ich weiß. Von allen braucht es das, also auch von mir.

Wozu sollte das Leben meine Erzählung brauchen? Etwa, um sich nach ihr zu richten? Erschrocken? Zur Besserung gewillt? Was nicht gar. Das Leben braucht meine Erzählung nur, daß es mich besser verstehen kann. Mich und einige noch.

Ich komme beim Leben um Verständnis ein. Sage, was gewesen ist, und kann nicht tun, als wäre nicht vieles durcheinander gewesen.

Ich bin nicht auf Gefallen aus. Nicht auf Zustimmung. Auf Verständnis. Gewünscht und gegönnt sei jedem braven Mann ein Leben, in dem ihn ein Wecker weckt und nicht der Tritt eines kurzhalsigen Aufsehers gegen die Zellentür oder die Frage, ob heute wohl der Bote des Prokurators kommt. Gewünscht sei allen freundlichen Vettern ein Tag, der mit Kaffee beginnt und nicht mit einer dunklen Lauge; ein Tag, der ihm Butter aufs Brot tut und ein Ei daneben. Ein Tag, zu dem sich eine Bürotür öffnet oder ein Werktor oder ein Scheunentor. Lebenstage seien allen guten Gevattern gewünscht, in denen am Mittag Suppe kommt, die nach Kräutern riecht, Fisch, der nicht zu fischig schmeckt, Fleisch ohne Fett und ohne Knochen, Himbeergelee obendrauf und wieder Kaffee. Lebenstage, Lebensteile undurchwirkt von Angst und Haß und ätzendem Hunger und tiefschwarzem Unverständnis. Lebenslagen verläßlich und schön und niemals von dem Gedanken in unauffindbare Teile zersprengt, das eigene Leben und anderer Sterben hätten miteinander zu tun gehabt. Von Herzen unanständige Liebeslagen seien vergönnt, wer immer sich für sie gewachsen fühlt, und wenn er da eine Ordnung braucht, dann soll er auch die Ordnung haben.

Es sei dies alles gewünscht, gegönnt, herbeigerufen; und nicht gewünscht und nicht gegönnt und nicht gerufen sei es nur jenen, die ohne Verständnis sind. Nicht bereit, es aufzubringen. Unbereit für andere, wie ich gewesen bin im ersten Teil meines Lebens.

Ich habe, bevor ich wieder zu meinen Kisten ging, den Major Lundenbroich zu meinem Stellvertreter ernannt, daß einer im Hause wäre, dem Geissler das Lärmen zu unterbinden. Denn der Aschemann war zu allem auch noch ein Meuterer geworden, hörte nicht mehr auf Vorgesetzte, wenn sie gleich ihm beim Prokurator gewesen waren, und auf den Hauptsturmführer hörte er schon gar nicht mehr, denn mit dem war ja, so heulte er, losgegangen, was dann bei ihm und in flockigen Bergen geendet hatte.

Die unbescholtenen Männer würden rarer werden mit jedem Tag, das war abzusehen, und wenn ich mich mit meinem Urteil nicht vertat, dann war der Major von meiner Art und hatte, wie ich, dort nicht so viel zu suchen.

Wir hatten einiges zu finden, das wußte ich schon, aber ich wollte, daß wir dort nicht viel zu suchen hätten.

Abgesehen von seinem schönsten Erlebnis, jenem Aufatmen nach der Angst, sein Fräulein Braut könnte unarischer Herkunft sein, und abgesehen von den gelegentlichen und zurückhaltenden Einlassungen, er sei mit den Nazis nicht zu innig verbunden gewesen, kehrte er kaum etwas von sich und seinem Leben nach außen. Er ließ uns mit sich in Frieden; manchmal steuerte er Juristisches bei, und beißend war er nur, wenn er noch einmal sagen mußte, daß unsere Verwahrung nicht rechtens sei; nulla poena sine lege.

Das war das einzige, womit er mir manchmal an die Nerven kam. Nicht, daß er sich an die Reichsacht hielt, als sie die Bannbulle gegen mich ausgefertigt hatten, nicht, daß auch er zu mir schwieg, hat mich gestört – was hätte er wohl machen sollen, und in der Zelle galt nun einmal als Recht, was so beschlossen war –, gekratzt hat mich dieses ewige Nulla poena sine lege, was, wie Lundenbroich für Nichtlateiner und Nichtjuristen immer wieder erläuterte, besagen will: Niemand darf einer Tat wegen bestraft werden, wenn zur Zeit der Tat die Strafe nicht im Gesetz gestanden hat. Keine Strafe ohne Gesetz, nulla poena sine lege.

Es hat mich gekratzt, weil es aufging und nicht aufging, und weil ich es nur schweigend bedenken konnte.

Es ging auf, denn sonst könnten sie einem ja mit sonstwas kommen, könnten sagen, was weiß ich, wer jemals sich in einer kalten Mühle an einer Rektorstochter erwärmte, muß nun für immer das Hühnerfutter durch die Kälte ziehen; wer je mit russischem Löffel polnisches Wasser aus dazu vom Gesetz nicht vorgesehenem Behälter geschlürft, kommt zur Härteübung an die Grabenpumpe auf Lebenszeit. Oder sie könnten sagen, wer sich gegen einen schießenden Küchensoldaten wehrte oder sich wehrte gegen einen schießenden Panzer, der gehört im Vorhof vom Rakowiecka-Gefängnis erschossen. Oder sie könnten sagen, wer dem Kühlisch das Schießen abgenommen hat und durch sein bloßes Dasein sorgte, daß Hauptkommissar Rudloff in Ruhe an seine Verhöre konnte, der wird zu Rudloff und Kühlisch und Geissler in eine Zelle gesperrt.

Nein, nein, nulla poena sine lege. Das ging auf.

Es ging aber auch nicht auf. Weil es unmöglich ist, die ganze Welt in ein Gesetz zu tun. Und weil einer nach dem Schlimmsten davonkommen könnte, wenn die Gesetzmacher das Schlimmste nicht für möglich gehalten hatten. Kein Gesetz kann an alles denken. Nehmen wir nur die Sache Niebuhr.

Hat jemand ahnen können, daß es mit diesem Niebuhr, der an einem dunklen Wintermorgen von seiner Mutter Küche ging, einmal so kommen würde? Der Mensch, still und artig bis dahin, zu still fast und nur manchmal zu Jähem neigend, belastet vom Vater her und einem renitenten Onkel, und überhaupt diese Familie, der Mensch fährt über die Kanalbrücke in die Welt, und wie er mehrfach und meist unter Zwang die Kleidung wechselt, wechselt er auch, was als seine Gesittung galt, und bei manchem, was er tat, hätte ihn die eigene Mutter nicht erkannt, und auf manche seiner Wege hätte ihn die eigene Mutter nicht begleitet. Die Frau wird gewußt haben, warum sie nicht mit zum Bahnhof gegangen ist.

Nein, geht nicht auf. Wir waren uns einig gewesen: Niemand hat ahnen können, wo hinaus es laufen würde mit Mark Niebuhr. Dabei muß es bleiben, sonst heißt es eines Tages noch: Die Mutter hat es gewußt, die Mutter hätte dem Sohn das Gesetz verschreiben müssen; sie hat es nicht getan, so kann man den Sohn nicht bestrafen, nulla poena sine lege, aber ein Gesetz, wonach die Eltern den Kindern die Gesetze geben, hat es immer gegeben; so ist Frau Niebuhr haftbar, verhaftbar.

Das darf nicht aufgehen; meine Mutter bleibt aus diesem Spiel. Sie hat mich nicht denken können, wie ich geworden bin. Wer wollte von ihr Gesetze für mich verlangen, die mir untersagten, aus durchreisenden Nähmaschinen die Schiffchen zu entfernen? – Der Jung weiß ja kaum, wo unsere Nähmaschine steht, und was das Schiffchen ist, weiß der erst recht nicht. Der weiß, daß Tante Ritter eine Nähmaschine hat und daß Tante Ritter nur Juno raucht und daß sie Kreuzworträtsel liebt. Der weiß sogar, wie man Kreuzworträtsel wieder rätselig macht, und wie man selber welche macht, weiß er auch. Aber daß sie einen wegen so was zu Tode trampeln, woher soll der Jung das wohl wissen? Der und Hundekuchen essen? Der hat sich ja bei Pflaumenkuchen schon gehabt; mochte er nicht, mag er nicht. – Der auf einem Trittbrett Reden schwingen zu einem Mädchen hinter Glas? Gott ja, da ist denn wohl mal der Vater durchgeschlagen; mit dem war es manchmal direkt peinlich. Aber der Junge. Der zusammen mit Heiratsschwindlern und, was sagen Sie, Ziegenschändern, wasdasdenn? Daß er rumklettert, ja, das hat er öfter gemacht, und daß er sich mal was brechen muß, war abzusehen, aber um sich hauen mit dem Gipsverband, ist ja die Höhe, gut, daß Sie mir das sagen, der kriegt was zu hören – daß der sich untersteht. Aber das will ich Ihnen sagen: Das hat ja keiner ahnen können.

Richtig, und kein Gesetz kann an alles denken, wenn schon kein Gesetz den ganzen möglichen Mark Niebuhr bedenken kann.

Danach kann man die Welt nicht beurteilen: ob sie für alles Gesetze hat. Denn hätte sie, dann wäre bewiesen: Es hat von Anbeginn für alles einen Plan gegeben; wie immer die Welt wurde, sie war so vorgesehen; und auch das Schlimmste war vorgesehen.

Stimmt aber nicht. Geht nicht auf. Wir sind in allem weitergekommen, auch in der Meinung, was wohl das Schlimmste sei.

Keine Strafe ohne ihre gesetzliche Androhung zur Tatzeit? Das bedeutet doch auch, die Welt ist nur so lange ungefährdet, wie das Gesetz schneller als die Täter ist. Das Gesetz muß sich mögliche Verbrechen schneller einfallen lassen als die Verbrecher, muß vor der Tat am Tatort sein. Geht nicht auf.

Und wer hätte den abwegigen Mut haben sollen, ein Gesetz gegen Leute zu erdenken, die eines kommenden Tages Berge aus rußigen Flocken neben Berge aus Frauenhaar und Brillendraht häufen würden, ganz wie es bei der Dienstbesprechung vorgesehen war, also unter größtmöglicher Vermeidung jeder Art von Quälerei?

So durfte die Welt nicht geplant gewesen sein, sonst gehörte unter Strafe, wer diesen Plan ersann. Ganz gleich, ob zur Planzeit ein planverbietendes Gesetz vorgelegen hat oder nicht.

Nun hört euch Niebuhr an: Jetzt will er den Schöpfer belangen; das hat ja keiner von dem ahnen können.

Es hat ja keiner eine Ahnung; ich will nicht so hoch und will nicht so zurück; ich will nur sagen: Nulla poena sine lege geht nicht immer auf.

Und ich will sagen: Keine Strafe ohne Gesetz, das ist mir schon viel zu juristisch. Ich will nur: Keine Strafe ohne Tat.

Denn wie man die Verwahrung in einem Gelaß, in dem man nur wie die Löffel liegen kann, auch nennen will, sie ist schon Strafe. Aber wo ist die Tat zu der?

Erst man mal die Beschuldigung. Keine Strafe ohne Beschuldigung, die sich auf eine Tat bezieht. Und keine Beschuldigung, die sich auf eine Tat bezieht, ohne Übersetzung.

Geht doch nicht, so ein gerüchtweiser Umgang mit einem. Es heißt von dem. Der soll. In Lublin. Von Morderca ist gesprochen worden. Geht nicht. Geht nicht auf. Ist nicht rechtens. Nicht wahr, Major Lundenbroich? Major Lundenbroich sagte immer, daß es nicht rechtens sei, und er sagte, er nähme den Auftrag an, mich im Amte des Zellenältesten zu vertreten.

Der Tag hat bis kurz vor Abend nichts gebracht, wovon man lange reden müßte. Zwar waren die Damen auch weiterhin wohlgeraten, und die Mahlzeiten waren es ebenso, aber meinen Umgang mit den Speisen habe ich schon ausgestellt, und mit Helga habe ich diesmal nichts angestellt, weil unseres Magazins Gesamtpersonal im Keller versammelt war. Frau Basia hatte Ideen, und wir machten Taten daraus. Wir machten aus den Kisten von Siemens/Litzmannstadt Verschläge, Regale beinahe, wie sie sich für ein Lager voll technischem Gerät gehören.

Frau Basia hatte einen Rückfall zu einem Witz der ersten Tage: Sie las uns die Aufkleber vor und sagte aber statt Litzmannstadt Fritzmannstadt. Ich weiß nicht, ob sie den Scherz erfunden hatte; er verbrauchte sich rasch und machte mich etwas fahrig, denn Litzmannstadt war der Ort, an dem man mich genötigt hatte, seltsam schwellige, vereiste Hügel zu besteigen und mich in einem verblakten Hofe genauestens umzusehen. Łódź hatte die Siedlung seit kurzem wieder geheißen, und von Litzmannstadt waren nicht einmal mehr die Schilder dagewesen und von Fritzmannstadt nur noch die angesengten Toten im Frost auf dem Gefängnishof.

Weder im Scherz noch im Ernst dachte ich gern an die Gasse aus schlagenden und weinenden Männern, und auch Helga verlor ein wenig von ihrer Ansehnlichkeit, wenn Frau Basia den Spaß mit Fritzmannstadt aufwärmte. Denn sie war aus der Gegend dort, war eine mittlere Führerin bei den Arbeitsmaiden gewesen wie Wallburga eine untere Maidenführerin gewesen war.

Helga sagte, sie hätten sich nichts zuschulden kommen lassen; sie waren aber volksdeutsch und beim Arbeitsdienst, das reichte eben für den Frauentrakt.

Ich hatte keinen Grund, die Auskunft anzuzweifeln; ich kannte ja einen, der saß im Männertrakt und hatte sich auch nichts zuschulden kommen lassen.

So haben wir Kisten zerlegt und Schalter und Verschlüsse und Kupplungen und Schütze und Verbinder sortiert und haben zwischen Frau Basias Scherzen geschwatzt; sogar Wallburga war wieder zu Farbe gekommen und gab manchmal Antwort, wenn ich sie fragte.

Sie wußten beide nicht, ob Siemens schon immer in Litzmannstadt gewesen war, also auch schon in Łódź, aber Helga wußte, wo das Gefängnis stand, und daß es gebrannt hatte, wußte sie auch.

Sie fand es fad von mir, über solche Dinge zu reden; was gingen uns andere Gefängnisse an; reichte uns das eigene nicht?

Schon, sagte ich und machte mich, um Frau Basia nicht zu beunruhigen, sehr technisch zu schaffen, schon, schon, nur: Wenn einer über solche Berge gekommen ist, muß er wenigstens erfahren wollen, wer die aufgeschüttet hat. Helga wußte aber nur, die Toten in den kalten Hügeln waren Häftlinge gewesen; man hatte sie erschossen, als der Russe kam; man hatte sie wohl auch verbrennen wollen, aber der Russe war so schnell gekommen.

Mehr wußte Helga nicht, und mir war es recht, daß wir von dem Thema ließen.

Ich habe dann, glaube ich, von Dr. Gansekehl erzählt, der auch einmal bei Siemens gewesen war, und von Erich, dem Filmeerzähler, und überhaupt von den lustigeren Teilen meiner jüngsten Lebenszeit, und als der Feierabend kam und wir alle auseinanderstrebten, die wohlgeratenen polnischen Damen wer weiß wohin, die ansehnlichen Arbeitsmaiden in den Frauentrakt und ich in einen der Männertrakte, da fühlte ich mich beinahe ausgeglichen. Ein ruhigrunder Arbeitstag.

In der Zelle war es fast ähnlich gegangen, erzählte mein Stellvertreter; kein Geissler-Geschrei, keine Boten vom Prokurator, nur ein Gerücht, die Verhöre sollten künftig auch abends oder nächtlich sein, sonst nur die üblichen Debatten über das Narvikunternehmen und die Sahne in Dänemark, keine besonderen Vorkommnisse, ein Tag von trister Ordnung.

Nur trat dann, begleitet von Ohnehals, ein unbekannter Schließer in die Zelle; der wies auf mich und wies auf die Tür, und so holte der Tag doch noch aus nach mir.

Im Zellengang stand der Amtsarzt, dem Frau und Kind in Warschau abhanden gekommen waren, als General Eisensteck in Warschau gewesen war. Er sah mich nicht an und sah auch nicht, ich schwöre es, denn ich habe sehr darauf geachtet, nach meinem Hals. Er wollte, daß ich Jacke und Hemd ablegte, machte mir mehrere Übungen mit Arm und Hand und Fingern vor, und ich folgte ihm und konnte sie alle.

Der Mann war gut. Jetzt kam der, wo ich meinen Arm beinahe schon vergessen hatte. Kam am Abend, ließ mich aus der Zelle holen, als sollte es zum Prokurator gehen. Schöner Arzt.

Als ich ihn wiedersah, hatte ihn jemand totgeschossen.

XXVI

Der Oktober hat es in sich gehabt. Ein Monat aus besonderen Vorkommnissen.

Erstens: Niebuhrs erster Jahrestag als Insasse. Ein Jahr Rakowiecka 37. Kein Grund zum Feiern.

Zweitens: Zwei Neuzugänge. Einer aus deutschem Land und einer aus polnischem Wald. Die bringen Post von den neuesten Kriegen. Einer geht durch den polnischen Wald, der andere durch die Welt. Der läuft unter neuestem Namen, wird kalter Krieg genannt. Es ist gekommen, wie wir es immer wußten: Der Russe und der Westen über Kreuz. Churchill hat es schon im März gesagt. Churchill ist unser Mann. Was Lügenlord – gewesen ist gewesen. Jetzt braucht es atlantisches Denken.

Drittens: Mehrere Verlegungen, trotz der Zugänge etwas mehr Platz für uns. Generalmajor Netztorf ins Lazarett, den sehen wir nicht wieder, er hat sich nur noch Blut aus dem Darm gewaschen. Hauptkommissar Rudloff und Unterscharführer Geissler und der andere Totenkopf aus Treblinka haben nun Einzelzellen. Ihre Prozesse beginnen. Es heißt, sie werden die Zellen nicht lange brauchen.

Viertens: Besonders besonderes Vorkommnis: Major Lundenbroich hält für möglich, bei diesen Burschen könnte es rechtens sein.

Fünftens: Ortsbauernführer Kühlisch ist eines Morgens nicht aufgestanden. Man hat sich erhoben, Löffel für Löffel, nur Kühlisch nicht. Er hielt sein Ohr an den Asphalt geschmiegt; die Glocke hatte ihm geschlagen.

Sechstens: Der rheinische Gasmann wollte ihm nach. Am hellichten Tag. Hinterm eisernen Vorhang auf dem Klosett. Besaß aber keine Plättschnur und keine hülfreichen

Nachbarinnen. Er kriegte von uns Stubendienst lebenslänglich.

Siebentens: Die Niederlande haben Jan Beveren zurückbekommen. Es war gleich nicht rechtens gewesen, daß man ihn geliefert hatte. Sein Abschiedswort lautete: Wenn sie mir ophangen, sollen sie mir so ophangen, daß sie mir bequem im Arsch lecken können. – Ich weiß nicht, ob man ihm seinen Wunsch erfüllte; ich weiß aber, warum ich Tulpen nicht sehr mag.

Achtens: Es hat eine Maissuppe gegeben, und die Aufregung war groß.

Neuntens: Besonderes Vorkommnis in zwei Teilen. a) An einem Sonntagabend wurden vier Freiwillige angefordert. b) Dadurch habe ich Herrn Eugeniusz und den einsitzenden Arzt wiedergetroffen. Und den Amtsarzt.

Kurz wie meine Härteübung gewesen ist, hat sie mich doch mit einer Harthörigkeit versehen, die verläßlich einsetzt, wenn irgendwo nach Freiwilligen gerufen wird. So habe ich mich nicht gerührt, als an jenem Abend ein junger Schließer mit Hilfe des volksdeutschen Lehrers nach Freiwilligen fahndete. Da aber augenblicks auch alle anderen ertaubten, nahm der Schließer den Lehrer mit und den Zellenältesten und zwei von den ruhigen Bauern.

Ich dachte noch: Na, wenn es etwas für Leute mit starken Nerven ist, dann sind die beiden richtig. Ich hatte sie nach der Maissuppe am Werk gesehen, und ich hatte sie bewundert. Ich mochte sie nicht, weil man mit ihnen über gar nichts reden konnte, aber als uns die Suppe hochkam, waren sie großartig. Sie waren gut für Feuersbrünste, Dammbrüche und Kometeneinschlag, nur hätten sie keines der Ereignisse beschreiben können.

Ich dachte nach: Brauchen sie ja auch nicht. Haben sie Niebuhr für. Und die Suppe wäre uns ohne sie noch weniger bekommen.

Die Suppe ist von Anfang bis Ende eine Sensation gewesen.

Man braucht sich nur vorzustellen: Ein Jahr lang Sauerkraut, mittags eine Kelle, abends eine halbe, also, wenn man so will, anderthalb Jahre lang Kapusta. Den Weihnachtshering mal ausgenommen und mich mal ausgenommen; ich kriegte schon länger wohlgeratene Speisen im Technikmagazin. Die anderen aber nicht. Die kriegten Kapusta.

Und plötzlich, weit vor Weihnachten, mitten im Oktober, tragen die Kalfaktoren eine andere Suppe auf. Eine doppelt unbekannte; man war ihr unter diesem Dach noch nicht begegnet und auch unter keinem anderen Dach. Roch wunderbar, süßlich und säuerlich zugleich. Sah wunderbar aus, hell und seimig-sämig. Schmeckte wunderbar, schmeckte nicht nach Sauerkraut und Männertrakt, schmeckte ganz anders.

Ich glaube, man hat verstanden, daß ich an diesem Abend von der Suppe aß. Später hat man sich sogar darüber gefreut. Das war aber schon, als wir uns wieder freuen konnten. Als wir die Suppe wieder loswaren. Alle Suppe und alles, was sonst noch lose in uns gewesen war.

Ich dachte noch: Das hat auch mit dem Gasmann angefangen. Komisch, wieviel mit dem Gasmann angefangen hat. Von dem habe ich zum ersten Mal gehört, daß es Kriegsverbrecher gibt. Mit ihm, mit seiner Geschichte von der Amtsanmaßung begann eigentlich die Zellteilung in unserer Zelle, und auch der Hauptsturmführer konnte sie nicht aufhalten. Der Gasmann hat als erster den Versuch gemacht, sich ins Klosett zu hängen, und erst nach ihm hat Jan Beveren sein Abschiedswort vom Hängen gesprochen, und sogar Niebuhr wußte dann, daß Hauptscharführer Beveren nicht nur wegen der Tulpenrabatten in Auschwitz war. Und dem Gasmann ist auch als erstem nach der Suppe schlecht geworden.

Er stand plötzlich auf und eilte zum Verschlag, und ob er sich dort erleichtern oder die Rohrhalterung wieder mit sich beschweren wollte, konnte keiner wissen. Aber alle wußten, daß beides nicht zulässig gewesen wäre, denn die meisten löffelten noch.

Sie stellten es ein, als der Gasmann sein Gelöffeltes von sich gab. Einige standen auf und strebten ihm nach; es gab einen Anklang von Trompetenchor. Man hörte auch fremdartiges Schlagzeug; sie waren wohl mit den Köpfen zusammengestoßen. Das dauerte aber nur, solange sie sich Mühe gaben, das geeignete Gefäß zu treffen; der Ehrgeiz ließ schnell nach.

Es ließ überhaupt bald vieles nach; die Kraft der Schließmuskeln vor allem und auch die Kraft der Abkommen, die der Mensch mit Umwelt und Mitwelt zu schließen pflegt. Zuerst hat man noch versucht, hinter die spanische Wand zu kommen, dann bemühte man sich um Bögen durch die glaslosen Fensterrahmen und die Traljen, danach suchte man auf dem Asphalt nach einem Flecken, den man für sich alleine hätte, und schließlich wollte man nur am Leben bleiben, und Bedingung, dieses Ziel zu erreichen, schien es zu sein, daß man alles Innerliche von sich täte. Wie, war gleich. Wohin, war gleich.

Es war wirklich gleich, denn es ist ja schon eng in der Zelle gewesen, wenn einer auf den anderen Rücksicht nahm. Die galt aber nicht mehr, war gänzlich unvorhanden; es ging nur jedermann darum, sich möglichst völlig von innen nach außen zu stülpen. Nein, nicht ganz richtig oder bald nicht mehr richtig; bald ging es nicht mehr darum, worum es irgend jemandem gehen könnte; Naturgewalt, die nicht mit sich reden ließ, führte chaotisch Kommando, stülpte und zerrte und würgte und riß und preßte und schnitt, hackte ins Gedärm, zerbiß das Gekröse, fuhr mit Stacheleisen vom Morgenstern röhrenaufwärts zum Rachen hinauf, nahm einem alle Besinnung bis auf einen faserigfedrigen Rest, mit dem es sich gerade noch denken ließ: Das ist das Ende.

Es ist aber solch ein Einfall nicht der letzte, den man hat, denn man will ja das Ende nicht, man will doch leben, und so kommt in das gurgelnde Geschrei noch der Geisslerton, mit dem man zerstört und empört um Gnade flucht.

Nie hat er mehr als in dieser Stunde gestimmt, der Spruch, wonach Glaubenssachen vorzüglich Lagenssachen seien, nie habe ich reiner geglaubt, ab ginge es nun mit mir, nie war ich vom Zweifel freier, nie fehlte es mir so an der Kraft: Und das weißt du nun? zu fragen.

Ich wußte es: Sie brachten uns um.

Ich wußte es, weil ich inzwischen wußte: So hatte man umgebracht. Ich war nicht ohne Folgen ein Kamerad vom Kameraden Geissler gewesen.

Und dann merkte ich, daß ich diese drei Gedanken hintereinander gedacht hatte. Ich merkte, daß ich dachte, daß ich wieder dachte. Ich hörte mich nicht mehr schreien, ich hörte mich denken. Ich hörte noch viele andere schreien, ich hörte das ganze Gefängnis schreien, es hieß, fünftausend seien unter seinem Dach, ich hörte von den fünftausend viele schreien, aber mich hörte ich wieder denken. Ich sah mich wieder sehen. Ich schmeckte die Bittergalle; ich roch, wie es riecht, wenn sich ein ganzes Gefängnis von innen nach außen stülpt. Ich sah an die achtzig stöhnende, zitternde, keuchende, röchelnde Männer, manche auf den Knien, mit den Knien in der Kotze, manche an den Wänden, Gesichter zur Wand, und von den Wänden tropfte es, manche hielten sich aneinander fest, und die Schmiere in ihren Gesichtern konnte von jedem von ihnen sein.

Aber ich dachte: Es geht vorbei. Ich sah Soldaten in die Zelle kommen, sie schleppten schwere Kübel, einer schrie, wir sollten trinken, trinken, sie gossen uns Wäßriges in die Eßgefäße, ich goß es in mich hinein, und dann war es wie tiefstes Salzmeer, und das grausige Spülicht kehrte sich um in mir, kehrte um in mir und nahm den Weg zurück und hinauf, den es doch eben gerade heruntergekommen war, und wieder schoß es mir mit Elefantenton aus dem Rüssel, und hingegeben übergab ich mich ein weiteres Mal und war schon so schön leer gewesen.

Aber ich konnte denken, in Urform zwar, aber doch. Salzig, bitter, warm, hinaus damit. Salzsee treibt Süßsauersuppe aus. Suppe nix gut, muß raus. Salzwasser auch nix gut, aber gut gegen böse Suppe. Schmeckt wie angewärmte Nordsee, hab ich nie gemocht. Schmeckt wie eine Grube voll Tränen und Pisse, ach du grüner Falbe, wohin damit? Raus damit, und wo es trifft, spült es nur. Hier kann Spülen nirgends schaden. Das wird ein Reinemachen geben, das schafft der Gasmann nie allein. Der kotzt ja immer noch, hat als erster angefangen und kriegt nicht genug. Der ist übergeschnappt, dem muß mal einer in den Hintern treten. Das wäre eine Aufgabe für den Zellenältesten.

Ich habe mich die Meile bis zu dem Gasmann geschleppt; bis zu seinem Hintern war es viel zu hoch, aber an sein Schienbein habe ich die Holzpantine schwingen können; es scheint dort einen Punkt zu geben, wenn man richtig trifft, kann man die Tollheit bremsen.

Die beiden holzigen Bauern habe ich gesehen, die ich nicht leiden konnte, aber jetzt haben sie mit Umsicht die gegriffen, die von der Salzlake nicht nehmen wollten, haben ihnen eingeschenkt und ihnen sogar noch die speienden Münder gelenkt, und allmählich ist alles wieder ins Leben gekrochen.

Aber das Geschrei hielt im Haus noch lange an, auch drüben im Frauentrakt, und der Gedanke war mir unangenehm, Wallburga und Helga könnten jetzt ähnlich aussehen wie der Gasmann und Lundenbroich und ich, und als die beiden stockigen Bauern begannen, den Asphalt mit Wasser und Reisig zu bearbeiten, habe ich ihnen matt geholfen.

Und als ich eine Woche weiter in immer noch demselben Oktober an einem Sonntagabend gemeinsam mit ihnen und dem volksdeutschen Lehrer die Stiegen hinunterpolterte, weil Freiwillige gerufen worden waren und keiner hatte gehen wollen, da dachte ich noch: Na, wenn es etwas für Leute mit starken Nerven ist, dann sind die beiden richtig. Nur daß sie nachher davon erzählen, soll keiner verlangen. Brauchen sie auch nicht, Niebuhr ist mit bei; wißt ihr, der, der seine Stellung als Zellenältester bedeutend festigte, als er an einem stinkverklebten Morgen, nach einer Nacht, die immer noch nach Mord und Kotze roch, seine verschmierte Kumpanei mit dem nördlich nölenden Ruf begrüßte: Und daß sich keiner untersteht und sagt ein Wort gegen Sauerkraut.

Der schnauzbärtige Torwächter hat sich weder für meine Stellung noch für meinen Humor interessiert, er hat den Lehrer und mich an Besen und Eimer beordert, öffnete die beiden Flügel des Tores und schickte uns vor das Tor. Die beiden Bauern mußten uns mit einer Trage begleiten.

Alle Lampen am Eingang brannten, die Scheinwerfer auf den Türmen erhellten die Straße, beleuchtete Autos waren da – zuviel Licht, um gleich etwas zu erkennen. Es war laut in der Straße; an beiden Seiten wurde sie von Soldaten oder Polizisten abgesperrt; direkt in der Einfahrt lag zweimal etwas unter gefleckten Zeltbahnen, das Pflaster war naß, und es roch nach Blut.

Die Bauern haben die beiden Bündel in den Vorhof geschafft, und der Lehrer und ich haben die Straße gereinigt. Polizisten in Uniform und in Zivil sahen uns dabei zu, als könnte sonstwas passieren, aber ich dachte immer noch, es sei ein Verkehrsunfall gewesen.

Der schnauzbärtige Posten hat einen Schritt über die Torlinie gemacht, aber so, daß er mit dem anderen Fuß in seinem Dienstbereich blieb; es schien ihm wieder sauber genug vor seiner Tür, denn er hat uns in den Hof geschickt. Einige Zivilisten sind mitgekommen, haben ihre Pistolen abgegeben und sind zur Verwaltung gegangen. Dann sind der einsitzende Arzt und Herr Eugeniusz erschienen und haben eine zweite Trage gebracht, und beide haben das Gerät gehalten, als hätten sie nichts mit ihm zu tun. Sie haben es auch gleich an den Lehrer und mich abgegeben.

Ist das nicht der Jungräuber mit dem armen Ärmerlein? sagte der Arzt erfreut, was hält Sie so lange auf der Erde? War nicht schon an ein Loch für Sie gedacht?

Ich konnte ihm nicht antworten, denn der bärtige Wächter schnauzte den Arzt so böse an, wie ich es noch nie von ihm gehört hatte, und der einsitzende Mediziner und mit ihm Herr Eugeniusz mußten ihre Gesichter zur Wand kehren, mußten die Hände still auf dem Rücken halten und das Maul fest geschlossen.

Es war fast peinlich, und so war ich froh, als der Lehrer sagte, wir sollten das zweite Bündel auf die zweite Trage legen.

Eine der verbreitetsten Meldungen besagt, daß Tote erstaunlich schwer seien, aber sie schützt vor dem Erstaunen nicht. Der Lehrer und ich hatten Mühe, und die Bauern haben geholfen.

Nach langem Warten, bei dem ich hörte, wie der einsitzende Arzt seine Wut gegen die Gefängnismauer blies, haben wir einen kleinen Zug geformt: Der junge Schließer, der die Freiwilligen geholt hatte, voran, die Bauern mit der ersten Trage, der Lehrer und ich mit der zweiten, der Arzt und Eugeniusz hinter uns und zum Beschluß ein weiterer Schließer.

Wir haben die Toten in das Bad gebracht, haben aus Lattenrosten und Waschtrögen einen Tisch gebaut, haben die Bündel ausgepackt und die beiden schweren Männer auf den Tisch gelegt. Es waren der Gefängnisdirektor und der Amtsarzt.

Dem älteren der beiden Schließer wurde schlecht; er lief hinaus, und sein Kollege gab Anweisungen und folgte ihm.

Der Arzt verstand sich sofort als Ranghöchster; er gab des Schließers polnischen Befehl polnisch an Eugeniusz weiter, der wollte ihn aber auch nicht haben und sagte ihn dem Lehrer, ebenfalls polnisch. Der schien einen Augenblick im Zweifel, wen er mit der Übersetzung versehen sollte, da sie aber eine Order enthielt und ich sein Zellenältester war, sagte er endlich zu den beiden schweigenden Bauern: Die Leichen sind zu entkleiden und zu säubern.

Leichname, sagte Eugeniusz, und danach stritten sich die drei Polnischkönner, ob der Schließer Leichen oder Leichname gesagt habe. Die Bauern und ich hörten zu, die Bauern holzig und ich mit wachsendem Unverständnis.

Als es genug war, sagte ich: Wenn die zurückkommen, und wir haben noch nichts angefaßt, gibt es Senge.

Da alle einsaßen, glaubten mir alle, und da sie mir gerade zuhörten, sagte ich: Und wenn alle deutsch sprächen, sparte das Zeit, und falls das nicht als Neugier ausgelegt wird, möchte ich fragen: Weiß eigentlich einer, was hier passiert ist?

Der Arzt hatte deutlich Mühe, sich gemeint zu fühlen. Obwohl er mich schon einige Male ungebeten mit üblen Auskünften versehen hatte, ließ er jetzt Eugeniusz sprechen. Der hatte zuerst getan, als kennte er mich nicht, aber nun sagte er: Ach, wissen Sie, Marek, was man so aufschnappt im Gang von den Beamten. Der Herr Direktor und der Herr Doktor haben heimgehen wollen, ein vorbeifahrendes Autos, vermutlich zwei Maschinenpistolen und schon. Seit ihr gekommen seid, hört das Schießen in diesem Land nicht mehr auf.

Den beiden Bauern genügte ein Satz wie dieser, an die Arbeit zu gehen, wo man sie nicht mit solchen Reden behelligte. Sie richteten den Direktor auf und zogen ihm die Kleider vom zerschossenen Leib. Sie gingen so geschickt und umsichtig mit dem Toten um, wie sie vor kurzem mit halbtoten Suppe- und Salzwasserspuckern umgegangen waren. Ich glaube, ohne jenes Ereignis wäre mir bei diesem schwindlig geworden, denn man konnte Teile vom Herrn Naczelnik sehen, die waren für mein Auge gar nicht gedacht, aber das große Suppespeien hatte die Marken meiner Empfindlichkeit wohl etwas hinaufgeschoben.

Da dies jedoch lediglich eine Vermutung von mir war oder auch nur ein Wunsch, und da ich den beiden Bauern gern auch den toten Amtsarzt überlassen hätte, ihnen dann aber zeigen mußte, daß ich beschäftigt sei, sagte ich: Der Zusammenhang entgeht mir.

Welcher Zusammenhang?

Der zwischen mir und der Tatsache, daß ein polnischer Direktor und ein polnischer Arzt vor einem polnischen Gefängnis erschossen werden, vermutlich von …

Sagen Sie es ruhig: Vermutlich von Polen. – Und Sie sehen keinen Zusammenhang mit ihnen? Auch nicht, wenn Sie es nicht gar so persönlich nehmen?

Die Kunst beherrsche ich nicht. Wenn jemand kommt und

sagt, es gibt einen Zusammenhang zwischen mir und Toten, nehme ich das persönlich. Ich habe das erst lernen müssen, ich bin noch dabei, Sie sollten den Prozeß nicht stören, Herr Eugeniusz.

Sie scheinen seit Weihnachten eine ganze Menge gelernt zu haben, sagte mein alter Polnischlehrer, kaum noch Fernöstliches in den Zischlauten, und so verzittert sind Sie auch nicht mehr.

Verzittert? Na, ich weiß, Sie sind der Dolmetscher, aber ich weiß wirklich nicht, ob es das Wort verzittert gibt.

Oder das Wort Ärmerlein, warf der einsitzende Doktor ein, und es freute mich zu wissen, wie sehr ich ihn damals getroffen hatte.

Eugeniusz schien seinen Wortbestand durchzusehen und gerade sagen zu wollen, daß mir in der Sache Ärmerlein zuzustimmen sei, aber mit dem Arzt verdarb er es sich wohl nicht so gern.

Eugeniusz verdarb es sich wahrscheinlich mit niemandem gern, und flüchtig dachte ich, daß ihm das in seinem Beruf als Schwindler doch Probleme bereiten sollte, aber ich sagte: Vermutlich war ich verzittert. Meine Schuld, ich weiß. Ich hatte gerüchtweise etwas über mich zu Ohren bekommen und hatte es persönlich genommen.

Der Arzt war an seinen ehemaligen Chef herangetreten und hatte ihn eingehend betrachtet, aber er blieb in unserem Gespräch, denn er sagte: Wissen Sie, gerüchtweise ist auch zu meine Ohren gekommen, was man über Sie zu sagen pflegte. Da wundert mich, daß Sie sich heute noch so sehr von dem Herrn Amtsarzt unterscheiden.

Er wies auf unseren provisorischen Bestattertisch, und ich war froh über den Unterschied zwischen dem Amtsarzt und mir.

Und zu dem Einsitzenden sagte ich: Ich weiß, daß es Sie nicht nur wundert. Wenn es nach Ihnen gegangen wäre, hätte man mir Beton auf den Arm geklatscht, und ich wäre an Zementhusten eingegangen.

Die beiden Bauern sahen mich im Streit mit polnischen Leuten; das machte mich ihnen doppelt zum Chef; sie wiesen auf den toten Arzt, der eine fragte sogar: Den auch?, und ich sagte: Den auch!

Dem lebenden Arzt gefiel es sichtlich nicht, daß er übergangen wurde, aber er machte den beiden Platz und sagte zu mir: Aber das Ärmerlein scheint ja wieder völlig intakt zu sein, und schauen Sie, ist das nun gerecht: Sie intakt und der Amtsarzt vollkommen, wie sagt man, nein, nicht taktlos, das ist ein anderes Wort, ohne Takt. Macht nicht mehr tick und macht nicht tack. Und Sie sind wieder wie komplette Uhr. Hat der Doktor Sie gegipst, hat er Sie zur Arbeit geschickt mit dem armen Ärmerlein, hat er es kontrolliert und nun Ergebnis: Patient lebt, Arzt tot, ist das gerecht? Patient ist gar nicht mehr verzittert, und Arzt wäre froh, wenn er noch zittern könnte. Ist das gerecht?

Ich wollte eigentlich etwas anderes sagen, wollte etwas fragen, aber im Ärger vergaß ich es, und ich sagte statt dessen: Wo Gerechtigkeit da hineinspielt, weiß ich nicht, aber ich glaube, wenn man Sie ließe, wüßten wir bald: Es gibt einen Zusammenhang zwischen mir und dem toten Doktor.

Sehen Sie, Marek, warf Eugeniusz ein, das ist es ja: Wir Polen nehmen euch Deutsche zu persönlich.

Herr Eugeniusz, sagte ich, ich habe Ihren Spott noch im Ohr, weil ich Polen und Polen nicht auseinanderhalten konnte und keinen Unterschied sah zwischen Herrn Dąbrowski und dem Prokurator und dem jungen Herrn Herzog und Herrn Dąbrowskis stämmigen Helfern. Haben Sie eben gesagt: Wir Polen, ihr Deutsche?

Es war im Scherz, Marek. – Übrigens, Ihre Idee damals, diese fabelhafte Idee: Die polnischen Untersuchten, Herr Dąbrowski, Herr Herzog, ich, wir alle, sollten sich mit den polnischen Untersuchern, dem Prokurator, dem Naczelnik und so weiter, zusammentun, sollten die Ergebnisse ihrer verschiedenartigen Interrogationen zusammenwerfen, damit Sie aus diesen schrecklichen Gerüchten herauskämen, ganz verzittert waren Sie ja, diese Idee, was ist eigentlich aus der geworden?

Wer mag es, wenn man ihn an seine Blödheit erinnert? Ich mag es nicht; ich bin rot angelaufen, und gesagt habe ich: Nicht viel, ich hatte mir mehr versprochen. Wahrscheinlich hat Herr Dąbrowski den Herrn Direktor nicht angetroffen.

Eugeniusz nickte zuerst, aber dann schüttelte er den alten Schwindlerkopf, und mit einem Blick zu dem Arzt, der sich gerade über rötliche Teile vom Direktor beugte, sagte er leise und nachdenklich: Wer weiß. Sieht ganz so aus, als hätte er ihn doch noch getroffen.

Was er gemeint hat, gemeint haben könnte, muß in der Schwebe bleiben; die Schließer hatten sich erholt und haben uns auseinandergebracht. Sie waren zufrieden mit unserem Werk, das eigentlich das Werk allein der beiden verschwiegenen Bauern war. Sie ließen Eugeniusz und den einsitzenden Arzt mit den toten Chefs zurück und brachten die Freiwilligen wieder in die Zelle.

Da wußten die Freiwilligen etwas zu erzählen, und da traf es sich gut, daß Mark Niebuhr mit bei den Freiwilligen gewesen war, denn aus den beiden Bauern kam gerade so heraus, sie hätten ein paar Tote herumgetragen, und bei dem volksdeutschen Lehrer wußte man nie, volksdeutsch und Lehrer, aber bei Niebuhr wußte man: Wenn der irgendwo dabeigewesen gewesen war, freiwillig oder gezogen, dann konnte man sich auf Lagen und Sprüche gefaßt machen, als besser galt nur der Lapplanddoktor, aber Niebuhr war auch sehr gut, neulich zum Beispiel nach der großen Kotzerei, und wenn er besonders in Fahrt ist, reimt es sich manchmal.

Aber mit meinem Bericht vom besonderen Vorkommnis am Gefängnistor bin ich auf keinen Reim gekommen. Zuviel blieb offen, und zuviel lag offen zutage und paßte nicht.

Zusammenhänge: Mark Niebuhr und der tote Direktor und der tote Doktor hängen insofern zusammen, als sie alle drei etwas mit demselben Gefängnis zu tun hatten.

Mark Niebuhr und der Direktor: Niebuhr sitzt, saß beim Direktor ein.

Mark Niebuhr und der Doktor: Der Doktor war Amtsarzt, wo Niebuhr einsaß, und nachdem Niebuhr einen seiner bizarren Unfälle hatte, haben sie sich dreimal gesehen. Irgendwo scheint es noch weitere Berührungen zwischen Niebuhr und dem Amtsarzt gegeben zu haben, es gab Andeutungen, aber Niebuhr vergaß zu fragen, als Zeit zum Fragen war.

Nein, gesprochen haben die zwei nicht miteinander. Der Doktor nahm Mark Niebuhr persönlich.

Zusammenhang: Es besteht auch insofern ein Zusammenhang zwischen Mark Niebuhr und dem Doktor, als des Doktors Frau und Kind als Geiseln erschossen worden sind, und ein General Eisensteck hat solche Erschießungen angeordnet und ist nachher mit Niebuhr in einer Zelle gewesen und vorher mit Niebuhr in einer Armee.

Anhang: Der General hat seinem Soldaten erklärt (in der Zelle, doch nicht vorher), solche Erschießungen seien zur Sicherung gegen völkerrechtswidrige Handlungen der Bewohner eines besetzten Gebietes rechtens gewesen, und der Soldat hat dem General fast (in der Zelle, doch nicht vorher) widersprochen.

Widerspruch: Der deutsche General hat Polen erschießen lassen, und den polnischen Direktor, der ihn verwahrte, haben Polen erschossen. Widersprüchlichste Ungereimtheit: Ein General, ein Direktor, ein Doktor, erschossene Polen, schießende Polen, eine tote Frau, ein totes Kind, viele Frauen und Kinder tot, tote Stadt, sprachlose Bauern, einsitzende Ärzte, kotzende Gasmänner, ein Gefängnis, ein Gefängnistor und eine blutige Straße davor, Schließer und Eingeschlossene – und zusammen mit alledem Mark Niebuhr aus Marne.

Im Zusammenhang mit denen. Mark Niebuhr, zu persönlich.

Geht doch nicht auf. Man kann nicht alle Lagen glauben.

Ein Glück, daß man mich kaum verstehen wird. Ich meine, wer sich wundert, weil ich so unverständig war, der lebt in ordentlichen Verhältnissen.

Das ist kein Vorwurf oder wenn, dann trifft er mich auch. Denn ich wundere mich selber, wie ich mir zuhöre. An wie vielen Stellen habe ich mich schon gefragt: Kann einer so sein, nicht ungescheit und dann wieder so ungescheit? Erträglich gebildet und so unerträglich schlecht unterrichtet? Zu Einfällen stets bereit und für Einsicht kaum gemacht? Deutlich verwildert und dann wieder so zahm und lahm?

Ich habe nur die Antwort: Ich bin so gewesen.

Und Fortschritte hat er ja auch gemacht: Anfangs war er viel zu verzittert, als daß er hätte denken können, klar denken, Zusammenhänge. Da ist ihm gewesen, als stülpe sich sein Innen nach außen, und das hat ihn sehr beschäftigt, hat ihn ganz beschäftigt.

Zweimal, genaugenommen, hat man ihn in diesem Zustand angetroffen: Als er aus dem Nest Marne gefallen war und sich in der großen Grube wiederfand, und dann, als er sich in der zweiten, der kleineren, aber tieferen fand.

Muß man sehen: In der allgemeinen Grube hat er einige Anläufe gemacht. Ein Friseur hat ihm eingeleuchtet, ein Bankier manchmal auch. Er hat sich zwar die Auskünfte verbeten, die ihm zwei Männer mit Armbinden geben wollten, ungefragt, aber die sprachlose Auskunft einer Ärztin, wie überaus unterschiedlich sich das Wort Deutscher sagen lasse, die hat ihn lange beschäftigt.

Freilich, manches hat er mit sich herumgetragen und hat keinen Gebrauch davon gemacht. Denn, nicht wahr, wenn er nun schon wußte, wie verschieden man Deutscher sagen konnte, warum hat es so gedauert, bis er das auch einmal mit dem Wort Pole versucht hat? Woher die übermächtige Bereitschaft, alle Polen gleich klingen zu lassen, wenn ihm schon alle Deutschen längst nicht mehr gleich klangen? Er hatte die unterschiedlichsten Deutschen gesehen und auch – trotz des Einwands eines müden Leutnants – die unterschiedlichsten

Polen. Der Einwand des Leutnants, erhoben bei einem langen Spaziergang von der Ulica Gęsia bis zur Ulica Rakowiecka, hatte seine Berechtigung: Die meisten Polen kannte Mark nur gerüchtweise, und die meisten von denen, die er etwas besser kannte, hatten so oder so mit einem Bereich zu tun, wo sämtliche Türen gleich verschlossen gehalten werden und die Schlüssel sehr ungleich verteilt. Trotzdem, er sah klare Unterschiede, so klar wie lebendig und tot, und doch die Übermacht der gleichmachenden Formel: Die Polen – die Deutschen. Sie und wir.

Um diesem Mark etwas beizuspringen: Die unterschiedlichen Polen, mit denen er es zu tun hatte, hielten sich ja auch an die Formel, sagten wir und sie, wir Polen, die Deutschen.

Schöner Beistand – was hätten die Polen denn sagen sollen? Vielleicht: Zwar, ihr habt uns ein paar Millionen erschlagen, aber wer wird daraus ein Vorurteil ableiten? Nein, wir werden jeden Deutschen ganz persönlich nehmen. Zwar, nach aller Logik müßten sich unter euch einige Mörder befinden, denn immerhin, sechs Millionen, das macht sich nicht allein; aber nein, jeder Deutsche soll so lange als unschuldig gelten, wie seine Schuld nicht als bewiesen gilt. Zwar, eine Schuld ist bewiesen, eine Schuld in Millionenhöhe, aber seine Schuld noch nicht, also muß er uns als unschuldig gelten. Zwar, es hat einmal über diesen Niebuhr schrecklich geheißen; ein Geschrei hat es gemacht, was man von ihm dachte, aber dann sperrt man den Menschen gleich ein; kein Wunder, daß der so einseitig bleibt und redet von sich allein.

Nun denkt mal nicht so schlecht von ihm – tut er doch nicht; tut er nicht mehr immer. Manchmal macht er sich Gedanken über andere, sperrt sich ab von welchen, obwohl sie Deutsche sind, oder denkt ihnen nach, auch wenn sie Polen waren.

Dem Amtsarzt etwa, dem hat er lange hinterhergedacht, und je länger er es getan hat, um so mehr hat er eine Wut auf sich selber gekriegt und hat sich verachtet dafür, daß er, als

Gelegenheit war, nicht näher nach dem toten Doktor gefragt hat und nach dem, was der lebende Niebuhr womöglich dem toten Doktor verdankte.

Doch, das kann ich bestätigen: Ich habe alles herangezogen, was ich von diesem Amtsarzt wußte oder mit einiger Gewißheit vermuten durfte, und allmählich ist daraus eine riesige Gestalt geworden. Eine, an der ich zu meinem großen Glück nicht mehr vorbeidenken kann, wenn ich an Polen denke.

Man komme mir nicht mit Arzt und Hippokrates – man muß dann nämlich damit rechnen, daß ich berichte, wie mir meine gebildeten Zellengefährten das Wort Euthanasie übersetzten. Und schließlich, ich habe mir doch nicht abgewöhnt, so ohne weiteres die Polen oder die Deutschen zu sagen, um dann ohne weiteres die Ärzte zu sagen.

Nein, dieser Amtsarzt, der mußte für absolut möglich halten, daß ich, ich, ich, ganz persönlich ich, der anfaßbare Mark Niebuhr, es gewesen sei, der an einem Sonntagnachmittag das Gewehr durchgeladen und auf eine Frau, eine ganz bestimmte, ganz persönliche Frau oder auf ein ganz bestimmtes, ganz persönliches Kind gerichtet hatte.

Über diesen polnischen Arzt konnte in jedem Augenblick, in dem er mit mir beschäftigt war, und er war viele Augenblicke mit mir beschäftigt, der Gedanke herfallen: Dieser ist es, der sie mir genommen hat. Mit dieser Linken hat er den Gewehrschaft gehalten, mit jener Rechten hat er die Patronen ins Magazin gedrückt; mit diesen Händen hat er gemordet. Diese Augen haben meine Frau und mein Kind zum letztenmal lebend gesehen und zum ersten Mal tot. Zwei zusammengerutschte Menschenbündel.

Vielleicht ist der Gedanke über ihn hergefallen und hat geschrien: Dieser ist es!, aber ganz bestimmt ist ein Gedanke über ihn hergefallen und hat schneidend gerufen: Dieser könnte es sein!

Der Arzt hatte es von Amts wegen nicht mit den edelsten Leuten zu tun – Strolche, Gauner, Schwindler, Schläger, Diebe,

Zuhälter und Nutten, Schieber und Mörder; das war sein Umgang, und bestimmt hat er nicht sehr hoch von ihm gedacht.

Aber von all diesen Leuten unterschied ich mich für ihn in einem alles entscheidenden Punkt: Wenn man das ganze Gelichter und mich zusammennahm und sich fragte, wer von allen denen es gewesen sein könnte, der Frau und Kind zuletzt lebend gesehen hatte, und nur Kimme und Korn waren zwischen ihm und ihnen gewesen – wenn man so fragte, dann zerstob das Gelichter und nur einer blieb auf dem Platz, denn von dem Gelichter, das sich bei solchem Vergleich unvergleichlich edel ausnahm, war keiner ein deutscher Soldat gewesen, aber ich war ein deutscher Soldat gewesen, und deutsche Soldaten hatten es getan.

Und, viel macht es schon nicht mehr aus, aber man muß es wissen: Man hatte mich dem Amtsarzt doch nicht als einen beliebigen deutschen Soldaten vorgeführt; man hatte mich ihm als einen aus der Zelle mit dem deutschen Gelichter gebracht, Generalsgelichter, Gasgelichter, geiselnerschießendes Gelichter.

So einem mußte er den Knochen richten, den Gips anpassen, den Gips entfernen, die Knochen prüfen, und da soll er kein einziges Mal an Frau und Kind gedacht haben und daran, daß es die nicht mehr gab, weil es solche wie mich gegeben hatte? Weil es mich gegeben hatte? Weil es mich gab?

Unmöglich, die Abwesenheit eines so drängenden Gedankens.

Aber der Amtsarzt hat seine Arbeit getan, gab sie nicht ab an den einsitzenden Kollegen, hätte er doch tun können, mit mir gewiß, wer hätte ihn wohl nicht verstanden? Er tat aber seine Arbeit und mehr als die – wenn ich den Einsitzenden richtig verstanden habe, weit mehr.

Und wenn ich mich auf mich verstehe, noch viel, viel mehr. Er hat mir Erste Hilfe gegeben und die letzte Hilfe, die nötig war, mich endlich in Gang zu setzen.

Denn als ich in meiner Zelle immer wieder auf den Doktor zurückkam, da fühlte sich mein Mitgelichter wieder einmal von mir belästigt. Und auf meine Frage, warum mir der Doktor wohl so geholfen habe, hieß es: Kenn sich einer mit den Polen aus! und auf die Frage, welche Polen da wohl auf den polnischen Doktor geschossen hätten, hieß es, das sei egal, letztlich blieben Polen Polen, und als ich mich fragte, warum jene Polen gerade auf diesen Polen geschossen hatten, da hieß es im Chor: Da mußt du mal den Polen fragen.

Da habe ich den Polen gefragt.

Nicht gleich, denn manche meiner Mitlichter haben mit ihrem Wissen doch nicht an sich halten können und haben mich mit ihren Kenntnissen versehen, wie sie mich von Anbeginn mit Kenntnissen versehen hatten.

Dank ihrer wußte ich, man hätte den Luftschiffgedanken nicht fallenlassen dürfen, der hätte alles entschieden; und ich wußte, wie schrecklich dem selbständigen Betriebswirt der Gedanke ist, daß er teilen soll; und ich wußte, wenn die Siegermächte uns Togo gelassen hätten, könnten wir heute noch Freunde sein, und ich wußte, was rechtens ist und was nicht rechtens, und was Amtsanmaßung und Gnadentod sind; ich wußte durch sie so viel, daß ich ein Leben lang zu tun hatte, das meiste davon wieder zu vergessen.

Einiges habe ich auch behalten.

Von den Auskünften über die Polen und den polnischen Staat und den polnischen Untergrund und den polnischen Doktor habe ich unter anderen diese behalten:

Es gibt staatsfähige und staatsunfähige Völker, zu letzteren hat Polen immer gezählt, geschichtsobjektiv, im gegenwärtigen Konflikt wehrt sich die geschichtsobjektive polnische Volksidee gegen die ihr fremde Idee eines polnischen Staates. Der Pole ist ja in seinem Wesen regelrecht für den Untergrund angelegt, das ist bis in die polnische Neigung zum Bergmännischen zu verfolgen, selbst im Ruhrgebiet heißt jeder zweite Kukuschinski. Der polnische Untergrund wollte das Gefängnis befreien, alle Wachmannschaften sollten vergiftet werden, aber der bestochene Koch hat kalte Füße gekriegt, und weil er das Gift nicht wieder mit nach

Hause nehmen wollte, hat er es auf sämtliche Kessel verteilt, deshalb die Kotzerei, aber nun stellen Sie sich mal vor: dieselbe Ladung für die Wachmannschaft allein! – Tolle Vorstellung, nur, warum da die Maissuppe, war ja etwas auffällig nach all dem Kappes. – Schon, nur soll das Gift von einer Art gewesen sein, die in Sauerkraut nicht zur Wirkung kommt, Säuren gegen Basen oder Laugen oder so etwas. – Und der Arzt, Niebuhrs liebes Doktorchen, den wird der Untergrund umgelegt haben, weil er die Rettungsarbeiten geleitet und die Idee mit der Salzspülung gehabt hat. Wenn nämlich das ganze Gefängnis vergiftet worden wäre, hätte es eine internationale Untersuchungskommission gegeben, darum geht es dem polnischen Untergrund ja letztlich, darum, daß eine internationale Untersuchungskommission hinter den Eisernen Vorhang gelangt, alleine werden sie mit ihren Problemen nicht fertig, es gibt nun einmal staatsfähige und staatsunfähige Völker, aber das sage ich Ihnen, wenn das mit der Maissuppe geklappt hätte, das hätte alles entschieden.

Für mich hat sich durch solche Auskünfte vieles entschieden. Man könnte von einem zehnten besonderen Vorkommnis im Monat Oktober sprechen.

Zehntens: Von da an hat Niebuhr lieber den Polen gefragt.

XXVII

Der Pole, den ich ein letztes Mal so nennen will, hat aber meist eine Gestalt gehabt, vor der mir das Fragen ausblieb. Ich will erinnern: Die einen liebten nur Antwort, die anderen Folgsamkeit; fast alle hatten Vollmacht über mich, die war ihnen zugeteilt, oder sie hatten sie genommen; sie waren mit Amtsrängen und Schlüsselbund bewaffnet, außer Haus auch mit Schießgerät, oder sie saßen zwar ein wie ich, aber im eigenen Land, jetzt wieder ihrem, und daß wir gleich verschlossen wurden, machte uns nicht zu Brüdern.

Wir waren derselben Schlüsselgewalt untertan, aber von da an besaßen sie genug Gewalt über mich, mir alles Fragen zu verleiden.

Ich erwähne nur Herrn Dąbrowski, der so schlecht entscheiden konnte, wen er weniger mochte, die Tataren und Mongolen oder mich, und der sich, wie Dolmetsch Eugeniusz zu vermuten schien, zunächst einmal entschieden hatte, einen polnischen Gefängnisbeamten und einen polnischen Gefängnisarzt überhaupt nicht zu mögen.

Die Schwierigkeiten, mit einem Schließer in Austausch zu treten, habe ich mehrfach angedeutet; hier waren sie sprachlicher Natur, dort eine Sache des Naturells, immer waren sie vorhanden. So verhielt es sich mit Posten an Toren oder auf Türmen auch.

Von den müden Leutnants jener, der mit mir durch die unterschiedlich und doch ganz und gar zerschlagene Stadt gegangen war, der hätte sich nach soviel Bekanntschaft vielleicht doch einmal eine Frage angehört, nur, er ließ sich lange nicht sehen. Und die Ordnung war noch nicht, daß man per Eingabe um den Besuch seines Vernehmers bittet.

Einige Hoffnung setzte ich auf den Prokurator. Zwar

schien es den Bescheiden nach, die er meinen Bekannten gab, geraten, ihm aus dem Weg zu gehen, aber zum einen fehlte es mir an Bewegungsfreiheit, und zum anderen wollte ich lieber Bescheid als Gerücht. Jedoch auch die Begegnung mit dem Staatsanwalt kam nur zustande, wenn er um sie gebeten hatte. Er hatte aber nicht, ein Glück, ein Unglück auch.

Blieben Personen von halbem Zivil und ganz weiblichem Geschlecht, blieben Frau Basia und Frau Henia und Fräulein Genia. Trotz aller Wohlgeratenheit, viel Aussicht war das nicht: Weiber, junge, vom Gelehrtengrad, den man benötigt, Kisten auszupacken und bis siebenhundertundvierzig zu zählen.

Was half's, in anderer Gestalt war Polen für meine Fragen nicht vorhanden.

Und wenn Frau Basia Launen hatte, war vor allem ich für ihre Fragen vorhanden. Helga übersetzte, und ich mußte antworten; herkömmliche Ordnung auch hier.

Sie sagt, ob du singen kannst.

Nein.

Sie sagt, ob du Salto kannst.

Nein.

Sie sagt, ob du zaubern kannst.

Nein, kann ich nicht, und sag nicht immer: Sie sagt. Ich höre ja, daß sie es sagt.

Sie ... Du sollst mich nicht anmeckern. Ob du Kartenkunststücke kannst.

Nein, und ich kann auch nicht jodeln und nicht klöppeln.

Ob du überhaupt etwas kannst.

Das kannst du beantworten.

Frau Basia bestand hier nicht auf Auskunft. Sie wußte genug über mich, und sie teilte Frau Henia und Fräulein Genia und meinem Posten mit, dieser Fritz scheine kein besonders kulturvoller Mensch zu sein. Helga übersetzte es erfreut. Wieder zweie, die wußten, wie man mich in Bewegung setzt.

Sag ihr doch, ich kann dichten.

Hör auf.

Kannst du ihr ruhig sagen, daß ich dichten kann.

Du sollst aufhören.

Helgas dringlicher Ton machte Pani Basia wißbegierig, und Helga verriet ihr, ich könne dichten.

Frau Basia versah das mit einem Kommentar, der in spöttischem Ton gehalten war, und Helga traf diesen Ton recht gut: Sie sagt, nun ist klar, warum du soviel frißt. Sie sagt, sie hat sich schon gewundert, aber nun ist es klar, Dichter sind Hungerleider, und sie sagt, sie gratuliert dir, daß du nach Warschau gekommen bist, wo es endlich etwas zu essen gibt für einen armen deutschen Poeten.

Sagt sie das?

Ja.

Helga hatte es mir gegeben, und Frau Basia hatte es mir gegeben, und Frau Basia erzählte Frau Henia und Fräulein Genia und meinem Posten gleich noch einmal, wie sie es mir gegeben hatte. Dabei konnten die das kaum schon vergessen haben.

Ich wußte, was nun kommen mußte, und ich beeilte mich, und als Helga sagte, Frau Basia habe gesagt, ich solle dann einmal etwas dichten, dichtete ich:

Siemensschalter, Kistenbretter,
Kellerdreck aus Fritzmannstadt.
Wißt, Cousinen und mein Vetter:
Niebuhr hat dies Wesen satt!

Ich war aus vielen Gründen zufrieden. Ich hatte einen Beweis geliefert, kaum daß er gefordert worden war, und das galt in meinen derzeitigen Kreisen viel. Der Reim war unüberhörbar, und mehrere Bestandteile des Gedichts waren offenkundig aus der uns umgebenden Welt gewonnen. Helga hatte Mühe mit der Nachdichtung und durfte nun Frau Basias Spott empfangen. Ich hatte das verhängnisvolle Wort Litzmannstadt vermieden und hatte von jenem Ort geredet, wie es Pani Basia gefallen mußte. Ich hatte schon, etwas platt, sagen wollen: Niebuhr hat den Laden satt und war dann doch auf den gediegeneren Ausdruck gekommen: Niebuhr hat dies Wesen satt!

Frau Basia war immer noch anstrengend. Und Helga auch: Sie sagt, wie du dazu kommst, sie als deine Cousinen und den Herrn Posten als deinen Vetter zu bezeichnen. Sie sagt, so verwandt wärst du ihr bislang nicht vorgekommen, vor allem die letzten fünf, sechs Jahre nicht. Sie sagt, du wüßtest schon, welche Jahre sie meint.

Ich weiß, sagte ich, und ich dachte: Nur gut, daß sie nicht weiß, daß ich es nach dem Deutschlandlied gebaut habe: Siemensschalter, Kistenbretter ... und ich wandte mich direkt an Frau Basia, die im Begriff stand, sich in eine ihrer ausladenden Haltungen zu arbeiten: In der Poesie ist es doch nicht so genau zu nehmen mit den Cousinen und den Vettern. Ich meine, nicht so wörtlich. Die Poesie redet ja anders. Wer sonst noch würde zum Beispiel sagen: Niebuhr hat dies Wesen satt! und sich selber damit meinen? Nur kleine Kinder reden von sich so, mit ihrem eigenen Namen, und die Poeten tun es.

Ich drang durch, nur hatte ich zu oft von Poesie gesprochen; Pani Basia teilte es mir etwas verächtlich mit, und Helga teilte es mir so mit, daß vom verächtlichen Ton nichts verlorenging – Poesie, hörte ich, befasse sich wohl kaum mit Kistenbrettern.

Es mußte also eindeutig Poetisches her, schwer Übersetzbares mit viel Wesen und mit Vettern und kindlicher Redensart, und da sich bei solchen Anforderungen alles Eigene verbot, und da man mit Anleihen bei Schiller und Goethe riskierte, als Schwindler gefaßt zu werden, mußte Entlegenes herbei, und der Dichter Fleming, den mein Vater in einem ausgewählten Teil aus der Speicherluke zu rufen pflegte, war der richtige Poet dafür, entlegen und aus einem früheren Leben, wie mein Vater es war.

Ich wählte: »In Groß-Neugart der Reußen 1634«, ein unheimlich schwieriges, ellenlanges, manchmal dunkles und manchmal leuchtendes Ding, das ich mir einmal erschuftet hatte, um meinen Vater damit zu erfreuen und Onkel Jonnie zu beeindrucken. Aber, das nebenbei, meinem Vater reichten seine Fleming-Kenntnisse, und Onkel Jonnie und er wechselten nach meinem hingegebenen Vortrag ein paar besorgte Blicke.

Ich wählte also »In Groß-Neugart der Reußen 1634«, nannte es aber »In Warszawa der Polen 1946«, und zu Helga sagte ich, ans Nachdichten solle sie sich erst später machen, und ich hielt, während ich es mit Schwung aufsagte, wobei mir der Vorjahrswinter, die Kälte, die Einsamkeit und die rettende Beschäftigung mit entlegener Poesie sehr zustatten kamen, den Blick immer schon auf noch fernen Verszeilen, wach bereit, notwendige Textkorrekturen rechtzeitig einzuleiten.

Das ist aber kaum nötig gewesen; Barock obsiegte über alles Mißtrauen und allen Spott von Frau Basia, zumal gleich zu Anfang die Stelle kam, an der Fleming von sich als Fleming spricht und wo ich natürlich Niebuhr einsetzte:

»... so sei ein wenig deine,
mein Niebuhr, weil du kannst. Du hast noch dieses Eine
von allem, was du hattst: dich, den dir niemand nimmt;
wiewohl noch mancher itzt auch um sich selbsten kömmt,
des andren mehr als sein ...«

Barock obsiegte aber nicht nur über Frau Basia und ihre Stimmungen; es obsiegte auch über Niebuhrn hin und machte ihn an manchen Stellen fast zunichte, weil es ihn mit Hohn betraf oder ihm aus seinem Herzen rief:

»Das übermachte Zechen,
die allzu ofte Kost, das zeitigt uns den Tod.
Man lebe, wie man soll, so hat es keine Not!«

Oder:

»Geh, sieh dich selbsten durch! Du selbst bist dir die Welt!
Verstehst du dich aus dir, so hast dus wohl bestellt!«

Und dann der gewaltig zuschlagende, zutreffende Schluß:

»Krieg kömmt von Kriegen her. Hast du dich hier verhalten,
o Einfalt, heilge Zier, von erster Zeit der Alten
bis auf die Hefen uns? Ist hier dasselbe Land,
da Ehr und Redlichkeit von uns sich hingewandt?«

Barock obsiegte; setzte Niebuhr bei den Damen in das Licht, ein Dichter zu sein, und verhalf Niebuhrn, wie er zerrissen dem entliehenen Fleming lauschte, zu der Einsicht, daß Niebuhr keiner war.

Wie ich dies wußte, hat es mich bedrückt und doch erleichtert, und ich habe mich gehütet, den Frauen von meinem Wissen mitzuteilen. Denen ließ ich mich einen Dichter bleiben.

Ich konnte das Ansehen nicht einfach abwerfen, und es hat nur Vorteile gebracht. Basia und Henia und Genia brauchten sich nun kein Gewissen mehr zu machen, wenn sie einem von denen so viel zu essen gaben. Der Posten hat sich weniger gekümmert; der glaubte wohl, Poeten entweichen nicht. Wallburga, an der mich fast nur der Name störte, sah mich etwas weniger furchtsam an, und Helga hatte eine Erklärung, warum ich bei Lust und Unlust nicht recht übersichtlich war.

Es hat sie nur verkühlt, daß ich unduldsam wurde, wenn sie beim Übersetzen zu ersichtlich verkürzte. Es kam öfter zu der Frage, wer denn nun hier Polnisch könne und wer nicht, und das schlägt auf die Beziehungen.

Es stimmt ja, ich beherrschte die Landessprache nicht ganz, aber wenn aus übermachtem Zechen polnisch zuviel Trinken und aus allzu ofter Kost polnisch zuviel Essen wird und sich das Fleming-Wort: das zeitigt uns den Tod! in das polnische Helga-Wort: das macht den Mensch kaputt! verwandelt, so merkt man es, auch wenn man nicht der wahre Urheber ist, und auf Dauer kappt das die Zuneigung.

Neben dem Poetischen hat sich anderes störend in das Spiel zwischen Helga und mir gebracht. Die ansehnliche Maiden-Führerin hatte wenig Verständnis für meine neuesten Fragen und Meinungen, und gerade von meinen Meinungen mußte ich ihr schon Kenntnis geben, wenn ich auf ordentliche Übersetzung drang.

Man sollte nicht glauben, wie weit man von einem Frauenzimmer wegkommen kann, nur weil man sich über Krieg kömmt von Kriegen her nicht einig wird.

Basia und Henia und Genia hatten das Werk »In Warszawa der Polen 1946« zwar von mir in einem Stück entgegengenommen, in voller Länge und im unwesentlich retuschierten deutschsprachigen Original, aber danach wünschten sie Einsicht in einige Textstellen, um zu erfahren, worum es sich im Grundsatz bei meinem fulminanten Ausbruch gehandelt hatte.

Dadurch also kam es zu den so andersartigen Reibungen zwischen Helga und mir: Weil ich meinte, daß man das Wesen eines Gedichts gerade in seinen schwierigeren Stellen erfahren könne, und weil ich meinte, Krieg kömmt von Kriegen her sei eine zwar nicht besonders schwierige, dafür aber besonders wichtige Stelle. Und weil Helga nicht einsehen wollte, warum ich auf kömmt bestehen mußte, und weil wir uns über die Auslegung des Textes gar nicht einig wurden.

Sie meinte, ich (von Fleming wußte sie ja nicht) hätte eine Art dauernde Selbstzeugung der Kriege im Sinn gehabt, ganz wie wir beide es gelernt hatten und wie ich es, wenn ich wollte, täglich in der Zelle hören konnte. Ich aber dachte in leicht anderen Zusammenhängen. Am Ende, erwies sich hier im untertönenden Streit, hatte man nicht unendlich tauben Ohren gepredigt, und man hatte mich durchdringend genug angeschwiegen, und man hatte mir lautlos zwar, aber in schwärzestem Ton so Deutscher gesagt, daß es mich hatte erbleichen lassen. Und ahnen.

Ich glaube, ich habe mich bei Paul Fleming etwas für meinen Diebstahl ausgeglichen, indem ich uns, ihn und auch mich, sagen ließ, nein, wir hätten sagen wollen, wenn man den einen Krieg nicht wolle, dürfe man den anderen nicht machen, und wenn man einen gemacht habe, dürfe man sich nicht wundern, und wenn man sich in einem Land ohne Ehr und Redlichkeit verhalten habe, dürfe man sich erst recht nicht wundern, und ich wüßte inzwischen einiges über Tulpen und Berge aus Flocken, und, verflucht, verflucht, jetzt müßte einmal Schluß damit sein.

Es hat mich Helga nicht wieder nähergebracht, daß sie diesen Ausbruch des Dichters den Damen vom Magazin übersetzen mußte, und Helga hat es mir nicht wieder näher gebracht, daß sie bei glattem, ja wohlgeratenem Gesicht den deutschen Hinweis zwischen die polnischen Worte zu mischen wußte, für Kriege brauche der Pole uns Deutsche bekanntlich nicht oder allenfalls, daß wir hernach das Blut von der Straße wischten.

Dies war Verrat; ich hatte mich ihr anvertraut mit meinen Skrupeln und Fragenöten, ich hatte ihr gesagt, welches Verdienst des totgeschossenen Arztes zu vermuten stand und in welchen denkbaren Zusammenhang ich mich mit ihm und seiner toten Frau und seinem toten Kind zu zwingen hatte. Ich hatte einen neuen Niebuhr an ihr versucht; sie wollte nur den alten.

Da fragte ich die polnischen Frauen.

Der lebt glücklich, der nicht weiß, was das für ein Wandel war.

Deutscher fragt Polen? Wieso denn, wissen Polen mehr als ein Deutscher? Er fragt; meint er, er kann der Antwort trauen? Er fragt den Feind in einer Sache, die kaum zwischen Freunden zu bereden ist? Fragt ihn in einer Sache, die der Feind als peinlich eigene Sache betrachten muß? Weiß er denn nicht, wie übel ihm das ausschlagen kann? Bei diesem tückischen Feind? Der doch kein beliebiger Feind, sondern der polnische Feind ist; hat er das vergessen? Vergaß er, wie gefangen man ihn hält und sich von ihm das Fragen verbittet? Ist er bei Troste, sich, gefangen bei denen, Rat zu holen bei denen? Auskunft zu suchen in politischer Sache bei polnischen Weibern? Bei Weibern? In polnischer Sache? Beim Feind? Ein Deutscher?

Ich fragte, und natürlich benutzte ich dabei das Gedicht »In Warszawa der Polen 1946« als Schild, und natürlich verließ ich mich darauf, daß man von der Verletzlichkeit des Poeten wisse, und natürlich also war ich mir der Fragen noch bewußt, die man einen fragen wird, der polnische Weiber nach politischen Sachen fragt, aber ich fragte: Wer schießt hier eigentlich auf wen, und warum tut er das?

Helga ließ mich sehen, daß ich nicht bei Troste sei, und bei der Übersetzung sagte ihr Blick: Du wirst schon gleich sehen.

Und an Frau Basia sah ich: Ohne Fleming wäre nichts geworden. So war es nicht ausgemacht zwischen uns: Cousinen und Vetter, und der Vetter ist einer von denen.

Aber Frau Basia bezwang sich; das gab den Ausschlag.

Warum willst du das wissen?

Ich verstehe es nicht, und wenn man etwas so deutlich, so spürbar nicht versteht, muß man fragen.

Hast du immer gemacht?

Eben nicht.

Und was weiter?

Einmal muß man anfangen.

Ausgerechnet bei uns?

Ich bin bei euch.

Beschwerst du dich?

Ich weiß, es hat mich keiner gerufen.

Also, beschwerst du dich?

Nein. Oder nicht bei Ihnen. Ich hatte nur die Frage.

Weißt du noch mehr so feine Fragen?

Sie ist schwer, ja?

Sie ist schwer. – Sie schießen um die Macht. Die einen haben sie; die anderen wollen sie. Unsere haben sie.

Wie ein Bürgerkrieg?

Helga hatte Schwierigkeiten mit dem Wort Bürgerkrieg, und die anderen hatten andere Schwierigkeiten, aber sie einigten sich auf die Antwort, die Basia mir gab: So ähnlich, ja. Die Londoner möchten einen.

Die Londoner?

Weißt du nicht, daß in London eine Regierung sitzt, die sagt, sie ist unsere Regierung?

Doch, ich glaube. Seit dem Krieg ist die da; im Krieg sind da mehrere gewesen.

Ja, ihr habt gegen mehrere Krieg geführt.

Ein Zusammenhang, sagte ich, und es war nicht für jemanden außer mir bestimmt, aber Helga übersetzte es, und Basia verstand es nicht. Ich mußte mich erklären; ich tat es verkürzt: Ich glaube, ich verstehe einen Zusammenhang zwischen den einen, die hier schießen, und dem Krieg.

Sie prüften diese Äußerung, und Basia sagte: Der besteht zwischen allen und dem Krieg.

Fräulein Genia warf etwas ein, und Helga übersetzte es und war erfreut und nicht erfreut: Sie sagt, der besteht zwischen allem und euch.

Ich sagte: Darin scheinen sich alle einig zu sein.

Du nicht? sagte Basia.

Ich frage ja, damit ich dahinterkomme. – Aber das ist klar: Ohne uns hätte keine polnische Regierung einen Grund gehabt, nach London zu gehen.

Genia machte erneut einen scharfen Einwurf, und ich dachte: Mit der bin ich doch ganz gut ausgekommen! und nach Helgas Übersetzung dachte ich es noch einmal, denn Genia hatte gesagt: Gnädig von dem Dichter, danke ergebenst!

Ich sah beim Fragen lieber Basia an: Warum sind sie denn nicht zurückgekommen, als der Krieg zu Ende war?

Basia hatte wieder Zweifel an mir, aber sie antwortete: Weil da die Russen und die Kommunisten und die Volksregierung schon hier waren.

Wieder diese Genia und wieder der gemischte Ton in der Übersetzung: Sie sagt, zwischen denen und euch besteht auch ein Zusammenhang; der Herr Dichter ist doch so auf Zusammenhänge aus. Sie sagt, ohne euch hätten die Russen keinen Grund gehabt, nach Polen zu kommen.

Ich glaube, ich verstehe, wie sie es meint, sagte ich, und Genia sagte: Hoffentlich!

Ich hielt mich an Basia: Es ist wirklich schwer, aber so um fünf Ecken verstehe ich, wie einer sagen kann, es gibt einen Zusammenhang zwischen dem Streit und uns, und mir.

Frau Basia sagte: Nicht so viele Ecken.

Fräulein Genia sagte heftig: Deshalb sitzt er doch wohl nicht! Und Frau Henia sagte zum ersten Mal auch etwas: Der Streit ist älter als er.

Sie gerieten wieder ein klein wenig aneinander, und schließlich machte sich Basia zum Dolmetsch von Henia; so hatte ich zwei, und ich hörte: Sie meint, der Streit ist nicht so neu. Er geht nur um etwas anderes, und es sind andere Verhältnisse. Es hat ihn im Krieg gegeben und vor dem Krieg. Im Krieg hat man ihn nicht immer gemerkt, weil es einen anderen Streit gab. Frau Henia meint, die Deutschen haben gesorgt, daß sich unsere Herren und die Knechte einmal beinahe verstanden haben. Aber sie meint, der Streit ist älter als du und auch als die Londoner und Lubliner.

Bei dem letzten Wort fuhr ich zusammen; zu dem Ortsnamen gab es ein Gerücht, und das handelte von mir.

Ich verdeckte meinen Schrecken mit der Frage: Lublin, dort ist die neue Regierung gebildet worden, nicht? Im Sommer vierundvierzig schon, war es nicht im Juli?

Zuerst nickten alle, aber dann fand es Frau Henia zu ungenau: Die Regierung noch nicht. Die, die provisorische, das war im Januar darauf. Das Befreiungskomitee war im Juli, und das Befreiungsmanifest am 22. Juli 44.

Und wir, das heißt die Deutschen, waren da nicht mehr in Lublin?

Es erheiterte sie, daß ich das nicht zu wissen schien, und mich erheiterte es nicht, als Basia sagte: Nur solche wie du, so wie du! und Genia erheiterte mich auch nicht mit ihrem Einwurf: Er wird beim Laufen seinen Kalender verloren haben, der Dichter.

Es gab einen Punkt, an dem ich keinen Streit scheuen durfte, auch wenn ich an Polen geriet. Gerade, wenn ich an Polen geriet. Dies war der Punkt.

Ich sagte: Im Juli war ich noch weit, weit zu Hause, und auch im Januar bin ich nicht in Lublin gewesen.

Ich hatte lange niemanden gehabt, es zu beteuern; da beteuerte ich es wohl etwas laut, und zuerst waren sie befremdet, aber dann sagte Frau Henia, die heute seltsam entschieden mit mir war: Aber sei doch friedlich; du bist ja noch rechtzeitig zu uns gekommen.

Irgend jemand hatte irgendwann etwas Ähnliches zu mir gesagt, und es hatte mich auch da kaum belustigt.

Als der Feierabend kam, wußte ich nicht, ob es klug gewesen war, so zu fragen. Ob zu fragen klug gewesen war.

Am 22. Juli 44? – Es war umständlich, mich dorthin zu denken. In ungeratenen Mäandern führt der Weg durch Land in Staub und Schnee, ein Land unter bleicher Sonne und frostigen Monden. Man geht aus dem Kistenkeller bis zur Ziegelmauer, tritt, wo das Pflaster blutig glänzt, durch ein Tor mit bärtigen Wachen, kommt über Höfe mit Küchen und Kellern und Bädern, in einem weiß man zweimal rötlich totes Fleisch, das auf hölzernem Rost zwischen Trögen ruht, man läßt es ruhn, steigt Stiegen, wird vom Manne Ohnehals in einen asphaltierten Pferch getan. Dort sammelt sich Gelichter, das zu Teilen schon ausgeflogen war, aber zurückkömmt, weil Abschied sein soll, wie es sich gehört. Von den Niederlanden trifft ein Rabattenpfleger ein, und zweie kommen aus Treblinka, sind beide noch aschig beflockt vom Rundgang über den Tatenort, einer ist reuig und laut, der andere beides nicht. Es geht ans Gerät: Postrat baut Maschine, mit der sich von sündigen Träumen zapfen läßt; Bauernführer hängt sich an die Ulfilas-Glocke; General erwartet Bereinigung, wenn er an einer Kette zieht; Gasmann ist hilflos: Kein Gasrohr führt durch den Raum; Hauptsturm weht eisig, und man wärmt sich die Ärmerlein beim Schinkenkloppen, da speit es Mais, das wird kein schönstes Erlebnis bleiben, doch vom Gelichter hat man nun genug. Von Trakt zu Trakt ins Einzelgemach, Einzellerdasein lange Weile; der Älteste ist man auch hier, eine zähneklappernde Einzellheit, die sich zur Zählzeit rasch in gewagtem Polnisch zu Worte meldet. Christfest naht, Gottvater kommt und geht, Hering bleibt lange, und wer vom süßen Wasser will, muß einen bunten Löffel han. Übermachtes Zechen kömmt von allzu rarer Kost. Allzu oftes Denken kömmt von allzu fester Lage. Bewegung! Trompetenschall, Tataren vor der Tür, ab geht es, ab geht die Flucht über Flächen aus Glas, das will dem Holz nicht weichen. Gips ist weicher als Holz, Holz ist härter als Kraut, Kraut ruht und wandelt sich, Mauer ist hoch und muß hernieder. Hoch geht es hinaus mit dem Niedermacher Niebuhr, tief stürzt der aus dem Sonnenbad, bizarrer Bruch, ein Amtsarzt ist aber da. Hat man den nicht eben rötlich tödlich gesehen? Die Frage vergißt sich, weil Herr Dąbrowski zu Tataren noch Mongolen meldet; er malt es kohleschwarz an die rote Wand; der junge Herr Herzog erbleicht. Da geht man besser aus dem Haus, macht sich auf weiteren Lebenslauf, verläßt die Ulica Rakowiecka an der Tulpenvertretung vorbei, zieht die Mütze vor allzu often Blumen, Eisensteck-Gebinde, so muß es rechtens sein. Links ist ein müder Leutnant da, hat seit der Schlacht um die Neue Welt nie mehr so ganz geschlafen; an dessen Hand kommt Niebuhrs Mark durch ein Grauenmärchen. Neueste Welt; man findet den Weg durch sie, indem man der Straßenbahnschiene folgt. Etwas verschüttet, der Strang, aber haltbar; Linie Treblinka – Gęsiastraße. – Strang?

Wer spricht von Strang?
Der macht mir bang.
Mark ohne Rang
Gilt euch als Fang?
Ohne Mark ist nichts gegangen.
Mit muß Mark auch in die Zangen.

Verfluchtes Gereim, klappernder Schwatz, was hältst du den Mäander auf, dem Niebuhr zu folgen sucht, daß er nach Hause findet.

Nach Hause – welch ein Laut in diesem Schweigen. Willst du wohl schweigen, Niebuhr.

So schweigen alle. Esperanto schweigt. Dies Wort kommt von dem Worte Hoffnung her. Niebuhr hofft auf seine Kameraden. Aber die schweigen. Auch ein Kamerad aus Pirna schweigt. Hat nie einen Kameraden aus Marne gehabt. Schweigt, weiß nichts mehr, auch für Niebuhrs Leben weiß er nichts mehr, hat sich beim Filmeerzählen verausgabt. So ein zerdrücktes Gesicht hat er nie gesehen. Identyfikacja negatywna.

Mark bleibt unerkannt, verhüllt und belastet und kommt im Geleit, das zum Takt von fliegenden Steinen tanzt, an Gefängnissen vorüber, von denen noch die Schatten stehen, hastet verschorften Steilhang zur Weichsel hinunter, Spalier ist da, und die Begleitung wechselt, man kann doch übers Wasser gehn, und am anderen Ufer endet, wie ein Schreien endet, die tiefere Grube.

Wer immer uns die Mäander verschrieb, es hat ihm gefallen, uns, die wir nach Westen streben, gegen Osten zu führen und südlich die Weichsel hinauf. Puławy heißt der Ort; er wirkt entvölkert; man sagt, er sei von einem besonders gesuchten Volk bewohnt gewesen. Hier verbleiben wir vom Herbst durch den Sommer ins Frühjahr, und ein Augenblick kommt, da sind wir wie alle anderen: Wissen von gar nichts mehr, wissen nicht einmal unseren Namen. Der Augenblick vergeht; wir nageln unsere Schiene auf breitere Spur und sind russisch. Also werden wir rätselhaft: Zielbeschreibung mit drei Buchstaben, senkrecht wie waagrecht, Kreuzwort mit o in der Mitte, langem o wie in Tod, fängt mit T an wie Tod, hartem T, endet mit weichem d wie Tod mit weichem d endet.

Doch Mäander führt ins Leben zurück; das benimmt sich gehörig, geht durcheinander, beginnt mit einer Beerdigung. Wollner der Spielmann singt von Heimweh, wirr die Bälge der Nähmaschine, Schiffchen fliegen über den Bahnhof von Lublin, einen Schiffchenwurf weit liegt Majdanek. Nie gehört.

Soll das sein? Nie gewesen. Keine Zeit, wir werden dringend von uns selbst verlangt. Fort. Trittbretter wiegen, wir reißen die Mäuler auf zu gläsernen Mädchen hin, machen Krawall, sind lauter als alle Matrosen, gehören ins Lazarett. War man nicht schon einmal hier und hat sich bei einer dunklen Lehrerin an einem dunklen Wort versucht, klang wie vermengt aus Deuter und Täuscher, und ist man nicht ein wenig gesundet hier?

Aber wenn eins sterben wollte, hat man es ins Eck geleitet, und wie zum Heurigen klang es: Da leg ich meinen Hobel hin! und kaum lag der Hobel, hat sich einer des verwaisten Brotes angenommen, und aus dem Eck sind sie abgefahren mit Beinen wie Knüppel in einer Fuhre Knüppelholz.

Mäander ruft: Hejo, wir fahrn nach Lodsch, lasset die Toten ruhn – den Frisör aus Britz, einmal mußte den mal einer in seinen Hals schneiden; laßt auch gleich den Doktor liegen, der den Tonfilm erfunden hat, damit ein Fuhrmann ihn erzählen konnte, was diesen dann arg heiser machte. Wir fahrn nach Lodsch durch eine Landschaft ganz und gar von Gainsborough verlassen, ohne alle Kühnheit im Umgang mit Farbe und Licht, lohnt sich nicht, sich umzusehen, das lohnt sich erst auf einem verblakten Hof, wo man über eisglatte knüppelige Berge steigt, die man für hoch hält, weil man von anderen Bergen noch nicht weiß. Man kommt hinüber; bewegte Männer leihen ihren Schwung.

Hiernach hat die strichige Figur, die am Ende nach Westen soll, einige Längen. Das lahmt so hin, stinkt von Jauche, ist verlegen nach unbedachtem Aufenthalt in Krippen und Futterkisten, rutscht in geliehenen Pantoffeln, Schlottern herrscht vor, kein Wort von Artistik. Noch einen Blick in ein nächtliches Gefängnis, ein weiteres, das letzte, das erste, wie man will, dann fällt das Wort vom Artisten, und erst wie begeistertes Weibervolk einem Künstler die Füße salbt, verwundert man sich, warum man einer Künstlerin nicht gedachte, welche an einem nüchternen Ort exzentrisch equilibristische Artistik betrieb, wonach ihr dann, auf ein stechendes Stichwort hin, übel wurde.

Vielleicht, weil wir nicht aller Künstlerinnen gedenken können. Das führte sonst gar zu einer, die sich so an eine Kiste mit Ölschützen breitet, daß uns dreieckige Sterne leuchten. Das führte zu weit. Oder führte in ganz schrecklich, ganz schrecklich andere Richtung, in die nicht sehen darf, wer wohlbehalten in westlichen Juli will; es könnte ihn aus allen Mäandern werfen.

Welche Künstlerin sollte solches wohl mit uns vermögen? Die alte Frau dort? Die das Hölzchen bemalt? Ein Hölzchen mit Röschen? Warum sollten wir diese Begegnung denn scheuen? Was malt sie so Versprechendes? In Kunstschrift einen Namen? Jadwiga Sierp? Ja und, was wohnt Besonderes in diesem Namen? Ach, das ist ein besonderer Name? Ach, das ist ein? Ach, das ist? Ach, das? Ach. – Ach, es brennt der Stern, fort von hier. Sierp, das heißt Sichel; fort und hinaus aus ihrem schneidenden Kreis, laßt uns die Sterne tauschen. Wo ist der Absprung von diesem?

Der Absprung, so scheint es, scheint einmal, der Absprung scheint bei jenem Häuschen zu sein; dort soll es aus der Grube gehen. Eigenartiger Ausstieg: im Staub unter einem Bett hindurch. Aber dann rennt man. Hastet durch Ställe und Wald, wirft einem Koch etwas zu, was den zu den Schatten wirft, läuft im Schatten eines grünen Flugzeugs über weißen Schnee, hat bald Gesellschaft, mit der fährt man Panzer, und man erschießt einen Panzer und kommt gerade zurecht, an einer Härteübung teilzunehmen. Kłodawa kann gehalten werden, in Gnesen muß man halten, den Dom von Gniezno muß man gesehen haben, man ist auf Bildungsreise. Die führt nach Kolberg, wo die Persante in die Ostsee fließt und wo man nach Weihnachtsliedern und belehrendem Gebrüll um Advent einen Tausch macht, köstlich wie Salzkraut gegen Pfirsichsüße: militärisches Geschirr hin, zivil Bequemes zurück, kein Stück Kleingeflecktes dabei.

Es riecht zwar nach staatlicher Verwahrung, aber es riecht auch nach Marne; das ist eine Bahnfahrt nah. Nur noch das Soldbuch, das übrigens einmal abhanden war, gegen den Wehrpaß getauscht, der übrigens hier in Verwahrung lag, eine Vorkehrung übrigens gegen den Fall, daß Fragen der Identität aufkämen.

Ein solcher Fall liegt nicht vor; es ist ein sicherer Mark Niebuhr, der zum westlichen Festlandsrand will; was sollte ihn daran hindern? Niemand und nichts hindert ihn, nur der Schaffner kurz vor Marne stutzt, denn eben denkt er noch: Da haben wir ja unseren Drucker wieder! da sieht er: Der hat sein Reisepapier über und über mit verwackelten Mäandern bemalt, und dabei hat der Junge in Marne als ordentlich und sogar als artig gegolten.

Wir sind da.

Schon vergessen? Wir wollten noch weiter. Wir wollten bis zum 22. Juli zurück; eine gewisse Frau Henia hatte uns von dem Datum geredet und von einem Befreiungsmanifest.

Befreiungsmanifest?

Aber ja, was ist denn los, das kannst du doch nicht vergessen haben. Du bist noch so aufgeregt gewesen. Du hattest nach Zusammenhängen gefragt, und dann hat dich irgend etwas aufgeregt. Es war, als von Lublin die Rede war.

Lublin? Ach, Lublin, jetzt erinnere ich mich. Es liegt eben doch eine Masse Land dazwischen. Aber ich weiß es nun wieder: Ein Gerücht hatte mich nach diesem Lublin verbracht, und um mich von dem recht schlimmen Gerede zu befreien, hatte ich versucht, mich am besagten 22. Juli im Jahre 44 aufzufinden, hatte wissen wollen, wo ich zu dieser Zeit war und auch, weil das als wichtig galt, wer ich da war. Und so habe ich mich in Bewegung gesetzt.

Richtig, nur bist du ins Stocken geraten, hast gesagt: Wir sind da. Aber es ist erst Dezember.

Ich bitte um Entschuldigung. Das kommt, wenn man von solcher Reise kommt. Es geht ein wenig durcheinander. Auf dem Bahnhof zum Beispiel sieht man sich nach der Mutter um, und am Bahnhof hat man sich immer reifen Mais gedacht. Dann fällt einem ein: Mutter kann es nicht wissen.

Die wird in ihrer Küche sitzen. Und wer weiß, ob sie käme, wenn sie es wüßte. Sie würde sich freuen über mich, und denken müßte sie: Hier sind aber drei abgefahren.

Ich verstehe meine Mutter, und ich weiß, daß Marne nie wieder so werden wird, wie es gewesen ist. In dieses Nest gehört mein Bruder, auch wenn der seinem Bruder manchmal mit beiden Händen gleichzeitig auf die Ohren haut.

Und vor allen anderen gehört mein Vater hierher, gehört in die Speicherluke, denn wo soll Marne hin, wenn ihm nicht immer einmal der Bescheid zukommt: Herrschen itzund Frost und Winde, balde wird es sein gelinde.

Wo soll Marne ohne die Mahnung hin, die nach gut bemessener Pause folgen muß: Unterdessen sei der Deine!

Allein mit Onkel Jonnie und mir kommt Marne nicht aus. Ich weiß am besten, daß weder Onkel Jonnies noch meine Sprüche für alle Lagen reichen. Ich weiß ...

Nun vertüder und vertün und vertüdel dich man nicht wieder. Juli heißt das Ziel, 22. Juli.

Ach ja, der. – Das weiß ich genau: Von Befreiungsmanifest war nicht die Rede, und daß es Polen gab, das Land Polen, das hatte ich fast vergessen. Nicht nur, weil es damals bei uns nicht so hieß, sondern einfach, weil ich mich nicht dafür interessierte. Ich weiß, das klingt ungeheuerlich, wenn man bedenkt, was in diesem Land geschah, und auch, wenn man bedenkt, daß dieses Polen schon auf mich wartete.

Aber es war so.

Ich war mit anderem Geschehen befaßt. Wen es empört, den kann ich verstehen, aber ich kann ihm nicht helfen, und ich sage: Nach den Bombern am hohen Himmel habe ich nicht halb so scharf gesehen wie nach gewissen Achselbändern, und wenn die Sirenen heulten, hoffte ich, ich kriegte im Splittergraben wieder die Lena zu fassen; die arbeitete in Eddelak in der Gewürzfabrik, und sie roch auch so.

Nein, nach den Bombern habe ich bald kaum anders gesehen als nach den Wolken, über denen sie flogen, hoch über denen ins Land. Eine andere Aufregung hielt sich länger, schlug tiefer durch und trieb mich. Marne belebte sich mit jedem Bombentag. Ausgebrannte, Ausquartierte, Einquartierte; Verwandte über drei brennende Ecken, verwegene Cousinen und unerträglich Unbekannte.

Noch einmal bitte ich um Verzeihung, und noch einmal sage ich: So vieles auf Erden in Marne verlangte so unaufschiebbar Dringendes von mir; da war der Himmel eben nicht, und Polen war auch nicht. War schon gar nicht.

Letztes Lehrjahr bei Geschwister Bruhns, erstes Lehrjahr im Umgang mit anderer Leute Schwestern. Gesellenprüfung wird bald sein, Geselligkeit in immer neuen Proben. Eile ist geboten, denn nach dem Gesellenbrief kommt der Gestellungsbefehl, aber so vieles ist noch unbestanden.

Das Wissen, irgendwo hängen sie schon einen Rock für dich zurecht – diese Gewißheit ist gut gegen nördliche Hemmung. Wenn schon Röcke, denkst du, sagst es sogar, dann welche mit Falten, blau, und nicht vom kalten Winterfeldgrau …

Niebuhr, du sollst uns nicht bedichten, du sollst uns ber… sollst uns erzählen, wo du am 22. Juli 44 warst!

Helga sagte: Sie sagt, du sollst sagen, wo du im Juli vor zwei Jahren gewesen bist, wenn du nicht in Lublin gewesen bist. Sie sagt immer Marek, wenn sie dich meint. Soll ich ihr sagen, daß du Mark heißt?

Warum? Marek gefällt mir. Oder Myron, Myron gefällt mir noch mehr.

Spinnst du? Schlecht geschlafen? War der Asphalt so hart? – Tak jest, jawohl, Frau Henia! Sie ist böse, sie sagt, wie lange sie warten soll? Sie sagt, ob wir die Antwort erst beraten?

Sag ihr, ich bitte um Entschuldigung. Przepraszam! – Klang wohl sehr chinesisch?

Große Aufregung im Kistenkeller: Marek hat sich an einem polnischen Wort versucht, hat sich auf polnisch entschuldigen wollen, der Marek. Aber wenn schon, Marek, dann gleich noch einmal.

Sie sagt, du sollst es noch einmal versuchen. Das kommt davon.

Przepraszam!

Sehr gut, Marek, dafür, daß es dein erstes polnisches Wort ist, sehr gut.

Nun, das allererste war es zwar nicht, aber ich sah, daß sich: Entschuldigen Sie bitte! zum Ersten Wort viel besser eignete als das eifernde Geschrei: Herr Aufseher, der Zellenälteste meldet …

Sie sagt, und was nun mit dem Juli ist?

Der zweiundzwanzigste, ich weiß. – Sag ihr, ich hab mich heute nacht zu ihm durchgeschlagen, ich …

Durchgeschlagen?

Ja, kann man sagen. Muß ich sogar. Es war sehr viel Gestrüpp dazwischen. Aber weil es gleich nach dem zwanzigsten war, weiß ich es wieder genau. Genau und durcheinander.

Was nun, genau oder durcheinander?

Genau und durcheinander, das geht. Es hat mich vieles gleichzeitig beschäftigt, es war sehr verschieden, aber mir war es gleich wichtig. Ich war in Marne, wo sonst, und die Leute redeten nur von dem Attentat, und ich wunderte mich, daß Offiziere so etwas machen. Ich kannte ja keine. Allerdings, seit ich mit welchen in der Zelle bin, wundere ich mich wieder.

Sie sagt, ob du dich gefreut hast über den Anschlag auf den Führer, ob du dich da gefreut hast.

Nein, nur gewundert – aber sie hat nicht Führer gesagt, sie hat Hitler gesagt.

Danke, es ist ja bekannt, wie perfekt Sie polnisch sprechen, Herr Marek – oder soll ich Herr Myron sagen?

Von mir aus, Marek oder Myron, von mir aus auch Mordechaj. Oder lieber doch nicht. Ausgerechnet Mordechaj.

Du mußt verrückt sein. – Sie sagt, wir sollen uns streiten, wenn wir allein sind. Ob du traurig warst?

Traurig? Daß es nicht geklappt hat mit der Bombe?

Nein, traurig, daß man so etwas macht mit, mit Hitler.

Gewundert habe ich mich, nur gewundert. Ich meine, mein Onkel hat manchmal gesagt, die gehören in die Luft gejagt, aber das war eben mein Onkel.

Sie sagt, ob du nicht in der Hitler-Jugend warst?

War ich, aber das war längst verkümmert. Ich bin da einfach nicht mehr hingegangen. Zuerst war mir mulmig, aber mein Onkel hat gesagt: Du hast wohl Angst, sie nehmen dich dann nicht mehr zum Soldaten?

Ob du Angst hattest, Soldat zu werden?

Es war mir unsympathisch.

Ich verstand nicht, was sie an dieser Auskunft so beschäftigte, aber Basia und Henia und Genia hatten eine Weile mit ihr zu tun. Zuerst lachten sie, aber dann fiel Fräulein Genia ein Grund zur Entrüstung ein, und sie stritten sich.

Helga sagte, wer so schön Mordechaj sagen könne, der könne sich die Auseinandersetzung selber übersetzen, aber Wallburga kriegte sich dazu, den Mund aufzumachen: Sie sind sich nicht einig, ob es sympathisch ist, wenn du sagst, es war dir nicht sympathisch, Soldat zu werden. Fräulein Genia findet, es steht dir nicht zu, so zu reden, weil du es doch geworden bist, und Frau Basia findet es sympathisch, weil sie diese Haltung kennt, und Frau Henia sagt, man soll dich nicht erst fragen, wenn man andere Antworten von dir erwartet, als du geben kannst.

Henia kam denn auch wieder auf ihren 22. Juli zurück: Sie sagt, du hast gesagt, es hat dich vieles gleichzeitig beschäftigt, und was es noch war?

Wirklich, sehr verschiedene Sachen. Vom Krieg eigentlich nur die Invasion, die ging ja noch nicht lange. Aber sie war ein paar Flußmündungen weiter südlich, südwestlich an meiner Küste, und es hieß, sie könnten auch jeden Tag bei uns landen wollen.

Was du dann getan hättest?

Darüber habe ich nachgedacht, aber die Antwort ist: Ich glaube, das, was man mir befohlen hätte.

Und wenn man dir nichts befohlen hätte?

Darüber habe ich auch nachgedacht: daß alles so schnell geht und sich auflöst, und sie übersehen mich. Dann hätte ich meine Mutter zu Bruhns in den Keller geholt, der war stärker als unserer, und dann hätten wir gesehen. Jedenfalls wäre ich dann nicht hier.

Sie sagt, ob du lieber bei den Engländern in Gefangenschaft wärest?

In gar keiner, das kann mir jeder glauben.

Sie sagt, es ist dir wohl nicht sympathisch?

Ja.

Aber wenn doch, dann lieber bei den Engländern?

Ganz bestimmt.

Fräulein Genia hielt diese Antwort wieder für unerlaubt; Basia fand es sympathisch, daß ich nicht zu schwindeln versuchte, und Frau Henia erklärte, die Meinungen der beiden interessierten sie im Augenblick nicht, die kenne sie lange genug, aber solche wie mich kenne sie nicht, jedenfalls nicht in dieser Lage, und wie solche wie ich zu Hause gewesen seien, das wüßte sie auch nicht, das interessiere sie aber, und ich sollte sagen, warum ich lieber bei den Engländern wäre.

Wallburga hatte mich auf dem laufenden gehalten, aber Helga zog die Übersetzung wieder an sich: Ob es so schlimm ist in Polen, daß du so wild sagst: Ganz bestimmt wärest du lieber bei den Engländern?

Habe ich es wild gesagt? Przepraszam! – Es ist nur, weil die Engländer wohl nicht sagen würden, ich soll etwas in Lublin getan haben, wenn ich nicht in Lublin war.

Frau Henia sagt, wenn du im Juli 44 an deiner Küste gesessen hast und hast nach Südwesten hingesehen zur zweiten Front, dann warst du ja nicht in Lublin, und warum du dann Angst hast?

Und Fräulein Genia sagt, ob du den Behörden nicht zutraust, daß sie es herausfinden?

Und Frau Basia sagt, aber es ist sympathisch, daß du dich so aufregst, sie würde sich auch aufregen.

Sie regten sich alle drei auf und stimmten gar nicht überein, wie ich von Wallburga hörte, und von Helga hörte ich erst wieder, als Henia gesagt hatte: Er soll lieber weiter erzählen, was ihn noch beschäftigt hat. Wenn ich denke, was mich damals beschäftigt hat, interessiert mich, was so einen beschäftigt hat.

Ich hätte gern nach ihrer Beschäftigung gefragt, aber sie waren alle etwas gereizt, und an dieser Frau Henia war eine Härte, mit der sie sich ebenso gegen die ausladende Basia wie die bissige Genia durchsetzte; sie hatte neuerdings etwas von meiner Mutter, konnte sein, sie warf mit einem Siemens-Kasten, wenn ihr meine Frage nicht gefiel. So antwortete ich lieber: Ein bißchen habe ich auch an meine Gesellenprüfung gedacht. Das weiß ich, weil Bescheid gekommen war, im Oktober sollte die sein, und weil ich einmal gedacht habe: Wenn das so weitergeht in der Normandie, dann sind die im Oktober hier oben, und ob dann einer Sinn für Gesellenprüfungen hat?

Fräulein Genia sagt, den Russen und den Polen hast du wohl nicht zugetraut, daß sie dich bei der Gesellenprüfung stören?

Den Polen?

Ja, den Polen.

Dann sag ihr, und sag ihr, ich bitte jetzt schon um Entschuldigung, aber es war so: Polen sind in solchem Zusammenhang gar nicht bei mir vorgekommen.

Helga setzte zur Übersetzung an, und ich sah, sie würde mit meiner Antwort nicht sehr behutsam sein; Wallburga sah es wohl auch, denn sie übernahm plötzlich das polnische Wort, und da sie dringlich sprach und viel länger als ich, verstand ich; daß sie nicht nur zu übersetzen, sondern auch zu vermitteln suchte.

Aber in beidem dürfte sie kaum geübt gewesen sein; man durfte es annehmen, und man sah es am Ergebnis: Die drei wohlgeratenen Polinnen verfinsterten sich bis zur Unansehnlichkeit, und ich glaube sogar, einige ihrer Gedanken habe ich mitdenken können, und schon deshalb war mir nicht behaglich, und schon deshalb war es ein großer Dienst, den Genia mir leistete, als sie den Satz gegen mich schoß: Dafür kommt er jetzt bei den Polen in Zusammenhängen vor.

Wallburga hatte das Talent, das ich schon bei Herrn Eugeniusz bewundert hatte: Sie gab ohne Umstände weiter, was gesagt worden war, und sie lieferte zum Wortlaut auch Tonfall und Mimik getreu.

Auch das kam mir zugute; Genia und Henia und Basia konnten sehen und hören, daß die Antwort bei ihrer Übermittlung nichts von der Schärfe verlor. So brauchte niemand nachzusetzen; Genia hatte mir präzis aufs Maul gehauen, das sollte dem Marek reichen, und Genia konnte man loben, und man konnte sich lockern, und entdecken konnte man, daß Genia sehr witzig war.

Da konnte man weidlich lachen, und man konnte es gleich noch einmal, weil diese Genia ihrem Humor nun gänzlich die Zügel schießen ließ, hinter dem Regal vorkam, in dem sie Ordnung machte, vor dem Marek knickste und in dessen ulkigem Ton: Przepraszam! sagte.

Man weiß ungefähr, an welchem Punkt man sich solchem Vergnügen anschließen darf; ich habe ihn wohl getroffen, denn Frau Basia wünschte zu erfahren, ob das nun alles sei, woran ich in jenem fast verschollenen Juli gedacht.

Sie sagt, ob das alles war, zweite Front, Gesellenstück und Hitlerbombe. Ob es erlaubt ist zu fragen, sagt sie, ob man dich auch im Zusammenhang …

Wallburga sprach dazwischen: Nein, ob im Zusammenhang mit ihm gar kein Mädchen vorgekommen ist.

Sage ich doch, sagte Helga, und Wallburga schüttelte den Kopf. Übersetzerinnen.

Doch, sagte ich, und der Himmel, der es an diesem Tag besonders gut mit mir meinte, half mir auf die Beine. Ich trat vor die fünf ansehnlichen Damen hin, ließ die Erwartung noch etwas ziehen, versuchte mich nicht ohne Erfolg an Genias Knicks und sagte: Przepraszam!

XXVIII

Ich weiß kaum von der äußeren Beschaffenheit jenes Herbstes. Des zweiten. Des zweiten im Backstein. Des dritten seit dem Juli, von dem ich fremden Frauen erstaunlich erzählte.

Es ist mir tief entfallen.

Den davor habe ich noch, mit jedem Regenfaden, mit jeder zerlaufenden Wolke, mit jedem halbnackten Baum, mit allen müden Astern an den narbigen Mauern.

Dabei bin ich, die Schritte vom Tor zum Keller nicht gezählt, nur den einen Weg gegangen. Aber der war wohl so. Er war hinreichend. Der erste Herbst reichte zu für mein Leben.

Den zweiten habe ich nur in Einzelheiten, und unter denen kommt Natur im Sinne von Wind und Wolken kaum vor. Nur eine gewisse Gräue um Allerseelen, aber es ist nicht sicher, ob das äußerlich gewesen ist. Ich weiß nicht, ob der Herbst warm war oder besonders naß, ob er lang war oder ob er das Jahr sehr früh an den Winter übergeben hat. Man wird ihn aber nicht ausgelassen haben, obwohl dort einiges ausgelassen worden ist, worauf ich sonst Anspruch machte.

Zum Beispiel gehören Drachen an einen herbstlichen Himmel, aber ich habe in vier Herbsten keinen Drachen gesehen. Kann sein, ich hielt mich nicht in der richtigen Gegend auf, oder die Leute hatten andere Sorgen, oder es war in Warschau so wenig üblich, wie es bei uns sehr üblich war. Vielleicht ist es vor dem Krieg Brauch gewesen, und dann sind wir gekommen.

Weißkohl gehört zum Herbst in Warschau, dessen bin ich sicher. Aber mir ist seit längerem bekannt, daß Warschau nicht immer seinen Weißkohl hatte. Als ich dort war, gab es genug davon. Beinahe zuviel, fand ich. Ich erinnere mich, daß sie auch im zweiten Gefängnisherbst auf dem großen Hof Kohl abluden, und ich habe an einen Keller gedacht und an das Bad, nur waren das keine guten Gedanken, und ich habe sie abgeschnitten. Darin war ich sehr gut.

Seitdem die Acht von mir gefallen und ich wieder in den Ideenverkehr der Zelle einbezogen wurde, erfolgten eigenartige Schaltungen in mir. Als mir der Mund verschlossen war, hatte ich nicht genug hören können; jetzt wehrte ich mich gegen jeden überbekannten Ton. Stichworte, ja Stimmansätze genügten, und ich ertaubte.

Avranches, sagte Major Müller, und es war mir furchtbar geläufig, daß man den Durchbruch bei Avranches nicht hätte dulden dürfen.

Langusten, sagte der Reichsbahnrat, und uns begann wieder die Wartezeit auf das Stichwort Seelöwe, während derer der Reichsbahnrat zur Kenntnis von Geschmack und Bauart der eßbaren Krebstiere gekommen war.

Kunstwerke, sagte Hauptmann Schulzki und händigte die zwanzigste Kopie des Berichtes aus, dem zu entnehmen war, daß Hauptmann Schulzki lediglich der militärische Leiter einer Erfassungsgruppe gewesen war, die nach herrenlosen Bildern gefahndet hatte, um sie vor Plünderern und Unbilden der Natur zu schützen. Persönlich war der Hauptmann nicht an Kunst interessiert; er sammelte nur den verdreht geschriebenen Buchstaben N. Sein bestes Stück war ein Kneipenschild aus Amiens, Chez Benito stand darauf, und Schulzki hatte es selber ausgehängt, und er hatte dem Wirt zwanzig Mark dafür gegeben.

Soweit glaubte ich Hauptmann Schulzki; wahrscheinlich hätte er einen Gainsborough nur behalten, wenn der Gainsborough signiert gewesen wäre. Mit der Schützerrolle war es schwieriger. Ich hatte schon von Amtsanmaßung und Gartenpflege gehört.

Also fiel mein Gehör aus, wenn die Verlautbarungen zu Kunst oder Krustentieren begannen. Ich war auch einer partiellen Blindheit fähig, wenn Major Müller zwischen den Fenstern Aufstellung nahm und die Arme streckte. Ich wollte nicht mehr sehen, wie die rechte Hand des Majors auf die Stadt Avranches klatschte, während die linke in Pas-de-Calais herumfuhr, und ich wollte nicht hören, daß nach St. Lô der Zugriff auf Avranches abzusehen gewesen war.

Zwar ahnte ich, daß dies die Weise meiner Nachbarn war, sich aus der entsetzlichen Nähe des Prokurators fortzureden, aber auch dann mochte ich nicht mit ihnen kommunizieren. Die Worte zerbröselten, die Bilder gerannen; was noch bei mir ankam, war in seiner Bedeutung nicht auszumachen; da blieb es bald unbeachtet.

Ich habe, nachdem ich einmal ein Scharfmaul gewesen war, einen nach innen gekehrten Grobian abgegeben. Fast hätte ich gesagt, einen holzigen, aber diese Bezeichnung will ich den beiden Bauern lassen, die so sachgemäß mit toten und todängstlichen Männern umzugehen wußten. Aus einem Bescheid des Staatsanwalts wurde bekannt, daß sie die Fähigkeit in einer Heilanstalt erworben hatten.

Ich war nicht holzig, aber grob war ich, wenn ich mich aus dem Verkehr gezogen hatte. Ich baute meine inneren Fluchträume aus, und außen verschaffte ich mir einigen Platz, indem ich wirksame Beschimpfungen erdachte.

So ließ es sich leben – gemieden, und zwar auf eigenes Betreiben; gerade genug vorhanden, um nicht übergangen zu werden, wenn man gefragt sein wollte; eingewickelt in Fremdheit, die selten einer zu erforschen trachtete; mit Filtern versehen gegen den Einfall von schädlich Bekanntem und doch noch empfindlich genug, Änderung zu hören, zu sehen und zu bedenken.

Ich glaube, wenn mich meine Neugier verlassen hätte, wäre ich wirklich verlassen gewesen – aber Neugier eben und nicht Altgier, Uraltgier, Immernocheinmalundimmerwiedergier.

Was neu war, rief mich wach und konnte auf meine gespannte Anwesenheit zählen. So habe ich die Wandlung des Hauptsturmführers in allen ihren Schritten verfolgt. Es ist sogar dahin gekommen, daß mir dieser Harnischkerl eines Tages beinahe lächerlich schien. Das machte der Prokurator mit seinen Leuten; sie machten es auf eine Weise, die der Hauptsturmführer einen barbarischen Formalismus nannte.

Die tun ja so, als hätten sie ein unbelebtes Garnichts gefangen, sagte er; das fraß an ihm, und ich fand es lächerlich. Aber als ich denken wollte, der Mann sei an die richtigen Könner geraten, fiel mir ein, daß die Könner auch meiner harrten, und das war ein Gedanke für die Schere.

Ich sagte, ich sei gut in deren Handhabung gewesen; dabei kann es bleiben, auch wenn ich nicht alles meisterte. So wollte es mir nicht gelingen, einen Stromfluß zu unterbrechen, der von Schulzkis Amiens zu Müllers Pas-de-Calais verlief. Ich konnte mir alles aus dem Kopfe halten, Schulzkis Ansicht über seine Wächterrolle und Müllers Meinung über die Armee, die bei Calais auf den Feind aus Dover gewartet hatte, anstatt St. Lô zu entsetzen, aber wenn es einmal in einem Brief geheißen hat, der Vater sei an einem ruhigen Tag bei einer unwichtigen Fahrt durch die Picardie nach Norden in die Luft geflogen, nichts Böses habe man geahnt, und dann habe es gekracht, und vom Opel fehlten das Heck und die Hinterachse, und es fehlte der Obergefreite Niebuhr, und, dies zum Trost, er müsse einen schnellen Tod gehabt haben – wenn das in einem Brief gestanden hat, der einen sehr anging, dann ist einem nach einem verheulten Tag und nach ungewohnter Nähe der Mutter eingefallen, daß die Hauptstadt der alten Picardie Amiens hieß, ein Wort, das auch zur Prüfung heranzuziehen war, wenn die Kreuzworträtsel nach frz. Bischofssitz fragten oder nach frz. Ort mit bedeutender got. Kathedrale, und im Schulatlas hat man die Straßen gesucht, die durch die Picardie nach Norden führen; eine kommt von Paris über Amiens und geht nach Calais, und auch wenn man von Reims, einem anderen frz. Ort mit got. Kathedrale, nach Calais will, kommt man durch Amiens und die Picardie.

Die Gedankenspannung zwischen den beiden Polen Calais und Amiens ließ sich nicht unterbrechen, zumal weil der, der sich erfolglos bemühte, einer aus einem Ort namens Marne war.

So einer hat besonders hingehört, als man ihm zum ersten Mal vom Marnewunder berichtete. Denn da dachte er, das Wunder habe sich in seiner Geburtsstadt zugetragen, und auch als dies aufgeklärt war, hat er die Marneschlacht öfter bedacht und durchforscht, und er wußte, hier war der flotte Vormarsch in zehrenden Grabenkrieg umgeschlagen.

Und die eben eroberte Stadt Amiens war verlorengegangen, desgleichen eine andere, von der man viel zu hören kriegte, wenn man ein Junge in Marne war. Sie hieß Compiègne, und Schmach und Tilgung der Schmach waren mit ihr verbunden, und irgendwann nach dem Sommer 44 war Sieg durch Gegners Sieg wieder aufgehoben worden. Wann genau, wußte man nicht, wenn man Mark Niebuhr war, denn den kümmerte in diesem auslaufenden Jahr Compiègne so wenig, wie ihn die Nachricht gekümmert hätte, einstmals sei Jeanne d'Arc dorten in englische Gefangenschaft geraten.

Ich war anderweitig beschäftigt in Juli und August und September, eine Jeanne war übrigens nicht dabei und auch keine Johanna und eine Jungfrau auch nicht, ich war zu beschäftigt, um den neuerlichen Verlust von Compiègne zu vermerken oder gar, was auf denselben Tag gefallen sein könnte, den endgültigen Verlust eines Platzes, der Puławy hieß und an der oberen Weichsel lag, unweit von Lublin.

Ich hätte mich gewundert, wenn mir einer verheißen hätte, ich sollte mich in Juli, August und September des nächsten Jahres in russischer und dann in polnischer Gefangenschaft befinden, und zwar in einem Flecken namens Puławy, der etwa zur gleichen Zeit wie Compiègne endlich wieder an seine Eigentümer fiel. Ich hätte mich etwas gewundert, aber nur kurz, denn es war Schimmelreitergegend, wo ich zu Hause war, und ich mußte fort zu den eigentlichen Wichtigkeiten, die damals meistens Mozartzöpfe trugen.

Allerdings hätte es mich, auf Zeit, versteht sich, fortgelenkt von allen Zöpfen, wäre ich einmal inne geworden, daß des Westens Allianz durch die Picardie nach Norden rollte, und zwar über die Straße, an deren Ende mein Vater nicht mehr gekommen war.

Doch erst, als zum dritten Mal Juli und August und September und auch Oktober gewesen waren und mir der Platz Puławy schon wieder weit entlegen schien, erst da fand ich die Zeit, meinem Vater genauer nachzusehen.

Schulzki hatte ein übriges Mal Amiens gesagt und Müller ein übriges Mal Calais, und ich wollte die Verbindung mit ihnen kappen, da stellte sich zwischen den beiden Ortsnamen die Landkarte her, Picardie kam auf, und es wurde ein ruhiger Tag, und man war auf unwichtiger Fahrt nach Norden, und man ahnte nichts Böses.

Ich komme noch einmal aus dem Atem, wenn ich denke: Bis dort habe ich gebraucht, bis in eine Gelichterzelle im Warszawa der Polen 1946, bis in einen vergitterten Herbst, ein wenig schon hinaus, mehrmals, über vermeintliches Ende, so weit hin waren mir greller Augenschein und verbiesterter Gesprächsrundlauf nötig, daß ich über eine Briefstelle ins Stutzen geriet, die gelautet hatte: durch die Picardie nach Norden und nichts Böses ahnend.

Wer war denn da unterwegs gewesen zwischen Amiens und Calais? Der Speicherarbeiter Niebuhr auf Nordfahrt nach Marne mit einer ehrlich bezahlten Ladung Hühnerfutter? – Der Mann hätte ein Recht gehabt, nichts Böses zu ahnen.

Aber durch die Picardie unterwegs gewesen war der Obergefreite Niebuhr; es ging durch Landschaft, die seit langem in vieler Krieger Munde war: Schlacht an der Somme, Marnewunder, gewonnenes und entronnenes Amiens. Der Obergefreite Niebuhr war auf irgendeiner unwichtigen Fahrt, hatte irgend etwas Marodiertes an Bord, hatte den Raub wahrscheinlich bezahlt mit Besatzerlappen, eine Fuhre hundertjähriger Kneipenschilder, handgeschmiedet und mit lauter verdreht geschriebenen N, oder eine Ladung Kunst aus dem nicht so fernen Compiègne, wo Frankreichs heilige Johanna und später das heilige Frankreich in Gefangenschaft geraten waren.

Der Obergefreite Niebuhr ahnte nichts Böses, wie er durch ein Land fuhr, in dem itzund Frost und Winde herrschten, auch dank seiner und auch in seiner Gestalt. Er war ein Besatzungssoldat ohne Arg; er hatte dem Land doch nicht viel entnommen, einen Bootskarren voll Urlaubsmitbringsel vielleicht und was ein Mann in mittleren Jahren für die Besatzungszeit so braucht. Und mit leeren Händen aus Frankreich nach Marne kommen, das wäre nicht gegangen, das wäre ein neuartiges Marnewunder gewesen, und die Knickerbocker hatte er mitgebracht, um der Stadt Marne wieder einmal ein Problem zu bereiten und seinem Sohn Mark wieder einmal Charakter abzufordern. Der Junge war einfach zu still; den mußte man in Lagen bringen.

Ich bin wirklich sehr still geworden, wie ich an den Besatzungssoldaten dachte, der mein Vater war und der nichts Böses geahnt hat, bevor er in die Luft geflogen ist.

Nein, ich bin nicht von ihm abgerückt, aber ich habe den Verlust endlich verstanden. Ich sah, mit einem meiner polnischen Wörter, Zusammenhänge.

Da war es gut, daß ich als rüde galt; ich konnte es ungestört bedenken. Und ich hatte Muße genug für die Frage, warum sich nicht früher etwas in mir geregt hatte, etwas, sagen wir, beim Betrachten eines germanischen Lehrheftes mit bildfüllenden Explosionen, etwas, das in einen Zusammenhang wollte mit einer Nachricht von detonierenden Minen und plötzlichem Tod in Frankreich.

Nein, derartiges hat sich nicht geregt, und der Grund dafür ist einfach und schlimm: Es ist mir, um bei einem bewährten Ausdruck zu bleiben, die Vorstellung nicht sympathisch gewesen, ich sollte Granaten an tote Russen binden, aber einen Verbund zwischen dieser Vorstellung und meinem toten Vater hat es nicht gegeben. Es gab keine Verbindung zwischen meinem toten Vater und toten Russen oder toten Polen oder toten Franzosen. Mein Vater war mein Vater, und es gab ganz allein seinen Tod.

Und lange, lange: Es gab ganz allein mich und meinen drohenden Tod. Diesen Bescheid gebe ich über mich aus, und ich nehme ihn auch bei Nichtgefallen nicht zurück. Ich hoffe aber auf Nichtgefallen.

Ich brauchte einen riesigen Aufwand von Backstein und eisernen Traljen und Rederundlauf und ausladenden Wächterinnen und erlahmenden Hauptstürmern, bis ich von mir und meinem Vater und einigen anderen toten und lebenden Leuten in Zusammenhängen denken konnte.

Wodurch es aber in der Zelle nicht wohnlicher geworden ist.

Wohnlich war es allenfalls im Magazin für die elektrotechnische Versorgung der polnischen Strafanstalten. So hieß der Keller, seit wir die Kisten in Regale verwandelt und die Schalter in Listen eingetragen hatten.

Viel hängt von den Leuten ab, mit denen man solche Plätze teilt. Ich hatte es nicht schlecht getroffen. Zwar, Frau Basia leitete manchmal sehr ausladend, und Frau Henia war von inquisitorischer Strenge, wenn sie etwas aus meinem entfallenen Leben zu erfahren wünschte, aber Fräulein Genia war seit neuestem ein Umgang von angenehmer Art. Sie hatte die Liebe entdeckt, sie hatte viel von ihrer Schärfe verloren, sie war kaum noch spitz, und mit ihrer Heftigkeit bedachte sie jemand anderen. Wallburga versprödete nicht mehr ganz so oft zu porigem Bimsstein, wenn das Thema aufkam, von dem Genia nie, nie mehr los wollte, und Helga unterließ es, mich dringend in eine dunkle Kistenecke zu bestellen.

Die Posten waren von wechselnder Identität, und wenn sie neu waren, hatten sie Mühe, sich an den Kellerton zu gewöhnen, aber die Frauen halfen ihnen, und ob sie sich an mich gewöhnten oder nicht, war mir gleich. Es hat mich zwar nervös gemacht, wenn sie, allzu frisch im Amte, mir ihre Maschinenpistolen zeigten, als hätte ich so gediegenes Werkzeug nie gesehen, aber ich versuchte, auch sie von mir abzusperren, und das ging.

Den kurzen Weg vom Gefängnis zum Keller an der Ecke Narbuttastraße bin ich stets zusammengezogen und wie eingewickelt gelaufen. Eingewickelt ist das richtige Wort; es war, als hätte ich mich in ein Tuch geknotet, aber auch, und das macht die Sache schwierig, als wäre das Tuch ein Teil von mir, und ich kröche in mich selber und schlänge mich selber in vielen Knoten um mich.

Kein Wunder, daß die Damen mich morgens immer so zerknittert fanden, und ein immer wieder neues Wunder für sie, daß ich mich nach einiger Glättung über Tag zusehends neu verzurrte, wenn Feierabend in Aussicht stand.

Wie hätte ich es ihnen erklären sollen? Daß ich meinte, ich gehörte nicht hin, wohin man mich für die Nächte brachte? Hatte man je einen getroffen, der dort war und glaubte, es sei dies der rechte Ort für ihn? – Daß ich lieber auf den Siemensbrettern verblieben wäre, als mich zu den stinkenden Löffeln auf dem Asphalt zu verfügen? Wollte ich dann morgen ein Federbett? – Daß ich mich am liebsten hätte festkrallen mögen in ihrer fast unbekümmerten Menschlichkeit? Was hat er gesagt, der Marek, was möchte er am liebsten? Ach, du heiliger Gott!

Ich habe sie genügend angestrengt, fürchte ich, denn die Erklärung nutzt sich ab, der Marek sei eben ein eingesperrter Dichter und zugleich gerüchtweise ein Übeltäter von Graden, und bei einer solchen Mischung dürfe nichts verwundern.

Es hat die Frauen nicht anders als verwundern können, daß ich ihnen, kaum hatte ich mich aus meinen Knoten und Falten gewickelt, wortreich von einem Briefkasten Bericht gab und von einer Frau, die ein Papier in diesen geworfen – eine enorme Sache: ein Briefkasten auf dem Weg vom Gefängnis hierher und eine Frau, die ihn benutzt.

Ich merkte, wie meine Maschine nach dem nächtlichen Stocken in den schnurrenden Tagesgang fand, und mit welcher befremdenden Beredtheit ich mich einer briefschreibenden Frau und eines Postkastens annahm; es genierte mich ein wenig, aber es ließ sich nicht aufhalten, und unerklärlich war es nicht.

Man glaubt nämlich lange Zeit, die Welt habe auch für andere geendet, als man ihr entzogen wurde, und – dies am Rande – beim Nachdenken über den Tod hat mich die Erkenntnis kurz und heftig erbittert, daß es gerade nicht so ist.

Nein, unerklärlich war die Anteilnahme nicht. Sie hing mit meiner Nichtteilnahme zusammen. Nicht lange mehr, und es waren zwei Jahre, in denen nur noch gedachte Briefe meinen Absender trugen. Ich bin nie ein besonderer Briefschreiber gewesen, aber die Mitteilung, ich sei bei mittlerer Verfassung in sicherer Verwahrung, hätte ich ganz gern ausgesandt gehabt.

Ich dachte mir meine Mutter im Besitz zweier Karten, die ich ihr während meiner Militärlaufbahn geschickt hatte. Die eine war aus Kolberg, und mein Text wird Kolberg ungerecht düster gespiegelt haben. Die andere habe ich in Gnesen aufgegeben, bevor es zur Härteübung ging, und weil ich meiner Mutter etwas Tröstliches sagen wollte, habe ich ihr berichtet, daß ein deutscher Grenadier verpflichtet sei, sich sorgfältig zu kleiden. Eine Zeitlang wird die Karte meiner Mutter Genugtuung bereitet haben, weil meine frostblauen Knie mehrmals zwischen uns zur Sprache gekommen sind, und es hat stets mit dem Mutterspruch geendet: Das wird schon noch. Bei den Soldaten wird das. Und auch die Nachricht von der Härteübung wird sie befriedigt haben, weil die Wehrmacht erfaßt hatte, woran es mir mangelte.

Eine Zeitlang, ja, aber zwei Jahre ohne weitere Kartengrüße sind zu lange Zeit; da liest man sich die gehaltvollsten Briefschaften über, und einmal kommt die Frage auf, ob der Jung nun auch wirklich die nötige Härte erworben habe.

Wie das mit Entziehung vielleicht geht: Wenn man Glück hat, schafft sich die Sache, an der man nicht mehr Anteil haben soll, ganz aus der Welt – als die Post nicht mehr für mich vorhanden war und ich nicht für die Post, habe ich von irgendwann an geglaubt, es gebe die Post nicht mehr. Geglaubt – das trifft es nicht ganz. Die Stelle in meinem Weltbild, an der es die Post gegeben hatte, ist einfach ausgeblaßt wie so viele andere Stellen auch.

So erklärt sich die fiebrige Aufgeregtheit vielleicht, mit der ich fünf Frauen von einer sechsten redete, die einen Brief in einen Kasten geworfen hatte. Damals hat man mir keine Motive abverlangt, und von mir aus habe ich die nicht geliefert.

Es kam zu oft und zu hart zu einem Gerangel zwischen uns, wenn Motive meines Handelns oder Nichthandelns genannt worden waren. Auch als Genia infolge Liebesglücks aus der Allianz gefallen war, bildeten Frau Basia und Frau Henia eine Übermacht, mit der ich mich nicht gern anlegte. Sie waren schon im Prinzip die Übermacht, weil sie Bürgerinnen und Angestellte des polnischen Staates waren und ich beim polnischen Staat unter Verschluß, aber sie waren es nicht nur durch ihren Status, sondern vor allem durch das, was sie aus ihm machten.

Sagen wir, und dies ist nur ein Beispiel, ich hätte meine Mutter erwähnt und den Umstand, daß ich länger nicht hatte von mir hören lassen, dann wäre sogleich Basias Frage gekommen, ob ich wisse, wie viele Mütter ... und ob sie mir sagen solle, wer den Postverkehr ... und sie würde nicht auskommen ohne den furchtbar zutreffenden Satzteil: Seit ihr gekommen seid.

Und wenn man die Fragen, auf die Frau Henia bei solcher Gelegenheit kam, ehrlich beantworten wollte, dann mußte man etwas von sich preisgeben, und auch im Magazin für die elektrotechnische Versorgung der polnischen Strafanstalten hat sich meine Neigung dazu nicht erhöht.

Henia hätte sich nach meinen früheren Schreibgewohnheiten erkundigt und die Frage hinzugefügt: Oder bist du vor dem Besuch bei uns nicht soviel auf Auslandsreisen gewesen? Und die Mutter, hatte die außer der Sorge um des Sohnes allzu kühle Knie noch andere Besorgnisse geäußert? Was pflegten die Mütter in Marne den Söhnen in Marne mit auf den Weg zu geben, wenn die sich anschickten zur Fahrt in eine Gegend, in der sie nichts zu suchen hatten? Hatte man die Möglichkeit erörtert, von des Sohnes Launen könnte einmal das Leben anderer Leute abhängen, und hatte die Mutter da zu guter Laune geraten? Hatte sie gar durchblicken lassen, ein Betragen des Sohnes sei wünschenswert, durch das kein anderer zu Schaden käme? Oder hatte sie sich nicht getraut, weil deutsche Söhne solche Mutterworte manchmal an wildfremde Menschen weitersagten? Und richtig, es war ja, wie Marek sagte, kurz vor Weihnachten gewesen, als er auf Wanderschaft ging – hatte sich die gute Frau da vom guten Sohn etwas zu Weihnachten gewünscht, und durfte man fragen, was? Daß er sich wenigstens in der Heiligen Nacht wie ein Christenmensch aufführe? Aber gerade fiel es Frau Henia noch ein: Mit Marek als Christenmenschen war es nicht weit her – der wußte ja nicht einmal, was Allerheiligen und Allerseelen waren.

Allerseelen und Allerheiligen, die hingen mir nach, obwohl Versöhnlichkeit geradezu in diese Namen eingeschlossen schien. Ich war auf Dauer kompromittiert, weil ich von den beiden Feiertagen nichts wußte, und mein Hinweis half nicht, daß ich mich, obwohl ich getauft und konfirmiert war, auch in der evangelischen Abteilung der Christenheit nur wenig auskannte.

Was hatte denn das mit dem zu tun?

So etwas, sitzt der an den ersten beiden Novembertagen in seiner Zelle und wartet, daß man ihn zur Arbeit holt! – Daß du es gleich weißt, Marek: Weihnachten, Neujahr, Ostern und Pfingsten auch nix Arbeit. Mariä Himmelfahrt und Fronleichnam auch nicht. Und … nein, das wird zuviel für dich. Wir sagen dir am Tag vorher Bescheid, das ist nicht so lang. Wir sagen: Morgen nix Arbeit, Marek, morgen Bußtag. Bußtag kennst du, Marek?

Ja, den kenne ich schon eine ganze Weile.

Ich hatte es nicht nur patzig gedacht, und die wache Henia wollte mir antworten, aber wenn Frau Basia in Bewegung war, erheitert oder erzürnt, dann konnte nur sie selber sie aufhalten. Jetzt war sie erheitert, und sie wußte einen weiteren Feiertag für mich; nur sollte ich mich nicht sorgen,

Arbeit würde sein am 25. April, und vielleicht gäbe es eine besonders gute Speise zu meinen Ehren.

Sie wußte wohl nicht, daß ich am 25. April längst in jemandes anderen Küche zu speisen hoffte; sie las nur meine Unkenntnis, und sie rief begeistert: Er weiß nicht einmal seinen Namenstag, der Marek. Trägt den Namen eines Heiligen und weiß nicht, wann Allerheiligen und wann sein Namenstag ist. Aber die Frau Basia hat einen Onkel gehabt, der hat Onkel Marek geheißen, und er hat sich wahrhaftig etwas eingebildet, weil vom heiligen Markus die Attribute Löwe, Buch und Feder gewesen sind. – Du, Marek, dann weißt du am Ende gar nicht, daß Löwe, Buch und Feder die Attribute von deinem Namensheiligen sind?

Ich dachte: Jetzt weiß ich es aber!, und weil Frau Basia meine Unwissenheit, da die von solchen Graden war, für einen Augenblick schweigend bedenken mußte, fand ich die nötigen polnischen Wörter: Ale teraz ja wiem!, doch für das Folgende hatte ich schon keine mehr: Nur, ich heiße nicht Markus und nicht Marek; ich heiße Mark, das ist etwas anderes, to coś innego, ganz ohne Heilige.

Frau Basia ließ sich nur das letzte Wort übersetzen, und sie blieb erheitert: Bestimmt ist das etwas anderes. Markus ist ein Heiliger mit den Attributen Löwe, Buch und Feder. Marek, wenn es mein Onkel ist, ist kein Heiliger und ein Löwe auch nicht, ist nur ein Onkel mit Buch und Feder. Wird immer kürzer: Markus, Marek, Mark. Armer Mark, ist noch kürzer als Onkel Marek: Kein Heiliger, kein Löwe, kein Buch – vielleicht hat er eine Feder, wer weiß.

Sie fanden die Überlegung komisch, und Helga sorgte mit Betonungen und Blicken, daß mir nichts von der Komik entging. Und zu Wallburga sagte sie mit glattem Gesicht: Nun ist klar, warum er lieber Myron heißen möchte. Oder Mordechaj.

Ich dachte: Man sollte sich vor Weibervolk eben nicht offenlegen; man legt sich offen und erntet Hohn.

Sie hatten mich am Montag gefragt, warum ich so besonders zerknittert aussähe, und ich hatte gesagt, das hätten die drei arbeitslosen Tage in dem Stinkbau gemacht, und ein paar Gedanken hätten sich nicht vermeiden lassen.

So kann man es nennen: ein paar Gedanken. Etwa den: Sie kommen nicht, dich zur Arbeit zu holen; das bedeutet? Das könnte bedeuten, sie werden dich zu jemandes anderen Arbeit holen. Des Prokurators Könner kommen, im Akt zu blättern, der ich ihnen bin. Mein nächster Akt beginnt. Bitte, wann ist dieses Stück zu Ende?

An einem so zergrübelten Tag wäre man besser dran, wenn man nicht in dem Ansehen stünde, ein Rohling zu sein, der auch mit dem Maule schlägt. Dann fände sich vielleicht ein Kenner der Landessitten und sagte einem: Brauchst nicht zu warten, Zellenältester, diesen Freitag ist Allerheiligen; da arbeitet kein Mann beim Staatsanwalt und keine Frau im Magazin und morgen zu Allerseelen schon gar nicht. Heute und morgen ist Polen auf seinen Friedhöfen. Heute kein Lampenzählen; sie zünden Kerzen an. Und an Allerheiligen hat auch der Prokurator geschlossen.

Es hat mir aber niemand Mitteilung gemacht, und als ich in einer Zellenecke an dem Uraltstreit über die Ortsbezeichnung Römnitz vorbeikam – Dorf des im Rate Eifrigen oder Dorf des Wahnsinnigen –, schaltete ich mich aus dem Verkehr.

Das Wetter paßte zu meiner Verfassung: graue Luft von Backsteinwand zu Backsteinwand. Das hätte mir heimatlich vorkommen sollen, es ist mir aber nicht heimatlich vorgekommen.

Als das Radio vom Küchentrakt her die Tatarennachricht blies, stand fest, daß sie mich nicht mehr zur Arbeit holen würden. Aber für den Prokurator war noch lange Zeit genug, und Essenszeit war auch, und ich durfte mich am Kraut nach der Art einsitzender Köche laben. In diesem konnten in jüngster Zeit Einschüsse von Graupen beobachtet werden. Das war gewiß als Verbesserung gemeint. Aber: Man muß es nicht probieren.

Ich bin kaum beteiligt bei der Essenssache gewesen; ich habe gehorcht, ob hinterm Geschmatze und Gekratze Schlüssel klirrten, und weil das nicht gut war, habe ich mich nach freundlicher Ablenkung in mir umgesehen. Es fand sich aber keine. Der unerklärliche Müßiggang, die Wettergräue, das allzu ofte Kraut zwischen einzelnen Graupen, die Lage und die Sachen bestimmten bis tief in mich hinein. Die Erinnerung hielt nichts Erfreuliches bereit – was hatte ich nur für ein Leben gelebt? Lauter Gedankenangebote, die ich ausschlagen mußte; Einfälle für die Schere: Der Trompetenton, der via Küche aus Kraków kommt, ruft nur Herrn Dąbrowski, über den es, Verwandtschaft, ein Gerücht gibt; man wird es glauben müssen, denn schon der junge Herr Herzog hat sich vor Herrn Dąbrowski gefürchtet, Verwandtschaft. Peinlich, vor so einem Herrn Dąbrowski ist man bei einer Interrogation zusammengebrochen, und peinlicher noch: Man hat gar gemeint, ein solcher könnte das Ergebnis den Untersuchungsorganen weitersagen, so von Pole zu Polen. Womit wir wieder beim Prokurator wären, Schere, wo bleibst du? Andere Denkrichtung, fort von den düsteren Männern, hin zu den hellen Frauen. Aber. Aber wenn sie mich nie wieder in den Keller holen – nur Geduld, bald holen sie dich in einen anderen Keller. Schere! – Wenn die Frauen mich nicht mehr holen, werde ich im Streit von ihnen geschieden sein, ohne ein Abschiedswort – als ob ein Abschiedswort Glück auf den Weg brächte; weiß man das nicht seit den Abschiedsworten in einer Küche? Schere! – ohne ein Abschiedswort von Basia und Henia und Genia und Wallburga und Helga. Von Helga sogar nach bösen Worten. – Gehört auch abgeschnitten.

Halt, jetzt weichst du vor Unfertigem aus. Vor Fertigem und allzu oft Gedachtem, das ist erlaubt, aber mit dem Streit bist du nicht fertig. Du könntest im Unrecht gewesen sein, deshalb willst du nicht dorthin denken. Es besteht der Verdacht …

Sagte hier jemand Verdacht? Wo ist denn gleich die Sche…

Du stehst im Verdacht der Ungerechtigkeit, und wenn du schon die Zeit verwartest, kannst du prüfen, was es auf sich hat. Mit diesem Verdacht kannst du es.

Schon gut, also: Die Frauen hatten ein Schild über die Kellertür gehängt, und Helga las mir vor, wir Mitarbeiter des Magazins für die elektrotechnische Versorgung der polnischen Strafanstalten hätten die Absicht, angestrengt zu arbeiten, weil das gut für unsere Zukunft sei.

Ich habe Witze über das Schild gemacht; ich hielt nichts von derartigen Malereien. Auf der Lokomotive, die meinen Zug von Marne fortgeschleppt hatte, war zu lesen gewesen, Räder müßten rollen für den Sieg.

Helga war einmal meiner Meinung, und ich habe, wonach ich schon immer fragen wollte, mit ihrer Hilfe die Mauerschrift aus dem schweigsamen Lager an der Ulica Gęsia wiederhergestellt. Sie hieß: Gefangener, wenn du nach Hause kommst, bekämpfe den Krieg!

Helga hat über meine Versuche, es polnisch zu sagen, gelacht, und sie hat gemeint: Sollen sie uns in die Heimat lassen, und schon. Dann werden wir ihnen auch was bekämpfen.

Hier hat meine Ungerechtigkeit wohl begonnen. Ich habe die unerklärliche Hilflosigkeit, in die ich durch den seltsamen Spruch zu geraten drohte, gegen Helga abgelenkt und habe gefragt, was sie mit Heimat meine.

Sie kam nur bis Litz..., dann heulte sie, und sie sagte, ich würde auch anders über Heimat denken, wenn mein blödes Marne jetzt polnisch wäre.

Was ja stimmte, und daß ich das nicht veranschlagt habe, war ungerecht von mir.

Frau Basia ist gekommen, und als sie wissen wollte, warum wir uns stritten, habe ich ihr nichts von den Heimaten erzählt. Ich habe gesagt, Helga gefielen die Witze nicht, die ich über den Spruch an einer Lagermauer gemacht hätte: Wenn du nach Hause kommst ... Das Wörtchen wenn gefällt mir. Wenn du nach Hause kommst ... Falls du nach

Hause kommst … Für den Fall, daß … Einmal angenommen, du kämest jemals wieder nach Hause …

Basia hat sich der Sache ausnahmsweise nur kurz angenommen. Es war gleich Feierabend, und sie hatte vieles zu erledigen. Später wurde mir das verständlich: Ein riesiges Wochenende mit Allerheiligenfreitag und Allerseelensonnabend und einem Sonntag stand bevor.

Sie hat sich scharf alle Zweifel an der Ernsthaftigkeit polnischer Wandmalereien verbeten, hat zu Helga und Wallburga gesagt, sie könnten sich waschen gehen, aber halt, dies sollte man mir noch übersetzen: Wenn ich auf mein Leben wüßte, Markus, daß du tust, was sie da angeschrieben haben – in einen Sack steckte ich dich, auf den Schultern trüge ich dich, mit den Zähnen hielte ich das Bündel, wo man über die Flüsse muß, und ich schaffte dich in dein, dein verfluchtes Marne. Dann könnte ich denken: Einer wenigstens ist schon da.

Dann ist mein Posten gekommen, und dann ist das endlose arbeitslose Wochenende gekommen, und dann ist der Montag gekommen, und die Weiber haben sich an meiner Unkenntnis herbstlich-katholischer und besonders polnischer Bräuche ergötzt.

Die ganze Woche hänselten sie mich. Deshalb erzählte ich keiner, was ich einmal an Allerheiligen gedacht hatte. Wie ich auf die Leute des Prokurators wartete und doch versuchte, nicht an sie zu denken, und wie ich glauben mußte, ich sähe die Frauen nicht wieder, da hat mich gestört, was Basia von mir und meiner Heimat meinte. Und ich habe gedacht und bin mir nicht mit der Schere dazwischengegangen: Ich weiß zwar nicht, wie einer wie ich gegen Kriege kämpfen sollte, aber daß ich es versuchte, Frau Basia, das können Sie auf Ihr Leben glauben.

Man mußte es nicht abschneiden, aber man konnte es auch nicht aussprechen. Schon gar nicht vor fünf sonst ganz ansehnlichen Weibern, die es belachen, wenn eine den Mark Niebuhr einen Markus mit der Feder nennt. Und als sie zehn Tage nach Allerheiligen auch noch die zweite Woche mit Späßen über Markus-Marek-Mark anreichern wollten, redete ich mich in eine heiße Wut. Ich sagte, sie seien nicht besser als der Marner Schulrektor, der sich für die Dauer unserer Bekanntschaft an meinem Vornamen zu freuen wußte.

Man konnte Menno heißen oder Onno oder auch Joachim, aber doch nicht Mark. Jedenfalls als Deutscher nicht. Als Amerikaner konnte man es, das war hoffentlich bekannt. Aber als Deutscher konnte man es nicht, und das sollte eigentlich bekannt sein. – Mark, Mark Niebuhr, was das man bloß sein soll? Daß du das man weißt, Mark Niebuhr: Nach meiner Ansicht bist du keine Mark. Nach meiner Ansicht bist du man grade so ein Penning. An einer Mark, Mark, fehlen dir noch neunundneunzig Penning, Mark.

Ich überdrehte und schlug ihnen vor, sie sollten sich hinsetzen und gründlich prüfen, ob sie bei Anspannung aller Kräfte nicht wenigstens noch einen zweiten Witz erdenken könnten. Einen ohne Markus und Marek und Allerseelen, vielleicht einen über den Reformationstag oder diesen Scheißbußtag.

Oder, falls sie ihren ganzen Humor an mich verpulvert haben sollten, etwas Ernsthaftes, eine Wandparole, eine Tafelthese für den Platz über der Tür. Schade, daß wir am 31. Oktober nicht daran gedacht hatten, zum Reformationsfest, da hätte es gepaßt, zum Jahrestag des Thesenanschlags von Martin Luther, aber leider, da hatten alle Allerheiligen im Kopf gehabt. Außer Mark Niebuhr, aber das war wohl schon durchgenommen worden.

Ich überdrehte in Ton, Lautstärke und Themenwahl. Ich nahm zwar wahr, daß sich die katholischen Damen während der Übersetzung sichtlich verkühlten und Wörter wie Reformation und Thesen und Luther und Scheiß gar nicht leiden mochten, aber Niebuhr war in seinem berüchtigten Schwung; wer wollte ihn noch hemmen?

Ich hemmte ihn nicht, ich sagte: Ich bitte um Entschuldigung, daß ich nicht beizeiten an den Reformationstag erinnert habe, bardzo przepraszam, aber ich bin mit Jahrestagen letzthin so vergeßlich. Denken Sie, meine Damen, ich habe sogar meinen Geburtstag übersehen, den zwanzigsten; ich glaube, der Prokurator hatte gerade für Ablenkung gesorgt. Aber so wichtig war dieser Geburtstag nicht, war nur der zwanzigste. Der nächste wird wichtig; da werde ich volljährig, mündig, voll verantwortlich für mein Tun und Lassen. Das ist wichtig für den Fall, man kommt einmal in die Nähe eines Staatsanwalts oder einer Strafanstalt, aber das ist natürlich ein Witz. Noch einer. Doch bleiben wir ernsthaft, denken wir uns eine ernste These für die Kellertür aus, oder besser, jeder macht sich seine eigene, jeder malt sich seinen Imperativ, meiner geht: Alle Tage soll mir Bußtag sein!

Die Wirkung meiner Worte war nicht gut; man konnte es sehen. Aus Pani Basia würde gleich etwas losbrechen. Frau Henia sah mich an wie einen wildfremden Deutschen, über den es Gerüchte gab. Genia würde ihrem Gespielen heftig zu erzählen haben. Wallburga fürchtete sich, und Helga vergaß vor Genugtuung, ihr Gesicht zu glätten.

Ehe Basia mit Getös losgehen konnte, sagte Henia: Dafür, daß er nicht gut mit Religion und Jahresdaten ist, weiß er eine Menge über den 31. Oktober. Da weiß er mehr als über den 22. Juli 44.

Ich glaubte, ich könnte uns aus der Spannung reden, deshalb antwortete ich rasch: Das kommt, weil ich von der Handwerkskammer einen Brief gekriegt hatte: Ich sollte am 31. Oktober zur Gesellenprüfung kommen, Gesellenstück und Lehrzeugnis waren mitzubringen. Dann kam aber ein zweiter Brief: Es läge ein Irrtum vor, am 31. sei ja Reformationsfest; die Sache verschöbe sich auf den ersten Dienstag im November. Ist das nicht morgen vor zwei Jahren? Nein, morgen ist schon der zweite Dienstag im November. Da können Sie sehen, wie das bei mir mit den Daten ist: Ich vergesse meinen Geburtstag, und ich vergesse den zweiten Jahrestag meiner Gesellenprüfung. Ein Wunder, daß ich meinen Namen noch weiß.

Kein Wunder, sagte Henia ohne Freundlichkeit, wir haben dir ja geholfen. – Und was hatte ein Drucker als Gesellenstück mitzubringen, die Lutherthesen oder einen Band Sondermeldungen?

Nein, nach Sondermeldungen wurde man höchstens in der mündlichen Prüfung gefragt, aber zu meiner Zeit war nicht groß was zu melden. Wir flogen überall raus, aus Jugoslawien und aus Ungarn und aus Griechenland und aus Frankreich.

Und bald auch aus Polen, sagte Henia.

Ja, das auch bald, sagte ich.

Und dann meinte ich, nicht richtig zu hören: Wallburga ergriff das Wort, ohne gefragt worden zu sein. Sie ergriff es sehr vorsichtig, sie hauchte es: Er hat ein Gedicht gedruckt, mit selbstgemachten Buchstaben.

Was die hier nun zu reden hatte! – Aber da Ablenkung von meinem frechen Ausbruch willkommen war, nahm ich ihr das Wort dankbar ab: Natürlich nur die Versalien, die Anfangsbuchstaben. Und der Titel war ein Faksimile nach Handschrift. Wegen des Titels habe ich das Gedicht genommen; das war ein Sonett von Paul Fleming, von dem ist auch ... Von dem gibt es noch andere Gedichte, aber die Überschrift von diesem war eine der schönsten: »Als das Holsteinische Schiff Friedrich wieder an die Persische Flotte gelangete, von der es wegen widrigen Windes in die dritte Woche abgewesen war.« – Ich habe es wie eine Urkunde aus Flemings Zeit gemacht, und schöne Stellen gab es darin, zum Beispiel: Dort ist die Karawan, die sich nun wieder zeigt nach mancher bösen Stunde, so unsern Lauf hielt auf. – Die gefällt mir heute besonders, die Stelle ...

Meine Dolmetscherinnen hatten ihre Sprachnöte mit unserem Fleming, aber sie schienen den Text sicher hinübergebracht zu haben, denn Pani Henia sagte grimmig: Das glaube ich, daß dir die gefällt, wo du hier so unverdient viele Bußtage hast mit lauter bösen Stunden. Und den Faschisten, die dich geprüft haben, hat sie denen auch gefallen?

Faschisten? Ach. Aber das Gedicht hat ihnen gefallen. Es wäre ihnen wohl lieber gewesen, es hätte sich bei dem Schiff, das in die dritte Woche abgewesen war, nicht um ein holsteinisches, sondern ein schleswigsches gehandelt – ich habe sogar überlegt gehabt, ob man den Titel für das Gesellenstück nicht verändern könnte, aber so etwas ist wohl nur in Ausnahmefällen gestattet ...

Jetzt war es Frau Basia genug. So sagte sie. Ob denn alle den Verstand verloren hätten? Gedichte und Gesellenstücke! Sollte mir vielleicht durchgehen, daß ich mich über ihre Losungen lustig machte? Hatte sie recht gehört: Luther und Reformationsfest und Thesenanschlag? Und hatte dieser Faschist wirklich Scheißbußtag gesagt?

Das hat er, sagte Frau Henia zu Frau Basia, und Fräulein Wallburga begleitete es für mich mit deutschen Worten, doch, das hat dieses unmündige Kind gesagt. Denk mal an, ist erst zwanzig, das unschuldige Kerlchen, und weil das Bübchen hier so böse büßen muß, hält es nach Karawanen Ausschau oder Schiffen, die es wieder zu seinen Nazimeistern tragen.

Pani Basia nickte zu diesen Eröffnungen, als erführe sie endlich, warum man mich gefangen hielt, und dann lud sie sehr aus: Dir werde ich bei Karawane. Und bei Schiff werde ich dir auch. Soll ich dir sagen, was für ein Schiff für dich in Frage kommt? Sag ihm, sag diesem Schwaben: Für ihn kommt nur so eine Galeere in Frage, wo er immer rudern muß. Bis zum Bußtag 66 soll er rudern, zwanzig Jahre, dann ist er doppelt so alt wie heute, da wird er sein Maul vielleicht nicht mehr ganz so schnell und ganz so groß auftun. Weiß nichts außer Gedichten, die Nazimeistern gefallen, weiß nichts von Allerseelen und weiß nichts zu bedauern, weiß nur sich selber zu bedauern und will ein Reformationsfest feiern. Der hat sich neulich schon über eine Losung an einer polnischen Mauer lustig gemacht, und heute macht er sich lustig über eine Losung an einer polnischen Kellertür. Ich weiß, was dahintersteckt. Ich weiß, was den belustigt. Der glaubt nicht an eine polnische Zukunft. Ich sage dir, auf mein Leben sage ich dir: In einen Sack stecke ich dich, und auf die Galeere schleppe ich dich, und ich passe auf, daß sie dich fest anschmieden und daß sie dir das schwerste Ruder geben und nicht so eine Markusfeder, und dann kannst du sehen, wo deine persische Flotte ist und deine Zukunft, du Hund!

Ich habe es alles nicht so ganz begriffen, aber als Frau Basia die Tränen kamen, dachte ich entsetzt: Da hast du ja ein Meisterstück vollbracht, du Narrenmaul! und als Frau Henia mir mit dem Daumen ein energisches Zeichen machte, stieg ich ohne Zieren und Zögern und auch ohne Abschied die Kellertreppe zum Posten hinauf.

In der Zelle dachte ich: Viel schlimmer wird es auf der Galeere auch nicht sein, und frische Seeluft ist da, und man kommt herum. Aber zwanzig Jahre wären zuviel. Wie in dieser Zelle zwei Jahre zwei Jahre zuviel wären. Wenn ich jemanden beleidigt habe, will ich büßen. Aber zwei Jahre für Beleidigung? Ich möchte hier nicht länger sein. Ich bin dreizehn Monate unter diesem Dach, das macht mich volljährig, nun möchte ich mündig raus.

Ich möchte weg von den Kerlen, die überm Kapusta streiten, ob der Schinken von Parma besser war als der Schinken von Paderborn. Die sich wegen der Reihenfolge am Klo zanken und vom preußischen Ritterorden wissen, er sei Deutschtum im Vorgriff auf sich selbst gewesen. Die sagen können, wo in Drontheim der beste Aquavit zu finden war, und nicht sagen können, was ein Speicherarbeiter in Schleswig verdient. Die jeden vom Floß stoßen, der sich nicht halten kann, und die manchmal gemeinsam »Ännchen von Tharau« summen.

Ich möchte nie wieder zu solchen Leuten in eine Zelle kommen. Ich möchte nie wieder in eine Zelle kommen. Ich möchte nie wieder zu solchen Männern kommen. Ich will der Älteste von solchen Kerlen nie mehr sein. Und auch der Jüngste nicht.

Ich habe genug. Ich bin, wie die Krustentiere, mit vorbereiteten Bruchstellen versehen, und ich will lieber Arm und

Bein abwerfen, als daß ich mich noch einmal einholen ließe von dem Ungeheuer, das diese Zelle war.

Es war, wenn es das gibt, ein schäbiges Ungeheuer, ein gichtiger Drache, der nicht Feuer spie, sondern aus dem Halse stank. Er war so, als ich bei ihm war. Es war so, als wir im Käfig waren.

Oder doch etwas präziser: Es ist mir so vorgekommen. Der Lindwurm hat mich nicht beschädigen können, weil ihm die Tatzen gebunden waren, die Krallen beschnitten, das Maul verschnürt.

Er konnte mir auf die Nerven gehen, nicht ans Leben. Vorher war er ans Leben gegangen, anderen.

Das verwechselt sich manchmal. Ich sage es, damit man nicht zu sehr an schartige Gefahren denkt, wenn man mich in dieser Grube denkt. Es war ekelhaft wie eine verdorbene Speise, aber es hatte nicht die Schärfe, die an einem Beile ist.

Sicher, manchmal habe ich gedacht: Wie man in die Grube kommt, kommt man auch auf eine Falltür. Und daß man nicht zu tief fällt, binden sie einen am Halse fest.

Aber das haben sie, wie man wohl ahnt, nicht getan. Sie haben mich nur etwas warten lassen. Ich bin bis in die dritte Woche und ein wenig darüber hinaus von den Resten meiner Flotte abgewesen. Die Grube hatte mir gerufen; da mochte der Falbe nach sich selbsten sehn.

Das eine Jahr ist es gegangen. Und den einen Monat darüber auch. Und noch die Woche über diesen hinweg. Aber die drei Tage nach dem zweiten Dienstag im November, die waren bös.

Denn diesmal habe ich bald gefragt, ob wieder ein Feiertag sei im polnischen Land, und ein Zellenältester fragt seine Leute nicht, er nähme denn Schaden an seinem Rufe.

Meine Leute haben Feiertage für mich erdacht, polnische Feiertage. Ich hoffe, ich habe meine Leute so geschildert, daß man sich vorstellen kann, was für Feste sie dem Lande Polen ersannen. Es war keines dabei, an dem ich einem unbescholtenen Menschen Beteiligung wünsche. Aber der gültige Kalender zeigte keinen Feiertag, als ich zum zweiten Male arbeitslos und auskunftslos in der Zelle saß und hätte doch von Siemens die Dosen und Schalter ordnen sollen. Das hat mir Unordnung in meinem Herzen gemacht.

Frau Basia, Frau Henia, Fräulein Genia, was fangen wir ohne einander an? Wenn es denn auf die Galeere geht mit mir, wer bleibt euch, ihn zu füttern und zu hänseln? Was wollt ihr machen, wenn ...

Aber diese Fragen waren einmal nicht mehr wichtig. Eine Zeitlang waren sie nicht wichtig. An einem Freitag, in dessen zweiter Hälfte schon, war nicht mehr wichtig, was bis dahin gegolten hatte.

Wichtig war nur, daß der Schließer Ohnehals gerufen hatte: Lundenbroich und Niebuhr, zu Prokurator!

Für Lundenbroich war es wichtig, weil er endlich der richtigen Stelle sagen konnte, was für rechtens und was nicht für rechtens galt.

Und für Niebuhr war wichtig, daß ihn ein Schließer Niebuhr gerufen hatte.

Nicht Pan Tyfus oder Starszy celi oder Blondy oder dem Dokter sein Butler oder Ekscentryk oder Kapitän oder Grenadier oder Markus oder auch nur Marek – man hatte Niebuhr, seit Herbsten über Herbsten zum ersten frühlingshaften Mal, Niebuhr hatte man gerufen.

Das war von bergehoher Wichtigkeit.

XXIX

Die meisten der Gewohnheiten, die ich mir in der Rakowiecka zugezogen habe, bin ich losgeworden, wie ich die Adresse losgeworden bin. Ich fluche längst nicht mehr, wenn ich mich bei halbem Schlaf von der linken Seite auf die rechte drehe.

Andere haben sich eingeschliffen, sind zu Haltungen umgeschlagen; wenige nur und wenig angenehme. Ich weiß zu gut, wohin man zielen muß, wenn man treffen will. Ich will zu oft treffen. Zu viele. Es gelingt mir zu sehr, mir Leute vom Hals zu halten.

Ich kann mich aus Gesellschaft herausnehmen, wenn mir danach ist. Ich bin auf ein Wort gestoßen, das mir gefällt, weil es beschreibt, wie ich bin, wenn ich mich aus dem Netz der Beziehungen geschaltet habe; incommunicado heißt es. Das Wort und der Zustand gefallen mir. Die Neigung, mich selbsten durchzusehen, ist mir auch geblieben. Mein Urteil über diese schwankt.

Ich bin kaum vertrauensselig.

Ich mag Frauen. Trotz des Geschreis, das manche manchmal machen. Ich mag sie sehr. Auch aus den verbreiteteren Gründen, aber vor allem, weil ich bei ihnen aus allen Falten und Knoten komme. Mit ihnen kann ich auf eine fast bestürzende Weise communicado sein. Einer der Gründe wird heißen: Ich bin ihnen nicht ähnlich.

Dem Gelichter, von dem ich im Warschau der Polen am dritten Freitag des Monats November und im Jahre 46 Abschied nahm, bin ich zu ähnlich gewesen. Zum Verwechseln ähnlich; das schärft Abneigung.

Wir haben nicht gewußt, daß es Abschied war, als ich zum Prokurator wollte. Ich bin nicht auf Vorstellungen aus, wie es gewesen wäre, hätten wir es gewußt.

So ist es so gewesen, und das war Brauch: Der Prokurator hatte rufen lassen; man ging ohne Säumen, und wer blieb, der schwieg. Der blieb stehen oder sitzen, wo er gerade war, und er hielt das Maul, und hätte er es sich auch eben noch über uralte Neuigkeiten zerrissen.

So kommt es zu Bräuchen: Am Anfang war Schließerauftritt zu ungewohnter Stunde; Namensaufruf, ein ungewöhnlicher Akt; Abgang von Nachbarn ins Unbekannte – dem sieht man schweigend zu. Man paßt auf, weil man auf alles achtet, was anders ist, und man verstummt, wo man sich schon nicht verschwinden lassen kann.

Nächster Schritt in den Brauch: Die gegangen waren, sind wiedergekommen und haben vom Staatsanwalt erzählt. Der spart nicht mit Beschuldigungen. Ruft er dann wieder, horcht man sehr, ob nicht der eigene Name fällt, und zu den anderen denkt man: Was mögen sie von diesen guten Kameraden wollen?

Letzter Schritt zu Brauches endlicher Gültigkeit: Manche der guten Kameraden sind nicht zurückgekehrt; die vorwurfsvolle Prokuratur hat ihre Einzelverwahrung verlangt, das wollte etwas heißen. Da stockt, wenn die Boten gekommen sind, alle Rede: Könnte doch sein, der da geht, geht in sein letztes Loch. Man weiß, was sich gehört in solchen Fällen.

So sind auch der Major Lundenbroich und ich aus einer Zelle gegangen, die nur stank und für den Augenblick nicht lärmte.

Der Bote des Staatsanwalts war noch jung, aber die Joppe saß ihm schon schief auf der dürren Gestalt, hing von langer Übung rechts durch, und die rechte Tasche blieb aufgebauscht, obwohl das Eisen am Tore in Verwahrung lag.

Heißen? sagte er zu Lundenbroich, und der nannte seinen Namen. Der Bote sah prüfend in ein Papier und nickte. Das gleiche Verfahren mit mir, aber ich war etwas lauter als der Major, und mein Name stand auf einem anderen Blatt. Wir stiegen durchs Haus, nahmen den kürzeren Weg durch den

Verwaltungstrakt, das war wohl ein Privileg der Prokuratorsgäste. Am Ende des Ganges, in Höhe der Tür, hinter der sie in einem verschollenen Zeitalter meinen Eingang verbucht hatten, sagte der Bote: Halt! und: Nach Wand!, und ich merkte, als ich mein Gesicht zur Wand kehrte, daß Lundenbroich sich an mich hielt und mir gleichtat. Ob ihm sein Herz so hart und schnell geschlagen hat wie mir meines, weiß ich nicht, denn wir haben uns nicht ausgesprochen.

Der Bote hat uns geheißen, die Taschen umzuwenden. Es ist aber in meinen außer einem farblosen hölzernen Löffel nichts gewesen.

Ich suchte die grüne Wand nach dem Eintrag Hania ab, und als ich ihn gefunden hatte, hielt ich es ohne alle Logik für ein Zeichen der Treue, daß der Name immer noch geschrieben stand. Weil ich nicht wußte, wo hinaus es mit mir gehen sollte, verhakte ich mich in den Vorsatz, ich wollte mir eine suchen, deren Namen ich auch an solche Wände schriebe.

Es war nicht der günstigste Augenblick, aber die Eröffnung stellte sich ein: Ich kannte keine, für die ich es gewagt hätte oder auf die ich ein Recht von solcher Stärke hatte. Den Namen von einer an ein Gefängnis zu schreiben, braucht es sicher umfassende Vollmacht. Mich hatte keine damit ausgestattet; ich ging sie durch und hörte dabei doch jeden Schritt hinter mir und jede Tür, und polnische Stimmen hörte ich, von denen eine mir vertrauter klang.

Die Mädchen von Marne, dachte ich, um mich nicht zu sehr auf meine Bekanntschaft mit der Stimme einzulassen, die wären nur in einer Hinsicht für Malerei in diesem Gang geeignet: Sie hatten kurze Namen. Ein besonders albernes Teil von mir sprach: Also paß auf, daß du nicht an eine Franziska gerätst oder Elisabeth oder Wallburga. Und ein besonders nüchternes Teil von mir sagte: Besser noch, du kommst nicht in die Nähe von solchen Anschlagtafeln. Nüchtern ja, aber überflüssig.

Der Major neben mir schnaubte. Der Ausblick auf dreißig Zentimeter entfernte grüne Ölfarbe schien ihm ungewohnt, oder es war nicht rechtens, uns die Perspektive so einzuschränken.

Erneut wurde eine Tür geöffnet, und erneut kam mir eine der Stimmen bekannt vor. Der Mann des Prokurators rief: Kommen! und Lundenbroich löste sich von der Wand wie ich, und nebeneinander gingen wir dorthin, wohin man uns gerufen hatte.

Der Leutnant, der meine Lebensläufe so kannte und dank dessen ich von Mordechaj Anielewicz wußte und von der Versenkung der Zamenhofstraße, stand neben dem Boten. Er sah ganz gut aus, er schien einmal geschlafen zu haben. Der Bote sagte: Gehen! und wies zum Ausgang, wo ein Schließer uns schon das Gitter öffnete.

Sie kommen hier! sagte der Leutnant zu mir. Er trat neben einer Zimmertür zur Seite, und ich folgte seinem Wink. Major Lundenbroich schien einen Augenblick unschlüssig, aber da sein Begleiter in der schiefsitzenden Joppe nicht im geringsten unschlüssig war, blieb er auf seinem Kurs. Ich machte mir keine Sorgen um ihn; sie würden ihm schon sagen, wohin er zu gehen und zu stehen hatte.

Ich machte mir Sorgen um mich, denn die Besuche der Leutnants hatten sich meistens als weitläufige und kraftraubende Angelegenheiten erwiesen.

Einer dieser Räume, die jemand mit viel Zurückhaltung möbliert hat: Ein Tisch, zwei Stühle, immerhin zwei, ein Kleiderhaken. Auf dem Tisch eine Lampe, die der Einvernehmer anschalten kann, wenn ihn das Mienenspiel des Einvernommenen interessiert. Viel Platz auf dem Tisch, kein Papier, also heute Lebenslauf nicht schriftlich, und falls dem Leutnant Denkwürdigkeiten einfallen, muß er sie im Kopf behalten. Oder in dem Karton, der wie vergessen in der Ecke steht, findet sich Schreibzeug.

Der Leutnant setzte sich und wies auf den anderen Stuhl. Auto ist noch nicht da, sagte er, Sie kennen das.

Ich dachte: Hoffentlich kommt es. Heute ist er in Uniform; da spielt es sich schlechter Vetter und Vetter.

Ich sah die neuen Sterne auf seinen Schulterstücken; ich mußte das immer auszählen: Ein Stern, Unterleutnant; zwei Sterne, Leutnant; drei Sterne, Oberleutnant.

Das ist jetzt Oberleutnant?

Das ist jetzt Oberleutnant, sagte er und schielte nach seiner rechten Schulter. Geht schnell. Nicht so viele Leute.

Erst jetzt fiel mir ein, wer von uns die Fragen stellte, aber er schien es vergessen zu haben. Doch dann hatte er eine Frage: Wann sind wir gewesen in Gęsiastraße?

Wann? Das Datum weiß ich nicht. Im Frühjahr, ich hatte den Arm noch in Gips.

Ja, sagte er, und dickes Gesicht hatten Sie auch. Passen Sie auf: Es ist Gefangene nicht gestattet zu schlagen, aber wenn Sie Ihr Kamerad Erich treffen, der Mensch mit Transportgeschäft, der so eigenartig Ihre Sprache spricht, dem sollen Sie ein dickes Gesicht machen. Es ist nicht eine offizielle Empfehlung.

Er sah auch ohne die Lampe, daß ich ihn nicht verstand. Er seufzte und angelte mit dem Fuß nach dem Karton. Es dauerte, aber er hatte Ehrgeiz. Und er war geduldig. Wer wußte das besser als ich? Er stellte den Karton auf den Tisch und entnahm ihm einen Ordner von mittlerer Dicke. Das Suchen dauerte auch, aber dann war etwas gefunden. 18. April, sagte der Oberleutnant, das sind gleich sieben Monate. Es ist nichts gewesen von Ausschlag, was dieser Mensch von Ihnen wußte, aber es hätte gekonnt sein. Steht und macht Augen aus Holz und sagt nicht: Dieser Kamerad ist mir mit dem Namen Niebuhr bekannt. – Nein, er steht und ist mit Ihnen völlig unbekannt. Hätte gekonnt sein, Sie haben ihn belogen, aber warum sagt er nicht: Dokumente habe ich keine gesehen, aber gesagt hat er immer, er ist Niebuhr und ist Soldat noch nicht so lange. Hätte doch gekonnt sein, er spart für Sie sieben Monate Rakowiecka. Aber er ist Holz.

Allmählich begriff ich, wovon der Oberleutnant sprach. Allmählich begriff ich, daß er zu mir als dem Soldaten Niebuhr sprach. Allmählich begriff ich, daß er kein Mann des

Prokurators war und doch Niebuhr zu mir sagte. Er hatte mir nie meinen Namen geben wollen, und jetzt gab er mir den Namen Niebuhr. Das mußte doch bedeuten …

Nichts mußte es bedeuten. Es mußte nur bedeuten, daß einer Niebuhr hieß, der Niebuhr hieß.

Wo steht geschrieben, daß er in allem anderen ein anderer ist, wenn sein Name ein anderer ist? Von einem anderen Namen ist nie die Rede gewesen, von Lublin ist die Rede gewesen und von Morderca. Wo steht geschrieben: Also ist alles gut? Was, wenn sie bisher einen Morderca aus Lublin ohne Namen hatten, und jetzt haben sie einen Morderca aus Lublin mit dem Namen Niebuhr?

Nein, das stimmt nicht, der Leutnant, der Ober…, ach was, der Leutnant hat von gesparten sieben Monaten gesprochen. Ja und, hat er gesagt: Hätte ich gewußt, Sie sind wirklich Niebuhr, dann – hat er das gesagt? Das hat er nicht gesagt. Er hat gesagt: Hätte gekonnt sein. Nein, nein, er hat von gesparten sieben Monaten gesprochen!

Ich sagte: Wenn ich fragen darf?

Natürlich dürfen Sie fragen, sagte er, wenn wir auf Auto warten, können Sie fragen.

Aber es hat mit meiner Untersuchung zu tun.

Das ist keine Überraschung, sagte er. Also was?

Fahren wir in das Lager, damit Erich jetzt sagt, er kennt mich?

Erstens: Wir fahren nicht. – Sie fahren. Zweitens: Erich hat schon gesagt. Drittens: Ist nicht wichtig, was er weiß.

Verstehe ich nicht. Wann hat er das gesagt?

Er fragte unfreundlich: Haben Sie Abkommen mit Kraftfahrer von Innenministerium?

Ich war verzittert genug zu beteuern, ich hätte ein solches Abkommen nicht.

So schien ich ihm zu gefallen, und er sagte: Ich werde das prüfen. Es ist eine Wiederholung, daß wir uns besprechen, weil kein Auto da ist. Man muß in Kriminalistik Wiederholung beachten. Wollen Sie werden Kriminalist?

Ich bin doch Drucker.

Das ist nicht ein Argument. – Aber werden Sie auch nicht kriminelles Element. Drucken Sie nicht falsches Geld. Man wird Sie fassen, weil man kann alles auf Ihr Gesicht lesen. Wenn Sie aus dem Keller kommen, kann man lesen, ob Sie heute gedruckt haben Hundertmarkscheine oder Fünfzigmarkscheine. Wenn Sie dickes Gesicht haben, kann man doch lesen, ob Sie vorbeigehen an unbekannte Kameraden oder an bekannten Kamerad Erich. Sie sprechen noch mit Schultern. Drucken Sie nicht Geld.

Nein, sagte ich.

Danach war ich eine ganze Weile nicht vorhanden. Der Leutnant vertiefte sich in meine Akte, als käme sie ihm zum ersten Male zu Gesicht. Er befaßte sich länger mit einem Papier, von dem ich meinte, es sei einer der von mir gefertigten Lebensläufe. Ich dachte: Aber man kann auch von seinem Gesicht lesen. Ich las, daß ihm mein Lebenslauf nicht zusagte.

Ich habe überlegt, sagte er endlich, hauen Sie diesem Kamerad nicht in die Fresse. Erstens: Man wird Sie bestrafen. Schickt Sie vielleicht nach Rakowiecka. Zweitens: Es hätte nicht genug Unterschied gemacht, was er wußte. Drittens: Hat er Angst gehabt. – Das verstehen Sie?

Das verstehe ich.

Aber – was verstehen Sie nicht?

Das mit Erich. Sind Sie noch einmal hingegangen?

Sie meinen: gelaufen? Nein, nicht noch einmal, sehr schön gefahren, hin und zurück. Ich wollte gleich, aber keine Zeit. Es gibt viele schlechte Menschen, Sie glauben nicht.

Aber dann hat er gesagt, daß ich Niebuhr bin?

Er hat gesagt, Sie sagen, Sie heißen Niebuhr, aber viel weiß er nicht. Er hat abgegeben eine idiotische Erklärung: Sie haben sich die ganze Zeit unterhalten über altes Kino.

Das stimmt.

Ich glaube, daß es stimmt, aber ist es nicht idiotisch?

Es ist mir nie so vorgekommen. – Sie meinen, wenn wir uns

gegenseitig mehr von uns erzählt hätten, dann hätte Erich mehr von mir gewußt, und dann hätten Sie besser gemerkt, daß ich auch früher schon meinen Lebenslauf so gesagt habe, wie ich ihn später für Sie aufgeschrieben habe?

Nein, das meine ich nicht.

Er schien meiner überdrüssig; da schwieg ich lieber. Er kramte eine Taschenuhr aus, und er mochte nicht, was sie zeigte. Schließlich sagte er sich aber wohl, daß er die verrinnende Zeit auch auf mich wenden könne.

Denken Sie selbst, ob es idiotisch ist: Männer sind eingesperrt in fremdes Land, welches sie haben versenkt mit Sondermeldung und ohne Sondermeldung. Aber haben sie versenkt. Nun sind die Männer gefangen, und nun erzählen sie sich altes Kino. Sprechen nicht, ob es gut war, Land zu versenken, ob Leben gut war – sie sprechen, ob der Film gut war. Bespricht man nicht, wie man anders leben kann – bespricht man Pat und Patachon und Jan Kiepura. Ich schätze Jan Kiepura, er ist ein Patriot, ich bin ein Patriot, aber es ist idiotisch, über Jan Kiepura zu reden und nicht zu reden über das Land von Jan Kiepura, wenn man in ihm gefangen ist. Nicht zu reden, warum man hat nun ein gefangenes Leben. Was man mit Leben machen soll.

Es war als Ablenkung gedacht, sagte ich.

Natürlich, sagte er, nur hätten Sie doch besser gebraucht … was ist das Gegenteil von Ablenkung? Zulenkung?

Nein, ich glaube nicht, daß es so ein Wort gibt. Aber ich verstehe, was Sie meinen.

Das wäre sehr gut.

Vielleicht könnte man Hinlenkung sagen, Hinlenkung auf etwas.

Vielleicht, es ist Ihre Sprache, aber es ist schon nicht mehr wichtig. Wie es Zeit war, habt ihr über Greta Garbo geredet, nicht über dieses Land oder euer Land. Nicht einmal über euch selbst habt ihr geredet. Würden Sie sagen, es ist idiotisch?

Es sieht so aus, sagte ich, aber weil mir das Eingeständnis

nicht gefiel, fügte ich hinzu: Nur damit Sie das wissen – seit damals habe ich nicht nur über altes Kino nachgedacht; auch über mich und mein Land und meine Leute, auch über Ihr Land und Ihre Leute.

Er machte eine seiner wortabschneidenden Handbewegungen, und sein Ton traf mich ins Ohr: Es fällt mir bestimmt nicht leicht, einen Deutschen um etwas zu bitten, aber ich bitte Sie sehr, sehr herzlich: Die nächsten hundert Jahre, bitte sehr, verschonen Sie Polen mit Ihrem Interesse.

Es wäre zu sagen gewesen, daß er eben noch anders gesprochen hatte, aber es war nicht zu sagen, und wer es gut mit sich meint, der schweigt, wenn er einem Mann gegenübersitzt, der beinahe zähneknirschend die Gelegenheiten bedenkt, bei denen sich deutsches Interesse an seinem Vaterland bewiesen hat.

Der Mann nahm sich schließlich aus diesen Gedanken heraus; es kostete ihn, aber er lenkte sich aus dem verblakten Erinnerungskreis, er lenkte sich zurück bis an den Punkt, von dem her wir in die verfinsterten Vorstellungen geraten waren. Wir – ein wenig, ein ganz klein wenig hatte ich ihm folgen können.

Er sagte: Immerhin, bevor Sie sind mit Ihre Kameraden ins Kino gegangen, haben Sie noch mitgeteilt, Sie heißen Mark Niebuhr, und Sie sind gekommen zu deutscher Wehrmacht in Kołobrzeg.

Ich konnte mich gerade noch hindern, hastig zu rufen, dies stimme nicht – ich entsann mich eines anstrengenden Gesprächs mit einem der müden Leutnants, in dessen Verlauf man mich bewog, Kolberg doch fortan lieber Kołobrzeg zu nennen.

Das steht auch in meinem Lebenslauf, sagte ich, und er antwortete: Natürlich steht es in Ihrem Lebenslauf – was glauben Sie, wer kennt ihn besser, Sie? Nur, es steht nicht geschrieben in Ihrem Lebenslauf etwas von dem Lebenslauf der Stadt Kołobrzeg. Es steht nicht geschrieben, daß Kołobrzeg ist nach Warszawa die zerstörteste Stadt auf dem Territorium vom heutigen Polen. Es haben Ihre Kameraden absolut nicht hergeben wollen Kołobrzeg, und meine Kameraden haben absolut haben wollen. Vielleicht haben Ihre Kameraden und meine Kameraden gewußt, es liegen in dieser Stadt die außerordentlich kostbaren Dokumenten von dem berühmten Kinomann Niebuhr. Haben sie deshalb so gekämpft, alle, vielleicht. Aber bestimmt ist verbrannt und versunken die Stadt Kolberg mitsamt Kasernen und Dokumenten, und geblieben ist ein Haufen Steine, kaputte Steine, der heißt Kołobrzeg.

Darf ich etwas fragen?

Nun ist es schon gleich.

Wenn das Auto keine Verspätung hätte, dann wüßte ich das nicht, dann hätten Sie mir nicht erzählt, daß Sie Erich befragt haben und daß in Koł... in Kołobrzeg keine Dokumente von mir sind? Daß man dort keine finden kann?

Er fragte sehr barsch: Wünschen Sie einen Tätigkeitsbericht, oder was wünschen Sie? Wünschen Sie Rechtfertigung? Sagt man so?

Ja, sagt man.

Also, wünschen Sie Rechtfertigung?

Ich möchte nur wissen, was mit mir ist.

Nur? So wenig nur? Mehr wollen Sie nicht? – Ein ganzer Bündel Papier sagt, was mit Ihnen ist. Der hat sich nicht allein geschrieben. Der ist nicht gezaubert von gute Fee. Bitte, gute Fee, sag uns nur, was mit diesem Deutschen ist. Wem soll man glauben – polnische Frau, die schreit und weint, der deutsche Mann hat ihre Tochter umgebracht, oder sollen wir deutschem Mann glauben, der sagt, er war es nicht? Er sagt, er ist nicht in Lublin gewesen. – Sie kriegen nicht Rechtfertigung, aber solange Auto nicht gekommen ist, kriegen Sie Antwort. Sie dürfen fragen, aber immer denken Sie: Einige Millionen Töchter, einige Millionen Mörder. Fragen Sie, aber denken Sie: Wieviel Wahrscheinlichkeit ist unter solche Umstände, daß die Frau recht hat?

Das ist ja das Schwierige.

Was ist das Schwierige?

Daß ich, wenn man allgemein redet, sagen muß: Ja, die Wahrscheinlichkeit ist groß. Und daß ich, wenn man von mir redet, sagen muß: Nein, es gibt nicht den Schein einer Wahrscheinlichkeit. Die Frau hat ganz und gar unrecht. Mit mir. Ich war es nicht.

Sie meinen: Sie können es gewesen sein, weil Sie sind deutscher Soldat gewesen, aber Sie können es nicht gewesen sein, weil Sie sind Mark Niebuhr?

Ja, das habe ich längst begriffen: Es hätte gekonnt sein. Und ich habe begriffen, daß jeder Pole, dem wir etwas getan haben, denken kann, von mir denken kann, ich bin es gewesen.

Er stand auf, und wie er mich ansah, dachte ich, er wollte mich erschlagen, aber er sagte nur: Das haben Sie begriffen?

Ja, das habe ich.

Er musterte mich wie einen schweren Gegenstand, den man packen will und weiß noch nicht, wie, und dann kam der Schließer, um das Auto zu melden.

Soll es warten, sagte mein Vernehmer, und zu mir sagte er: Sind Sie abergläubig?

Nicht besonders.

Ist Ihnen nicht wichtig, ob dreizehn ist eine Zahl vom Glück oder vom Unglück?

Das ist mir nicht wichtig.

Sie würden nicht sagen, dreizehn ist eine Glückszahl, wenn Sie sind dreizehn Monate in Rakowiecka-Gefängnis gewesen?

Wer sollte mir das glauben? sagte ich, und ich hörte ihn antworten, das wisse er auch nicht, aber ich hörte es nur undeutlich hinter dem Geschrei in mir, das mich zu der Meinung drängen wollte, mir stünde mein Laufpaß in Aussicht.

Ich hatte von solchem Augenblick schon zu scharf geträumt, und ich war danach um einiges weniger bei Leben gewesen; darum flüsterte ich gegen das Gebrüll: Nun seid doch stille! – Soll es sein, wird es kommen.

Aber ich merkte, wie mein Flüstern einen flehentlichen Ton gewann und der gelassene Satz die Hälfte seiner Wörter verlor; da ging er nur noch: Soll es kommen. Soll es kommen!

Flehentliche Töne kann sich nicht leisten, wer sich durchhalten will. Man muß einschreiten. Man muß dazwischengehen. Man muß dazwischendenken. Man muß zurück bis vor den zehrenden Ton. Ohne Hast, ganz ruhig zurück – was sagten wir noch, bevor es zu den verbrauchenden Klängen kam? Wir sagten: Soll es kommen, ist die Hälfte von: Soll es sein, wird es kommen. Ist nur die Hälfte. Nur.

Wieder so ein Nur. Niebuhrs Nur. Ein Nur wie aus Niebuhr. Ein Nur aus der Hälfte der Buchstaben, aus denen Niebuhr besteht. Niebuhr besteht aus sieben Buchstaben. Glückszahl? Nur besteht aus drei Buchstaben. Primzahl. Ziehen wir Nur von Niebuhr ab, bleiben i, e, b und h. Daraus geht nur ein deutsches Wort, das heißt Hieb, ein sehr deutsches Wort. Niebuhr minus Nur gleich Hieb. Niebuhr hieb nur. Wie lautet die Nennform von hieb?

Der Leutnant sorgte, daß ich nicht ganz vom Gleise kam: Einige Fragen. Erstens: Haben polnische Kriminelle wirklich gemacht eine Interrogation, wie Sie sind dort der Gast gewesen? Sie erinnern sich an solche Sache?

Er sah in den Ordner und fügte hinzu: Soll stattgefunden haben vor einem Jahr.

Die werde ich gewiß nicht vergessen, sagte ich.

Andere haben auch nicht vergessen, sagte der Leutnant. – Ein meschuggener Mensch: Kommt aus Bau und schreibt an die Behörde, natürlich die falsche, so daß Brief etwas liegt und ein wenig wandert. Aber schreibt. Es hat sich bei einer scharfen Interrogation, wovon er ein Zeuge gewesen ist, ergeben, daß es sich bei diesem Deutschen wahrscheinlich um einen Irrtum handelt. Sie werden die Komik nicht verstehen, aber der Mensch heißt auch noch Herzog.

Doch, sagte ich, die Komik verstehe ich.

Und warum lachen Sie nicht?

Das wußte ich auch nicht, aber ich merkte, daß ein Geschrei wieder anheben wollte, und zum Glück kam der Leutnant zu seiner nächsten Frage: Ist Ihnen, zweitens, bekannt, daß man Sie in der Stadt Marne für einen, wie sagt man, einen Spinner hält? Ein wenig ein Spinner. Ich habe diese Auskunft, aber ich habe nicht die Auskunft, daß Sie sind ein Dichter.

Es erboste mich zwar, Marne so von mir reden zu hören, aber jetzt galt nur, daß Marne mit meinem Leutnant gesprochen hatte. Dann mußte Marne gesagt haben. Dann mußte der Leutnant wissen. Dann. – Aufhören da mit dem Geschrei!

Das verstehe ich nicht.

Was verstehen Sie nicht?

Ich habe nie in Marne ein Wort von Dichter gesagt.

Ist es von Bedeutung?

Ich verstehe es nur nicht.

Aber den Rest von dieser Geschichte verstehen Sie?

Ich verstehe kaum den Anfang.

Das ist schlimm. – Leider, das Auto. Werden Sie selber den Anfang von Ihrer Geschichte suchen müssen. Was anbelangt den Dichter, das steht nicht in Bericht aus Marne.

Er zog die Akte zu sich heran und blätterte darin. – Nein, bei den Behörden werden Sie nicht als Dichter geführt, aber sehr schön viele Behörden: Polnisches Innenministerium an polnisches Justizministerium, Ministerium an polnischen Staatsanwalt bei Untersuchung in Nürnberg, amerikanische Besatzungsbehörde, britische Besatzungsbehörde, deutsche Behörden in Marne, hin und zurück, aber kein Wort von Dichter. So ein Wort steht nur in Eingabe von polnische Bürger. Die denken, sie müssen Eingabe machen, weil sie die Überzeugung haben, Sie sind nicht im Sommer 44 in Polen gewesen. Wozu brauche ich die Überzeugung von mehrere polnische Damen, wenn ich habe die Hilfe von mehrere Behörden? Überzeugung habe ich selber, aber bei solche Geschichte braucht man Dokumenten.

Er nahm das Bündel Papier und ließ es, als hätte er nicht eben dessen Wichtigkeit betont, fast achtlos in den Karton fallen. Dann stand er auf und ging zur Tür. Dort hielt er noch einmal und fragte: Können Sie sich vorstellen, was passiert, wenn deutsche Frau geschrien hat, polnischer Mann hat die Tochter umgebracht?

Weil mir ein Gasmann dabei zu Hilfe kam, konnte ich mir einiges vorstellen. Ich sagte: Ja, aber es kam wohl auch darauf an, an wen man geriet. Manche wußten, was rechtens war.

Glauben Sie?

Bestimmt. Es war bestimmt ein Unterschied, ob man an einen Hauptsturmführer kam oder zum Beispiel an so einen Offizier wie Major Lundenbroich. Nur zum Beispiel.

Er war keinen Augenblick freundlich gewesen, aber zuletzt war er doch fast beiläufig mit mir umgegangen. Jetzt war nichts mehr beiläufig. Er sagte mit der kalten Schärfe, die ich lange kannte: Ein gutes Beispiel. – Dieser Major Lundenbroich erklärt gerade in Prokuratura den Zusammenhang zwischen Recht, Rechtsauffassung, und seiner Tätigkeit in Radogoszcz. Er hat Ihnen erzählt von dieser Tätigkeit, oder haben Sie sich mit altes Kino abgelenkt?

Nein, sagte ich, und es war mir, als hätte ich mich nun doch noch um meinen Hals geredet.

Was nein?

Wir haben nicht viel gesprochen, und über eine Tätigkeit in Ragosch hat er nichts gesagt.

Das glaube ich. Wünschen Sie es zu erfahren?

Es hört sich nicht gut an.

Was von euch hört sich gut an? – Herr Major Lundenbroich hat mit seiner Einheit von Wehrmacht der SS ein wenig geholfen bei Verbrennen von Radogoszcz. Man versteht, es war eilig. Zweitausendfünfhundert polnische Häftlinge dürfen nicht leben, wenn polnische und sowjetische Soldaten kommen, also hilft Major Lundenbroich. Können Sie sich vorstellen, wie es wäre hier in Rakowiecka bei Feuer, und draußen steht Major Lundenbroich mit Maschinengewehr?

Lieber nicht, sagte ich, und mir war schlecht. Und obwohl ich es fast wußte, fragte ich: Wo ist das gewesen?

Radogoszcz? Das ist das Gefängnis von Łódź, Ihnen besser bekannt unter dem Namen Litzmannstadt.

Ich kenne es, sagte ich.

Das ist doch ein Anfang, sagte er und öffnete die Tür.

Es ist ein Anfang gewesen. Noch einer. Einer von den vielen. Und es ist der Schluß meiner Beziehungen zu dem Leutnant gewesen.

Soweit damit mündlicher oder schriftlicher Austausch gemeint ist. Sollten aber Wirkung, Einfluß, Bekräftigung oder Korrektur zu den Beziehungen gerechnet werden, so bin ich zum Leutnant hin zuweilen sehr communicado.

Er müßte sich meiner auch erinnern, finde ich. Ich war der, den er nicht an den Prokurator weitergegeben hat. Der eine vielleicht. Das könnte ihm ein Erlebnis gewesen sein, wie es unsereinem eines ist, wenn man Lebensläufe schreiben soll, und zwar einer Stellung wegen, um die man sich gar nicht bewerben mag.

Er hat sich nicht verabschiedet, und das stimmte zu der Art, in der wir uns kennenlernten. Er hatte mich nicht begrüßt. Oder er hat nicht: Auf Wiedersehen! gesagt, weil das zynisch geklungen hätte. Ich glaube, es ist viel einfacher gewesen: Er hat mit mir geredet, weil ich in dem Rufe stand, ein besonderer Deutscher zu sein. Wie ich von ihm fort über die Schwelle ging, konnte ich es tun, weil ich ein gewöhnlicher Deutscher war. Und mit denen sprach er nicht.

Ich habe in den Jahren, die ich noch in Warschau verblieb, manchen getroffen, der dem Leutnant in dieser Hinsicht ähnlich war.

Das ist alles über den Leutnant und mich und andere Leute. Ich wüßte nicht, womit ich fortsetzen sollte. Oder wozu, denn alle Fortsetzung liegt seit langem vor.

Was in der Rakowiecka noch zu sagen blieb, besorgte der Mann überm Hausbuch. Er wußte Bescheid über mich, und was er nicht wußte, las er von dem Blatt, das ihm der Bote des Prokurators für meinen Abgang gelassen hatte. Dort fand er die Nummer, unter der ich in seinem Verzeichnis zu finden war. Ich sah, sie waren inzwischen einige Seiten weitergekommen.

Der Schreiber war, wie manche Amtspersonen sind. Er machte sich ein wenig wichtig. Er verglich Blatt und Seite, als hoffte er, auf Abweichungen zu stoßen.

Ich habe es in aller Ruhe abgewartet. Ich war ganz ruhig, ohne Laut. Man hat meinen Atem nicht gehört, denn er ist nicht gegangen. Man hat mein Herz nicht gehört; ich hatte es angehalten.

Seltsam, ich habe trotzdem alles verstehen können. Meinen Namen, den richtigen. Mein Geburtsdatum, das richtige. Meinen Geburtsort, den richtigen. Beruf und Adresse, die richtigen. Tag des Eingangs stimmte auch. Tag des Ausgangs stimmte froh.

Dann zwei Worte des Mannes, von denen eines wie Adres klang, und dann sein ohrenbetäubendes Verstummen.

Es gab eine offene Rubrik in dem Buch, und es gab auf dem Blatt eine Auskunft, die dem Prüfer zu schaffen machte.

Doch etwas unklar? – Was um alles in der Welt sollte unklar sein mit einem Mark Niebuhr aus Marne?

Dem Buchprüfer war es so unklar, daß er mehrmals sein Haupt schüttelte. Der Anblick machte mich fast erblinden.

Nach einiger Zeit, dreizehn Monaten etwa, überwand sich der Mann und begann ins Buch zu schreiben, was ihm auf dem Blatt vorgeschrieben war.

Er hat, dies zeigte sich, meine künftige Adresse in seiner Kladde festhalten sollen, und sie hat ihn so verwundert, daß er mitsprach, was seine Feder endlich, endlich vermerkte.

Unterm Fauchen meines wieder einsetzenden Atems, unterm Dröhnen meines wieder fördernden Herzens, unter meinem wieder aufgehenden Blick hörte und sah ich ihn neben anderem Ulica Gęsia schreiben. Da wußte ich von meinem Bestimmungsort. Da wußte ich auch, was den Schreiber so hatte stocken lassen: Er dachte wohl, dort wohnte keiner mehr.

Hermann Kant
Die Aula
Roman
448 Seiten
ISBN 978-3-7466-2889-9
Auch als E-Book erhältlich

Ein Geschichts- und Geschichtenbuch

Als »großen epischen Spaß« haben Leser und Kritik »Die Aula« gefeiert. Robert Iswall, der plötzlich eine Abschiedsrede halten soll, weil die Arbeiter- und Bauernfakultät geschlossen wird, kramt in Erinnerungen. Hinter den Anekdoten aus der Studentenzeit in den fünfziger Jahren machen sich bald beunruhigende Fragen bemerkbar. Unversehens werden seine persönlichen Reminiszenzen zur Geschichte einer ganzen Generation, die kritisch zurückblicken muß, wenn sie weiterkommen will. Der Humor und die Ironie, mit denen die »Lebenserinnerungen eines jungen Mannes« erzählt werden, haben den Roman zu seinem großen anhaltenden Erfolg geführt.

Hermann Kants Roman »Die Aula«, in 15 Sprachen übersetzt, zählt zu den Klassikern der DDR-Literatur und gehört zu den Büchern, die man kennen muß: Ein »Geschichts- und Geschichtenbuch« über die Anfänge des anderen deutschen Staates, ohne die man sein Ende nicht zu verstehen vermag.

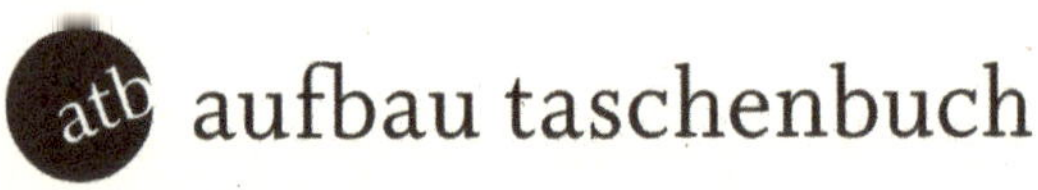

Hermann Kant
Lebenslauf, zweiter Absatz
Erzählungen
256 Seiten
ISBN 978-3-351-03344-6
Auch als E-Book erhältlich

Die schönsten Erzählungen

Die urkomische Geschichte »Der dritte Nagel«, unlängst auch mit großem Erfolg in Frankreich erschienen, erzählt von einem Mann, der vom besten Brötchenbäcker der Stadt versorgt werden will. Gerade vertrackte Alltagssituationen verführen Kant zu nichtalltäglicher Spottlust und Sprachartistik. Da ist die alte Halsabschneiderin Frau Persokeit, die die Leute allein dadurch das Fürchten lehrt, dass sie sie grüßen lässt. Oder Herr Farßmann, ein Buchhalter wie du und ich. Ironie, Satire und tiefere Bedeutung – in Kants Erzählungen gehen sie besonders erstaunliche, stets vergnügliche und verblüffende Allianzen ein. Was Wunder, dass ihm die Geschichten nicht ausgehen und hier nicht nur neu zu entdeckende, sondern auch neue veröffentlicht werden.

Regelmäßige Informationen erhalten Sie über unseren Newsletter. Jetzt anmelden unter: www.aufbau-verlag.de/newsletter

Hermann Kant
Kennung
Roman
250 Seiten
ISBN 978-3-351-03301-9
Auch als E-Book erhältlich

Absurde Macht- und Ränkespiele

»Nichts ist schlimmer, als nicht mehr den Überblick über Freund und Feind zu haben«
Hermann Kants brisanter Roman ist ein zur Groteske getriebenes Spiel um Einfluss, Beschränktheit und Arroganz eines Machtapparats. Das Beispiel der jungen DDR dient als Folie für die Ambivalenz des Verhältnisses zwischen Machthabern und Künstlern.
Linus Cord gilt als aufstrebender Kritiker, sein Ehrgeiz ist es jedoch, »ein beträchtlicher Essayist« zu werden. Der Aufsatz, an dem er jetzt, im Frühjahr 1961, schreibt, soll ihm die erhoffte Anerkennung bringen.
Eines Vormittags steht einer der auffällig unauffälligen Herren mit der Klappkarte vor seiner Tür. Ohne Umschweife erkundigt er sich, ob Cord noch die Nummer seiner Wehrmachts-Erkennungsmarke wisse. Da Cord verneint, fragt er, ob er bereit wäre, sich bei der Westberliner Auskunftsstelle danach zu erkundigen. Cord lehnt gewunden – immerhin ist er überzeugter Genosse –, aber deutlich ab.
Als der ungebetene Besucher gegangen ist, ist Cord mit sich im Reinen. Noch ahnt er nicht, welches Szenarium für ihn vorgesehen ist.

Regelmäßige Informationen erhalten Sie über unseren Newsletter. Jetzt anmelden unter: www.aufbau-verlag.de/newsletter

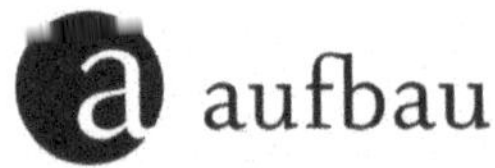